Über dieses Buch Die Freundschaft zwischen Lion Feuchtwanger und Arnold Zweig begann im Jahre 1922; doch erst mit dem Exil wurde eine wechselseitige Korrespondenz aufgenommen, die sich dann bis zum Tode Feuchtwangers im Jahre 1958 fortsetzte. Vor dem turbulenten Hintergrund dieser Jahrzehnte reflektieren beide Autoren auch und vor allem über ihre eigenen Arbeiten, Publikationsmöglichkeiten und familiären Sorgen. Die Briefe bieten reichhaltiges Material über die von 1933 an geschriebenen Werke und deren Entstehungsgeschichte. Die vertrauliche Aussprache darüber nimmt in den Briefen einen bedeutenden Platz ein.
Auch gewährt der Briefwechsel Einblick in die verschiedensten Probleme, die als Folge der beiden Weltkriege und des Nationalsozialismus für Exilanten akut wurden, Probleme etwa, die sich aus der jüdischen Herkunft der beiden Schriftsteller ergaben.
Durch den Umfang und die Offenheit des Gedankenaustausches ist der Feuchtwanger-Zweig-Briefwechsel für die Zeitspanne von 1933–1958 ein literaturgeschichtliches Dokument von weitreichender Bedeutung.

Der erste Band der Briefe datiert von 1933–1948, dem Jahr, in dem Zweig in den sozialistischen Teil Deutschlands zurückkehrte. Die Briefe, Karten, Telegramme sind bis 1948 von Zweigs Zufluchtsstätte Palästina und von Feuchtwangers Asyl in Frankreich und Amerika geprägt. Neuartige Existenzfragen und provisorische Lösungen, schwierige Schaffens- und erschwerte Veröffentlichungsbedingungen machen in den frühen Jahren einen beträchtlichen Teil des Inhaltes der Briefe aus. Wo und wie werden wir leben, wer wird unsere Werke verlegen, wer wird uns lesen?

Der zweite Band der Briefe datiert von 1949–1958. Die Briefe dieses Jahrzehnts spiegeln die veränderten Lebensumstände Zweigs nach seiner Übersiedlung nach Ost-Berlin und die amerikanische Wirklichkeit, wie sie Feuchtwanger erlebte. Das literarische Zwiegespräch endet jedoch nicht mit Zweigs Rückkehr nach Berlin, sondern wird bis zum Tode Feuchtwangers 1958 fortgesetzt.

Das *Register* zu Band I und II befindet sich in Band II.
Beide Autoren sind mit ihrem Werk im Fischer Taschenbuch Verlag lieferbar.

Lion Feuchtwanger
Arnold Zweig
Briefwechsel
1933–1958

Band II
1949–1958

Fischer Taschenbuch Verlag

Veröffentlicht im Fischer Taschenbuch Verlag GmbH,
Frankfurt am Main, November 1986

Lizenzausgabe mit freundlicher Genehmigung
des Aufbau-Verlags, Berlin und Weimar

Umschlaggestaltung: Jan Buchholz / Reni Hinsch
Fotomechanischer Nachdruck der 1. Auflage 1984
des Aufbau-Verlags, Berlin und Weimar
Druck und Bindung: Clausen & Bosse, Leck
Printed in Germany
1980-ISBN-3-596-25784-0

Briefwechsel 1949–1958

252 Feuchtwanger an Zweig

Pacific Palisades, Calif.
26. Januar 49

Lieber Zweig,

ich freue mich sehr, von Ihnen gehört zu haben. Seit langer Zeit war ich auf Nachrichten in Zeitungen angewiesen oder auf Gerüchte.

Zuerst Sachliches:

1. Wir haben an Dita an die Prager Adresse geschickt: 2 eingeschriebene Luftpostbriefe mit warmen Strümpfen, 2 eingeschriebene gewöhnliche Briefe mit warmen Strümpfen, 1 versichertes Paket mit warmer Bluse, Rock und vielen anderen Sachen.

Ich hoffe, daß die Briefe und Pakete durch die Adressenveränderung nicht irgendwo liegengeblieben beziehungsweise verlorengegangen sind. Es war alles eingeschrieben oder versichert. Wahrscheinlich sind die Sendungen durch den hiesigen Dockerstreik verzögert worden, und leider haben wir nicht gewußt, daß auch Dita aus Prag wegging.

2. Was das Freud-Buch anlangt, so zögert Huebsch, Vertrag zu schließen, offenbar deshalb, weil ja, wie die Dinge liegen, Sie schwerlich einen Ablieferungstermin in Aussicht stellen können. Ich habe Huebsch, sowie ich Ihren Brief erhielt, Ihre Adresse mitgeteilt und ihn gebeten, sich direkt mit Ihnen ins Benehmen zu setzen.

Im übrigen gehen die Dinge hier nicht allzu gut. Eine Reihe von Verlagsgesellschaften sind verkracht, viele Buchhandlungen haben zugemacht, den unabhängigen Filmgesellschaften ist der Bankkredit gesperrt, und von den 1500 Filmschriftstellern, die hier in Hollywood bei

Filmgesellschaften fest angestellt waren, sind 1400 entlassen. Natürlich sind die weitaus meisten dieser Filmschriftsteller keine »authors«, sondern »writers«.

Meine eigenen Geschäfte gehen nicht zum besten. Immerhin geht es mir im ganzen leidlich, und ich habe den ersten der drei Teile des »Goya« beendet. Wenn es gut geht, kann der Roman im Frühjahr 50 erscheinen; die ersten zweihundert Seiten waren, wie immer, die schwersten.

Es ist sicherlich nicht leicht, von Berlin aus unsere Situation hier zu beurteilen, und ebenso, die Berliner Situation von hier aus. Immerhin wird dort offenbar von den Verlegern bessere Auswahl getroffen als hier und ebenso von den Theatern. Wird man nicht endlich etwas von Ihnen spielen?

Bitte, sagen Sie Dita, daß ich wirklich mein Möglichstes tun werde, aber die Aussichten sind nicht gut.

Ich verstehe durchaus, daß Sie wenig Zeit und Gelegenheit haben zu schreiben, aber Sie wissen, wie begierig wir alle darauf sind, von Ihnen zu hören.

Sehr herzliche Wünsche

immer Ihr alter
Feuchtwanger

253 Zweig an Feuchtwanger

Hotel Adlon
Wilhelmstr.
Berlin W8
den 5. Februar 1949

Liebster Feuchtwanger!

Möglicherweise werde ich in einer Viertelstunde weggeholt, um vor den Aktivisten des Arbeitsaufbaus über das Bündnis zwischen geistiger und Handarbeit 20 Minuten zu sprechen, aber ich möchte nicht warten. Ihr lieber Brief vom 26. Jan. kam gestern in unsere Hände. Er trug den Eingangsstempel der Jewish Agency vom 1. Februar – Sie sehen, unsere Korrespondenz verliert allmählich an Schwierigkeit. Sie werden ja hoffentlich inzwischen schon solche Luftpostbriefe von mir bekommen haben, besonders auch von Dita verfaßte, zu deren Inhalt ich aus begreiflichen Gründen keine Stellung nehmen konnte. Ich verließ mich auf Ihre Freundschaft und Ihre Einsicht und Erfahrung – Sie würden schon selber beurteilen, wie diese Ausbrüche der Angst, des Kummers und der Verwirrung zu bewerten seien. Um diesen Punkt gleich zu erledigen: jetzt habe ich Dita in die Behandlung von Professor Brugsch geben können, Erste Medizinische Klinik der Charité, und nun wird ihre ganz aus dem Gleichgewicht gebrachte innere Sekretion wohl bald wieder normalisiert werden und ihr alter lebensfroher Charakter die Oberhand gewinnen. Was sie gelitten hat, werde ich hoffentlich später einmal beschreiben können und dadurch einer Menge Menschen das Verständnis für ihre eigenen Seelen erweitern. Daß ich überhaupt noch Kraft genug übrigbehielt, um eine neue Existenz hier zu starten, rechne ich mir an. Es wird aber Zeit, daß ich mich wieder hinter einem Schreibtisch verschanze.

Jetzt erst zu Ihren und Martas Liebesgaben, lieber Feuchtwanger, zwei Sendungen Strümpfe sind angekommen, über die Dita noch selber sich äußern wird. Alles andere dürfte nicht nur von Ihrem Dockerstreik aufgehalten sein, sondern auch von den beständigen Adressenwechseln meiner armen Frau. Ich habe aber den Eindruck, daß alle Nachsendungsanträge funktionieren und daß wir früher oder später in den Genuß Ihrer Gaben kommen werden. Als mir Lou Eisler Einzelheiten über die ökonomische Situation der geistigen Arbeiter in USA berichtete, auch über die Ihre, lieber Lion, machte ich mir Vorwürfe, daß wir Sie überhaupt in Anspruch genommen hatten. Aber auch darüber beruhigte mich Frau Lou, und Brecht, der im Zimmer unter uns wohnt, ergänzte das Bild auf seine sarkastisch-treffende Weise. Und nun kommt Ihr Brief und setzt das Tüpfelchen auf das i. So hat man sich ja wohl die Welt nach der Beseitigung des Herrn Hitler kaum vorgestellt …

Im März erscheint das »Beil von Wandsbek« gekürzt in der »Berliner Illustrierten«. Die »Tatra-Novelle« (»Abschied vom Frieden«) und »Versunkene Tage« in »Der Sonntag«. Das Honorar gibt mir die Möglichkeit, mich wieder ans Freud-Buch zu setzen, das durch Ditas Erkrankung noch dringlicher wird. Vorher muß ich begonnene Theaterverhandlungen dadurch fördern, daß ich »Bonaparte« am Schluß deutlicher gegen den Helden und für Desgenettes umarbeite. Das Deutsche Theater von Ihering bis Brecht erklärte, der von mir gewollte Eindruck von Bonapartes Verurteilung komme nicht heraus. Ein anderes Theater trägt sich mit »Ritualmord in Ungarn«, und eben erwägt die DEFA einen Film, »Erziehung vor Verdun«. »Austreibung 1744« wird von Ihering gelesen; das Huppert-Buch, leicht umgearbeitet, erscheint eben tschechisch, alle vier Kriegsromane in diesem Jahre neu beim Aufbau und ebenfalls tschechisch. »Grischa« zum ersten Mal rumänisch und bulgarisch. Neuauflagen von Novellen und Novellenbüchern sind schon draußen oder folgen bald; Abdrucke meiner Kurzgeschichten in allen Ostzeitungen. Sie sehen, liebster Feuchtwanger: ich hatte recht, schon jetzt hierher zu gehen, wo man uns so nötig braucht wie das liebe Brot und wo man als großer Fisch im großen Wasser seine Fontänen in die Luft bläst. Bald mehr und alles Herzliche wie immer

von Ihrem
Zweig

[Nachschrift Beatrice Zweig:]
Liebster bester Freund,

es ist so ernst, A. weiß es nicht. Ich dachte bei meinen Vorschlägen mehr an Israel-Begeisterte, Kaufleute, Finanz. Bitte handeln Sie um Himmels willen, es geht schlimm mit mir aus. A. unterschätzt, die Ärzte sehen die Realität. Tausend Dank für alles. Bitte, glauben Sie mir u. nehmen Sie meine Vorschläge ernst bis zum äußersten. An Film dachte ich nicht, ich weiß, wie's steht, aber es gibt jetzt Stifter im Rahmen Israels, die etwas tun würden für d. jungen Staat u. seine großen Männer.

Ein Arzt kann nicht helfen, wenn die Lebenssituation ausweglos ist, daher bin ich erkrankt. Komme eben vom Arzt, der mir zustimmt. Haifa war vergleichsweise ein Hort des Friedens u. Überflusses, der Ruhe.

Bitte ja nicht bagatellisieren – lebensgefährlich. Die Ärzte wissen auch die Realität; nicht von selbst bin ich erkrankt, sondern von der eingesehenen Realität, die ausweglos ist ohne Ihre Hilfe. Ich sehe klarer, weil distanzierter. Für andere sieht man immer besser! Bitte bleiben Sie bei Ihrer Hilfe.

Dita

[Arnold Zweig:]

Was Dita nachträglich hinzugekritzelt hat, kann ich leider nicht lesen. Aber Sie werden es schon richtig einschätzen.

254 Zweig an Feuchtwanger

Hotel Adlon
Berlin W8
2. April 1949

Mein lieber treuer Feuchtwanger,

Ihr Brief vom 15. kam mitten in die innere Vorbereitung hinein, Ihnen zum Erfolg des Bostonstücks zu gratulieren und einiges zu berichten. Nun haben Sie so viele Saiten in mir angeschlagen, daß ich erst mein Herz ausschütten muß, bevor ich sachlich werde. Ich habe es nur wenige Jahre vor und seit Hitler leicht gehabt. Jetzt fällt der Geldkomplex völlig weg, der mir sonst zu schaffen machte – aber erst jetzt sehe ich, wie gut ich's bis zum 14. VII. 48 auf Erden hatte. Alles gilt nichts oder fast nichts, was ich durchzustehen hatte, verglichen mit der Verwirrung Ditas, eines so klaren Herzens und Geistes. Sie haben ja Briefe aus dieser Verstrickung bekommen – sie will nur zurück, nur nicht hier leben müssen, in den Trümmern und bei diesen Menschen, die so viel Grausiges getan haben. Nur wieder nach Israel will sie, in dem jungen Staat leben, am Aufbau teilhaben – und ich soll an Felix Rosenblüth schreiben, den Justizminister, damit mir ein Stipendium ausgesetzt werde, damit ich mit ihr wieder auf dem Carmel leben und meine schönen Bücher schreiben kann. Heute früh hat sie mich schon nach 9 angeläutet, um mir diese Bitte wieder vorzutragen, dabei hab ich sie gestern erst um 6 verlassen. Nun hoffe ich ja sehr stark, daß die Elektroschocks, die jetzt angewendet werden nach der Insulinkur, ihren Sinn für das Mögliche und Wirkliche wieder herstellen werden. Aber wenn nicht? Vierzig Jahre gemeinsamen Lebens sollen damit enden, daß ich sie auf dem Carmel bei ihrer Schwester installiere und sie nur jedes Jahr ein paar Wochen um mich habe? befangen in einer rückwärts gerichteten Welt? Und mit solcher Krankheit der geliebtesten Person beschäftigt, plage ich mich mit den bürokratischen Widerständen herum, die, trotz besten Willens, mir noch keinen Ersatz für mein von den Briten noch blockiertes Haus zuweisen konnten. Noch keine Möbel, Leinen [?], nicht mal Lebensmittelkarten. Bei allen befreundeten Organisationen bitte ich jeden Tag um Autos, damit ich Dita im Westend-Kurhaus besuchen kann, esse im Klub oder in der »Möwe« (Schauspielerklub), habe vom Kulturbund einen Adjutanten, eine tüchtige und nette Sekretärin mir selber engagiert, wohne mit Brechts und Dessaus (Elisabeth Hauptmann) in enger Nachbarschaft und greife tüchtig ins kulturelle Leben ein. Ich werde sogar am 20. April in Paris sein – wenn wir's schaffen.

Also »Devil in Boston«. Das Stück kam in den ersten beiden Akten nicht über die Rampe, besonders nicht zu den Russen. Es wirkte wie gepreßte Blumen; die Parallele mit Hitlerei etc. hatten die Besucher der Voraufführung (Gewerkschaftler) viel stärker empfunden. Erst der letzte Akt zündete wirklich. Mir hatte das Ganze als Arbeit von Ihnen sehr zugesagt, aber ich schreibe Ihnen später meine Ideen ausführlicher. Jedenfalls freuten wir uns, Sie auf der Bühne zu haben, Ihre prachtvolle Zeichnung des Cotton M[ather], bedauerten, daß Sie nicht da waren, und hoffen nun aufs kommende Jahr. Nur mit Freunden verlohnt das Stück Leben noch, das wir vor uns haben. –

Eben erschrecke ich; der neu (hier) gefüllte Birostift[?] macht den Brief unadrèssierbar! Ich muß auf die Rückseite verzichten und hoffe nur, daß ich Sie wirklich nächstes Jahr sehe. Nach Paris fange ich wieder zu arbeiten an. Das Freud-Buch bekommt durch Ditas Wahn eine neue Facette, ergänzend und erprobend. Kennen Sie Freuds »Trauer und Melancholie«? In Tiefen, vor denen er kapitulierte, müssen wir jetzt meiner armen Dita folgen! Aber der erste Schock wirkte schon, das Gedächtnis für die Trümmer suspendierend. Hoffen wir auf die folgenden! Froh über Ihre Arbeit und Festigkeit

Ihr windgeschüttelter Zweig

Absender draußen fingiert. Schreiben Sie ruhig ins Adlon. Könnten Sie mir als Brief ein paar Antwortcoupons (Rückportoscheine) einlegen?

255 FEUCHTWANGER AN ZWEIG

Pacific Palisades, Calif.
[19. April 1949]

Lieber Zweig,

herzlichen Dank für Ihren Brief vom 2. April.

Mittlerweile habe ich auch von Großhut über Sie gehört, mit dem ich eine rege Korrespondenz unterhalte. Sie haben mir, und ich denke, auch ihm einen guten Dienst erwiesen, indem Sie uns in Verbindung brachten.

In den deutschen Zeitungen lese ich viel über Sie, und jeder, der mir aus Deutschland schreibt, berichtet mir über die Wirkung, die Ihr Werk in Deutschland tut. Herzliche Gratulation.

Daß Sie, wie aus Ihrem Brief hervorzugehen scheint, diese Wirkung und diesen Erfolg mit mancherlei Opfern zu bezahlen haben, habe ich befürchtet. Doch glaube ich nicht, daß Ditas temporärer Zusammenbruch mit ihrem Aufenthalt in Berlin zusammenhängt. Nach allem, was Sie beide durchgemacht haben, wäre er wohl auch in Palästina erfolgt.

Ich wünschte sehr herzlich, daß Sie, wo immer, einmal wieder ein oder zwei Jahre in Ruhe schreiben könnten. Schließlich sind unter den Romanstoffen, von denen Sie mir erzählten, einige, deren Wichtigkeit auch jene Leute begreifen werden, von denen es abhängt, ob man Ihnen die Möglichkeit längerer ruhiger Arbeit am Schreibtisch gibt.

Die Verbindung mit Westdeutschland ist langsam, die mit Ostdeutschland so wie zu den Zeiten Benjamin

Franklins. Daß die Aufführung des »Teufel in Boston« in Berlin stattfand, habe ich aus Ihrem Brief erfahren; weitere Nachrichten darüber habe ich noch nicht bekommen. Ich weiß auch noch nicht, wer inszeniert und wer gespielt hat. Die Aufführung in Frankfurt, von der ich Bilder und Rezensionen zu sehen bekam, scheint ein wirklicher Erfolg gewesen zu sein, doch hat man dort das Politische unterdrückt und aus der Geschichte Cotton Mathers eine pathologische Studie gemacht. Trotzdem ist im ganzen das Stück nicht so mißverstanden worden wie etwa der Roman »Waffen für Amerika«.

Zur Zeit kann ich relativ ruhig am »Goya« weiterschreiben, wiewohl ich viel kleinen Ärger habe. Wenn nicht allzuviel Widerwärtiges dazwischenkommt, werde ich wohl in etwa einem Jahr mit dem Buch fertig sein.

Ich beschäftige mich viel mit Ihnen und Ihren Dingen, liebster Zweig.

Sehr herzliche Wünsche
Ihr alter Feuchtwanger

256 Zweig an Feuchtwanger

Hotel Adlon
Wilhelmstr. 70
Berlin
den 7. Mai 1949

Liebster Feuchtwanger!

Ihr Brief vom 19. April kam schnell in meine Hände. Sie werden aber erraten haben, warum ich erst jetzt antworte, falls Ihre Zeitungen einigermaßen ausführlich über unsere Pariser Friedenstaube berichtet haben. Es waren sieben unvergeßliche Tage, und sie wären noch viel leistungsvoller gewesen, wenn die smartness der Tschechen und der Eifer unseres Kulturbundes nicht vor und nach Paris einen Prager Parallelkongreß eingeschaltet hätten, der Hin- und Rückfahrt zur Strapaze machte. Dennoch war es ein großer Augenblick, als der Kongreß die Einnahme von Nanking erfuhr und mit der Marseillaise antwortete, oder als die erbitterte Entschlossenheit der ganzen Delegationen und der Pariser Bevölkerung im Stadion Buffalo einen ebenso heiteren wie realistischen Ausdruck fand, den Kriegstreibern diesmal das Handwerk zu versalzen. Ja, das war schön, lieber Freund, und unser altes Paris war wunderschön, so daß ich jetzt wieder Sinn und Verstand im Fortsetzen meiner Arbeit sehe. Es wird sich lohnen, so viel Geld zu verdienen, daß man, ohne weiter nachzudenken, nicht nur in den Trümmern Berlins, sondern auch in der unangetasteten Stadt Paris umherfahren kann. Lächeln Sie nur über die Großzügigkeit meiner Wünsche! Das Entscheidende ist für mich, daß meine Valuten zunächst dazu benutzt werden müssen, meine arme Dita nach Palästina zu bringen. Sie leidet schrecklich, die Insulinkur bringt scheußliche Zustände des Vergehens hervor, der Elektroschock hebt nach ihrer Beschreibung das Gefühl, ein Ich zu sein, völlig auf, und doch ist dies der einzige Weg, ihr das Schicksal von Joseph Roths Frau zu ersparen. Daß mein Freud-Buch von diesem grausigen Erlebnis noch einen eigenen Hintergrund bekommt, erwähne ich nur nebenbei. Vielleicht kann ich schon im Juni an die Vollendung der Arbeit gehen; die Russen haben mir unmittelbar neben dem Schlößchen Niederschönhausen (Pankow) eine Wohnung angeboten, acht Zimmer, Garten, eine Pforte in den Park, ganz ruhige Straße – früher Schloß-, jetzt Ossietzkystraße. (Falls Sie Michi in den nächsten Tagen sprechen: für ihn und seine Frau ist da bereits Raum nach Belieben, sogar eine eigene Küche.) Auch bekam ich von den Russen einen kleinen Wagen, der aber noch ein Reserverad braucht, bevor er an mich umgeschrieben werden kann. Da die Kommandantur es unter meiner und ihrer Würde hält, mir solch einen Opel-Kadett zu schenken, wird diese Gabe über den Kulturbund dirigiert. So sind die Russen gegen uns Geistige, während die Engländer gerade mein Atelierhaus durch das Bezirksamt oder Amtsgericht Charlottenburg der Naziwitwe Kaupisch zum Einzug freigegeben haben. Gleichwohl sehen wir der Besserung unserer Berliner Lage voll Behagen entgegen, weil wir ja nie daran gezweifelt haben, daß die solide Politik der Ostzone sich gegenüber dem Westen durchsetzen muß. Jetzt wird auch die Postverbindung mit Ihnen besser werden, lieber Feuchtwanger, und sobald ich die Leute vom Deutschen Theater spreche, muntere ich sie auf, Ihnen vom Erfolg des »Teufels in Boston« authentisch zu berichten.

Gleichwohl bleibt meine Hauptanstrengung jetzt das Dirigieren von Ditas Genesung. Daß sie in dem verstockten Berliner Westen sitzen muß, schadet jeder Anpassung an die Wirklichkeit, denn für sie haben diese Deutschen noch gar keinen Bruch mit Hitler vollzogen und bringen die absurdesten obotritischen Meinungen vor, um das zerstörte Deutschland für das Opfer eines schuldlosen Unglücks auszugeben. (Daß dabei ihre früheren Kinderfräulein aus Mecklenburg keine kleine Rolle spielen, liegt für mich auf der Hand.) Ich wünschte nur, sie dazu zu kriegen, bis zum Spätherbst hier auszuhalten und erst dann mit mir hinzufliegen. Daß dort alles durcheinander geht mit tausend Einwanderern pro Tag, nimmt sie nicht zur Kenntnis.

Daß Ihr »Goya«-Roman nächstes Jahr so weit sein wird, wie Sie hoffen, hoffen auch wir. Da die Russen »Waffen für Amerika« bislang falsch interpretieren, rükken sie auch in Berlin den »Teufel in Boston« in ein schiefes Licht und haben natürlich Mitläufer, über die wir uns amüsieren – wir »Ost und West«. Aber »Goya«

wird uns Gelegenheit geben, Ihren Wimpel wieder lustig flattern zu lassen, lieber Feuchtwanger, falls wir das Buch hierher bekommen. Von »Waffen für Amerika« kenne ich immer nur noch den ersten Teil. Daß ich von Landshoff überhaupt nichts höre, läßt mich jetzt Queridos Ansprüche für die Ostzone und auch für den deutschen Westen suspendieren und alle vier Romane im Aufbau-Verlag neu herausbringen. Daß meine Kurzgeschichten jetzt sehr zu Ehren kommen, gedruckte wie ungedruckte, macht mir natürlich Spaß. Und nun, lieber Feuchtwanger, einen schönen Sommer und gute Laune trotz der kleinen Ärger, die Sie erwähnen. Im Herbst soll das »Beil« in Holland, Paris und Prag herauskommen; dann gelingt mir vielleicht eine Film-Anknüpfung mit dem Westen, und wir treffen uns im Frühjahr nahe den Champs-Elysées – wenn es mit Dita gut ausgeht.

Und somit verläßt Sie für heute herzlich wie immer

Ihr

257 Zweig an Feuchtwanger

Berlin W
23. [–25.] Mai 49

Lieber Feuchtwanger,

Michis Schwiegermutter Frau Anderle, die meine arme Dita betreut, berichtete vor ein paar Tagen, Dita habe einen solchen Luftbrief an Sie abgeschickt, ohne daß Frau A. sie daran hindern konnte. (Sie schreibt in den Stunden der Schlaflosigkeit, in denen sie allein ist.) Bitte nehmen Sie ihre Hilferufe als Krankheitssymptome, denen in der Realität nichts entspricht. Falls Sie ihr aber ein beruhigendes Wort schreiben wollen, danke ich Ihnen schon jetzt dafür. Es geht ihr objektiv viel besser, je nach der Wetterlage, und oft ist sie schon bereit, bis zum Herbst mit mir hier auszuhalten, erst dann nach

Haifa zurückzufahren. Dort will sie freilich leben, und mit mir, nur mit mir, und ich müßte eben an die neue Staatsvertretung schreiben, daß ich mich ihr zur Verfügung stelle und ein Amt annehmen würde. Ihr Realitätssinn ist noch ganz vom Wunschdenken überwuchert; meine Einwände (»Hebräisch!«) fruchten gar nichts: »Da wird man Dir eben einen Übersetzer geben.« Aber da die viel schlimmeren Angst- und Wahngebilde aus ihrem Geiste inzwischen beseitigt worden sind, dank der Schocks und des Insulin, sehe ich durchaus positiv ins Ganze der Zukunft, wenn auch ein bißchen müder. Ja, Feuchtwanger, ich möchte ausruhn, aber es geht noch nicht. Eine Wohnung muß eingerichtet werden, Möbel gekauft, in denen man sich doch wohlfühlen will. An einem Dutzend kleiner Arbeiten täglich fehlt es auch nicht, da die Neuauflagen der Novellen sie fordern. Und der Ansturm des Betriebs ist groß – nur mit Humor abzuwehren. Wenn nur Michi schon hier wäre! – Morgen hab ich die Besprechung mit dem Deutschen Theater über »Bonaparte«; vielleicht laß ich diesen Brief bis danach liegen. Aber was sagen Sie zu Klaus Mann! Mit 42 Jahren! Die armen Eltern tun mir so leid, daß ich Frau Katia am liebsten gleich kondolieren möchte. Und Thomas, jetzt unterwegs?

Im Juni hoffen wir eingerichtet zu sein, diese Woche soll ich meinen Opel-Kadett kriegen, dann ginge alles leichter. Im Juli will Adam kommen. Falls es glückt, ihn zur Übersiedlung nach Berlin zu überzeugen, wäre mir auch sehr geholfen; ich kann ihn in Zürich nicht ernähren, vor allem, wenn Dita im Herbst oder Frühling nach dem Carmel gebracht werden will. Zum Glück gestalten sich die äußeren Umstände dort so, daß sie nur als gesunder Mensch dort leben kann, auch nur Monate. Jedenfalls ist »Grischa« im Druck, »Junge Frau« im Umbruch, »Verdun« im Satz, »Einsetzung« ist da.

25. Himmelfahrt

Lieber F.,

das D[eu]t[sche] Th[eater] gestern war sehr bereit, mich zu spielen, »Bonaparte« zwischen Mai u. Okt. Aber die Gesichtspunkte, nach denen Spielpläne heute gestaltet werden, sind uns recht ungewohnt. Heutige Stücke von Sowjetautoren, Goethe und die junge deutsche Dramatik müssen mit Rücksichten auf L. F. und (oder) A. Z. gekoppelt werden; Regisseure knapp, Mimen suchen Westmark ... ich bin halt zu früh hierhergekommen ... Aber wenn Ditas Besserung nur fortschreitet, lache ich über all das. Und politisch sieht's heller aus. Also! Händedruck und auf Wiedersehn!

Ihr Zweig

Dies hab ich mit meinem extra dafür gekauften Füller geschrieben, der aber nicht viel taugt.

Über Ihr P. O. B. schreibe ich gleich an Katia Mann. Immerfort Suicid! Daß ich Dita rechtzeitig über diese Klippe bringen konnte, danke ich der Freundschaft mit Freud!

Zum Glück hat Dita den Brief an Sie falsch adressiert – halb an Michi dabei gedacht. Vielleicht kriegen Sie ihn überhaupt nicht, kommt er an sie zurück. Ihre Absenderangaben sind stets die von Bekannten, damit die Zensur nicht wisse, wer da schreibt ...

[Zettel ohne Datum, ohne Unterschrift, Beatrice Zweigs Handschrift:]

Gibt es Sammelstellen, die Kleider nach Europa schikken? Ich brauche so dringend eine dunkle .warme Bluse mit langen Ärmeln und einen sehr warmen Rock, Nr. 42, oder ein Kleid. 6 Paar beigefarbene Strümpfe, Baumwolle (Modefarbe), Nr. 8½ oder 9. Ich habe zu wenig. Ich fürchte, ein schlechtes Ende für uns, so sehr. Ich brauchte so dringlich *tiefe Ruhe*, kein Hotelleben, aber vielleicht

Aber vielleicht müssen wir bald weiter wandern.

Der Mantel ist Ia!

258 Feuchtwanger an Zweig

Pacific Palisades, Calif.
30. Mai 49

Liebster Zweig,

schönen Dank für Ihren Brief vom 7. Mai.

Hier hören wir nicht viel von Europa, und was wir hören, ist unvollständig; so habe ich auch von Ihrem Pariser Aufenthalt erst durch Ihren Brief gehört. Hingegen habe ich auch hier in verschiedenen Zeitungen von Ihren Erfolgen gelesen.

Ich habe Ihren Brief mit Michi ausführlich durchgesprochen.

Ich lebe hier sehr zurückgezogen in meinem Pacific Palisades und arbeite am »Goya«. Auch da wird es, fürchte ich, Mißverständnisse geben, insbesondere da der erste Teil das Leben Goyas nur bis zu den »Caprichos« umfaßt und erst der zweite Teil den Aufstand gegen Napoleon und Goyas Exil bringen wird. Aber an Mißverständnisse bin ich allmählich gewöhnt; in Paris haben sonst ganz vernünftige Leute mich als den Autor des Nazi-Films »Jud Süß« beschimpft. Der erste Band des »Goya«, der, hoffe ich, im Frühjahr 50 erscheinen kann, wird den Untertitel führen: »Der arge Weg der Erkenntnis«. Auf alle Fälle macht die Arbeit an diesem argen Weg viel Freude.

Heinrich Mann sehe ich jetzt jede Woche. Er ist sehr einsam, da nun auch Thomas bis in den Herbst hinein in Europa ist. Heinrich ist jetzt 78 alt, geistig sehr frisch, körperlich etwas wackelig, er ist höflich und bitter wie immer. Es ist nicht ganz ausgeschlossen, daß er nach Deutschland geht.

Ich selber fühle mich, abgesehen von der allgemeinen drückenden Situation, nicht schlecht. Auf keinen Fall werde ich mich, bevor der erste Band des »Goya« fertig ist, vom Fleck rühren.

Bitte, schreiben Sie mir, ob ich Ihnen hier in irgendwas behilflich sein kann.

Mit den herzlichsten Grüßen und Wünschen

Ihr Feuchtwanger

259 ZWEIG AN FEUCHTWANGER

Hotel Adlon
Wilhelmstr. 70
Berlin W8
den 13. Juni 1949

Liebster Feuchtwanger!

Ich glaube, ich kann Ihnen heute aufatmend die freudige Nachricht geben: Dita ist über den Berg. Märchenhafterweise besitzen wir in Berlin keinen aktionsfähigen Analytiker in unserem Ostsektor; und nach nichts verlangte sie so sehr als nach analytischer Befreiung von gewissen Vorstellungsgruppen, seitdem die Schocks ihr Werk getan hatten. Aber inzwischen haben wir einen jungen griechischen Arzt ausfindig gemacht, der zwar nicht analytisch arbeitet, sondern suggestiv, aber da es wirkt und Dita den guten Willen hat, wieder in die Realität zurückzufinden, sehe ich jetzt Land. Ich sage Ihnen, Feuchtwanger, wenn ich meinen Film »Der moderne Orpheus« nicht schon geschrieben hätte – jetzt bekäme er die rechten Farben. Bei dieser Gelegenheit, nämlich bei der Bearbeitung von Kurzgeschichten, komme ich darauf, Ihre Frage, die Sie in alter Kameradschaft an mich stellen, mit »ja« zu beantworten – nämlich die, ob Sie etwas für mich tun können. Ich brauche einen dünnschreibenden, also weichen und spitzen Füllhalter für die Korrekturen, seit ich wieder mit meinen Augen daran arbeiten kann. Füllhalter gibt es hier genug, aber keine Goldfeder mit den von mir benötigten Eigenschaften. Und wenn Sie mir also eine solche im nächsten Flugbrief schicken können, wird mir wirklich geholfen sein. Zwar meint Ruth Berlau, es werde Ihnen leichter fallen, einen ganzen Halter aufzutreiben als eine Feder. Ich kann mir aber nicht denken, daß z. B. Waterman oder Parker nur noch diese zeitgenössischen Stifte herstellen und unsere Freunde, die Füllhalter, zum alten Eisen geworfen haben. Vielleicht kann Ihnen Michi behilflich sein, eine solche Feder, die ja leicht zu verpacken und zu schicken ist, in Los Angeles aufzutreiben.

Der Greifenverlag in Rudolstadt beabsichtigt, einen Auswahlband aus Ihren Romanen zu publizieren, und bittet mich um eine Einleitung dazu. Natürlich schreibe ich die, hab ihn aber erst angefragt, ob er von Ihnen autorisiert ist. Leider kann ich mich mit meinen Augen an der Herstellung dieser Auswahl nicht beteiligen, die Verzögerung wäre enorm, andererseits möchte er meinen Aufsatz bald haben, und ich möchte ihn auch bald abfassen, so daß er nämlich zu Ihrem 65. Geburtstag, mein lieber Mitgreis, schon gelesen werden kann. Vielleicht gelingt es mir, auf 5 oder 6 Seiten etwas Wesentliches über den Schriftsteller L. F. zu Papier zu bringen, bevor wir den Umzug in die neue Wohnung bewerkstelligen. Was es damit für Zaroth gibt, das läßt sich nur später einmal auseinanderlegen – einen ganzen Besatzungsroman kann man ohne Mühe aufbauen, um den Kampf des Schriftstellers A. Z. um sein Haus mit den Briten und um ein versprochenes Mietshaus mit der SMA darzustellen. Dieses letztere ist natürlich ein besonders hübsches, aus den 80er Jahren stammendes Gebäude und liegt dicht am Park des Schlosses Niederschönhausen, hat auch einen eigenen prachtvoll verwilderten Garten mit direktem Zugang zum Schloßpark, so daß meine künftige Adresse heißen wird: Berlin-Pankow, Ossietzkystr., Schloßgut Niederschönhausen. Ich war gestern wieder da, und sobald Dita Freude an diesem Anwesen hat, sind alle Probleme gelöst. Natürlich müssen wir bei der Möblierung noch 1000 und eine Schwierigkeit überwinden, aber sobald ich meinen Feuchtwanger-Artikel geschrieben habe, beschäftige ich mich damit und hoffe, innerhalb des Monats Juni damit zu Rande zu kommen. Daß freilich Michi und seine Frau mit ihrer Übersiedlung immer wieder zögern, enttäuscht mich sehr. Die Gelegenheiten für sie beide werden durch Warten schlechter, gute Arbeit zu finden; mehrere leerstehende Zimmer im neuen Hause werde ich verteidigen müssen, weil die Stadtverwaltung Wohnraum braucht, und welche Hilfe mir psychisch die Anwesenheit der beiden bedeutete, brauche ich nicht zu beschreiben. Es wäre nicht nur freundschaftlicher gegen mich, wenn die beiden weniger an sich selber dächten, sondern auch viel klüger. Und nun muß ich in eine Präsidialratssitzung des Kulturbundes, der mir in jedem Sinne und nach besten Kräften behilflich war, mich hier wieder zu etablieren, und die Lektüre unterbrechen, die mir seit vorgestern große Freude macht: den Tod Voltaires auf morgen zu verschieben und dann den Greifenverlag zu befriedigen, der mich gestern durch Eilbrief gemahnt hat. Lassen Sie sich's inzwischen gut gehen, lieber Feuchtwanger, in diesem kühlen Juni, der mir so wohl tut, eben der Kühle wegen. Grüßen Sie Marta aufs herzlichste und schlagen Sie sich weiter mit Ihrem »Goya« herum, den ich immer »Greco« nenne. Herzlich wie stets

Ihr
Zweig

Haben Sie zufällig eine Ahnung, wo ich ein Exemplar meiner »Bilanz der deutschen Judenheit 1933« auftreiben könnte? Ich brauche Westmark für Adam und könnte sie mühelos dafür kriegen.

260 Feuchtwanger an Zweig

Pacific Palisades, Calif.
14. Juni 49

Liebster Zweig,

schönen Dank für Ihren Brief vom 23. Mai.

Ich habe hier inzwischen den Besuch von Friedrich Luft gehabt, der mir viel über Sie und die andern Freunde erzählte.

Auch von Großhut habe ich über Sie gehört, und ich freue mich, daß wenigstens Ihre äußeren Erfolge nach den Berichten der beiden Herren geradezu triumphal sind.

Hier sieht die äußere Situation für den Schriftsteller immer trüber aus. Trotzdem will ich unter allen Umständen zumindest bis zur Vollendung des »Goya« hier bleiben.

Ich wünschte sehr, daß endlich eines Ihrer Stücke gespielt oder wieder gespielt würde. Außer dem »Bonaparte« müßte doch der »Grischa« eine sichere Erfolgschance im jetzigen Deutschland haben.

Ich selber habe, bevor ich ernstlich an den »Goya« ging, ein Stück geschrieben, »Der Prozeß der Witwe Capet«. Aber wie die Dinge heute liegen, bin ich sicher, daß das Stück überall auf Mißverständnisse stoßen würde, gerade weil es unmißverständlich progressiv ist. Ich lasse es deshalb vorläufig liegen.

Die Übersetzung des »Goya« besorgt nach vielem Hin und Her Mrs. Lowe-Porter. Ich habe für eine amerikanische Zeitung eine Rezension des »Doktor Faustus« geschrieben und bei dieser Gelegenheit ihre Übersetzung dieses unendlich schwierigen Romans geprüft. Ich glaube, daß die Tatsache, daß sie den »Goya« übersetzt, einer der wenigen Glücksfälle ist, die mir in letzter Zeit begegnet sind.

Lassen Sie mich, bitte, sehr bald wissen, wie es Dita geht. Ich höre, sie sei so gut wie wiederhergestellt.

Sehr viele herzliche Wünsche

Ihr
Feuchtwanger

261 Zweig an Feuchtwanger

Hotel Adlon
Wilhelmstr. 70
Berlin W8
den 22. Juni 1949

Liebster Feuchtwanger!

Ich bekomme gerade Ihren Flugbrief vom 14. Juni und gratuliere frohen Herzens dazu, daß Ihr »Goya« von einer so erprobten Hilfskraft übersetzt wird, wie Mrs. Lowe-Porter ganz offenbar ist. Außerdem erhielt ich gestern ein Paket aus USA, das als Absender Ihren Namen trägt. Es muß ungefähr am 23. Mai abgesandt worden sein. Sie und Marta und wahrscheinlich auch Fräulein Waldo haben daran mitgewirkt, und wenn wir erst in unsere Wohnung eingezogen sein werden, werden wir den Genuß davon haben und Ihnen nochmals bestätigen, daß alles des Dienstags würdig war, an dem es ankam und an dem, wie Sie sich erinnern, der liebe Gott aus Versehen zweimal sagte, daß alles gut war.

Und hier finden Sie nun ein kleines, sehr verspätetes Geburtstagsgeschenk – meine Einleitung zu einer Auswahl aus Ihren Romanen, die der Greifenverlag veranstaltet. Die Bestellung war eine Improvisation, die in der

Zeit höchlichst drängte; die Ausführung war es infolgedessen auch. Aber ein Feuchtwanger-Essay wird eines Tages ausgereift sein, und ich hoffe, vielleicht schon, wenn ich den ganzen »Goya« in der Hand halten werde.

Und nun bin ich neugierig, wann dieser Brief bei Ihnen eintreffen wird. Herzlich wie immer

Ihr
Zweig

262 Hilde Waldo an Zweig

Pacific Palisades, Calif.
23. Juni 49

Sehr geehrter Herr Zweig,

ich erlaube mir, Ihnen in der Anlage den Artikel zu schicken, den Heinrich Mann für Dr. Feuchtwangers 65. Geburtstag geschrieben hat.

Bereits am 14. Mai hatte ich im Auftrag Heinrich Manns diesen Artikel eingeschrieben und per Luftpost an Dr. Kantorowicz geschickt. Herr Mann macht sich Sorgen, daß dieser Brief verlorengegangen sein mag, da Kantorowicz den Empfang nicht bestätigt hat.

Ich wäre Ihnen also besonders dankbar, wenn Sie sich mit Kantorowicz in Verbindung setzen wollten, um in Erfahrung zu bringen, ob er den Artikel Heinrich Manns erhalten hat, und ihm die zweite Kopie geben, die Sie in der Anlage finden. Auch wäre es freundlich, wenn Sie ihm sagen wollten, daß er doch sogleich Heinrich Mann darüber schreiben möge, mit Luftpost, bitte.

Mit schönem Dank und guten Wünschen

Hilde Waldo
Sekretärin

Anlage

263 Zweig an Feuchtwanger

Hotel Adlon
Wilhelmstr. 70
Berlin W8
25. Juni 49

Liebster Feuchtwanger!

Fast gleichzeitig kamen Ihr lieber Brief vom 14. 6. und ein prächtiges Paket vom 23. Mai in meinem Adlon-Zimmer an und erfüllten es, stärker als mit dem Lärm, den die ununterbrochen arbeitenden Baumaschinen vor den Fenstern (keine Doppelfenster!) machen, mit dem warmen Gefühl unserer Freundschaft und Ihrer unermüdlichen Fürsorge. Ich hatte mich gerade mit Ihnen zu beschäftigen gehabt und dem Dietz-Verlag 5 Seiten Einleitung zu seiner Prosa-Auswahl diktiert; hatte während dieser Zeit auch den Tod Voltaires gelesen, den Kantorowicz nachgedruckt hatte, und mit bewundernder Freude dies Kabinettstück genossen. Vorgestern schickte ich Ihnen mit gewöhnlicher Post einen Durchschlag auf dünnem Papier und bin neugierig, wann Sie ihn haben werden. Bei dieser Gelegenheit entwarf ich einen wirklichen Feuchtwanger-Essay für ein Aufsatzbuch »Freunde«. Zu Hilfe gekommen war mir ein uralter Prospekt von Georg Müller, aus dem ich sah, wie energisch Sie mit der dramatischen Form gekämpft haben – neun Stücke, Feuchtwanger – und was Sie daraus für die Romanform gelernt haben. Interessieren Sie sich für dieses Material, und besitzen Sie es? Und nun zu Ihrem Fünfundsechzigsten, liebster Feuchtwanger, glauben Sie ja, daß Brecht und ich und Ruth Berlau und Helene Weigel am 7. 7. zusammensein werden und auf Ihr Wohl einen Schnaps trinken! Wein gibt es im Ostsektor noch kaum, aber mehrere Arten von guten Spirituosen, und daran soll es an Ihrem Geburtstage nicht fehlen. Es gibt einen komischen Stammbuchvers von Rosen, Tulpen und Nelken, alle drei verwelken, Stahl und Eisen bricht, aber unsere Freundschaft nicht. Wenn Sie wiederkommen, werden Sie das erleben.

Meine triumphalen Erfolge ... ich bin weit davon entfernt, sie zu leugnen. Sie machen mir auch Spaß. Wo immer man öffentlich reden soll, mit warmem Applaus begrüßt zu werden, bevor man noch den Mund aufgetan hat, das ist schön. Und den guten Willen und die Hilfsbereitschaft aller Menschen in unserem Sektor für sich zu haben, auch. Und welche Freude meine Kurzgeschichten auslösen können, die ich doch immer ein wenig unterschätzt habe, freut mich natürlich ganz besonders. Da Dita aber an all diesen Dingen nur in der Form Anteil nimmt, daß sie zur Selbstquälung daraus schließt, ich würde doch nie mehr auf solche Ehrungen und Erfolge verzichten wollen, nie mehr also nach Palästina zurückkehren, und sie müßte also daran glauben, daß wir uns nach vierzigjähriger Freundschaft trennen würden, da sie nur in Palästina, auf dem Carmel, ihr Leben zu beschließen gedenke – daraus können Sie schließen, mein Lieber, daß meine Erfolge für mich nur ein Schattenspiel bedeuten. Vorgestern hatte ich Felix Boenheim bei ihr, jetzt Professor in Leipzig, und heute will ich eine Erinnerung meines Adam mit den Neurologen diskutieren, da Dita vor 20 Jahren nach einer zu schnellen Auffahrt nach Arosa bereits einmal erkrankt war, nicht psychisch, sondern nervlich, und die Ärzte eine zu starke ultraviolette Bestrahlung und Überreizung der Hypophyse dafür verantwortlich gemacht hatten. Vielleicht hat der schnelle Aufstieg im Flugzeug diesmal eine ähnliche Wirkung gehabt, weil ihre Todesangst bereits nach den ersten 10 Tagen in der ČSR deutlich war. Sie schob sie auf die politische Atmosphäre und das Vorhandensein von so wenig Hinterbliebenen von 5 Millionen europäischen Juden. Und an diesem Hauptpunkt hat sich leider nichts geändert. So bin ich also hier, lieber Feuchtwanger, ohne Dita, die Kinder oder Lily, damit beschäftigt, Bücher neu aufzulegen, eine Wohnung zu möblieren, mit Theater und Film zu verhandeln, mit Dita und den Ärzten dauernden Kontakt zu halten – ich sehe D. fast täglich und habe jetzt zum Glück einen eigenen Wagen zur Verfügung, politische und repräsentative Arbeit zu leisten und nebenbei auch noch ein bißchen an Neuem herumzudenken. Zum Beispiel möchte ich »Versunkene Tage« mit einer langen Coda versehen und die wesentlichen Schicksale so zu Ende ziehen, wie sie zwischen 1908 und 1948 geraten konnten. Aber ich bin ziemlich abgebraucht, und wenn ich nicht notwendig Westmark verdienen müßte, würde ich diesen Plan zurückstellen.

Adam will im Juli herkommen, und obwohl er sich vorläufig politisch drollig entwickelt, wird mir seine Anwesenheit doch sehr gut tun. Wenn ich ihn veranlassen könnte, hier sein Studium zu beenden, wäre ich auch noch eine Sorge los. Glauben Sie aber ja nicht, lieber Feuchtwanger, daß ich auch nur eine Sekunde bereut hätte, was wir vor einem Jahr beschlossen und ausführten. Ich glaube nicht, daß man anderswo mit dem gleichen Gefühl eines sauberen Entschlusses leben kann. Das enthält natürlich keinen Vorwurf gegen Sie – jeder bleibe solange als irgend möglich in seinem Milieu, das er sich geschaffen. Wer aber fort muß, findet hier die bestmögliche Atmosphäre und, nehmt alles nur in allem, soviel Verständnis, wie man in dieser Nachkriegswelt für Schriftsteller nur aufbringen kann. Und nun alles Gute für die nächsten fünfzehn Jahre, ohne daß das ein Limit bedeute!

Immer herzlich
Ihr
Zweig

264 Feuchtwanger an Zweig

Pacific Palisades, Calif.
27. Juni 49

Lieber Zweig,

ich gratuliere Ihnen zur Wiederherstellung Ditas. Ich habe darüber schon von Großhut gehört, mit dem ich in heftiger Korrespondenz stehe.

Den gewünschten Füllfederhalter haben wir besorgt. Er geht mittels Flugpost an Sie ab, sowie Sie mir mitteilen, welches nun Ihre Adresse ist: Adlon oder Ossietzkystraße?

Ein Exemplar Ihrer »Bilanz der deutschen Judenheit« ist mir mehrmals angeboten worden, in deutschen Buchhändlerkatalogen aus New York. Ich frage dort an. Es ist sehr wahrscheinlich, daß ich Ihnen bald ein Exemplar werde besorgen können.

Meine Dinge gehen wie üblich, im großen ganzen nicht schlecht, abgesehen von der allgemeinen Atmosphäre und viel Ärger im kleinen. Die Verworrenheit der deutschen Verlagsverhältnisse gehört zu den Dingen, die mehr sind als ein kleiner Ärger. Auch sind die Briefe, die ich aus Deutschland erhalte, oft geradezu unverständlich, weil sie Kenntnis vieler Dinge voraussetzen, die ich hier unmöglich wissen kann.

»Goya« geht im ganzen gut weiter. Ein Drittel des Manuskripts habe ich abgeliefert; immerhin ist es sehr fraglich, ob das Buch vor dem Herbst 50 erscheinen wird.

Die Kolonie der deutschen Schriftsteller hier hat sehr abgenommen. Um so mehr halte ich mich an deutsche Bücher.

Lassen Sie mich möglichst Genaues über Ihre Pläne wissen.

Ihnen und Dita alles Herzliche

immer Ihr alter
Feuchtwanger

265 Zweig an Hilde Waldo

Berlin W8
29. Juni 1949

Liebes Fräulein Waldo,

vor ein paar Stunden kam Ihr Eingeschriebenes mit dem schönen Feuchtwanger-Essay von H[einrich] M[ann]. Es liegt halt alles an den blöden Besatzungsverhältnissen. Das Juni-Heft von »Ost und West« enthält den Aufsatz schon, außerdem eine Seite »Gruß an F.« von Brecht und meine »Romanze vom Kinderwagen«, die L. F. gewidmet war. Durch Kantorowiczs Reise in den Wilden Westen ist diese Widmung weggeblieben, sonst aber hat alles geklappt. Es geht jetzt überhaupt wenig verloren. Grüßen Sie den Lion also herzlich und rechnen Sie darauf, daß das Heft in 6 Wochen bei ihm ist. Mit besten Grüßen an alle

Ihr
Zweig

Bitte schicken Sie doch den Zettel rechts an meinen Sohn Michi. Besten Dank!

[Nachschrift Beatrice Zweig:]
Lieber Dr. Feuchtwanger,

zu Ihrem 65. gratuliere ich Ihnen von Herzen. So viel Schönes geschaffen und den Menschen geschenkt, mit Werk und Person. Auch Ihnen, liebe Marta, gratuliere ich, denn ich weiß, wieviel Anteil Sie selbst am Gedeihen von beidem hatten und hoffentlich noch recht lange haben werden! Wie schön, daß Sie sich doch eingelebt haben. Mir gelingt's »nimmer«. Also alles Gute, zur Gesund bis 100 Jahr! In Freundschaft und mit vielen Grüßen

Ihre Beatrice Zweig

266 Zweig an Feuchtwanger

Hotel Adlon
Berlin W 8
5. Juli 49

Liebster Feuchtwanger,

diese Adresse bleibt noch für mindestens zehn Tage. Alles geht lächerlich langsam, da ich ohne Dita und mit meinem Adlatus arbeiten muß, dem durch 9 Jahre KZ und Zuchthaus die Beharrlichkeit bei einer Aufgabe schwer wird. Aber es geht. Dita? Ich freute mich über Ihren Glückwunsch, Lieber. Aber es ist noch nicht so weit. Sie will nur nach Haifa, Carmel, Anno 36 oder 37. Aber nicht ohne mich. Und vor einer Einwurzelung in Berlin graut ihr noch, besonders in Berlin O. Darunter versteht sie z. B. Möbelkauf, Küchenanschaffung und dergl. Daß ich jetzt 9 Monate mit Lärm vorm Fenster und ohne brauchbares Badezimmer kampiere, liegt noch außerhalb ihres Blickfelds.

Also einen neuen Füll wollen Sie mir senden, nicht bloß die Spitze und weiche Feder? Herzlichen Dank, Lieber! Die Gewohnheit, zum Geburtstag andere, Freunde zu beschenken, haben Sie also weiterhin im Sinne. Jedenfalls freue ich mich auf den ersten Brief mit dem neuen Halter. An Sie. Daß Brecht im Hedwig-Spital liegt und seine Blase in Ordnung bringen lassen muß, schrieb ich Ihnen wohl schon. Vielleicht sieht er jetzt ein, daß er besser daran getan hätte, schon früher Ärzte an sich heranzulassen. Er langweilt sich schrecklich, berichtet Ruth Berlau, die 2 Stockwerke über mir wohnt und mit der ich mich sehr angefreundet habe, prachtvoll wie sie ist. Daß unser Freund Großhut Sie des langen und breiten mit Briefen zudecken wird, stelle ich mir lachend vor. Es ist sehr schwer, ihm zu helfen, da er keinen Rat annimmt, sondern ununterbrochen weiterproduziert. Dem Aufbau-Verlag hat er 2000 Seiten herschleppen lassen. Eine sehr hilfsbereite, in Stockholm verheiratete Berlinerin tat ihm diesen Bärendienst und zürnt nun dem Aufbau-Verlag, weil der auch noch etwas anderes zu tun hat, als Großhuts gesammelte Werke zu lesen. Andererseits prüft ein gewissenhafter Lektor von einem neuen Autor alles, was der ihm auf den Schreibtisch schüttet. Ich hatte dem guten Sally geraten, seine 5 long-short stories aus der Kulturgeschichte einzusenden und nicht mehr. Genau das gleiche vollzieht sich mit seinem Ohio-Stück, das er an Brecht und Langhoff geleitet hat, ohne sich vorzustellen, daß führende Theater einen eigenen Kurs steuern. Aber vielleicht kann ich ihm durch eine Empfehlung an die neuzugründende Büchergilde Gutenberg weiterhelfen. Sie sucht Literatur, die zugleich fortschrittlich und allen Schichten der Bücherleser zugänglich ist. Meine Pläne: in die Ossietzkystraße überzusiedeln und das Freud-Buch zu beenden, eine endgültige Fassung von »Bonaparte« herzustellen und mit der DEFA Filmprojekte abzuschließen, wahrscheinlich das »Beil«, später dann »Verdun« und »Wienfried« (»Einsetzung«), den Michi beim Rundfunk einzuführen und Dita im Frühjahr nach Haifa zu bringen, wo alle meine Manuskripte und Bücher auf mich warten. Eine schöne Liste, lieber Feuchtwanger! Ich möchte nur meine Kraft vor Abnutzung bewahren – und dabei gründen wir eben die Akademie der Künste neu, und ich präsidiere dem vorbereitenden Ausschuß. Und damit für jetzt Schluß und die herzlichsten Grüße! Hoffentlich war Ihr Geburtstag ein angenehmer Tag, trotz der Tatsache, daß zur Zeit so wenig Kollegen von einst in Ihrer Nähe sind.

Wie immer
Ihr Zweig

Natürlich werden Sie und Thom[as] M[ann] zu korrespondierenden Mitgliedern ernannt werden. Wenn Sie annehmen.

267 Zweig an Feuchtwanger

Hotel Adlon
Wilhelmstr. 70
Berlin W 8
den 9. Juli 1949

Mein lieber alter Feuchtwanger!

Da ich jetzt auch das Gefühl habe, nicht mehr zu den ersten Kohorten, sondern zu den Triariern [zu gehören], und mich infolgedessen auch »Alter« tituliere, wenn ich mich im Spiegel sehe, möchte ich auch Ihnen heute, einem 65er, diese Anrede nicht vorenthalten. Sonst aber bleiben wir die gleichen und dieselben, nicht wahr? Heute möchte ich Ihnen nur schnell für die herrliche Venus danken, die wohlverpackt gestern angeflogen kam – nein vorgestern, um nicht zu schwindeln. Sie hätten viel zu lachen gehabt, hätten Sie gesehen, wie ich mich bemühte, hinter das Geheimnis des Füllens zu kommen, bevor ich nämlich die verschiedenen Lagen der Verpackung auseinandergenommen und dabei die kleine Gebrauchsanweisung entdeckt hatte! Auf alle Fälle ist dies ein kostbarer Zuwachs meiner Schreibutensilien und genau das, was ich zur Korrektur und zu kleingeschriebenen Notizen suchte. Vielen Dank also! Meinen Brief haben Sie inzwischen bekommen, der meinen vorläufigen Verbleib im Adlon anzeigte – im Hotel Malepartus, wie ich es nennen werde, sobald ich dazu komme, das Schlußbuch eines Romans zu schreiben, welches die Rückkehr des Carl Steinitz nach Berlin gestalten wird. Durch Ditas Erkrankung und den Kampf, den ich für ihre Wiederherstellung führte und noch führe, wird dieser Schluß eine unvorhergesehene, ich möchte beinahe sagen, dämonische Tiefe und Wildheit bekommen; die ersten beiden Bücher sollen als Fragment in einem »A. Z.«-Heft von »Sinn und Form« veröffentlicht werden, welches Rütten & Loening als nächstes

Sonderheft der Zeitschrift plant. Eben ist ein Vorläufer dieser Sonderhefte, »Bertolt Brecht«, erschienen, 265 Seiten, vortrefflich gedruckt und fast ganz von Brechtschen Arbeiten ausgefüllt, darunter »Die Geschäfte des Herrn Julius Caesar« (zweites Buch), »Der kaukasische Kreidekreis« (komplett), »Kleines Organon für das Theater« und Gedichte. Leider ist er nicht in der Lage gewesen, am 7. meinen Besuch zu empfangen; ich wollte Ihren Geburtstag an seinem Krankenbett feiern. Gestern und heute hatte ich noch keine Nachrichten von ihm, aber ich schicke diesen Brief nicht ab, ohne sie bekommen zu haben. Und nun laß ich Platz für Lou Eisler, die vorgestern abend mit Hanns zu einem Empfang für Gerhart E[isler] in Berlin eintraf. Er und Hilde haben viel dazu beigetragen, daß Ihr Bild, lieber Feuchtwanger, bei den Hiesigen wieder zurechtgerückt wurde, das von russischen Irrtümern in der letzten Zeit ins Wanken gebracht wurde, ohne daß ich etwas davon erfuhr. Die Einladung von Pieck und Grotewohl, die Sie zum 65sten erhielten, wieder nach Berlin zurückzukehren, ist auf diese Zurechtrückung zurückzuführen; das »Ost und West«-Heft und die Dietzsche Auswahl mit meiner Einleitung werden den Rest besorgen. Spaß machen wird Ihnen, daß der Nordwestdeutsche Rundfunk (britisch lizensiert) die Nachricht formulierte, Sie seien von der SED »aufgefordert« worden, wieder nach Berlin zurückzukehren. Dies gehört zu den querelles allemandes oder berlinoises, die das hiesige Leben versüßen. Und nun also nochmals Dank, lieber Feuchtwanger, und den nächsten Brief schreib ich mit Eurer Venus. Auch von Dita herzliche Grüße!

Wie immer
Ihr
»alter« Zweig

[Nachschrift Louise Eisler:]

Lieber, lieber Lion: ich habe gestern an Ihrem Geburtstag viel an Sie gedacht – auch ein Telegramm geschickt – sehr bald schreibe ich einen ausführlichen Brief –

Ihre
Lou E.

[Nachschrift Hanns Eisler:]

Die herzlichsten Grüße und Wünsche von

Ihrem alten
Hanns Eisler

268 Feuchtwanger an Zweig

Pacific Palisades, Calif.
13. Juli 49

Liebster Zweig,

herzlichen Dank für die viele freundschaftliche Mühe, die Sie sich anläßlich meines Geburtstags machten. Ich habe mich tief und ehrlich darüber gefreut.

Einen besondern Dienst könnten Sie und die Freunde mir erweisen, wenn Sie mir etwas Greifbares an die Hand geben könnten, einen längeren Zeitungsausschnitt oder dergleichen, was man denn nun bei Euch an mir tadelnswert findet. Ich tappe völlig im dunkeln und bin auf schiere Vermutungen angewiesen. Außer zwei Zeilen in der »London Times« habe ich nur Andeutungen gehört.

Eine besondere Genugtuung ist es mir, daß Hilde und ihr Mann sich bemühen, die Mißverständnisse um mich aufzuklären.

Adam hat mir anläßlich meines Geburtstags einen besonders netten und ungewöhnlich klugen Brief geschrieben.

In dem »Goya«, von dem ich fürchte, daß auch er mißverstanden werden wird, ist ein längerer, in sich abgeschlossener Teil über die Inquisition, etwa hundert Seiten, wie ich glaube, sehr wirksam und durchaus eindeutig. Wenn Sie glauben, daß der Vorabdruck dieses Teiles – etwa 250000 Worte – in einer deutschen Zeitschrift von Nutzen sein kann, dann schreiben Sie mir's, bitte.

Bitte, sagen Sie Hanns und Lou, daß wir vier Briefe an ihre Wiener Adresse geschickt haben, die ohne Antwort sind.

Nochmals herzlichen Dank für alles. Und jetzt gehe ich wieder an den »Goya«.

Sehr viele gute Wünsche für Sie und Eislers

immer Ihr
Feuchtwanger

PS Habt Ihr übrigens Thomas Manns kleines Buch »Die Entstehung des Doktor Faustus, Roman eines Romans« zu sehen gekriegt? Es ist für jeden, der ein bißchen mit Thomas Manns hiesigem Leben und Wirken vertraut ist, ungewöhnlich interessant und aufschlußreich. Hanns wird es aus vielen Gründen besonders interessieren. Wenn Ihr es dort nicht kriegen könnt, schicke ich es.

269 Hilde Waldo an Zweig

Pacific Palisades, Calif.
14. Juli 49

Verehrter Herr Zweig,

im Auftrag Doktor Feuchtwangers schicke ich Ihnen in der Anlage die Kopie eines Briefes an die SED.

Mit schönen Empfehlungen

Hilde Waldo
Sekretärin

[Beilage:]

Kopie 14. Juli 1949

An die Herren
W. Pieck und O. Grotewohl
Sozialistische Einheitspartei Deutschlands

Sehr verehrte Freunde,

die Glückwünsche, die Sie mir im Namen der Sozialistischen Einheitspartei Deutschlands aussprachen, haben mir besondere Freude und Genugtuung bereitet; sie beweisen mir, daß meine Bücher auch im heutigen Deutschland so aufgefaßt und verstanden werden, wie sie gemeint sind.

Es ist mein herzlicher Wunsch, so bald wie möglich und auf lange Zeit nach Deutschland zu kommen. Doch scheint mir, daß ich, wenn auch vielfach mißverstanden, vorläufig hier in Amerika dem Fortschritt und dem Weltfrieden bessere Dienste tun kann. Ich glaube, es wäre der Arbeit, an der ich schreibe, nicht förderlich, wenn ich sie unterbräche, bevor sie beendet ist.

Seien Sie versichert, verehrte Freunde: inmitten des Hin und Her meines Exils und trotz meines Bekenntnisses zur weltumspannenden Sache der Vernunft bin und bleibe ich ein deutscher Schriftsteller.

Mit herzlichen Grüßen und Wünschen

Lion Feuchtwanger

270 Zweig an Feuchtwanger

Hotel Adlon
Wilhelmstr. 70
Berlin W 8
den 23. Juli 1949

Liebster Feuchtwanger!

Über Ihre »Russische Frage« müßte ich einen Aufsatz schreiben, für den ich aber das Material noch nicht habe, vorläufig sieht es so aus, als ob dort in Sachen der Kunst und Kultur augenblicks eine Verflachung eingetreten sei, wie nach jedem siegreichen Kriege in jedem Siegerland. Entscheiden kann das natürlich nur jemand mit guten Augen und Zeit, um zu lesen. Unser Freund Brecht ist inzwischen fieberfrei und dürfte bald das Hedwig-Spital verlassen. Dann werden wir Nachbarn sein, zwölf Autominuten eingerechnet, und ich werde mit ihm durchsprechen, was zu geschehen habe. (Da Helene Weigel für Brechts Stücke ein besonderes Ensemble gegründet hat, das in den beiden Theatern Max Reinhardts abwechselnd gastieren wird und infolgedessen Langhoffs Absichten und Spielpläne heftig reduziert, sehe ich am Horizont eine Wolke aufsteigen, falls mein »Bonaparte« nicht endlich im September oder Oktober im Deutschen Theater gespielt wird; was L. mir versprochen hatte. Ich würde es sehr bedauern, aber nicht nachgeben. Ich hätte sonst längst Ditas Wunsch zu erfüllen versucht, sie schon im Herbst nach Israel zu bringen. Inzwischen ist es mir gelungen, diesen ihren Wunsch auf den Februar zu vertagen.)

In diesem Zusammenhang eine Frage, lieber Feuchtwanger. Sie sehen doch auch keine Chance mehr für die Verfilmung des »Beils« in Hollywood oder London? Ich verhandele mit der DEFA, die den Film von Erich Engel produzieren lassen würde, mir aber nur wenig Dollar wird zahlen können. Dollars brauche ich für Dita und Adam. Außerdem habe ich es nötig, mit einem sehr guten Film vor die Weltöffentlichkeit zu kommen, um später auch DEFA-Filme nach meinen Kriegsromanen herausbringen zu können. Hinzu kommt, daß meine Erfindungsgabe und mein Interesse für den Film nicht kleiner geworden sind, andererseits ist das »Beil« eine große internationale Chance, da slawische und romanische Übersetzungen in diesem Herbst erscheinen sollen.

Was würden Sie tun? Und könnten Sie einmal mit Guggenheim unverbindlich sprechen, wieviel Ljus Förlag verlangen würde, wenn wir den Roman jetzt deutsch in Deutschland herausbringen würden. Die Devisenvorräte der Ostzone sind vorläufig knapp, steigern sich aber im Laufe des nächsten Jahres bestimmt, da unsere Wirtschaft sich von Monat zu Monat nachweislich positiv entwickelt. Andererseits möchte man eine Buchausgabe bald nach Beendigung des Vorabdrucks in der »[Berliner] Illustrierten« starten. Sie sehen, auch ich habe Probleme, nicht alle so düster, wie die mit Dita zusammenhängenden noch vorigen Monat waren, auch diese bessern sich zum Glück, und wahrscheinlich wird sie nächste Woche probeweise mit mir nach Niederschönhausen übersiedeln, was ein großer Schritt vorwärts wäre.

Und nun wieder zu Ihnen, lieber Feuchtwanger. Noch habe ich mit niemandem über die Frage gesprochen, wo wir einen Vorabdruck der Inquisitionsepisode aus »Goya« am wirkungsvollsten starten könnten. Ich sehe drei Möglichkeiten: ein Sonderheft von »Sinn und Form« und je vier bis fünf Fortsetzungen in »Ost und West« und im »Aufbau«, letzteren redigiert jetzt Uhse, der mit einer Lungen-Tb für drei Monate in ein Bad muß. Erstere ist mir sehr sympathisch aus Kameradschaft für Scheer und Kantorowicz. Falls später das Buch im Aufbau-Verlag herauskommen sollte, wäre die mittlere Placierung vielleicht die einfachste. Was denken Sie darüber? Vielleicht bespreche ich auch diese Angelegenheit mit Brecht, sobald ich ihn sehe.

Die beiden Eisler-Paare hoffe ich in den nächsten Tagen zu sehen. Sie sind sehr von politischen und Wohnungsfragen mit Beschlag belegt. Das »Faustus«-Buch hat hoffentlich Herr Suhrkamp schon herausgebracht, der sich aber uns Östlern gegenüber vorläufig höchst spröde verhält. Neugierig bin ich, ob Thomas nach Berlin kommen wird, wozu wir ihn von der Akademie, und ich noch persönlich von Dita aus, eingeladen haben. Vielleicht könnte er ihren Widerwillen gegen das von Hitler verseuchte Deutschland zurechtbiegen. Und nun noch gute Arbeit, lieber Feuchtwanger, und gutes Wetter. Auch 66 ist eine sehr produktive Zahl.

Und damit verläßt Sie für heute

Ihr wie immer herzlich grüßender
Zweig

271 FEUCHTWANGER AN ZWEIG

Pacific Palisades, Calif.
26. Juli 49

Liebster Zweig,

gerade kommt Ihr Brief vom 22. Juni und Ihr schöner Aufsatz zu meinem Geburtstag. Sehr herzlichen Dank, lieber alter Zweig.

Dieser Geburtstag hat mich ein wenig nachdenklich gemacht. Fünfundsechzig Jahre, und wieviel ist noch zu tun. Wenigstens bleibt einem da nicht viel Zeit, über die zahllosen Mißverständnisse nachzudenken, denen man auch bei äußerster Klarheit ständig begegnen muß. Im übrigen waren an diesem Geburtstag die besten Stunden die paar, die ich am »Goya« arbeiten konnte.

Alles Herzliche, und hoffentlich vollzieht sich Ihre Übersiedlung in das neue Haus sehr bald und ohne zu großen Ärger.

Immer Ihr
Feuchtwanger

272 Feuchtwanger an Zweig

Pacific Palisades, Calif.
1. August 49

Liebster Zweig,

schönen Dank für Ihren Brief vom 23. Juli.

Ich würde mich herzlich freuen, wenn der »Bonaparte« endlich gespielt würde.

Zur Verfilmung des »Beils«: ich halte es für ausgeschlossen, daß hier in Hollywood irgend jemand die Verfilmung eines Antinazibuches auch nur aus weitester Entfernung in Betracht zieht. Wie die Dinge in London stehen, weiß ich nicht. Ich hielte es für sehr begrüßenswert, wenn das »Beil«, das mir ein wunderbarer Gegenstand für eine Verfilmung scheint, von einem so ausgezeichneten Regisseur wie Engel gemacht würde, und es ist mehr als wahrscheinlich, daß der Film dann auch hier gezeigt werden würde.

Mit Guggenheim habe ich gesprochen. Er schreibt sogleich nach Stockholm. Der Ljus Verlag hat ausgezeichnete Beziehungen zu beiden Zonen in Berlin, leitende Männer des Verlags sind oft in Berlin, und man wird sich von Stockholm aus direkt mit Ihnen ins Benehmen setzen.

Ich bin neugierig, ob Sie nun diesen Brief schon in Niederschönhausen erhalten. Grüßen Sie, bitte, Dita sehr herzlich. Ich denke, es wird ihr eine Genugtuung sein, wieder in so was wie einem eigenen Hause zu sitzen.

Schönen Dank für Ihre Bemühungen um den Vorabdruck des »Goya«. Es ist so gut wie sicher, daß die deutsche Ausgabe des Romans kurz vor der englischen und der amerikanischen bei Landshoff erscheinen wird, und Landshoff nimmt an, daß er dann einige tausend Exemplare auch nach Deutschland werde importieren können. Er teilt mit, daß er auch von den beiden Bänden von »Waffen für Amerika« ein paar tausend Exemplare nach Deutschland gebracht hat. An einem Vorabdruck des Inquisitionskapitels bin ich interessiert aus ideologischen Gründen, weil ich glaube, daß der Vorabdruck gerade dieses Teiles das Urteil über das Gesamtwerk in die mir erwünschte Richtung lenken wird, während ich fürchte, daß das Gesamtwerk peinlichen Mißdeutungen ausgesetzt sein könnte.

Ich glaube, daß der Teil, um den es sich handelt, sehr wirksam ist, und ich überlasse es ganz Ihnen, mit welcher der drei Zeitschriften Sie über einen allenfallsigen Vorabdruck sprechen wollen. Da ich, wie Sie wissen, mit Kantorowicz besonders freundschaftlich stehe, ist es vielleicht ratsam, sich zuerst mit ihm darüber zu unterhalten.

Gute Übersiedlung und alles Herzliche

Ihr
Lion Feuchtwanger

PS Ich gebe übrigens die amerikanische Ausgabe vom »Beil« einer ungewöhnlich tüchtigen Agentin, um zu erfahren, ob sie irgendwo eine leise Chance einer Verfilmung sieht, natürlich ohne jede Verbindlichkeit für Sie.

273 Zweig an Feuchtwanger

Schloßgut-Villa
Berlin-Niederschönhausen
12. Aug. 49

Liebster Feuchtwanger,

mitten im Einrichten dieses altmodischen, aber schönen Hauses. Eben bricht die Sonne durch, der Garten voll alter Bäume trieft noch vom Regen, wir liegen mitten im Grünen und wie am Ende der Welt. Ich hätte Ihnen schon eher auf Ihr Briefchen vom 26. geantwortet, aber Dita, Adam – er hat auf seine Mutter mit Wunderkräften eingewirkt –, Sitzungen und Besuche haben das verhindert. (Meine Ilse Frank ist auf Urlaub in Hiddensee.) Da kommt gestern Ihr Brief vom 1. 8. und bringt mich an den Schreibtisch – den ersten Brief an diesem Schreibtisch zu schreiben, und zwar an Sie. Es geht mir gut, trotz einer gewissen Verbrauchtheit. Vielleicht sprechen Sie Th. M[ann], sobald er zurück ist, ich sah ihn in Weimar, nicht zu dem Trubel, sondern um ihn in die Mitgliedschaft der Akademie der Künste zu lotsen; er soll Ihnen von uns allen herzliche Grüße mitbringen. Da er wie Sie vorläufig nur korrespondierendes Mitglied sein kann, hat seine wie Ihre Entscheidung Zeit. – Das »Goya«-Kapitel hab ich heute Kantorowicz angekündigt, der heute fünfzig Jahre feiert. He's a youngster, is he not? Er freute sich des Geburtstagsgeschenks, wußte aber nicht einmal, daß Sie an einem »Goya« arbeiten. Wir sind zu weit auseinander. Ja, unsere Jahre geben uns zu denken. Nicht, ob wir all das werden fertig machen können, was wir vorhaben. Wir werden auf jeden Fall Fragmente hinterlassen. Aber näher aneinanderrücken, das müssen wir. Brecht ist noch immer krank, ein Rückfall brachte ihn wieder ins Spital – Nieren oder Prostata. Er hat seinen Körper vernachlässigt, der eigensinnige Kelte. Von ihm und der Weigel zum Theater ist nur ein Sprung. Nächstens geh ich mit Adam wieder hin, den »Teufel in Boston« wiederzusehen. Kennen Sie das Gedicht von St. V. Benét über Cotton Mather? Diesen Benét müssen Sie lesen – pocket-book. Er ist ein herrlicher Kerl, bloß daß er an einer Tb zu Grunde ging, in den States, das ist mir ein Rätsel. Morgen feiern wir bei Kanto, beide Eisler-Paare werden da sein, er wohnt zur Zeit in Groß-Glienicke. Alles das ist etwas märchenhaft, all diese Berliner Namen, innerlich kommt man ja doch vom Mittelmeer nicht mehr los und will's auch nicht, ebensowenig wie Sie und Th[omas] M[ann] vom Pacific. Aber hier haben wir, d.h. ich, Reichweite und money, und zum ersten Male seit dem »Grischa«, d.h. seit 20 Jahren, kann ich machen, was mir Spaß macht, ohne an die Ausgaben zu denken, die der Tag fordert.

Ob »Bonaparte« schon im Oktober steigen wird, muß ich dieser Tage erfahren. Die Bühne wird auch von Brechts Berliner Ensemble beansprucht. Spielen sie mich erst im Frühjahr, bringe ich meine tapfere Dita schon im November nach Haifa zurück und setze von dort aus meine Bücher in Bewegung. Die vielen angefangenen Mss. nehme ich dann selber als Passagiergut mit, ebenso die fertigen ungedruckten Aufsatzsammlungen. Vielleicht mache ich, was der Verlag Henschel erbeten hat, eine Neuauflage von »Juden auf der deutschen Bühne«, und ein paar Nachträge, z.B. auch über Ihre Stücke (»Boston«) und über Granach u. die Bergner. Nur eine Einleitung wäre unerläßlich, über die Nichtjuden auf der dt. Bühne, von denen die junge Generation kaum noch weiß. Was diese Nazizeit vernichtet hat, stellen wir uns ja doch kaum vor.

Und nun alles Gute, lieber alter junger Kamerad, und eine gewisse Vorfreude für nächsten spring. Spring und fall sind ja doch gute kurze Prägungen.

Immer wie eh und je

Ihr
Zweig

NB Mit Korfitsen vom Ljus habe ich längst Fühlung. Er war hier bei uns in Berlin W, vor dem Sowjetsektor hatte er Angst, genau wie Ludwig Marcuse. Ich hatte mit ihm schon über eine Lizenzausgabe gesprochen, aber er war damals abgeneigt. Darum ist mir Guggenheims Vermittlung lieb. Den Film »Beil« werd ich der DEFA geben, sobald keine andere Hoffnung besteht. Dann muß ich mit dem »Freud« zu Dollars kommen.

[Nachschrift Beatrice Zweig:]
Schönste Grüße

Dita

274 Feuchtwanger an Zweig

Pacific Palisades, Calif.
29. August 49

Liebster Zweig,
ich gratuliere zum neuen Wohnsitz.

Ich habe mit Michi und Ruth eine lange Unterredung gehabt. Es ist so gut wie gewiß, daß, wenn die beiden hier weggehen, sie gezwungen sind, es für immer zu tun. Daß sie abwarten wollen, bis wenigstens Ruths Angelegenheiten hier geregelt sind, scheint mir vernünftig, und wohl auch Ihnen.

Heinrich Mann ist voll von Zweifeln, was er tun soll. Es geht ihm gesundheitlich wieder etwas besser, und die Schilderungen Katias über die Zustände in Ostdeutschland haben ihn sehr aufgemuntert. Andernteils ist sein Arzt nach wie vor bedenklich, beinahe mehr wegen der Reise als wegen des Aufenthalts in Deutschland. Auf alle Fälle müßten die finanziellen Arrangements für seine Reise getroffen sein, bevor er einen endgültigen Entschluß faßt. Herr Wandel hat Katia Zusicherungen in dieser Hinsicht gemacht, aber es ist inzwischen nichts weiter erfolgt, Katia hat depeschiert.

Meine kleinen Ärgerlichkeiten hier haben sich sehr gehäuft, aber der »Goya« geht stetig weiter, und ich kann mein Ziel, diesen ersten in sich abgeschlossenen Band im Frühjahr für fertig zu erklären, aller menschlichen Voraussicht nach erreichen.

Die europäischen Dinge, und insbesondere die deutschen, werden, je mehr man von ihnen erfährt, um so undeutlicher. In den meisten Briefen, die ich erhalte, sind so viele Xs, Ys und Zs, daß ich mit dem besten Willen nichts halbwegs Klares antworten kann. Alle Verlagsdinge sind ganz und gar nebelhaft, und jede Entscheidung, die man trifft, ist mehr und mehr ein Einsatz an der Roulette.

Ich hoffe sehr, daß Ihr neues Haus Ihren Wünschen entspricht und daß Sie dort zu einer Arbeit kommen, die Ihnen Freude macht.

Ihnen und Dita alles Herzliche

immer Ihr
Lion Feuchtwanger

275 Zweig an Feuchtwanger

Berlin-Niederschönhausen
14. [–16.] Sept. 49

Liebster Feuchtwanger,

der alte jüdische Rhythmus der Feste ist mir noch so eingefuchst, daß ich Ihnen zu Rosch Haschanah gratulieren muß, auch wenn für uns beide das Jahr stets am 1. I. angefangen hat. Ich freue mich auf den »Goya«, den ich bei mir in meinem zerwalkten Hirn – von Dita zerwalkt – immer »Greco« nenne. Der erste Band wird willkommen sein, wann auch immer, besonders wenn Sie es möglich machen, ihn mir selber vorzulesen. Kommen Sie nach Berlin und sehn Sie selbst zu, wie es hier geht und steht. Beschreiben läßt sich's nur in einem Roman. [Kommen] Sie her und leben Sie ein paar Wochen hier, im Ostsektor, in der Nähe von Brecht, dem Kulturbund, den Theatern, mir, damit wir Ihnen erklären können, was hinter dem Beobachtbaren steht – und dann werden Sie urteilen.

16. Sept.

Die letzten 36 Stunden haben eine wahre Zerstörung meines Lebens hier bewirkt, natürlich mittels Ditas Zustand. Dadurch, daß Frau Anderle weggehen will, von Ditas Gesellschaft und dem Hausstand erschöpft, ist Ditas Heilung ganz außer Wirkung gesetzt. Seit Wochen nimmt sie ab, hat keinen Appetit, spricht nur vom Carmel und daß ich mit ihr dort einen neuen Start beginnen müsse, da sie hier nicht leben *könne*. Vorgestern wurde das manisch. Sie ließ mir keine Ruhe, bei der Arbeit nicht, nachts ab ½5 Uhr nicht. Die Ärztin kam ihr Spritzen geben, aber das beruhigt sie nur ein bißchen. Ich muß sie wieder in eine Anstalt tun, lieber Feuchtwanger, diesmal nach Buch, wo es nur Ostmark kostet und der Chefarzt uns aufrichtig ergeben ist, Gatte von Ditas Ärztin. Jetzt kann ich auch die Schulden der Westmark-Kuranstalt bezahlen, da man mir das betreffende Geld 1:1 umgetauscht hat (D. W. K.). Alles versucht, uns zu helfen, aber die rasende Angst in Ditas U[nter]b[e]w[ußtsein] vor der Wirklichkeit und Erwachsenenwelt prävaliert so, daß ihr geliebtes Ich ganz ohnmächtig gebeutelt wird. Sie löchert mich, an Freunde zu schreiben, an Nahum Goldmann, mir, uns eine Existenz auf dem Carmel zu schaffen. Und wenn ich ihr darlege, was das real bedeute, bei Bodenheimer zu wohnen, ihr eine nurse zu mieten etc., sagt sie: »Ja, aber …«, und alles geht von neuem los. Verzeihn Sie, Lieber, daß ich Ihnen mit diesen Qualen komme. Ich kann mir nicht mehr helfen, ich mußte mein Leid mit Ihnen teilen. Vierzig Jahre sind's im Oktober, daß ich Dita kennenlernte. Wie getroffen ich bin durch diese fürchterliche Wendung, sagt Ihnen, lieber Feuchtwanger, letzter Freund unter den Lebenden, dieser Brief. Dita will im März oder Februar nach Erez. Mag sein, ich bringe sie hin, wie ich's schon seit dem Abflug vorhatte. Aber mit ihr dort bleiben – unmöglich. Dennoch klammert sich ihre arme Seele an diese Selbsttäuschung, die ich mich zu zerstören hüte. Sie muß von Arztes wegen abblühn von selbst. Abwarten also.

Alles Gute inzwischen Ihnen beiden

Ihr
Zweig

276 Feuchtwanger an Zweig

Pacific Palisades, Calif.
28. September 49

Liebster Zweig,

ich kann mir Ihre Situation gut vorstellen, Ihre innere und Ihre äußere, und Sie wissen genau, was ich Ihnen dazu sagen kann. Ich brauche Ihnen nicht zu schreiben, wie oft und herzlich ich an Sie denke.

Meine Situation hier ist reichlich unsicher, wirtschaftlich und, wie soll ich sagen, staatsbürgerlich. Die gesamte ökonomische Situation hier ist mehr als undurchsichtig, und diese Ungewißheit wirkt sich natürlich vor allem auf dem Literaturmarkt aus. Die Verleger werden immer zurückhaltender, die Buchklubs verlieren Mitglieder, und der Film stagniert völlig. Auf der anderen Seite ist es wohl so, daß ich, wenn ich hier weggehe, die Türe für immer zuschließe, das heißt, daß ich Haus, Bibliothek und wohl auch meinen amerikanischen Markt verliere. So bin ich gewissermaßen froh, daß die Arbeit am »Goya« mich eines Entschlusses vorläufig überhebt; denn das scheint mir gewiß, daß ich günstigere äußerliche Arbeitsmöglichkeiten als hier nirgends finden kann.

Heinrich Mann wird ja nun wirklich in sehr absehbarer Zeit zurückgehen. Es ist nicht leicht für den Achtundsiebzigjährigen, nochmals in völlig neue Verhältnisse zu treten, und er ist recht gebrechlich. Immerhin werden Sie erstaunt sein, wie leicht Sie sich mit ihm verständigen werden.

Die Geldentwertung in Europa trifft mich hart; denn ich brauchte die Summe sehr nötig, die ich [aus] England für den »Goya« zu erwarten hatte, und die kommt also nun nur zu zwei Dritteilen – wenn sie kommt. Landshoff hat die bestimmtesten Zusicherungen gemacht über das rasche Erscheinen meiner Bücher in diesem und im nächsten Jahr, aber die Änderung der wirtschaftlichen Verhältnisse in Holland und in Westdeutschland wird auch da sicher neue Verzögerungen bringen.

Das einzig Erfreuliche ist, daß die Arbeit am »Goya« gut vorangeht.

Sehr herzliche Grüße und Wünsche

immer Ihr alter
Feuchtwanger

277 Zweig an Feuchtwanger

[Berlin]
20. 10. 49

Liebster Feuchtwanger!

Jetzt bin ich also ein Jahr wieder in Berlin. Ich wollte Ihnen am 17., dem genauen Datum, mit der Hand schreiben, bin aber eigentlich jede Stunde durch einen anderen Abruf daran verhindert worden. Sie werden der Meinung sein, das sei für einen Schriftsteller eine sonderbare Existenz. Der gleichen Meinung bin auch ich, sonderbarerweise aber nicht ungehalten, und ich wäre es noch weniger, wenn die innerhäusliche Seite der Ablenkungen nicht so schwieriger Natur gewesen wäre. Daß ich Ditas Krankheit meine, versteht sich, aber selbst diese Störung hat sich in den letzten Wochen viel leichter gestaltet. Offenbar habe ich Ihnen jenen handschriftlichen Brief in einem Krisenpunkt geschrieben. Seither schreitet ihre Anpassung an die Wirklichkeit fort trotz schwerer seelischer Begleiterscheinungen. Seit etwa 14 Tagen haben wir den Besuch einer jungen energischen Rheinländerin, die mit ihrem Mann seit 38 in Tel Aviv lebte und mit denen ich seit der Gründung der Liga V in engem Kontakt lebte. Sie hat Dita durch die Berichte über die Realität des heutigen Palästinas nachdenklich gemacht; die gesunde Vernunft meiner Frau kämpft seither viel erfolgreicher mit ihrem krankhaften Teil, als ich allein Hilfestellung dabei leisten konnte. – Gestern sprach ich nun mit dem Schriftsteller Alexan, der seit kurzer Zeit aus den USA eingetroffen ist und hier im Deutschlandsender eine wöchentliche Amerika-Sendung einrichtet. Dort steht ein Job für Michi bereit. Sie können die Kurzwelle 33,8 wahrscheinlich auch bei sich zu Hause abhören. Er meinte, daß Michi möglicherweise Schwierigkeiten haben werde, das Exit-Permit zu bekommen, wenn er Berlin als Reiseziel angäbe. Dann soll er sich nach Sondierung des Terrains das Visum für Paris oder für Zürich zum Besuch seines Bruders geben lassen. Wäre er erst auf dem Kontinent, so gäbe es keine Schwierigkeiten mehr. Ich wäre Ihnen dankbar, lieber Feuchtwanger, wenn Sie Michi das wissen ließen; ich habe ihm vor einer Woche geschrieben und möchte erst warten, ob mein Luftbrief durchgekommen ist, da unsere Westsektoren zur Zeit möglicherweise unsere Post aufmerksamer betrachten, als uns lieb ist.

Unsere hiesige Entwicklung seit dem 9.10. haben Sie wahrscheinlich verfolgt. Daß ich Mitglied der Volkskammer bin und in der Fraktion des Kulturbundes sitze, habe ich Ihnen kaum geschrieben, obwohl ich schon im März in den Volkskongreß hineingewählt wurde, notabene, ohne vorher gefragt worden zu sein. Dieses Amt kostet Zeit, aber es bringt mich in die nächste Nähe von

Vorgängen, die man wohl historisch nennen kann. Seither gibt es wieder eine deutsche demokratische Republik, aber so, wie wir sie wünschen, und nicht wie die Weimarer, die nur als Fiktion existierte. Die Haltung der Sowjetunion, wie ich sie in diesem Jahr beobachten konnte, ist wirklich so weise und konsequent, wie es von außen scheint. Nach den Erfolgen unserer Friedenssache in China entwickelt sich die Zurückdrängung der Aggression auch nach Westen hin. Der Bonner Puppenstaat höhlt sich von innen aus, und wenn es nur gelingt, ein kleines Häuflein von USA-Diehards an einem Ausbruch zu verhindern, können wir uns, lieber Feuchtwanger, für unsere letzten Jahrzehnte auf eine ruhige Arbeitsepoche einrichten.

Ich selber arbeite in kleinen Stößen angefangene Dinge zu Ende, da ich das Glück habe, von den Neuauflagen meiner Novellen und Romane zu leben, wahrscheinlich noch für zwei Jahre. Gerade eben sind große Steuererleichterungen für geistig Schaffende im Gesetzblatt erschienen, und mein Steuerfachmann, der heute erwartet wird, muß bestätigen, daß wir dadurch 16 % Steuern einsparen. Eben klingelt er, und ich werde diesen Brief wahrscheinlich mit der Hand beenden.

Es war falscher Alarm, und ich fahre fort zu dem Punkte, um dessentwillen ich eigentlich schreiben wollte. Da ich jetzt Zeit habe zu lesen, möchte ich Sie bitten, mir von Landshoff Ihre letzten Bücher schicken zu lassen. In der Heine-Buchhandlung unter dem Bhf. Zoo sah ich gestern zum ersten Mal »Der Tag wird kommen« und »Waffen für Amerika«. Davon hatte ich den ersten Band in Haifa, aber der nützt mir hier nichts. Nun möchte ich aber endlich einen umfangreichen Aufsatz über Sie schreiben, lieber Feuchtwanger, um gewisse Vorstellungen zu zerstören, die sich in der letzten Zeit, wie Sie ja wissen, gebildet haben. Das Vergnügen, welches mir die Lektüre bereiten wird, nehme ich als Extrageschenk für die Besserung meiner Augen dazu. Falls Landshoff glaubt, in die Ostzone Bücherpakete nicht schicken zu können, möge er die Sendung adressieren an: Frau Elsa Anderle, Berlin W35, Zietenstr. (Michis Schwiegermutter). Ich glaube aber, er kann sie mir direkt ins Haus schicken. Und nun auf Wiedersehen, lieber Feuchtwanger, wenn Sie im Frühjahr herüberkommen, wird sich wahrscheinlich noch mehr abgespielt haben, was uns Freude macht. Inzwischen grüßt Sie beide und den Michi herzlich

Ihr
Zweig

Meine Telefon-Nr. ist 480325 für etwaige Fälle. Ihre P.-O.-B.-Nr. half mir sehr beim Eintragen dieser Ziffern.

278 Feuchtwanger an Zweig

Pacific Palisades, Calif.
1. November 49

Liebster Zweig,

Ihr Brief vom 20. Oktober klingt sehr erfreulich.

Ich habe, sowohl was Sie über Dita berichten, wie das, was Sie über Michis Job schreiben, diesem sogleich mitgeteilt. Soweit sich in dieser Zeit Pläne machen lassen, bereitet er seine Ausreise für den Februar vor. Ihren Brief hat er übrigens erhalten.

Um diese Zeit dann, das heißt Ende Februar, Anfang März, wird wohl auch Heinrich Mann reisen. Als ich ihn gestern sah, fühlte er sich viel besser, und er sieht seinem Aufenthalt in Berlin manchmal mit geradezu jungenhafter Erwartung entgegen. (Übrigens hat das Lokalblatt von Santa Monica eine Depesche der Associated

Press veröffentlicht über den Gratulationsbrief, den Mann und ich nach Berlin geschickt haben. Die Anrede: »Sehr geehrter Herr Präsident« war übersetzt mit »Most Venerable«, und die Redaktion hat auch nicht verfehlt, meine hiesige Adresse genau anzugeben.)

Aus diesem Artikel ersah ich, daß jenes Glückwunschschreiben angekommen war. Was wir nämlich alles über Deutschland nicht erfahren, darüber kann man sich wohl in Deutschland selber kaum eine Vorstellung machen. Die amerikanische Presse und insbesondere die der Westküste veröffentlicht auf ihren vielen, vielen Seiten die läppischsten Details über irgendwelche spukhaften Vorgänge oder über die Scheidungsprozesse und dergleichen, aber furchtbar wenig über Europa und am allerwenigsten über Deutschland.

Es ist mir eine wirkliche Genugtuung zu erfahren, daß Sie mit Ihrer Tätigkeit einverstanden sind; aber schön wäre es, wenn Sie mir mitteilten, welches Ihrer geplanten Bücher Sie nun wirklich in Angriff nehmen werden.

Den Querido-Verlag beauftrage ich mit gleicher Post, Ihnen den dritten »Josephus« und »Waffen für Amerika« zu übersenden. Den sehr sporadischen Mitteilungen Landshoffs entnehme ich, daß »Waffen für Amerika« jetzt in Deutschland selber neu erscheint, und zwar unter dem von mir vorgeschlagenen Titel: »Die Füchse im Weinberg«. Ich hoffe, daß dieser Titel dazu beiträgt, gewisse sinnlose Vorurteile zu zerstreuen, die der alte Titel hervorgerufen haben mag. Weiskopf teilt mir mit, er hoffe, mir von Prag aus Näheres schreiben zu können über die Ursachen jener Vorurteile.

Ich arbeite intensiv und mit großer Freude am »Goya«. Natürlich wird das Buch länger, als ich ursprünglich geglaubt hatte; trotzdem denke ich, ich werde den letzten Rest des Manuskripts im April abliefern können.

Und jetzt schreiben wir mit besonderer Freude Ihre Telefonnummer in unser Büchlein ein.

Mit sehr herzlichen Grüßen und Wünschen

immer Ihr
Feuchtwanger

279 Feuchtwanger an Zweig

Pacific Palisades, Calif.
10. November 49

Lieber Zweig,

in der Anlage ein Brief von Heinrich Mann, den ich Sie bitte, an Herrn Wandel weiterzubefördern. Es geht um »Ost und West«, die Zeitschrift Kantorowiczens. Es ist hier das Gerücht verbreitet, sie werde eingehen. Heinrich Mann bittet Herrn Wandel, das zu verhüten, und bietet an, daß er aus seinem deutschen Konto allenfalls einen Beitrag zur Weiterführung der Zeitschrift leisten wolle. Wozu ich auch bereit bin.

Bitte, geben Sie doch den Brief gleich weiter. Wir haben nicht die Adresse Herrn Wandels.

In Eile, da Heinrich Manns Brief mit möglichster Beschleunigung seine Adresse erreichen soll.

Immer Ihr
L. F.

280 Zweig an Feuchtwanger

Berlin
21. [–22.] Nov. 49

Liebster Feuchtwanger,

heute abend allein zu Hause setze ich mich zu Ihnen und schwatze. Dita ist wieder in einer Anstalt, diesmal dem katholischen St.-Joseph-Spital in Weißensee, dem gegenüber, durch den kleinen See getrennt, Brechts wohnen – in einem ehemaligen kleinen Privatsanatorium, das die Helli mit dem sichersten Geschmack eingerichtet hat. Ditas Zustand hatte sich seit Anfang Oktober verschlimmert, so daß sie selber nach neuen Schocks verlangte – abgesehn davon, daß sie mich bis fast an den Rand meiner Nervenkraft gebracht hatte. Ich werde es mal zu gestalten haben, und darum allein ertrug ich es ohne irgendein Zeichen von Ungeduld. Nur unsre Ärzte sagten, auch für mich sei es jetzt Zeit, an Abhilfe zu denken. Sonntag war ich bei ihr. Ihre Bitten, sie gleich herauszuholen und mitzunehmen, brachten mich an den Rand meiner Fassung. Noch geht's nicht. An diesem Sonntag besuchten wir Dessaus, die in Hohenschönhausen wohnen, nur mit dem Wagen in zwanzig Minuten zu erreichen, mit der Tram geht's nur über den Alex und dauert $\frac{3}{4}$ Stdn. Sie waren reizend, und bei ihnen lernte ich einen Herrn kennen, der von Ihnen kam, lieber Feuchtwanger, und so wie Witte etwa hieß. Er bat mich, Ihnen eine offizielle Bestätigung zu verschaffen, ob von der Regierung oder von der Partei, daß Ihnen keinerlei Unannehmlichkeiten gemacht werden würden, falls Sie uns hier besuchten, weder wegen Formalism noch wegen Kosmopolitism oder ähnlichem Zeug. Well, Lieber, das wird geschehn. Ich verstehe Sie sehr gut, aber Sie können schon jetzt ganz ruhig sein. Dieser Kram wurde in Moskau von einer Kritik gestartet, die offenbar nur den Titel Ihres Franklin-Romans zur Kenntnis genommen hatte. Wir pfeifen auf diese schon ephemere Mode, und Sie werden ja lesen, was die Regierung Ihnen versichern lassen wird. Unsere Russen sind herrliche Leute, aber nicht mal sie können dem Gesetz entkommen, daß große Siege schlechte Kunst hervorbringen.

Nun noch ein Wort zum St.-Joseph-Spital zu sagen: die Nervenärzte hier sind fast alle Nichtjuden, und das Jüdische Krankenhaus hat keine Nervenabteilung. Stellen Sie sich das vor! Könnten die Juden bei Euch drüben uns nicht die Mittel stiften, im Osten Berlins eine solche Neurologenabt. des Jd. Krankenhauses zu begründen? Es wären holländisch-jüdische Analytiker bereit, sich bei uns niederzulassen, und Dita hätte nicht umsonst so schrecklich zu leiden gehabt.

Meine Freunde Hirsch sind eben in den Kammerspielen, wo ein polnisches Stück »Die Sonnenbrucks« gespielt wird. Wolfgang Langhoff gibt darin einen Sträfling aus dem KZ – es muß sehr doll sein. Ich selber blieb zu Hause, da ich das Kruczkowskische Drama bei unserem zweiten Kulturbund-Bundestag mit den Delegierten anschaun werde. Wenn Hirschs zum »Devil in Boston« gehn, geh ich mit und schreib Ihnen dann meine Einwände, die rein dramatisch sind. Über Brechts »Puntila und sein Knecht« wollte ich Sonntag mit ihm reden, aber es waren so viele und so fesselnde Leute da, außer Dessaus und der Barbara, daß ich lieber zuhörte. Ein Herr Bärensprung besonders erzählte großartig von Manila, Schanghai und Tschiang Kaischek, bei dem er Polizeioberst war – dennoch ein linker Mann.

Auf diesem Dreckspapier kann man ja nur einseitig schreiben. Also: gute Nacht, Lieber, und auf Wiedersehn!

Ihr
Zweig

22. II.

Eben Ihr Brief vom 10. Die Sache beschäftigt mich auch schon, aber H[einrich] M[ann]s Autorität wird unsere sehr beflügeln. Danke schön für Eure Hilfe!

Ihr A. Z.

281 Zweig an Feuchtwanger

Berlin
5. [–10.] Dez. 49

Liebster Feuchtwanger,

ich schreibe beim Lichte zweier Neonröhren, die meinen Augen das Tageslicht ersetzen. Die Düsterkeit dieser stürmischen Tage deprimiert mich, und eine Entzündung der Magenschleimhaut tut das ihre, da sie mich mehrere Tage auf Haferschleim und zuckerlosen Tee beschränkte. Aber wie sie auch entstanden sei, sie ist im Abzug, und da ich heute schon mageres gewiegtes Fleisch essen durfte, Kartoffelpüree und geriebnen Apfel, erfreue ich mich schon wieder meines fast normalen Habitus. Eben telefonierte ich mit Dita in ihrem St.-Joseph-Spital in Weißensee, direkt bei Brechts (in der Luftlinie, der See liegt dazwischen), und obwohl sie schon morgen entlassen zu werden glaubt, geht's ihr doch viel besser. Daß mir das Geschick diesen Pfeil in die Rippen schoß, während der Geldkomplex völlig verdunsten mußte, ist ein Meisterstreich der feindlichen Gottheit Cebu, die zwischen Dita und ihrer Schwester Jam eine große Rolle spielte. Jetzt fang ich aber schon an, den Schlußroman meiner Serie umzukomponieren und diesen Pfeilschuß mit hineinzunehmen – an die Arbeit daran geh ich noch lange nicht – und so ertrage ich das Unsinnige dieser Tücke besser. Kunst vermag das Unsinnige als Kontrastfarbe aufs schönste aufzulösen und mit Sinn zu sättigen; wird Ihr »Goya« auch schon gemerkt haben. Aber es entschuldigt das Unsinnige nicht. – Ihren Boten Herrn Witte habe ich Ihnen schon bestätigt. Daß die Regierung Ihnen gegenüber nicht mehr tun kann, als sie schon tat, verwunderte mich nicht. Gerhart Eisler, Professor und Chef der Inform.-Abt., meinte, ein Brief des Kulturbunds an Sie müsse genügen. Hoffentlich hat Becher den schon geschrieben.

Verlassen Sie sich auf meine Versicherung, Ihre Stellung hier ist unantastbar. Jedenfalls wird sich auch der Moskauer talk über Formalism und dergl. hier schnell verflüchtigen, wir alle ignorieren ihn achselzuckend. Ihren und H. Manns Brief gab ich an Wandel weiter, dennoch wird sich »Ost und West« nicht halten können. Kantorowicz hat schon kapituliert. Was dahintersteht, scheint auf Differenzen in der Emigration in Spanien zurückzugehen. Ich spreche ihn bald wieder und schreibe Ihnen mehr. Ich bedaure den Fall von »Ost u. West« sehr und sprach überall dagegen.

10. 12. 1949

Inzwischen hat man mir, aufregende Tage, Dita zurückgeschickt. Sie verlangte so sehnlichst nach Hause, daß die Ärzte sie nicht halten wollten. Kaum aber wieder bei mir, begann sie das alte Spiel, mich zu wecken, diesmal um ¼4 Uhr, und nach Palästina zu verlangen, natürlich nur mit mir. Meine Ratlosigkeit werde ich jetzt mit den Ärzten durchsprechen, ohne Sie, lieber Feuchtwanger, weiter mit dieser Frage zu belästigen. Dafür muß ich Sie fragen, wie Sie meine Situation auf dem amerikanischen Verlegermarkt beurteilen. Ich werde Dollars brauchen, um Dita nächstes Frühjahr hinüber zu schicken und einige Zeit zu erhalten. Daß ich über die katastrophale Situation dort genau unterrichtet bin, tut nichts zur Sache. Wer wird »Freundschaft mit Freud« verlegen und einen anständigen Vorschuß dafür zahlen? Ich kann mich verpflichten, das Manuskript Ende März fertig zu haben, ungeheuer erweitert und vertieft durch meine Erfahrungen »jenseits der Psychoanalyse«. Außerdem habe ich die Absicht, eine deutsche Ausgabe des Buches im Osten zu veranstalten, um gegen die bornierte oder auch physiologische Befeindung Freuds etwas zu tun, und eine westdeutsche Ausgabe zu placieren, die auch in der Schweiz und in Österreich gelesen wird. Außerdem plane ich einen symphonischen Roman in vier Sätzen, der von »Versunkene Tage« aus die Epoche, vierzig Jahre München bis zum Jahre 48, gestalten soll. Die begonnenen Lebensläufe der jungen Menschen durch die Veränderungen der Zeit zu Ende zu ziehen, wird mir Spaß machen. Ich hatte dieses Material schon durchdacht und komponiert, bevor ich Dita von der tschechischen Grenze abholte, und sehe immer mehr, daß das Buch für die jungen Menschen von heute eine höchst notwendige Lebensdeutung bringen kann, bringen soll. Da »Versunkene Tage«, wie ich Ihnen wohl schon schrieb, in und außerhalb Deutschlands ein neues Buch ist, kann ich auch dafür Dollars erwarten. Wenn Freund Huebsch zu zaghaft ist, an wen wende ich mich am besten? Mein Dr. van Loewen scheint mir in Amerika nicht glücklich vertreten zu sein. –

Ich schreite von Erfolg zu Erfolg. Vorgestern lasen zwei gute Leser, Schauspieler, je ein Kapitel »Grischa« und »Junge Frau« mit Einleitungen und Schlußworten, wahrscheinlich der fünfte Abend dieser Art für mich, und es zeigt sich, daß meine vier Bände hier eine Lücke ausfüllen und entsprechend gewürdigt und gefeiert werden, einschließlich des Verfassers. Seltsamerweise bin ich mir immer der dankbarste Zuhörer und ganz außerstande, mich selber dabei geschmeichelt oder als Träger des Erfolges zu fühlen. Wenn der Michi da sein wird, der wird's genießen. Und so, lieber Feuchtwanger, »Fröhliche Weihnachten«. Teilen Sie mir ja rechtzeitig mit, wann Sie persönlich dasein werden!

Herzlich wie stets
Ihr
Zweig

282 FEUCHTWANGER AN ZWEIG

Pacific Palisades, Calif.
6. Dezember 1949

Liebster Zweig,

Ihren Brief vom 21. November habe ich gekriegt.

Auch bei mir sind die Dinge ziemlich unverändert, das heißt: unbehaglich mit Ausnahme der Arbeit. Landshoff, nachdem er eine Zeitlang den Mund sehr voll genommen hatte, schweigt jetzt völlig. Jeden Monat kommt ein Brief von einem seiner Leute, er sei auf einer längeren Reise oder im Krankenhaus, aber er werde auf meine Mahnbriefe bald antworten.

Das einzige, was plangemäß vorangeht, ist die Arbeit am »Goya«, und ich hoffe nach wie vor, daß ich das Werk im Frühjahr werde abschließen können.

Ich lege Ihnen die Kopie eines Glückwunschbriefes bei, den ich zum 21. Dezember nach Moskau geschickt habe. Da ich nicht sicher weiß, ob er sein Ziel erreicht, schicke ich Ihnen die Kopie, die in Berlin nach Belieben verwandt werden kann, das heißt, ich habe nichts dagegen einzuwenden, daß die Zeitungen davon Kenntnis nehmen.

Man sollte annehmen, man sitze hier in einem verhältnismäßig ruhigen Hafen. Das ist aber leider keineswegs so. Es ist erstaunlich, wieviel an Post und an Büchern auf einen eindringt und sich müht, einen von der Arbeit abzuhalten. Verzeihen Sie diesen Stoßseufzer, den Sie vermutlich noch öfter tun als ich.

Noch eines: die Gründe, aus denen ich hier bleibe, liegen hier, nicht auf der anderen Seite des Ozeans. Natürlich ist es ärgerlich, daß man »Proud Destiny« in Moskau mißverstanden hat, aber das ist natürlich kein Grund, mich von Deutschland fernzuhalten. Ich sehe aus zahlreichen Kennzeichen, daß ich in Berlin willkommen bin, und brauche wirklich keine Bestätigung weiter.

Herzlichen Dank also für Ihr freundschaftliches Anerbieten, aber machen Sie sich, bitte, nicht auch noch Arbeit damit. Wenn Winge Andeutungen in dieser Richtung gemacht hat, so hat er mich mißverstanden.

Wenn Sie die Bücher bekommen, die Sie angefordert haben (»Waffen für Amerika« und »Der Tag wird kommen«), dann lassen Sie es mich doch, bitte, gleich wissen.

Ihr sehr geplagter und oft und sehr herzlich an Sie denkender

Feuchtwanger

283 Zweig an Feuchtwanger

Weihnachten [bis 31. 12.] 1949

Liebster Feuchtwanger,

die drei schön gedruckten Bände sind seit etwa 10 Tagen da, danke schön! Ich habe mich gleich auf den »Domitian« gestürzt und etwa 50 Seiten selbst geschmökert – was jetzt etwa so gut geht wie das Schreiben dieses air letters am winterlichen Vormittag mit Ihrem schönen Füllgeschenk – und auch in alte Tage versetzt gefühlt. Werden wir's jemals wieder so gut und nachbarlich treffen? Mir hat dieser Anfang sehr gefallen, und da ich Ihre kompositorischen Schliche kenne, bin ich auf allerlei Steigerungen und Vertiefungen gefaßt. Und nun muß ich schon wieder aufhören zu schreiben: erstens weil der Füll nicht will – er läßt sich so schlecht füllen – und zweitens weil eben ein Telefonruf kommt, meine einstige Sekretärin Dr. jur. Käte Manasse-Loewy ist auf ein paar Stunden hier, frisch aus Haifa nach Hamburg importiert, mit ihrem Mann, und das wirft alle Dispositionen um, wir müssen nach Charlottenbg. fahren. Auf Wiedersehen und -schreiben, lieber Feuchtwanger.

31. 12. 1949

Inzwischen ist allerlei passiert, habe ich zwei Artikel für die Jahreswende geschrieben und eine Menge Nachrichten aus Palästina verdaut. Die Geldmittel für das Herüberschaffen meiner Bibliothek scheinen meine dortigen Bestände weit zu übertreffen. Aber vielleicht helfen mir die Polen, deren Schiffahrtslinie ja zuverlässig ist. Inzwischen habe ich mir auch eine sehr schöne Erkältung geholt, die sich zu dem, was man sonst Schnupfen nennt, verhält, wie ein Tank zu einem Gewehr. Gleichwohl möchte ich diesen Brief auf dem Weg zu Ihnen wissen, lieber Feuchtwanger, und zwar mit einer dringenden Anfrage: würde es Ihre Ausreise aus Amerika erschweren, wenn wir Sie jetzt schon im Januar zum außerordentlichen, eventuell zum korrespondierenden Mitglied der Klasse Dichtung und Sprachpflege ernennen würden? Wir möchten Ihnen nicht die mindeste Ungelegenheit machen. Sie andererseits aber gerne von vornherein in unserer Gesellschaft haben. Da die konstituierende Sitzung für den 18. Januar geplant ist, bitte ich Sie um eine schnelle, wenn auch ganz lakonische Antwort, notfalls gekabelt.

So, lieber Feuchtwanger, und nun schließen wir dieses Jahr des Heils und Unheils und rechnen mit einem Wiedersehen in dem kommenden Heiligen. Heil nenne ich den Aufstieg meines Wiedererscheinens auf dem deutschen Büchermarkt, Unheil die furchtbare Prüfung, die mich in Gestalt von Ditas Leiden getroffen hat. Und um nun die Verschränkungen zu charakterisieren, die das Schicksal mit sich bringt, muß ich jetzt die Vorzeichen vertauschen: Ditas Gesundheit ist auf dem besten Wege, sich wiederherzustellen, die meine aber ist so abgearbeitet, daß mich ein dummer Schnupfen nahezu kampfunfähig macht. Die Anforderungen waren zu groß, welche die Gründung der Akademie, das Vorwärtstreiben der

Friedensfront, die Arbeit im Kulturbund, die Einrichtung meiner Wohnung und last not least die fast tägliche Beeinflussung von Ditas Stimmung an mich stellten. Dazu kommt das Herausbringen all der Bücher – meine Novellenbände und -bändchen wirken als Novitäten und erfreuen sich eigentlich zum ersten Male gerechter Beachtung – und eben höre ich, daß auch »Novellen um Claudia« schon erschienen sind. Meine Theaterangelegenheiten dagegen schleppen sich wie immer hin, obwohl Langhoff sich wirklich alle Mühe zu geben scheint, »Bonaparte« in der kommenden Spielzeit nicht zu spät herauszubringen.

Und nun, lieber Feuchtwanger, die herzlichsten Wünsche zum Jahreswechsel. Mein Michi scheint wieder schwankend geworden zu sein, aber sonst sieht alles so aus, als ob uns das nächste Jahr, wenn auch zunächst einmal vorübergehend, wieder vereinigen würde. Mit allen guten Wünschen, auch im Auftrag Ditas, und festem Händedruck

Ihr
Zweig

Was Sie über Landshoff sagen, lieber F., stimmt ganz mit meinen Erfahrungen überein. Soll ich nun für meine – längst fällige – Gesamtausgabe auf Querido noch warten?

284 Feuchtwanger an Zweig

Pacific Palisades, Calif.
28. Dezember 49

Lieber Zweig,

was Sie mir über Dita schreiben, bedrückt mich, da man so vollkommen hilflos ist.

Was »Freundschaft mit Freud« anlangt, so werden Sie

hier, fürchte ich, schwerlich einen Vertrag bekommen können, solange nicht das fertige Manuskript vorliegt. Man ist mißtrauisch den Plänen europäischer Autoren gegenüber und will andernteils genau kalkulieren können. Auch macht die Übersetzerfrage Schwierigkeiten, und man will auf einmal dem fremdsprachigen Autor die Übersetzungskosten vom Honorar abziehen. Überdies sind im letzten Jahr zwei Freud-Bücher erschienen, die keinen rechten Erfolg hatten. Trotzdem glaube ich, daß Sie, wenn das fertige Manuskript vorliegt, einen anständigen Vertrag bekommen können. Anläßlich des 1. Januar 1950 treibt man hier das alte müßige Spiel, Umfragen zu halten, welche Männer der ersten Hälfte des Jahrhunderts die bedeutendsten gewesen wären und den größten Einfluß ausgeübt hätten, und da wird unter den zehn ersten beinahe überall Freud aufgeführt.

Mir geht es leidlich. Von dem »Goya«, der an die tausend Seiten haben wird, sind 550 Seiten abgeliefert, weitere 200 Seiten so weit fertiggestellt, daß sie nur einer letzten Überfeilung bedürfen, und der Schluß des Romans ist bis ins Detail entworfen. Ich darf also mit größter Wahrscheinlichkeit annehmen, daß ich das Werk im Frühsommer werde als abgeschlossen betrachten können.

Ich ersehe aus den deutschen Zeitungen mit Freude, welch außerordentlichen Widerhall Sie in Deutschland haben. Ich hoffe nur, daß Sie auch endlich einmal wieder auf die Bühne kommen.

Mit sehr herzlichen Grüßen

immer Ihr
Feuchtwanger

PS Bitte, schreiben Sie mir doch, ob Sie die Bücher von mir, welche der Querido-Verlag an Frau Anderle gesandt hat, erhalten haben.

285 Zweig an Feuchtwanger

[Poststempel:]
Berlin
6. 1. 50

Liebster Feuchtwanger,

eben Ihr Brief, den ich eigentlich schon beantwortet habe, nämlich nach den drei Bänden fragend. Aber vorgestern Ihr Weihnachtspaket, mein Lieber! Wir hatten grade 3 Tage ohne Kaffee gelebt, weil ich nicht 70–80 M[ark] O[st] fürs Pfund zahlen wollte, von Organisations wegen aber erst in einer Woche Kaffee zu reellerem Preise bekomme. Und Leckereien Kaliforniens! Vielen Dank dem Weihnachtsmann, Sie guter Ruprecht! Dita geht's jetzt so viel besser, daß ich langsam die Schock-Kur als einen Weg ins Freie ansehen darf und mich über eine eigne Stimmbandentzündung mit Sprechverbot flüsternd mokiere. In 8 Tagen gehn wir in Erholungsurlaub auf den Rennsteig, Thüringen, ca. 830 m hoch, und dann eröffne ich die Akademie und den Kampf um den versprochenen Termin für »Bonaparte« im D[eutschen] Th[eater]. Es wird wohl März werden, aber da ich nicht mehr nach Israel muß, da Dita sich hier ganz schön einbürgert, brauche ich nicht mehr als üblich zu drängeln. Inzwischen ist der Freud-Plan noch tiefergreifend durchdisponiert worden. Mein Buch wird im Sommer fertig sein, und für die Übersetzung möchte ich einen Wiener in Boston gewinnen, der sich interessiert, und den ich 36 u. 37 in Wien ganz gut kennenlernte. Paul Brüll. Er ist mit der Terminologie der Analyse vertraut und mir ergeben.

Das größte Geschenk, das mir das neue Jahr, das Heilige, aber machte, kam gestern nacht! Mir fiel ein, was ich für den Schluß-Roman meiner »Grischa«-Serie brauche: Grischas Tochter wird der Held, der mir gestatten wird, den Zeitabschnitt 1918–39 + 45 zu überspannen!

Eine Soldatin, ein Waldmädchen und eine Liebesfrau, und das ganze Bouquet meiner Helden drum herum! Ich lag 3 Stunden wach und komponierte den Übergang Babkas von Ende 1918 in Wilna nach Wologda im Bürgerkrieg 1919/20. Meine Russen werden strahlen. Also, lieber alter Feuchtwanger, das neue Jahr, das Heilige, hat gut begonnen, und nun trinken wir Ihnen eine Tasse Kaffee zu und freuen uns, daß endlich draußen Schnee liegt, der nicht morgen schon wieder weg ist. Und hier ruft der Rundfunk an, ob ich nicht Montag 6 Minuten zum Gedächtnis Kurt Tucholskys sprechen möchte! Mit strengem Sprechverbot! Aber ich muß etwas dazu schreiben. Und so laß ich jetzt meine Gedanken zurückschweifen und verlasse Sie jetzt mit herzlichem Auf-Wiederlesen, Wiederschreiben!

Ihr
A. Z.

Viele Grüße an H[einrich] M[ann], dem es hoffentlich gesundheitlich gut geht.

286 Feuchtwanger an Zweig

Pacific Palisades, Calif.
9. Januar 50

Liebster Zweig,

selbstverständlich freue ich mich, wenn Sie mich zum außerordentlichen oder korrespondierenden Mitglied der Akademie ernennen. Hier bin ich so in jeder Hinsicht abgestempelt, daß irgendwelche Kundgebungen im Osten mir weder schaden noch nützen können.

Es tut mir leid, daß Ihre Erkältung Sie so hernimmt, aber, bitte, führen Sie doch nicht Ihre Reaktion auf Erschöpfung infolge Alters oder Arbeit zurück. Schon mit zwanzig Jahren hatte ich bei Erkältungen Depressionserscheinungen, die mich schlechthin arbeitsunfähig machten.

Im übrigen scheinen Sie ja zu Recht mit viel Zuversicht ins neue Jahr hineingegangen zu sein, trotz Ihrer Erkältung. Ich wünschte nur, daß Sie wirklich die Energie haben, Kleinarbeit abzulehnen, und statt dessen den »Freud« fertig zu schreiben und sich an den Schlußteil des »Grischa« zu machen, der Großes zu versprechen scheint.

Ich hatte auch um die Jahreswende viel kleinen Ärger, vor allem mit dem Querido-Verlag. Landshoff scheint auf Monate hinaus infolge einer ernstlichen Krankheit arbeitsunfähig, und Ersatz ist keiner da. Aber der »Goya« geht gut weiter, und 700 Seiten von den 900 sind fertig.

Ihnen und Dita alles Herzliche, lieber Zweig,

immer Ihr
Lion Feuchtwanger

287 Zweig an Feuchtwanger

Berlin
25. Jan. 50

Liebster Feuchtwanger,

besten Dank für Ihre Zusage. Allmählich scheint sich die Akademie doch zu realisieren. Am 4. Febr. soll nun der erste Einsetzungsakt durch die Regierung erfolgen. Gleich danach will ich mit Dita auf Erholung in die Thüringer Berge gehen nach Masserberg auf den 830 m hohen Rennsteig. Inzwischen soll die Szene für »Bonaparte« vorbereitet werden. Heute nur eine Anfrage. Wir möchten Charlie Chaplin bitten, als korrespondierendes Mitglied der Sektion »Darstellende Künste« der D[eutschen] A[kademie der] K[ünste] beizutreten. Durch Lou Eisler haben wir seine Adresse. Da wir aber keine Ahnung haben, wie er dazu steht, wollte ich Sie bitten, mit ihm darüber zu telefonieren. Es wird die erste Akademie sein, die eine solche Sektion hat, in der Bühne, Film und Fotografie neben den Texten und Drehbüchern vereinigt sein werden. Vielleicht geht auch Brecht als Lehrer der Szenenkunst mit in diese Sektion. Wenn Charlie uns die Ehre antäte anzunehmen, würde ich direkt an ihn schreiben, wieder auch nur einen solchen Luftpostfetzen; wir haben noch keine andre Möglichkeit. Mit »Golden Boy« hat die Lou einen schönen Erfolg davongetragen. Ich konnte noch nicht hineingehn, mein Hals wollte die Nachtluft nicht. Es geht ihm aber schon viel besser, und ich hol's nach. Wüßten Sie, lieber F., was für Probleme beim Text des »Bonaparte« entstehen, weil die Theaterleute voller Besorgnis die Assoziationen überlegen, die das Publikum von 1950 an das Stück von 35–38 heranbringt, und wie die Aspekte innerhalb der Handlung sich verschieben, wenn man die heutigen Denkweisen, auch die des Verfassers von damals, durchdenkt und mit den heutigen vergleicht! Nur eines ist sehr gut: es geht Dita schon soviel besser, daß ich langsam meine ganzen Kräfte wieder auf solche Sachen konzentrieren kann wie Stücke und Romane. Und nun vielen Dank und die schönsten Grüße Ihres noch ächzenden und krächzenden Freundes

Zweig

288 Feuchtwanger an Zweig

Pacific Palisades, Calif.
6. Februar 1950

Liebster Zweig,

zu Ihrem Brief vom 25. Januar.

Chaplin ist nicht hier. Er ist in New York, um dort die Besetzung für seinen neuen Film zusammenzustellen.

Ihm in dieser Sache zu schreiben, hat nicht sehr viel Sinn. Ich will also warten, bis er zurück ist. So wie ich ihn kenne, wird er gern und geehrt annehmen.

Ich freue mich herzlich, daß der »Bonaparte« nun endlich gespielt wird. Wenn Sie ein Exemplar übrig haben, dann lassen Sie mir doch die endgültige Fassung schikken. Und ärgern Sie sich nicht zu viel auf den Proben, und denken Sie immer daran, daß es, nachdem man einmal 777 Konzessionen gemacht hat, auf die 778te nicht mehr ankommt.

Gestern war ich bei Heinrich Mann. Es ist erstaunlich, wie sehr er sich im Laufe weniger Tage unter der Behandlung eines andern Arztes erholt hat. Er hat jetzt die feste Absicht, zur Eröffnung der Akademie in Berlin zu sein, und ich glaube, er wird es auch schaffen.

Ihnen und Dita alles Herzliche für den Aufenthalt in Thüringen.

Immer
Ihr alter Feuchtwanger

289 Zweig an Feuchtwanger (Telegramm)

Berlin
17. März 1950

Am 24. März 1950 nimmt die Deutsche Akademie der Künste ihre Tätigkeit auf. Aus diesem Anlaß begrüßt Sie, verehrter Herr Feuchtwanger, der Vorbereitende Ausschuß der Deutschen Akademie der Künste auf das herzlichste.

Arnold Zweig

290 Feuchtwanger an Zweig

Pacific Palisades, Calif.
18. März 1950

Lieber Zweig,

ich habe lange nichts mehr von Ihnen gehört, wohl deshalb, weil Sie in Thüringen waren.

Hier sind die Dinge unverändert. Die Arbeit am »Goya« wird gerade im letzten Teil schwieriger, als ich gedacht habe. Auch stellt sich langsam heraus, daß der Roman wohl auch äußere Schwierigkeiten zu überwinden haben wird. Der Stoff bringt es mit sich, daß der Roman streckenweise etwas »highbrow« wirkt und daß er die Katholiken vor den Kopf stößt. Infolgedessen darf ich wohl diesmal auf die beiden großen Buchgemeinschaften nicht rechnen.

Was wir an Heinrich Mann verlieren, gerade hier, wo wir unser so wenige sind, brauche ich Ihnen nicht zu sagen. Ich habe ihn unmittelbar vor seinem Tode noch mehrmals und eingehend gesprochen.

Eine »offizielle« Antwort auf Ihr Begrüßungstelegramm der Akademie finden Sie in der Anlage.

Ich kann mir denken, daß Sie jetzt doppelt viel zu tun haben. Trotzdem: wenn es Ihre Zeit erlaubt, schreiben Sie ausführlich.

Sehr herzlich wie immer

Ihr
alter Feuchtwanger

PS Chaplin wird sich natürlich sehr freuen, wenn Sie ihn zum Mitglied der Akademie ernennen. Seine Adresse ist: 1085 Summit Drive, Beverly Hills, California.

Anlage

18. März 1950

An die
Akademie der Künste
Berlin

Liebe und verehrte Freunde,

ich danke Ihnen herzlich für Ihre Begrüßung. Lassen Sie mich wiederholen, wie sehr es mich freut, daß Ihr höchst verdienstvolles Institut unter so verheißungsvollen Umständen wieder auflebt.

Ich hoffe sehr, daß ich selber an Ihrer Tätigkeit bald werde teilnehmen können.

Mit herzlichen Grüßen und Wünschen

der Ihre
Lion Feuchtwanger

291 Zweig an Feuchtwanger

Berlin
2. April 50

Liebster Feuchtwanger,

seit dem Morgen (vor 14 Tagen schon!), an dem mir Frau Lou die böse Nachricht vom Hinscheiden H[einrich] M[ann]s telefonierte, hatte ich nur mit ihm und seinem Erbe zu tun, und mit Dita, und kam kaum zum Schreiben. Wir veranstalteten eine anständige Trauerfeier, ich hielt die Gedächtnisrede, meine beste Ansprache bisher, fast fünfzig Minuten; dann kam die Gründung der Akademie durch Staatsakt, danach meine Wahl zum Nachfolger H. M.s, dann Einweihung eines H.-M.-Sanatoriums in Bad Liebenstein in Thüringen; inzwischen holte ich Dita aus Masserberg ab, und wir besuchten dabei, Rückfahrt nach Berlin, die Dome in Erfurt und Naumburg, zwei großartige Kathedralen, gotisch und romanisch. Dita aber ist wieder ganz die alte und junge, die frühere – hier ist ein Wunder, glaubet nur. Nun werden wir unsere Ritterburg mit dem für H. M. geplanten Hause vertauschen, und wenn Sie herkommen, was der letzte große Jubelschrei des zurückgekehrten Lebens sein wird – auch nur zu Besuch –, werden wir den Alptraum hinter uns haben, der seit etwa 45 Leben hieß. Denn Michi ist nun auch schon auf Rückkehr bedacht, er winkt schon mit dem Mai, und in der Nachbarschaft unseres neuen Häuschens wohnen Eislers und Fürnberg Zaun an Zaun mit uns. Daß mir die Akademie halb Freude, halb Bange macht, meiner Arbeit wegen, brauche ich Ihnen nicht zu sagen. Aber ich habe genug begonnene Mss. zu beenden, das Freud-Buch, den Roman, der »Die Münchner Sinfonie« heißen soll und die Lebensläufe aus »Versunkene Tage« (Neuauflage als 1. Teil) zu Ende ziehn soll, nach 40 Jahren – so daß ich nicht zu viel Zeit und Sinn darauf zu verwenden haben werde, es ist alles längst durchkomponiert. Kommt in diesem Jahr der »Beil«-Film und »Bonaparte« hinzu und die Neuauflage vieler noch ungedruckter Novellen aus meiner früheren Produktion, so daß ich dem Einlaufen der Akademie Zeit und Kraft widmen kann, bis ich endlich, endlich an den Jesus-Roman gehn kann, auf den ich mich wie ein Primaner freue. So, liebster F., das wird die Lücke zwischen unsern Briefen ausfüllen, denen vor H. M.s Tode, als ich noch Privatmann war, und den neuen, wo ich wieder eingewöhnt sein werde. Daß Dita wieder ganz in Ordnung ist, wenn auch körperlich noch schwach, gibt mir den Schwung, den Sie meinem Briefe wohl anmerken. Lesen kann ich ihn nicht, hoffentlich aber Sie. Welcher Unverschämte diese Briefe hergestellt hat, und warum, weiß ich nicht. Zur Zeit gibt's keine anderen!

Ich habe Thomas [Mann] keinen Beileidbrief geschrieben. Seine Antworten zu seinem 70. und zu Klaus' Abscheiden waren immer nur gedruckte Karten mit 3 oder 5 handschriftl. Worten. Diese Anstrengung erspare ich ihm. Dabei hab ich ihn sehr gern, seit fünfzig Jahren, hab ihm früher alle meine Bücher senden lassen, ohne Antwort, und in Sanary wie in Küßnacht und voriges Jahr hier sprachen wir uns geradezu herzlich, ebenso 39 in New York. Was also vorliegt, weiß ich nicht. Daß ich durch H. M.s Tod für Stunden aus dem Sattel geworfen wurde, das, lieber Lion, glauben Sie mir, ich wollte und will nur an die Arbeit und ins private life. Aber wir haben hier Aufgaben, die das Verzögern unsrer eignen Werke lohnen. Wenn wir paar Überlebenden nur zusammenhalten und kein Mißverständnis zwischen uns aufkommen lassen!

Leid tut mir, daß Ihnen der »Goya« nicht die erwarteten Früchte tragen wird, wenn Sie recht haben. Aber die Reaktionäre sind unberechenbar, und vielleicht wollen sie sich anläßlich Ihrer fortschrittlich zeigen. Heute ist Sonntag und regnerisches Wetter, da kann ich mir Schreiben leisten. Tun Sie mir aber eine Liebe, lieber F., und schreiben Sie den Großhüten eine Postkarte: ich hätte Ihnen mitgeteilt, ich hätte in Sachen der G.schen Novellen beim kulturellen Beirat interveniert, es werde wahrscheinlich bei Kiepenheuer u. bei der Büchergilde klappen. Gr. wartet auf Nachricht, ich kann aber heute nicht mehr schreiben, bin zum Kaffee bei Lou E[isler] und mache mittags noch einen Besuch, und ab Montag regiert Akademie-Zuwahl und Arbeit am Palästina-Abschiedsbüchlein die Stunde. Ja, wenn wir hier das südliche Meer hätten! Und mit diesem Seufzer und dem Wunsche, Ihre Gesundheit möge so gut sein wie in Sanary, verabschiedet sich von Ihnen u. Marta

Ihr alter, wiederbelebter
A. Z.

292 Feuchtwanger an Zweig

Pacific Palisades, Calif.
17. April 50

Liebster Zweig,

ich freue mich, daß aus Ihrem letzten Brief ein so starker Optimismus spricht. Auch von Huebsch höre ich, Sie hätten ihm sehr zuversichtlich geschrieben.

Michi und Ruth hatten wir für ein paar Stunden hier. Sie, lieber Zweig, haben doch wohl keine rechte Vorstellung, wie außerordentlich schwierig hier jetzt die technischen Probleme einer Reise sind, wie sie vor Michi liegt, weil ja jede Möglichkeit einer Auskunft fehlt und man sich wegen der kleinsten Dinge nach Washington wenden muß oder nach Europa. Mir war das alles schon bekannt von den Wochen her, da Heinrich Manns Reise vorbereitet wurde, und im Falle von Michis Reise liegen die Dinge natürlich noch viel verzwickter.

Thomas Mann, Dieterle, alle unsere Bekannten rüsten sich zu neuen Reisen nach Europa. Ich hoffe, daß es nicht allzu lange dauert, bis auch ich ernstlich daran denken darf.

Die ersten deutschen Korrekturen des »Goya« sind eingetroffen. Aber selbst da gibt es zahllose Schwierigkeiten, Komplikationen wegen des Copyrights und ähnliches. Immerhin besteht größte Wahrscheinlichkeit, daß binnen eines Jahres die deutsche, die englische und die amerikanische Ausgabe des »Goya« vorliegen.

Ihnen und Dita alles Herzliche

immer
Ihr Lion Feuchtwanger

293 Zweig an Feuchtwanger

Noch Schloßgutvilla, bald
Präsidentenvilla N[ieder]sch[ön]h[au]sen
[Berlin]
4. 5. 50

Liebster Feuchtwanger,

Sie haben die bösen Tage mit mir geteilt, Sie müssen auch die guten mitkosten. Ich sitze vor der ollen Ritterburg, hinten rufen Kuckuck und Drossel, auf der Straße die Kinder, fern vom Ossietzkyplatz rumpelt die Tram. Dita ist mit meinem Grünen Dackel in den französ. Sektor gefahren, bei einer guten alten Jüdin Stettenheim einen Krankenbesuch machen; immer stärker wird ihre Tendenz, selber wieder den Volant zu führen. Die Blütenpracht der Obstbäume, Magnolien, Tulpen um unser Haus und in ganz N[ieder]sch[ön]h[ausen] überwältigt sie so sehr, daß sie Palästina nur noch als ein armes bedauerliches Ländchen sieht, in das wir Pakete mit Obst senden werden – Obst und Kaffee werden verlangt, aber Kaffee brauchten wir auch. Und ich? Feuchtwanger, ich kariole im Land umher und mache Friedensfront – vorigen Sonntag in Hamburg, nächsten in Düsseldorf, am 19. in Weimar zum Jubiläum Noa Kiepenheuers, dazwischen Empfang bei den Tschechen, Rede bei den Russen, Verhandlungen mit den Polen wegen Michis Fahrkarten; und der Kulturbund, und die Akademie. Und am 27. Ditas Geburtstag, und bis dahin Auszug aus der Ritterburg und Einzug in die Präsidentenvilla Homeyerstr. 13. Und all das mit einer reizbaren und gereizten Galle, und da ich in Hamburg einen groben Diätfehler machte, seit Tagen auf Zwieback, Tee und Haferflocken; gestern hab ich mir selber etwas (tunesischen) Rotwein und eine (amerikanische) Banane verschrieben. Und Rauchen, Schnaps und Schokolade verboten. Und doch: jetzt geht in meinen Schuhen ein Mann, der einen Taucheranzug abgeworfen hat. Ja, Feuchtwanger, in Bälde soll ich auch nach München fahren, oder nach Edinburgh zum PEN-Klub, wo über die Freiheit der Persönlichkeit orakelt werden soll, von lauter Leuten, die noch jetzt so frei sind, wie wir unter Stinnes waren. Ich aber habe seit meiner Landung in Prag keine Ahnung mehr, was das gekostet hat, das ich anschaffen lasse, und dennoch wächst mein Bankkonto und meine Steuern, und im Juni fange ich wieder an, Schriftsteller zu sein und nicht mehr die Politiker zu unterstützen. Und dann wird bald der Michi da sein und mir diesen letzten Teil der Arbeit abnehmen, und mein alter Lion wird ins Land schnuppern und glauben, das könne es nicht geben. Aber es gibt's. Und nun kommt eine Besucherin aus Schweden zu Dita, die noch weg ist, und ich mache den Wirt. Auf bald, lieber L. F.,

Ihr A. Z.

294 Feuchtwanger an Zweig

Pacific Palisades, Calif.
25. Mai 50

Liebster Zweig,

ich wollte Ihnen schon früher schreiben, aber ich sehe aus Ihrem Brief vom 4. Mai, daß Sie die meiste Zeit unterwegs sind. Ich nehme aber an, daß Sie Ende Mai, zu Ihrem Umzug und zu Ditas Geburtstag, zurück sein werden, und ich freue mich, diesen Brief an das neue Domizil adressieren zu können.

Ihnen herzliche Gratulation zum Umzug, Dita doppelt herzliche Gratulation zum Umzug und zum Geburtstag.

Es tut mir leid, daß Sie mit der Galle zu tun haben; doch hoffe ich, daß das mit Diät wegzukriegen ist. Und vielleicht werden Sie doch in Ihrem neuen Haus mehr zur Ruhe kommen. Ich bin sicher, daß sich das auch physisch sehr wohltätig auswirken wird.

Der »Goya« ist auf gutem Weg. Es war viel und harte Arbeit, aber sie hat Freude gemacht. Wieweit das Buch, wieweit insbesondere dieser erste Teil verstanden wird, bleibt freilich zweifelhaft.

Mit Michi bin ich übrigens in ständiger Verbindung. Es ist nicht leicht für ihn, zu sitzen und zu warten, aber er ist sehr vernünftig und Argumenten zugänglich.

Der große Koffer von Hanns und Lou ist mittlerweile unterwegs, und ich hoffe, die beiden haben Freude daran.

Ihnen, liebster Zweig, alles Herzliche!

Immer
Ihr alter Feuchtwanger

295 Zweig an Feuchtwanger

Homeyerstr. 13
[Berlin-]Niederschönhausen
8. 6. 50

Liebster Feuchtwanger,

mein Unterwegssein, längst beendet, brachte mich wenigstens in Kontakt mit Noa Kiepenheuer, die sich kaum verändert hat. Dort erfuhr ich nun, und meine Stirn hörte nicht auf, sich zu runzeln, daß Sie dem Neuen Verlag Rechte auf den »Goya« und andere Werke gegeben haben, und gleichzeitig, daß dieser Herr Korfitsen unter Vermeidung Berlins direkt bei Noa war und ihr die Lizenz für mein »Beil« überlassen hat, ohne mich zu fragen und ohne auf drei Briefe geantwortet zu haben, in denen ich diese Lizenz für den Aufbau-Verlag forderte. Dieser unfähige und faule schwedische Verlag wird Ihnen leider ebensowenig Freude machen wie bisher mir! Landshoff ist leider wirklich krank, und der Bermann Fischer kein Perlenfischer für uns. – Unser Umzug hat sich in unsrer Abwesenheit blendend vollzogen, und das neue Heim, hell, modern, anständig, heilt Ditas Seele in solchem Tempo, daß ich schon fast die Krankheit zu vergessen beginne. Ich ging daher also am 1. 6. programmgemäß an die Arbeit und bin schon recht nett in dem »4. Satz: allegretto, Das Wispern der Ruinen« meiner »Münchner Sinfonie, 1908–48«, in der »Versunkene Tage« den 2. Satz, »Andante«, ausmachen. Die Arbeit macht mir großen Spaß, das Übereinander von Schicksalen 1908, 32, 44, 48 will wie eine Sachertorte gebacken werden.

Inzwischen plage ich mich auch mit den Polen und unserm Außenamt, um die Billette für die Kinder von meinem Warschauer Złoty-Konto abbuchen zu dürfen. Und zu Pfingsten die Elementar-Erscheinung der FDJ hat auch vieles verzögert. Aber jetzt ist's heiß, heute Vollsitzung der Akademie mit Th[omas] M[ann]s Geburtstag auf der Tagesordnung – und nun noch eines. Bestätigen Sie mir bitte diesen Brief kurz nach dem Eintreffen, ich möchte wissen, ob er langsamer befördert wird als die scheußlichen air letters. Mit herzlichem Dank für alle Ihre guten Wünsche und Gegengrüße

Ihr
Zweig

296 Feuchtwanger an Zweig

Pacific Palisades, Calif.
18. Juni 1950

Lieber Zweig,

Ihr Brief vom 8. Juni kam hier am 16. Juni an.

Guggenheim ist zur Zeit in Europa, und so kann ich nicht feststellen, wie die Verhandlungen des Neuen

Verlags mit dem Aufbau-Verlag liefen. Ich weiß aber, daß der Briefverkehr mit den ostdeutschen Verlegern überaus schwierig ist und daß Guggenheim darüber klagte, daß vom Aufbau-Verlag Antworten nicht zu erhalten seien. Da der Querido-Verlag praktisch nicht mehr existiert, weiß ich keinen einzigen deutschen Verlag, der Bücher nach Westdeutschland auch nur im bescheidensten Maß an die Leser heranbringen könnte außer eben dem Neuen Verlag.

Ich höre mit Freude, daß Sie an Ihr Buch »Münchener Symphonie« gegangen sind. Heißt das, daß Sie den »Freud« liegenlassen?

Soweit ich die Situation mit Michi übersehen kann, geht es jetzt nur mehr um das polnische Visum, und er hat sich damit abgefunden, daß die Billette hier gelöst werden müssen.

Es scheint furchtbar schwer, sich in Berlin ein Bild zu machen von der individuellen Situation von uns Deutschen in Amerika, also zum Beispiel der Michis oder meiner eigenen. Umgekehrt klingen jetzt die Nachrichten aus Deutschland wieder viel verwirrender als vor etwa einem Jahr, und wiewohl ich mich redlich bemühe, aus den vielen widerspruchsvollen Fakten und Berichten unserer Freunde klug zu werden, bin ich einfach zu dumm dazu.

Bitte, unterrichten Sie mich über Ihre und Ditas Angelegenheiten so klar wie möglich. Das ist ungefähr das einzige, woran ich mich halten kann.

Sehr herzlich
Ihr alter
Feuchtwanger

297 Zweig an Feuchtwanger

Homeyerstraße 13
Berlin-N[ieder]sch[önhausen]
26. 6. 50
Abends geschrieben, deshalb das graue Papier.

Liebster Feuchtwanger,

inzwischen hat Michi bereits erfahren, daß die Billette von Warschau aus bezahlt werden und daß die Visa von unserem Außenamt, Konsulatsabtg., erledigt werden, beständig von mir angefragt. Jetzt hängt alles ab von den Plätzen, die auf der »Batory« frei werden. Wenn Michi drauf käme, die erste Klasse zu chartern, falls ich ihm nur Touristenklasse zahlen kann, wäre es klug; könnten Sie ihm diesen Rat weitergeben? Ich habe in diesen Tagen einfach keine Zeit zu einem noch so kurzen Brief – er wird dann doch immer ein langer.

Das Freud-Buch schreibe ich im Herbst zu Ende. Es hat durch die große Pause soviel gewonnen, daß ich dieser Unterbrechung und Ditas Krankheit nur zu danken habe. Sie werden's ja sehn. Jetzt mache ich jeden Vormittag 3–6 Seiten erste Niederschrift von »Wispern der Ruinen«. Meine Personen aus »Versunkene Tage«, soweit sie überleben, liegen grade unter der Großhesseloher Brücke, indes ihre Nachkommen in der Isar baden und sich bespritzen, ein Sohn und eine Enkelin. Da aber der Tag noch andere Pflichten bringt – Akademie, Friedenskampfbund, Kulturbund und Hauseinrichtung –, außerdem aber Eislers unsere lieben Nachbarn sind, und z. B. gestern bei Hanns und Lou sich zur Jause einfanden Brecht und Ruth Berlau, Gerhart Eisler und Frau Hilde, Walter Hollitscher und Frau Violetta, Prof. Havemann und Gattin, können Sie sich denken, daß wir nachmittags und abends voller Gespräch und Plänen für den Friedenskampf waren, Dita immer dabei. Sie hat auch ein neues schönes Ölbild angefangen, zwei blühende Obstbäumchen vor einer großen Ruine. Gerhart und Hilde aßen bei uns zu Abend, Brecht und Hollitschers bei Lou, und nach neun gingen wir wieder zu Eislers hinüber und vollendeten unseren Plan, den ich Ihnen später erzähle. Jetzt geh ich zu meinem Arzt, einen Weg von 12 Minuten ganz zwischen Gärten und Parks – wie ja unsre Häuser ganz im Grünen liegen. Dr. Baumann und seine Frau Dr. Gertraude B. sind Prachtmenschen, die besonders uns Intelligentsia betreuen und die außerdem von Literatur und Kunst eine Menge weghaben.

Und nun, lieber alter Lion, Heil und Sieg zum 66. Eine schöne Zahl, besonders für uns, da sie uns noch eine Anzahl Romane verspricht. Hoffentlich nicht beim Neuen Verlag, sondern bei einem neueren, der Ihnen allerdings keine Dollars wird zahlen können ... Aber vielleicht haben Sie die aus der deutschen Ausgabe nicht so nötig und verleben jedes Jahr ein paar Monate bei uns, um Ihre Ostmark zu verbrauchen. Man kriegt für diese jetzt schon alles, aber nicht allezeit; doch bessert sich das alle vierzehn Tage, da wir erst mit Polen, gestern mit der ČSR, morgen mit Ungarn und bald auch mit Rumänien Freundschaftspakte verbriefen und siegeln. Schreiben Sie mir bitte konkrete Fragen, damit ich weiß, was Ihnen so unklar ist. Ich kriege z. B. bald einen neuen BMW zu meinem Grünen Dackel, dann fahren wir ½ Stunde bis Babelsberg, wo vorgestern Freunde Hochzeit feierten. Wir passieren alle Sektoren, wir besuchen die ängstlichen Besucher aus London (Agent van Loewen) in ihrem Hotel, weil die so verschreckt sind, daß sie sich nicht zu uns trauen. Vor 10 Tagen ist John Peet, Chefkorrespondent von Reuters, [angekommen], wird morgen abend im ehemaligen Zirkus Schumann, jetzt Friedrichstadtpalast, eine öffentliche Presseversammlung abhalten »Ich wählte den Frieden«. Peet ist ein alter Freund aus Palästina, seit 1940. Jetzt kaufte ich guten Kaukasustabak für weniger Geld, als englischer oder USA-Tabak kosten. Auf der Hochzeit der Schauspielerin[?] Yvonne Merin gab es dreierlei Wein, Hummermayonnaise, köstliche Erdbeertorte mit Schlagsahnebergen – grausame Genüsse für mich, der ich jeden Genuß dieser Art meiden soll, um abzunehmen, meines Herzens wegen. Und nun hoffe ich, liebster Feuchtwanger, daß Sie mit dem »Goya« zufrieden sind und sich ausruhn, schwimmend und behaglich eine Flasche Rotwein verschmauchend und die Pläne zur neuen Arbeit noch vertagend, bis Sie vielleicht doch noch zu uns zu Besuch kommen. Eben tagt ja ein Kongreß in Berlin W, gegen den wir große Einwände haben, den wir aber mit Ruhe beobachten. Das Chamäleon Koestler ist dabei, und Hermann Kesten, aber nicht Kästner, was uns um manchen spaßigen Vers gebracht hat. Ja, wenn Sie mit Michi und Ruth mitkämen. Na, man kann nicht alles auf einmal haben. – Schreiben Sie uns Ihren Fragebogen, und seien Sie vergnügt, so wie es jetzt wieder ist Ihr alter

Zweig

298 Feuchtwanger an Zweig

Pacific Palisades, Calif.
10. Juli 1950

Liebster Zweig,

vielen Dank für Ihren Brief und für die Geburtstagswünsche.

Mit Michi bin ich jetzt in ständiger Verbindung. Die Schwierigkeiten, die seiner Abreise von hier aus entgegenstehen, sind ja wohl alle gelöst, und es geht nur mehr um die Frage des polnischen Visums. Der östliche red tape scheint im Falle Michis schwieriger zu überwinden als der westliche. Dabei sind diese Dinge hier keineswegs so gemütlich, wie Ihr sie Euch vorzustellen scheint, und ich bin herzlich froh, daß es im Falle Michis verhältnismäßig einfach war, die amerikanischen permits zu erlangen.

Ich habe den Roman der Seghers gelesen, der mir ausgezeichnet scheint. Es ist merkwürdig, daß die Seghers so langsam und verhältnismäßig spät lernte, einen Roman wirkungsvoll zu bauen. Die Komposition dieses letzten Buches scheint mir geradezu vorbildlich, während in ihren früheren Büchern gerade das Erzählerische, das Konstruktive so vernachlässigt war, daß es diese Bücher um den Großteil ihrer Wirkung brachte. Soweit ich sehe, ist übrigens der Roman der Seghers das einzige ostdeutsche Buch, das hier veröffentlicht wird; die Übersetzung ist freilich miserabel.

Das Buch der Seghers hat mir Freude und Hoffnung gemacht auch deshalb, weil es zeigt, daß auch unter den heutigen Bedingungen ein ostdeutscher Schriftsteller die nötige Muße hat, um ein sehr großangelegtes Werk fertig zu schreiben. Ich wünsche sehr herzlich, auch Sie, liebster Zweig, bald in der gleichen Lage zu sehen.

Mit vielen guten Grüßen

Ihr ziemlich alter
Feuchtwanger

299 Zweig an Feuchtwanger

Berlin
den 14. 9. 1950

Liebster Feuchtwanger!

Dies ist der erste Brief, den ich seit einem Monat diktiere, und auch der erste wieder in Berlin. Gestern abend nämlich erst kamen wir, Dita und ich, aus Ahrenshoop zurück, wo wir uns 20 Tage am Ostseestrand tummelten und erholten. Ich hatte einen Briefbogen mit, um an Sie mit der Hand zu schreiben, aber im ganzen Ort gab es keine Stelle, wo das nach Einbruch der Dunkelheit möglich gewesen wäre. Am Tage aber lagen wir im oder neben dem Wasser, oder teilten unsere Mahlzeiten mit Bechers oder Eislers – Hanns und Lou. In einem entfernteren Teil des Dorfes wohnten Brechts und Ruth Berlau, dicht neben uns Ernst Busch mit seiner Frau und drei Hundchen, und nun wissen Sie ungefähr, wieviel wir lachten, ernsthaft berieten (die Akademie und das Theater) und uns in der Hauptsache erholten. Und ich kann Ihnen erklären, mein lieber alter Lion, wenn ich nicht selber seit der Landung in Europa die Erkrankung Ditas erlitten und verfolgt hätte und Woche für Woche an ihrer Wiederherstellung gearbeitet als Hauptaufgabe dieser letzten zwei Jahre: niemand würde mir einreden können, daß diese Frau jemals aus ihrer normalen und heiteren Gesundheit, Lebensbejahung und überaus verständigen Kameradschaft herausgekippt wäre. Mein Freud-Buch wäre ein unvollkommenes Werk geblieben ohne diese selbsterlebte Ausweitung der psychiatrischen und neurologischen Erkenntnis. Daß ich Ihnen nicht schrieb, hatte auch noch zwei gute Gründe, der erste war die tiefe Abspannung, die mich gleich nach der Ankunft überfiel, eine legale Abspannung nach einer Fülle von Gesprächen und Geschäften. Das zweite war nach ungefähr einer Woche der Beginn klarer Sicht auf das Problem meines sinfonischen Romans, der »Versunkene Tage« als zweiten Satz enthalten sollte. Daß ich ein großes Stück des vierten Satzes bereits diktiert hatte, als meine treue Sekretärin auf Urlaub ging, wissen Sie ja. Auch, daß ich mir diesmal die lockere Form des Romans zu gestatten beabsichtigte, nachdem ich ja hinreichend bewiesen hatte, daß ich die strenge handhaben kann. Nach einer Konferenz über unsere Zeitschrift »Sinn und

Form« auf Bechers Veranda fiel mir ein, daß ich ja zwei Bücher des im Jahre 46 begonnenen Romans »Herr Steinitz unterwegs« bereits in Berlin hätte und daß es mir kompositorisch leicht glücken würde, diese beiden Bücher in den neuen Roman hineinzunehmen, wenn ich die schwere Gehirnerschütterung des Helden so zentral einbaue, daß als psychiatrisch wohlbekannte Folge das ungeheuer lebendige Wiederauftauchen längst vergessener Jugendjahrzehnte zum Bericht »Versunkene Tage« ausgestaltet würde. Das hat dem Roman einen neuen Titel gegeben: »Häutungen«, und wird mir dazu verhelfen, diesmal viel mehr intellektuelle Inhalte im Gestalterischen zu verankern als Folge des alten Titels »Wozu die Menschen leben«. Ich werde mich aber nicht scheuen, dieses Buch schnell fertig zu machen und brühwarm herauszugeben, weil der Augenblick Lektüre verlangt, die unsere jungen Menschen in Beziehungen zur Gegenwart setzt.

Und nun, lieber Feuchtwanger, bin ich neugierig, was Sie berichten, und vor allem, wie es Ihnen geht. Michi hat mir in den letzten drei Wochen keine Zeile zukommen lassen. Ich nehme aber an, und Ihr Brief an Lou bestärkt uns darin, daß er inzwischen zu Schiffe gegangen ist und daß ich morgen oder übermorgen ein Telegramm erhalten werde, das mich nach Gdynia zitiert. Wenn das so ist, kriegen Sie sehr bald noch einen kurzen Schreibebrief und dann, wenn Michi alles erzählt hat, wieder einen langen. – Inzwischen schüttele ich Ihnen wieder herzlich die Hand, für alles dankend, was Sie zu Michis Abfahrt beigetragen haben mögen, und bin, auch im Auftrage Ditas,

Ihr wie immer grüßender
Zweig

NB Ich bin diesmal zum Nationalpreis vorgeschlagen worden, mit günstigen odds.

300 Feuchtwanger an Zweig

Pacific Palisades, Calif.
23. Oktober 50

Lieber Zweig,

zunächst gratuliere ich Ihnen herzlichst zum Nationalpreis. Sodann zur Ankunft von Michi und Ruth.

Ich höre jetzt weniger aus Deutschland als früher, und die Nachrichten, die man hier zu lesen bekommt, sind offenbar so verstümmelt, daß es auch mit Aufbietung von viel Detektivspürsinn nicht möglich ist, sich ein Bild zu machen. So bleiben eigentlich als einzige Fakten: Ihr und Hanns Eislers Nationalpreis und Bechers bevorstehender sechzigster Geburtstag.

Hier ist es nicht sehr schön. Die neuen semifaschistischen Gesetze bedeuten zwar im Augenblick noch keine unmittelbare Bedrohung für mich, sie erschweren aber noch mehr jede Reise ins Ausland und geben den Behörden bequeme Vorwände für Schikanen. Auch ist meine wirtschaftliche Situation nicht sehr erfreulich. Dadurch, daß sich das Erscheinen des »Goya« hinauszögert etwa bis zum Mai, habe ich bis dahin keine Einnahmen zu erwarten, und die sehr hohen Steuern haben die an sich hohen Einnahmen aus »Proud Destiny« weggeschwemmt. Überdies ist aus vielen Gründen, die weder mit der Qualität noch mit dem Marktwert des »Goya« zu tun haben, die Aufnahme des Werkes recht zweifelhaft. Es hängt sehr vieles ab von der politischen Situation zur Zeit des Erscheinens.

Ich höre mit Vergnügen von Michi, daß es Ihnen persönlich sehr gut geht. Herzlich freuen würde ich mich, wenn Sie einmal die Muße hätten zur Arbeit an einem größeren Werk. Daß die Seghers ihren Roman schreiben konnte, ist ein beruhigender Beweis dafür, daß dergleichen möglich ist.

Ihnen und Dita sehr, sehr herzliche Grüße und Wünsche

Ihr alter Lion Feuchtwanger

301 Zweig an Feuchtwanger

24. 11. 50

Liebster Feuchtwanger!

Seit gestern, vom zweiten Friedenskongreß in Warschau zurück, ziehe ich mich ruckweise und sukzessive aus allen Organisationsarbeiten heraus und werde mich nur noch der Akademie widmen – was sehr wenig Zeit kosten wird, verglichen mit allem, was ich sonst noch übernommen hatte. Des zum Zeichen schreibe ich Ihnen endlich einen Brief, von dem ich angenommen hatte, er sei schon heute vor zwei Monaten in Warschau oder Zoppot an Sie abgegangen. Es war ein bißchen viel, was sich auf mich geladen hatte, und da Michi noch nicht untergebracht ist, bleibt es noch ein bißchen viel. Aber das zentrale Ereignis ist vorüber, der zweite Friedenskongreß ist geglückt, und von Woche zu Woche werde ich mehr wieder der freie Schriftsteller sein, der zu sein ich innerlich nie aufhörte. (Auch äußerlich bin ich es immer geblieben, da ich mit den Dingen unseres Staates voll übereinstimme; aber das Anschwellen aller Organisationen brachte eine Verstrickung mit sich, der übrigens niemand das Wort redete. Nun jetzt fange ich an, mich aus allem zu lösen.)

Schreiben Sie mir nur bald, wie es Ihnen geht, lieber Feuchtwanger, und ob Sie etwa schon wieder in einen Ihrer großen Pläne eingetreten sind. Ich habe nach wie vor die »Münchner Symphonie« und das Freud-Buch auf der Pfanne und freue mich bei letzterem schon auf den Vorstoß, den ich damit machen werde. In Sachen Freud ist die DDR und sind anscheinend alle Volksdemokratien zwanzig Jahre zurück. Ich werde ihnen klarmachen, welch großes naturwissenschaftliches Ereignis und welch deutsches Ereignis dieser Psycholog und Schriftsteller Freud ist und bleibt und wie es sich mit ihm und Marx verhält. Ich werde mir erlauben, Erkenntnisse auf meinen Freund Freud anzuwenden, die er uns selber gelehrt hat, und mich um gar kein Vorurteil zu kümmern, das in den hiesigen Wochenschriften von Zeit zu Zeit in Sachen Freud exhibitioniert. In den zwei Jahren, in denen ich ein Blatt wie den »Sonntag« oder eine Institution wie den Berliner Rundfunk verfolgen konnte, sind beide wesentlich schlechter geworden, und es wird mir Spaß machen darzulegen, daß die außerordentliche Steigerung der Lebenshaltung, die in diesen zwei Jahren ebenfalls augenfällig wurde, nicht notwendig an jene Verminderung der Intelligenz gebunden ist. Was den Roman anlangt, der jetzt für mich den Arbeitstitel »Vierzig Jahre« trägt, so drängt es mich tagtäglich ihn fortzusetzen, nicht nur weil er von explosiver Geladenheit mit Zeitstimmung sein wird – ich werde Ditas Unglück und Rettung als letzten Satz hineinkomponieren –, sondern weil ich auch ein Spiel mit der Form treiben werde, das mir gestatten soll, das riesige Thema auf höchstens denselben Umfang zu bringen wie das »Beil«. Dieses letztere erscheint übrigens jetzt bei Kiepenheuer in einer innerdeutschen Ausgabe, und wiederum hat mir Herr Korfitsen Absichten durchkreuzt, die ich damit hatte. Aber dieses traurige Kapitel sei nun abgeschlossen und ebenfalls dieser Brief, der zu dem verödeten Kalifornien hinüberflattert als eine Taube, die sich nur noch bei Ihnen niederlassen kann. Damit wünscht Ihnen gutes Wetter und gute Lektüre

Ihr
Zweig

302 Feuchtwanger an Zweig

Pacific Palisades, Calif.
4. Dezember 50

Liebster Zweig,

ich freute mich sehr, endlich wieder von Ihnen zu hören.

Auch der Inhalt Ihres Briefes ist sehr erfreulich, und ich hoffe nur, daß Sie sich nun wirklich befreien können von dem vielen Kram, der auf Ihnen lastet.

Wer gerne denkt, ist wohl überall allein, auf dieser Seite des Ozeans und auf der andern. Ich habe das Gefühl, daß Sie sowohl wie ich, obgleich wir außerordentlich viele Leser erreichen, nur für sehr wenige schreiben.

Dabei erhalte ich aus Deutschland sehr, sehr viele Briefe von jungen Menschen, die offenbar zu Ihnen sowohl wie zu mir gläubig aufblicken, gläubig, aber verwirrt und ohne viel Verständnis.

Ich habe zur Zeit viel zu tun mit den Korrekturen des englischen »Goya«. Das ist ein übles Geschäft; denn man sieht, wie viel in der Übersetzung verlorengegangen ist, wiewohl sie nicht schlecht ist.

Ich habe mich an einen kleinen Roman gemacht, der das Ende Jean-Jacques Rousseaus zum Gegenstand hat. Ich schreibe Ihnen nächstens mehr darüber.

Sehr herzlich
Ihr alter, viel mißverstanden
LF

303 Zweig an Feuchtwanger

Homeyerstr. 13
Berlin-Niederschönhausen
den 16. 12. 1950

Liebster Feuchtwanger!

Ich gratuliere zu der ausgezeichneten Idee, Ihrem »Tod Voltaires« ein Gegenstück zu schaffen und die letzten Jahre J.-J. Rousseaus zu durchleuchten. Nach der Probe, die Ihr alter »Odysseus« in Scheria uns geliefert hat, werden Sie sich über den Ärger hinwegsetzen, den der englische »Goya« Ihnen bereitet, und uns einen kurzen Roman schenken, den ich mir hoffentlich mit Behagen vorlesen lassen kann. (Für »Waffen für Amerika« hat bisher die Zeit nicht gelangt.) Ich antworte Ihnen heute und so schnell, um Ihnen zu zeigen, daß ich mich wirklich schon aus den meisten Verpflichtungen zu lösen begonnen habe. Eine dichterische Arbeit ist beendet, nämlich das Frau-Timme-Kapitel im »Beil«, ebenso eine schriftstellerische, die deutsche Ausgabe meines kleinen Huppert-Buches von 1946 – Sie werden es hoffentlich im Januar bereits bekommen. Und nun überwinde ich gerade eine ziemlich schwere Bronchitis, mit der ich aus Warschau heimgekommen bin, und sehe endlich Land, um Michi hier zu verankern, was durch Warschau, die Krankheit und einige Zwischenfälle anderer Art zunächst sehr schwierig schien. (Er ist sehr nett, gescheit und jungenhaft, der Michi, und die Bedenken, die ihn bisher bewegten, verstand niemand besser als ich.) Aber nun ist mit Hilfe von Hanns und Lou eine ziemlich reale Aussicht vorhanden, daß er hierbleiben wird, und dann wird Dita wieder besser schlafen, und ich werde langsam ganz und gar in die Arbeit zurücktauchen. Nächstens schicke ich Ihnen eine Synopsis des Steinitz-Romans, dessen letzter Titel »Die Häutungen der großen Schlange« oder einfach »Häutungen« Ihnen zunebst allem, was ich Ihnen bisher darüber orakelte, noch zu keinem klaren Bild verholfen haben wird. Um Ihnen dieses Bild zu erleichtern, schicke ich Ihnen als Weihnachtspaket meine Bücher »Über den Nebeln« und »Verklungene Tage«, welche beide Bestandteile dieses kommenden Romans sein werden. Und da wir einmal dabei waren, Ihnen neuaufgelegte Bücher zu verpacken, haben wir radikalen Tisch gemacht und kurz und gut in drei kleineren Postpaketen meine vier Romane zugesandt, ferner wie gesagt »Versunkene Tage« und die »Tatra-Novelle«, ferner von den Kurz- und Langgeschichten-Büchern »Allerleirauh«, »Stufen«, »Frühe Fährten«, »Pont und Anna« und den »Spiegel des großen Kaisers«. Und wenn die Kiepenheuer-Ausgabe des »Beils« vorliegt, füge ich noch das Reclam-Heft »Gerufene Schatten« hinzu.

Nun werden Sie mich fragen, warum ich meine beste Novelle noch nicht neu aufgelegt habe, nämlich »Die Bestie«. Nun lieber Feuchtwanger, 1943, als ich das »Beil« beendet hatte und der Untergang des Hitlerreiches schon greifbar war, entwarf ich einen Roman »Gesang aus dem Abgrund«, begann ihn alsbald zu diktieren. Der enthält als eins der ersten Kapitel »Die Bestie« und entwickelt die Personen, die darin eine Hauptrolle spielen, zu Romanfiguren, nachdem das Ende der Novelle umgestaltet wurde, wie es die Notwendigkeit einer Fortsetzung ergab. Ich kombinierte noch ein Stück älterer Prosa hinein, das letzte, was ich vor meiner Einziehung zum Militär 1915 geschrieben hatte – und wenn ich demnächst, was ich sehr hoffe, meine Manuskripte aus Palästina wiederkriege, werde ich mich einschließen und mir dieses große Fragment vorlesen lassen, um zu prüfen, ob ich es nicht in »Sinn und Form« vorabdrucken lasse, als Fragment, wie es ist. Die Zweimonatsschrift »Sinn und Form« haben wir als Organ der Akademie übernommen und werden bald an Sie mit der Frage herantreten, ob wir nicht ein geschlossenes »Goya«-Kapitel von Ihnen zum Vorabdruck erhalten können. Das jüngste Heft von »Sinn und Form« geht Ihnen als Drucksache zu. Falls Sie frühere Hefte von »Sinn und Form« noch nicht erhalten haben, schreiben Sie mir's bitte gleich. – Und nun noch eine Frage: verläßt Chaplin wirklich Kalifornien? Wir wollten ihm gerade unsere korrespondierende Mitgliedschaft antragen. Und so: fröhliche Weihnachten, liebster Feuchtwanger, und die Hoffnung, daß wir 1951 unbelästigt weiterarbeiten können!

Ihr
Zweig

Hoffentlich hat Sie auch das Erdbeben nicht belästigt, das nach unserem Radio vorgestern Mexiko City verheert[?] hat!

304 Feuchtwanger an Zweig

Pacific Palisades, Calif.
31. Dezember 1950

Liebster Zweig,

ich freue mich herzlich, daß Sie sich nun wieder so ernstlich mit Ihren eigenen Büchern befassen. Auch daß die Frage Michi jetzt gelöst ist, ist mir eine rechte Beruhigung.

Daß Sie mir Ihre Bücher schicken wollen, ist eine gute Idee. Ich habe die meisten Ihrer Bücher antiquarisch erworben, käuflich, lieber Zweig. Nicht einmal das »Beil« habe ich deutsch gekriegt, was ich doch eigentlich verdient hätte.

Daß Sie »Die Bestie« nicht in ihrer ursprünglichen Form wieder veröffentlichen, ist schade. Diese Geschichte ist es, die mich Ihnen ganz gewonnen hatte, und wenn Sie die gleichen Menschen und Ereignisse in einem Roman oder wie immer verwenden, so hat das Buch nichts zu tun mit der vollendeten Fassung der Novelle.

Vom »Goya« habe ich nun ein erstes Drittel der deutschen Fassung in lesbaren Korrekturfahnen. Ich schicke es an Lou und Hanns, die vorläufig wohl mehr Zeit zum Lesen haben als Sie. Falls Sie wider Erwarten Zeit finden sollten, die Fahnen sich vorlesen zu lassen, verlangen Sie sie, bitte, von Lou.

Es sieht ringsum trüb aus um diese Jahreswende, aber ich kann mir nicht helfen, ich finde, es geht Ihnen und mir noch verhältnismäßig gut. Und wenn Sie wirklich Zeit zum Arbeiten finden, dann haben Sie es geschafft. »Ich wünsche Ihnen ein arbeitsreiches Leben«, war ungefähr das letzte, was der alte Heinrich Mann mir gesagt hat.

Ihnen, Dita und den Kindern alles Herzliche

immer Ihr
Feuchtwanger

305 Zweig an Feuchtwanger

Berlin
14. [–15.] Jan. 51

Liebster Feuchtwanger,

nun habe ich also endlich den »Bonaparte« fertig gemacht – nur noch 2 oder 3 kleine Sentenzen möchte ich in den Schluß einfügen. Ich blieb dabei, weil am 20. Karl Paryla aus Wien herkommt, der den B[onaparte] spielen will und kann. Aber die Kraft, die mich diesmal die Arbeit gekostet hat … doch fangen wir beim Anfang an. Die Kraft, die mich das Hereinholen von Michi gekostet hat, hätte für einen Roman von 350 Seiten gereicht. Diese Schwierigkeiten jeder Art … nun schön, ich kriegte ihn rein, und es hatte Sinn und Verstand gehabt.

Und dann wurde immer klarer, daß er sich hier nicht hineinfand, vor allem weil seine Frau und der Anhang in Westberlin dagegen arbeitete. Und immer neue Anstrengungen, um ihm hier eine Laufbahn zu ermöglichen, als Pilot später mal, vorläufig als irgendwas anderes – aber da Michi sich ganz gebremst verhielt, kein Wort öffentlich sprach, keine Zeile von sich gab, erleichterte er mir die Arbeit in keiner Weise – obwohl man ihn hier zu den verschiedensten jobs gebraucht hätte. Und in all den Wochen hatte ich mit einer verschleppten Grippe zu tun, aus Warschau noch mitgebracht, und lag im Bett und stand auf, um Unterredungen zu führen – und nun ist's klar, daß er in 10 Tagen wieder nach Kalifornien abhauen wird, und man erleichtert mir die Anschaffung der Dollars und tut, was man kann – und Dita und ich sitzen gespaltenen Sinnes da und sagen: gut, daß er diesmal wieder geht, weil er diese Ruth bei sich hat; aber er ist unser geliebter Junge, so patent, so sauber, so gescheit, nur zu gesprächig (unter uns), und nun sollen wir ihn wieder jahrelang vermissen, und falls es doch noch zum Krachen kommt, er drüben und wir hüben. Und jetzt muß ich an den »Beil«-Film gehn, der schon zu 50 % gedreht ist, und meine Atmungsorgane müssen wiederhergestellt werden, und ich will ans Freud-Buch und dann an den Roman – und Michi und sein bedrängter Zustand lassen mich dennoch nicht los. Dabei kommt mir finanziell der Fakt zu Hilfe, daß das Wiedergutmachungsverfahren mir 4–5000 M Westgeld für Kühler Weg 9 zusprechen wird, wovon halb Michi und halb Adam geholfen werden kann. Eine Westmark = 5,5 Ostmark und umgekehrt, und wir haben mit dieser Bankerottmark gesetzlich gar nichts zu tun und berechnen offiziell 1:1. Aber in der Dollarwelt ist's halt anders, und die zählt für Michi, ohne für ihn zu zahlen.

15. 1. 1951

Gestern abend war Brecht-Premiere der »Mutter«. Wir gingen abends aber noch nicht aus und schickten Michi und Ruth. Da sie zum erstenmal ein Lehrstück gesehen haben, war ihr Bericht unmittelbar, etwas verwirrt und anschaulich, und ich hoffe, wir werden in einer Woche unsererseits hingehen. Daß Brecht heute seiner Niere wegen ins Krankenhaus übersiedelt, erfuhr ich durch Ruth Berlau und durch die Helli; sobald ich selber wieder fit bin, besuche ich ihn dort. Inzwischen höre ich von der Lou, daß Ihre »Goya«-Fahnen eingetroffen sind, und hoffe, ihnen etwas für »Sinn und Form« entnehmen zu können. Was ich mit dem Film »Beil von Wandsbek« werde anfangen können, wird sich in den nächsten Tagen ebenfalls ankündigen. Ich fürchte einen langwierigen Kampf mit einer Beamtenschaft, da mein Regisseur zwar ein musischer und gutwilliger Mann ist, der aber nur Theater- und keine Filmerfahrungen hat. Dennoch ist er mir als einziger saurer Apfel übrig geblieben, als ich im Herbst den Vertrag mit der DEFA abschloß. Weder Erich Engel noch einer der anderen erprobten Regisseure war plötzlich erreichbar; sie waren alle auf Westmarkarbeit nach Süddeutschland gegangen, und mir blieb nur ein Erdenrest zu tragen peinlich. Gleichwohl konnte ich nicht mehr verschieben, was ich vertraglich unterzeichnet hatte. Und nun, lieber Feuchtwanger, schicke ich Ihr »Pep« zu Alexan hinüber und autorisiere ihn, eins oder das andere Ihrer Wetcheek-Gedichte in seiner Amerika-Zeitschrift abzudrucken. Sie haben sicher nichts dagegen, die Auflage beträgt 600000, und Herausgeber ist das Amt für Information. – Wenn ich nun bedenke, daß Sie Anfang Februar den Michi werden ausführlich erzählen hören, was er hier sah, hörte und mitmachte, und daß wir ihn wieder entbehren werden, dann schüttle ich meinen Kopf und merke, daß ich vor dreißig Jahren doch wesentlich jünger war als heute. Zum Glück hat Dita nicht nur ihre volle Frische wiederbekommen, sondern so viel Sinn für unsere DDR und Einsicht in die Gründe unserer Schwierigkeiten und das Positive unseres Lebens, daß wir unseren Jungen auf vernünftige Weise gehen lassen und ebenso gern hierbleiben. – Und nun, beste Wünsche und die herzlichsten Grüße von Ihrem (und Dita)

A. Z.

Gestern war ich deprimiert, heute geht's schon wie geschmiert, Tod von Sinclair Lewis hat mich betroffen gemacht. Hat er wirklich so arg getrunken? Heil uns maßvollen Weinfreunden!

306 Feuchtwanger an Zweig

Pacific Palisades, Calif.
22. Januar 1951

Lieber Zweig,

gerade sind Ihre Bücher angekommen. Sie haben mir eine wirklich große Freude gemacht, besonders gefreut habe ich mich Ihrer Inschriften.

Ich habe aber immer noch einen Kummer: mir mangelt nach wie vor ein deutsches »Beil«.

Alles Herzliche

Diesen Brief diktierte ich am Morgen, am Nachmittag traf Ihr Brief vom 14. Januar ein.

Offen gestanden, ich habe Michis Aufenthalt in Berlin nicht ohne Besorgnis entgegengesehen, und alles in allem halte auch ich es für beinahe besser, daß er wieder hierher kommt. Übrigens sehen Sie, glaube ich, Ruth doch nicht ganz richtig. Die Situation Michis hier war und ist keineswegs rosig, und sie hat sich da sehr wacker bewährt und hat ihm treulich geholfen.

Kümmern Sie sich doch nicht so viel um den Film »Beil von Wandsbek«. Sie sind den Technikern so wenig gewachsen, wie ich es bin, und was schließlich herauskommt, wird Glücksache sein. Sehr schön wäre es, wenn Sie mir einmal einen Print des Filmes schicken lassen könnten. Es wäre mir eine Freude, ihn mir und ein paar Freunden vorführen zu lassen.

Glauben Sie mir, es gibt diesseits und jenseits des Ozeans manches Positive und viel Negatives, und es ist alles durchwachsen. Der »Goya« wird im Book-of-the-Month-Club erscheinen, das bedeutet, daß er unter die Leute kommt. Aber ein Jammer bleibt, daß bestenfalls auf hundert englische und amerikanische Leser ein deutscher Leser kommt. Die Übersetzung ist nicht schlecht, aber ich habe in der amerikanischen Ausgabe vieles gestrichen, einfach deshalb, weil es mir um die *übersetzten* Stellen nicht mehr leid tat.

Ich bekomme viel zu lesen aus Ost- und aus Westdeutschland, und hier in der Entfernung bekommt man schließlich doch aus all der Wirrnis ein ziemlich klares Bild.

Ihnen und Dita alles Herzliche, und sowie ich Michi gesehen habe, schreibe ich Ihnen.

Immer und überall
Ihr alter L F

307 Zweig an Feuchtwanger

Homeyerstr. 13
Berlin-Niederschönhausen
9. 2. 1951
Tel: 480336
(für Astrologen: Auto-Nr. 011336)

Liebster Feuchtwanger,

nun schaukeln die Kinder schon eine Woche auf dem Rückweg. Das Schiff heißt »Hurricane«, hoffentlich bewahrt es den Michi vor der Seekrankheit, die ihn so sehr zu plagen pflegt. Über die beiden Rückwanderer schreibe ich Ihnen später meine Meinung, sie muß sich erst setzen. Ich zweifle nicht an Ruths Tüchtigkeit und daß sie ein angenehmer Kriegskamerad für Michi war. Nur leider eine Frau für ihn scheint sie uns nicht zu sein; ein relativ fremdes Element in ihr trennt sie von unserer Art zu denken und zu empfinden, und wenn das ein allgemeiner Generationenzug sein sollte, wird er uns vielleicht keine passende Schwiegertochter ins Haus bringen, falls er wirklich in ein paar Jahren zurückkommen will und Ruth dann ihrer Abneigung gegen die Stadt ihrer Eltern treu bleibt. Wir sind natürlich verwöhnt durch die reizenden jungen Dinger, die in Haifa als Freundinnen der Kinder ins Haus kamen – Töchter aus intellektuellen Familien, die in handwerkliche Berufe übergegangen waren oder Tanzstunden gaben und über Gefühlsskalen verfügten, die sie der Welt von 1933 verbanden. Ruths Vater dagegen kennen wir nicht, und ihre Mutter, die Dita während der Krankheit große Dienste leistete, ist Astrologin, Theosophin, Russenfeindin, eher ein Hemmnis. Aber dies unter uns und beiseite, lieber Feuchtwanger.

Daß Ihr »Goya« inzwischen in Fahnen bei Lou gelandet ist, freute uns alle, nur sind Eislers nicht von den Gedichten entzückt, die Ihre Kapitel beenden – was sie Ihnen wahrscheinlich schon mitgeteilt hat –, während ich noch keinen Begriff habe, weder von der Prosa, noch von dem Formgesetz, aus welchem Sie diese Gedichte als Ausklang anhingen, statt sie wie Kipling als Präludium voranzuschicken. Die Unterbrechung des epischen Flusses in beiden Fällen ist ja gewollt und klar, wird mir aber erst dann eingehen, wenn ich wenigstens einige Kapitel des Werkes kenne. Inzwischen habe ich viel in Ihrem »Domitian« geschmökert, ohne für das Ganze bis jetzt Zeit gehabt zu haben. Leider aber trennt mich immer mehr und mehr Einsicht in die völlig unvergleichbaren Verhältnisse der Sklaven- und unserer Arbeiterwirtschaft. Außerdem überschätzen Sie, wie mir scheint, die Rolle der überaus dünnen Kaiser- und Senatorenschicht für die politische Entwicklung einer Epoche, in der das Christentum sich so intensiv durchzusetzen begann. Aber ich bin noch ganz unwissend in bezug auf Ihre Hauptabsichten und finde die Gestaltung der Figuren besonders reizvoll und abwechslungsreich. Später davon mehr, wenn Sie wollen.

Heute nur noch von meinen Büchern, daß ich dem merkwürdigen Neuen Verlag vorgehalten habe, wie sehr Sie ein Freiexemplar verdient hätten für den Vertrag, den Sie zustande gebracht. Er versprach das Versehen nachzuholen, und ich sende Ihnen nächstens auf einem Blatt ein paar Zeilen, die ich Sie einzukleben bitte.

Um den Film habe ich mich letztlich kaum kümmern können, abgesehen von den Fahnen, die ich der DEFA von Kiepenheuer übersenden ließ – keiner der Schauspieler kannte das ganze Werk. Außerdem beschäftigte mich die Vollendung von »Bonaparte in Jaffa« weit stärker als der Film: bei einem Besuch in Neubabelsberg sah ich ohnehin, welch ein störendes Requisit wir Verfasser sind. Falls wir ihn erst fertig haben, werde ich versuchen, aus der DEFA eine copy für Sie und Ihre Freunde herauszulocken; vielleicht werten sie es als Propaganda.

Und nun, liebster Feuchtwanger, überlasse ich Sie dem Michi und bin, wie eh und je,

Ihr langsam wieder in die Höhe kommender

Zweig

Ich freue mich über die große Neuauflage von »Erfolg« und einige kleine Korrekturen darin, das Politische betreffend; wer aber, lieber F., hat für diese Auflage von X0000 ein Foto von Ihnen aus dem Jahre 30 herausgesucht, und noch dazu einen solchen snapshot?

308 Feuchtwanger an Zweig

Pacific Palisades, Calif.
17. Februar 1951

Liebster Zweig,

von Michi habe ich einen kurzen Brief aus Hamburg mit der Nachricht, daß er in Buffalo Station macht und im März hier sein wird.

Die Bücher, die Sie die Freundlichkeit hatten, mir zu schicken, haben mir große Freude gemacht. Ich habe überall wieder herumgeschmökert und habe »Versunkene Tage« nochmals gelesen. Lächelnd bemerkte ich die Verwandlung des »fremden Herrn« in Heinrich Mann. Als Ganzes habe ich gerade an den »Versunkenen Tagen« sehr viel Freude gehabt, weit übers Private hinaus, und ich denke, es ist nicht nur die kleine Sentimentalität, die unsereinen bei dieser Lektüre wohl oder übel überkommen muß, die mich das Buch besonders schätzen machte.

Das »Beil« hat mir der Neue Verlag mittlerweile angekündigt.

Daß Sie sich den dritten »Josephus« vorgenommen haben, freut mich; aber daß Sie gerade die Domitian-Kapitel herausgepickt haben, um ein Urteil daran zu hängen, scheint mir so unbillig, wie wenn einer das Kronprinzen-Kapitel herauspickte, um dann ein Urteil über den ganzen »Krieg der weißen Männer« abzugeben. In der »Josephus«-Trilogie steckt die harte Arbeit von zehn Jahren. Was über Leibeigene und über die Entstehung des Christentums im zweiten Band (»Die Söhne«) gesagt wurde, hat zum Beispiel seinerzeit gerade die Moskauer

Kritik mit besonderem Preis hervorgehoben, desgleichen das, was über die wirtschaftlichen Ursachen des Konfliktes mit Judäa – ich hoffe – gestaltet wurde. (Übrigens sind die »Christenverfolgungen« zur Zeit des Domitian tendenziöse Fabeln. Die Evangelien, wenn sie damals vorhanden waren, können höchstens fünf bis zehn Jahre alt gewesen sein. Von einer politischen Bedeutung des Christentums vor Trajan kann nicht die Rede sein.) Ich muß ehrlich sagen, ich bin stolz darauf, daß mir die Gestaltung der Entstehung des Christentums im zweiten Band des »Josephus« ohne viel Gerede geglückt ist.

Ich weiß, daß es keine Kleinigkeit ist, die gesamte »Josephus«-Trilogie mit ihren zweitausend Seiten zu lesen. Aber ich würde mich herzlich freuen, wenn Sie einmal dazu kämen. Ich habe übrigens gerade wieder Exemplare einer italienischen Neuauflage der gesamten Trilogie bekommen, von Mondadori, in einheitlicher neuer Ausstattung.

Die »Gedichte« im »Goya« sind natürlich keine Gedichte. Ich bin gegen Ende der einzelnen Kapitel, manchmal mitten im Satz, in einen trochäischen Rhythmus übergegangen, das heißt, ich erhöhe einfach gegen Ende des Kapitels die Stimme ein wenig, und die Trochäen verdichten, glaube ich, das Atmosphärische. Wenn es die Situation erlaubt, dann behandle ich dieses Versmaß ironisch, um den Verfall einer großen Kultur und einer großen Kulturform einzufangen. Mir scheint, es ist ein erlaubtes Stilmittel. Geschwankt habe ich lange, ob ich nicht einfach die Trochäen als Prosa setzen lassen solle, mich darauf verlassend, daß ein sorgfältiger Leser schon merken wird, was los ist.

Bei einem allenfallsigen Vorabdruck zum Beispiel müßten natürlich die Verse als Prosa gesetzt werden.

Liebster Zweig, und nun muß ich eine Frage an Sie

richten, die mir schon lange auf der Zunge beziehungsweise auf der Schreibmaschine oder, am richtigsten, auf dem Herzen brennt. Wie kommt es eigentlich, daß Sie nicht zwei richtige Sekretäre haben? Das muß es doch in Berlin für Sie geben. Ich könnte mir nicht vorstellen, wie ich ohne eine einfühlsame und vollbeschäftigte Sekretärin auskommen sollte. Sie müßten doch junge Leute finden, die Ihnen vorlesen und Ihre Manuskripte in Form bringen können. Das ist doch wohl das, was Sie dringlich nötig haben.

Und nun bin ich neugierig auf das, was Michi erzählen wird. Selbstverständlich werde ich alles sehr bedachtsam abwägen.

In herzlicher Freundschaft
Ihr Feuchtwanger

PS Die große Ausgabe von »Erfolg« habe ich bisher nicht zu sehen bekommen. Nicht nur der Neue Verlag verbirgt seine Erzeugnisse vor Autoren.

309 Zweig an Feuchtwanger

[Berlin-]Niederschönhausen
Sonntag, 25.[–26.] Febr. 51

Liebster Feuchtwanger,

um Ihnen zu zeigen, daß wir auch schon repräsentieren können, nehme ich dieses holzfreie Papier, es erlaubt mir auch, die von Michi dagelassene dünnflüssige Parkertinte zu benützen. Heute ist Sitzungspause, und so in Eile einige Antworten auf Ihren lieben Brief.

1. Sie überschätzen meine Augen. Lesen ist jetzt schwieriger als vor 4 Jahren, die Orientierung in Raum und Landschaft viel besser. Die Narben im Augenhintergrund schneiden jetzt den gelben Fleck, so daß in 1 Jahr

alles auch für Lesen günstiger. Daher nur Stücke aus dem vortrefflich gedruckten »Domitian«. »Die Söhne« lasen wir vor 12 oder 15 Jahren, lieber F., seither ging es mir zeitmäßig nie so gut, daß ich noch einmal darin schmökern konnte. Seit Lily beiseite ging, hat mir niemand mehr ganze Bücher vorgelesen, auch eigene nicht.

2. Ich hatte auf Michi und Ruth gehofft und keine Vizesekretärin gesucht; ich wollte ihnen für den Übergang diesen job offenhalten. Beide lehnten empört ab, sie fanden das eine Zumutung, lebten lieber ohne Tätigkeit auf meine Unkosten, besetzten 4 Monate hindurch die Zimmer in unserem kleinen Haus, in denen ich eine Abend- und Frühstunden-Hilfskraft untergebracht hätte, und lehnten sich gegen den Highbrowstil unserer Frühstücksgespräche heftig auf. Ruth, geb. Anderle, las mir 3mal je 15 Minuten so ungebärdig oder unfähig vor, daß ich für weitere Proben nicht Nerven genug hatte. Und jetzt gehe ich auf die Suche; aber eine schon vom Adlon her als geeignet erfundene junge Person hatte, als ich sie jetzt kommen ließ, inzwischen eine markgroße Kaverne in der Lunge, Pneumothorax und Sanatoriumsaufenthalt bis Ende März diktiert bekommen. Westberlinerinnen scheiden aus, bis wir die beiden Teile wieder vernäht haben werden, und alles im Osten wird von den Regierungsbüros gesucht. Aber ich spähe weiter aus, wie Sie sich denken können, obwohl ich mich selber auch erst erholen muß – die 4 Monate des Kinderbesuchs waren auch für uns eine harte Nuß ... und das Ende brachte uns den Zwiespalt, über die Abreise traurig zu sein – und aufzuatmen.

3. Zu Ihren sachlichen Bemerkungen: Was sagen Sie zu Kautskys Buch über die Entstehung des Christentums? Und wird nicht die Perspektive notwendig verschoben, wenn Sie, wie die Liberalen des 18. und

19. Jhdts., die Flavier und die hauchdünne Oberschicht in die Mitte der Komposition stellen – was aber notwendig im Thema lag, wie Sie es damals anpackten. Und nun höre ich die große Kundgebung weiter im Radio, denn von unserem Erfolg hängt ab, ob es Sinn hat, weiterzuarbeiten, oder ob alles in Klump[?] geschlagen wird.

26. 2. 1951

Guten Morgen, lieber Feuchtwanger!

Bevor ich in den Friedensrat fahre, der morgen zu Ende geht, schnell noch Bemerkungen zu zwei Themen.

4. Die Schlußtrochäen Ihrer Kapitel verstehe ich selbstverständlich und halte die Idee für ausgezeichnet. Sie widerspricht leider den Vorstellungen, die man sich hier z. Zt. von der Absicht eines Romans macht, die Wirklichkeit vorzutäuschen. Der sogenannte sozialistische Realismus, über den ich nur mit Ihnen und Ehrenburg frei sprechen kann, soweit es sich um Schriftsteller handelt, denn unsere begabten Maler und Bildhauer denken darüber genau wie wir – dieser soziale Realismus hält die Kunst für ein Panoptikum und möchte am liebsten alle Gesetze der Form und Prinzipien der Kunst als Formalismus denunzieren und abschaffen. Es haben nämlich bei uns z. Zt. drei bis fünf ehemalige, wegen Mangel an Begabung steckengebliebene Kunstschüler, verkleidet als Journalisten, das große Wort. Ich selber opponiere dagegen, jedesmal wenn ich eine Ausstellung unserer Akademie eröffne, von denen eine besser als die andere ist. Den vorläufig letzten Katalog schicken wir Ihnen mit gewöhnlicher Post. In »Sinn und Form« mische ich mich jetzt schon theoretisierend ein, da aber ein richtiger Grundantrieb mit lauter falschen Folgerungen verquickt ist, muß man die Diskussion bei einer Gelegenheit führen, in die sich die Piefkes nicht einmischen können.

Vielleicht ist Ihr »Goya« schon eine Gelegenheit dazu, wenn er als Buch vorliegen wird.

5. Bevor ich schließe, noch ein paar Worte über »Verklungene Tage«. Als die erste Fassung mit der Widmung an Sie und Marta erschienen war, die Ihnen Querido doch bestimmt geschickt hat und in die ich Ihnen außer der eingedruckten Widmung gern auch noch ein paar Zeilen mit der Hand geschrieben hätte, erhielt ich, glaube ich, kein zustimmendes Wort von Ihnen. Ich dachte, es habe Ihnen nicht gefallen. Da es Frühling 38 gewesen sein muß und mein Sommerbesuch bei Euch in die aufregenden Tage des Münchner Verrats fiel, ließ ich die Sache, glaube ich, unerwähnt, günstigere Augenblicke erwartend. Und nun nach einem Dutzend Jahren ist diese Zeit wohl gekommen, und ich freue mich über Ihre Zustimmung und danke Ihnen herzlich dafür. Und somit bin ich für heute und morgen

Ihr herzlich grüßender
Zweig

[Beilage:]

Der Präsident
der Deutschen Demokratischen Republik

beehrt sich

Herrn Arnold Zweig

zu einem Empfang anläßlich der 1. Vollversammlung des Weltfriedensrates* einzuladen. (War aber nett, mit Claude Morgan, Ehrenburg, Uhse, einer griechischen Kollegin; »Marmor u. Tränen« heißt ihr Buch.)
Der Empfang findet am Sonnabend, dem 24. Februar 1951, um 20 Uhr, im Großen Festsaal, Berlin W 1, Wilhelmstr. 79–81 statt.

*21.–27. 2.

Eben jetzt, 25., Massenkundgebung im ehemaligen Zirkus Schumann. Ich bin zwar Vizepräsident mit Anna Seghers, aber ich bleibe heute zu Hause, am Radio.

310 Feuchtwanger an Zweig

Pacific Palisades, Calif.
26. Februar 1951

Liebster Zweig,

Michi hat gerade angerufen, er wohnt am andern Ende von Los Angeles, ich sehe ihn in den allernächsten Tagen und schreibe Ihnen dann gleich ausführlich.

Ich komme mit einer kleinen Bitte: ein junger Mensch, den ich nicht kenne, ein gewisser Wolfgang Berndt in Dorndorf, hat mir eine lange Examensarbeit geschickt, die meine in Berlin erschienenen Bücher zum Gegenstand hat. Der große Essay scheint mir ganz ausgezeichnet. Er verbindet, scheint mir, das Beste, was aus deutscher germanistischer Tradition ins Heute herübergerettet werden kann, mit der soziologischen Methode heutiger philologischer Forschung. Es ist erstaunlich, daß ein Zweiundzwanzigjähriger, der unter den Nazis groß geworden ist, dergleichen zustandegebracht hat.

Dieser Wolfgang Berndt möchte nun nach Berlin und schreibt mir, das hänge ab von dem Berliner Ordinarius Professor Magon. Er möchte sich in Berlin immatrikulieren lassen. Wenn Sie bei diesem Professor Magon ein gutes Wort für ihn einlegen könnten, wäre ich Ihnen herzlich verbunden. Ich glaube, es wird Ihnen eine Freude sein, den Jungen kennenzulernen.

Ende der Woche also sehr ausführlich

Ihr
LF

311 FEUCHTWANGER AN ZWEIG

Pacific Palisades, Calif.
2. März 1951

Liebster Zweig,

Michi war gestern hier mit seiner Frau, sie haben ausführlich erzählt, manchmal mit Bitterkeit, aber doch im ganzen bestrebt, objektiv zu bleiben.

Sehr viel Neues haben wir nicht gehört. Die vielen kleinen Episoden, die wir hörten, änderten nichts an dem, wie ich glaube, ziemlich richtigen Bild, das wir haben. Doch waren sie eine willkommene unwillkommene Ergänzung.

Selbstverständlich haben sich Michi und Ruth vorläufig hier nur provisorisch eingerichtet und wissen noch nicht recht, wie es weitergehen soll. Leicht werden sie es nicht haben.

Herzlichen Dank für das Foto, es ist im besten Sinne repräsentativ und hat mir gut gefallen.

Weniger hat mir das Foto gefallen, das der neuen Ausgabe von »Erfolg« voransteht. Ja, Exemplare dieser neuen Ausgabe sind mittlerweile hier eingetroffen. Es ist erstaunlich und erfreulich, daß dieses gut ausgestattete Buch nun so energisch verbreitet wird. Herzlichen Dank für Ihr freundschaftliches Nachwort.

Leid nur ist es mir, daß Sie nicht Gelegenheit haben, »Waffen für Amerika« einmal richtig und als Ganzes zu lesen. Sie würden sogleich erkennen, daß die Probleme, von denen das Buch handelt, brennende Fragen unserer Zeit sind. Das Buch spricht vom frühesten amerikanischen Imperialismus, er zeigt scharf umrissen die Lee und Adams, die ersten Repräsentanten amerikanischen Größenwahns, und das ganze Buch hat zum Helden jenen Fortschritt, der nur durch friedliche Zusammenarbeit aller Völker erreicht werden kann. In diesem Sinne wurde das Buch auch hier verstanden, und ich glaube, es hat hier in Amerika mehr für den Frieden getan als manche Friedenskonferenz. Es ist mir leid, daß ich Ihnen nicht Zuschriften schicken kann, die ich von unzähligen Lesern erhalten habe, und nicht die bösartigen Rezensionen der Gegner.

Wir haben es alle nicht ganz einfach.

Ihnen und Dita die allerherzlichsten Wünsche.

Sehr freundschaftlich
Ihr
Feuchtwanger

312 Zweig an Feuchtwanger

Homeyerstr. 13
Berlin-Niederschönhausen
den 22. 3. 1951

Liebster Feuchtwanger!

Im Grunde wollte ich Ihnen heute über die Aufführung von Brecht/Dessaus Oper »Lukullus« berichten und alles, was sich damit zugetragen hat – es gab nur eine Aufführung ohne öffentlichen Kartenverkauf unter Scherchens glänzender Leitung und mit Caspar Nehers prachtvoller Ausstattung. Aber davon soll Ihnen die Hauptmann schreiben, denn Dessau kommt morgen zu mir, und heute muß ich zunächst über Michi mein Herz ausschütten. Wir haben nämlich von ihm direkt noch gar keine Nachricht, erfuhren aber durch Frau Anderle, daß die Kinder krank seien, was irgendwie mit ihrer Autobusfahrt zu tun haben soll, und nun natürlich Arbeit suchen. Ich möchte nun helfen, indem ich dem Michi die story eines amerikanischen Kriegsfilms schenke, die er unter seinem Namen und als Veteran womöglich selber in einen Film verwandeln soll – eine story, deren Kern auf einem Erlebnis einer jungen Palästinenserin beruht, die als ATS in Rom stationiert war. Ich bin leider in diesen Tagen mit dem Ausgang der »Lukullus«-Affäre und der Vorbereitung zum 80. Geburtstag von Heinrich Mann in der Akademie sehr beschäftigt, außerdem aber erholungsbedürftig seit der Bronchitis aus Warschau und der heftigen Anstrengung und Depression, die mir das Hereinbringen der Kinder und ihr Abprallen verursacht hat. Sonst enthielte schon dieser Brief eine Synopsis. Ich muß nun vor allem vermeiden, daß mein Name im Zusammenhang mit diesem Film »Bastogne 1945« genannt wird, weil er sonst dem Michi keinen Cent einbringen würde. Nun hat mein Agent van Loewen eine Vertreterin in New York, von deren Tüchtigkeit ich nicht viel halte, die aber vielleicht dazu dienen könnte, den Film, ohne Verdacht zu erwecken, an eine ergiebige Quelle zu flößen. Falls Sie aber eine zuverlässigere Agentin wissen, die man nicht über London zu bearbeiten braucht, wäre ich Ihnen sehr dankbar. Es wird ja nun wohl darum gehen, meinem Jungen einen Vorschuß zu verschaffen, der ihn instand setzt, die ersten Wochen durchzustehen. Nach allem, was ich hier an Gefälligkeiten von unserer Notenbank für Michi und Adam in Anspruch nehmen mußte, kann ich mir heute keine Dollars verschaffen, um sie den Kindern zu schicken; ich wäre Ihnen aber dankbar, lieber Feuchtwanger, wenn Sie mir auf diesen kommenden Film hin, von dem Sie noch gar nichts wissen, ein paar hundert Dollar borgen könnten, die sich Michi abholen könnte. Wenn es mir glückt, werde ich während der Ostertage die Geschichte skizzenhaft zu Papier bringen und Ihnen mal zunächst einen Durchschlag schicken. Es ist zu dumm, daß ich im Augenblick keinem der Verleger eine Auswahl meiner besten short stories anbieten kann, die sich noch 1943 darum rissen! Glückt aber die Außenministerkonferenz, woran ich bei Gromykos glänzendem Lavieren kaum zweifle, so werden wir im kommenden Jahr bereits wieder auch meinen Namen auf einer Verlagsliste erblikken.

In den letzten Wochen war ich sehr geteilt zwischen zwei angefangenen Romanen: dem Steinitz-Roman »Rechts oder Links« und dem Anfangsroman meiner Weltkriegsserie »Si vis pacem«, der die Herstellung eines Krieges aus der Friedenswelt behandelt, und von dem große Stücke bereits vor »Junge Frau« diktiert wurden. Zum ersten Mal in meinem Leben frage ich mich, ob die Wahl dieses Themas jetzt durch seine Aktualität gerechtfertigt wäre; bislang haben wir ja immer unsere Themata nach inneren Gesetzen ausgesucht. Beide Fragmente locken mich, zerren sogar an mir. Ich bin ebenso verliebt in die Welt von 1913/14 wie in die von 1938–48, und auf alle Fälle werde ich meine sämtlichen Obliegenheiten beiseite werfen und nichts als diese Prosa im Sinne haben. Wozu würden Sie mir raten, den Blick mehr auf den außerdeutschen Markt gerichtet?

Über das, mit Verlaub, häßliche Bild vor »Erfolg« hatte ich Ihnen ja sofort geschrieben, nachdem es mir zu Augen gekommen; ich begreife nicht, woher der Verlag es sich verschafft hat; er war doch mit mir im ununterbrochenen telefonischen Kontakt und hätte von mir mindestens zwei neuere und viel bessere Bilder von Ihnen bekommen können. Gerade jetzt lasse ich drei der hübschen Aufnahmen vergrößern, die Lily 1933 von Heinrich Mann, Ihnen und mir gemacht hat und wobei ein ausgezeichnetes Solobild von Ihnen paradiert. Sobald mir die Fertigstellung gemeldet wird, schicke ich Ihnen eins, und falls eine Neuauflage eines Ihrer Bücher demnächst fällig sein sollte, wird sich die Akademie einschalten. – Was »Waffen für Amerika« anlangt, so kann ich es mir erst vorlesen lassen, wenn ich meine Romanangelegenheiten geordnet habe. Dita las mir in diesen Wochen die »Entstehung des Dr. Faustus« vor. Wir hatten sehr viel Spaß an Tommys Buch, in welchem er, wie jemand treffend sagte, zugleich sein eigener Eckermann und Goethe ist. Es ist aber sehr aufschlußreich, die Entstehung dieses merkwürdigen autobiographischen Pseudoromans zu verfolgen und sich dabei in Gesellschaft so vieler ehemaliger und auch gegenwärtiger Freunde zu befinden. An den »Faustus« selbst traue ich mich noch nicht heran; aus dem selben Grund wie an »Waffen für Amerika«. Die Narben im Augenhintergrund liegen jetzt gerade über dem Lesezentrum, und so viel besser ich mich im Zimmer und auf der Straße bewegen kann, um so behinderter bin ich beim Selberlesen. Die Bastogne-Geschichte funkt mir natürlich sehr zwischen die Dispositionen der nächsten Tage, aber ich kann dem Kleinen doch nicht den Rücken kehren, bloß weil er zu ungünstiger Zeit hier zu landen versuchte.

Und nun, liebster Feuchtwanger, so fröhlich als mögliche Ostern! Dieser Brief wurde durch sieben Telefonanrufe der verschiedensten Art unterbrochen, von Aufträgen für meinen Chauffeur etc. abgesehen, sonst hätte ich mich nach Ihrem Rousseau erkundigt und nach den Verträgen, die Sie über den »Goya« abgeschlossen haben. Auch vom Film des »Beils von Wandsbek« wäre manches zu erzählen gewesen. Davon also das nächste Mal. Und nun den herzlichsten Händedruck

Ihres getreuen
Michaelvaters
Zweig

Wir schicken Ihnen eine Nr. des »Neuen Deutschland« mit der »Lukullus«-Kritik.

313 Feuchtwanger an Zweig

Pacific Palisades, Calif.
27. März 1951

Liebster Zweig,

soeben kommt Ihr Brief vom 23. März. Er ist besonders schnell gegangen, und ich beeile mich, ihn zu erwidern.

Zunächst einmal möchte ich Sie beruhigen über Michi und Ruth. Gesundheitlich geht es den beiden ausgezeichnet, und auch sonst scheint es etwas aufwärts zu gehen; jedenfalls haben sie wieder einen Wagen, und das ist hier die Voraussetzung jeden Aufstiegs. Leider aber haben sie eine Wohnung, die vorläufig noch kein Telefon hat, und das macht die Verbindung ein bißchen schwierig. Da ich aber wußte, daß sie heute bei Marcuses zu Abend essen, habe ich Michi auf diesem Umweg ermahnen lassen, Ihnen sogleich zu schreiben.

Ihren Plan einer Film-story schlagen Sie sich, bitte, aus dem Kopf. Es ist schade um jede Minute, die Sie daranhängen. Das Filmgeschäft ist praktisch zusammengebrochen, teils wegen der Überhandnahme der Television, teils wegen der komplizierten politischen Situation, teils deshalb, weil die großen Massen, auf welche die Industrie angewiesen ist, kein Geld haben oder jedenfalls, schon weil es billiger ist, es vorziehen, zu Hause umsonst sich Television vormachen zu lassen statt für etwa zwei Dollar die Familie ins Kino zu gehen. Wie immer, es besteht auch nicht die leiseste Aussicht, eine Film-story anzubringen, wenn nicht ganz besondere Gründe dafür sprechen wie zum Beispiel, daß die betreffende Film-Company in dem Land, in dem der Film gemacht werden könnte, gesperrte Gelder liegen hat oder dergleichen.

Ich will natürlich Michi sehr gern helfen; aber ich werde es, wenn überhaupt, nur in bescheidenstem Maße tun können. Solange ich nicht das Honorar für die Book-of-the-Month-Ausgabe des »Goya« bekomme, bin ich sehr knapp, und nach meinem Vertrag mit der Viking Press habe ich dieses Honorar erst im Februar 52 zu erhalten. Ich hoffe natürlich, daß ich irgendein Abkommen treffen kann, wonach ich das Geld früher kriege, aber infolge der steigenden Inflation versuchen die Geldleute, jede Zahlung nach Möglichkeit hinauszuschieben.

Von Ihren beiden Plänen scheint mir »Si vis pacem« der bei weitem mehr aussichtsreiche.

Thomas Manns kleinen Bericht über die Entstehung des »Faustus« habe ich mit außerordentlichem Vergnügen gelesen, schon weil ich vieles, was er darin erzählt, aus nächster Nähe miterlebt habe und weil es amüsant war zu sehen, wie sich gleiche Erlebnisse den Beteiligten verschieben.

Den »Goya« kann ich endlich als abgeschlossen betrachten, nach vielen redaktionellen Abenteuern für die amerikanische, die englische und die deutsche Ausgabe. Die Aussichten sind denkbar günstig, aber ich bin an langes Warten und an viele Zwischenfälle gewöhnt.

Der »Jean-Jacques« geht gut voran. Freilich bin ich durch Nebenarbeiten behindert. So habe ich es zum Beispiel übernommen, für eine englische Wedekind-Ausgabe eine Einleitung zu schreiben, und dergleichen kleine Dinge fallen mir überaus schwer und nehmen mir unverhältnismäßig viel Zeit.

Liebster Zweig, machen Sie sich um Michi keine Sorgen. Es geht nicht darum, ihm ein paar hundert Dollar zu verschaffen, sondern es geht vor allem um eine Anstellung, und die ist jetzt verhältnismäßig leicht zu finden. Ruth hat sich nach meinen Erfahrungen in solchen Situationen immer besonders tüchtig bewährt. Und lassen Sie »Bastogne 1945« links liegen, und machen Sie sich an »Si vis pacem«!

Mit allerherzlichsten Grüßen und Wünschen für Sie und Dita

Ihr
Feuchtwanger

314 ZWEIG AN FEUCHTWANGER

Homeyerstr. 13
Berlin-Niederschönhausen
den 28. 3. 51

Liebster Feuchtwanger!

Hier haben Sie das Ei, das ich für den Michi gelegt habe, »Blaue Nelken für Mama«. Es setzt natürlich voraus, daß sich bis zum Start des Drehens der Kurs in Amerika ein kleines bißchen gemenscht hat und daß der historische Kern von den Hollywoodern verdaut wird. Ich gebe aber dem Michi freie Hand im Ausgestalten des Ganzen und Einzelnen, und außerdem kann er den Film ja, wenn nicht in Amerika, so doch sehr bald in England drehen lassen. Er müßte nur das Drehbuch selber schreiben und sich vielleicht zur Anleitung ein Probeexemplar durch den Agenten beschaffen lassen, mit dem Sie, lieber Feuchtwanger, ihn in Verbindung bringen sollen. Daß der Stoff tauglich ist, werden Sie hoffentlich ebenso finden wie ich, und welchen Agenten Sie für den besten halten, kann ich natürlich nicht erraten. Es wäre vielleicht sogar möglich, daß meine Schwiegertochter Ruth die Rolle der Lea Prinz ganz anständig bewältigen würde, und falls Michi Talent zum Schauspieler hat ... Das Schlimme ist, daß ich völlig aus dem Spiel bleiben muß und daß ich finanziell den Kindern nicht über die Epoche hinweghelfen kann, die verstreichen muß, bis das Szenarium aus eigenen Kräften Geld bringt. Man könnte sogar einen Roman nach ihm schreiben, wenn man dazu das Zeug hat. Nun hat Michi zwar sehr begabte Briefe, besonders aus der Zeit seiner Fliegerausbildung, geschrieben, aber ob er imstande ist, auf Grund meines Gerippes etwas Lebendiges hinzustellen, das weiß ich leider nicht. Wir haben von ihm direkt noch keinerlei Nachricht, nur über seine Schwiegereltern, zwei getrennte Bruchstücke davon, und so frage ich mich, ob ich mich trauen soll, an seine Adresse in Lomita eine Kopie von »Blaue Nelken« zu schicken. Stimmt diese Adresse: Lomita, Calif., 262. Street, Nr. 1335?

Hoffentlich fühlen Sie sich nicht zu sehr belästigt dadurch, daß ich Ihnen den Michi als Adoptivsohn aufbürde. Aber in einer zerspaltenen Welt ereignen sich ja die sonderbarsten Verwicklungen. Mich hat die Angelegenheit Michi im letzten halben Jahr den Rest der Kräfte gekostet, den mir der Sieg über Ditas Krankheit gelassen hatte. Und daß ich dabei immer noch die Akademie und die laufende Arbeit weiter zu treiben vermochte, darf ich mir wohl einigermaßen anrechnen. Wenn ich mir aber Klaus Mann oder Raffi Reich vor Augen führe, so sage ich mir: Don't talk about.

Wir haben eine sehr hübsche 80. Geburtstagsfeier von Heinrich Mann gehabt. Kantorowiczs und meine Rede ergänzten sich ohne Verabredung. Von der schönen Büste von Gustav Seitz schicke ich Ihnen ein Foto, das aber noch etwas auf sich warten lassen wird. Ihr Brief und Thomassens kamen gut zur Geltung, Wilhelm Pieck und Paul Wandel vertraten die Regierung, und die Ausstellung von Heinrich Manns Büchern und Briefen, sehr geschmackvoll zusammengestellt und angebracht, zeigte, daß unsere Akademie auch geschmacklich auf der Höhe ist.

Und nun, lieber Feuchtwanger, Schluß für heute und herzlichen Dank für alles, was Sie dem Michi zu Hilfe tun können. Voll guter Frühlingswünsche, Ihr herzlich nach einem Zusammentreffen mit Ihnen verlangender

A. Z.

315 Feuchtwanger an Zweig

Pacific Palisades, Calif.
4. April 1951

Lieber Zweig,

ich habe Ihren Filmentwurf gleich gelesen und dann an Michi weitergegeben. Freilich sehe ich nicht, wie sich hier was damit sollte anfangen lassen.

Ich helfe Michi nach besten Kräften.

Herzlich wie stets Ihr
im Augenblick etwas gehetzter
LF

PS Michis letzte (provisorische) Adresse ist: 1823 Catalina Street, Los Angeles 7, California.

316 Zweig an Feuchtwanger

Hotel Heinrich Heine
Schierke
7. 4. 51
Soll Schierke heißen.
Angenehmer Ort am
Bergabhang, etwa 600 m
hoch. Gutes Hotel im
Betrieb der Regierung,
große Zimmer mit Bad
und schönem Erker, auf
dem ich eben schreibe.

Liebster Feuchtwanger,

Sie werden vielleicht gelacht haben, als mein »Bastogne«-Sketch so prompt anflog, aber Michi tat mir so leid, und meine Vorstellungen, die Filmlage bei Euch betreffend, waren so unzulänglich, daß ich alles andere für 3 Tage beiseite schob. Ihre Vorstellung der Lage und die Schnelligkeit, mit der sie kam, tröstete mich ein wenig über unsere Trennung, die Hoffnungslosigkeit eines Gesprächs und mündlicher Erneuerung unserer Freundschaft, und machte mich begierig auf eine sofortige Antwort; aber ich mußte vorgestern, vor der Kofferpackerei, noch bis ½7 arbeiten, einen Aufsatz zu Bechers 60. Geb[urt]stag für »Sinn und Form«, mehrere Briefe und Gespräche für die Akad., einen Brief an Th[omas] M[ann] über die H[einrich-]M[ann]-Ausstellung und unsere Feier des 80. Geb[ur]tst[a]gs mit Wilh[elm] Pieck, Grotewohl, Wandel und der ČSR-Gesandtschaft, vertreten durch Louis Fürnberg – etc.

Ja, Feuchtwanger, was machen wir nun mit »Bastogne«? Ist's nicht zu schade, noch Jahre liegenzubleiben, nachdem ich schon Okt. 45 die Geschichte gehört und ihren Fabelkern erfaßt hatte? Ob der Michi etwas damit anfangen könnte? Ob Hollywood Geld in Frankreich stehn hat, das eingefroren ist?

Ich kann dem Michi nicht böse sein, aber falsch war schon seine Abreise, und nun sitzt er in dem fremdgewordenen Kalifornien – da ja alle Verhältnisse eingestürzt sind, auf die er sich verließ. Wahrscheinlich schreibt er uns erst, wenn er einen job hat. Ich telefonierte gestern abend mit Adam (Dita hatte das Gespräch angemeldet), und auch er hat von Michi nichts gehört. Dagegen hat er zum ersten Male Florenz gesehn, nachdem er seine Tante Ruth, meine Schwester, in Genua aufs Schiff gebracht hat. Sie geht zu meinem nichtstefanischen Bruder Hans (Juan) nach Argentinien.

Ich bin schon tief in den Vorarbeiten zu »Si vis pacem«; sie sind schwerer, als ich dachte, da vier bis fünf verschiedene Strömungen handlungsmäßig zusammenzufassen sind. Um aber nochmals auf »Blaue Nelken« zurückzukommen, könnte ich versuchen, das Ms. »von Michi« an eine westliche Filmgesellschaft zu verkaufen, die freilich finanziell auch sehr schwach sein sollen. Als meinen Film könnte ich das Ms. natürlich gleich gegen bar der DEFA geben ...

Dita hat, wie gesagt, das Telefonat mit Adam selbständig zustande gebracht. Daraus sehen Sie, wie gesund sie wieder ist. Im Juni stellen wir ihre schönen Aquarelle Unter den Linden und dann in der Kaiserallee aus; die Vorfühler haben große Bejahung ergeben. Und nun will sie auch wieder Autofahren lernen, und da man mir einen braven alten Adler für 1500 M anbietet, dessen Maschine ihr ganz vertraut ist, halte ich viel davon, ihr eine eigne Karre anzuvertrauen. Und Michi hat wieder eine? Möchte nur wissen, wie er sie finanziert hat. Über unsre Geisteskämpfe ein andermal. Jetzt fährt mein BMW nach der Homeyerstr. zurück und nimmt den Brief mit. Und so: herzliche Grüße, lieber alter Feuchtwanger! Wenn Sie, statt Th[omas] M[ann]s, diesen Sommer nach Juropp kommen könnten! Da würde aber verdammt [?] in die Luft springen

Ihr
Zweig

317 Feuchtwanger an Zweig

Pacific Palisades, Calif.
16. April 1951

Liebster Zweig,

ich fürchte, Versuche, die »Blauen Nelken« dem Westen mundgerecht zu machen, wären verlorene Zeit.

Es freut mich herzlich, daß Ditas Aquarelle Anklang finden. Die beiden, die wir haben, machen uns viel Freude.

Ich höre mit Vergnügen, daß Sie tief in den Vorarbeiten zu »Si vis pacem« stecken. Hoffentlich bringen Sie die Energie auf, viel von dem Nebenzeug abzuschütteln.

Heute habe ich das erste fertige Exemplar der amerikanischen Ausgabe des »Goya« erhalten. Book-of-the-Month bereitet das Erscheinen gut vor. Das Datum der Publikation ist der 25. Mai.

Die westdeutsche Ausgabe soll im August erscheinen. Ich freue mich darauf, Ihnen ein Exemplar zu schicken.

Michi hat Arbeit, leider nicht sehr befriedigende; aber da hier die Not an Arbeitern von Tag zu Tag zunimmt, steigen auch seine Aussichten.

Ich habe sehr viel unerquickliche Kleinarbeit. Mehr Freude hat mir gemacht ein Essay über Wedekind, den ich als Einleitung für eine englische Wedekind-Ausgabe schrieb. Aber derartige Dinge machen mir unverhältnismäßig viel Mühe.

Der »Jean-Jacques« geht voran, es ist harte, aber erfreuliche Arbeit. Die deutsche Ausgabe wird heißen: »Tod und Verklärung des Jean-Jacques Rousseau«, die englische: »'Tis Folly to Be Wise«. Ich habe das Gefühl, das Werk birst vor Aktualität, aber es ist natürlich möglich, daß es für viel zu formalistisch erachtet wird.

Thomas Manns neuer kleiner Roman ist soeben fertiggestellt, und er hat mir ein Exemplar geschickt. Es ist spaßhaft auf allerhöchstem Niveau, und ich habe es mit wirklicher, tiefer Erheiterung gelesen. Aber dieses Buch ist nun in Wahrheit der Triumph des Formalismus. Ganz verstanden werden kann es nur von dem Leser, der bis ins Letzte vertraut ist mit der mittelhochdeutschen Sprache und Literatur, mit den Chansons de Geste, und der sein Latein noch gut im Kopfe hat. Aber ich habe je kaum ein Buch gelesen, in dem ein Schriftsteller solch eine stolze, hochmütige, leicht ironische und ansteckende Freude an seinem Beruf zeigt.

Sehr herzlich
Ihr alter
F.

318 Zweig an Feuchtwanger

Homeyerstr. 13
Berlin-Niederschönhausen
den 27. 4. 51

Liebster Feuchtwanger!

Daß auf Ihren kurzen, eiligen ein so ausführlicher Freundschaftsbrief kam, richtete mich in Schierke heftig nach Pacific Palisades. Ich konnte ihn aber von dort aus nicht beantworten, weil Schierke im April ein kümmerlicher Ausflugsort ist und mir eine Wurzelhautentzündung beschert hat, die mich noch heute und hier von Zeit zu Zeit peinigt. Die Hauptsache allerdings war ein angenehmes Hotel, gute Verpflegung, kühler Moselwein, erfrischende Spaziergänge und ein heller Balkon, auf dem ich als Frucht dieser letzteren den ganzen neuen Aufbau des Romans »Si vis pacem« skizzierte. Dieses Skelett machte mir ungeheuren Spaß, die Einfälle jagten einander in kleinen manierlichen Portionen, Umbauten und Umstellungen ließen sich nicht abweisen und kurz: das Buch steht. Vom Anfangen des Diktierens hält mich nur die Tatsache ab, daß ich einmal, 1932 etwa, das damalige erste Kapitel von »Aufmarsch der Jugend« der »Dame« oder der »Eleganten Welt« zum Abdruck überließ. Von diesem festgelegten Beginn komme ich innerlich nicht mehr los, und da das palästinensische Manuskriptmaterial nur zu einem kleinen Teil in meinen Händen ist und der Hauptstock von den verschiedensten Umständen immer wieder am Versand verhindert wurde, jagen wir jetzt in den öffentlichen Bibliotheken nach dem Abdruck, wobei ich kaum genau das Jahr angeben kann. Aber dann wird es vorwärts strömen; ich werde Pahl und Lebehde aus ihren Gräbern holen und das merkwürdige Vergnügen haben, unser eigenes gelebtes Leben im historischen Roman zu gestalten, unterkellert von all dem Wissen, das mir inzwischen zugewachsen ist. Ich werde mich porträtgerecht an die Epoche 13/14 halten und von Deutschland nicht nach den Trumanschen USA hinüberschielen, und doch wird, wenn es mir glückt, eine Transparenz aufleuchten, die ich von dem Titel sogar ein wenig verdecken lasse. Mit Rücksicht auf unsere neuen Lesermassen übersetze ich wahrscheinlich das Latein des Vegez in das Deutsche »Wollt Ihr Frieden, Kaiserreiche ...?« Und die unbewußte Sicherheit, die mich das jetzt vorläufig verschwundene erste Kapitel nach Kreuzburg in Oberschlesien verlegen ließ, wird eine Gegend ins Zentrum des Anfangs stellen, die Dreikaiserecke nämlich, die ich aufmalen könnte und die mir Gelegenheit geben wird, im Schlusse des ersten Buches langweilige und unbekannte Orte namens Oświęcim und Klein-Brzezinka anzuführen, welche später ins Deutsche übersetzt als »Auschwitz und Birkenau« eine teuflische Unsterblichkeit erlangen sollten. – Sie sehen, lieber Feuchtwanger, ich bin im Schwung und löse mich aus den sehr interessanten Diskussionen und Debatten, die bei uns die Kämpfe von Gottsched, Bodmer und Breitinger erneuern. Ich schicke Ihnen den Beschluß des ZK der SED zur Kunstpolitik, um Ihnen zu zeigen, wie ernst und idealistisch die Partei es mit den Künsten meint und wie wenig wir uns daran gebunden halten, ohne etwa in Gegnerschaft zu verfallen. Hier ist alles guter Wille, und dem amusischen Bürokratius stellen wir uns als Front der Akademie der Künste aufs heiterste entgegen. – Und nun kommt heute ein Paket von Ihnen, frappierenderweise und vielleicht als Folge von Michis und Ruths Darlegungen, und wir danken und freuen uns Ihrer Freundschaft und planen sehr, mit Hilfe unserer Palästina-Pässe irgendwie doch ein Wiedersehen im nächsten Jahr herbeizuführen. Diese müssen freilich zunächst einmal erst erneuert werden, und die Torheit der Israeli wird uns das erschweren. Aber ich habe keine Bange und muß nur rechtzeitig planen, mir die Pässe in München ausstellen zu lassen, bevor auch dieses Generalkonsulat eingezogen wird. Denn Israel ist broiges mit dem deutschen Volk, nicht aber mit der imperialistischen Aggression, und schien bisher entschlossen, auf deutschem Boden nur bei fremden Militärregierungen vertreten zu sein.

Und somit, liebster Feuchtwanger, auf Wiedersehen! Wie gerne hülfe ich Ihnen beim Wedekind-Aufsatz, falls Sie Daten und Fakten brauchen. Und denken Sie bitte daran, uns für »Sinn und Form« ein deutsches Ms. davon zu schicken.

Heute trifft uns Gerda Müllers plötzlicher Tod – Angina pectoris – nach einer Operation. Sie war in bester Form als Schillers Elisabeth und Ostrowskis Kabanowa.

Herzlichst
Ihr
Zweig

319 Feuchtwanger an Zweig

Pacific Palisades, Calif.
8. Mai 1951

Liebster Zweig,

herzliche Gratulation zur Konzipierung Ihres Buches.

Schade, daß Sie nicht loskommen wollen von dem, was Sie damals niedergelegt haben; denn ich bin beinahe sicher, daß Sie es zuletzt doch von Grund auf umbauen werden, und das Vorhandene wird Ihnen dann mehr im Weg stehen als Ihnen helfen. Mir ist es mehrmals so gegangen, und Thomas Mann, der jetzt – das unter uns – plant, seinen »Hochstapler Krull« als großen Entwicklungsroman fertigzuschreiben, hat mir erzählt, daß er sein altes Manuskript wieder hervorholte. Es ist vierzig Jahre alt, und auf der letzten Seite steht nur: »Dann aber«, und diesen Satz machte er fertig. Bald aber stellte sich heraus, daß das Vorhandene ein Hindernis war.

Ich hoffe sehr, daß Sie mit Ihren antimusischen Ämtern fertig werden.

Ich brauche Ihnen nicht zu sagen, wie sehr wir uns freuten, wenn Sie herüberkommen könnten. Ich darf, wie die Dinge hier liegen, an eine Europareise nicht denken.

Die amerikanischen Exemplare des »Goya« liegen mir vor, das Buch erscheint in drei Wochen, die äußeren Chancen sind sehr günstig. Die Wiener Zeitung »Das Tagebuch« hat ein klug gewähltes Kapitel daraus abgedruckt mit einer kurzen Einleitung, ich glaube von Bruno Frei, die das Werk eigentlich auch den Behörden schmackhaft und verständlich machen müßte.

Der »Jean-Jacques« geht gut voran, und wenn ich Glück habe, kann das Buch im Jahre 1952 erscheinen. Wenn ich einmal zwei Bücher in zwei aufeinanderfolgenden Jahren erscheinen lassen kann, dann ist endlich meine ökonomische Situation für einige Zeit nicht mehr wackelig. Von einem Erfolg, auch wenn er sehr groß ist, kann man schwerlich länger als ein Jahr leben.

Sehr herzlich
Ihr
Feuchtwanger

PS Die Verdeutschung von »Si vis pacem« finde ich ganz schlecht.

320 FEUCHTWANGER AN ZWEIG

Pacific Palisades, Calif.
29. Mai 1951

Liebster Zweig,

ich hatte Samstag den Besuch von Michi und von Ruth. Es geht den beiden leidlich, eher gut, beide haben Aussichten auf bessere Beschäftigung, Ruth auf eine Television-Show in New York. Gesundheitlich geht es ihnen ausgezeichnet, und sie sind auch guten Mutes.

Der »Goya« ist inzwischen erschienen. Die Aufnahme scheint, soweit sich das bisher übersehen läßt, mehr als günstig, aber die Ziffer, die der Book-of-the-Month-Club aufzuweisen hat, ist enttäuschend. Das bedeutet, daß die Zahl der Bücherkäufer außerordentlich zurückgegangen ist, nicht nur infolge der allgemeinen Senkung des Lebensstandards, sondern wohl auch durch die Verbreitung der Television und durch die Abwanderung großer Mengen auf den Markt der pocket-editions. Übrigens sind auch »Jud Süß« und die »Häßliche Herzogin« in Pocket-edition-Ausgaben erschienen, in ungeheuern Auflagen und in scheußlicher Ausstattung, berechnet auf die erotischen Instinkte der Käufer. Übrigens hat auch die Viking Press die im übrigen sehr anständig gedruckte Ausgabe des »Goya« mit einem Schutzumschlag versehen, der mit dem Inhalt des Buches nichts zu tun hat und das Publikum notwendig irreführen muß. Trotzdem kann ich, wie gesagt, mit der Aufnahme mehr als zufrieden sein. Die Rezensionen der wichtigsten Zeitungen, vor allem der Sunday »New York Times« und der »Saturday Review of Literature« und auch der großen Provinzblätter sind geradezu hymnisch, freilich zumeist sehr dumm.

Ein kleiner Zug, der beweist, mit was für unvorhergesehenen Hindernissen der Schriftsteller auf fremdem Sprachgebiet zu rechnen hat: Longfellows braves Epos

»Hiawatha«, von dem ich nichts kannte außer dem Namen, ist unseligerweise in vierfüßigen Trochäen geschrieben, nach dem Vorbild von »Kalevala«. Nun müssen es alle Amerikaner auswendig lernen in der Schule wie seinerzeit wir »Die Glocke«, und meine vierfüßigen Trochäen riefen die peinlichsten Erinnerungen an Schulzeiten wach, was kein Kritiker anzumerken vergaß. Trotzdem. »Goya« hat schließlich gesiegt, und sogar die Parallele der Inquisition wurde vielfach verstanden.

Ich habe, wie stets, mit sehr viel kleinen Widerwärtigkeiten zu tun. Die erste Wirkung der Publikation von »Goya« war eine Flut von Briefen von Leuten, die Geld wollen. Dabei bin ich selber ökonomisch in der Klemme und kriege nach meinem Vertrag Geld nicht vor dem November, überdies nach den Ziffern des Buchklubs sehr viel weniger, als ich erwarten durfte.

Der »Jean-Jacques« geht gut voran, und ich habe heute das erste Drittel des Manuskripts zur Übersetzung an Mrs. Lowe-Porter geschickt, die auch dieses Buch übertragen wird.

Lassen Sie bald und vieles von sich hören, liebster Zweig, vor allem von Ihrer Arbeit.

Sehr herzlich
immer Ihr
Feuchtwanger

321 Zweig an Feuchtwanger

Homeyerstr. 13
Berlin-Niederschönhausen
den 4. 6. 1951

Liebster Feuchtwanger!

Diesmal hinderte mich an der prompten Beantwortung Ihres letzten Briefes eine Reise nach Leipzig zu einem ersten Zusammentreffen mit Schriftstellern und Künstlern aus der Bundesrepublik. Daß dabei unser Freund Brecht seine erste öffentliche Rede hielt und später in Diskussionen die Angelegenheit seines »Lukullus« aufklärte, wird Ihnen sicher Spaß machen zu hören. Ich inzwischen muß Ihnen danken für den Umstand, daß mich Ihr »Goya« veranlaßte, endlich eine Bilderpublikation des Sachsenverlages anzuschauen, der im Jahre 48 eine ausgezeichnete Goya-Auswahl geschmackvoll herausbrachte. Ich bin starr darüber, daß die bürgerlichen Kunstverlage, soweit meine Kenntnis in Frage kommt, immer nur die Maja-Seite dieses großartigen Kerls nachbildeten, die Stierkampfbilder und Porträts, von den »Desastres« kannte ich nur drei oder vier der harmlosesten Blätter. Jetzt also wissen wir, welch unerbittliches Auge, welchen todsicheren Griffel es schon vor unserer Dokumentarfotografie als Zeugenschaft gegen den Krieg gegeben hat. Sobald ich etwas Zeit habe, bitte ich Lou um Ihr »Goya«-Manuskript, d. h. die Fahnen, die sie bewahrt.

Vor ein paar Tagen konnte ich Herrn Berndt drei Ihrer Bücher borgen, »Söhne«, »Der Tag wird kommen« und »Stücke in Prosa«. Von ihm hörte ich, daß Bücher von Ihnen neu erschienen sein sollen, ich weiß im Augenblick nicht, ob »Jud Süß« oder »Der jüdische Krieg« oder beide. Falls das im Neuen Verlag geschehen sein sollte, geben Sie doch bitte Anweisung, daß man mir Leseexemplare sendet.

Dieser liebenswürdige Verlag nun hat uns einen Streich gespielt, wahrscheinlich aus Ignoranz. Er hat sich nämlich ausgerechnet mit demjenigen Verlag in der Bundesrepublik liiert, vielleicht sogar assoziiert, der an Feindseligkeit gegen uns und unseren Staat, d. h. also auch gegen die Sowjetunion und die Volksdemokratien, der getreue Mantelträger des Bonner Ministeriums für gesamtdeutsche Verhetzung des Herrn Jakob Kaiser zu sein sich rühmen darf, dem Verlag der »Frankfurter Hefte« und seinem sogenannten Zweigunternehmen, der Internationalen Verlagsauslieferung. Mir wird das höchstens Schwierigkeiten bei der Verrechnung meiner Kiepenheuer-Ausgabe des »Beils« machen – die ich Ihnen per Schiffspost zusende. Ob sich das aber auch für die Rezensionen als schädlich erweisen wird, die Ihr »Goya« von Seiten der linken deutschen Presse und gar der sowjetischen erlebt, müssen wir erst abwarten. Ich bin aber jederzeit darauf gefaßt, mich da energisch einzumischen.

Von Michi haben wir endlich einen sehr netten Brief zu Ditas Geburtstag. Es tut mir weh, diesen begabten Jungen vorderhand sich selbst überlassen zu müssen und immer wieder zu lesen, ich hätte ihn unter falschen Vorspiegelungen zu dieser Reise veranlaßt, wovon natürlich keine Rede ist. Ich zerbreche mir manchmal den Kopf, wie ich ihm helfen könnte, sage mir aber immer wieder, daß ich einem dreißigjährigen jungen Mann dank unserer verrückten Weltlage nicht mehr geben konnte als jenen Start von 1939 und daß ich jetzt erst einen neuen Roman gebären muß, den ja vielleicht ein USA-Verleger drucken wird. Nur darf ihn Mr. Sutton nicht übersetzen.

Auf das erste Kapitel kann ich leider nicht verzichten, da ich darin Haupt- und Nebenthemen angeschlagen habe, die sich auf das Gesamtwerk beziehen. Wir sind noch immer nicht fertig mit der Durchsicht der »Dame«, erfuhren aber inzwischen, daß der Inhalt meines Manuskriptschrankes von Haifa verladen worden ist. Die fünf, sechs Wochen bis zum Eintreffen der Kiste verwende ich zur endgültigen Gestaltung von »Bonaparte«, der dann gedruckt und gespielt werden wird, wahrscheinlich im Herbst.

Und nun grüßt Sie und Marta auch im Namen Ditas herzlich

Ihr alter
Zweig
(alt – unverändert)

Am 16. 6. stellt Dita ihre Bilder Unter den Linden aus, noch nicht in der Akademie.

322 FEUCHTWANGER AN ZWEIG

Pacific Palisades, Calif.
den 11. Juni 1951

Liebster Zweig,

es freut mich, daß Ihnen die »Desastres« solchen Eindruck gemacht haben. Ich hatte über Goya schon vorher geschrieben. In »Erfolg« ist ein Kapitel, »Ich hab's gesehen«. Der »Goya«-Roman, der jetzt vorliegt, ist übrigens nur ein erster Teil; er zeigt die Wandlung Goyas vom Nur-Künstler zum Künstler, der Erlebnisse wiedergibt, also den Goya bis zu den »Caprichos«, und er wird schon deshalb mißverstanden werden. Hier hat unter den zahllosen Rezensionen keiner gemerkt, daß das Buch nur ein erster Teil ist.

»Jud Süß« ist im Neuen Verlag erschienen, sehr anständig ausgestattet, ohne daß sich bis jetzt irgendeine Wirkung in Westdeutschland gezeigt hätte. Ich lasse Ihnen ein Exemplar schicken.

Von Westdeutschland erfahren wir hier noch erheblich weniger als von der DDR, über die wir wenigstens aus Angriffen erfahren. Die »Frankfurter Hefte« habe ich nie zu Gesicht bekommen; darüber gelesen habe ich nur in der »Weltbühne«, übrigens sehr gemäßigt, geradezu respektvoll. Soviel ist gewiß, daß sich vom Ausland aus deutsche Bücher in Westdeutschland nicht vertreiben lassen.

Ich habe Michi wiedergesehen, und ich helfe ihm nach Vermögen, im Wortsinn.

Ich bin sehr neugierig auf die endgültige Gestalt des »Bonaparte«. Was man in Berlin dazu sagen wird, das zeigt ja dann auch, wie weit oder wie weit nicht historische Themen von vornherein als »formalistisch« betrachtet werden. Ich bin wirklich gespannt auf die Erfahrungen, die Sie mit dem Stück machen werden.

Übrigens hat mir der Greifenverlag erfreulicherweise mitgeteilt, daß der »Josephus« im Druck ist.

Lassen Sie mich doch ja wissen, welchen Erfolg Ditas Bilder haben.

Immer
Ihr alter
(d. h. nur wenig veränderter)
Feuchtwanger

323 Zweig an Feuchtwanger

Homeyerstraße 13
Berlin-Niederschönhausen
17. Juni 51

Liebster Feuchtwanger,

schnell noch vor der Reise zum PEN-Klub-Meeting in Lausanne muß ich Ihnen für Ihre guten Nachrichten danken. Diese PEN-Sache war schuld daran, daß ich nicht eher den vorigen Brief beantwortete. Unser Interesse geht auf das Vermeiden der Spaltung des deutschen PEN-Zentrums, wo Plievier gegen Becher Sturm läuft und 2, 3 kleine Leute nebst der »Tagesspiegel«-Clique sich gegen die DDR austoben möchten. Mir ist dieser deutsche Klüngel gleichgültig, die deutschen PEN-Klubisten interessieren mich nicht, Becher kann sich seiner Haut alleine wehren. Aber Internationalität ist hier mein Feld, die Atmosphäre dort – nach New York 39 – interessiert mich, nach Lausanne fährt man gern, Dita kommt mit, Becher nimmt seine Lilly auch mit, Adam ist schon alarmiert – eine Auslüftung, die uns allen fast vorfreudig zu Kopfe steigt. Und da meine Romantorsi erst von Haifa nach Hamburg gehn können, wenn die israelische »Kedesa« den Anker lichtet, liegt der Roman ohnehin still bis zum Herbst. So nehme ich das Ms. vom Freud-Buch mit, versuche dort einen Vertrag mit Steinberg zu schließen, verpflichte mich, das Ms. bis zum 1. Oktober abzuliefern und kann damit den Sturköpfen vor die Nase stoßen, die Freud als deutsches Kulturgut nicht anerkennen möchten, weil die Russen ... In der DDR lasse ich dann erst später eine interne Ausgabe drucken. – Heute nachmittag kommt wer? – Lucy v. Jacobi zum Tee, gestern aus Bad Aibling eingeflogen. Wir sahen sie zuletzt 1937 or so in Palestine, blieben in lockerem Briefwechsel bis 47. Und nun: wait and see. Lieber Feuchtwanger, daß »Goya« zweibändig ist, hat die Lou mir auch noch nicht verraten; ich bin sehr gespannt und laß mir's vorlesen, sobald die Schweiz verdaut ist. Gestern eröffnete ich Unter den Linden in einer kleinen Kunsthandlg. eine sehr geglückte Schau von 30 Arbeiten Ditas – wir freuten uns alle über den starken Eindruck, den diese zarten persönlichen und so weiblichen Schöpfungen machten. Und daß Sie meinem durch ein Schattental wandernden Mike so freundschaftlich helfen, gibt uns Ruhe, die jetzige Kurve des jungen Mannes abzuwarten. Ihre Neudrucke lasse ich gleich anfordern, der Neue Verlag hat seit Wochen an mich zu schreiben – aber langsam normalisiert sich auch das, und so grüßt heute nur noch froh und reisefertig

Ihr
Zweig

Die »Frankfurter Hefte« sind wirklich das Beste, was es drüben zu geben scheint, aber kraß anti-UdSSR und -DDR. Wir müssen über Prag, da die USA-Behörden »2–3 Wochen zur Ausstellung eines Durchreisevisums durch die amerik. Zone brauchen« (amtl.)[?].

324 ZWEIG AN FEUCHTWANGER (Ansichtskarte)

Lugano
2. 7. 51

Liebster Feuchtwanger,

daß wir zum PEN-Kongreß nach Lausanne fuhren und was wir dort erlebten, schreibe ich von Berlin aus. Heute muß ich Ihnen sagen, daß wir glücklich sind, Ihnen aus dieser Landschaft die herzlichsten Geburtstagsgrüße senden zu können. Vorhin sind wir mit Bechers im See geschwommen, jetzt haben wir allein gestrolcht, Mittwoch fliegen wir nach Prag. Und nun – Glück u. gute Jagd im neuen Lebensjahr!

Ihr Zweig
[Beatrice Zweig:] und Dita

325 FEUCHTWANGER AN ZWEIG

Pacific Palisades, Calif.
13. Juli 1951

Liebster Zweig,

Ihnen und Dita herzlichen Dank für Ihre Glückwünsche.

Der »Goya« geht nicht schlecht trotz einiger Angriffe auf meinen Anti-Katholizismus. Mit dem »Jean-Jacques« geht es gut voran.

Deutsche Exemplare des »Goya« sind angeblich an mich abgegangen. Sowie ich sie habe, schicke ich Ihnen eines. Das eine Exemplar, das ich mittels Luftpost bekam, sieht sehr gut aus, es scheint auch mit besonderer Sorgfalt korrigiert. Vorläufig haben mir die Frankfurter außerordentlich enthusiastisch geschrieben, und es scheint, daß sie wirklich ihr Bestes tun wollen, mich in Westdeutschland durchzusetzen. Freilich ist die Stimmung der Buchhändler gegen Autoren, die im Osten gedruckt werden, außerordentlich gereizt.

Und nun bin ich gespannt, was Sie mir über Ihre Schweizer Reise zu berichten haben.

Alles Herzliche
immer Ihr
Feuchtwanger

326 Zweig an Feuchtwanger

Homeyerstr. 13
Berlin-Niederschönhausen
16. 7. 51

Liebster Feuchtwanger!

Die Ansichtskarte aus Lugano haben Sie hoffentlich erhalten; aber den Brief, den ich schon in der Schweiz zu schreiben beabsichtigte, kriegen Sie erst heute. In Zürich nämlich wurde mein dafür bestimmter Vormittag plötzlich mit Beschlag belegt dadurch, daß der Joint und seine Vertreter, Schweizer jüdische Akademiker, mir auseinandersetzten, daß sie das Stipendium für Adam bereits im Juli, spätestens im August, abbrechen müßten. Da sein Studium Ende des Sommersemesters 52 in die Examina mündet, mußte ich unmittelbar versuchen, etwas für ihn anzubahnen – denn eine erzwungene Übersiedlung nach Berlin und sein Studienabschluß hier sind natürlich nicht in seinem Sinne und auch nicht in meinem. Zum Glück war ein alter Studienfreund von uns, der Physiker Hermann Weyl, gerade in Zürich, was ich allerdings erst kurz vor dem Abflug erfuhr, so daß ich ihm von Berlin aus die Angelegenheit vortragen und ihn bitten konnte, Adam einmal zu empfangen. Da seine neue Frau dem Weizmannkreise nahe steht und Adams Übersiedlung nach Berlin seine Ausscheidung aus Israel mit sich brächte, erwarte ich in den nächsten Tagen Adams Mitteilungen mit einer gewissen Ruhe.

Der PEN-Klub-Kongreß war besonders fruchtbar durch die Fühlungnahme mit zwei amerikanischen Schriftstellern Burman und Connelly und Robert Neumanns höchst kameradschaftliches Verhalten. Es könnte sein, daß der nächste PEN-Klub-Kongreß in Nizza davon schon sehr positive Früchte tragen wird. Im übrigen genossen wir den plötzlichen Ausflug nach Zürich und Lausanne und das Extempore von Lugano mit großen Freuden. Besonders Dita blühte förmlich auf, wieder im Süden zu sein, Becher entdeckte mit Verwunderung die Geschichte der Schweiz, und durch seine Beziehungen zu Theo Pinkus, dem Büchersuchdienst und hilfreichen Kameraden, gelang es mir, für Adam eine Überbrückung bis zum Ende September zu schaffen. Wir wollten Hermann Hesse in Lugano sprechen, mußten aber darauf verzichten – er fühlte sich zu krank und zu verärgert von den ständigen Angriffen auf ihn durch seine Stellungnahme zu unseren Gunsten. Daß wir wie Sehenswürdigkeiten wirkten, weil wir ganz normale Leute waren und sogar charming people, trug sehr zu unserer Erheiterung bei. Wir kamen wirklich sehr erholt zurück; ich mußte mich aber gleich in die Ausschreitungen unserer Hineinpfuscher in Kunstangelegenheiten stürzen: am Tage vor unserer Abreise hatte die DEFA den »Beil«-Film zurückgezogen, weil Angriffe auf ihn aus Sachsen gekommen waren wegen des Mitleids, den er für den Nazihenker Teetjen erwecke. Da alle politischen Schwierigkeiten des Themas schon im Drehbuch und während des Drehens ersetzt worden waren und die ganze Produktion vor und nach dem Abschluß von den maßgebenden Instanzen begutachtet worden war – ein höchst überraschender Eingriff. Selbstverständlich zog die Westpresse jubelnde Konsequenzen; und da in der gleichen Zeit auch Hanns Eisler und unsere bildenden Künstler von der Akademie auf ähnliche Art bedrängt wurden, werden wir jetzt eine prinzipielle Klärung herbeiführen. Mittwoch habe ich mit Grotewohl eine Besprechung vereinbart, nach der ich Ihnen weiter berichten werde, was wird. Inzwischen ließ ich mir den ausgezeichneten Fontane-Aufsatz von Georg Lukács, »Sinn und Form«, dritter Jahrgang, zweites Heft, und gleich danach seinen Essay über meine Kriegsromane in dem höchst lesenswerten Buch »Schicksalswende« vorlesen (Aufbau-Verlag 1949), was mich in der Überzeugung bestärkte, daß wir uns hier aufs positivste durchsetzen und mit den mittleren und kleinen Bürokraten schließlich zu Rande kommen werden. Besitzen Sie »Schicksalswende«? Sonst laß ich's Ihnen schikken. – Vorgestern, liebster Feuchtwanger, kam nun auch »Jud Süß« an, und nun freue ich mich darauf, bald wieder von Ihnen zu hören.

Mit den herzlichsten Wünschen für Ihr neues Lebensjahr und den »Rousseau«

Ihr
Zweig

Gestern sind meine Ms.-Kisten in Rotterdam angekommen. Dann geht's in die Arbeit.

327 Zweig an Feuchtwanger

Homeyerstraße 13
Berlin-Niederschönhausen
2. 8. 51

Liebster Feuchtwanger!

Sie müssen nicht denken, daß der große Anlauf, den unser Festival nimmt, die 3. Jugendweltfestspiele, mich am Schreiben verhindert hat. Ich denke buchstäblich jeden Tag an Sie, wenn die Stars and Stripes neben dem Union Jack und den verschiedensten Trikoloren unsere Berliner Straßen auf weißen Masten überflattern. Schade, denke ich, daß Feuchtwanger das nicht anrollen sieht! Schade, überhaupt, daß er nicht als Dreißigjähriger verkleidet sich unter die amerikanische Delegation mischen konnte. Sie würden alles besser verstehen, was sich hier abspielt – auch zum Beispiel, daß der Roman »Jud Süß« trotz besten Willens des Aufbau-Verlags und seiner politischen und künstlerischen Hintermänner jetzt bei uns nicht gebracht werden kann. Durch die Nachbarschaft Westberlins und den immer frecheren antisemitischen Kurs des deutschen Westens werden die antisemitischen Schichten allzu leicht angesprochen, die sich auch in der DDR noch vielfach finden, allerdings gut getarnt und jederzeit vom Gefängnis bedroht. Aber Sie wissen ja selbst, lieber Feuchtwanger, daß man dieses Erbe der Hitlerzeit und noch viel älterer reaktionärer Agitation nur allmählich zum Verdunsten bringen kann; und Erich Wendt, mit dem ich vorgestern über »Jud Süß« sprach, sagte wörtlich: »Wenn Feuchtwanger ein paar Monate hier mit uns verbrächte, sähe er selbst, daß der Roman ›Jud Süß‹ den Film ›Jud Süß‹ nicht beiseite schöbe, wie er denkt, sondern ihn bei Zehntausenden von Lesern *jetzt noch* unterstützen würde.« Sie sehen, liebster Feuchtwanger, der Fall »Jud Süß« hat nichts gemeinsam mit den Raufereien, die wir, die Akademie, mit bürokratischen Maßnahmen und Einmischungen ausfechten müssen und voller Schwung und guter Laune ausfechten. Wir haben nämlich unsere obersten Spitzen ganz und gar für uns und sind mit dem neuen Amt für Kunst in engem Kontakt, das uns, die Akademie, in unserer Funktion als oberste Instanz in Kunst- und Geschmacksdingen stärken und durchsetzen wird, was uns der Ministerpräsident in drei Unterredungen zugesichert hat. Und da er dieses Amt zu seinen persönlichsten Angelegenheiten rechnet und es von jedem anderen Ministerium unabhängig gestaltet hat, sehen wir nach dem Festival unserer ersten Kraftprobe gut gelaunt entgegen. Man hat nämlich den »Beil«-Film mitten in seiner Erfolgsserie aus dem Verkehr gezogen, obwohl er ununterbrochen mit den politisch führenden Stellen zusammen produziert wurde, weil er zu viel Bedauern für Teetjen und Stine errege. Etwas daran ist wahr, aber unsere Sektion »Darstellende Kunst« hat in Gemeinschaft mit mir ausgezeichnete Verbesserungsvorschläge gemacht – natürlich unter der Führung von Brecht, und nun wird sich zeigen, ob die DEFA-Leute ihren Job verstehen. Sie merken mir wahrscheinlich an, daß ich aus der Schweiz mit Schwung zurückgekommen bin (und ebenso Dita). Die dreieinhalb Tage in Lugano und das Sommerwetter, welches seither hier einsetzte, wenn auch von Gewittern unterbrochen, haben mir glänzend getan, und nächstens schicke ich Ihnen das Szenario einer neuen Arbeit, die ich jetzt eben entwerfe – in der Pause, bis meine Manuskripte aus Rotterdam über Hamburg anrollen. In absehbarer Zeit trifft bei Ihnen wohl auch der dritte Band von Kutschers Wedekind-Biographie ein, den ich Ihnen um seiner vielen Reminiszenzen an das München des Weltkriegs geschickt habe. Wedekind selber kommt in hundert Facetten zum Funkeln, obwohl er ja damals schon nicht mehr der richtige F. W. gewesen ist. Aber die Art, wie er sich mit Theater, Tod und Teufel herumschlägt, und besonders der Bericht über seine Beerdigung soll Ihnen doch nicht entzogen bleiben. Und damit Schluß für heute, liebster Feuchtwanger, und die Hoffnung, daß wir uns wenigstens im nächsten Jahr, Frieden vorausgesetzt, irgendwo treffen können.

In unverbrüchlicher Kameradschaft

Ihr
Zweig

328 Feuchtwanger an Zweig

Pacific Palisades, Calif.
2. August 1951

Liebster Zweig,

Ihren Brief vom 16. Juli habe ich gekriegt, mittlerweile sind auch andere Berichte über die PEN-Klub-Sitzung hier eingetroffen.

Die Reise in die Schweiz muß Ihnen und Dita viel Freude gemacht haben. So gut ich es hier habe, möchte ich gern einmal eine ausführliche Reise nach Europa machen; ein Jammer, daß die Aussichten recht trübe sind.

Der »Goya« geht hier sehr gut, wiewohl er von katholischer Seite scharf angegriffen wird und die Snobisten zu wenig Proust und Kafka darin entdecken. Leider aber werden hiezulande immer weniger Bücher gelesen, die Zahl der Leser ist so zusammengeschmolzen, daß auch ein sehr hoher Platz auf der best seller Liste nicht mehr viel bedeutet.

Von den drei Teilen des »Jean-Jacques« habe ich zwei fertig, und ich hoffe, daß das Buch im Laufe des Jahres 1952 wird erscheinen können. Ich habe jüngst einem kleinen Kreis von Deutschen daraus vorgelesen und auch

Michi und Ruth dazu geladen. (Michi hat eine Stellung gefunden, die leidlich bezahlt wird.)

Ich bin neugierig, was aus Ihrer Unterredung mit Grotewohl herausgekommen ist.

Der Sommer ist meine beste Arbeitszeit, und wir haben hier dieses Jahr einen ungewöhnlich schönen und nicht zu heißen Sommer. Ich hoffe nur, daß der »Jean-Jacques«, an dem ich mit besonderer Freude arbeite, im Osten nicht mißverstanden wird.

Herzlich
wie stets
Ihr Feuchtwanger

329 Feuchtwanger an Zweig

Pacific Palisades, Calif.
13. August 51

Liebster Zweig,

ich ersehe aus den Berichten, daß das Jugendtreffen genau so geworden ist, wie Sie wollten.

Hoffentlich haben Sie sich dabei nicht überanstrengt. Über die Zurückziehung des »Beils« habe ich hier mancherlei gelesen, auch über andere »antisemitische« Akte.

Daß Sie mir den dritten Band von Kutschers Wedekind-Biographie schicken, ist mir eine große Freude. An Wedekinds Beerdigung erinnere ich mich sehr gut.

Der »Goya« geht gut, in der letzten Zeit mehren sich die Angriffe von katholischer Seite. Leider ist das Buchgeschäft als Ganzes so miserabel, daß auch von einem best seller wenig an den Autor geht.

»Jud Süß« und »Die häßliche Herzogin« sind hier sehr umfangreich und ungewöhnlich scheußlich in pocketeditions erschienen.

Die Arbeit am »Jean-Jacques« geht gut weiter. Übrigens spielt Jean-Jacques in dem Buch keine größere Rolle als Julius Caesar in Shakespeares Stück.

Herzlich wie immer
Ihr
Feuchtwanger

330 Zweig an Feuchtwanger

Homeyerstr. 13
Berlin-Niederschönhausen
25. 8. 51

Liebster Feuchtwanger!

Durch radikale Zurückziehung aus allem, was nicht mit Veranstaltungen der Akademie zusammenhing, habe ich die Anstrengungen während des Festivals so reduziert, daß ich eigentlich gar keine Lust habe, Haus und Garten zu verlassen, und noch weniger Lust, den ungeheuren Berg von Manuskripten daheim zu lassen, der inzwischen aus Erezel heil und gesund angekommen ist. Ich sitze da wie eine Klucke zwischen angebrüteten Eiern und weiß nicht, worauf von den unvollendeten Romanen und Essaybüchern ich mich zuerst konzentrieren soll. Aber es wird wohl doch »Aufmarsch der Jugend« werden, obgleich neuere Mss. – »Traum ist teuer« (»Ein griechischer Junge«), »Gesang aus dem Abgrund« (»Ein Wendepunkt«) und das Freud-Buch – mich mehr reizen. – Meine Unterredung mit Grotewohl wird am Montag fortgesetzt, und Montag nachmittag treffen wir Akademiker uns, um unsere nächsten Schritte ohne Angestellten-Zeugen zu beraten. Ich zog nämlich die Augenbrauen hoch, als ich in Ihrem Briefe im Zusammenhang mit der Zurückziehung des »Beil«-Films das Wort »Antisemitismus« hörte. Lieber Feuchtwanger, wenn das so einfach wäre! Auf Antisemitismus steht hier Gefängnis, und Maßregeln gegen israelische Rückwanderer sind unter Mitwirkung von Juden oder Jüdinnen aus Israel zustande gekommen, wenigstens teilweise. Nein, Feuchtwanger, wir haben es mit dem Überwuchern der mittleren Bürokratie zu tun, und zwar von drei bis vier großen Organisationen, deren mediokre Vertreter sich in allen Sparten der Künste tummeln, weil man dazu nichts gelernt zu haben und keine Zeugnisse braucht und weil es außerdem für ungefährlich galt – großartig geeignet zu Befriedigung von Machtbedürfnissen fehlgegangener Journalisten und Kunstschüler. Leider haben sich die Herren geirrt. Wir Mitglieder der Akademie sind geschlossen bereit, unsere Ämter niederzulegen, um uns ganz unserer produktiven Arbeit zu widmen – viel zu jung, um uns als Fassadenputz verwenden zu lassen. Das habe ich Grotewohl erklärt, das haben er und Pieck eingesehen und akzeptiert, und in diesem Sinne werden wir weiterarbeiten, und das neugegründete Amt für Kunst wird mit uns gehen müssen oder ohne uns auskommen. Den »Beil«-Film werden wir verbessern – ich schicke Ihnen eine Kopie, sobald wir die unsere nicht mehr brauchen, und gebe Ihnen dann auch einen Durchschlag des Protokolls unserer Diskussion.

Daß Ihnen der »Goya« so knappe Renten trägt, tut mir leid, nicht nur Ihretwegen. Ich hätte Sie gern angepumpt, lieber Feuchtwanger, weil die edle schweizerisch-jüdische Studentenschaft dem Adam das Stipendium ab 1. September nicht mehr zahlt und ich schwere Widerstände und Hemmungen zu überwinden habe, um so schnell Ersatz zu schaffen. Natürlich habe ich mich bereits an Freunde in Europa gewandt, die mir aber noch nicht antworten konnten. Aber da ich ja glücklicherweise nicht aus Mangel an Barmitteln, sondern nur aus Mangel an Valuta vor Schwierigkeiten stehe, wird sich ein Ausweg finden lassen. Dagegen hätte ich eine Bitte an Sie, lieber Feuchtwanger, und an Ihre Sekretärin. In der Sammlung »Living Thoughts«, in der auch meine Spinoza-Auswahl erschienen ist, jetzt Verlag David McKay Co., Philadelphia, ist eine Nietzsche-Auswahl von Heinrich Mann erschienen samt einem Einleitungsessay, der uns im Heinrich-Mann-Archiv fehlt. Es ist ein kleines, nicht teures Buch, und ich wäre Ihnen dankbar, wenn Sie es mir schicken könnten, da die Frage Nietzsche und Heinrich Manns Stellung zu ihm uns im Archiv fehlt. Daß die Leute bei Ihnen noch prousten und kafkan war ja nicht anders zu erwarten; in dem Prager Vers »und es brodelt und werfelt und kafkat und kischt ...« wird man brodeln jetzt durch prousten ersetzen können. Und nun müßte ich eigentlich noch von meiner Oper, deren Text fertig ist, und Ditas Ausstellung erzählen, aber gleich wird ein Überlandgespräch von »Sinn und Form« einlaufen, und somit entfernt sich für heute mit großer Sehnsucht nach einem Gespräch mit Ihnen

Ihr durchaus kampflustiger
Zweig

Ich lasse mir jetzt bei reifem Verstand Schriften vorlesen, die ich als Student hätte kennenlernen sollen statt des Zionistenkrams, nämlich Marxes und Engels' »kleinere« Arbeiten über Bonaparte, Klassenkampf in Frankreich, Wohnungsfrage, Bauernkrieg und so fort – prachtvoll und fördernd, und ein Genuß!

331 FEUCHTWANGER AN ZWEIG

Pacific Palisades, Calif.
25. September 1951

Liebster Zweig,

schönen Dank für Ihren Brief vom 25. August.

Ich habe Lou gebeten, Ihnen mitzuteilen, warum ich den Brief nicht sogleich beantwortete. Ich wurde von allerlei Nöten heimgesucht, nichts Ernstlichem, aber immerhin sehr Störendem. Auch eine kleine, ungefährliche Operation war darunter. Zudem hatte ich, leider sehr spät, erkannt, daß im Fundament des »Jean-Jacques« Änderungen notwendig waren, und da man mit der englischen und der italienischen Übersetzung bereits begonnen hatte, hat das auch eine Menge kleinerer äußerer Schwierigkeiten verursacht. Zudem stiegen kleine Wolken an meinem Horizont auf, von denen ich Ihnen erzählen werde, wenn wir uns einmal wiedersehen. Alles in allem aber sind die Dinge glücklich abgelaufen, wenngleich noch nicht alles vorbei ist.

Ich gratuliere Ihnen herzlich, daß Sie Ihre früheren Manuskripte nun endlich erhalten haben. Von den Entwürfen, die Sie nennen, ist mir »Traum ist teuer« der liebste.

Den Nietzsche-Essay von Heinrich Mann werde ich Ihnen beschaffen.

Es drängt mich natürlich, den »Jean-Jacques« nun endgültig fertigzustellen. Übrigens ist der Titel irreführend, er ist nur ein Etikett für den Hausgebrauch. Der deutsche Titel wird heißen: »Narrenweisheit oder Tod und Verklärung des Jean-Jacques Rousseau«. Das Thema des Buches ist die selbständige, vom Leben und der Absicht des Autors unabhängige Weiterwirkung seines Werkes. Das Buch hat drei kleine Teile, und nur im ersten wird der lebendige Jean-Jacques gezeigt.

Leider habe ich nach wie vor eine ungeheure Korrespondenz, und viele kleine, zumeist lästige Dinge wollen erledigt sein.

Grüßen Sie Lou sehr herzlich, ich schreibe ihr demnächst.

Ein Exemplar des »Goya« geht an Lou ab. Es ist die erste, schlechtkorrigierte Ausgabe der Frankfurter Verlagsanstalt und des Schweizer Buchklubs. Die zweite, durchkorrigierte und im Format etwas veränderte ist im Druck, und ich ziehe es vor, Ihnen und Dita ein Exemplar dieser zweiten Auflage zu schicken. (Vielleicht interessieren Sie die Preise der deutschen Ausgabe. Der »Goya« kostet 19,80 Westmark bzw. für die Schweizer Buchklub-Mitglieder sfrs 10,–)

Alles Herzliche
immer Ihr
Feuchtwanger

Sowie ich den Kopf frei habe, kriegen Sie einen richtigen Brief.

332 Feuchtwanger an Zweig

Pacific Palisades, Calif.
19. Oktober 1951

Liebster Zweig,

vielen Dank für das besonders gute Foto, das Sie mir schickten; auch Marta hat es außerordentlich gefallen.

Die Wolken, die unser Haus bedräut, sind also wieder einmal im Schoß des Pacific verschwunden, und ich kann wieder mit einiger Ruhe arbeiten.

Der »Goya« scheint ein Erfolg zu sein. In Paris hat ein Magazin einen Vorabdruck beziehungsweise einen Nachdruck erworben, und in Westdeutschland erscheint das Buch im Europäischen Buchklub.

Der »Jean-Jacques« hat durch die Änderungen sehr

gewonnen, und ich bin froh, daß ich die Energie aufbrachte, die harte und manchmal schmerzliche Arbeit vorzunehmen.

Ich bin neugierig, was man in Berlin zu diesem Buche sagen wird. Eigentlich müßte man aus voller Brust ja sagen.

Thomas Mann ist aus Österreich und der Schweiz erholt und zuversichtlich zurückgekommen, wiewohl er in der Zwischenzeit hier und in Westdeutschland ganz furchtbar angepöbelt wurde.

Michi und Ruth geht es gut. Er hat mir sogar, wiewohl nicht durch die leiseste Hindeutung aufgefordert, Geld zurückgegeben.

Den Heinrich Mannschen »Nietzsche« habe ich Kantorowicz geschickt, mein Exemplar, da ein anderes schwer aufzutreiben ist.

Und nun hoffe ich, daß Sie mir bald den versprochenen ausführlichen Brief schicken.

Ihnen und Dita alles Herzliche

immer Ihr
Feuchtwanger

333 Zweig an Feuchtwanger

Homeyerstraße 13
Berlin-Niederschönhausen
20. 10. 1951

Liebster Feuchtwanger!

Montag fahren wir nach Düsseldorf zum PEN-Klub, Deutsches Zentrum, und am 1. November nach Wien zur Sitzung des Weltfriedensrates – da sehen Sie, wie die schriftstellerische Tätigkeit unsereinen zum Reisekaiser und zum aktiven Vertreter der Entspannungsaktionen macht. Falls Sie aber vor sich hin grinsen, verrate ich Ihnen gleich, daß auch ein neuer Roman von mir im

Aufbau-Verlag liegt, dessen Manuskript ich gestern abgeschlossen. Er heißt »Frage und Antwort«, endet mit dem Zitat der Leninschen Friedensbotschaft von Brest-Litowsk und ist gleichzeitig neu und alt. Unter den Manuskripten aus Haifa befand sich nämlich jene erste Niederschrift von »Erziehung vor Verdun«, die ich im Herbst 1930 auf Ihren und Brechts Rat abbrach, weil Alexander Granowsky vor der Aufführung des »Spiels vom Sergeanten Grischa« den Text mit mir durcharbeiten wollte. Ihrem Rate, mich dem lebendigen Theater nicht zu entziehen, opferte ich damals den Roman. Er war eine Fortsetzung des »Sergeanten Grischa«, begann ein paar Wochen nach dessen Erschießung, ging um Babka und Grischas Töchterchen, das Babka nicht taufen lassen wollte, und um den Beginn von Friedensverhandlungen an der Ostfront, an deren Gelingen Bertin nicht glaubte. Von Winfried und Pont vor die Frage gestellt, wie er zu einem solchen ungläubigen Thomas geworden sei, beginnt er die Erzählung seiner Erlebnisse vor Verdun und seiner Begegnung mit dem jungen Kroysing, dessen Tod ihm zum Anlaß wird, alle erreichbaren Instanzen zur Sühne abzutasten. Diese Ich-Erzählung Bertins geht bis zum Weihnachten 1916/Neujahr 1917 immer weiter, unterbrochen von der Entwicklung im Osten, wo Winfried von Clauß schließlich nach Kowno befehligt wird (Lychow badet in Wiesbaden zur Erholung), um den Beitrag der Gruppe Lychow für das neue Heer Schieffenzahns und die kommende Kaiser-Offensive im Westen festzulegen. An dieser Stelle endet jene erste Niederschrift, ein Ich-Roman also und ein historischer Roman kombiniert. Der Entschluß, ihn jetzt drucken zu lassen, durch zwei Schlußkapitel mit einem Notdach versehen, kam mir unmittelbar nach der Durchsicht der angekommenen Manuskripte. Zur Schulung der jungen Schriftsteller, um den Unterschied zwischen subjektiver und objektiver Epik an ein und demselben Material nachzuweisen, kann es kaum eine bessere Gelegenheit geben. Ich bin neugierig, was Sie sagen werden, wenn Sie das Buch in Händen haben werden, in dem weder Eberhard Kroysing noch Schwester Cläre, noch viel von den Vorkommnissen im Douaumont vorkommen, dafür aber viel Stoff aus Bertins Erlebnissen, die in der endgültigen Gestaltung der Schere zum Opfer fielen oder überhaupt nicht zur Sache gehörten – nämlich zur Sache Kroysing, wohl aber zur Sache Bertin. Und da gleichzeitig von »Erziehung vor Verdun« in der Bibliothek Fortschrittlicher Deutscher Schriftsteller eine Riesenauflage auf holzfreiem Papier im Druck des Aufbau-Verlages mit einem Nachwort von Georg Lukács erscheint – ich habe sie schon in der Hand –, bin ich als Schriftsteller auch am Ende des dritten Jahres meiner Rückkehr wieder legitimiert. Wenn ich aus Wien zurückkehre, gehen wir an »Aufmarsch der Jugend«, nachdem sich das verlorene erste Kapitel wiedergefunden hat – er ist nämlich nicht in der »Dame«, sondern in »Vogue« erschienen. – Also, lieber Feuchtwanger, werde ich schon vor Ihrem »Rousseau« mit einem 300-Seiten-Roman aufwarten können. Ich hoffte, von ihm auch eine Auflage in der Schweiz herauszubringen, habe aber das nicht mehr nötig, da mir unsere Regierung durch die Notenbank die 3000,– Fränkli zur Verfügung stellte, die ich für meinen Adam brauchte, um seine nächsten beiden Semester sicherzustellen. Ich wollte Lola Sernaus Vermittlung für dieses Verlagsangebot in Anspruch nehmen, denn Lola ist jetzt hier, wie Sie wahrscheinlich schon wissen. Sie kam gestern aus Halle zurück. Nun werd ich vielleicht versuchen, den »De Vriendt« in der Schweiz neu auflegen zu lassen, da Desch ihn abgelehnt hat und der Aufbau noch zwei Bände »Gesammelte Novellen« vorbereitet.

Und so, liebster Feuchtwanger, meine besten Wünsche für Gesundheit und Arbeit und die herzlichsten Grüße von uns allen

Ihr Zweig

Von Michi hören wir nix.

334 Zweig an Feuchtwanger

Homeyerstraße 13
Berlin-Niederschönhausen
11. 12. 51

Liebster Feuchtwanger,

hab ich Ihnen seit Wien überhaupt geschrieben? Ich weiß es nicht. Durch die beiden Abwesenheiten blieb eine solche Menge Post liegen, daß ich mich nur durch meine Sekretärin vom Ja oder Nein dieser Frage überzeugen könnte – wenn ich [mich] nicht, wie so oft und auch heute wieder, meiner eigenen Feder bedient habe. Von Lou weiß ich, daß der »Goya« zu mir kommen sollte. Ich sagte ihr gleich, daß er noch nicht da sei – und dabei ist's bis heute geblieben. Inzwischen hat sich nun, das wissen Sie vielleicht schon von ihm, die Rückkehr Michis erst angekündigt, dann intensiviert. Mein Kabel »Arrival nicest Christmas gift« hat er wohl erhalten, ebenso Lous Brief. Ich habe inzwischen bei der Regierung und der SED die erforderlichen Schritte getan, ihn diesmal regulär zu präsentieren – wann, weiß ich noch nicht. Falls er nicht genug Zaster fürs Schiff und Autobus haben sollte und er sich an Sie wendet, wissen Sie ja, daß ich seine Schulden als die meinen betrachten würde. – Und nun zu Ihnen, lieber Feuchtwanger. Sie wissen, daß der gewählte reguläre Deutsche PEN-Klub der unsere ist, mit Tralow – Gauting, Becher – Berlin u. H. H. Jahnn – Hamburg im Vorstand. Es hat sich gegen uns ein neues Zentrum um Kästner – Edschmid – Friedmann gebildet, in Darmstadt, aus den Ausgetretenen. Schreiben Sie uns doch ein paar Zeilen, daß Sie dem gewählten Vorstand und dem ursprünglichen PEN-Klub treu bleiben und die Spaltung verurteilen. In einiger Zeit erhalten Sie alles Material über den ganzen Fall. Und bedenken Sie doch, daß im Sommer in Nizza ein internationaler PEN-Kongreß stattfinden wird, der Ihnen zu einer längst fälligen Europareise Anstoß und legalen Grund geben würde. Dann könnten Sie uns alle wiedersehn, einen Kuck auf Sanary werfen und vor der Rückfahrt Ihr Berliner Haus besichtigen. Jüngst sprach ich mit Max Schroeder über Ihre literarische Produktion und hörte wieder, welch fruchtbare Tätigkeit Ihrer hier wartete, wenn Sie erstmal hier herumgerochen haben würden. Natürlich sind das auch unsere Gedanken – aber ich habe Sie aus Ihrer Isolation nicht weglocken können oder wollen. Ich wartete, bis sie nicht mehr so splendid bleiben würde, wie sie angefangen. Natürlich haben wir hier Streit und ärgerliche Komik genug – aber lohnende, lohnende. Selbst meine Dita muß das zugeben, obwohl die bildenden Künstler struggle genug auf sich nehmen müssen. Auch die Architekten von Rang und Geschmack – aber aus Gründen fortschreitenden Lebens, nicht aus Stagnation und Sumpf. Und nun nur noch die Frage, ob Sie etwas von der Versteigerung des H.-Mannschen Nachlasses wissen – uns fehlt so sehr das deutsche Ms. des Aufsatzes über Nietzsche! Und nun herzliche Grüße von Dita, Jam (aus Haifa zu Besuch) und Ihrem

alten
A. Z.

Für Marta: heute blühten im Garten die letzten beiden Rosenknospen auf – wie 1933 in Sanary! So herzlich wie damals

Ihr A. Z.

335 Feuchtwanger an Zweig

Pacific Palisades, Calif.
31. Dezember 1951

Liebster Zweig,

schönen Dank für Ihren Brief vom 17. Dezember.

Ich benütze den letzten Tag des Jahres, Ihnen zu schreiben.

Ich habe gerade eine Unterredung mit Michi gehabt und den Eindruck gewonnen, daß Sie sich die Verhältnisse hier doch einfacher vorstellen, als sie wirklich sind. Daß jemand, der in Polen bzw. in Ostdeutschland war, Schwierigkeiten hat, einen Paß zu erlangen, das heißt, daß eine sehr lange Untersuchung stattfindet, ehe er einen Paß erhält, das müssen Sie sich klarmachen. Solche Untersuchungen finden statt, wenn nur der Schatten eines Zweifels da ist.

Meine Dinge haben sich im ganzen aufgehellt, und sehr freut es mich, daß endlich wieder eine deutsche Ausgabe des »Josephus« da ist. Freilich habe ich noch keine Exemplare erhalten; der Greifenverlag kämpft darum, mir Exemplare schicken zu dürfen. Der Verlag erklärt, er habe schon seit langem um Ausfuhrerlaubnis eingegeben.

Den Weihnachtsabend, den wir früher mit Brechts zu verbringen pflegten, haben wir mit Thomas Manns verbracht. Es war ein besonders netter Abend; aber unser Lokalblättchen hat nicht umhin können, einige bösartige Anmerkungen darüber zu machen, daß wir zusammen waren. Trotzdem kommen die Manns heute, am Silvesterabend, zu uns.

Westdeutsche Buchhändler teilen mir mit, daß die Tatsache, daß meine Bücher in ostdeutschen Verlagen gedruckt würden, den Verkauf meiner in westdeutschen Verlagen erschienenen Bücher sehr hindert. Ich habe auch aus Westberlin einige besonders gehässige Rezensionen des »Goya« erhalten. Von westdeutschen Lesern erhielt ich recht gescheite Briefe.

Wir denken sehr oft und sehr herzlich an Sie, und es ist mir sehr, sehr leid, daß wir uns so lange nicht gesehen haben. Es sind tausend Dinge, über die ich mit Ihnen zu sprechen habe.

Meine Arbeit geht gut voran, und die sehr komplizierten Copyright-Dinge sind so geregelt, daß dieses Mal die deutsche Ausgabe vor der amerikanischen erscheinen kann. Ich glaube, »Narrenweisheit« ist nach so viel Schwierigkeiten ein gutes Buch geworden.

Mit sehr, sehr herzlichen Wünschen für Sie und Dita, auch von Marta,

immer Ihr
Feuchtwanger

336 Zweig an Feuchtwanger

Mißchor, Krim,
Sanatorium »Rotes Banner«, Eigentum des Verbands der Schriftsteller der USSR.
24.[–30.] 3. 52
Vor 2 Jahren: Gründung der Akademie, der ich viel Aufmerksamkeit widme und die es mir auch dankt, obwohl wir natürlich mit Bürokraten der Partei noch manchen Kampf werden ausfechten müssen.

Liebster Feuchtwanger,

vielleicht hat Ihnen meine prächtige Sekretärin Ilse Frank ein paar vorläufige Zeilen gesandt, vielleicht auch unsere Nachbarin Lou – jedenfalls bin ich seit Beginn dieses Jahres keinen Tag aufgestanden, ohne Ihnen mal schnell schreiben zu wollen, und nie ist's geglückt. Bis zum 27. Februar saßen wir am Roman »Frage und Antwort«, der mir unter den Händen wuchs und wuchs, nicht dem Umfang nach, sondern am Problem seiner Form und Bedeutung. Was alles daneben verlief, kann ich jetzt gar nicht mehr aufzählen – nur die zwei ersten Bände meiner Novellen habe ich noch im Gedächtnis, die der Aufbau-Verlag in diesem Jahre bringt, und denen ich allerlei Aufmerksamkeit widmen mußte. Dann flogen wir, Dita und ich, nach Moskau ab, um mit Awerbuchs[?] Schülern[?] und Filatow über die Verbesserung meiner Lesefähigkeit zu verhandeln – eingeladen vom Schriftstellerverband zur Gogolfeier. Auf der Reise, in Warschau, erkältete ich mir von neuem die Stimmbänder, so daß ich nur einen Satz selber sprechen konnte und den Rest der Übersetzer zu tragen hatte. Und statt 5 Tagen Moskauer Aufenthalt hielt mich die Kur des Kehlkopfes fast einen Monat da, eine Zeit, die auch die Augen verlangten und die mir Moskau einigermaßen zeigte – eine junge Riesin, mitten im Wachstum von den Nazis unterbrochen und jetzt von den Kräften aufgehalten, die wir beide gut kennen und in der Friedensfront bekämpfen. Und endlich fuhren wir mit dem D-Zug hierher, wo im Februar schon die Mandeln blühten, jetzt aber ein kühler Vorfrühling regiert, und setzen die Augenkur fort, die 30 Tage in Anspruch nehmen soll. Was inzwischen mit Michi und Adam geschieht, weiß ich kaum – aber ich kann es mir nicht leisten, diesmal von meiner eigenen Aufpolsterung abzusehn, wie ich's 49 für Dita tat, 50 für Michi und 51 für Miriam-Marie, die vier Monate meine Nerven abnagte. Das Tollste aber ist: kaum ein paar Tage hier, setzt eine Einfallskette ein, den Roman »Das Eis bricht« fertigzumachen, die Fortsetzung von »Einsetzung«! Wie konnte ich mich in die Ukraine hinunterbegeben? und in die Nähe von Batum, ohne darauf gefaßt zu sein, daß ich General Clauß als Prototyp des Aggressors und Eroberers wiedertreffen würde! Statt des Freud-Buchs, das diesen Sommer fertig werden sollte, wird also der vorläufige Schlußroman meiner Serie Gestalt gewinnen. Liebster Feuchtwanger, lassen Sie mich diesmal damit abbrechen. Den Pontus Euxinus Ihnen zu schildern, das verkarstete Krim-Bergland, den Ort der Jaltakonferenz – das alles wäre nur mündlich zu besorgen – und von der prachtvollen Menschlichkeit und Tätigkeitsfreude unserer Freunde muß ich jetzt auch schweigen. Ich sende Ihnen diesen Brief natürlich über Berlin, um Ihnen Unannehmlichkeiten zu ersparen. Ich habe bei den Schriftstellern und den WOKS-Leuten, die mich nach Ihnen befragten, immer und immer wieder auf Ihre völlig unveränderte Haltung hinweisen können, von »Goya« und »Narrenweisheit« berichtet, »Waffen für Amerika« ins rechte Licht gerückt und überhaupt Wärme für Sie und Ihre Bücher angeblasen und neu entzündet.

30. 3.

Natürlich blieb der Brief liegen, mein Tag ist ja von den »Prozeduren« skandiert und zerbröckelt. Gleichwohl teilt mir der Aufbau-Kalender mit, daß heute ein »Goya«-Datum sei. Schicken Sie doch ein Exemplar des Romans von Stockholm aus, die Frankfurter sabotieren solche Aufträge – an die Auslands-Abtg. des Verbands der Sowjet. Schriftsteller, Moskau, Worowskogo 52, z. Hd. von Herrn W. Steshenski. Er liest gut deutsch und berichtet in der »Literaturnaja gaseta« über neue deutsche Bücher, beeinflußt auch das Übersetzungswesen und ist nach 3 oder 4 Jahren Kriegsdiensten in Berlin über unsere Zustände nicht schlecht orientiert. Ich schreibe seinen Namen nochmals so leserlich als möglich: Steshenski. Meine Tinte benimmt sich schlecht, aber nicht schicken wäre noch schlechter. Und nun, liebster Feuchtwanger, gute Gesundheit, gute Jagd und ein paar kleine Lebensfreuden, wie wir bescheidenen Schriftsteller sie hie und da abpflücken können vom verlockenden Baum des Lebens in unserer fantastisch teueren Epoche! Eine solche wäre ein Wiedersehen somewhere in Europe – aber darauf hofft vorläufig kaum noch Ihr alter Freund und Krimstecher

Zweig

337 Zweig an Feuchtwanger

Berlin
den 2. Mai 1952

Liebster Feuchtwanger,

nach einigen Wochen ist, wie Sie sehen, dieser Brief an Sie wieder an mich zurückgekommen. Ich hatte ihn in Mißchor mit einigen anderen zusammen zur Post gegeben, adressiert an die Akademie am Robert-Koch-Platz, ohne zu wissen, daß Mißchor postal in dem Sektor von Sewastopol liegt, der seinerseits Kriegsgebiet ist, da ja noch kein Frieden geschlossen ist und die Türkei, amerik. Territorium, bloß durch das Schwarze Meer von Sewastopol getrennt ist. Der Brief ging an unsere Militärstelle und kam treu und brav bei der Akademie an. Jetzt kann ich ihm gleich noch eine Nachschrift geben, ohne ihn allzusehr aufzuhalten. Es geht mir ausgezeichnet, meine Sehfähigkeit hat sich bedeutend gebessert, die Erfahrung der UdSSR ist ein großer Zuwachs, und die dort angeknüpften Beziehungen werden sich sicher fruchtbar erweisen, nicht bloß für mich. Da Sie nun, wie ich heute höre, leider Ihren »Goya« dem Greifenverlag gegeben haben und nicht dem Aufbau, der unser tüchtigster und zuverlässigster Verlag ist, gewisse Hemmungen eingerechnet, werde ich dem Greifenverlag in Ihrem Namen den Auftrag geben, alles an Steshenski zu schicken, was bei ihm von Ihnen erscheint – falls Sie mich nicht binnen kurzer Zeit davon zurückhalten. Ich selber bin gerade dabei, meine Beziehungen zum Neuen Verlag zu lösen, dessen Frankfurter Vertreter sich völlig totstellt, und für den Westen mit Desch abzuschließen, die Originalausgabe aber beim Aufbau-Verlag unterzubringen, da die Lizenzausgabe des Neuen Verlages bei Kiepenheuer für unsere Verhältnisse auch ein schlechtes Geschäft darstellt – bloß 20000 Exemplare. Von der illegalen Ausgabe von »Buddenbrooks« liegen beim Aufbau-Verlag 70000 Bestellungen vor; die erschienenen 30000 sind bereits in den Händen der Leser. Da Sie mich kennen, werden Sie das nicht für Märchen halten. – Und nun, liebster Feuchtwanger, noch eine Anfrage: haben Sie zufällig ein Exemplar des Vertrages in Händen, den Sie seinerzeit mit Guggenheim über das »Beil« abschlossen? Ich finde ihn zur Zeit nicht, und unsere Frankfurter sind gegen uns so feindselig eingestellt, daß man sich auf allerlei gefaßt machen kann.

Nun könnte ich ja endlos fortschwatzen, aber der Brief hat schon einen Bart, den ich nicht verlängern möchte. Sagen Sie mir nur noch, ob es Ihres Wissens stimmt, daß Thomas Mann nach dem Tessin überzusiedeln gedenkt, in die Nachbarschaft des alten Hesse? – Und falls Sie Ihr »Unholdes Frankreich« noch immer suchen: hat Ihnen Lola nicht die Adresse unseres Züricher Pinkus vermittelt, der für uns Bücher auftreibt, wenn es irgend möglich ist?

Und nun schreiben Sie mir bald, wie es Ihnen geht, und daß Sie mir Hals- und Beinbruch wünschen zum brechenden Eis.

Sehr vergnügt in einem zauberhaften Frühling

Ihr höchst getreuer
Zweig

338 Feuchtwanger an Zweig

Pacific Palisades, Calif.
12. Mai 52

Liebster Zweig,

ich bin sehr froh, Sie wieder in Deutschland zu wissen. Denn daß die Verbindung mit der Krim nicht klappen würde, habe ich von vornherein befürchtet.

Ich lese mit Vergnügen, daß es um Ihre Augen so viel besser steht und daß Sie überhaupt drüben in jeder Weise auf Ihre Rechnung gekommen sind. Daß Sie sich an einen richtigen neuen Roman gemacht haben und, wie ich hoffe, tief im brechenden Eis stecken, ist mir eine große Erleichterung; denn ich muß es Ihnen gestehen, ich habe mit Sorge gesehen, wie Sie über lauter Plänen und über lauter anderer Arbeit Ihr Bestes verabsäumt haben: das Bücherschreiben.

Eine Kopie Ihres Vertrags über »Beil« lege ich Ihnen bei. Guggenheim erzählt mir, daß er sowohl mit Janka wie mit Kogon eine sehr befriedigende Unterredung über die Zession der Verlagsrechte an den Aufbau gehabt hat. Ich habe nach Guggenheims Bericht den Eindruck, daß Sie von Frankfurt keine Schwierigkeiten zu erwarten haben.

Wenn Sie sich die Korrespondenz vorlegen lassen, die ich mit dem Aufbau-Verlag über die Publikation meiner Bücher geführt habe, dann werden Sie sehen, daß ich wirklich alles Mögliche tat, um den Aufbau zur Veröffentlichung meiner Romane zu bewegen. Ich habe rechtzeitig aufmerksam gemacht auf die Anträge, welche der Greifenverlag machte, ich habe gezögert und wieder gezögert, ehe ich dem Greifenverlag Versprechungen gab. Auch Lou hat sich bemüht, den Aufbau-Verlag für die Veröffentlichung des »Goya« zu interessieren. Aber während Polen und die Tschechoslowakei mir Verträge schickten, schwieg sich Berlin aus – bis ich eben Rudolstadt das Buch versprach.

Ich hoffe sehr, daß es jetzt mit den »Füchsen im Weinberg« beim Aufbau-Verlag was wird. Frankfurt hat mir versprochen, nicht die leisesten Schwierigkeiten zu machen; rein juristisch bin vom 1. Juni ab ich berechtigt, die Lizenz zu vergeben, so daß, wenn der Aufbau nur will, er die Veröffentlichung ohne weiteres vorbereiten kann.

Hier in Los Angeles wird zur Zeit mein Stück »Devil in Boston« gespielt, schon seit drei Monaten, Abend für Abend, was mich in jeder Hinsicht freut.

Mit dem »Jean-Jacques« werde ich in zwei Monaten fertig sein. Das Buch ist sehr ambitiös; es will darstellen, wie die Französische Revolution in gigantischem Maß das Schicksal Jean-Jacques' wiederholt, viel Weisheit und darauf jenes Körnchen Wahnsinn, ohne welches Weisheit tatenlos bleibt. Ich glaube, das Buch ist geglückt, aber es erforderte harte, aufreibende Arbeit.

Michi ist sehr hin und her gerissen; er hat es nicht leicht. Es ist auch nicht ganz einfach, ihm zu raten oder ihm zu helfen.

Ich wünsche Ihnen herzlich einen guten Sommer und gute Arbeit.

Ihr alter, gehetzter
Feuchtwanger

PS Herzlichen Dank für alles, was Sie für mich und für uns alle bei Steshenski ausgerichtet haben. Selbstverständlich bin ich sehr damit einverstanden, daß Sie ihm durch den Greifenverlag schicken lassen, was Sie für richtig halten.

339 FEUCHTWANGER AN ZWEIG

Pacific Palisades, Calif.
2. Juni 52

Liebster Zweig,

zwischen der Absendung Ihres Briefes und dem Erhalt haben sich ja, scheint mir, die Dinge so sehr verändert, daß eine rechte Antwort nicht möglich ist. Was wir hier von der Situation in Deutschland erfahren, in Westdeutschland sowohl wie in der DDR, ist so widerspruchsvoll und so lückenhaft, daß man sich auch bei viel Kombinationsgabe kein richtiges Bild machen kann. Nur soviel ist gewiß, daß es immer schwerer wird, etwa die Verlagsituation in Berlin von hier aus zu verstehen oder auch die Verlagsituation in Frankfurt.

Ich hoffe sehr, daß Ihre Pläne für die Arbeit an dem »Eis«-Roman durch die politische Situation nicht zu sehr gestört werden.

Thomas Mann teilt mir mit, daß Sie sich bei ihm erkundigt haben nach Heinrich Manns Nietzsche-Manuskript. Das Manuskript ist nicht hier, wie ich Ihnen bereits schrieb. Ich glaube, daß Heinrich Mann seinerzeit dem Verlag das deutsche Manuskript in der Urschrift zur Verfügung gestellt hat, zu Übersetzungszwecken, und daß der Verlag oder der Agent sich um das deutsche Manuskript nicht weiter kümmerte. Die englische Fassung habe ich Ihnen ja geschickt.

Wir können hier nichts tun als weiter arbeiten. Der »Jean-Jacques« wird bald fertig sein; der »Devil in Boston« wird hier immer noch gespielt. Er hat hier nun mehr als hundert Aufführungen hinter sich, was für Hollywood ein Erfolg ohne Beispiel ist.

Ich wünsche Ihnen und Dita sehr herzlich einen guten Sommer

Ihr
Feuchtwanger

340 Zweig an Feuchtwanger

[Berlin]
13.[–14.] 6. 1952

Liebster Feuchtwanger!

Wenn sich Ihre klare Sicht auf die Dinge der DDR als so unzuständig erklärt, wie Sie es in Ihrem letzten Briefe taten, kann ich mir von den Zuständen in Eurer Berichterstattung wahrhaftig ein Bild machen. Bis auf eine Veränderung, lassen Sie sich das von mir versichern, ist alles beim alten: wir können nicht mehr mit Westberlin telefonieren, hingegen ohne weiteres mit Zürich. Hinzu kommt, daß nach den Tiraden der Herren Adenauer und Reuter bei Westberlinern, die Häuser, Grundstücke oder Fabrikräume besitzen, eine Panik eingetreten ist: diese Narren wissen nicht, daß weder Tschuikow noch Sokolowski die mindesten Absichten haben, sie anzugreifen, und daß der Weltfrieden bei unseren sowjetischen Freunden aufs beste behütet ist. Freilich schreiten wir jetzt zur Verstärkung unserer Schutzmannschaften vor Westberlin und an der Grenze nach der Bundesrepublik – beides Antwortreaktionen und recht späte gegen Herrn Adenauers Generalvertrag. Verlagsmäßig aber tangiert das unsere Beziehungen zu Westdeutschland in keiner Weise: ich stehe in einem sehr höflichen Briefwechsel mit Dr. Kogon von den uns feindlichen »Frankfurter Heften« und habe dem Aufbau-Verlag gerade zur Lektüre meine »Waffen für Amerika« geliehen, als welche sich die rätselhaften »Füchse im Weinberg« entpuppt haben. Außerdem bin ich sehr guter Laune, weil seit heute die Sonne scheint, weil ich mit dem strengen Aufbau des »Eises« aufs trefflichste vorwärtskomme und weil der Staat Dänemark uns gefährlichen Friedenswölfen die Einreise verweigert hat, so daß weder Niemöller noch ich noch Ernst Fischer oder unseresgleichen aus der ČSR den Frieden des dänischen Butterexports gefährden. Daß aber der »Teufel in Boston« so angenehme Eier legt, freut mich besonders, da Sie ja in der letzten Zeit Ärger genug mit den Buchklubs und Filmleuten gehabt haben. Ich selber habe gerade gestern mit Alan Bush verabredet, den Text meiner Oper »Die Heilung« für ein Hörspiel herzugeben. Diese Dichtung in lockeren Versen, welche den Kampf gegen den Krebs und den der Trusts gegen den Sozialismus in dramatisch-musikalische Beziehung zueinandersetzt, schrieb ich vorigen Juli und gab sie einem unserer erprobten Komponisten, Mitglied der Akademie und der SED. Leider ließ ihm die Fülle von jobs, die er pflegt, keine Zeit, auch nur einmal mit mir darüber zu sprechen. Und so mache ich es jetzt auf dem Umweg über England und das Radio.

Und nun, liebster Feuchtwanger, verlaß ich Sie und freue mich mit dem Hinblick auf den morgigen Tag zu sagen: Fortsetzung folgt.

14. 6. 1952

Jetzt werden es bald vier Jahre sein, in einem Monat nämlich, daß ich Haifa verließ. Es macht mich nachdenklich, wie ich gestehen muß. Mein ganzer Aufenthalt hier will kritisch beleuchtet werden. Daß man noch nicht einmal eines meiner Stücke gespielt hat, gibt mir zu denken, ebenso die Schwierigkeiten, die das Theater anderen Autoren macht, die nicht auf der Parteilinie wandeln. Falls man meinen Roman »Frage und Antwort« noch lange hin und her dreht, weil augenblicklich Antimilitarismus bei uns verpönt ist, wird er wohl zuerst bei Desch erscheinen, und dann werden sich unsere Organe besinnen. Ich gebe natürlich den Kampf nicht auf – Ende Februar hatten wir das Buch mit letzter Kraft abgeschlossen – aber ich werde doch ziemlich energisch werden und unsere gesamte kulturelle Lage, einschließlich meines Amtes in der Akademie, zur Diskussion stellen.

Und nun, liebster Feuchtwanger, vorwegnehmend meine besten Grüße zu Ihrem Geburtstag, der ja noch lange nicht der siebzigste ist, und die Hoffnung, daß Sie ihn aufs angenehmste verleben. Da Sie nicht nach Nizza kommen konnten, fahren wir auch nicht dahin, aber wenn es eine deutsche Schiffahrt gibt, was nächstes Jahr der Fall sein soll, müssen wir uns irgendwo begegnen – vielleicht auf den Kanarischen Inseln oder in Mexiko, wo immer der idiotische Zustand unserer kapitalistischen Endstadien zwei fortschrittlichen Schriftstellern, alten Freunden, gestattet, wieder einmal einander die Hand zu schütteln.

Und somit für heute und morgen auf Wiedersehen,

herzlich Ihr
Zweig

341 Zweig an Feuchtwanger

Homeyerstr. 13
Berlin-Niederschönh[au]s[e]n
27. 6. 52

Liebster Feuchtwanger!

Ihren Brief beantworte ich, nachdem mich der 3. Deutsche Schriftstellerkongreß aus der Arbeit entführte. Obwohl ich an ihm überhaupt nicht teilnehmen wollte, erlag ich doch dem Zwang der Situation. Sie überschauen die politische Entwicklung genausogut wie ich; in dieser Stunde, da Adenauer den Generalvertrag unterschreiben sollte, mußte der Kongreß ein sehr politisches Gesicht annehmen. Gestern sahen wir nun noch in unserem Hause Gäste aus der UdSSR (Stschipatschow und Mjasnikow), den Polen Roman Karst, den ich schon mehrere Jahre kenne, einen Slowaken und Dolmetscher für alle, und ich freute mich, ihnen bei der Besichtigung meines Bibliothekzimmers im Keller das von Ihnen korrigierte Exemplar zu zeigen (»Erziehung«) und ihnen von der Freundschaft zwischen Schriftstellern in der Vorhitlerzeit einen Begriff zu geben. (Von der Tagung selbst schicke ich Ihnen ein paar Zeitungsausschnitte; das wesentlichste Problem wurde nicht berührt: die Einmischung der Unteroffiziere in das literarische Leben. Sonst aber waren, besonders Bredel und Kuba, sehr offenherzig.) Erfreulicherweise, wenn auch nicht verwunderlich für mich, setzte die innere Arbeit am »Eis« dabei nicht aus; seit zwei Tagen ist der Kern der Fabel geboren; lachen Sie nicht, Feuchtwanger, er geht um Fideikommiß und Erbschaft zwischen Vater und Söhnen, Oberstleutnant Wienhardt beim Stab des Kronprinzen, der seinen jüngeren Sohn, Batterieführer im Cailette-Wald, zum Erben des Familiengutes machen will, das aber von der mütterlichen Linie her stammt, und den älteren Sohn beiseiteschieben will, der als Pressefotograf unter dem Namen Verdy in Berlin von früh an eigene Wege gegangen ist und jetzt als Unteroffizier Verdy bei der Presseabteilung Ob-Ost Dienst tut. Die Mutter, Baronesse Thea Prerow-Darss, steht im Verdacht, einen Monat vor der Hochzeit mit Wienhardt eigene Wege gegangen zu sein, so daß Verdy auch der Sohn des Kapellmeisters und Regisseurs Oberlein sein kann. Diese Affäre spielt in Karlsruhe um 1890, und Frau von Hindenburg, der damals in Karlsruhe Regimentskommandeur ist, ist die intime Freundin von Theas Mutter. Mein späterer General Clauß damals blutjunger Leutnant in jenem Regiment. Da der ganze Roman aber 1918 spielt, um den Zusammenbruch der Westfront im August, während die Eroberung der Ukraine großartig zu gelingen scheint und in Ober-Ost ein Durcheinander von Polen, Bolschewiken, Österreichern, Deutschen und weißen Russen brodelt, sehen Sie schon: ich werde es nicht leicht haben, aber es wird mir ungeheuren Spaß machen. Etwa anderthalb Bücher des Romans stehen schon, teils gestrichene Kapitel aus »Einsetzung«, teils neue Niederschriften von 1940. Und wenn ich erst dieses Material mit dem neu zu entwerfenden verschmolzen habe, was Ende Juni der Fall sein kann, ziehe ich mich von aller politischen und repräsentativen Tätigkeit zurück und diktiere wie in früheren Zeiten. Nur schade, daß außer Brecht kein Schriftsteller hier ist, mit dem man schwierige Stellen besprechen könnte, denn obwohl Bredel und Renn, Weinert und Becher rund um mich wohnen, jeder in zehn Minuten erreichbar, fürchte ich doch, daß ihnen der Sinn abgeht, etwa entstehende Stockungen sachverständig zu diskutieren. Brecht aber, ohnehin kaum anders als telefonisch zu sprechen, hat in Buckow Sommerwohnung gemietet, Hanns und Lou verschwinden nach Ahrenshoop, Louis Fürnberg versteht zwar prachtvoll zuzuhören, wird aber kaum anders helfen können als dadurch, daß mir, indem ich ihm die Schwierigkeit darlege, die Lösung schon einfällt – und so ist es schade, daß ein gewisser Feuchtwanger jenseits des Atlantik haust. Schade, nicht? – Ihr Wort über den »Rousseau« macht mich sehr aufhorchen; werden Sie den Kampf der Parteien: Gironde – Danton – Robespierre – Babeuf – Barras durchleuchten? Und so auch Licht auf diejenigen der russischen Revolution werfen. »Füchse im Weinberg« wird mir Lou aufklären müssen, und die Schwierigkeiten mit dem Aufbau-Verlag hängen wohl zusammen mit der Verquickung unserer Kulturarbeiter mit den politischen Aufgaben. Erich Wendt ist vom Verlag völlig weggezogen worden, und sein neuer Leiter Janka, früher DEFA, mußte sich wohl erst auf seine einstige Tätigkeit in Mexiko besinnen, bis er das Verlegerische wieder in der Hand hatte. Von mir bringt er jetzt zwei Bände Novellen und im Herbst das »Beil« und hoffentlich »Frage und Antwort«. Hält er sein Versprechen, das Manuskript dieses Romans gleich in Satz zu geben, so bekommen Sie ein Fahnenexemplar, um es bei dem Aufsatz berücksichtigen zu können, den Sie, guter Kamerad, dem Sonderheft von »Sinn und Form« beisteuern wollen. Und eben, anläßlich eines Anrufs von Lou, versichert sie mir, daß auch sie nicht weiß, was »Füchse im Weinberg« bedeuten; »erkläret mir, Graf Örindur ...!« Jetzt noch über Michi etwas zu sagen, fehlt mir der Raum. Keinesfalls aber überlasse ich ihn seinem Schicksal, sondern konspiriere gerade mit Adam, ihm seinen Paß wieder zu verschaffen. Und nun freue ich mich über den frischen Ton Ihres Briefes und versichere Ihnen, daß auch ein Wiedersehen mit Ihnen im Buche meiner Absichten verzeichnet steht. So habe ich mir die Übersiedlung von Palästina nach Berlin nicht gedacht. Für den übersandten Vertrag besten Dank, und falls Sie »Unholdes Frankreich« zu praktischen Zwecken brauchen, würde ich mich schweren Herzens von meinem Exemplar trennen. Sonst habe ich alles, bis auf »Moskau 1937«, in meinem Arbeitszimmer zur Verfügung.

Und nun beste Grüße, liebster Feuchtwanger, und die Hoffnung, den dritten Weltkrieg von uns wegzubiegen. Mit zweien genug habend, grüßt Sie aufs herzlichste

Ihr
alter
Zweig

342 Feuchtwanger an Zweig

Pacific Palisades, Calif.
28. Juni 1952

Liebster Zweig,

ich schreibe Ihnen sehr schnell einmal auf Ihren Brief vom 13. und 14. Juni.

Die Verlagsdinge, auch in Westdeutschland, sind überaus kompliziert, noch komplizierter, wenn der Autor darauf besteht, daß seine Bücher auch in der DDR erscheinen. Immerhin scheint es, als ob sowohl der »Goya« wie »Füchse im Weinberg« hier und dort erscheinen werden, ohne daß man wütende Einsprüche erhebt. Ich hoffe, das ist ein guter Präzedenzfall.

Ich lege Ihnen die Vorrede zu den »Füchsen im Weinberg« bei, die ich für den Aufbau-Verlag geschrieben habe.

Der finanzielle Ertrag des »Devil in Boston« ist leider minimal. Bei Aufführungen literarischer Bühnen kommt nichts heraus, auch wenn sie noch so erfolgreich sind.

Ich freue mich herzlich, daß Sie mit dem Entwurf Ihres Romans vorwärtskommen, und hoffe sehr, daß Sie wenigstens den Sommer über dabei bleiben können. Ich selber habe jetzt, nachdem der »Jean-Jacques« ungefähr unter Dach ist, sehr viel Kleinarbeit aufzuholen. Dann will ich nach den Erfahrungen der hiesigen Aufführung des »Devils in Boston« eine endgültige deutsche und englische Bühnenfassung fertigstellen.

Die allgemeine Situation scheint mir so, daß nun doch in absehbarer Zeit eine Lösung erfolgen muß. Und dann, denke ich, werden wir uns endlich wiedersehen.

Sehr herzlich wie immer
Ihr alter
Feuchtwanger

343 ZWEIG AN FEUCHTWANGER

Carltonhotel
Wien
14. 7. 52

Liebster Feuchtwanger,

im Hochsommer in Wien, Augenarztes wegen, Lesebrille. Resultat halbwegs positiv, ausprobieren erst in Berlin. Da Dita Berge zeichnen will, gehen wir auf eine Woche nach Edlach oder Reichenau; ich werde die reizende Gesellschaft einer Freundin der Lou haben und mit ihr eine long short story durchsehen, die ich vor einer Woche von der Abschreiberin zurückbekommen. Sie heißt »Westlandsaga« und wird Ihnen mit der Schiffspost zugehen, falls nicht ein fliegender Wiener sie Ihnen schneller bringt. Lesen Sie sie bitte und lassen Sie sich von Überraschungen erfreuen – 130 oder mehr Seiten, die bei Rütten & Loening im Herbst erscheinen sollen. – Wir haben hier eine Lektüre mit, die mich überrascht und auf gewisse Weise betrübt – den »Cervantes« von Bruno Frank. Ein Roman ersten Ranges – nie hätte ich Br. F. diese Frische und Konzentration, Gestaltungskraft und Klugheit zugetraut. Das Expl. hat noch seine handschriftliche Widmung – und ich habe ihm damals nur sagen können, ich würde mir die Geschichte bei guter Gelegenheit vorlesen lassen. Nun muß der »Cervantes« bei uns nachgedruckt werden; wie ist doch die Adresse seiner Witwe?

Übrigens hat uns die Lou die erste Hälfte des Romans »Es war nicht immer Liebe« vorgelesen. Ich nenne das Buch »Edelschlacke« und möchte es bei Desch herausbringen, streng pseudonym. Wie – das schreibe ich Ihnen später. Aber das Buch darf nicht ungelesen bleiben – es ist eine Parallele zu den »Liaisons Dangereuses« für unsere Neuzeit. – Ihre Einleitung zu den »Füchsen« gefällt mir sehr; die Lola hat leider einen ungünstigen Zeitpunkt für ihren Besuch und Ihr Honorar getroffen – kochende Hitze, alles in Urlaub oder im Weltfriedensrat festgehalten – oder auf Parteikonferenzen in Anhalt u. Sachsen. So konnte ich ihr nur privatim helfen, aber nicht ex officio.

Und nun zum Halsarzt, da mich die Hitze wieder mal bei den Stimmbändern getroffen hat. Ja, wenn die Kluft sich ein bißchen schließt, müssen wir uns endlich wieder die Hände schütteln. Wir sind bloß noch ein paar Köpfe – hier ist bloß noch Ernst Fischer. Aber wir halten die Tradition und tragen sie in die Zukunft.

Also: auf Wiedersehn, oller Sanariote und Füchsefänger!

Herzlich wie stets
Ihr
Zweig

344 Feuchtwanger an Zweig

Pacific Palisades, Calif.
7. August 52

Liebster Zweig,

vielen Dank für Ihren Brief aus Wien. Ich hätte ihn schon beantwortet, aber ich hatte aus diesem und aus einem früheren Brief von Ihnen den Eindruck, daß ich bald eine neue Geschichte oder einen Roman von Ihnen zu lesen bekommen würde, in Druckbogen oder im Manuskript, und ich wollte diese Sendung abwarten. Hatten Sie doch sogar geschrieben, ich solle eine solche Sendung abwarten, ehe ich an meinen Geburtstagsartikel für Sie gehe. Jetzt bin ich froh, daß ich nicht länger zögerte.

Es freut mich, daß Ihnen der »Cervantes« von Bruno Frank so gefallen hat. Ich war mit Bruno Frank um die Zeit, da er daran schrieb, viel zusammen und darf sagen, daß ich nicht ohne Einfluß auf das Buch geblieben bin. Freilich habe ich heute noch den Einwand, den ich damals Frank nicht verschwieg: daß nämlich Spanien in dem Buch ist, aber kein Cervantes.

Was Lola anlangt, so scheint sie sich in Berlin mit bestem Willen etwas übereifrig betätigt zu haben. Ich wußte nicht, was sie eigentlich in Berlin wollte, und ganz klar ist es mir heute noch nicht. Ich bedaure, daß sie Ihnen und offenbar auch andern Umstände gemacht hat.

Ich hatte gehofft, nach Fertigstellung des »Jean-Jacques« tief aufatmen und ein bißchen ausruhen zu können. Daraus ist leider nichts geworden. Die Übersetzung des »Jean-Jacques« durch die Lowe-Porter und ihre Tochter ist nicht schlecht, aber sehr flüchtig, und meine bessere Kenntnis des Englischen läßt mich den Unterschied zwischen meinem Text und dem englischen doppelt spüren. Sie wissen ja, liebster Zweig, daß ich ein Perfektionist bin, und so haben wir uns, meine Sekretärin Hilde, ich und ein amerikanischer Professor, zusammengesetzt und arbeiten nun an der Überfeilung des Textes, eine schwere Arbeit, die drei Monate ausfüllt.

Dazu kommt, daß Huebsch von der Viking Press immer mehr Zeit in Europa verbringt, so daß ich mich bei Viking mit andern herumschlagen mußte. Sie wissen, wie sehr ich Huebsch schätze, wie gut ich mich immer mit ihm vertragen habe, und ich bin ihm in lebenswichtigen Dingen zu Dank verpflichtet. Gerade das bewirkt, daß ich mit den andern Herren schlechter auskomme. Ich habe mich also entschlossen, zu einem andern Verlag überzugehen; das bereitet hundert neue kleine Schwierigkeiten.

Meine europäischen Dinge gehen gut. Sowohl »Waffen für Amerika« wie der »Goya« sind so ziemlich überall erschienen. Der »Goya« hat in England noch bessere Presse gehabt als hier, und die Frankfurter Verlagsanstalt bereitet für den Herbst die Neuausgabe von insgesamt vier meiner Bücher vor. Außerdem kündigt der westdeutsche Buchklub eine Ausgabe des »Goya« in neunzigtausend Exemplaren an. Wenigstens habe ich also Aussicht, meine deutschen Leser wiederzugewinnen, im Osten wie im Westen – wenn dabei auch wirtschaftlich nicht viel herauskommt.

Alles in allem habe ich keinen besonders schönen Sommer. Ich komme vor lauter Geschäftigkeit nicht zur Arbeit. Dabei habe ich hundert schöne Pläne, und die Zeit verrinnt.

Aus Ihren Briefen bin ich nicht ganz klug geworden, wo überall Sie im Sommer sein werden. Ich hoffe, daß dieser mein Brief Sie und Dita an einem Ort erreicht, in dem Sie beide Freude und Erholung finden.

Alles Herzliche
immer Ihr
Feuchtwanger

345 Feuchtwanger an Zweig

Pacific Palisades, Calif.
9. August 1952

Liebster Zweig,

ich komme wieder zu Ihnen in Angelegenheiten jenes Wolfgang Berndt, der sich, wenn mir recht ist, schon einmal bei Ihnen gemeldet hatte.

Dieser Berndt ist gerade im Begriff, seinen Doktor zu machen, und weiß nicht recht, was er dann anfangen soll. Der Ordinarius, der sehr viel von ihm zu halten scheint, hat ihm eine Assistentenstellung angeboten, aber der Junge zieht nicht recht, was ich verstehen kann. Er fürchtet, daß ihm eine solche Anstellung zu viel Zeit wegnimmt, so daß er die Arbeit, nach der es ihn drängt, nicht leisten kann.

Wolfgang Berndt hat zum Gegenstand seiner Doktorarbeit meine beiden ersten historischen Romane gewählt. Er hat mir die sehr gründliche Arbeit übersandt. Ich habe sie – ein wenig zu flüchtig – gelesen, aber soviel ist sicher, der Junge verbindet mit einer gründlichen, im besten Sinne deutschen Begabung für Philologie einen gesunden Sinn für die Einordnung literarischer Werke in die soziologischen Bedingtheiten der Epoche. Ich bin sicher, es wird der Mühe wert sein, ihm in jeder Weise zu helfen.

Dies in Ergänzung meines Briefes von vorgestern.

Herzlich wie immer

Ihr
Feuchtwanger

346 Zweig an Feuchtwanger

[Berlin-]Niederschönhausen
16.[–18.] Aug. 52

Liebster Feuchtwanger,

Ihre beiden lieben Briefe trafen uns hier, und bei der Lektüre Ihres (ersten) Schlußsatzes lachten Dita und ich freudig auf: ja, hier sind wir, wo es uns gut geht, daheim, bei vertrauten Ärzten und in einem weniger verrückten Klima als in Wien, wo wir bei 37–39° Celsius im 4. Stock eines Boardinghauses schliefen, im vollen Luftzug, und uns, d. h. ich mich, an 3–4 Orten schwer erkälteten. Jetzt bin ich so gut wie heil, nur im Wasser war ich bisher überhaupt nicht – ohne zu schwimmen, bei solchem Chamsin! – Nun ist inzwischen die »Westlandsaga« bei Ihnen eingetrudelt, falls der Dr. Eissler, New York, Wort gehalten hat, der das Ms. mit in sein Camp flog. Am 15. 8. wollte er das Ms. in New York zur Post geben; vielleicht trifft's bei Ihnen erst mit diesem Briefe ein. Ich bin doll neugierig, was Sie zu diesem Altneuland sagen werden, zu diesem Wiedersehn, das Ihnen einen alten Wunsch erfüllt und zugleich erklärt, warum es nicht eher zustande kam. Als ich's mir vor ein paar Wochen vorlesen ließ, war ich ziemlich verwundert, wie ich ein solches Stück Prosa[?] so lange in der Schublade hatte liegenlassen können.

Was Sie über Huebsch schreiben, ermutigt mich, Sie zu fragen, bei wem ich ein Buch von 3–5 long short stories herausbringen könnte: außer »Westlandsaga« die verbesserte »Schlesische Novelle« aus »Spielzeug der Zeit«, die mit neuen, eine Fabel schaffenden Stücken ausgestatteten »Klopfers« – neue Form bereits in »Stufen« gedruckt, bei Alfr[ed] Kantorowiczs Verlag – und noch zwei größere Novellen, an denen es mir ja nicht mangelt – z. B. »Pont u Anna« und »Spiegel des großen Kaisers«. Kennen Sie all diese Stücke? Und wer übersetzt sie anständig? Was sie jetzt mit den Lowe-Porters durchmachen, armer Freund, das habe ich 1945 mit der Suttonschen Übersetzung des »Beils« durchgestanden. Vier Monate täglich zu einer braven Englischlehrerin aus Deutschland fahren, mit dem Bus bei Regen und Wind. Und soll ich Chambrun mit dem Unterbringen betrauen, der sich mir angetragen hat?

Ja, die arme Lola. Die Schweiz ist halt doch nicht so bekömmlich, wie Sanary einst war; außerdem sproßt ja auch uns beiden nicht mehr der Jünglingsflaum ums Kinn. Aber ich glaube, alles hat sich schon wieder befriedet ... Daß es in Westdeutschland Buchklubs gibt, die so hohe Auflagen drucken, macht unsereinen platt. Niemals was davon verlautet; immer nur erfahren, daß drüben 3–5000 Expl. gute Auflagen seien, so wie's 1920 in Ganzdeutschland war. Man muß also noch mehr herumhorchen.

»Frage und Antwort« liegt seit dem Abflug nach Moskau beim Aufbau-Verlag herum. Es waren höchst wichtige Fragen noch zu klären, hörte ich später, nämlich wie sich die Jugend jetzt, wo Bewaffnung und Befreiungskriege 1813–15 am Horizonte stehn, meine Kriegsbetrachtung werde rechtfertigen lassen. Natürlich hab ich ihnen meine Meinung versetzt, außerdem ein Exemplar an Desch gesandt. Aber das sind bloß Katzbalgereien. Ärger ist's schon mit dem Hineinreden in die Produktion von Film und Bühne. Ich sende Ihnen bald den Film des »Beils«, der tatsächlich aus dem Verkehr gezogen wurde, ohne irgend jemanden zu benachrichtigen, den es anging. Und meine Stücke spielen sie auch nicht; da werd ich's jetzt in Wien versuchen lassen. Das Sonderheft »A. Z.« von »Sinn und Form« darf nicht zum Pflästerchen werden, um eine Wunde zu verkleben. Auch der Ehrendoktor nicht, den ich ja verdient zu haben scheine. Meine Essaybücher sind alle noch unaufgelegt, und an einigen ist mir allerlei gelegen. Dennoch freue ich mich meines Hauses, Brecht baut sich jetzt sogar in Buckow an, und verteidige unsere Akademie mit Humor und Schärfe. Und da wäre ich bei dem jungen Dr. Berndt. Wir haben in der Akad. eine Studiengruppe, die eine neue Literaturgeschichte vorbereitet. Ihn dorthin zu delegieren, besteht durchaus die Möglichkeit. In ein paar Tagen kommen die Ostseefahrer zurück, und dann kann ich seine Kandidatur bald lancieren.

Inzwischen werden wir den 90. Geburtstag von G. Hauptmann zum Anlaß einer Ausstellung für ihn nehmen. Wir haben ein Dutzend Kästen[?] mit höchst interessantem Material aus seinem Nachlaß in Berlin aufgespürt; ich korrespondiere grade mit Th[omas] M[ann] über die Erlaubnis, einen bezaubernden Brief von 1925 anläßlich Mynheer Peeperkorns drucken zu dürfen. Daß Sie Ihre Hand beim »Cervantes« des armen Frank hatten, erklärt mir vieles. Natürlich haben Sie recht: Spanien ist prima geglückt, der Miguel persönlich aber in der zentralen Funktion als Dichter viel zu dünn. Und doch: Bruno Frank hat nie etwas so Gutes hingestellt.

Und damit verabschiede ich mich für heute, liebster Feuchtwanger. Sie sehen: meine Augen haben sich recht anständig benommen, ich kann sogar lesen, besser: entziffern, was ich Ihnen hier geschrieben habe! Meine Sekretärin kann ich nämlich zur Zeit für Briefe nicht freikriegen: sie liest Korrektur für den zweiten Sammelband von Novellen, und wir beide redigieren für das »A. Z.«-Heft von »Sinn und Form« mein sowjet. Tagebuch.

18. 8. 1952

Durch einen gestrigen Besuch bei meinem sehr krank gewesenen, durch Operation am Tode vorübergeschmuggelten Arzt und Freund Dr. Baumann erfahre ich plötzlich, liebster Feuchtwanger, daß in den letzten vier Wochen Ihr »Goya« in der »Berliner Illustrierten« zu erscheinen begonnen hat. Wäre die Lou nicht schon längst in Ahrenshoop, ich hätte längst davon gewußt. Heute also gleich lasse ich mir die Nummern der Zeitschrift heraussuchen und schwänze meine Arbeit um des Vergnügens willen, das mir eine Vorlesung bereitet, in der ich ein neues Werk von Ihnen anschnuppern kann. Nur ein paar »wars« störten mich – aber sonst ist das Vergnügen, das mir diese Ouvertüre bereitet, unstörbar und ungestört. Dieses Spanien des 18. Jahrhunderts, diese Alba, die Aufführung der geköpften Marie Antoinette, das alles verrät Ihre Hand, lieber Feuchtwanger, und es macht mir noch zusätzliches Vergnügen, Ihren »Goya« an den »Cervantes« angeknüpft zu sehen, von dem wir ja schon gesprochen haben. Von jetzt an freue ich mich auf das Eintreffen der »Berliner Illustrierten«, die ich seit dem Einzug in dieses Haus kaum mehr angeschaut habe, weil mir ja in dem Zustand meiner Augen Fotos, so reproduziert und angeordnet, bis vor fünf Wochen keinen Spaß machten. Jetzt ist das freilich anders, und ich hoffe noch im Verlauf dieser Woche mir alle bisher erschienenen Fortsetzungen einverleibt zu haben.

NB Da meine Dita eine Ecke ihres Herzens dem Staat und Volk Israel bewahrt hat und von Zeit zu Zeit meiner Gleichgültigkeit dagegen zu Leibe rückt, [habe ich] die Parallele zwischen der Vertreibung der Juden aus Spanien und aus Deutschland immer parat: haben Sie oder hat die Redaktion der »B. I.« aus den Anfangsseiten des »Goya« die Juden weggelassen und nur die Mauren erwähnt? So, liebster Feuchtwanger, und nun auf bald!

Mit herzlichen Grüßen wie immer
Ihr Zweig

Hoffentlich ist Ihr Wetter inzwischen besser geworden. Th[omas] M[ann] beklagte sich sehr drüber.

347 Feuchtwanger an Zweig

Pacific Palisades, Calif.
25. August 52

Liebster Zweig,

Ihr Brief vom 18. August ist sehr rasch hier angekommen, aber das angekündigte Manuskript habe ich noch immer nicht.

Die Aussichten der deutschen Schriftsteller hier in Amerika sind nicht gerade gut. Die Hauptschwierigkeit bleibt immer die Übersetzung. Nicht nur gehen die Verleger ungern an Bücher heran, die sie nicht selber lesen können. Sie verlassen sich bei der schlechten Geschäftslage immer weniger auf das Urteil anderer; es sind auch die Übersetzungskosten, über die sie murren. Denn begreiflicherweise verlangen mit dem fallenden Wert des Dollars und des Pfundes die Übersetzer höhere Honorare, und so versuchen die Verleger, dem ausländischen Autor die Übersetzungskosten aufzubürden, das heißt, sie von seinem Honorar abzuziehen. Ich werde ja jetzt sehen, welche Erfahrungen ich mit meinem neuen Verleger mache; dann lasse ich Sie wissen, ob es Sinn hat, in Ihren Angelegenheiten mit ihm zu verhandeln.

Wie ich Ihnen schon schrieb, glaubt die Frankfurter Verlagsanstalt an meine Bücher und setzt sich mit Intensität dafür ein. In dem Vorwort der großen einbändigen »Josephus«-Ausgabe, die Frankfurt für Ende September vorbereitet, haben sie sogar anständigerweise auf die »Josephus«-Ausgabe in der Deutschen Demokratischen Republik hingewiesen. Sie haben es wirklich so gedruckt, ganz ohne Anführungszeichen: Deutsche Demokratische Republik. Trotzdem ist der Verkehr von Los Angeles nach Frankfurt nicht immer ganz einfach, die Erledigung der Korrekturen ist mühevoll und kostet viel Flugpostporto, und es setzt Mißverständnisse.

Da haben Sie es einfach mit dem Aufbau-Verlag, und ich wünschte, ich könnte einmal einfach mit einem Verleger telefonieren.

Ich freue mich, daß Sie den Gerhart-Hauptmann-Brief Thomas Manns abdrucken wollen. Thomas M. ist ja wirklich einer der liebenswertesten Briefeschreiber der Epoche, und es ist verwunderlich, wo er die Zeit hernimmt, so viele so hübsche Briefe immer mit eigener Hand zu schreiben.

Sie, liebster Zweig, sind ja auch ein guter und eifriger Briefeschreiber, und so oft ich Ihre lieben Schriftzüge sehe, freue ich mich, wie gut Ihre Augen standhalten. Einen augenscheinlicheren Beweis gibt es ja wohl kaum.

Michi und Ruth waren dieser Tage hier. Es geht ihnen verhältnismäßig gut; Sie ersehen es daraus, daß ihre Hauptsorge die Beschaffung einer größeren Wohnung ist.

Meine schwerste Sorge bleibt diesen Sommer, daß ich vor lauter Beschäftigung nicht zur Arbeit komme.

Herzlich und gehetzt wie stets

Ihr
Feuchtwanger

PS Schönen Dank, daß Sie sich unseres Wolfgang Berndt annehmen wollen.

348 Feuchtwanger an Zweig

Pacific Palisades, Calif.
3. September 1952

Liebster Zweig,

ich habe jetzt »Westlandsaga« erhalten, ich habe es gleich gelesen und beeile mich, Ihnen darüber zu schreiben.

Für mich war die Erzählung natürlich aus vielen Gründen brennend interessant; eine kleine Frage bleibt, wieweit die heutige Generation daran interessiert ist; es gibt ja keine fernere Vergangenheit als das Gestern. Und für diese Generation ist gerade die Zeit Ihrer Erzählung das Gestern. Ich erinnere mich, gegen den Roman der Seghers Einwände gelesen zu haben, die sicherlich aus keinen anderen Motiven stammten.

Wie immer, ich glaube, man darf objektiv sagen, der erste Teil des Buches ist sehr, sehr gut. Die drei Kapitel, in denen Sie der »Bestie« ihre letzte Fassung gegeben haben, gehören in der Tat zu den stärksten Seiten deutscher Prosa, und ich finde, daß die neue Fassung wunderbar geglückt ist und sich dem Ganzen einpaßt. Weniger glücklich bin ich mit dem letzten Teil. Er wirkt angehängt und als Antiklimax. Es fehlt der Schwung, der den ersten Teil und vor allem die Mitte so hinreißend macht, und vor allem die letzten vier Kapitel wirken angestückt. (Ganz abgesehen davon finde ich es gerade jetzt aus rein äußeren Gründen nicht glücklich, daß Sie den Helden des letzten Kapitels zu den Jugoslawen übergehen lassen.)

Im übrigen ist gerade der letzte Teil voll von stilistischen Schlampereien, die Sie bestimmt nicht durchgehen lassen, wenn Sie sich diese Seiten noch einmal anschauen oder vorlesen lassen. Ich würde den ersten Teil und die Mitte zu einer großen Novelle umschreiben und die letzten Kapitel fahrenlassen. So wie die Erzählung jetzt ausschaut, leidet sie empfindlich durch die Schlußkapitel; diese Schlußkapitel unterstreichen mehr das Fragmentarische, als daß sie es versteckten. Die ersten Teile aber sind so gut, daß es ein Jammer wäre, sie nicht fertigzumachen. Unter Fertigmachen verstünde ich vor allem auch, daß Sie nochmals stilistisch darüber gehen. Es sind immer noch unvollendete Sätze darin, viel zuviel Adjektiva, eine manchmal geradezu Jean-Paulische Weitschweifigkeit und, wie gesagt, zahllose Schlampereien. Wenn zum Beispiel, wer immer das Manuskript geschrieben hat, statt »Exeunt Brigitte, Artur, Otto« schon in der Kapitelüberschrift und dann nochmals in der Gesamt-Inhaltsangabe schreibt: »Exit Brigitte, Artur, Otto«, so dürfen Sie das wirklich nicht passieren lassen, sondern – das sind Sie dem ausgezeichneten ersten Teil schuldig – Sie müssen sich schon die Mühe nehmen, das Ganze ernsthaft zu überarbeiten.

Sie begreifen, liebster Zweig, daß ich, gerade weil mich die ersten achtzig Seiten so sehr anrührten, unter der Nachlässigkeit der letzten dreißig Seiten zwiefach litt.

Es ist wirklich der Mühe wert, daß Sie drei ruhige Wochen an das Werk setzen.

Ihr
alter, guter, raunziger Freund
Feuchtwanger

349 Zweig an Feuchtwanger

[Berlin-]N[ieder]sch[ön]h[au]s[e]n
Sonntag früh, 14. 9. 52

Liebster Feuchtwanger,

nur schnell ein paar Zeilen des Dankes und der Freude. Morgen fahren wir auf 2–3 Tage nach Leipzig zur Messe, da bliebe eine richtige diktierte Antwort bis zum Donnerstag liegen, und das will ich nicht. Wie sehr wir übereinstimmen, gehe aus der Erwägung hervor, die ich seit vier Wochen umhertrage: aus der kleinen Marianne am Anfang der »Westlandsaga« den kleinen Karl zu machen, und ihn noch ein-, zweimal hervortreten zu lassen. Die Marianne kann ohne weiteres geopfert werden, sie sollte ja im Mittelpunkt des Romans stehn, dessen Anfang und Rest die Saga ist, »Gesang aus dem Abgrund«. Was mich verliebten und verspielten Narren hinderte, das schon im Anfang der Durchsicht zu tun? Ich habe diesen Vorgang an Lily Leuchters zweitem Töchterchen Noemi beobachtet, die damals nur »Nomi« genannt wurde, weshalb der Otto den binomischen Lehrsatz paukte. Aber was hat das mit den Kunstgesetzen zu tun? Die stilistische Durchsicht lasse ich von Dita besorgen, die in Deutsch eine 1 hat, noch heute. Unvollständige Sätze, falls ich sie nicht gewollt habe, sollen fallen. Und nun noch eine Frage: haben Sie unsern Nationalpreis angenommen? oder hindert Sie dieses Jahr noch das Unamerican Committee daran? Niemand nähme Ihnen die Reserve übel. Auch Leonhard Frank hat abgelehnt – ich hatte übrigens dezidiert dagegen gesprochen und gestimmt, daß man ihn überhaupt antrug – er hat sich so viele Jahre vor Identifikation mit uns gedrückt … Und nun, auf bald, liebster F.!

Ihr Zweig

350 Zweig an Feuchtwanger

Homeyerstraße 13
Berlin-Niederschönhausen
30.[–31.] 10. 52

Liebster Feuchtwanger!

Meinen kurzen handschriftlichen Brief haben Sie sicher bekommen, in dem ich Ihnen kurz skizzierte, daß ich die Novelle in ihrer Gänze zusammengefaßt zu haben glaube dadurch, daß ich die kleine Marianne in den ebenso kleinen Karl verwandelte. Zu meinem Geburtstag will der Verlag Rütten & Loening mir das Buch bereits überreichen, so daß es Ihnen, lieber Feuchtwanger, noch unter den Weihnachtsbaum gelegt werden kann. In diesen Kategorien denken und agieren wir hier, einem Kriegerverein nicht unähnlich, der beständig Stiftungsfest feiert; gleichzeitig aber sind wir ein ernsthafter, auf dem Weg zum Sozialismus befindlicher Staat. Ich habe nun vor, mich meinen amerikanischen Lesern wieder vorzustellen, wozu mir Chambrun verhelfen möchte. In der Kalamität, keinen englischen Übersetzer in London mehr zu haben, dachte ich zunächst, einer Rohübersetzung wegen, an meinen Michi. Dieser aber hat sich in den ganzen letzten Monaten so sonderbar in der Korrespondenz verhalten, daß ich keine Antwort von ihm bekam. Nun war zum Glück vor ein paar Tagen Lola da, welche die Irrtümer zerstreute, die vor einigen Monaten von Lou über Ihre Verlagsverhältnisse drüben vorgebracht wurden. Im Gegenteil, sagte Lola, seien Sie sehr zufrieden mit Kittel oder Knittel, der als Sohn eines schweizerischen Schriftstellers auch noch ausgezeichnet deutsch lese. Ist dem so? Dann würde ich Chambrun veranlassen, ihm ein Novellenbuch von mir vorzuschlagen, bestehend aus »Westlandsaga«, »Pont und Anna«, »Aufzeichnungen über eine Familie Klopfer« (in letzter Fassung). Und falls ihm das nicht Stoff genug sei, noch

»Ein Sou« und »Über den Nebeln« oder besser die »Schlesische Novelle«. – Und jetzt, lieber Feuchtwanger, muß ich Sie verlassen, Dita will in ein nahegelegenes Kino wandern, in welchem wir beide in der Wochenschau zu sehen sind, N. M. Schwernik die Hand drükkend.

31. 10. 1952

Guten Morgen, lieber Feuchtwanger!

Wir wohnen zwar etwas weiter auseinander als in der Eichkamp-Mahlerstraßen-Zeit, aber eine hübsche Reminiszenz bleibt es doch, und vor fast genau zwanzig Jahren haben wir vielleicht das letzte Mal in Deutschland miteinander telefoniert, da Sie ja wohl im Herbst 32 nach den USA zu Besuch gefahren sind. Nun also zu dem, den ich 39 zu Besuch mit hinüber nahm und der sich jetzt so seltsam benimmt, zu meinem armen Michael. Er hat mir bereits zwei der Briefe zurückgeschickt, die ich ihm schrieb, einen davon ungeöffnet, und über einen dritten – ich schrieb ihn leider mit der Hand, nach dem Aufenthalt in Wien und unter der Rax – drückte er sich so rätselhaft aus, daß wir seine Bemerkungen nicht verstanden. Ferner verlangt er jetzt die Zusendung seiner Bücher, die er bei uns ließ, zwei ganz hübsche Koffer voll, und schließlich erwähnte er die Absicht, sich als Veteran für 7000.– Dollar ein Häuschen zu kaufen, da er keine Aussicht habe, eine bessere Wohnung zu finden. Genauso lag meine Situation nach dem ersten Weltkriege, genauso kam es zur Erwerbung unseres Eichkamp-Häuschens. Aber damals hatte ich nicht die Absicht, in ein Land zurückzusiedeln, in dem meine Gaben besser verwertet werden könnten und in das ich eigentlich gehörte. Glauben Sie, feststellen zu können, ob Michael diesen Plan ganz aufgegeben hat, wieder zu uns zu kommen? Verzeihen Sie, daß ich Sie damit belästige, liebster

Feuchtwanger, aber aus dem Benehmen des Jungen allein kann ich seine Absichten nicht erschließen. Auf alle Fälle grüßen Sie ihn bitte: die Bücherlisten in vierfacher Ausfertigung müssen vor allem erst hergestellt werden, um die Ausfuhrgenehmigung zu erreichen, die ich aber sicherlich bekomme.

Und nun, lieber Feuchtwanger, wünsche ich Ihnen einen schönen Herbst, der unsere ist bei grauem Himmel sehr farbig. Und falls der Wiener Kongreß im Dezember eine Entspannung bringt, sehen wir Sie vielleicht wirklich im nächsten Jahr.

Inzwischen aber alles Herzliche von Ihrem neugebakkenen Fünfundsechziger

Zweig

351 Feuchtwanger an Zweig

Pacific Palisades, Calif.
31. Oktober 1952

Liebster Zweig,

ich möchte Ihnen jenseits meines offiziellen Glückwunsches auch persönlich und rechtzeitig gratulieren.

Ich brauche Ihnen nicht zu sagen, daß Marta und ich Ihnen für das neue Lustrum von ganzem Herzen alles Gute wünschen, vor allem Gesundheit und Muße für ein neues großes Buch.

Als alter erfahrener Optimist halte ich es für sehr wahrscheinlich, daß wir uns trotz aller Hindernisse sehr bald wiedersehen, und ich freue mich darauf.

Heut, morgen und für den Rest unsrer Tage
so herzlich wie von je
Ihr Feuchtwanger

352 Zweig an Feuchtwanger

Homeyerstraße 13
Berlin-Niederschönhausen
15. II. 52

Liebster Feuchtwanger,

den ersten Brief an Mannspersonen kriegen Sie – lieber alter Kamerad, wie herzlich und wie gescheit ist Ihr Glückwunsch ausgefallen! »Von Herzen – möge es zu Herzen gehen!« hat Beethoven mal bei solcher Gelegenheit einem seiner immerlebenden Werke als Geleit mitgegeben. Und auf der Matinee am 9. hat Langhoff diesen Glückwunsch so warm, menschlich und diskret vorgelesen, wie Sie ihn geschrieben haben. Dank, lieber F., herzlichen Dank!

Überhaupt: zwei Tage lang wurde ich, d. h. mein Werk und Leben, gefeiert, und kein falscher Ton mischte sich in den Chor. Selbst Becher, der sonst manchmal ein Essignapf sein kann, war warm, herzhaft und klug, in bester Form. Kam sogar eigens aus Prag zurück, um die Feier des Kulturbunds mitzumachen, wo er eine Premiere (»Winterballade 41«) in Burians Armeetheater mit vollem Erfolg absolviert hatte. Und Erich Wendt hatte ihn auf der KB-Feier in den ersten Stunden vertreten; die Rede hätten Sie hören müssen, die dieser Arbeiterjunge von 1900 da auf Ihren Freund gehalten hat! – Und jetzt: auf bald, lieber Feuchtwanger! Wie oft zuckt meine Hand morgens oder abends nach dem Fone, um Sie in der Mahlerstraße anzurufen! Aber es muß ja auch noch was für unsere 70. bleiben. Also Händedruck und Liebeserklärung und Gegengruß und vielen Dank, auch von Dita,

von Ihrem
Zweig
Dr. h. c. von Leipzig

353 Feuchtwanger an Zweig

Pacific Palisades, Calif.
18. November 1952

Liebster Zweig,

wir haben an Ihrem Geburtstag heftig und sehr freundschaftlich an Sie gedacht.

Mit Michi habe ich zwei lange Gespräche gehabt. Es ist nicht ganz einfach mit ihm; er hat einen starken Ödipus-Komplex, und die Berliner Dinge stellen sich ihm sehr verzerrt dar. Andernteils geht es ihm hier zwar nicht gut, aber doch erträglich, und er wird sicher in absehbarer Zeit das Land nicht verlassen. Ganz abgesehen davon, daß das auf außerordentliche technische Schwierigkeiten stoßen würde.

Meine eigene Situation ist recht ungeklärt; ich denke aber, das wird sich bald ändern.

Ich hoffe, daß die Feier Ihres Geburtstags Sie nicht zu sehr mitgenommen hat. Lassen Sie doch recht bald wieder von sich hören.

Sehr herzlich wie immer

Ihr
Feuchtwanger

PS Haben Sie übrigens vom Verbleiben Lolas etwas gehört? Sie hat mir zuletzt am 27. Oktober aus Berlin geschrieben und ist seither verstummt.

354 Zweig an Feuchtwanger

Homeyerstraße 13
Berlin-Niederschönhausen
26. 11. 52

Liebster Feuchtwanger!

Ihr heutiger Brief setzt eine solche Fülle von Erwägungen in Bewegung oder entbindet sie vielmehr, daß ich Ihnen schnell in einer halben Stunde antworten möchte, die Resultate von über vierzehn Tagen in eine Nuß pressend. Diese erfreulichen Feiern haben in meine unbesonnene Lebensführung immerhin eine Zäsur gebracht. Jetzt bin ich wirklich 65, aber vor dem 10. 11. 52 war ich eigentlich nicht älter als am 10. 11. 32, als wir uns, in Sanary glaube ich, voneinander verabschiedeten. Ich stelle fest, daß ich 24 unbeendete Bücher in meinen Manuskriptschränken habe, darunter die vier unvollendeten Romane des »Grischa«-Werks. Zwei weit gediehene aus der Emigrationszeit und Sammlungen von Aufsätzen und Erzählungen, außerdem »Freundschaft mit Freud« und mein Gedichtband »Jahresringe«. Von der Qualität des Unvollendeten finden Sie in unserem schönen »A. Z.«-Heft von »Sinn und Form« Proben – als ich sie mir vorlesen ließ, jammerte mich der Zustand meiner Augen, meiner Nerven und meine mangelnde Konzentration auf das, was mir not tut. Nach dem Wiener Kongreß werde ich mich von allem zurückziehen, was mich ablenkt, und auch einen modus vivendi mit Akademie und Volkskammer finden, da die Regierung sich mit meinen Ansichten und Absichten voll einverstanden zeigt. Mein Werk muß immerhin so weit gefördert werden, wie es krampflos möglich ist. – Der Fall Michi hat mich natürlich unverschämt viel von dieser Kraft gekostet, was er nicht bemerkt zu haben scheint. Das Wort Ödipus-Komplex trifft den Nagel auf den Kopf. Ich hatte mir bereits bei einer Begegnung mit einem Dr. K. R. Eissler, New York, der mich in Wien für das Freud-Archiv, Washington, aufsuchte, im Hinblick auf Michi den Namen einer analytischen Kraft verschafft, zu der ich ihn schicken wollte. Es handelt sich um Frau Hanna Fenichel, 582 North Wilcox Avenue, Los Angeles, deren Mann oder Bruder mit mir von Prag aus 1936 in freundschaftlichen Kontakt trat. Aus therapeutischen Gründen bitte ich Sie, dem Michi diese Adresse zu geben, als käme sie von Ihnen. Er sollte sich doch einmal mit der Frau über seinen persönlichen Zustand unterhalten. Über die finanzielle Seite weiß ich vorläufig nichts zu sagen. Dr. Eissler schrieb ja auch: »Ich glaube nicht, daß sie Zeit haben wird, ihn in Behandlung zu nehmen, aber sie wird ihn sicher beraten können, was er tun soll, falls Therapie notwendig ist.« – Was meinen Adam anlangt, so will er nach Beendigung seines Examens sich mit uns treffen und danach noch ein Semester in Zürich seine Dissertation beenden. Es könnte sein, daß mir der Wiedergutmachungsantrag meines Hauses Zikadenweg 59 die Westmark dafür verschaffen wird; unsere Notenbank möchte ich dafür nicht noch einmal in Anspruch nehmen, und der (illegale) Umtausch von unserem Geld in Westgeld würde fünfmal so viel Mark verschlingen, als die Sache wert ist. Sie sollten vielleicht doch Ihre Reserve für die Mahlerstraße aufgeben und sich von einem Rechtsanwalt vertreten lassen, da ja die Bundesrepublik sicher noch mehrere Jahre das Volksvermögen verwirtschaften dürfte. – Ob Lola für solche Aufgaben geeignet ist, beurteilen Sie wohl selbst. Sie kommt morgen zu Eislers und taucht damit aus einer Grippe auf, die sie auch für uns seit dem 9. 11. unsichtbar machte. – Über die Ereignisse, die sie damit versäumte, berichte ich Ihnen am besten mit denselben Worten, wie sie an meine Schwägerin gingen: mein Fünfundsechzigster ist äußerst glorreich verlaufen. Die Matinee im Deutschen Theater am 9. vormittags war ausgezeichnet durch die Anwesenheit unseres Präsidenten Wilhelm Pieck, der zu uns in die Loge kam, um mir die Hand zu schütteln, fast mit Tränen in den Augen. Das Programm bestand aus Rezitationen unserer besten Schauspieler und Verlesung von Glückwünschen unserer namhaftesten Kollegen in Deutschland und der Emigration. (Als

Einleitung der Ihre, der von Langhoff mit der ganzen Wärme und Natürlichkeit eines aufrichtig teilnehmenden Kameraden gesprochen wurde, so als käme er aus seinem Herzen, wodurch der Ton für die ganze Matinee angegeben wurde.) Als Musik: Brahms 51,1. Am Nachmittag die nächsten Freunde bei uns. Am Montag früh telefonierten wir zunächst einmal mit Adam, damit er seine Glückwünsche nicht selber bezahlen mußte. Darauf ab zehn Uhr Festsitzung in der Akademie mit der Überreichung des Ehrendoktordiploms der Philosophischen Fakultät der Universität Leipzig. Dann Gratulationsempfang in der Akademie. Blumen so viel, daß heute noch nach vierzehn Tagen unsere Glasveranda für Menschen unbetretbar ist; man kann nur die Pracht der Orchideen- und Zyklamenschalen in der Tür stehend bewundern, herrliche fremdartige Gewächse, von allen hohen Ämtern, einschließlich des Oberbürgermeisters von Groß-Berlin und des Botanischen Gartens in Jena. Über 80 Rosen und die Hälfte der Chrysanthemen sind inzwischen schon verwelkt, was auch gut ist, denn sie hatten nur auf der äußeren Veranda Platz und wären inzwischen schon erfroren. Meine Geschenke stehen auf einer besonderen Liste, die ich beifüge, weil ich unmöglich etwas vergessen möchte. Am Abend war der allgemeine Empfang im Kulturbund-Klub und auch da, wie den ganzen Tag hindurch, nicht ein falscher Ton, keine übertriebenen und noch weniger untertriebenen Reden und eine solche Harmonie und Mitfreude, daß ich noch heute Briefe bekomme, auch von alten Schul- und Kriegskameraden, die sich mit uns freuen. Daß die Post mir etwa 250 Briefe und Telegramme zu beantworten gegeben hat, gehört zu den weniger begeisternden Folgeerscheinungen. Von den Presseäußerungen habe ich überhaupt noch keine Notiz genommen und aus den Zeitschriften nur die der Kollegen angehört. – Nun muß ich mich noch einer zweitägigen Gesamtdeutschen Friedenskonferenz ent- oder unterziehen – falls die Gelegenheit nicht geschaffen wird, daselbst für die Rosenbergs zu plädieren –, und der Wiener Kongreß soll einen Schlußpunkt setzen, wahrscheinlich im Thüringer Wald oder im Erzgebirge. Falls ich mir dabei nicht ein eigenes Manuskript mitnehme, um es mir vorlesen zu lassen, soll die »Berliner Illustrierte« mit dem »Goya« mein geistiges Ergötzen bilden. – Aus Michis Brief geht hervor, daß Sie einen Band von long-short stories nicht zu billigen scheinen, die ich durch Mr. Chambrun Ihrem neuen Verleger anbieten will. Aber »Westlandsaga«, »Pont und Anna«, »Klopfers« in der endgültigen Form, »Schlesische Novelle« und eventuell »Der Spiegel des großen Kaisers« oder »Ein Sou« gäben keinen schlechten Lesestoff und wären für meine amerikanischen Leser neu. Vielleicht sagen Sie mir noch ein Wort dazu. – Ihren Rousseau-Roman erwarte ich mit Ungeduld, vielleicht ergibt meine neue Lebensanordnung die Möglichkeit, ihn mir vorlesen zu lassen, wenn er nicht zu lang ist. Die »Füchse im Weinberg« sind im Begriff zu erscheinen oder schon draußen. Eine Rezension der »Josephus«-Trilogie, von einem hübschen Mädchen geschrieben und gar nicht dumm, stand in der »Berliner Zeitung«. Und die Arbeit Ihres Schützlings Berndt wurde von der Referentin unserer Abteilung Dichtkunst und Sprachpflege einer Analyse und Kritik unterzogen, und zwar so, wie es zu unserer Universitätszeit kein Münchner Privatdozent bewerkstelligt hätte. Die Kritik galt gleichzeitig Ihrem Standpunkt den Geschichtsepochen gegenüber, die Ihre Romane behandeln, weil Berndt sich mit Ihrem Standpunkt identifizierte. Aber davon heute nichts mehr, ich bin schön müde und werde bald wieder sieben bis neun Stunden schlafen, um morgen wieder durch den Schnee zu stapfen und Geburtstag zu erledigen. Wie schade, daß ich nicht zu Ihrem Hause hinübergehen kann! – Und mit diesem Wunsche verläßt Sie

Ihr herzlich an Sie denkender
A. Z.

Manchmal schreib ich auch den »Dr.« mit hin.

Liste der Geschenke

EMW-Wagen viertürig, fünfsitzig, schwarz	Regierung der Deutschen Demokratischen Republik
Musikschrank (Radio, Plattenspieler, Magnetophon)	Sozialistische Einheitspartei Deutschlands
Eßservice, 78teilig (Chinesisches Drachenmuster in Gold aus den Dresdener königl. Porzellanbeständen)	Staatliche Kommission für Kunstangelegenheiten
Sonderdruck »Arnold Zweig«	Aufbau-Verlag, Berlin
»Sinn und Form«-Sonderheft »Arnold Zweig«	Verlag Rütten & Loening, Berlin
Schedels Buch der Chroniken	Schriftstellerverband
Briefpapier, bedruckt	Druckhaus Maxim Gorki
Frauengestalt, Bronze, ca. 20 cm hoch	Prof. Gustav Seitz
Ölbild	Prof. Heinrich Ehmsen
Pastellbild	Prof. Max Lingner
Oskar-Nerlinger-Mappe	Verband Bildender Künstler
Briefkasten, blaues Leder	Deutsche Akademie der Künste
Kopf, Bronze, Arnold Zweig (Prof. Seitz)	Deutsche Akademie der Künste

Brehms »Tierleben«, 3 Bände
Rembrandt (kunsthistorische Würdigung)
Hölderlin, 5 Bände
Dem verklärten Freunde zum Gedächtnis (Gerhart Hauptmann)
»Antiquitez Judaiques«, 2 Bände
Orlik, Neue 95 Köpfe
The Right Playmate
Charles-Augustin Sainte-Beuve
Kleist, 4 Bände (Herausgeber A. Z.)
Klopstock, 2 Bände
Briefmappe
Mehrere Mappen mit Schallplatten
Holzkasten für Münzen
Bastpapierkorb
Singvögeltaschenbuch
»Schlag nach Natur«
Epilog zu Shakespeares »Kaufmann von Venedig« von Arnold Zweig (kunstgeschrieben und gebunden)
Briefbeschwerer
Schal
Krawatte
ca. 30 Blumenschalen, Orchideen, Zyklamen usw.
ca. 30 Blumensträuße, Rosen, Chrysanthemen usw.

Diese Reproduktion haben alle Gratulanten per Post erhalten. Für die köstlichen Blumen und Gaben ein schwacher Dank!

Euch zum Dank

Älter zu werden ist kein Vergnügen
Aber soviel Freundlichkeit kriegen,
Von alten und neuen Bekannten verwöhnt,
Wohl kritisiert, aber nie verhöhnt –

Freunde; unter dem alten Mond
Dieser zehnte November hat sich gelohnt.
Schieb's auch nicht auf die lange Bank:
Freundin, Freund, habt Dank, habt Dank!

Berlin-N[ieder]sch[ön]h[au]s[e]n Arnold Zweig
26. Nov. 1952

355 Feuchtwanger an Zweig

Pacific Palisades, Calif.
6. Dezember 52

Liebster Zweig,

die frische und anschauliche Schilderung der Feier Ihres Geburtstags hat uns große Freude gemacht.

Das Erfreulichste daran ist, daß einige Sätze so wirklich jungenhaft klingen. Ich bin sicher, daß Ihnen noch lange gute Zeiten bevorstehen.

Was man über Sie veröffentlicht hat, wird erst nach Wochen bei uns eintreffen. Post aus Deutschland braucht furchtbar lang. Wohl aber habe ich das Heft des »Aufbaus« bekommen, in dem die Skulptur von Seitz reproduziert ist. Sie ist außerordentlich geglückt und gibt mehr von Ihnen als jede Fotografie.

Über Einzelheiten schreibe ich Ihnen nächstens. Ich wollte sehr schnell und unter dem frischen Eindruck Ihres Briefes mitteilen, welche Freude mir Ihre Schilderung gemacht hat.

Herzlich und immer

Ihr
Feuchtwanger

356 Zweig an Feuchtwanger

Homeyerstraße 13
Berlin-Niederschönhausen
9.[und 3.] 1. 1953

Liebster Feuchtwanger!

Grauer Himmel und eine gewisse Ermüdung als Folge des Wiener Kongresses haben mich verhindert, Ihnen schnell zu schreiben, daß »Goya« und der »Jean-Jacques« während meiner Abwesenheit eingetroffen sind und daß ich Ihnen herzlich gratuliere. In letzteren habe ich bereits reingeschnuppert und wünsche mir weiter nichts – bin ich nicht bescheiden? –, als daß Sie mir, lieber Feuchtwanger, wie in vergangenen Jahren, das ganze Werk vorlesen könnten, wozu ich gerne zu Ihnen herüberkäme, nämlich in die Mahlerstraße, nicht nach Pacific Palisades. Den letzteren Wunsch brauche ich gar nicht erst zu unterdrücken, er kommt schon so nicht erst zum Bewußtsein, nicht nur, weil ich weit davon entfernt bin, Unmögliches zu begehren, sondern weil mich die Vorarbeit der Schlußarbeit an »Frage und Antwort 1917« aufs lustvollste an meinen Schreibtisch und meine Mappen fesselt. Da wir gerade die Freude haben, unseren Adam bei uns zu sehen, ist auch die Sehnsucht nach Michi ein wenig in den Hintergrund getreten; er hat hoffentlich seine Bücher bald bekommen, wenn auch noch nicht den versprochenen längeren Brief, an dem mich die Fahrt nach Wien hinderte.

Über den Kongreß haben Sie sicher mehr gelesen als alle bürgerlichen Wiener. Stellen Sie sich vor, daß nur die kommunistische Presse der Stadt, in der einst ein Wald von schreibtollen Journalisten existierte, von dem Kongreß Notiz nahm oder nehmen durfte, der fast 2000 Delegierte von 70 oder 80 Völkern im Konzerthaus vereinigte! Die Anstrengung, die er mit sich brachte, wirkte sich erst nach meiner Rückkehr aus, da außer

Dita auch Adam, jetzt Dr. med., zur Abholung auf dem Bahnhof erschienen waren. Wie sehr er sich geistig nach der medizinischen und schwachstromelektrischen Seite hin entwickelt hat, beweisen seine guten Noten, und geistig wie menschlich ist er der angenehmste Umgang, den man sich nur denken kann. Nur politisch hapert es bei ihm noch, was ich aber ohne Widerspruch hinnehme und unaufdringlich korrigiere. Ich brauche dabei nur die Wirkung der Realität zu unterstützen, die ihn hier umgibt und die ihn allmählich auch entschweizert, nachdem ihm die beiden letzten Jahre bereits die Rückkehr nach Israel ausgetrieben haben.

Ich mache Ernst mit dem Beiseiteschieben aller derjenigen Tendenzen, die mich von der Arbeit ablenken; nur die Akademie lasse ich weiterhin, wenn auch im eingeschränktesten Maße, innerhalb der Wirksamkeit meines Bewußtseins. »Frage und Antwort« wird mich kaum länger als noch einen Monat beschäftigen; die Komposition von »Das Eis bricht« durchsetzt mein ganzes unbewußtes Planen und Ordnen. Nicht einmal in Wien hat diese Arbeit pausiert, und fast jeden Tag schiebt sich eine neue Facette der Romanhandlung in den Vordergrund. Der Plan zu diesem Buche scheint mir der schwierigste zu sein, den ich je zu gestalten hatte; der Held, Fritz Karl Verdy, Pressefotograf aus Berlin, zeichnet sich nämlich dadurch aus, daß er sich nicht entscheiden kann, zu welchem Lager er gehört: zum unteroffizierlichen, dem er seinem Rang nach verpflichtet ist, oder zum offizierlichen als Sohn eines Obersten, der ihn aber vermuteter Nichtvaterschaft wegen hinter den jüngeren Sohn zurückschiebt. Ich sehe schon, lieber Feuchtwanger, Ende dieses Monats kriegen Sie den Durchschlag der Synopsis von »Das Eis bricht«, vielleicht sogar den Durchschlag meines Fahrplans für das Diktat, dessen Beginn ich mit Ungeduld erwarte.

Vor drei Tagen schrieb ich für »Heute und Morgen« Ihnen einen Glückwunschbrief zur Wiedereinsetzung als Dr. phil., den Durchschlag finden Sie anbei. Über eine Unterhaltung mit dem Aufbau-Verlag, dem 30% des Papiers gestrichen sind, berichte ich Ihnen das nächste Mal; die Neuauflagen unserer Bücher werden 1953 wohl zurückstehen müssen.

Und nun ein herzliches, sehr verspätetes Prosit Neujahr und alles Gute

Ihr alter
A. Z.

[Beilage:]

3. Januar 1953

Liebster Feuchtwanger,

wer wäre auf den Gedanken gekommen, daß ich Ihnen für Ihren wahrhaft entzückenden und herzlichen Geburtstagsbrief fast genau zwei Monate später einen bei weitem nicht so ausführlichen, aber ebenso warm gefühlten Gegenbrief schreiben würde!

Eben erfahre ich von der Redakteurin dieser Zeitschrift und dem Greifenverlag, daß Ihnen 1933 die Nazis jene Doktorwürde aberkannten, die mir soeben dank der Freundlichkeit der Leipziger Fakultät ehrenhalber zuerkannt worden ist – jenen Dr. phil., den Sie sich seinerzeit bei unserem alten Hermann Paul redlich verdient hatten. Ich erinnere mich noch, wie Sie mir einmal lachend – denn damals lachten wir noch in enger Nachbarschaft – von der Habilitationsschrift berichteten, die Sie auf seinen Wunsch angefangen hatten, um sich als Privatdozent an der Münchener Universität niederzulassen, und daß Sie dafür eine Menge Schädelmessungen hatten anstellen müssen. Seither ist das Messen von Schädeln eine nicht mehr ganz angenehme Erinnerung. Es liegen zu viele unbeerdigt oder beerdigt auf allen Schlachtfeldern der Erde, und Sie wie wir haben nur einen Mittelpunktgedanken: daß es gelingen möge, den Weltkrieg Nr. 3 am Verhandlungstisch zwischen den fünf Großmächten oder den vier an Europa interessierten gütlich zu vermeiden, mit Hilfe jenes Kompromisses, das schon Adam und Eva hätten schließen sollen. Jetzt lacht die reizende Schreiberin dieses Briefes, und ich lache auch, und so sage ich: es ist niemals zu spät, aus einer rasenden Unvernunft etwas Vernünftiges zu gestalten, aus dem nur noch schwer erinnerlichen Toben der Herren Rust und Konsorten von 1933 einen Wiedergutmachungsakt von 1953 zu destillieren.

Lieber Feuchtwanger, vor einem halben Jahr etwa streiften meine Frau und ich durch das, was einmal München war, unser München, die Theresienstraße, die Türkenstraße, die Amalienstraße mit der Kehrseite der Universität. Mitten in den von Bomben zermürbten Bau unseres alten Quartier latin haben die gegenwärtigen Machthaber, die Amerikaner, Boardinghouses hingebaut – hingehauen, möchte man sagen, und überhaupt ist das von Autos durchsauste München, Autos, wie Sie sie zwischen Los Angeles und Santa Monica sehen, in gar keiner Weise mehr unsere alte Jugendhauptstadt. Aber nun, da Sie wieder Dr. phil. unserer alten Universität sind, deren Vorderfront die Ludwigstraße schmückt, schiebt sich mir unser Englischer Garten vor das innere Auge, der Weg von der Ludwig- zur Königinstraße und bis zum Chinesischen Turm hinunter, und der ist noch, was er war: Landschaft und Stadtschaft unserer Jugend, jene Vereinigung von süddeutscher Kultur und Alpenvorland, die wir an München so liebten. Und in diesem Sinne, liebster Feuchtwanger, drücke ich Ihnen heute die Hände, am 3. Januar 1953, und wünsche Ihnen, daß Sie sich in Ihrer unermüdlichen Produktivität leise schmunzelnd einem neuen Manuskript zuwenden und den Dr. phil., den ich Ihnen in diesem Brief unterschlagen habe, gelegentlich wieder einmal auf einen Ihrer Briefbogen drucken lassen, mit denen Sie sich zweifellos nach Ihrer urbanen Art beim Münchener Dekanat bedanken werden. Bei uns brauchen Sie sich nicht zu bedanken; wir, der Greifenverlag, Ihre Leserschaft, unsere Akademie der Künste und alle Ihre Kollegen, nehmen mit stillem Entzücken Ihre beiden letzten Bände in die Hand, den »Goya« und die »Narrenweisheit«, und hoffen, Ihnen bald einmal persönlich die Hand zu drücken, was seit 1939 nicht mehr tun konnte

Ihr in alter Freundschaft hinüber nach dem

Fernen Westen blickender
Arnold Zweig

357 Feuchtwanger an Zweig

Pacific Palisades, Calif.
15. Januar 53

Liebster Zweig,

ich habe mich sehr gefreut mit Ihrem Brief vom 9. Januar.

Hier waren inzwischen wilde Gerüchte im Umlauf über die »Ungnade«, in welche unsere Berliner Freunde gefallen seien, im Zug der »Pogrome«, die in allen Sowjetländern stattfänden, und auch Ihr Name wurde sehr häufig in den Zeitungen genannt. Ich brauche Ihnen nicht zu sagen, daß wir diese Geschichte nicht ernst genommen haben.

Immerhin hat mir die fröhliche Stimmung Ihres Briefes Freude gemacht. Ich habe gerade auch, ziemlich spät, das Ihnen gewidmete Sonderheft von »Sinn und Form« bekommen, und ich habe mit größter Anteilnahme Ihre Beiträge gelesen, die mir zum Teil gänzlich, zum Teil nur in einer früheren Fassung bekannt waren. Die neue Version des »Bonaparte« finde ich sehr geglückt; freilich muß wohl für praktische Zwecke ganz außerordentlich gestrichen werden, und zweifelhaft ist mir, ob die Selbstimpfung des Doktor Desgenettes nicht des Guten ein bißchen zu viel tut. Ich sehe natürlich den dialektischen Wert dieses Handlungsmomentes, aber ich würde davor zurückscheuen.

Sehr starken Eindruck gemacht hat mir das »Tagebuch«, gerade weil es, unretuschiert, wie es ist, so viele glänzend fertige Partien hat. Viele Landschaftsimpressionen bleiben einem haften, und ganz ausgezeichnet finde ich die Absätze über Shakespeare. Darüber sollten Sie einen größeren Essay schreiben.

Überhaupt – das wissen Sie ja, liebster Zweig – bewundere ich die Leichtigkeit und Eleganz, mit der Sie in Ihren Essays schwierige Zusammenhänge darzustellen vermögen. Der mir unbekannte kurze Abriß der Geschichte Palästinas ist ganz herrlich. Sie sollten die besten Ihrer Essays einmal in einer kleinen Sammlung vereinigen, aber die Mühe nicht scheuen, wirklich nur die besten auszuwählen. In Brechts herrlichem Band »100 Gedichte« sind 50 weniger herrlich.

Geschmunzelt habe ich über den liebenswerten Glückwunschbrief zu meiner neuen Promotion.

Schreiben Sie recht bald wieder und sehr ausführlich. Ich kann Ihnen gar nicht sagen, welch tiefe Genugtuung ich spürte bei Ihrer Mitteilung, daß Sie nun wieder mit Vollkraft an richtige Arbeit gehen.

Ihnen und Dita alle herzlichen Wünsche.

Ihr
Feuchtwanger

358 Zweig an Feuchtwanger

Homeyerstr. 13
Berlin-Niederschönhausen
24. 1. 1953

Liebster Feuchtwanger!

Sie werden wohl verstehen, warum ich für diesen Artikel die Briefform an Sie wählte. Er soll in der VVN-Zeitung »Die Tat« erscheinen. Ich bin begierig, wie es ihm ergehen wird. Inzwischen ist Ihr Prachtpaket angekommen und wird mit vielem Dank aufgegessen. Genüsse dieser Art können wir aber in unseren HO-Läden kaufen, entsprechend unseren Einkünften. Unser Adam ist jetzt bei uns, ein interessanter, gescheiter, in zwei Fächern gründlich gebildeter junger Mann, der jetzt die Schweiz an die Stelle von Israel gesetzt hat, aber keineswegs mehr so täuschungsvoll wie in seiner ersten Phase. Vielleicht gelingt es uns, ihn hierherzulotsen. Die Lola scheint immer noch da zu sein, aber ich habe meine verschiedenen Funktionen ja nicht aufgegeben, um Teebesuche zu unterhalten. Daß ich im eigenen Hause von Frau und Sohn mit dem Westmüll überschwemmt wurde und ihn für Wahrheit halten sollte, bereitete mir harte Tage. Ich konnte mich aber beherrschen, besser als früher, und spüre den Erfolg. Becher ist inzwischen nach Moskau geflogen, um den Stalin-Friedenspreis einzuheimsen. Es wäre hübsch, wenn er etwas aus Moskau mitbrächte, was die Angelegenheit der neun jüdischen Ärzte verständlicher macht. Haben Sie die Faustdichtung von Hanns Eisler schon erhalten? In »Sinn und Form« finden Sie ein großes Stück davon und ebenso viel von Ernst Fischers Lobgesang darauf.

Und damit, lieber Feuchtwanger, das herzlichste shakehands von Ihrem, mit zwei Romanen heftig beschäftigten

A. Z.

[Beilage:]

24. 1. 1953

Lieber Feuchtwanger!

Daß die westliche Welt, und genauer gesagt die westliche Druckerpresse, auf die Vorgänge in Prag und Moskau mit hohen Anklagewellen unseres Antisemitismus wegen reagieren würde, war vorauszusehen und hat Sie sicher nicht beirrt, da ja dort kein Rassenhaß entstehen kann, wo der Kampf zwischen den Klassen aus einer verdeckten zu einer offenen politischen Parole wurde und ausgefochten ist. Andererseits war ebenso vorauszusehen, daß auch die Menschen jüdischer Abstammung in der DDR noch nicht abgehärtet sein konnten gegen Schlagworte und Anwürfe, für sie nicht unähnlich denen, die sie fünfzehn Jahre hindurch in der Hitlerpresse hatten schlucken müssen. Daher haben sich da und dort jüdische Menschen in ihrer staatsbürgerlichen Situation erschüttert gefühlt, obwohl östlich der Elbe Antisemitismus eine gesetzlich strafbare Handlung ist. So wurden nicht nur in Berlin, sondern auch in der DDR Posten verlassen und Stellungen geräumt, in einzelnen Orten und unter Umständen, die ihre Aufklärung schon noch finden werden. Einige, deren plötzliche Abwesenheit uns schockartig traf und deren Flucht rationell kaum zu erklären ist, werden fortfahren, uns zu beschäftigen. Die armen Leute! Es ist ja völlig klar, daß diejenigen sich ins Unglück stürzen, die in Westberlin oder in der Bundesrepublik untertauchen; der politische Kampf, der dort ausgefochten wird zwischen dem Friedenswillen der Bevölkerung und den Machtgelüsten faschistenfreundlicher Revanchegruppen, wird sie zerreiben. Was uns anlangt, die wir den Kampf gegen den Antisemitismus immer als eine Teilfront unseres antifaschistischen Widerstandes erlebt haben, fühlen wir uns nach wie vor in unserer Haut und unserer DDR wohl und zu Hause, abgesehen davon, daß wir die journalistischen Künste uns nahestehender Organe zum Gegenstand einer Erörterung mit ihnen machen werden, wenn unsere augenblicklichen wirtschaftspolitischen Sorgen behoben sind. Daß in der zionistischen Bewegung, diesem Stiefbrüderchen des Sozialismus von 1880, ein idealistisches Element lebendig war, das noch heute unter der israelischen Bevölkerung pulsiert und pocht, brauche ich Ihnen nicht in Erinnerung zu bringen, dessen so geglückte »Josephus«-Trilogie vom jüdischen Krieg jetzt eben wieder in der schönen Ausgabe des Greifenverlages eine neue Generation von Lesern bezwingt. Unsere journalistischen Freunde aber hätten sich bei uns informieren sollen, bevor sie ihre Schreibmaschinen öffneten, wie sehr das Werden der zionistischen Armee und ihre Taten im zweiten Weltkrieg und nach diesem dieselben Erscheinungen und Gründe einer staunenden Welt vor Augen führten, die jetzt bei uns als Parallele zum Befreiungskrieg von 1813 wieder beschworen werden. Daß man vieles in der Welt fälschen und alles in ihr mißbrauchen kann auf kurze Zeit, wissen wir ja nicht erst von Abraham Lincoln her, so daß zionistische Politik im Laufe der Jahrzehnte in mehreren Farben zu schillern vermochte, mit sozialistischen Menschen und utopisch-kommunistischen Siedlungen als imperialistischer Vorposten erst des britischen und schließlich des USA-Kapitals. Wenn man aber eine Nation zum erfolgreichen Widerstand gegen Aggressoren aufruft und sie mit allen Mitteln an ihre tapferen Taten von vor 150 Jahren erinnert – kann man da eine Bewegung verächtlich machen, die vor zehn Jahren ein anderes unvergleichlich kleineres Volk befähigte, seine nationale Wiedergeburt durch glänzende Waffentaten gegen einen viel stärkeren Feind unter Beweis zu stellen? Ich war doch während der Eroberung Haifas durch die damals als »Haganah« (Selbstwehr) getarnte israelische Miliz in unserer Wohnung an der Carmel Avenue Ohrenzeuge jener Tage und erhielt ganz frische Berichte unserer sozialistischen Mitkämpfer von diesem unwahrscheinlichen Ereignis. Die Hafenstadt Haifa fiel in einer Nacht – und dabei hatten wir uns auf langwierige Artilleriekämpfe vorbereitet und sehr für meine Bibliothek, meine Manuskripte und die Bilder meiner Frau gebangt, da das Haus, in dem wir wohnten, hölzerne Balkenkonstruktionen und Treppen besaß. Die Eroberung der Hafenviertel ging aber über die Dächer vor sich, und arabische Gefangene sagten danach zu den vernehmenden arabisch sprechenden Beamten: »Die Juden? Das waren keine Juden, die mit Handgranaten von den Dächern auf unsere Balkons sprangen und uns zur Übergabe zwangen. Das waren 25000 Teufel aus der Roten Armee.« Daß diese verkappten Rotarmisten sich widerstandsloser als unsere westdeutschen Kameraden in die Front der Kriegsmacher werden einreihen lassen, das glauben weder Sie, lieber Feuchtwanger, noch, hoffentlich, unsere Pressemänner, noch gar

Ihr herzlich grüßender
Arnold Zweig

359 Feuchtwanger an Zweig

Pacific Palisades, Calif.
2. Februar 53

Liebster Zweig,

Ihr Brief vom 24. Januar klang beruhigend, freilich nicht so beruhigend, wie ich gerne gewünscht hätte. Ich habe inzwischen Nachricht auch von Lou und von Lola, indirekt auch von Brecht. Auch mit Michi hatte ich eine lange Unterhaltung, der seinesteils wieder andere Nachrichten hat, abgesehen von Ihrem Brief. Er ist jetzt in ein Büro in unserer Nähe versetzt worden und benützt häufig seine freie Zeit, mit mir zu telefonieren.

Ihr offener Brief an mich ist tapfer und muß Eindruck machen auf alle, die nicht allzu verbohrt sind.

Den »Faustus« hatte mir Hanns im Manuskript geschickt, ich schätze von ganzem Herzen, was mir daran geglückt scheint, ich habe ihm aber auch meine Bedenken sehr offen dargelegt. Den Aufsatz von Ernst Fischer habe ich gelesen.

Von Thomas Mann und von den Chaplins habe ich ausführliche Briefe aus der Schweiz; beide rechnen damit, mich bald dort zu sehen. Das hat aber seine gewissen Schwierigkeiten.

Die amerikanische Übersetzung von »Narrenweisheit« ist gar nicht geglückt. Sie ist überdies in einer unrevidierten Form in den Korrekturbogen bereits an eine Menge Leser gegangen. Mit solchen und ähnlichen Widerwärtigkeiten habe ich viel zu tun.

Ich kann aber wohl noch diese Woche wieder an ernsthafte Arbeit gehen, und ich höre mit Freude, daß auch Sie tief untergetaucht sind in ernsthafte Arbeit.

Viel Glück!

Immer Ihr
Feuchtwanger

360 Zweig an Feuchtwanger

Homeyerstraße 13
Berlin-Niederschönhausen
14. 2. 1953

Liebster Feuchtwanger!

Daß ich Ihre beiden besonders eingehenden und freundschaftlichen Briefe von diesem Jahr erst heute richtig beantworte, hat mehrere, aber lauter angenehme Gründe. Der erste ist Adams Anwesenheit – er wird uns erst Mitte nächster Woche verlassen. Wie begabt dieser junge Mann als Mediziner, als Elektriker und als Musiker sich entwickelt hat – er hat ausgerechnet die Orgel zum Instrument erwählt und darf hier an Wochentagen die Kirchenorgeln benutzen –, das füllt jede Stunde des Tages mit den wärmsten Empfindungen, besonders da er sich wieder ganz, im Menschlichen, an uns angeschlossen hat und unsere politische Differenz sich nur vorsichtig äußert. Vielleicht gelingt es mir, ihn dazu zu bringen, daß er seine Assistentenjahre hindurch in der DDR arbeitet, was aber vorläufig noch auf große Schwierigkeiten stößt. Über die Politik der Israeli brauche ich Ihnen nichts zu sagen. Sie hat sich zwangsläufig entwikkelt und Adam innerlich schon weit von ihr weggetrieben. Aber die Paßfrage!

Der zweite Grund: ich habe den Roman »Frage und Antwort« noch einmal vorgenommen, da der Verlag mir an mehreren Stellen Einwände gemacht hatte; das Manuskript lag fast ein Jahr bei Schroeder und Wendt. Nun, diese Einwände erwiesen sich als höchst fruchtbar. Ich begann also, mir ihn noch einmal ganz vorlesen zu lassen und siehe da, die gestaltende Phantasie bemächtigte sich seiner, so daß ich ganz neue Stücke aus der Erinnerung hervorholte und nach mehreren Seiten hin Brücken zu den schon erschienenen Teilen des Gesamtwerkes schlug. Da meine Art zu arbeiten im Diktieren so flott ist wie nur je, beim Überhören und Korrigieren aber ganz ohne Augen auskommen muß – selber lesen kann ich nur bei Sonnenschein, und der ist bei uns jetzt eine rare Ware –, schreiten wir langsam vorwärts, werden aber, glaube ich, Mitte April das Buch in Satz geben können.

Die Gerüchtoffensiven gegen uns hatten natürlich auch rundum Wirkungen ausgelöst, die von einer überaus angreifbaren eigenen Presse nicht gemildert wurden.

Dennoch bin ich natürlich in keiner Weise von all dem Zeug tangiert, das jetzt vorgegangen sein sollte; gestern nachmittag hatte ich eine angenehme und interessante Unterhaltung mit unserem Nachbarn Albert Norden und seiner Frau, eine Woche vorher waren wir bei Gerhart Eisler und Hilde, und meine Tätigkeit in der Akademie setze ich durchaus fort, wenn ich ihr auch weit weniger Zeit als früher zugestehe. Lola haben wir nur einmal gesehen, Lou aber hat mir vor ein paar Tagen von »Narrenweisheit« vorgeschwärmt und eine ausgezeichnete Seite vorgelesen, so daß ich mich darauf freue, mir dieses Buch im Spätfrühling mitzunehmen, wenn wir uns in Österreich erholen, während »Frage und Antwort« gesetzt und von meiner trefflichen Sekretärin korrigiert wird. An sich würde ich im Sommer gleich »Das Eis bricht« vornehmen – aber wann soll ich meine Aufsätze sammeln und auswählen, von denen Sie so freundschaftlich sprechen? Für das »A. Z.«-Buch, dessen Beifall bei Ihnen, oh, ausgezeichneter Leser! mir bannig wohltat – für dieses Heft hatte ich meinen großen Sternheim-Aufsatz bearbeitet, weil Huchel ihn unbedingt dafür haben wollte. Da aber die Bibliographie einen so unerwartet großen Raum einnahm, erscheint er erst in diesem Heft von »Sinn und Form«; wenn Sie ihn gelesen haben, werde ich Sie fragen: soll ich solcher Aufsätze wegen das »Eis« auf den Herbst verschieben, im Sommer aber mehrere Sammelbücher theoretischer und beschreibender Prosa vorbereiten und außerdem ein fast fertiges Buch mit Entwürfen und ausführlichen Szenarios zur Anleitung für unsere Filmschaffenden zusammenstellen? Und außerdem: meine Stücke! Im »Bonaparte« ist die Handlungsweise Desgenettes' dokumentarisch belegt. Wer aber soll ihn zurechtstreichen? Dann sind meine Komödien wieder aufgetaucht, besonders »Die Lucilla«, welche Aussicht hätte, *die* Komödie des besetzten Gebiets zu werden. Als einziges meiner Stücke ist sie leider von den übermütigsten Sternheimiaden des Stils voll und müßte ganz durchgearbeitet werden! Und da ist »Laubheu und keine Bleibe«, »Austreibung 1745«, das »Grischa«-Stück – kurz, das Drama lockt mich heftig, während die Sektion Darstellende Künste mich als Dramatiker radikal verleugnet ... Nun haben wir noch andere Theater, und, meinem trotzigen Gemüt folgend, möchte ich Brecht und Langhoff zeigen, daß ich mich nicht als Romancier spezialisiert habe.

Den kleinen Aufsatz, den ich Ihnen schickte, haben die VVN-Leute schließlich doch nicht gebracht; dagegen hat Geßner im Radio zur Frage der Zionisten und des Antisemitismusgeredes auf gut Münchnerisch polemisiert und das »Neue Deutschland« auf seine Weise orakelt. Das Tel-Aviver Attentat hat ja dann der ganzen Angelegenheit eine so brüske Wendung gegeben, daß man zunächst öffentlich nichts mehr sagen kann. Daß ich aus Israel keine Zeile zu meinem 65. und danach erhalten habe, auch von Lily nicht, nur von Ludwig Strauß und meinen Verwandten in Haifa, hat ja wohl auch seine Gründe.

Das Wichtigste zuletzt, liebster Feuchtwanger. Wenn ich Sie durch die Macht meiner Gedanken hätte bestimmen können, Thomas Mann und Chaplin zu folgen, so wären Sie wohl schon in der Südschweiz angesiedelt. Dann würden wir natürlich mit Besuch und Gegenbesuch wieder in die Lage kommen, uns von Briefen zu emanzipieren! Wie mir Lou und Lola Ihre Umstände schildern, wäre es ja kein kleiner Ruck – aber auch Sanary war eine gute Stätte für Arbeit, Gespräch und Erholung, und Freundschaften wie die unsere gehören ja zu den besten Dingen, die das Leben in unserer Zeit der großen Umwälzung zu verschenken hat. Den fünfundfünfzigjährigen Brecht will ich nächste Woche besuchen, er lag wieder zehn Tage in der Klinik, war aber am Telefon munter wie immer.

Und so verlasse ich Sie für heute nach diesem ausgiebigen Plausch und freue mich, daß wir Zeitgenossen sind und uns so unverbrüchlich mögen.

Herzlich wie immer
Ihr
alter Zweig

PS Dem allzu schweigsamen Michi unsere herzlichsten Grüße. Könnten Sie ihm den Rat weitergeben, sich an Frau Fenichel zu wenden? Adam geht seinerseits stark auf Ausübung der Psy[cho]-Anal[yse] aus, aber streng nach Freud + Physiologie.

361 Zweig an Feuchtwanger

Homeyerstraße 13
Berlin-Niederschönhausen
24. 4. 1953

Liebster Feuchtwanger!

Nicht ohne Beunruhigung stelle ich fest, daß Sie, der pünktlichste Antworter, mir meinen letzten Brief noch nicht bestätigt haben, zwei lange Seiten vom 14. 2. Da wir in argwöhnischen Zeiten leben, sucht man manchmal Ursachen solcher Pausen außerhalb des Gewöhnlichen, wozu ich auch intensive Beschäftigung mit einem neuen Werke rechne. Aber vielleicht geben Sie mir doch bald Nachricht, ob bei Ihnen alles in Ordnung ist oder ob Sie gar mit einer Europa-Tour beschäftigt sind und unsereinen mit einem telefonischen Anruf aus einem Berliner Hotel überraschen wollen. Dort würden Sie erfahren, daß man nach dem demokratischen Sektor Berlins von den Westsektoren aus nicht telefonieren kann.

Uns geht es ausgezeichnet – nur eine Veränderung

melde ich Ihnen: gestern ist das Amt des Präsidenten der Akademie auf Johannes R. Becher übergegangen. Er soll das von mir aufgebaute Werkzeug streitbar und tagespolitisch in den Kampf der Meinungen einschmelzen und die Akademie von den Hemmungen befreien, die andere Organisationen der Kunstpflege und -leitung während unserer ersten drei Jahre uns zu bereiten nicht aufhörten. Da ich all das gedruckte Tageszeug weder lesen kann noch will und mein Unbehagen mit der Kunstentwicklung nicht verhohlen habe, die sich auf allen Sparten betätigt, bin ich wirklich nicht mehr der geeignete Präsident. Daß es mir schwer war, die Akademie aus der Hand zu geben, brauche ich nicht zu leugnen; aber wir haben in langen loyalen Gesprächen alle unsere Probleme ausgefochten, und so ziehe ich mich mit einer anständigen Pension auf mein Werk zurück. Sie werden ebenso zufrieden damit sein wie Dita, und zum letzten Mal werde ich die Akademie vertreten, wenn ich Sonntag mittag unserem Erich Weinert die Grabrede halte. Meinem Roman, dem ich seit etwa 14 Tagen untreu werden mußte, wird der Wechsel ausgezeichnet bekommen – »und das ist die Hauptsache, kommen Sie, Kohn!«

Inzwischen habe ich mir ein schönes Stück Ihres prachtvoll geglückten »Rousseau« vorlesen lassen können und verschweige Ihnen zwei Einwände nicht, da meine freudige Zustimmung doch bald gedruckt werden wird. Der erste: ich bin mit dem Titel »Narrenweisheit« ebensowenig einverstanden wie mit den »Füchsen im Weinberg«. Beide verbergen mehr als sie zeigen die wesentliche Achse Ihrer Reifewerke. Und der zweite Einwand: die furchtbare Realität der bürgerlichen und bäuerlichen Misere des Ancien régime kommt in keiner Weise zu der Geltung, die die französische Revolution notwendig erscheinen läßt und sie rechtfertigt. – Und nun schließe ich für heute, noch herabgestimmt und müde nach der gestrigen fünfstündigen Akademiesitzung. Aber ich liege im Garten, der ganze Monat April war wolkenlos und warm, der Garten grünt wie toll, und Amsel, Drossel, Fink und Star wetteifern mit der Schreibmaschine – was will ich mehr?

Eine baldige Antwort von Ihnen! Und somit grüßt herzlich wie immer

Ihr
Arnold Zweig

362 Feuchtwanger an Zweig

Pacific Palisades, Calif.
2. Mai 1953

Liebster Zweig,

ich hätte Ihren schönen und ausführlichen Brief vom 14. Februar längst beantwortet, wenn ich nicht angenommen hätte, Sie seien in der Sächsischen Schweiz oder in Österreich. Ich wartete immer auf kurze Nachricht von Ihnen, was sich nun eigentlich ereignet hat.

Ihr Brief vom 24. April gibt ja nun Nachricht und eine im ganzen erfreuliche. Ich bin froh, daß Sie die letzten Endes doch wenig produktive Beschäftigung mit der Akademie los sind und sich ganz richtiger Arbeit zuwenden können. Was ich in jenem »Arnold Zweig«-Heft von »Sinn und Form« las, bestätigt zu Recht, daß Sie eben Schriftsteller sind und nochmals Schriftsteller und sich mit Nebendingen nicht abgeben sollten. Mir selber wird jeder kleine Aufsatz, ja, jede kleine Erklärung, die ich schreiben soll, immer verhaßter, weil sie mich von meinem Werk abzieht, und ich bin von Herzen froh, daß Sie nun die kommenden Jahre über das treiben, und hoffentlich nur das, wofür Sie gemacht sind.

Was den »Jean-Jacques« anlangt, so ist der wirkliche

Titel natürlich nur »Tod und Verklärung des Jean-Jacques Rousseau«, und ich bin froh, durchgesetzt zu haben, daß dieser Titel auch in allen Ausgaben erscheint, wenn freilich nur als Untertitel. Denn genau Tod und Verklärung des Rousseau werden in dem Buch erzählt, davon handelt es und von nichts anderm. Mit »Waffen für Amerika« ist es ähnlich. Der einzige Titel ist natürlich »Waffen für Amerika«, aber aus naheliegenden Gründen haben sich alle Verleger, wirklich alle, dagegen gesträubt. Nur die erste deutsche Ausgabe trägt diesen Titel, und es scheint, daß die allerletzte westdeutsche Ausgabe ihn wieder tragen wird.

Schmunzelnd habe ich von den Akrobatenstücken Fechters gelesen, wie er die Tendenz des »Grischa« bald so ausdeutet, bald so. Übrigens sehe ich zu meiner Freude, daß trotz kalten Krieges der Platz des »Grischa« in der Weltliteratur auch im Westen nicht angestritten wird. Da gibt es ein komisches, aber sehr verbreitetes Buch hier in Amerika, erschienen bei Harper. Es heißt »Masterpieces of World Literature in Digest Form«, edited by Frank N. Magill, und es enthält kurze Inhaltsangaben der Werke, welche die Amerikaner für die wesentlichste Literatur halten, von Homer über Shakespeare bis – nun eben bis Arnold Zweig. Und infolge des Alphabets schließt der Autorenindex mit Ihnen. Vor Ihnen steht: Zola, Emile, »The Downfall« and »Nana«.

Mir geht es nicht schlecht. Das amerikanische Schicksal des »Jean-Jacques« wird sich erst in drei bis vier Wochen übersehen lassen; vorläufig scheint alles gut zu gehen. Eine kleine, seltsame Sache. In New York hat man meinen »Teufel in Boston« jiddisch gespielt in einer, wie es heißt, herrlichen Aufführung. Die Aufführung konnte deshalb so gut sein, weil so viele Schauspieler durch ihr Erscheinen vor dem unamerikanischen Komitee in regulären Theatern boykottiert werden – und sehr viele dieser Schauspieler sprechen jiddisch. Wie immer, Stück und Aufführung wurden gerade von der ganz rechtsstehenden New York »Daily News« und dem sehr angesehenen Rezensenten Chapman außerordentlich gelobt.

Das nächste Mal schreibe ich Ihnen von dem neuen Buch, an dem ich arbeite und das technisch besondere Schwierigkeiten bietet, mir aber vielleicht gerade deshalb große Freude macht.

Einen guten Frühsommer
wünscht Ihnen sehr herzlich
Ihr
alter
Feuchtwanger

363 Zweig an Feuchtwanger

Homeyerstraße 13
Berlin-Niederschönhausen
12. 6. 53

Liebster Feuchtwanger!

Stellen Sie sich vor, daß ich alter Schriftsteller mich in einer eigenen Falle gefangen habe: ich hatte mir zum Ziel gesetzt, den Roman »Frage und Antwort« bis morgen abzuschließen und dann zur Belohnung nach Budapest und Wien zu fahren – das erstere zum Weltfriedensrat, das zweite aus privaten Absichten. Nun muß ich morgen abfahren und den Roman auf seinem spannendsten Höhepunkt unterbrechen! Es wird ihm zwar nichts schaden, mir aber verdirbt es die Lust an der Reise, da es mich schon jetzt wieder an den Schreibtisch zurückzieht, inmitten einer von Sommergrün, Rosen und Vögeln beherrschten vertrauten Landschaft. Dazu kommt, daß in Wien inzwischen unsere Freundin Lou sich einer recht schweren Operation unterzogen hat, so daß ich sie im Krankenbett besuchen werde, statt in unseren Gärten, die aufs schönste aneinander grenzen.

Daß inzwischen hier heftige Diskussionen um Hannsens »Johann Faustus« durchgefochten wurden, haben Sie sicher gelesen – sehr scharf, sehr freundschaftlich, unter ständiger Beteiligung von Brecht und mir, Felsenstein und dem »Neuen Deutschland«, deren Schlußwort gestern wohl gefallen ist. Dabei hat auch Becher eine durchaus anständige und sehr gescheite Rolle gespielt, so daß die Freundschaft zwischen den beiden Nationalhymnikern wiederhergestellt sein dürfte.

Daß es mich an den Schreibtisch zurückzerrt, indes ich auch ein Visum nach Zürich im Paß habe, erschwert mir alles, selbst das Diktat dieses Briefes. Sie glauben nicht, was alles in mir durcheinanderwirbelt, wenn ich nicht, wie jeden Vormittag, an meinen Honigwaben klebe. Da spielt zum Beispiel die Schlußarbeit am »Bonaparte in Jaffa« hinein, den im Januar die Volksbühne spielen will; da plagt mich die Absicht, ältere Stücke aufzufrischen und zu konzentrieren wie »Laubheu« und »Die Lucilla«; da sammle ich meine besten Aufsätze, wie Sie es vorgeschlagen haben, um zunächst einmal im Insel-Verlag die sieben großen literarischen Porträts von Spinoza bis Sternheim und Heinrich Mann zusammenzustellen; da zwickt mich der Gedanke, andere Essays in einem Buch, »Die Wendeltreppe«, aneinanderzureihen, gleichsam als Chronik meiner geistigen Entwicklung – und so weiter. Schließlich kam gestern ein Brief von Michi zum Geburtstag seiner Mutter verspätet an, der uns zu gleicher Zeit erfreute und beunruhigte, weil dem Jungen im letzten Monat offenbar gewisse Prüfungen nicht erspart blieben. Und endlich haben Sie ja in den Zeitungen gelesen, daß bei uns eine Anzahl Schritte zurückgenommen werden, zu deren Antagonisten ich immer gehörte, so daß ich die Handlung der Regierung wärmstens begrüße.

Und somit, liebster Feuchtwanger, nach der Rückkehr mehr und Besseres

von Ihrem wie immer herzlich grüßenden
Zweig

364 Feuchtwanger an Zweig

Pacific Palisades, Calif.
20. Juli 1953

Liebster Zweig,

ich habe Ihnen lange nicht geschrieben, weil ich immer hoffte, ich würde von Ihnen Näheres hören, wie sich die letzten Ereignisse auf Sie ausgewirkt haben.

Nun erfahre ich von Michi, daß Sie ihm zu seiner Freude gratuliert haben; doch konnte auch er nichts Näheres berichten.

Michi ist, wie Sie wohl wissen, hier kleinen Schikanen ausgesetzt, die aber wirklich nichts bedeuten. Es wäre zu viel gesagt, daß er zufrieden ist; immerhin geht es ihm viel besser als im vergangenen Jahr, und er scheint mir auch viel mehr ausgeglichen.

Auch mir geht es im ganzen eher gut als schlecht. Der Sommer war von jeher meine beste Arbeitszeit, und ich arbeite auch jetzt mit viel Freude. Ich habe mich an eine »Jüdin von Toledo« gemacht, und ich will darstellen das Wesen des Feudalismus, das tief anziehende, anti-rationalistische und verderbliche, wie es ja heute noch fortwirkt. Technisch ist der Roman recht schwierig; denn es gilt, so Fremdes wie das Rittertum des 12. Jahrhunderts und die arabische Welt dieser Zeit Heutigen verständlich zu machen ohne Schilderungen und getarnte Fußnoten.

Haben Sie einen schönen und arbeitsreichen Sommer!

Sehr herzlich wie immer
Ihr alter
Feuchtwanger

365 Feuchtwanger an Zweig

Pacific Palisades, Calif.
14. September 53

Lieber Zweig,

zu meiner Freude habe ich erfahren, daß der »Sergeant Grischa« hier nun in einer Volksausgabe für 50 Cent erscheint. Ich weiß nicht, ob Viking Sie darüber unterrichtet hat. Sowie ich ein Exemplar auftreiben kann, schicke ich es Ihnen.

Falls Viking Press sich nicht mit Ihnen ins Benehmen gesetzt hat, bin ich gern bereit zu vermitteln. Nach meinen eigenen Erfahrungen glaube ich nicht, daß nennenswerte Honorare dabei herausspringen; immerhin wäre es erfreulich, wenn man, was zu erhalten ist, zum Beispiel an mich überweisen lassen könnte. Schreiben Sie mir doch darüber.

Auf alle Fälle ist es erfreulich, daß das Buch, das hier keineswegs vergessen ist, jetzt wieder einem weiten Leserkreis erreichbar ist. Ich will zusehen, daß es in der »Saturday Review« neu rezensiert wird.

Mir geht es nicht schlecht. Ich arbeite gut und warte auf einen Brief von Ihnen.

Sehr herzlich
wie immer Ihr
Feuchtwanger

366 Zweig an Feuchtwanger

Homeyerstraße 13
Berlin-Niederschönhausen
22. 9. 1953

Liebster Feuchtwanger!

Diesmal waren die Umstände einer rechtzeitigen Beantwortung Ihres vorigen Briefes vom 20. Juli ungünstig. Ich bekam ihn an der Ostsee, wohin wir auf sieben Wochen gegangen waren – ich, um gründlich und ausführlich zu schwimmen und Kehle und Seele auszuruhen, Dita vor allem um zu landschaften. Dort etwas Vernünftiges zu Papier zu bringen, scheiterte an den dunklen Fenstern, kümmerlichen Beleuchtungen der Fischerhäuser und tagsüber am Schwimmen, Flirten und Tanzen. Da keiner meiner Söhne ihre frühere Funktion ausüben konnte, mir beim Schwimmen die Brille zu ersetzen, hatte ich eine junge Frau zur Gesellschaft mit zwei kleinen Mädchen, Kind und Stiefkind – und so kam ich denn braungebrannt, um zwei Kilo leichter und mit viel Elan nach Hause. Das ist nun schon zwei Wochen her, aber die habe ich nicht verfaulenzt – und damit bin ich schon bei dem Bericht über die »Feuerpause«. So nämlich heißt der neue Roman und nicht mehr »Frage und Antwort 1917«. Und ich gab ihm hier noch ein allererstes Kapitel, das die Aufmerksamkeit des Lesers richtig einzustellen und vorzubereiten hat. Dann wurde ein Lenin-Aufsatz fällig – »nicht ohne großen Gegenstand sich regen«! – und last not least die Schlußarbeit am »Bonaparte«, der in der neueröffneten Volksbühne vom Ensemble des Theaters am Schiffbauerdamm gespielt werden wird. Wann, erfahre ich in einer ersten Nachferienbesprechung am Samstagvormittag. Die Besetzungsschwierigkeiten, an denen das Deutsche Theater fünf Jahre lang herumknabberte (natürlich waren es eigentlich »ideologische« Schwierigkeiten), werden wir gemeinsam lösen, und da ich dieses nächste halbe Jahr nur meinen Stücken, Aufsätzen und Gedichten zu widmen gedenke, werde ich mich auch mit der Regie des »Bonaparte« intensiv verlöten. Überhaupt macht der »neue Kurs« für unsereinen die Bühnen frei und vielleicht auch den Film – wenn ich mir nicht durch den Eigensinn die Chancen verderbe, mit dem ich auf der Restitution des »Beil«-Films bestehe. Die politischen Veränderungen bei uns, nach denen Sie fragen, liebster Feuchtwanger, vollziehen sich außerhalb der Sphäre, in der ich wirke, nämlich in der Partei, und machen sich außerdem in einem größeren Warenangebot bemerkbar, das ich aber nicht persönlich kontrolliere, da mir meine Augen ja das Betrachten von Schaufenstern zu einer allzu zeitraubenden Beschäftigung machen. Da ich in der Zeit vom 15. bis 30. Juni in Budapest und Wien zu tun hatte, war ich über die Ereignisse auf Berichte angewiesen; was sich in Berlin abspielte, hat Dita persönlich mitgemacht – außerdem sahen mehrere befreundete und gebildete junge Frauen von ihren Arbeitsstellen Unter den Linden und in der Französischen Straße vieles mit an, was geschah und nicht geschah. Ich selber wollte während der Ferien einen Bericht über die positive und negative Entwicklung unseres Staates während der fünf Jahre, die ich jetzt hier bin, verfassen: meine Leitung der Akademie habe ich in meiner Schlußrede Ende März charakterisiert als »Bremsen gegenüber allzu taktischen Fortschritten, Innehalten einer strategischen Linie, die als gesamtdeutsche Betrachtung mir die einzig erfolgversprechende erschien – zumal bei einer Bevölkerung, in der noch vitale Keime und Erinnerungen aus der Nazizeit wirksam sind«. Es zeigt sich, daß ich richtig gesehen und gehandelt hatte; leider war ich voriges Jahr, als man mit dem heftigen Vorwärtsdrängen zum Aufbau des Sozialismus in einem Teile Deutschlands begann, für zwei Monate in Moskau und [auf] der Krim, so daß die Wogen schon hoch gingen, als ich mich wieder in unsere innere und äußere Politik einschalten konnte. Im ganzen schaue ich nach wie vor auf die Festigung unserer Friedensfront und hoffe, daß der neue Kurs in der großen Welt dazu führen wird, die besorgniserregenden Klippen zu umschiffen, die unsereiner seit mehr als drei Jahren für 1954 voraussieht.

Was Sie mir über die Volksausgabe des »Grischa« sagen, liebster Feuchtwanger, ist mir längst durch relativ freundschaftliche Korrespondenz mit Huebsch vertraut. Für Ihr Angebot, das Honorar zu verwalten, danke ich herzlich; es wird auf Adams Konto in der Schweiz überwiesen werden, abzüglich 30 Dollar für Michi, und dient dann zur Schuldenzahlung für die Schweizer Franken, die unsere Notenbank mir für Ditas Sommerreise zu Adam zur Verfügung stellte. Daß der Kanton Zürich Dita dann nicht einreisen ließ, gehört zu den Späßen dieser Zeit. Dafür ging Dita mit mir an die Ostsee, wie schon gesagt, und Adam beabsichtigt, seinen Geburtstag bei uns zu verbringen, worauf wir uns schon freuen und vorbereiten.

Von Ihrem Roman müssen Sie mir das nächste Mal erzählen. Ich beneide Sie ein wenig um Ihr Fortschreiten von einem großen Roman zum anderen und freue mich über den Erfolg, den Ihr »Jean-Jacques« hier bei allen Lesern hat. Mich zerrt natürlich »Das Eis bricht« sehr an der Leine, an die ich es legen mußte – aber ich kann an der Schwelle meines Sechsundsechzigsten die Manuskripthaufen in meinen Schubladen nicht ungenutzt verschimmeln lassen, sondern hoffe, meine Basis zu verbreitern, wie ich auf der vorigen Seite bereits aufzählte.

Und so, liebster Feuchtwanger, hab ich meinem Herzen Luft gemacht und meine Briefschulden bezahlt – und jetzt sind Sie dran, und es grüßt Sie inzwischen so herzlich wie nur je

Ihr unentwegter
Arnold Zweig

Eben, viele Briefe unterschreibend, sah ich nicht, daß dieser hier an Sie geht, lieber Feuchtwanger. Darum Vor- und Zunamen. Aber Sie verstehen solch ein Versehen, old Lion, Gott schütze Sie!

367 Zweig an Feuchtwanger

B[er]l[i]n-N[ieder]sch[ön]h[au]s[e]n
15. 10. 53

Liebster Feuchtwanger,

endlich hab ich mich so weit durch die Tagesnotwendigkeiten hindurchgearbeitet, daß ich Ihnen herzlich die Hand schütteln kann, zum Nationalpreis und zur Art, wie Sie ihn annahmen. Eigentlich sollte ich für »Sinn u. Form« einen Aufsatz über Sie improvisieren, en tour de main sozusagen. Aber ich versprach Huchel, lieber für ein späteres Heft einen richtigen Essay, unserer beider würdig, und erstickte jeden Einwand durch jene Liste der Aktualia, die ich oben andeutete: Jubiläum des Deutschen Theaters, Nachruf auf unsern Friedrich Wolf, desgleichen auf Berthold Viertel – und ein Dutzend Briefe. Ich war ja nach den 7 Wochen in Niehagen noch eine Woche mit Dita in Oberhof – und da war vielleicht eine Post aufgelaufen! Und so kam es, daß ich nicht mal rechtzeitig den Journalen ein gutes Foto von Ihnen leihen konnte, das in meiner Schreibtischschublade parat liegt ... zum 26. XII. sollte und wollte ich dem armen Fr[iedrich] W[ol]f zum 65. gratulieren – herzlich und zugleich kritisch, wie's nötig war und wie's er's verdiente. Und nun hat er sein prachtvolles Leben verkürzt, einen Herzinfarkt riskiert, um in Leipzig und Berlin seine beiden Bauernkrieg-Stücke zu proben ... und war als Kerl und Freund soviel mehr denn als Dramatiker ... Auch, liebster Feuchtwanger, bei seiner Bestattung ging mir immerfort durch den Sinn, daß Sie und ich recht daran täten, uns für die Arbeit zu schonen, aber nicht daran, daß wir soweit auseinander lebten ...

Und nun: alles Herzliche für die »Jüdin von Toledo«! Mir geht's sehr gut, gestern haben wir mit Adam telefoniert, der uns noch dies Jahr besuchen wird, und heute haben wir Ditas Gallenblase röntgen lassen, die sie am Strande gereizt oder zur Entzündung gebracht hatte. Meine »Feuerpause« braucht noch einen andern Abgesang und ein Nachwort, und damit verabschiedet sich für heute abend

Ihr
Zweig,

der dies bei starkem Lampenlicht (Neonröhren) auf nichtblendendem Papier mit dem Halter hinhaut, den Sie mir vor Jahr und Tag schenkten. Sela.

NB Kriegen Sie den »Sonntag« und manchmal die »Berliner Zeitg.«?

368 Feuchtwanger an Zweig

Pacific Palisades, Calif.
27. Oktober 53

Liebster Zweig,

schönen Dank für Ihre beiden Briefe.

Alles in allem klingt ja, was Sie mir mitteilen, wieder sehr erfreulich und zuversichtlich. Auf »Feuerpause« bin ich sehr gespannt, und daß der »Bonaparte« nun endlich wirklich gespielt wird, höre ich aus vielen Gründen mit besonderem Wohlgefallen.

Ich habe Friedrich Wolf sehr gern gehabt und war ja in Sanary lange Zeit in sehr nahem Kontakt mit ihm.

Ich bin hier mit Michi ständig in Verbindung. Er will jetzt für ein paar Monate aufs Land gehen und versuchen, ein Buch zu schreiben. Auf so viele innere und äußere Schwierigkeiten ein solches Unternehmen stoßen wird, aussichtslos scheint es mir nicht nach allem, was er mir seit langem darüber erzählt.

Die Nachricht vom Nationalpreis erfuhr ich durch die

United Press am Telefon, und ich mußte auch gleich eine Erklärung abgeben. Sie wissen, daß meine Reaktionen nicht sehr schnell sind, aber ich habe es, glaube ich, nicht schlecht gemacht, und im ganzen war die Aufnahme der Nachricht in der hiesigen Presse sehr günstig – jedenfalls habe ich vorläufig noch wenig Übles zu lesen gekriegt. Ich brauche Ihnen nicht zu sagen, daß ich mich ehrlich über den Preis gefreut habe.

Ich bin zur Zeit wieder überlastet mit kleinen Geschäften, aber die Arbeit an der »Jüdin« geht gleichmäßig fort.

Es ist mir eine herzliche Freude, liebster Zweig, zu wissen, daß jetzt der größte Teil Ihrer Zeit wieder vernünftiger Arbeit gehört.

Ihnen und Dita wie stets alles Herzliche

immer Ihr alter
Feuchtwanger

Sie sehen, mir passiert das gleiche wie Ihnen.

369 Feuchtwanger an Zweig

Pacific Palisades, Calif.
9. November 53

Liebster Zweig,

die Wiederkehr des Tages der Revolution erinnert mich daran, daß es angebracht ist, Ihnen zum Geburtstag zu gratulieren. Was ich hiermit tue, und zwar von Herzen.

Nächstens schreibe ich Ihnen ausführlich.

Ihr alter, geplagter
Feuchtwanger

370 Zweig an Feuchtwanger

Homeyerstraße 13
Berlin-Niederschönhausen
14. 12. 1953

Liebster Feuchtwanger!

Das Jahr darf nicht zu Ende gehen, ohne daß ich Ihnen auf die beiden Briefe antworte, die erstaunlicherweise unbeantwortet in der Mappe meiner Sekretärin warteten, bis mich die vielen kleinen Plackereien freigeben würden, die mit dem Tode von unserem Friedrich Wolf einsetzten. Inzwischen war ich auch wieder eine Woche in Wien, betroffen von der Wirkung des Todes von Berthold Viertel auf eine gemeinsame Freundin. Ich hatte über ihn persönliche Erinnerungen der »Theater der Zeit«-Schrift Erpenbecks gegeben. Sie waren nicht sehr positiv und mußten durch einen anderen Artikel ergänzt werden, der in Berlin verfaßt werden sollte. Stellen Sie sich vor: niemand war da, diesen ergänzenden Aufsatz zu Papier zu bringen! So wird er also wohl erst jetzt erscheinen – zu meinem Schmerz, denn der Mann war viel wertvoller, als er sich in der Berührung mit mir manifestierte und in der Zeit, da er in Berlin O'Neills »Kaiser Jones« inszenierte. Aber das Theater hat mich beim Wickel, und als ich jetzt in Wien unsere alte Garde – drei Thimigs und Aslan in Shaws »Kaiser von Amerika« wiedersah, trat die Erscheinung Granowskys und unsere »Grischa«-Aufführung, kombiniert mit Reinhardts Abklang, so lebendig in mich ein, daß ich vielleicht auch das noch zu Papier bringe, bevor ich an die Schlußarbeit von »Bonaparte« gehe. Leider habe ich meine Stücke niemals so ernst genommen, wie sie es verdienten und wie meine Romane; meine eigenen Erkenntnisse von Wesen und Wert der Fabel wendete ich auf sie nur dilettantisch an – ich hatte immer Angst vor dem Theater als Apparat. Und das muß jetzt alles nachgeholt werden, da »Laubheu« und »Lucilla«, wenn ich sie ernsthaft anpacke, unserem Repertoire recht dienlich wären und vielleicht auch den Boykott durchbrächen, den die westlichen Zeitungen uns als Schriftstellern angedeihen lassen. – »Feuerpause« geht jetzt in Satz; ehe wir Korrekturen bekommen, möchte ich »Bonaparte« gern auf die Füße gestellt haben. Ob ich an dem Roman noch wesentliche Änderungen machen muß – ich glaube es nicht –, werden die nächsten Monate erweisen. – Inzwischen ist mir unsere Ausgabe des »Jean-Jacques« zugesandt worden, ich stellte das Buch, lieber Feuchtwanger, vorläufig zu seinen vielen Brüdern aus Ihrer höchst schöpferischen Einsamkeit. Ich möchte es mir so gerne vorlesen lassen! Dazu kommt, daß Dita jetzt Ihren »Goya« liest und sehr vieles dazu zu sagen hat – Kritisches, wie mir scheint: Wohlbegründetes, das sie aber nicht vor Sie zu bringen wagt, ohne daß ich, was hiermit geschieht, Sie um Ihre Einwilligung gebeten habe. Leider kann sie mir auch sehr wenig vorlesen – sie hat dazu nur ein Auge und eine empfindliche Kehle. Der Verlag hat »Narrenweisheit« anständig ausgestattet, aber unser Rezensionsapparat arbeitet überaus langsam, auch bei den Leuten, welche gute Augen haben. (So ist von meiner »Westlandsaga« z. B. in Berlin noch nicht eine Besprechung erschienen.) Freilich befinden wir uns in Umgruppierungen – positiver Art; durch F. C. Weiskopfs Eintritt in die »Neue Deutsche Literatur« wird sich hoffentlich vieles bessern. Und sehr zu meinem Unwillen regt sich der Roman »Aufmarsch der Jugend« gleich einem Fünfmonatskind in meinem Innern und besteht darauf, daß bis zu meinem Siebzigsten der ganze »Grischa«-Zyklus vollendet sei! Andererseits war gestern der Insel-Verlag hier und will die »Spirale« im kommenden Jahr unbedingt herausbringen – von Spinoza über Lessing, Kleist, Büchner, Oscar Wilde und Sternheim bis zu Heinrich Mann –, sehr fertig, aber der Teufel gibt mir heute ein, ein Heine-Aufsatz fehle in dieser »Spirale«. Liebster Feuchtwanger, reden Sie diesen Einfall aus

Ihrem herzlich grüßenden
A. Z.

PS Eben schickt mir eine alte Verehrerin einen hübschen Bericht von Vic[toria] Wolf (»Aufbau«, N[ew] Y[ork]) über Ihre Vorlesung aus der »Jüdin« – außerordentlich anschaulich und dankenswert für unsereinen. Schade, daß ich Ihr Haus nicht sehen werde – aber vielleicht Sie?

PS Mit Michi bin ich brieflich in Kontakt, erwartungsvoll, was bei seinem Experiment herauskommen werde; sein Bruder Adam kam gestern zu Besuch geflogen.

371 Feuchtwanger an Zweig

Pacific Palisades, Calif.
29. Dezember 1953

Liebster Zweig,

ich habe mich sehr gefreut, endlich wieder von Ihnen zu hören, obwohl es mir natürlich viel zuwenig war.

Friedrich Wolf habe ich in starker Erinnerung; mir scheint er einer der wenigen, an denen der Mensch besser war als der Schriftsteller. Was er wußte, wußte er ganz und von innen her, und es war gewinnbringend, mit ihm zu diskutieren.

Nicht gerne höre ich von Ihren vielen Plänen. Schön wäre es, wenn Sie »Feuerpause« und »Bonaparte« ganz fertigmachten, eins nach dem andern, nicht eins neben dem andern. Und lassen Sie doch die »Spirale« ohne den Heine-Aufsatz in die Welt gehen. Über Heine ist gerade auch in den letzten Jahren so schrecklich viel geschrieben worden, das meiste unnötig, ich gebe es zu, aber auch einiges, was mir recht gescheit schien. Ich begreife auch sehr gut, daß es Sie drängt, »Aufmarsch der Juden« zu schreiben. Aber die »Comédie humaine« ist niemals fertig geworden, und nicht einmal die »Toten Seelen« sind fertig, und der »Grischa«-Zyklus wird halten auch ohne den »Aufmarsch«.

Das bringt mich auf den »Goya«, von dem ja auch der zweite Band nicht geschrieben ist, und ich weiß nicht, ob ich ihn jemals schreiben werde. Was Dita zu dem Buch zu sagen hat, interessiert mich natürlich brennend. Aber es ist natürlich nicht vom Standpunkt des Kunstkritikers aus geschrieben. Was mich interessierte, war darzutun, wieviel zusammenkommen muß, wieviel persönliches und politisches Erleben, ehe ein Kunstwerk entstehen kann. Was mich reizte, war das seltsame Phänomen, daß Goya an die fünfzig Jahre brauchte, ehe er aus einem guten Durchschnittsmaler ein Künstler wurde.

Ich hoffe sehr, daß Ihnen das neue Jahr gute und langsame Arbeit bringt, die Sie befriedigt.

Sehr herzlich wie immer
Ihr
Feuchtwanger

372 Zweig an Feuchtwanger

Homeyerstraße 13
Berlin-Niederschönhausen
6. 1. 1954

Liebster Feuchtwanger!

Schönsten Dank für Ihren mit Blitzesschnelle eingeflogenen Jahresendbrief. Er kam mit mir zusammen in der Homeyerstr. an. Ich hatte mir nämlich ein paar

Tage Ausspannung im Kulturbundheim Eibenhof von Bad Saarow geleistet. Aber nun gleich zur Sache: ad 1: »Feuerpause« ist längst fertig und schon in der Druckerei – die Korrekturfahnen werden uns sicher den ganzen Januar über konzentrisch einkreisen. Das Buch ist ein Bindeglied, um nicht zu sagen Knotenpunkt, zwischen »Grischa«, »Erziehung« und »Einsetzung« und bereitet »Das Eis bricht« vor, an dessen Fabel ich heftig vereinfache und streiche. Ad 2: der Roman »Aufmarsch der Jugend« heißt nicht »Aufmarsch der Juden« und scheint mir besonders unentbehrlich einer Generation von Lesern gegenüber, die nicht wissen, unter welcher Art von Friedensumständen wir aufgewachsen sind – wir, Sie und Marta und Dita und ich, so daß uns der Krieg überrumpeln konnte »wie die Kälber auf der Weide« – so nämlich heißt eines der mittleren Kapitel des Romans, in dessen Torso ich mich in Wien so sehr verliebt habe. Ad 3: »Bonaparte in Jaffa« wurde im Verlauf, ich darf jetzt sagen: vorigen Jahres, schon wesentlich verbessert, und die Notizen zur Endredaktion stehen bereits notiert in dem »A. Z.«-Heft von »Sinn und Form«. Der dort gedruckte Text gab die Basis zur Bearbeitung und bleibt wesentlicher Leib des Ganzen, aber ich muß am Anfang und am Schluß Grosjean und Desgenettes gegen Bonaparte noch mehr hervorheben und für die Mitte vielleicht Kürzungen durchsetzen – gegen mich nämlich und meine Verliebtheit in dieses Werk. Und da ich gerade beim Drama bin, möchte ich mich auch auf die »Lucilla« und auf »Laubheu« konzentrieren und beiden Leibern ein lebendiges dramatisches Herzblut einflößen und ein komisches dazu. Merkwürdigerweise aber, lieber Feuchtwanger, bin ich für das Komische nicht begabt, so sehr mir das Heitere und Optimistische liegt, das Lebensbejahende, der Zukunft Gewisse, das Sie an mir kennen. Mehr werde ich wirklich in diesem Jahre nicht tun und die »Spirale« ohne Heine-Aufsatz erscheinen lassen, auch von einem Schlußteil über Heinrich Mann absehen, der seine Stellung zur DDR, wie ich sie seit fünf Jahren erlebe, skizzieren sollte. Lieber nicht. Es ist bei uns zwar alles Wesentliche in guter Hand und in den obersten Stellen für Kritik jederzeit ein offenes Ohr, aber das, was ich das Taktische nenne, das von der mittleren Bürokratie inspiriert und getragen wird, gäbe doch Diskussionen, für [die] ich weder Zeit noch Geduld aufbringe. Zum Beispiel brachte Gustav Seitz ein herrliches China-Skizzenbuch von seiner Reise mit, als einziger aller Besucher, die wir bis jetzt hinschickten. Der Aufbau-Verlag stellte fünftausend Exemplare davon her, die sofort auf Beschluß unserer Kunstkaffern erst sekretiert, dann eingestampft wurden, »um Erörterungen in der Presse zu ersparen, die Seitz selbst unangenehm geworden wären«. Bei einer von Grotewohl eingeladenen Intellektuellen-Versammlung führender Kunstfunktionäre im Beisein von Semjonow brachte ich diesen skandalösen Vorgang ohne Maskerade vor, zusamt dem Abschießen des »Beil«-Films. Folge: Das China-Skizzenbuch haben wir wieder in Händen. Ich lasse Ihnen eins als verspätete Weihnachtsgabe zugehen, und der »Beil«-Film wird uns die Möglichkeit geben, den Schluß noch einmal drehen zu lassen. – Und somit, lieber Feuchtwanger, schnell hinaus mit dem Brief in die Sonne des neuen Jahres bei minus 10 Grad und Bergen von Schnee. Dita wird zum »Goya« für sich antworten.

Voller Hoffnung
Ihr
Zweig

Eben die ersten 27 Fahnen der »Feuerpause«. Das wird ein Wiedersehn im neuen Jahr! Und was macht eigentlich der olle Mike? Eine Leserin sandte mir »Feuchtw. liest vor« aus dem andern »Aufbau«. Wie anschaulich und charmant!

373 Feuchtwanger an Zweig

Pacific Palisades, Calif.
1. Februar 1954

Liebster Zweig,

Sie haben ja ein dickes Jahresprogramm vor sich, und ich mußte lachen, als ich las, daß Sie es für ein mageres, bescheidenes halten.

Das China-Buch von Gustav Seitz ist mittlerweile hier eingetroffen. Es ist wirklich sehr schön, und ich danke Ihnen sehr für die Sendung.

Im ganzen klingt Ihr Brief erfreulich optimistisch, und ich bin froh, daß Sie den ganzen offiziellen Kleinkram los sind. Auch ich suche mich dessen, was ich den »Betrieb« zu nennen pflege, zu entledigen, so gut es eben geht, und lasse immer mehr Briefe unbeantwortet.

Ich stecke tief in der Arbeit an der »Jüdin von Toledo«, und ich sehe immer deutlicher, wie sie von allen Seiten, Christen, Juden und Moslems, mißdeutet werden wird. Auch die Idee, daß ein gekochtes Ei im Frieden besser ist als ein gebratener Ochse im Krieg, wird mir hier und bei den Verfechtern der Kreuzzüge nicht viel Freunde machen. Freilich sage ich mir nach den Erfahrungen gerade des »Jean-Jacques«, daß ja doch nur einer unter tausend Lesern was von der Idee merkt. Der alte Hebbel hat zu Emil Kuh gesagt: Wenn man nicht immerzu sein Bild mit dem Stock erklärt, dann versteht der ewige Stumpfsinn überhaupt nichts.

Heute, soeben erst, ist das Heft von »Sinn und Form«

hier eingetroffen, das Ihre Glückwünsche zum Nationalpreis enthält. Daß Sie wiederholten, was Sie schon früher gesagt hatten, und daß es heute so frisch und tief freundschaftlich klingt wie damals, ist mir eine besondere Freude. Es ist wirklich ein herzwärmendes Bekenntnis.

Die Arbeit an der »Jüdin« ist schwer, aber gerade das macht sie mir lieb. Ich muß zusehen, daß die Idee nicht erstickt in dem quellenden Fleisch der Erzählung. Ich hatte mich seit Jahren mit einer »Esther« herumgeschlagen, und im Grund war der Roman schon fertig. Ich hatte ihn schließlich aufgegeben, weil die Esther der Bibel allzu passiv ist – sie bleibt ganz und gar das Geschöpf Mardochais – und allzu weit von der Bibel wegzugehen, schien mir zu gefährlich. Jetzt bin ich sehr froh, daß ich bei der Arbeit am »Goya« wieder auf Lopes »Jüdin von Toledo« stieß. Von da ging ich zurück auf die Chroniken, und dann ergab der Stoff genau das, was ich hinter dem Material der Esther gesucht hatte.

Alles Herzliche, liebster Zweig, und mit dem Glückwunsch-Artikel haben Sie mir eine ehrliche Freude gemacht.

Immer
Ihr alter
Feuchtwanger

374 Zweig an Feuchtwanger

Homeyerstraße 13
Berlin-Niederschönhausen
6. 3. 1954

Liebster Feuchtwanger!

Ihr Siebzigster wirft massive Schatten voraus. Zum Beispiel sucht die »Neue Deutsche Literatur« bei mir und leider vergeblich jenes Heft der »Sammlung«, in dem die Zeichnung von Eva Herrmann enthalten war, die Sie aufs glücklichste karikierte. Bei dieser Gelegenheit sah ich mir die acht oder zehn Hefte dieser Zeitschrift an – die Überschriften kann ich ja lesen – und vertiefte dadurch meinen Entschluß, einem unserer jungen Geschichtsstudenten nahelegen zu lassen, unsere Emigrationsepoche von 1933–45 wenigstens im Entwurf wissenschaftlich zu skizzieren. Es war eine reiche Zeit, voll Wahrheit und voll Täuschung, und ich bin von Palästina aus wahrscheinlich der einzige Sammler geworden, der Material über sie mit nach Berlin gebracht hat.

Aber nun, lieber Feuchtwanger, stehe ich vor der Aufgabe, Ihnen noch einmal, und zwar gründlicher, Glück zu wünschen – und da die »Feuerpause« beendet ist und die Arbeit an »Bonaparte« die nächsten vierzehn Tage in Anspruch nehmen wird: welche Stücke aus dem »Goya« und aus »Waffen für Amerika« soll ich mir vorlesen lassen als Ersatz für die Zeit, in der Sie mir ganze Werke vorlasen, als letztes wahrscheinlich die »Oppermanns«? Ihr Dr. Berndt hat mir einen sehr interessanten Brief geschrieben, mit einer Fülle von Aufsatztiteln, die er der »Schaubühne« entnommen hat; ich habe aus Budapest Jahrgang 11–16 mitgebracht und mir gerade erst wieder die »Flucht aus Tunis« vorlesen lassen; aber was kann man von Ihren Münchener Zeitschriftenpublikationen erwähnen oder auftreiben? Gaben Sie nicht einmal einen »Spiegel« heraus? Und wie war es mit dem Neuen Verein, den Sie offenbar mitgegründet haben?

Über die »Jüdin von Toledo« zerbreche ich mir vergeblich den Kopf. Niemand hat eine Grillparzer-Ausgabe, auch Eislers nicht, und ich selber bekam sie in noch keinem Antiquariat vor Augen. Da der Hanns aber nächste Woche wieder nach Wien fährt, mit Felsenstein, wegen des »Fidelio«-Films, will er mir eine mitbringen.

Bis dahin enthalte ich mich also jedes Wortes darüber ...

Von meinem Michi höre ich auch nichts, auch von Ihnen nicht, und so muß ich mich auch dabei in Geduld fassen und mich mit dem Kontakt trösten, der zwischen uns und Adam aufs regste besteht. Ja, immer konkreter wird die Aussicht, ihn noch Ende dieses Monats wiederzusehen oder Mitte April, denn ich soll nach Rom fahren und im Instituto di Studi Germanici einen Vortrag halten und von Dita etwas vorlesen lassen. Dazu mit meinem Übersetzer Burich ein Radiointerview bestehen. Das alles mutet mich abenteuerlich an, zumal der PEN-Klub Ende Juni nach Amsterdam einlädt, wohin ich schon Ditas wegen fahre, um ihr die vom Galerieton befreiten Bilder Rembrandts zu zeigen. Da ich keine größere Arbeit in Angriff nehme und nur die Stücke zu Ende gestalten möchte, kann ich mir diese schwalbenartige Reisetätigkeit gestatten, obgleich ich viel mehr Lust habe, in der Nähe eines Wassers zu schwimmen, auszuruhen, mir vorlesen zu lassen und den einen oder anderen meiner unfertigen Romane zu bebrüten. Aber der Lockung Rom kann ich nicht widerstehen, und von Amsterdam fliegt man in 2 Stunden nach London, wo alle meine Verlagsverträge in Unordnung sind.

Und damit, liebster Feuchtwanger, auf Wiederschreiben, leider nicht auf Wiedersehen!

Wie immer
Ihr
Arnold Zweig

375 Feuchtwanger an Zweig

Pacific Palisades, Calif.
15. März 1954

Liebster Zweig,

schönen Dank für Ihren Brief vom 6. März.

Es fällt mir nicht leicht, Ihnen zu raten, was aus »Goya« und was aus »Waffen für Amerika« Sie sich vorlesen lassen sollen. Mir liegt natürlich daran, daß die Idee des »Goya« herauskommt, »der arge Weg der Erkenntnis«, das heißt, wieviel einer durchmachen muß, bis er ein wahres Kunstwerk machen kann, und wie einer gegen seinen Willen gezwungen wird, im Wortsinn politisch zu sehen. Lassen Sie sich doch vorlesen die Inquisitionskapitel, Frankfurter Ausgabe: S. 173ff., S. 195–211 (Carranza), S. 211ff. (Olavide), 654ff., die Reise durch Spanien nach seiner Ertaubung (S. 429ff.), die Kapitel über die Zeichnung der Caprichos (583ff.). Es ist ein Jammer, daß Sie nicht das Ganze hören können. Ich bin überzeugt, es wäre Ihnen eine rechte Freude.

Aus »Waffen für Amerika« rate ich Ihnen die Besichtigung des Trianon durch Louis (Ausgabe d. Aufbau-Verlags unter dem Titel »Die Füchse im Weinberg«: S. 416ff.), Franklin vor seiner Büste (S. 756), Franklin liest die Encyclopédie (548ff.), die öffentliche Entbindung der Marie-Antoinette (897ff.), Marie-Antoinette spielt im Trianon (648ff.), Louis' Genehmigung der Aufführung des »Figaro« (876ff.). (Wahrscheinlich würde Ihnen auch der Besuch Josephs des Zweiten (205ff.) in Paris viel Spaß machen.) Die Idee freilich, wie der Fortschritt siegt, langsam und unmerklich gegen alle Widerstände und gerade durch die Widerstände, kann nicht herauskommen, wenn man nicht das Ganze übersieht. Lassen Sie sich doch, bitte, aus der ostdeutschen Ausgabe auch das Schlußwort vorlesen.*

* Nicht zu vergessen bitte ich Sie das Voltaire-Kapitel S. 583ff.

Die »Jüdin von Toledo« hat mit Grillparzers Stück nicht viel zu tun. Grillparzers schönes Drama ist eine Bearbeitung des sehr starken Theaterstückes von Lope. Der wieder geht zurück auf eine im Jahre 1230 geschriebene Chronik. Beide sind sehr interessiert am Anekdotischen des Stoffes, wie es das gute Recht des Theaterdichters ist. Mich interessiert die Ablösung des feudal Kriegerischen durch den aufkommenden bürgerlichen Humanismus, der seltsamen Kämpfe zwischen dem überzivilisierten spanischen Islam und dem rohen und eleganten christlichen Rittertum und den Juden in der Mitte, der Heilige Krieg, der Kreuzzug und die Judenverfolgungen, Geschehnisse, die so seltsam ineinandergreifen. Der innere Sinn ist die Darstellung der ungeheuern Anziehungskraft des Krieges, der sich nicht einmal die Gegner ganz verschließen können. Darstellen will ich also, welch ungeheure Widerstände der Kampf um den Frieden überkommen muß. Das Schicksal meines jüdischen Ministers Jehuda Ibn Esra wiederholt auf einer sehr viel höheren geistigen Ebene das Schicksal des Jud Süß.

Mit Michi hatte ich dieser Tage eine sehr lange Unterredung. Er wollte Ihnen ausführlich schreiben.

Um Ihre bevorstehende Reise beneide ich Sie und gönne sie Ihnen von Herzen. Ihnen und Dita gute Grüße und Wünsche, auch von Marta,

wie stets
Ihr alter Feuchtwanger

376 Zweig an Feuchtwanger

Homeyerstraße 13
Berlin-Niederschönhausen
27. 4. 1954

Liebster Feuchtwanger!

Statt nach Rom zu fliegen, was mir die Ärzte heftig abrieten, zogen wir mit dem Wagen auf Entdeckungsfahrten in die Oberlausitz, ein Gebiet hügelig, sehr schön bewaldet, von der Neiße durchflossen und infolgedessen an die ČSR und an Polen grenzend. Dort bezogen wir im Heim des Kulturbundes zwei gemütliche Zimmer – und dann begann, statt der mitgenommenen Arbeit für mich und meine Sekretärin, eine Schlafenszeit für Dita und mich mit folgender Tageseinteilung: acht Uhr Frühstück auf dem Zimmer, weiterliegen bis zehn; Spaziergänge im Walde bei kühlem und nebligem Wetter, zwölf Uhr Mittagessen, von eins bis vier Bettruhe; Fahrt mit dem Wagen nach Kurort Oybin, Jonsdorf oder Hotel zur Gondel, Kaffee und Schlagsahne, Kuchen eingeschlossen (Entfernung etwa sieben bis acht Kilometer); Rückkehr ins Kulturbundhaus, Abendbrot um sechs Uhr, danach Gespräch beim Radio bis kurz nach acht und Aufsuchen des Zimmers zwecks intensiven Schlafes. Daß ich mich dabei sehr erholt habe, wird mir hoffentlich heute mein EKG bestätigen. Am Tag vor der Abreise hatten mir nämlich Regisseur und Dramaturg der Volksbühne tiefbekümmert gestehen müssen, die Premiere von »Bonaparte« könne erst im September stattfinden – worauf ich Mühe hatte, mein Entzücken zu verbergen. Da ich nämlich dieses Jahr mit der »Feuerpause« genug hinter mich gebracht habe, widme ich mich jetzt mit Ernst meinen Stücken. Ich habe nämlich entdeckt, daß ich unter dem Einfluß gewisser Sätze im Goethe-Schiller-Briefwechsel und einiger Bemerkungen von Flaubert meinen Dramen gegenüber immer leichtsinnig verfahren bin: »Ein Drama muß die Frucht eines einzigen Sommers sein«, schrieb der Verfasser vom »Don Carlos« als jüngerer Herr – und dabei hatte er gerade diesen »Carlos« durch jahrelanges Bearbeiten ziemlich verpfuscht. Nun werde ich erst den »Bonaparte« gründlich mit der historischen Figur von B[onaparte] des Jahres 1799 vergleichen und rund zu Ende gestalten; danach mit »Laubheu und keine Bleibe« dasselbe machen – wobei ich bereits auf Spaziergängen durch Oybin wichtige Ansätze machte; und wenn die Zeit langt, möchte ich auch noch die »Lucilla« mit dem nötigen historischen Sockel versehen, da es jetzt bei uns eine vortreffliche Geschichte des römischen Sklavenhalterstaates von Maschkin gibt.

Und nun will ich Ihnen heute nur noch danken, liebster Nachbar von einst, für die Auswahl Ihrer Kapitel, die ich mir hoffentlich noch alle vorlesen lassen kann, bis unsere Zeitschriften ihre Anforderungen für Ihren Siebzigsten allerdringlichst stellen. Im Grunde genommen liegt mir an solchen Jubiläen genausowenig wie Ihnen, und einen grundsätzlichen Essay über den Schriftsteller L. F. liefere ich bestimmt nicht zu diesem Juli – wenn wir's Leben und Vergnügen haben, spätestens 1959. Aber dem Greifenverlag habe ich etwas Neues versprochen, und dieses Versprechen halte ich. Außerdem gedenke ich, ihm die Neuauflage von »Bilanz der deutschen Judenheit 1933« zu überlassen, und zwar um zwei ausführliche Kapitel ergänzt, die ich damals ausließ, die österreichischen und die ČSR-Schriftsteller betreffend. Und vielleicht greife ich bis auf das Jahr 1945 hinüber und rufe die Erinnerung an all die Toten der Emigrationszeit wach und natürlich ohne Ansehen der jüdischen oder christlichen Geburt. Dann hätte ich für dieses Jahr ein literarisches Programm. Meine Sekretärin erinnert mich daran, daß Sie schon einmal, Anfang des

Jahres, ein solches versetzt bekamen – aber diesmal bleibe ich bei der Stange und wünsche Ihnen nur vorläufig aufs herzlichste Gesundheit, gute Laune und die nötige Zähigkeit für die »Jüdin« – jetzt erst verstehe ich die Anziehungskraft, die Sie zu ihr führte.

Immer Ihr
Zweig

PS Mit Michi bin ich inzwischen in direktem und erfreulichem Kontakt; ich schreibe ihm morgen oder übermorgen, daß sich alles nach unseren gemeinsamen Wünschen einrenken wird.

377 Feuchtwanger an Zweig

Pacific Palisades, Calif.
4. Mai 54

Liebster Zweig,

ich habe mich gefreut, von Ihnen einen so vergnügten Brief zu erhalten.

Auch daß Sie für dieses Jahr nicht fünfundzwanzig Pläne haben, sondern nur zehn, finde ich sehr erfreulich. Ich habe selber oft jenes Schiller-Wort zitiert, daß das Drama die Frucht eines einzigen Sommers sein soll, aber es ist mir rasch aufgegangen, was für eine Illusion sich Schiller da gemacht hat. (Es ist übrigens merkwürdig, daß der ausgezeichnete Theatraliker Schiller eine so unglückliche Hand hatte in der Bearbeitung fremder Stücke. Ich habe vor einiger Zeit einmal wieder den »Egmont« vorgenommen und war, als ich die Schillersche Bearbeitung verglich, erstaunt, wie sehr Schiller gegen den Stil des Werkes gesündigt hat. Auch sein »Macbeth« ist eine einzige große Sünde, und geglückt ist eigentlich nur die »Turandot«. Und wiederum seltsam, wie glücklich der im Grunde theaterfremde Goethe etwa Voltaires

»Mahomet« verkürzt und verdichtet hat.) Man sollte sich bei der Bearbeitung von Stücken nicht von »Fachleuten«, sondern von Dichtern beraten lassen.

Die Arbeit an der »Jüdin von Toledo« macht mir eine Riesenfreude. Und wenn Lope beim Schreiben eines Stückes die Regeln mit sieben Schlössern weggesperrt hat, so sperre ich die »Idee« mit siebenundsiebzig Schlössern weg.

Ich schicke Ihnen mit gleicher Post ein Buch, das soeben hier erschienen ist und sogleich großes Aufsehen gemacht hat, »The Execution of Private Slovik«, ein Tatsachenbericht, der den Autor des »Grischa« besonders interessieren muß.

Ich wünsche Ihnen herzlich einen guten, arbeitsreichen Sommer.

Immer Ihr
alter Feuchtwanger

378 Feuchtwanger an Zweig

Pacific Palisades, Calif.
7. Juni 54

Liebster Zweig,

Michi hat mit mir über Ihren Brief gesprochen.

Ich bin sehr gespannt auf »Feuerpause«. Selbstverständlich werde ich alles tun, um hier eine Übersetzung durchzudrücken. Ich brauche Ihnen aber nicht zu sagen, wie groß die Widerstände sind, selbst bei bestem Willen der Verleger. Es war ein kleines Wunder, daß Viking die Taschenbuch-Ausgabe des »Grischa« erreicht hat.

Was den »Grischa«-Film anlangt, so müssen Sie ja wohl in dem Vertrag eine Klausel haben, die festsetzt, auf wie lange die Filmrechte von der betreffenden Gesellschaft erworben worden sind. Höchstwahrscheinlich aber hat die Filmgesellschaft die Rechte für immer erworben. Wenn nicht, teilen Sie's mir, bitte, mit. Die Erneuerung des Copyrights ist reichlich umständlich. Es muß zunächst festgestellt werden, wer das erste Copyright für das Buch und wann erworben hat. Erneuert werden muß das Copyright jeweils im achtundzwanzigsten Jahr nach der Registrierung. Falls die Viking Press das erste Copyright erworben haben sollte, erneuert es der Verlag zur rechten Zeit automatisch. Wenn nicht, muß man zuerst einmal bei der Library of Congress feststellen, welche Copyrights und wann darauf registriert sind.

Michi hat mir auch über die übrigen Punkte Ihres Briefes gesprochen. Ich glaube, Sie stellen sich die Erreichung von Visa usw. viel zu einfach vor; das ist jetzt alles unsäglich kompliziert geworden.

Mir selber geht es gut; nur bin ich leider wieder einmal sehr überhäuft mit Kleinzeug.

Mit herzlichen Grüßen für einen guten Sommer

immer Ihr
alter Feuchtwanger

379 Zweig an Feuchtwanger

Homeyerstraße 13
Berlin-Niederschönhausen
12. 6. 1954

Liebster Feuchtwanger!

Nun bin ich Ihnen wieder wochenlang die Antwort schuldig geblieben – nicht leichtfertig, sondern aus vielfachen Gründen. Der erste: seit Anfang März war ich Patient meiner Herzdurchblutung wegen, die sich laut EKG sehr ungenügend verhielt, zurückentwickelt hatte. Was im Jahre 52 noch für das EKG eines Fünfunddreißigers hätte gelten können, war durch die verschiedensten Strapazen des Jahres 53 und der ersten zwei Monate

54 kümmerlich und für meine Ärzte beunruhigend. Den Hauptgrund lieferte die intensive Arbeit an »Feuerpause« und »Bonaparte«, wozu vielfache Unvernünftigkeiten meinerseits und Störungen durch die Außenwelt kamen. Jetzt aber ist alles wieder auf dem besten Wege: »Feuerpause« ist fertig, 50% der Fahnen hatten zweimal gesetzt werden müssen – am Umbruch können nur winzige Zufälle noch Schwächen enthüllen. (Was man durch Abwesenheit der eigenen Augen für Abenteuer erlebt, wenn man einen fünften Roman in die Reihe der vier vorhandenen eingliedern will, berichte ich Ihnen später einmal; daß »Comédie humaine« nicht fertig wurde, kann mich nicht davon abhalten, aus meinem Romanwerk etwas möglichst Harmonisches herauszuarbeiten.)

Jetzt bin ich also am »Bonaparte« und schaue nicht rechts noch links, bis ich ihn fertig habe. Das Hauptproblem dabei liegt in der Anlage des Stücks als Doppelstück, so wie ja auch der Stoff den Umbruch Bonapartes vom Diener der Republik zu ihrem Beherrscher enthält. »Bonaparte in Jaffa« sollte nur den Anlauf zeigen, den Sieger Oberitaliens und der Pyramiden; das zweite Stück »Akko 1799« enthielt den Besiegten von Akko, der seine Orientträume zerplatzen sieht und rücksichtslos die Armee und alles in Ägypten Investierte im Stiche läßt, um sich im Westen das zu holen, was ihm im Osten mißglückt ist. Ich habe nun die Aufgabe, diesen zweiten »Bonaparte« bereits in der Handlung des ersten Teils zu enthüllen, und muß dazu Motive entwickeln, die in diesen fünf Akten bereits vorhanden waren – keimhaft, vorläufig, noch nebensächlich. Daß mir außerdem der im zweiten Stück ermordete Kléber schon im ersten Stück um dieses Grundes willen wichtig war, gab ihm im Aufbau von »Bonaparte in Jaffa« eine Breite, die jetzt zugunsten meines Gegenhelden Desgenettes entweder zurückgeschraubt oder bloß verdunkelt werden muß. Mein Pech wollte, daß während meiner Amerikareise bei einem Wohnungsumzug das Manuskript von »Akko 1799« verschwunden ist, so daß ich das Ganze neu hätte schreiben müssen, wenn ich mir das erste Stück hätte leicht machen wollen. Sie fühlen ohne weiteres, wie sehr mich die Nachbarschaft dieser Hafenstadt Akko mit ihrem Napoleonshügel und den unter den Leuten noch umlaufenden Erinnerungen an jene Niederlage verführen mußte, alle wichtigen Enthüllungen ins zweite Stück zu verlegen, zusamt dem religiösen Anarchisten und Freiheitskämpfer – Moslem –, der später auszieht, um den General der Franken umzubringen und Kleber mit Bonaparte verwechselt. All das Material im Kopfe zu haben, all diese Gestalten – Sidney Smith, den Churchill von damals, die Geliebte Napoleons, Madame Fourès, die nachher zu Kleber hinübergleitet, die englische Meerbeherrscherin, die ihren Feind Bonaparte weder auf dem Hin- noch auf dem Rückweg zu ertappen vermag – alles das muß ich streichen, ohne es am Spuken verhindern zu können. Gleichwohl ist meine Aufgabe jetzt, in einer fünfaktigen Historie eine geschlossene Handlung aufzustellen und in dem Generalarzt Desgenettes einen würdigen Gegenspieler Bonapartes zu gestalten, der den Geist der Wissenschaft vertritt, welcher den des Säbels überlebt. Wenn Sie, lieber Feuchtwanger, in dem »A. Z.«-Sonderheft jenen »Bonaparte in Jaffa« in ein paar Monaten mit dem werden vergleichen können, den ich auf die Volksbühne bringen will – ein Bühnenexemplar schicke ich Ihnen sofort nach Fertigstellung –, werden Sie sehen, daß die Arbeit dank dieser Umstände das Schillersche Rezept aufs heftigste überrundet und dabei doch nichts an Frische verlieren darf. Zwanzig Jahre bossele ich jetzt immer wieder an diesem Stoff und seiner Gestaltung im ersten Teil – ich erinnere mich genau jenes Nachmittags im Juni 1934, an welchem zur Einweihung meiner Wohnung meine damalige Sekretärin Lily Leuchter die erste Niederschrift dieses Stückes vorlas. Wäre das Stück so bildhübsch gewesen wie die Vorleserin und nicht vom Anfang des vierten Aktes so schief gewachsen, so hätte ich wahrscheinlich längst diese »alte Arbeit« zu den Manuskriptstößen gelegt, die von jenen Tagen an in Haifa entstanden.

Nun sehen Sie, liebster Feuchtwanger, daß ich mich nur mit einer einzigen Aufgabe beschäftige und erst zu einer zweiten übergehe, nämlich zur Durchgestaltung von »Laubheu und keine Bleibe«, wenn ich mit »Bonaparte« wirklich fertig bin. Daß ich bei der Gestaltung dieses Sommers und Herbstes den PEN-Klub-Kongreß in Amsterdam und einen Vortrag nebst Radiointerview in Rom einkalkulieren muß, wissen Sie wahrscheinlich schon. Wäre ich zwischen Ostern und Pfingsten nach Rom gegangen, ich hätte wahrscheinlich monatelang als Patient auf der Nase gelegen. So aber freue ich mich, meiner Dita die wiederhergestellten Rembrandts im Ryksmuseum zu zeigen und eine Van-Gogh-Ausstellung in Arnheim und im Oktober Rom, wo ich mich für die Arbeit an der »Lucilla« inspirieren lassen möchte. Im August wird unser Adam heiraten, ein besonders nettes und frisches und natürliches Mädchen aus dem Aargau, gebürtig aber in Frankfurt a. M., und wenn uns die Schweiz hineinläßt, fahren wir als Hochzeitsgäste nach Zürich. Seit dem 27. Mai sind beide Kinder hier und passen so prächtig zu uns, daß sie durchaus erwägen, im nächsten Jahr zwei Semester in Berlin zu verbringen. Hannah nämlich, jetzt schon cand. med., kann zwei Semester an der Westberliner sogenannten Freien Universität studieren, die ihr angerechnet werden; die Humboldt-Universität zählt für die Schweiz noch nicht mit.

Ihr »Private Slovik« soll mich im August nach Bansin

begleiten. Sie werden aber verstehen, liebster Feuchtwanger, daß ich mir lieber aus Ihrem »Goya« oder »Rousseau« vorlesen lasse, wenn ich mich von meinen Dramen erholen will und außerdem ältere Novellen bebrüte, die für den Neudruck in unserem Jahrzehnt gewisse Modernisierungen und Verbesserungen brauchen. Ich war ja immer ein so leichtsinniger, leicht produzierender, allzu leicht zufriedengestellter Verfasser von Novellen und Stücken, die Sie nicht kennen, und muß jetzt ideologische Schwächen und Irrtümer beseitigen, die mir Arbeiten ungenießbar machen, an denen ich früher meine Freude hatte. Und damit verläßt Sie für heute, lieber Nachbar von dunnemals,

Ihr wieder recht lebfrischer
A. Z.

Falls Sie ihn sehn, liebster F., sagen Sie dem Michi, daß ich seinen Brief und sein Ms. nächster Tage beantworte. Wir haben so üppigen Frühling, daß ich mehr Zeit im Garten liegend verbringe, als meiner Korrespondenz guttut. Und eben jetzt sammle ich unsere Hausgenossen zur Fahrt in die Stadt; Dita zur Frühjahrsausstellung, wo eine ihrer schönen Landschaften hängt, ich zum Intendanten der Volksbühne, meine Ilse zur Jagd nach neuem [?] Paß ins Ministerium – etc., etc.

380 Zweig an Feuchtwanger

Homeyerstraße 13
Berlin-Niederschönhausen
14. 6. 1954

Liebster Feuchtwanger!

Schickt man am Vormittag einen langen Brief an seinen Freund, so erlaubt sich der Himmel manchmal einen Spaß: am Nachmittag müßte man eigentlich einen zweiten schreiben, weil der Adressat in seiner erprobten Freundschaft auf das Eintreffen jener Antwort nicht wartete. Ich danke Ihnen herzlich, lieber alter Kamerad, für die Sorge um meine Rechte, bin aber imstande, Sie zunächst zu beruhigen.

1.) Die Copyrights meiner Romane wurden von Viking Press erworben, das des »Grischa« 1928. Wir haben also noch zwei Jahre Zeit bis zur Erneuerung.

2.) Der Vertrag über den »Grischa«-Film wurde 1929 geschlossen, und zwar auf 25 Jahre. Der Käufer, Mr. Brenon, mit RKO im Bunde, produzierte jenen unsäglich komischen »Grischa«-Film, den ich nie gesehen habe. Mir genügten drei oder vier Fotos nach der Premiere im Marble Arch in London. Einen neuen Film aus diesem Buche zu machen, erwäge ich seit einem Jahr. Nach den Erfahrungen mit dem »Beil«-Film denke ich an eine Kombination, die sich jetzt vorbereitet: die DEFA mit einer linken italienischen Filmgesellschaft. Wir sahen hier mindestens vier ausgezeichnete italienische Filme, ein Agent, Mr. Barry, ist alle Vierteljahre wochenlang hier, und ich fahre im Herbst mit Dita nach Rom – auch, um diese Verhandlungen an Ort und Stelle einzuleiten. Mein ausgezeichneter Übersetzer Burich, über dessen Absichten im Radio ich Ihnen wohl schon schrieb, soll mich auch bei dieser Filmfrage sprachlich beraten. Mit einer amerikanischen Gesellschaft gedenke ich nicht zu verhandeln, auch wenn mir Michi schrieb, daß die Hollywooder sich wie Haifische auf jeden großen Filmstoff stürzen möchten. Gegen einen Raub des Stoffes schützt mich das Copyright, und die UNESCO wird wohl dafür ein juristisches Werkzeug gegen seine Verletzung liefern.

3.) Von »Feuerpause« erhalten Sie die Umbruchbogen, falls Sie nicht warten wollen, bis das Buch gebunden ist. Seit meinem vorgestrigen Brief hat sich in Sachen dieses

Romans nichts verändert, vor allem, da ich mich jetzt nur noch mit Bonaparte und Desgenettes herumschlage.

4.) Ich muß nämlich jetzt auf ein Telefonat des Aufbau-Verlags hin berichten, daß am Samstag nachmittag zwischen sechs und sieben, also Erew Schabbes gleichsam, der Verlag bei mir anfragen ließ, ob eine Selbstbiographie von Ihnen, die sie entdeckt hätten, mir bekannt sei, in der Sie viele Daten und Zahlen angegeben hätten? Und ob ich wüßte, wo die zuerst veröffentlicht worden sei, ob im »Wort« oder in der »Internationalen Literatur«? Ich lachte ebenso herzlich, wie Sie jetzt lachen, Feuchtwanger. Ich sagte dem Herrn Lubianek, diesen Spaß hätten Sie zwischen 25 und 30 in irgendeiner Zeitschrift oder Zeitung Berlins veröffentlicht, in welcher, wüßte ich nicht. Ich würde Sie aber heute danach fragen, weil ich Ihnen ohnehin schreiben müßte. Nun bereitet der Aufbau-Verlag zu Ihrem Siebzigsten eine Festschrift vor, für die er diese Angabe so schnell als möglich haben möchte. Wenn Sie also wollen, telegrafieren Sie ihm Ort und Jahr dieses Erstdrucks, vielleicht mit der Adresse: Lubianek, Aufbau-Verlag, Berlin W 8. Wenn wir wüßten, welche Folgen manchmal unsere Späße haben, würden wir uns wahrscheinlich im Verstreuen unserer Einfälle mäßiger verhalten.

5.) Die Visafragen nehmen wir durchaus nicht so leicht, wie es offenbar den Anschein hatte. Gleichwohl wäre ich Ihnen dankbar, wenn Sie Michi veranlaßten, seinem Bruder Adam zu seiner Verlobung zu gratulieren, der sich bis Anfang Juli mit seiner Braut bei uns aufhält. Diese cand. med. Hannah Strauß ist ein besonders nettes Mädchen, und Adam versichert mir, daß er Michi gern zur Hochzeit einladen würde, die am 29. August in Lengnau, Kanton Aargau, gefeiert werden wird. Außerdem aber beklagt sich Adam darüber, daß Michi ihm auf zwei eingeschrieben gesandte Briefe im vergangenen Jahr nicht geantwortet habe, so daß Michi gut daran täte, auf diese brüderliche Verstimmung einzugehen.

Und nun, liebster Feuchtwanger, entschuldigen Sie bitte, daß ich Ihre Überhäufung mit Kleinkram noch vermehre. Ende dieser Woche fahren wir also nach Amsterdam, und ich bin bloß neugierig, ob Brecht seine Absicht durchsetzen wird, vorher den »Kaukasischen Kreidekreis« herauszubringen. Daß es mir gesundheitlich wieder bei weitem besser geht als voriges Jahr, kann ich Ihnen nach dem neuesten EKG vergnügt mitteilen. Und so grüßt Sie wie immer

Ihr
Zweig

Nächster Gruß aus Amsterdam.

381 Feuchtwanger an Zweig

Pacific Palisades, Calif.
22. Juni 1954

Liebster Zweig,

schönen Dank für Ihre Briefe vom 12. und 14. Juni.

Mit dem Copyright des »Grischa« ist offenbar alles in Ordnung. Das Copyright deckt natürlich automatisch auch die Filmrechte, so daß Sie von nirgendsher gefährdet sind.

Herrn Lubianek habe ich geschrieben.

Mit Michi habe ich gesprochen; er erklärt, er habe seit ewiger Zeit keinen Brief von Adam erhalten, auch die von Ihnen erwähnten nicht. Er habe übrigens in der Zwischenzeit, auch ohne Ihren Hinweis, Adam bereits geschrieben.

Bitte bestellen Sie Adam auch von Marta und mir die herzlichsten Glückwünsche.

Alles in allem atmen Ihre Briefe einen Auftrieb, der mir viel Freude macht. Sichtlich geht es Ihnen in jeder Hinsicht gut.

Mit sehr herzlichen Grüßen

Ihr recht überbürdeter,
doch im übrigen vergnügter
Feuchtwanger

382 Zweig an Feuchtwanger

Homeyerstraße 13
Berlin-Niederschönhausen
3. 7. 1954

Liebster Feuchtwanger!

Beinahe kommt dieser Brief zu spät zu Ihnen, um meinen persönlichen Besuch zu ersetzen und Sie im Geiste zu umarmen und Ihnen die Hand zu drücken! Warum? Weil die Emsigkeit unserer Verleger und Institutionen mich seit Wochen mit Ihrem Geburtstag beschäftigt hat, mich veranlaßte, ältere Aufsätze herauszusuchen, zu ergänzen und neu aufzubügeln. Allmählich wird sich ja diese ganze Literatur bei Ihnen ansammeln und zeigen, daß zu Ihrem 70. Geburtstag nicht nur wir Kameraden und Intellektuellen neben Ihnen stehen, sondern daß die ganze DDR froh ist, sich zur Gratulationskur einzufinden und Ihnen zu zeigen, wie sehr Ihr konsequentes Einstehen für Fortschritt, Freiheit, Gerechtigkeit und Vernunft die Geister und Herzen für Sie gewonnen hat. Wir in unserer besonderen kleinen Gemeinschaft fühlen uns dadurch mitgeehrt, und ich erinnere mich mit Behagen der kleinen Züge, die sich von Zeit zu Zeit ereigneten, so zum Beispiel, als Sie sich vom deutschen Kronprinzen das Rauchen in Ihrer Gegenwart verbaten, dem Brecht und mir aber diese Verpestung Ihrer Atemluft aufs selbstverständlichste gestatteten. Das ist Freundschaft, Feuchtwanger, die regiert zwischen uns, und zu den vielen Rosinen im Kuchen des Lebens, deren wir uns erfreuen dürfen, gehört vor allem auch sie.

»Siebzig Jahre ...«, dichtet Liliencron irgendwo, »das ist ja kein Alter.« Wahrhaftig, alter Feuchtwanger, das dürfen wir sagen! Wenn uns auch manche Fähigkeiten nicht mehr recht parieren wollen, haben wir doch eine Epoche durchlebt, voller Fruchtbarkeit, unermüdlichen Einsatzes und voller positiver Ergebnisse, und wir dürfen sagen, nicht nur, daß wir dabeigewesen sind, sondern daß wir sie mit steuern halfen. Als wir uns 1922 oder 23 kennenlernten und Marta abends Brötchen buk, um sie nächsten Nachmittag Freunden aufwarten zu können – hätten wir da geglaubt, daß wir vierzig Jahre später den größeren und schöpferischeren Teil der Menschheit hinter uns haben würden? Daß uns einmal Fliegen eine Selbstverständlichkeit sein wird und daß wir die Verwendung der Atomkraft zur Erzeugung arbeitsamer Elektrizität erleben würden? Es ist nur sehr schade, daß Sie und Marta diesen Tag jenseits des einst so großen Teiches erleben müssen und wir im zerhackten Deutschland vergeblich nach Ihnen die Hand ausstrecken. Aber das Leben ist ja noch nicht zu Ende, unser alter Ruf: »Bis hundert Jahr!« dürfte annähernd in Erfüllung gehen können, wenn wir weiter vernünftig leben, und so hoffe ich doch, in nicht zu ferner Zeit Ihnen wieder gegenüberzusitzen, einen anständigen Tropfen im Glase, und Ihnen zuzurufen: »Prosit, Feuchtwanger! Es ist schön, mit Ihnen im gleichen Jahrhundert geboren zu sein und im gleichen Jahrhundert begraben zu werden.«

In unveränderlicher Herzlichkeit

Ihr
Zweig

Mein Adam grüßt und gratuliert ebenso herzlich wie ich.

[Nachschrift Beatrice Zweig:]

Allerherzlichste Glückwünsche und alles Liebe und Gute weiterhin!

Ihre
Dita Z.

383 Zweig an Feuchtwanger

Homeyerstr. 13
Berlin-Niederschönhausen
17. 7. 54

Liebster Feuchtwanger,

so ein hübsches Jugendbild von Ihnen haben Sie sicher schon lange nicht mehr erblickt! Zum Glück brachten andre Publikationen andere, zeitgemäßere. Unsere Druckwerke zu Ihrem Siebzigsten werden allmählich eintrudeln, und so verbindet sich Ihre und unsre Welthälfte mal wieder – erst privat, aber hoffentlich allmählich auch wieder. [sic] Ich bin unmittelbar vor dem 5. Akt »Bonaparte« und fertig mit »Feuerpause«, und diese letztere schick ich Ihnen als verspätetes Geburtstagsgeschenk in Bogen zu. Ich wollte sie Ihnen dedizieren, aber der Druck wird plötzlich so beschleunigt, daß es nicht mehr dazu kommen wird.

Bitte lassen Sie den beiliegenden Brief von Michi persönlich abholen. Mit der an ihn adressierten Post gehn vielleicht Dinge vor, dir für uns undurchsichtig sind. Und nun beste Grüße und alles alles Erwünschte für Sie und Marta

Ihr
Zweig

[Nachschrift Beatrice Zweig:]

Lieber Lion Feuchtwanger,

man kann Ihnen gänzlich unmöglich die 70 glauben. Sie gehören zu denen unsrer Generation, die immer jung bleiben. Denn ein Schaffender muß es ja seinem Wesen nach sein. Und so stimmt das, nach dem »Goya« und dem »Rousseau«. Alles Liebe und Herzliche Ihnen und Marta

Ihre
Dita

384 FEUCHTWANGER AN ZWEIG

Pacific Palisades, Calif.
20. Juli 1954

Lieber Zweig,

herzlichen Dank für Ihre Glückwünsche, aus denen echte Freundschaft spricht.

Die Teilnahme, welche die DDR mir bezeigte, hat mich wirklich freudig überrascht. Vor allem aus den manchmal rührend ungelenken Briefen junger Leser spricht ernsthaftes, ehrliches Bemühen, die Bücher zu begreifen. Es ist mir große Genugtuung zu spüren, daß meine Arbeit nicht ohne Wirkung blieb.

Oft beneide ich Sie darum, daß Sie in ständiger Berührung mit solchen Lesern leben; andernteils sag ich mir, daß die Arbeit im Grunde den ganzen Tag braucht, und wenn ich an das denke, was ich gerne noch machen möchte, dann muß ich geizig und eifersüchtig über meine Zeit wachen.

Sehr oft denke ich an Gespräche und Erlebnisse, die ich mit Ihnen zusammen hatte, und überaus lebendig geblieben sind mir die Stunden, in denen Sie ausführlich und überaus plastisch die Fabel eines zu schreibenden

Romans vor mich hinstellten. Außer Chaplin kann niemand so lebendig von seinen Plänen erzählen wie Sie.
Grüßen Sie Dita und Adam sehr herzlich.

Und trotzdem auf Wiedersehen!
Ihr alter
Feuchtwanger

385 Zweig an Feuchtwanger

Homeyerstr. 13
Berlin-Niederschönhausen
21. 8. 1954

Liebster Feuchtwanger!

Daß Ihr so überaus kameradschaftlicher Brief vom 20. 7. bis heute warten mußte, beantwortet zu werden, hat als Hauptgrund die Tatsache, daß mich nach der immer von neuem vor mich hingestellten Schlußkorrektur der »Feuerpause« auch die endgültige Gestaltung von »Bonaparte in Jaffa« völlig verbrauchte. Am 31. 7. ging das Manuskript an den Henschelverlag zur Herstellung der Rollenexemplare, am 2. 8. kamen wir in Bansin an, wohin wir leidliches Wetter mitbrachten – und dann folgten 14 Tage völliger Entspannung. Keines der mitgebrachten Bücher oder Manuskripte wurde geöffnet, kein einziger Satz wurde zu Papier gebracht, der über Ansichtskarten hinausging. Wir lagen im Sande, schwammen kurz in der recht kalten Ostsee, schliefen, gingen spazieren, aßen und hatten Geselligkeit nur zu dritt oder bei Alfred Kantorowicz, der in Bansin ein Haus gemietet hatte. Das Wetter wechselte zwischen hold und unhold, stets innerhalb von sechs bis acht Stunden; nur die Angelegenheiten von Adams Heirat, zu der wir nächsten Mittwoch in die Schweiz fliegen, und von Michis hoffentlich erfolgender Reise ebendahin verbanden mich noch mit den in Berlin zurückgelassenen Vorhaben. Wenn Sie mit Ihrer Zeit geizen müssen, der Sie sich brauchbarer Augen erfreuen, bin ich durch den Zustand der meinen auch behindert im Genuß des Kontaktes mit der nachwachsenden Lesergeneration, und von den mitgebrachten Zeitungen und Zeitschriften mußte ich ein gut Teil wieder ungelesen mit herbringen, weil mich in der augenblicklichen Phase meiner Sehfähigkeit nur die großen Überschriften anlocken. Dita aber aquarellierte, wann immer das Wetter sie auf unsere Veranda festbannte, und meine stellvertretende Sekretärin war ebenso ruhebedürftig wie ich, wenn uns der Regen von Strand und Wasser fernhielt. So kann ich Ihnen heute also nur erzählen, daß wir Adam veranlaßten, 330 Dollar für Michi auf Ihr Konto, lieber Feuchtwanger, bei der Chase National Bank zu überweisen. Gelingt es ihm nicht, seinen Paß zurückzuerhalten, so wird er Ihnen hoffentlich von seiner Absicht erzählt haben, in Mexiko City sein Heil auf eine andere Weise zu versuchen. Bevor ich aber darüber ausführlicher werde, möchte ich, Ihre Freundschaft mißbrauchend, Sie bitten, mir zu schreiben, was mein Junge Ihnen von seiner Lage in Los Angeles erzählt hat. Ihre Antwort geht am besten direkt nach Zürich, Englisch-Viertel-Straße 20, c/o Dr. Adam Zweig.

Es ist reizend von Ihnen, so freundschaftlich von der Art und Weise zu sprechen, mit der ich gelegentlich meine Pläne vor Sie hinstellte. Bis zum Jahresende möchte ich einige meiner Stücke in brauchbare Bühnenwerke verwandeln und dabei den Roman »Das Eis bricht« aus der militärpolitischen Schicht herauslösen, in der mein Aufenthalt auf der Krim ihn viel zu tief einbettete. Da die Fabel eigentlich seit langem feststeht, bedeutet das nur (!) den Kampf mit meiner Verliebtheit in diese Thematik; aber wenn Sie den »Sonntag« vom 1. August und darin das Kapitel »General Clauß erzählt Tannenberg« gelesen haben werden, merken Sie schon, wie intensiv ich damit vorwärtskomme. Und da dieser Brief jetzt zu Ende geht, erzähle ich Ihnen das nächste Mal mehr vom »Eis« und bin für heute, Abschied nehmend und auf Ihr »Auf Wiedersehen« vertrauend,

Ihr langsam wieder auf Touren kommender
Zweig

Hoffentlich schickt Ihnen Kantor seinen prachtvollen Essay über H. Mann, Th. Mann und den Zola-Essay. Taktvoll und einschneidend, wie nur ein so reifer Literat ihn schreiben konnte!

386 Feuchtwanger an Zweig

Pacific Palisades, Calif.
26. August 54

Liebster Zweig,

schönen Dank für Ihren Brief vom 21. August, der heute ankam. Ich beantworte ihn sogleich, damit meine Antwort Sie noch in der Schweiz erreicht.

Das Geld für Michi ($ 325.–) ist angekommen, ich habe es sogleich an ihn weitergegeben.

Michis Dinge sind zur Zeit sehr in der Schwebe, in jeder Hinsicht, so daß sich irgend etwas Bestimmtes kaum erzählen läßt. Soviel indes scheint mehr als wahrscheinlich, daß innerhalb der nächsten Wochen Entscheidungen getroffen werden. Ich nehme an, daß Sie im Laufe des Oktober eine klare Antwort haben werden, was Michi vorhat und wie er's auszuführen gedenkt. Michis Wohnverhältnisse sind recht unbehaglich; zur Zeit haben Freunde den beiden für mehrere Wochen ein angenehmes Haus zur Verfügung gestellt.

»Feuerpause« habe ich gleich zu lesen begonnen. Sie wissen, ich lese langsam. Ich habe jetzt die größere Hälfte der Korrekturfahnen gelesen. Mit hohem Genuß. Die Überarbeitung der ursprünglichen Fassung und Hineinverwebung neuer Ideen ist voll geglückt, nirgends merkt man die Nähte. Ich werde das Buch binnen einer Woche zu Ende gelesen haben. Dann schreibe ich Ihnen ausführlicher.

Heute schon darf ich Ihnen sagen, daß jeder Leser warmen Anteil nehmen wird an Bertin und daß er ihn von Seite zu Seite mehr liebgewinnt.

Ihnen, Dita und Ihren Kindern alles Herzliche, auch von Marta,

immer
Ihr Feuchtwanger

387 Zweig an Feuchtwanger

Homeyerstraße 13
Berlin-Niederschönhausen
11. 10. 1954

Liebster Feuchtwanger!

Hätten Sie mir nicht Ihr ausführliches Urteil über »Feuerpause« angekündigt, Sie hätten von mir schon viel früher mehr gehört als bloß den Inhalt der Ansichtskarte, die ich wahrscheinlich in Brienz an Sie schickte. Ich hatte nämlich das Vergnügen, von Adam und seiner jungen Hanni über den Susten-Paß gefahren zu werden und Dita zeichnen zu sehen, während wir auf 2200 m spazierengingen. Daß Michi seinen Paß zur Hochzeit seines Bruders nicht bekommen würde, war klar, denn der Bürokrat reitet langsam; jetzt würden wir aber gerne wissen, was er vorhat oder ob sich inzwischen etwas in seinen Entschlüssen änderte. – Mit Ihnen, liebster Feuchtwanger, hatte ich lange einseitige Unterhaltungen. Ich konnte mir nämlich mehrere Beiträge vorlesen lassen, die Sie zu Ihrem Siebzigsten stifteten, und mir dabei die beiden prächtigen Fotos anschauen, die Ihr heutiges Gesicht wirklich eindrucksvoll abbilden; wie eine alte weise Schildkröte schauen Sie uns an, den Kopf auf einem relativ langen Hälschen, und entwickeln dazu Ansichten über den historischen Roman, mit denen ich keineswegs übereinstimme. Wenn ich so dächte wie Sie, wären meine Leser im Recht, wenn sie mir falsche Daten oder Zahlen vorhielten oder die irrige Auswertung militärischer Fehler auf beiden Seiten. Wie die Dinge aber liegen, mache ich mich keiner solchen Abweichung schuldig und bringe das dichterische und das wissenschaftlich erforschte Bild einer Epoche so zur Deckung, daß ich sie durchsichtig mache, indem ich sie exakt gestalte. So bin ich beispielsweise in Ihrem prachtvollen »Jean-Jacques« durch Ihre willkürliche Verwendung der Thérèse Levasseur geradezu irritiert worden – oder wenn ich es an C. F. Meyer demonstrieren soll: ich ließ mir in Zürich von meiner neuen Schwiegertochter die ersten fünf Kapitel eines Buches vorlesen, das ich seit Jahrzehnten nicht mehr angeschaut hatte, aber sehr liebte, »Die Versuchung des Pescara«. Ich bewunderte die Komposition, freute mich am farbigen Abglanz des Lebens, mußte aber abreisen, bevor wir mit der Geschichte zu Ende gekommen waren. Hier entnahm ich meiner Bibliothek den dritten Band von Delbrücks »Geschichte der Kriegskunst« und fand den Pescara wirklich drin, aber mit so entscheidend anderen realistischeren, bösartigeren Fakten gekennzeichnet, daß mir die Freude an C. F. Meyer völlig verdunstete, und dabei hatte ich mir gleich die zweibändige Knaur-Ausgabe neu angeschafft. – Das mußte ich Ihnen schnell versetzen, um Ihre Gegenstimme zu hören und zu erfahren, liebster Feuchtwanger, wie Sie den Geburtstagstrubel überstanden haben und das viele Gedruckte, das die DDR Ihnen lieferte. (Getrockneter Lorbeer ist auch Lorbeer und riecht gut – sagt wenigstens die Küche.) Ich aber habe inzwischen den Vaterländischen Verdienstorden in Silber erhalten – einen ziemlich schweren Stern – und in Dresden eine Kandidatenrede gehalten, um wieder in die Volkskammer gewählt zu werden.

Und somit verläßt Sie für heute, so herzlich wie immer grüßend, Ihr, nach persönlicher Begegnung sehr verlangender

Zweig

PS Der Schlußakt Ihrer »Witwe Capet« in der »NDL« hat mir *sehr* gefallen.

388 Feuchtwanger an Zweig

Pacific Palisades, Calif.
9. November 54

Liebster Zweig,

schönen Dank für Ihren Brief vom 11. Oktober.

Ich freue mich, daß man Sie in der DDR nach Gebühr ehrt, ohne daß Sie Ihrer Arbeit wieder zu viel Zeit wegnehmen müssen.

Daß Sie mit meinen Anschauungen über den historischen Roman nicht einverstanden sein sollten, glaube ich Ihnen einfach nicht. Denn Ihre Praxis widerlegt Sie. Ihr »Bonaparte« weicht erheblich weiter von den »Fakten« ab als etwa mein »Jean-Jacques«. Er weicht mit Recht von den Fakten ab. Es gibt keine andere Geschichtsschreibung, die ihren Namen verdient, als historische Dichtung. Das sollte man nicht leugnen, wenn es auch der viel gehaßte und obsolete Aristoteles geäußert hat. Und was meine Thérèse Levasseur anlangt, so ist gerade sie genau nach dem historischen Modell gezeichnet und also zur Widerlegung meiner Theorie keineswegs geeignet. Ich habe lächelnd festgestellt, warum gerade diese meine Thérèse so viel Empörung erregt hat. Es sind zwei Gründe: einmal sehen die strengen Marxisten gerade in dieser Thérèse eine Allegorie des Volkes, natürlich sehr zu Unrecht, und ein solches Volk wollten sie sich nicht gefallen lassen. Vor allem aber wollten es die braven Hausfrauen durchaus nicht wahrhaben, daß ein großer Mann eine solche Gefährtin hatte.

Den Delbrück sollten Sie nicht gegen Conrad Ferdinand Meyer ausspielen. Ich weiß, wie sehr Sie die »Geschichte der Kriegskunst« schätzen, und ich habe sie mir auch wieder angeschafft und lese manchmal darin. Aber wollen Sie's Conrad Ferdinand wirklich verdenken, daß er sein Bild der »Renaissance« des Burckhardt entnahm? Mit dem gleichen Recht könnten Sie es dem Shakespeare verübeln, daß er sich im »Caesar« an den Plutarch hielt und nicht den Strategen Caesar zeigte, den später Napoleon III. in seinem gar nicht schlechten »Julius Caesar« darstellte. Ich habe unlängst wieder »Huttens letzte Tage« gelesen, mit inniger Freude und wissend, daß jedes einzelne Faktum nicht stimmt. Es ist da ein Buch erschienen, »Huttens Untergang«, das alle Fakten treulich zusammenstellt, sie sind in der Arbeit eines Lebens zusammengesucht, und das Ganze ist Staub, und der Hutten Conrad Ferdinands ist lebendig.

Entschuldigen Sie die Vorlesung, aber ich mußte Zweig und Feuchtwanger gegen Zweig in Schutz nehmen.

Ich stecke tief in der Arbeit an der »Jüdin von Toledo«. Aber neun Zehntel des Textes sind abgeliefert, und die Überfeilung des letzten Zehntels erfordert kaum mehr Zeit als sechs Wochen. Ich kann also damit rechnen, daß ich das Buch Ende des Jahres abgeschlossen haben werde.

Ich hoffe, Sie gehen gesund und guten Mutes in den Winter hinein.

Sehr herzlich
Ihr alter
Feuchtwanger

389 Zweig an Feuchtwanger

Homeyerstraße 13
Berlin-Niederschönhausen
22. 11. 1954

Liebster Feuchtwanger!

Wenn Ihnen in den ersten zwei Novemberwochen die Ohren geklungen haben: Dita und ich waren in Rom, und immer wieder ging mir Ihr Rom durch den Sinn, besonders beim Vestatempel, diesem bezaubernden, glänzend erhaltenen Bauwerk, das sich mir noch mehr mit Ihrer armen Cornelia verknüpft hat als der Titusbogen mit den »Söhnen«. Mehr kann ich Ihnen heute von diesen zauberhaften Spätherbsttagen nicht erzählen, nur, daß wir über »Feuerpause« und mein Verhältnis zu Wirklichkeit, Kunst und Form einen literarischen Nachmittag gaben in dem Istituto di Studi Germanici, wozu dann Dita ein Stück aus dem »Sergeanten« vorlas und das entsprechende Kapitel aus »Feuerpause«. Das Ganze war von meinem Übersetzer, Professor Burich, inauguriert worden und durchbrach zum ersten Mal die Vorherrschaft der Bundesrepublik als Repräsentanten der deutschen Literatur. (Für das kommende Jahr sind leider wieder Edschmid, Kästner, Benn e tutti quanti bereits auf der Liste; für 1956 aber hoffe ich, Brecht, Kantorowicz und die Seghers durchzusetzen, und wenn ein gewisser Feuchtwanger sich auch bereit erklärte, in Rom zu erscheinen, obwohl er schon »an der Schwelle des Greisenalters« zu stehen behauptete, als er »Unholdes Frankreich« abschloß, wäre das für uns deutsche Linke ein großer Gewinn.) – Unsere Diskussion über die historische Wahrheit führen Sie mit gewohnter Klugheit, denn an meinen »Bonaparte« dachte ich nicht, als ich mich mit dem »Jean-Jacques« beschäftigte. Selbstverständlich habe ich bewußt meinen Bonaparte nach Akko in die letzte Fassung des Stückes mit hineinnehmen müssen, und so bin ich fürs erste rechtens widerlegt worden. Sobald Sie aber mit der »Jüdin« wirklich fertig sind, kommen wir auf diesen Punkt wieder zurück, denn meine Argumente gründen sich nicht auf Meinungen unserer hiesigen Freunde, sondern auf eine Biographie von Jean-Jacques, die mir eine junge Romanistin von der Humboldt-Universität stückchenweise vorlas. Ich bedaure ja jetzt den Zustand meiner Augen mehr als je, die sich zu sehr vielen Dingen wieder bereit finden, nur nicht zum Lesen. Und dabei hätte ich jetzt eben Zeit dazu, weil ich »Das Eis bricht« bis Mitte nächsten Jahres verschoben habe und zunächst einmal wieder zu meinen Stücken zurückkehre, die, wie sie augenblicklich sind, Versprechungen für unsere Bühnen darstellen und nicht mehr. – Wir sind erst vorgestern wieder in Berlin gelandet, nachdem wir uns in Zürich aufgehalten hatten, bei den Kindern selbstverständlich, und dann in Frankfurt einen anderen Vortragsabend abhielten, wo Dita ein anderes Kapitel aus »Feuerpause« vorlas und ich über »Die Aufgaben des Schriftstellers in dieser Zeit« sprach und den Rahmen dazu lieferte. Und dabei mußte ich feststellen, daß dort nach »Junge Frau« von meinen Büchern nichts bekannt war, weder »Erziehung« noch »Einsetzung«, und daß die Plakatierung dieses Abends von der Sicherheitspolizei verboten wurde. Erfreulicherweise reagierten aber die Studenten der Universität stark genug auf die Nachricht, daß A. Z. angekommen sei, um doch etwa hundert Stühle zu besetzen. Daß der italienische Leser jene beiden Romane kannte und Mondadori einen Vertrag über »Feuerpause« zur Unterzeichnung bereit hatte, zeigt uns allen, wie tief die Spaltung Deutschlands durch Nazis und Amis gediehen ist. – Und nun genug für heute! Ich muß Ihnen noch einmal die Hand schütteln und hoffen, daß es Ihnen genauso gut geht wie mir – und Ihnen versichern, daß ich auf Ihre ausführliche Kritik von »Feuerpause« nach wie vor mit Spannung warte.

Mit aller Herzlichkeit wie immer

Ihr
Zweig

Übrigens ist die historische Basis des Dramas vielleicht doch leichtsinniger behandelbar als die des Romans oder der Novelle. Darüber will ich bis zum nächsten Mal nachdenken.

390 Feuchtwanger an Zweig

Pacific Palisades, Calif.
29. Dezember 54

Liebster Zweig,

ich möchte das Jahr nicht zu Ende gehen lassen, ohne nochmals mit Ihnen zu reden.

Ich freue mich, daß Sie in Rom so gute Tage gehabt haben, wie ja Ihre ganze Reise sehr anregend gewesen zu sein scheint.

Ach, wie gerne möchte ich einmal wieder nach Italien und nach Frankreich, von Berlin ganz zu schweigen. Aber Sie wissen ja, daß eine solche Reise den Bruch bedeutete mit den letzten vierzehn Jahren und sehr vielem, was ich in diesen vierzehn Jahren aufgebaut habe.

Es geht mir nicht schlecht. Die »Jüdin von Toledo« ist so gut wie fertig. Nur die allerletzten Seiten müssen noch überfeilt werden. Das Ganze hat mir viel Freude gemacht, aber es war zweieinhalb Jahre harter Arbeit, und ich bin gewiß, daß vieles mißverstanden werden wird, zum Beispiel der letzte Sinn des Buches. Hebbel hat darüber geklagt, daß der Künstler immer vor sein Bild treten müsse und mit dem Stock zeigen und erklären, was es bedeute. Ich kann mich mit dieser Tätigkeit durchaus nicht befreunden.

Nach diesen dreißig Monaten schwerer und anhaltender, wenn auch erfreulicher Arbeit bin ich manchmal ziemlich müde, und ich habe Angst vor dem vielen Kleinzeug, das liegengeblieben ist und aufgearbeitet werden soll. Aber dann will ich wirklich einmal einen Monat lang Ferien machen.

Alles in allem entnehme ich Ihrem Brief, daß Sie vergnügt und zuversichtlich in das neue Jahr hineingehen. Ich tue es auch. Und herzlich wünsche ich mir, daß ich die Freunde in Deutschland wiedersehen könnte.

In sehr freundschaftlichem Gedenken wie stets

Ihr
Feuchtwanger

391 Zweig an Feuchtwanger

Homeyerstraße 13
Berlin-Niederschönhausen
8. 1. 1955

Liebster Feuchtwanger!

Ihr erster Brief in diesem Jahre soll sofort beantwortet werden – aus einer Stimmung heraus, die als Nachwirkung eines Zeitstückes, das ich gestern abend in der Volksbühne sah, noch den ganzen heutigen Tag beherrscht. Sie wissen, daß ich die ganze Kategorie dieser

Bühnenwerke ablehne, die mit Piscator–Tollers »Hurra, wir leben« begann. Der gestrige Abend aber zeigte mir durch Hedda Zinners »Teufelskreis«, wie notwendig von Zeit zu Zeit die Bühne als Werkzeug anschaulicher Erinnerung an entscheidende Ereignisse der Tagesgeschichte sein kann. Der Reichstagsbrandprozeß, geschickt dramatisiert, an manchen Stellen sogar dichterisch gepackt, brachte dem ganzen Haus zum Bewußtsein, was wir hinter uns haben, und belebte mir persönlich jene Fülle von Gestalten, deren Aufstieg vom Jahre 33 an die Jahre unserer Emigration intensiv beschäftigte. Was für Namen, was für Gestalten! Das Stück war anständig inszeniert und wurde recht gut gespielt, so daß ich für meinen »Bonaparte« wieder Hoffnung schöpfe. Sie haben ja in Ihrem »Wahn in Boston« ein gestalterisch viel besseres Zeitstück geschaffen, aber Hedda Zinner hat ein neurotisches Zentrum unserer Gegenwart angerührt, weil ja Herr Adenauer im Westen ähnliche Kapriolen gegen die KPD starten möchte, wie seinerzeit die Hintermänner des Reichstagsbrandes. Und nun bewegt mich ernsthaft die Frage, ob nicht von Zeit zu Zeit Stücke wie mein »Ritualmord« wichtiger sind als echte dramatische Gestaltungen historischer Vorgänge oder zeitgenössischer Probleme wie mein »Bonaparte« oder »Laubheu«. Vielleicht haben Sie Lust, lieber Feuchtwanger, dazu ein Wort zu sagen, sobald Sie wirklich einen Erholungsmonat eingeschaltet haben, über den ich mich herzlich freuen würde.

Ich selber bin zur Zeit faul, ich lasse das Hauptgeschäft beiseite, nämlich die endgültige Gestaltung der Fabel und Personen von »Das Eis bricht«. Während ich auf den Beginn der Proben warte (letztes Datum: 20. 1.), fange ich bereits an, für den Greifenverlag eine Neuauflage meiner »Bilanz« vorzubereiten, die diesmal aber bis 1945 gehen und die ausgerottete Judenheit als Bestandteil des Reservoirs an fortschrittlichen Kräften Europas darstellen soll. Daß ich dabei die jiddisch sprechenden polnischen Ostjuden in das deutsche Sprachgebiet einreihen muß, mit dem sich dieses Buch ja hauptsächlich beschäftigt, wird zwar bei Euch drüben und in Israel Geschrei erregen, kann aber nicht vermieden werden. Gerade hab ich unseren polnischen Nachbarn zum Zehnjahrestag der Befreiung Warschaus gratuliert – vielleicht lege ich einen Durchschlag für Sie bei, denn Sie wissen ja, worum es geht. Nun wüßte ich gerne Ihr Urteil über Michis Buch, da mir der Verfasser nicht einmal den Titel mitgeteilt hat. Seine Briefe klangen viel freudiger als vor einem Jahre, und was er uns als Begabungsprobe im Frühling einschickte, erinnerte erfreulich an die prächtigen Briefe, die wir während seiner Zeit als Flieger und Soldat erhielten. Und außerdem erinnere ich Sie leise und schonungsvoll daran, daß Sie über »Feuerpause« eine ausführlichere Kritik versprachen, was aber erst nach endgültiger Geburt der »Jüdin« statthaben soll. Rom und Zürich haben uns sehr erfrischt, und so grüßt Sie im neuen Jahre in unveränderlicher Herzlichkeit

Ihr
Zweig

Wüßte ich nur, wie wir ein Wiedersehen zustande brächten, ohne Ihre Existenz aufs Spiel zu setzen! Unser beider Leben muß ja jetzt nach der Elle gemessen werden, nicht mehr wie 1933!

Adam und Hannah fahren morgen wieder heim.

392 FEUCHTWANGER AN ZWEIG

Pacific Palisades, Calif.
19. Januar 55

Lieber Zweig,

ich beneide Sie ein bißchen darum, daß Sie, wenn dieser Brief eintrifft, vermutlich wieder mit praktischem Theater beschäftigt sind.

Ein journalistisches Zeitstück zu schreiben, würde mich wenig reizen, und ich kann mir eigentlich auch nicht denken, daß Ihnen dergleichen liegen würde. Der »Ritualmord« ist kein Gegenargument. Erstens einmal lagen die Vorgänge, als Sie sie dramatisierten, doch schon eine gute Weile zurück, und zweitens haben Sie ja selber das Bedürfnis verspürt, sie durch die Rahmenhandlung übers Zeitliche hinauszuheben. Die wirklich wirksamen Zeitstücke trugen beinahe immer ein Kostüm. Denken Sie an den »Figaro« oder »Die Stumme von Portici« oder »Emilia Galotti« oder den »Nathan«.

Einen kleinen Aufsatz über die »Feuerpause« lege ich bei. Der ist zunächst für Sie persönlich bestimmt, aber wenn Sie glauben, daß ein Abdruck förderlich ist, dann geben Sie ihn, bitte, irgendeiner Euerer Zeitschriften.

Michis Buch ist noch nicht fertig, und er sträubt sich, das Manuskript in dem Zustand aus der Hand zu geben, in dem es jetzt ist.

Ich bin noch immer ganz schrecklich faul und ausgeleert und kann mich kaum dazu aufraffen, die dringlichsten Nebenarbeiten zu erledigen, die sich seit langem aufgehäuft haben. Aber das ist kein unangenehmer Zustand.

Herzlich wie stets
Ihr
Feuchtwanger

Anlage

Die Feuerpause

Als Arnold Zweig daranging, das Manuskript jenes Buches, das jetzt den Titel »Die Feuerpause« trägt, zu überarbeiten und zu vollenden, war er sich klar über die Schwierigkeiten des Unternehmens. Jenes Manuskript war vor einem Vierteljahrhundert geschrieben, und der Autor hatte seither wilde innere und äußere Umschwünge erlebt; überdies hatte er in der Zwischenzeit einen sehr großen Teil des Stoffes in einem vollgültigen Buche geformt, in dem Roman »Erziehung vor Verdun«. Es war ein anderer Arnold Zweig, der sich jetzt an die Arbeit machte.

Dann war da noch eine andere Erschwerung. Als jenes Manuskript entstand, war die Zeit, in welcher es spielte, der erste Weltkrieg, noch lebendig im Bewußtsein der weitaus meisten, sie hatten ihn miterlebt, seine Folgen waren unmittelbare Gegenwart. Nun aber war dieser Krieg gestrig geworden, und es gibt keine fernere Ferne als das Gestern. Dieser erste Weltkrieg war und ist zu nahe, um die Leidenschaftslosigkeit historischer Betrachtung zu ermöglichen, zu fern, um Heutige heutig zu erregen.

Arnold Zweig hat sich zugetraut, diese Schwierigkeiten zu überwinden, und was nun dasteht, rechtfertigt sein Selbstvertrauen.

Der Held dieses neuen Romans ist, wie in dem Buch »Erziehung vor Verdun«, der Schipper und Schreiber Bertin. Wenn dort die Erlebnisse Bertins vor Verdun dargestellt wurden, so erzählt das neue Buch von der tiefen Nachwirkung jener Erlebnisse auf den Helden, und die Erkenntnisse, die sich ihm langsam aus ihnen herausschälen, werden nun bestätigt und ergänzt durch Ereignisse, deren Zeuge er an der Ostfront wird. Die Fabel dieses neuen Buches ist also zu ihrem größeren Teil nicht um ihrer selbst willen da, sie wird zusammengehalten durch die Person des Helden. Es geht dem Autor nicht um die Ereignisse an sich, sondern um die Wirkung, die sie auf den Helden tun. Es zeigt sich, daß der Held des gesamten Grischa-Zyklus nicht jener russische Sergeant Grischa ist, so unvergeßlich sein Schicksal in jenem zuerst erschienenen Roman »Der Streit um den Sergeanten Grischa« erzählt wurde; vielmehr ist der wahre Held des gesamten Zyklus eben der Schriftsteller Bertin, und Zweig hält sich nicht lange damit auf, zu verhehlen, daß er mit diesem Bertin identisch ist. Im Grunde also ist der Roman »Die Feuerpause«, der die Wandlung Bertins durch den Krieg darstellt, das Kernstück des Grischa-Zyklus; denn er enthüllt mit äußerster Klarheit den Sinn des Gesamtwerks.

Sehr aufrichtig, wenn man will, naiv, mit dichterischer Wahrheit, unterstreicht der Autor Zweig geradezu, daß die Geschehnisse dieses Buches »Die Feuerpause« nur Episoden des großen Grischa-Zyklus sind: aber das Bewegende dieses Buches »Die Feuerpause« ist, daß es dadurch keineswegs zum Nebenwerk wird. Im Gegenteil, ohne dieses Buch »Die Feuerpause« bliebe die letzte, innere Meinung des großen Romanwerks um den Grischa undeutlich. Dieses Buch ist die notwendige Krönung des großen Werkes.

In dem Roman »Die Feuerpause« müht sich der Schreiber Bertin, den Sinn der Geschehnisse zu entdekken, die er früher im Kriege erlebt hat, wir mühen uns mit ihm. Es wird deutlich, wie schwierig es dem Erlebenden war, Wahrheiten zu entdecken, die uns heute geläufig scheinen. Genau dieser Umstand indes, daß nämlich der Sinn seiner Erlebnisse dem Helden nur langsam und erst lange nach den Erlebnissen aufgeht, gibt dem Buch seine packende innere Ehrlichkeit. Wir erleben es mit, wie die neuen Ereignisse, an denen Bertin in nächster Nähe handelnd und leidend teilnimmt, ihm die Augen aufreißen, und wir verstehen es, warum so unendlich viele noch heute blind sind.

Die Menschen des Buches sind uns in ihrer Mehrzahl vertraut aus den übrigen Romanen des Grischa-Zyklus. Sie waren und sind lebendig, lebendiger als die meisten Menschen, die in Fleisch und Blut um uns herumlaufen. Man kennt ihre Tugenden und Untugenden; alter Haß steigt auf, wenn man sie nun wiedertrifft, und alte Freude und Freundschaft.

Zweig ist ein meisterlicher Erzähler. Äußerlich ist der Roman eine Aneinanderreihung verschiedener Episoden. Der Autor hat nicht nur jeder einzelnen Episode ihre besondere Steigerung und innere Spannung gegeben, er macht auch den Leser immer von neuem begierig, zu erfahren, wie sich nun der Held des Romans, Bertin, zu dem jeweiligen Ereignis verhält, wie er einzugreifen versucht, und vor allem, wie er's deutet.

Am meisten gepackt hat mich die Geschichte des einfältigen Landsturmmannes Naumann II, Ignaz Naumann, der in das Räderwerk der Militärbürokratie gerät, wo es am gefährlichsten ist. Ich wünschte sehr, daß Zweig die schlichte und ungeheuer eindringliche Geschichte dieses Armen im Geiste einmal gesondert erzählte, so wie er seinerzeit die Geschichte »Die Bestie« unvergeßlich erzählt hat, bevor er sie dem kleinen Roman »Westlandsaga« einfügte.

Ja, der Roman »Die Feuerpause« ist geglückt. Nirgends merkt man die Nähte, durch welche das Alte mit dem Neuen verbunden wird, und die Kunst, mit welcher jetzt der Autor behaglich erzählt, um dann unversehens hart zuzupacken, bleibt vorbildlich.

Lion Feuchtwanger
[handschriftlich:] L. F.

393 Zweig an Feuchtwanger

Homeyerstr. 13
Berlin-Niederschönhausen
den 12. Februar 1955

Liebster Feuchtwanger!

Diesmal ist meine Antwort auf Ihren lieben Brief vom 19. v. M., der die vortreffliche Rezension der »Feuerpause« enthielt, weit länger liegengeblieben, als ich wollte oder auch nur voraussehen konnte. Die verschiedensten häuslichen und theatralischen Angelegenheiten, die ich hier nicht aufzählen will, brachten meine Dispositionen durcheinander. Sie waren durchaus nicht immer unerfreulicher Art, obgleich der wesentlichste Faktor darin bestand, daß sich meine Ilse, unsere Ilse, vom Standpunkt unseres Hauses aus gesehen, aus der Arbeit lösen mußte, um ihr erstes Kind zu gebären. Andererseits hatten die Besprechungen mit dem Regisseur Jung-Alsen ebenfalls breiten Anteil daran, und der war wieder angenehm. Die Premiere meines »Bonaparte« soll am 18. 3. stattfinden – ohne einen richtigen Bonaparte und, was noch schlimmer ist, ohne den geplanten Desgenettes. Der Schauspieler Kutschera war nervenmäßig viel zu überlastet durch drei große Rollen, um diese vierte übernehmen zu können! Daß er sich dadurch vielleicht aus der Theatergeschichte hinausspielt, wenn wir Glück haben, weiß er nicht. Das sonderbare Faktum bleibt bestehen, daß die Kollegen aus der Akademie – Sektion Darstellende Kunst – 5 Jahre von der Existenz des »Bonaparte« wußten und keiner die Notwendigkeit empfand, meine Historie auf die Bühne zu bringen. Bis dann Fritz Wisten diesen Bann brach. Brechts Erklärung: es gäbe zur Zeit in Berlin keine Schauspieler, die das Format meiner Gestalten ausfüllen könnten, ist sicher richtig und spricht für recht ausgezeichneten Theaterverstand; außerdem sind wir unverändert Freunde, die sich gern sehen und rückhaltlos miteinander reden. Daß aber Wisten sich um das Ungenügende seiner Schauspieler nicht kümmerte und mir endlich wieder den Weg auf die Bühne öffnete, rechne ich ihm hoch an, wie Sie sich denken können. Es wird sich schon, vertraue ich, auch noch einmal eine wirklich adäquate Besetzung finden, wenn das Stück erst bewiesen hat, daß es gut und notwendig ist.

Ihre Rezension der »Feuerpause« habe ich sofort an Huchel weitergereicht, der versprach, sie in der fälligen Nummer von »Sinn und Form« noch unterzubringen. Ich brauche Ihnen keine Lobsprüche zu machen, liebster Feuchtwanger, Sie wissen, daß Sie als Kritiker der gegenwärtigen Literatur ebenso einsam dastehen wie als Romancier. Ich werde mir aber Ihren Aufsatz vornehmen, sobald Huchel ihn gedruckt hat, und dann etwas ausführlicher darüber an Sie schreiben. Was Sie nicht wissen können und auch kein anderer Kritiker, ist die Funktion von »Feuerpause« im Gesamtwerk. In »Das Eis bricht« wird das entscheidende Kapitel für Bertins Gestaltung sein Auftreten im großen Soldatenrat von Wilna mit dem November 1918. Dort wird er verlangen, daß eine Kommission aus Mannschaften mit ihm die Kriegsgerichtsakten der Justizabteilung nachprüft, der Urteile gegen deutsche Soldaten wegen. Sein Antrag wird von den sozialdemokratischen Mannschaften wütend abgelehnt: »Der Jude soll das Maul halten, die Offiziere sind jetzt unsere Kameraden.« Da »Feuerpause« existiert, braucht Bertin an dieser Stelle nur ein paar Namen zu nennen und auf keine Einzelheit einzugehen, die mir den Ablauf des Kapitels sprengen würde. Ich weiß nicht, ob Johanna Rudolph von mir über diesen Punkt schon aufgeklärt worden ist, von der in den nächsten Wochen im Auftrag der Akademie ein ausgezeichnetes kleines Buch über meine Arbeiten erscheinen wird; wenn nicht, warte ich mit dieser Aufklärung bis zum Nachwort von

»Eis«. Der Fall Grischa, der in diesem Zusammenhang das starke Präludium darstellt, wird sich dann von selbst ergeben.

In diesem Jahre arbeite ich, wie ich Ihnen schon mal schrieb, nur unterirdisch am Roman. Das »Eis« soll in der Gestalt von Verdy den tragischen jungen deutschen Bürgerssohn darstellen, der sich nicht entscheiden kann, wohin er gehört. Als Sohn des Obersten Wienhardt und Unteroffizier bei der Ob-Ost vagiert er zwischen den Klassen – aber davon nichts weiter heute, lieber Feuchtwanger. Jedenfalls stirbt er an der Grippe am 15. November 1918; und nun nichts weiter davon, als daß Bertin ihn am offenen Grabe heftig beweint. Sie sehen schon, daß dieser Roman den Krieg von 1918 nur als Atmosphäre enthält, mindestens in den ersten Dreifünfteln, und gestalten soll, wie sich das deutsche Leben, besonders auch Berlins, auf der Eiskruste häuslich eingerichtet hat – Krieg als Alltag. Dann allerdings, im September 1918, beginnt es zu knistern, erst bei Megiddo, dann in Bulgarien, die Saloniki-Front greift an, Habsburg kracht in allen Fugen, und schließlich erfolgt der Gnadenstoß im Westen. Die Fabel verschiebt diese Fakten allerdings, entsprechend ihren eigenen Gesetzen. – Aber das sind spätere Sorgen und spätere Freuden. Zur Zeit denke ich an eine Verbesserung des »Grischa«-Stücks und eine gründliche Bearbeitung von »Laubheu« und, um zum Schlusse zu kommen: vorgestern lunchten wir mit Lola, die gescheit und tätig, wie immer, wieder einmal aufgekreuzt war. Sie sagte, Sie, lieber Feuchtwanger, würden die USA nicht mehr verlassen. Das wäre sehr traurig, denn mich würden diese USA wohl kaum mehr zu Besuch hineinlassen. Nun wollen wir Sie zur Schiller-Feier nach Weimar einladen. Würde auch das nicht klappen? Das sagen Sie doch bitte bald Ihrem herzlich grüßenden

Zweig

394 Feuchtwanger an Zweig

Pacific Palisades, Calif.
21. Februar 55

Liebster Zweig,

Sie werden ja wohl jetzt tief in den Proben des »Bonaparte« stecken, und ich beneide Sie um den vielen süßen Ärger, den solche Proben mit sich bringen.

Was Sie mir über »Das Eis bricht« schreiben, klingt sehr verlockend.

Daß ich nie mehr nach Europa kommen sollte, scheint mir ein übler Traum, wie ich ihn nie geträumt habe. Ich bin sicher, daß es einmal möglich sein wird, dieses Land zu verlassen, ohne alles preiszugeben, was ich hier aufgebaut habe, und ohne die Leserschaft des Westens zu verlieren. Optimist, der ich bin, glaube ich seit Jahren, daß es in jeweils zwei Jahren soweit sein wird.

»Die Jüdin von Toledo« ist zwar fertig, aber es ist so viel Kleinzeug zu erledigen, das liegenblieb, daß von einer richtigen Atempause vorläufig keine Rede sein kann. Aber ich bin auch da optimistisch und hoffe, daß ich mich nach zwei Wochen auf den Diwan werde legen und bedenken können, was ich nun anfangen werde.

Haben Sie eine gute Zeit im Theater, und denken Sie freundlich an mich.

Ihr alter
Feuchtwanger

395 Zweig an Feuchtwanger

Homeyerstr. 13
Berlin-Niederschönhausen
den 25. 3. 1955

Liebster Feuchtwanger!

Ja, die Premiere ist vorüber, und ein solider Erfolg errungen. Nichts hätte mich mehr geärgert, als wenn das Publikum der Volksbühne in jenen taktmäßigen Applaus ausgebrochen wäre, den ich so verabscheue. Aber es war nicht der Fall. Die Zuschauer gingen auf intensive Weise mit, und die Schauspieler taten wirklich ihr Bestes. Nun müssen Sie bedenken, daß Brecht keins meiner Stücke spielt, weil er sie nicht besetzen kann, so wie das innere Ausmaß meiner Figuren es verlangt. Dasselbe sagt er von seinen eigenen Stücken, z.B. von »Galilei«. Wir waren eben zusammen in Hamburg, unsere Postkarte wird es Ihnen bereits bewiesen haben, und er sagte: »Von den 14 Stücken, die ich von mir in der Schublade aufhebe, kann ich keins spielen lassen, weil der Eindruck, den eine falsche oder zu kleine Darstellung hervorruft, theatergeschichtlich nicht mehr zu korrigieren ist.« Worauf ich ihm entgegnete: »Unter diesen Umständen, lieber Brecht, wäre weder von Schiller noch von Goethe je ein Stück auf die Bühne gekommen.« Daß B. B. daraufhin beinahe in ein Loblied der klassischen Weimarer Bühne ausgebrochen wäre, bog ich ab und erzählte ihm jene Geschichte von Hofmannsthal und der Theaterkritik, an die Sie sich sicher erinnern, nur daß ich das Hofmannsthalsche »G'lobt soll ma werden« in ein »G'spielt soll ma werden« verwandelte.

Wir haben nur mittelmäßige Schauspieler an der Volksbühne mit Ausnahme des Stars Kutschera, der meinen Desgenettes einigermaßen gestaltet hätte, aber er fühlte sich zu überlastet durch die vier großen Rollen, die er beständig spielt (darunter ausgezeichnet den »Richter von Zalamea«), und so mußten wir aus Dresden einen Ersatzmann nehmen, den eine sonst nicht sehr scharfsinnige Kritik »einen Provinzheldenvater« nannte, und der »unfreiwillig die Reden Desgenettes als leeres Geschwätz entlarvte«. So zu lesen in einer Westberliner Zeitung, die aber ansonsten von anderen Presseerzeugnissen des gleichen Stalls durch günstigere Urteile allein gelassen wurde. Unsere besten Kritiker haben noch nicht gesprochen, Max Schroeder hat sich leider den Arm gebrochen, als er in Schierke nachsehen wollte, wie sich zu seiner morgigen Heimreise das Wetter anlasse.

Ja, liebster Feuchtwanger, daß Sie darauf warten, Ihr Haus unter politisch besseren Umständen für ein halbes Jahr allein zu lassen, bedauern wir alle sehr. Wie Sie wissen, tun wir alles, um das Kriegsgespenst gegenstandslos zu machen. Aber dennoch würden wir es begrüßen, wenn Sie sich jetzt, statt auf neue Romane zu sinnen, daran machten, den PEN-Klub-Kongreß in Wien mit Ihrer Anwesenheit zu beehren. Leider konnte ich Felix Guggenheim hier nicht sprechen – Janka telefonierte mir heute, daß er da sei und abreise. Sonst hätte ich ihm höllisch nahegelegt, Sie, liebster Feuchtwanger, bei der Vorbereitung zu einer Europareise in diesem Juni zu unterstützen. Thomas Mann kommt nach Weimar, wird in Lübeck den »Ehrenbürger« persönlich einkassieren und vorher in Stuttgart und bei uns die Schiller-Rede halten; ich selber spreche in Dresden am 20. Mai. Und nun wüßte ich gern, welchen Eindruck Michis Manuskript auf Sie gemacht hat und was Sie in »Centum opuscula« dem Greifenverlag überlassen. Ich folge Ihrem Beispiel, sobald meine richtige Sekretärin ihre Arbeit wieder aufgenommen hat. Heute ist der erste Frühlingstag, ich bin durch unsere Gärten gegangen, in Hausschuhen – unsere, den Eislerschen und meinen, die aneinanderstoßen. Inzwischen hat sich die Lou von Hanns scheiden lassen und Ernst Fischer geheiratet, und so warten wir auf eine neue Herrin der Nachbarschaft und grüßen inzwischen aufs herzlichste über Länder und Meere. Ganz und gar

Ihr
Zweig

PS Eben kommt mir telefonisch die Nachricht, daß die Frankfurter Verlagsanstalt Konkurs angemeldet habe. Nun war das doch die, welche das Erbteil des Stockholmer Neuen Verlages angetreten hat, und der wir das »Beil« noch teuer genug abkauften. War das nicht auch Ihre westliche Verlagsanstalt? Und wenn ja, sind Sie zur Zeit noch für Westdeutschland ungebunden? Vielleicht können Sie dann noch einen Monat warten, bis ich Ihnen erzähle, was ich mit meinen westlichen Rechten vorhabe; es wäre doch hübsch, wenn wir wenigstens verlagsmäßig wieder unter gemeinsamem Dache wohnten.

396 Feuchtwanger an Zweig

Pacific Palisades, Calif.
2. April 1955

Liebster Zweig,

ich freue mich, daß der »Bonaparte« solch ein Erfolg geworden ist. Ihre Zeitungen und Zeitschriften berichten ja gewöhnlich recht anschaulich über Theaterdinge, und ich hoffe, bald ausführlich über die Aufführung zu lesen.

Was meine westdeutschen Verlagsdinge anlangt, so weiß ich nur, daß der Europäische Buchklub die »Jüdin von Toledo« in einer sehr hohen Auflage herausbringt. Alles andere, vor allem die Ablösung meiner Bücher von der Frankfurter Verlagsanstalt, ist durchaus ungeklärt, und ich warte auf Guggenheims Rückkehr, um Näheres zu erfahren. Guggenheim wird aber kaum vor Ende Mai zurück sein.

Ebenso ungeklärt liegen die Dinge betreffend »Die Witwe Capet«. Ich hätte natürlich sehr gewünscht, daß die Uraufführung in Berlin stattfinde. Ich weiß aber nicht, ob sie nicht trotz allem in Hamburg stattfinden wird. Auch darüber werde ich Näheres erst nach Guggenheims Rückkehr erfahren.

Was die »Centum opuscula« anlangt, so hat sie Dietz durch einen jener jungen Germanisten zusammenstellen lassen, die sich sehr intensiv mit meiner Produktion befassen.

Ich habe furchtbar viel Kleinarbeit, und mir fallen ja diese Nebendinge sehr viel schwerer als Ihnen. Vorläufig also liege ich brach und freue mich, mir innerlich sehr viele Möglichkeiten offenzulassen.

Ich wünsche Ihnen herzlich einen schönen Frühling.

Immer
Ihr alter
Feuchtwanger

397 Zweig an Feuchtwanger

Homeyerstr. 13
Berlin-Niederschönhausen
22. 4. 1955

Liebster Feuchtwanger!

Wenn unser Frühling immer noch auf sich warten läßt – Tagestemperatur etwa plus 7 bis plus 10 Grad –, so wirkt das auch auf unsereinen. Es macht müde, unlustig zu größeren Unternehmungen und verstärkt das Verlangen, mit Ihnen den alten nachbarlichen Kontakt wiederaufzunehmen. Aber dazu ist leider keine Aussicht, weder kommen Sie herüber noch kann ich Sie besuchsweise anfliegen. Nach Ihren westdeutschen Rechten erkundigte ich mich, weil wir die starrsinnige Blockade durchbrechen wollten, die jenseits der Elbe gegen unsere Bücher verhängt ist. Dazu planten wir die Übernahme einer alten Verlagsfirma, um sie mit den Verlagsrechten von Heinrich Mann, mir, Ihnen, der Seghers und einiger anderer Kollegen auszustatten – wenn nötig unser eigenes Geld hineinzustecken. Aber Becher, mit dem ich vorgestern darüber sprach, verwarf diesen Plan: nach vier bis fünf Monaten wisse das Kaiser-Ministerium über alles genau Bescheid und ruiniere den Verlag als kommunistischen. Der Plan ging von Janka aus, und nun muß ich mit ihm einen Ersatz für mich selber ausfindig machen. Am nächsten liegt mir mein alter Verleger Rowohlt, der aber jetzt krank sein soll, so daß ich in Hamburg seiner nicht ansichtig wurde. Sonst habe ich jetzt auch allerlei Kleinkram – der Tod unseres Albert Einstein veranlaßte mich zu einem Nachruf in der »Humanité«, der sechzigjährige Walther Victor muß gefeiert werden, da er eine sehr dünne Haut hat und eine nützliche schriftstellerische Kraft in der DDR darstellt; und dann natürlich der unselige Friedrich Schiller. Die Weimarer Festtage werden freilich als Entgelt eine Wiederbegegnung mit Thomas Mann bringen, was immer erfrischend wirkt, vor allem, weil zu seinem Achtzigsten wiederum allerhand gedruckt werden muß, was mir schon seit Wochen durch den Kopf geht. Das Geheimnis, warum mir kleine Arbeiten so leichtfallen, liegt darin, daß ich sie tagelang auf Spaziergängen oder bei einer Zigarre durchdenke, so daß sie fertig sind, bevor ich ein Wort in die Maschine sage. – Über »Bonaparte« reden wir mehr, wenn Sie Rezensionen gelesen haben werden, und dann frage ich auch Genaueres über die »Witwe Capet« – ein Stück, dem ich auf unseren früheren Bühnen große Chancen gegeben hätte. Jetzt aber? Wir sahen vor ein paar Wochen eine »Nathan«-Premiere mit Eduard von Winterstein: ein Erlebnis, das die ganze Distanz aufdeckte, die uns von unseren Berliner Tagen trennt. Der alte Mann war nicht allein großartig, er elektrisierte auch alle Mitspielenden und brachte unbewußte

Kräfte zum Schwingen, weit über Lessings großartiges Stück hinaus. Mein »Bonaparte« hatte übrigens zur Folge, daß ich mich des »Grischa«-Spiels erinnerte. Leipzig will es im Herbst bringen, und dazu hab ich eine neue erste und eine neue Ausgangsszene geschrieben und hoffe, nächste Woche mir das ganze Stück vorlesen lassen zu können. Leider ermutigt mich aber meine »Bonaparte«-Besetzung in keiner Weise; das Mittelmäßige, hier wird's Ereignis. Obwohl ich Westberliner Bühnen nur oberflächlich kenne, kenne ich die Hamburger von heute überhaupt nicht und weiß also nicht, welches Ensemble Ihnen besser dienen wird. Das Beste wäre, den Brecht deswegen anzukriegen. Der ist aber eben mit seinem »Puntila«-Film so »farnommen«, daß ich ihn kaum mehr anrufe, bis er sich nicht selbst meldet. – Gesundheitlich geht es mir recht gut. Meinem niedrigen Blutdruck rücke ich jetzt mit einem Sauerstoffzelt zu Leibe, in welchem ich täglich zwanzig Minuten eine Luft einatme, die vierzig bis fünfundvierzig Prozent Sauerstoff enthält, und zwar gekühlten; eine sowjetische Erfindung, die mir gewissermaßen die Winterreise ersetzt. – Meinem Michi wollte ich als Osterei 50 Dollar schicken, die ich auch sicherlich bekomme, bloß nicht so schnell, wie ich hoffte. Ihr Urteil, lieber Feuchtwanger, über sein Manuskript sind Sie mir noch schuldig geblieben; ich bitte aber weiterhin darum. Das letzte Heft von »Sinn und Form« brachte Ihre Rezension der »Feuerpause«; als ich sie im Druck sah und mir dann zum zweiten Mal vorlesen ließ, gefiel sie mir noch viel besser als beim ersten Mal, und ich danke Ihnen herzlich dafür. Wie schön waren die Zeiten, in denen Sie mir Ihre Romane kapitelweise vorlasen, und wie sehr entbehre ich diesen schöpferischen Kontakt mit Ihrem ausgezeichneten Talent, Ihrer klugen nachdenklichen Komposition, Ihren Prachtstellen! Dazu also sollten wir alte Leute werden? »Was in der Jugend du wünschst, das hast du im Alter die Fülle«?

Damit drücke ich Ihnen für heute aufs herzlichste beide Hände,

Ihr leicht melancholischer
Zweig

Von Felix Guggenheim hätte ich gern etwas gehört, während er in Berlin war. Hat er Ihnen schon mal was von unserer ersten Begegnung in Konstanz erzählt, 1919 oder 20? Gott, waren wir damals jung und schlank!

398 Zweig an Feuchtwanger

Homeyerstr. 13
Berlin-Niederschönhausen
25. 4. 1955

Liebster Feuchtwanger!

Als ich meinen letzten Brief an Sie diktierte, wußte ich noch nicht, daß ich jetzt eine Nachschrift schicken müßte, um Sie anzupumpen. Falls nämlich Michi sich entschließt, uns sein Manuskript selber herzubringen und seine Mutter zum Geburtstag persönlich zu küssen, braucht er Reisegeld. Natürlich komme ich dafür auf und zahle es Ihnen in Dollars zurück. Es geht aber bei uns, wie Sie wissen, nicht schnell, und so würde ich vielleicht acht Wochen Ihr Schuldner bleiben müssen. Die Höhe des Betrages wird Ihnen Michi auseinandersetzen – ich kenne sie nicht, aber ich stehe dafür gerade. Die Arbeit am »Bonaparte« hat mir gezeigt, was mir die Produktion des »Beil«-Films schon hätte beibringen können: daß ich einen jungen Assistenten brauche, um einen anständigen neuen »Grischa«-Film drehen zu können. Ich habe für das »Grischa«-Stück bereits eine neue erste und eine letzte Szene geschrieben und fasse die

Aufführung des Spiels in Leipzig als Vorarbeit für den »Grischa«-Film auf. Weiter möchte ich heute nur sagen, daß es bei uns langsam Frühling wird, daß ich mich auf »Die Witwe Capet« freue und Sie, auch im Auftrage von Dita, herzlich grüße

als Ihr alter
Arnold Zweig

399 Feuchtwanger an Zweig

Pacific Palisades, Calif.
30. April 1955

Liebster Zweig,

über meine westdeutschen Verlagsdinge weiß ich immer noch nicht Bescheid, da Guggenheim noch nicht zurück ist und mich vertröstet hat, er wolle mir nach seiner Rückkehr die Verhältnisse eingehend darlegen. Nur soviel ist gewiß, daß die vorhandenen Bestände meiner Bücher aus dem Zusammenbruch der Frankfurter Verlagsanstalt gerettet wurden und daß, unabhängig von dem Erscheinen im Buchhandel, die »Jüdin von Toledo« im August in außerordentlich hoher Auflage im Europäischen Buchklub erscheint. Sowie ich Näheres weiß, das heißt Mitte Mai, teile ich es Ihnen mit.

Daß es nicht leicht ist, in Westdeutschland Bücher von Autoren zu vertreiben, die als Kommunisten »gebrandmarkt« werden, weiß ich aus Erfahrung. Kogon und Guggenheim berichteten mir immer wieder, daß die Buchhändler sich sträubten, meine Bücher zu vertreiben.

Über »Bonaparte« habe ich immer noch nichts zu lesen bekommen. Sendungen aus Ostdeutschland brauchen wieder einmal ungewöhnlich lange Zeit, wenn sie überhaupt ankommen.

Michis Manuskript habe ich langsam und gründlich

gelesen, es ist ziemlich umfangreich, und mehrere lange Unterredungen mit ihm geführt. Es ist keine Frage, daß er begabt ist, aber das Buch schwankt hin und her zwischen Report und Erzählung, und es ist viel glücklicher in den berichtenden Partien, die sehr anschaulich sind, als in den erzählerischen. Was einen anspricht, ist die tiefe Einfühlung des Autors in das Wesen des Tieres; hier sind Stellen, die sicherlich sowohl den amerikanischen wie den europäischen Leser bewegen werden. Aber das Buch ist, wie gesagt, schwach im Kompositorischen, es hat kein Zentrum, es zerfällt in fünf oder sechs Reporte und novellistische Partien. Ich habe versucht, Michi klarzumachen, daß er sich entscheiden müsse zwischen Reportage und Erzählung. Wie weit mit dem Manuskript hier in Amerika praktisch etwas anzufangen ist, weiß ich nicht; die Marktbedingungen sind unsereinem unverständlich. Geschrieben ist das Buch sehr flüssig in einem heutigen Amerikanisch.

Wir haben einen auffallend schlechten Frühling dieses Jahr. Aber das Klima ist uns offenbar sehr bekömmlich, es geht Marta und mir gesundheitlich sehr gut.

Im übrigen habe ich viele kleine Widerwärtigkeiten, und kleine Aufsätze und dergleichen fallen mir außerordentlich schwer. Ich beneide Sie um Ihre Fähigkeit, Essayistisches in die Maschine zu diktieren. Ich muß, auch wenn ich das zu Sagende wochenlang durchgedacht habe, das Geschriebene wieder und wieder hernehmen, ehe es so klingt, wie ich wünsche, und mir ist zum Beispiel jetzt schon bang vor den fünf oder zehn Minuten, die ich über Albert Einstein zu reden habe, obwohl ich ein kleines Buch über ihn schreiben könnte.

Sehr herzlich wie immer
Ihr
trotz allem optimistischer
Feuchtwanger

400 Zweig an Feuchtwanger

Homeyerstr. 13
Berlin-Niederschönhausen
9. 5. 1955

Liebster Feuchtwanger!

Auf Ihren lieben langen Brief vom 30. 4. möchte ich gleich antworten, wenn auch heute nicht viel aus mir herauskommen wird. Die Befreiungsfeiern zum 10. Jahrestag der Hitlerkapitulation kosten ein wenig Kraft, da sie auch die Abende in Anspruch nehmen. Sie sind aber wert des Mitmachens, und auch Dita hält wacker durch. Leider überschneiden sie sich mit unseren Schiller-Feiern, und auch diese nicht zu ignorieren, finde ich notwendig. Vom 12. bis zum 16. werden sie in Weimar den Höhepunkt erreichen; dort wird Thomas Mann seine Schiller-Rede aus Stuttgart noch einmal halten, und wir werden ihn dort wiedersehen und ihm gleich zu seinem Achtzigsten gratulieren. Schriftlich habe ich das schon zweimal besorgt, einmal für die »NDL«, wo mein Brief wie der Ihre in Faksimile erscheinen wird, und einmal für eine Feuilleton-Korrespondenz, damit vernünftige und warme Worte an möglichst viele Zeitungen der Zone und Berlins gelangen.

In diesem Brief finden Sie einige »Bonaparte«-Kritiken; es sind auch in anderen Zeitungen recht vernünftige Urteile erschienen, wie sich ja überhaupt das Niveau unserer Theaterkritik gehoben hat.

Da Sie über Ihre westdeutschen Rechte noch nicht Bescheid wissen, kann ich Sie vielleicht bitten, darüber noch nicht zu verfügen, was immer Guggenheim Ihnen vorschlagen sollte. Am Samstag nachmittag unterhielt ich mich über den Verlagsplan mit Erich Wendt, den ich mit Dita in Friedrichshagen besuchte. Er ist durchaus nicht so skeptisch wie Becher, und sein Urteil scheint mir immer noch das wichtigste zu sein, wenn es sich um

Verlagsdinge handelt. Wir werden uns wohl bald wieder darüber zusammensetzen, und ich gebe Ihnen schleunigst Nachricht, was wir für möglich halten.

Ihre Analyse von Michis Buch sagt mir viel, und Dita und ich danken Ihnen sehr für Ihren Anteil an unserem Jungen. Ich bin überzeugt davon, daß er hier wichtige Funktionen für sich wie für mich erfüllen kann und daß er so schnell als möglich bei uns eintrudeln sollte. Einen deutschen Paß müßte er sich wohl bald und ohne Schwierigkeiten verschaffen können. Und da ich in diesem Jahr »Das Spiel vom Sergeanten Grischa« erst auf die Bühne, dann auf die Leinwand zu bringen gedenke, wäre hier schon eine wichtige Mission zu erfüllen, damit ein Regieassistent da ist, der den DEFA-Leuten auf die Finger sieht. Die Geschichte des »Beil«-Films ist noch immer nicht abgeschlossen, und auch sie wäre für Michi eine lohnende Aufgabe. Ich hatte ihm einen kleinen Brief an Sie beigelegt, liebster Feuchtwanger, um Sie zu bitten, ihm die Reisekosten vorzuschießen. Daß Sie sie wiederbekommen, in welcher Währung Sie wünschen, dafür bürgt Ihnen unsere Freundschaft, die ja zu den schönsten Dingen gehört, die uns das Leben beschert hat.

Vor zehn Tagen explodierte bei uns der Frühling, so daß unser Garten optisch von Blüten und hellem Grün, akustisch aber von Vögeln geradezu sprudelt. Und daß Sie und Marta sich ebenso gesund fühlen wie wir, das freut am meisten

Ihren, nach Ihrer Hand fassenden
Zweig

401 Feuchtwanger an Zweig

Pacific Palisades, Calif.
11. Mai 55

Liebster Zweig,

nur ganz kurz:

Ich habe Michi erklärt, daß ich ihm zur Verfügung stehe, wenn er Reisegeld braucht. Auch habe ich ihm jenen Betrag vorgestreckt, den er als Ostergeschenk erhalten sollte.

Herzlich wie stets

Ihr
Feuchtwanger

402 Feuchtwanger an Zweig

Pacific Palisades, Calif.
18. Mai 1955

Liebster Zweig,

vielen Dank für die »Bonaparte«-Kritiken. Sie haben mir ein deutliches Bild der Aufführung gegeben.

Guggenheim ist zurückgekommen und hat mir Bericht erstattet. Ich muß mich wohl in allernächster Zeit entscheiden, welchem Verlag ich meine westdeutschen Rechte endgültig überlassen soll; es handelt sich auch um einen ansehnlichen Bestand recht gut gedruckter Bücher. Ich werde mich wohl für Rowohlt entscheiden, vor allem auch, weil bei ihm die wenigsten Vorurteile gegen den Osten sind.

Daß ich Michi zur Verfügung stehe, wann immer er mich braucht, habe ich Ihnen ja schon geschrieben.

Im übrigen geht es mir nicht schlecht. Nur bin ich sehr beschäftigt, und leider nicht mit ernsthafter Arbeit, sondern mit lästigem Kleinkram.

Ich habe sehr das Bedürfnis nach einem guten Gespräch mit Ihnen.

In alter Herzlichkeit

Ihr
Feuchtwanger

403 Zweig an Feuchtwanger

Homeyerstr. 13
Berlin-Niederschönhausen
23. 5. 1955

Liebster Feuchtwanger!

Heute früh hatten wir drei Grad Wärme – um damit anzufangen. Wir sind aus Weimar recht abgekämpft heimgekommen, hatten aber die Freude, eine überaus gute Rede Thomas Manns zu hören, die er, über eine Stunde stehend, vortrug, und Frau Katia und Erika kurz zu sprechen. Da wir jeden Abend, wie Sie sich denken können, ein Schillersches Drama sahen und hörten, von Mannheimer, Weimarer, Leipziger und Stuttgarter Ensembles, möchte ich nicht verfehlen, den Autor von »Witwe Capet« auf das Stuttgarter Nationaltheater und die Schauspielerinnen Elisabeth Flickenschildt und Gisela von Collande aufmerksam zu machen. Besonders die letztere scheint mir alles zu haben, um Ihr Stück zu vollem Erfolge zu führen – und auch für den St. Just hatten sie einen begabten jungen Mortimer, den der Regisseur Hoffmann ausgezeichnet zu führen verstehen würde. Ich habe, wie Sie sich denken können, mit dem Regisseur eine interessierte Unterhaltung geführt und mir meines »Bonaparte« wegen jeden Abend Schillersche Helden angeschaut – aber vorläufig scheint die Barriere unüberschreitbar zu sein, mit der man unsere Stücke vom Publikum der Bundesrepublik fernhält. Wahrscheinlich wird es notwendig sein, daß ich in den Topf von Felix Blochs Erben als Erbse unter Erbsen eingerührt werde.

Für die prompte Hilfe, die Sie meinem Michi angedeihen ließen, danke ich Ihnen herzlich. Mir liegt an dem Jungen außerordentlich viel, ihm an mir aber offenbar sehr wenig, zum mindesten für den Moment. Seiner Mutter hat er zum Geburtstag einen ausführlichen Brief geschrieben, hauptsächlich über mich und gegen mich, in welchem er mir vorwirft, über die DDR völlig falsch unterrichtet zu sein und seinerzeit über die in Rußland »zurückgehaltenen deutschen Kriegsgefangenen« und ähnliche »Wahrheiten« ganz naiv hinters Licht geführt worden zu sein, was sich ein halbes Jahr später schon erwiesen habe. Auf Grund meiner Informationen werde er keineswegs nach Berlin zurückkehren und ebensowenig bei der DEFA und beim Theater meine Assistenz übernehmen – seine Generation habe mit den ollen Kamellen nichts mehr zu tun, die in »Grischa«, dem »Beil« und »Bonaparte« enthalten seien. Man müßte, was den »Grischa«-Film anlange, eine ähnliche Handlung in den zweiten Weltkrieg verlegen – etc. Dabei wird mir bei jeder Gelegenheit in Berlin, in Dresden und in Weimar demonstriert, und zwar von den jungen Menschen selber, wie sehr gerade diese meine Bücher und Themen von ihnen gierig aufgenommen werden, und daß sie sie und meine Art zu erzählen allen anderen Büchern bei weitem vorziehen, auch Thomas Mann. Gleichzeitig berichtete mir der polnische Schriftsteller Karst in einem Weimarer Theaterklub, daß in drei Wochen eine Riesenauflage von »Einsetzung« den Buchhändlern weggerissen worden sei und daß nur die leidige Papierfrage ein Hemmnis gegen eine zehnfache Verbreitung meiner Bücher in Polen darstelle. So sehen Sie, lieber Feuchtwanger, daß die Welt wirklich bis ins intime Familienleben hinein in zwei Lager aufgeteilt ist und daß ich mich offenbar jetzt einrichten muß und einrichten werde, die nächsten Jahre ohne Michi auszukommen. Im übrigen war Michis Brief von der ersten bis zur letzten Zeile reizend und ebenso erfreulich wie bitter für mich. –

Zunächst kein Wort weiter über unsere Verlagspläne. Wenn die »Jüdin« in einer Riesenauflage drüben erscheint, hoffe ich ein Exemplar geschickt zu kriegen – auf Ihre Anweisung hin. Und vom 12. bis zum 20. Juni werden wir in Wien den PEN-Klub-Kongreß mitmachen, ich diesmal als Delegierter mit Uhse, da der Brecht in Paris sein wird und Tralow im Krankenhaus liegt. Inzwischen vertiefe ich mich ins »Grischa«-Stück, dem ich eine neue erste und letzte Szene gegeben habe, und erlebe auf jedem Spaziergang in den blühenden, aber frostkalten Schrebergärten, wie sich die Fabel von »Das Eis bricht« anreichert, rundet und klärt. Am 20. Mai fuhr ich nach Dresden, eine Schiller-Rede zu halten, die von dem wirklich lebenden Menschen Schiller handelt und nicht von den Büchern, die er geschrieben, und ich hatte das Vergnügen, daß mir auf der Fahrt im Wagen dahin eine zentrale Schicht der »Eis«-Fabel aufging, die mir bislang noch nie so voll zum Bewußtsein gekommen war. Nächstes Jahr gehen wir ans Diktat, worauf sich schon jetzt freut

Ihr alter, herzlich grüßender
Zweig

Dita hat grade schöne Erfolge. Drei ihrer Landschaften hat der »Verein Berliner Künstler« im Pergamonmuseum ausgestellt, und ein viertes hängt in der Frühjahrsausstellung der Akademie.

Und haben Sie den »Sonntag«? Sonst schicke ich Ihnen meinen »Prolog zu Schillers Demetrius«.

404 Feuchtwanger an Zweig

Pacific Palisades, Calif.
4. Juni 1955

Liebster Zweig,

ich freue mich über die frühlingshafte Stimmung, die aus Ihrem Brief vom 23. Mai spricht.

Ich lege Ihnen bei eine kleine Rezension aus dem New-Yorker »Aufbau«, der gemeinhin überaus bösartig über alles urteilt, was in Ostberlin vorgeht.

Ich fürchte, man kann Michi nur wenig helfen in dem wilden Kampf, den er mit seinen Problemen führt. Es sind zu viele Einflüsse, denen er immerzu unterworfen ist, und er wird jede Woche nach einer andern Seite gezogen. Leider auch haben die billigen naturalistischen amerikanischen Kriegsromane ihn sehr beeindruckt. Dabei ist er, wenn er hier mit mir spricht, sichtlich sehr gutwillig und aufnahmebereit. Aber es bleibt nicht viel übrig als warten; das haben wir ja gelernt.

Daß Dita Erfolge hat, freut mich besonders. Ich schaue mir oft die schönen Aquarelle an, die sie mir geschickt hat.

Sehr herzlich wie stets

Ihr
Feuchtwanger

405 ZWEIG AN FEUCHTWANGER (Ansichtskarte)

Höhenkurort Semmering
[Österreich]
28. 6. 55

Liebster F.,

»Mein PEN-Klub kann addieren / kann auch multiplizieren / Selbst da« usw. Sie kennen den Text. Dennoch wär's hübsch, wenn wir uns nächsten August in London treffen könnten. Wir haben uns hier prächtig erholt, minimaler Kurbetrieb, viele Wolken, Waldvögel, mäßig Sonne; übermorgen nach Wien hinab, Lou und Ernst Fischer nach seiner Blinddarmop. zu sehn, und Freitag ab nach Hause. Von dort hören Sie mehr von

Ihrem
A. Z.

[Nachschrift Beatrice Zweig:]

Herzliche Grüße

Ihre
Beatrice Zweig

406 Zweig an Feuchtwanger

Homeyerstr. 13
Berlin-Niederschönhausen
20. 7. 1955

Liebster Feuchtwanger!

Meine Karte aus Wien mit dem Verschen, über das Sie hoffentlich gelacht haben, sollte eine Abschlagszahlung sein, der sofort ein Geburtstagsbrief folgen sollte. Ich wollte ihn auf dem Semmering schreiben, wohin uns Freunde unmittelbar nach dem Schluß des PEN-Kongresses verfrachteten. Aber siehe da, dort oben überwältigte mich eine Müdigkeit, die nur zu Spaziergängen mit Dita reichte und zur Freude an dem prächtigen Weißwein, den sie dort oben verschenkten. Nach neun Tagen fuhren wir wieder hinunter, immer mit dem Tatraplan der Freunde, und am 1. flogen wir nach Berlin zurück, wo mich schon eine Pflichterfüllung erwartete, die mit Ihnen im Zusammenhang steht. Sie nämlich, lieber Feuchtwanger, haben mich mal auf einen zu schreibenden Shakespeare-Essay gestoßen. Das tat ich jetzt für den Zehnjahre-Almanach des Deutschen Theaters und tue es immer weiter, da die Dramaturgie ihre Frist plötzlich bis Ende August verlängert hat. Ich hätte Ihnen das Manuskript gern als Geburtstagsgeschenk hinüberfliegen lassen, aber Einfälle kann man nicht kommandieren, sagt mein Bonaparte, und so tröpfelt jeden Tag ein Stückchen Shakespeare-Erkenntnis nach. Sie wissen ja, daß ich mit Ihnen so verbunden bin wie mit keinem zeitgenössischen Kollegen, und so freue ich mich, daß wir beide mit unserem Geburtsjahr Fangball spielen und uns so fühlen wie bei meinen Besuchen in Sanary.

Das Heft 7 der »NDL« ist inzwischen zu Ihnen unterwegs. Mein »Nein« zu Harold Nicolsons Aufsatz, ob der Roman tot sei, im März geschrieben, wird Ihnen sicherlich gefallen; er ist unter anderem auch ein Gruß an Sie.

Ihre Bücher im Hafen Rowohlt vor Anker gehen zu lassen, ist wahrscheinlich das Richtige. Nur dürfen wir mit einem Blick auf Genf die Klausel einfügen, daß bei einer Vereinigung der beiden Deutschlandteile neue Vereinbarungen vonnöten seien. Ich selber zögere mit westdeutschen Abschlüssen; hat sich in den sieben Jahren, die ich jetzt hier bin, der Westmarkt für mich verschlossen, so soll er es ruhig noch zwei Jahre tun, bis ich mit »Eis bricht« die Gestalt des jungen begabten Bürgerlichen in die Welt von 1918 gesetzt habe, der sich nicht zwischen oben und unten entscheiden kann und in die tödliche Grippe flüchtet. Das Stück in meinem »A. Z.«-Heft bleibt unangetastet, rückt aber aus dem Anfang des ersten in den des zweiten Buches.

Was Sie mir über Michi sagen, bedrückt mich, besonders, weil es mit den Urteilen übereinstimmt, die sein Bruder Adam äußert. Dennoch möchte ich Michi bei uns haben, je früher, desto besser. Und wenn die Entspannung Wirklichkeit wird, die unsere sowjetischen Freunde mit solcher Klugheit und Energie durchsetzen, wird sich Michis Widerstand wohl leichter besiegen lassen. Aus seinen Briefen geht ja nicht einmal hervor, was für Einflüsse ihn hin- und herziehen. – Ein Gespräch mit Ihnen, liebster Feuchtwanger, ich wage es kaum noch zu erhoffen; vorgestern in Buckow bei Brecht zuckten wir auch die Achseln, als eine solche Hoffnung über unsere Lippen kam. Womit sich für diesmal mit herzlichem Händedruck verabschiedet

Ihr unermüdlich tätiger
Zweig

Eben ein Schlußkapitel zum »De Vriendt« gedichtet, das 12 Jahre später spielt und recht geglückt ist – dem Urteil des recht kritischen Adam nach. Dita freute sich sehr über Ihre Worte anläßlich ihrer Aquarelle; jetzt erobert sie das Ölmalen.

407 Feuchtwanger an Zweig

Pacific Palisades, Calif.
1. August 1955

Liebster Zweig,

schönen Dank für Ihren Brief vom 20. Juli.

Ich habe dieser Tage alte Fotografien in die Hand gekriegt, darunter eine ganze Anzahl von Bildern, die Sie darstellen, und da ich Fotos aus Ihrer neuesten Zeit kenne, habe ich mit Vergnügen wahrgenommen, wie wenig Sie sich verändert haben.

Die Mitglieder des Europäischen Buchklubs werden »Die Jüdin von Toledo« wohl in zwei oder drei Wochen kriegen; auch Rowohlt denkt, daß seine Ausgabe Mitte August versandbereit sei. Ich freue mich herzlich darauf, Ihnen das Buch zu schicken.

Mich selber werden die Exemplare so bald nicht erreichen, auch nicht Ihr Aufsatz über den Roman in der »Neuen Deutschen Literatur« und schon gar nicht Ihr Shakespeare-Aufsatz. Es ist erstaunlich, wie langsam der Versand aller Post vor sich geht, die nicht mittels Flugzeug geschickt wird.

Sie wissen, ich bin ein alter Optimist, und wir haben so viel Auf und Ab erlebt, daß ich die Vorstellung, ich sollte Europa und Sie und Brecht nicht wiedersehen, innerlich scharf abweise. Ich halte mein Haus hier nach wie vor für ein Provisorium.

Mit Michi habe ich eine lange Unterredung gehabt. Seine Situation ist äußerlich und innerlich sehr schwierig. Aber ich habe den Eindruck, daß Sie ihn in verhältnismäßig kurzer Frist wiedersehen werden.

Lassen Sie sich's gut gehen. Ich hoffe, daß »Eis bricht« ein gut Stück weitergekommen sein wird, bevor der Winter kommt.

Heute wie stets
Ihr
Feuchtwanger

408 Zweig an Feuchtwanger

Hotel Heinrich Heine
Schierke im Harz
den 23. August 1955

Liebster Feuchtwanger!

Heute schreibe ich Ihnen endlich, und zwar vom Brocken – auf dem wir gestern waren und der von Goethe und Heine viel berühmter gemacht worden ist, als er verdient. Ist man oben, so hat man eine recht umschleierte Aussicht auf milde Bergketten und sitzt in einem Riesen-Gasthaus, das sich an Komfort natürlich mit keinem österreichischen Berghotel messen kann, selbst nicht mit einer so mittelguten Pension, wie wir sie auf dem Semmering bewohnten. Wir hatten von vornherein beschlossen, unsere Erholung zur zweiten Hälfte hier zu verbringen, und das war ganz in Ordnung. Freilich wollte ich Ihnen bald nach meiner Rückkehr Ihren lieben Brief vom 1. d. Mts. beantworten; Sie können sich aber denken, wie der Tod von Thomas Mann zwischen alle Absichten hineinfunkte! Dabei hatte ich schon in Weimar die Befürchtung ausgesprochen, die Kombination von Schillerehrung und 80. Geburtstag werde ihm schwer zu knasten geben. Als man mir mitteilte, er sei nicht nur nach Lübeck gefahren, um sich dort ehrenbürgern zu lassen, sondern auch noch nach Holland und zur Erholung gar an die Nordsee, wurde mir angst und bange. Und nun ist er hin, liebster Feuchtwanger, und Sie und ich und L. Frank und Hermann Hesse repräsentieren jetzt die deutsche Literatur vor der Welt. Sie müssen mir versprechen, weiterhin so vorsichtig zu leben, wie Sie es tun und wie ich es tue. Bei der allgemeinen Entspannung der Lage sieht es jetzt wirklich so aus, als ob wir übernächstes Jahr uns in den USA oder sonstwo treffen könnten, wenn Ihnen die Ausreise weiterhin so erschwert bleibt.

Auf die »Jüdin« freue ich mich schon – hoffentlich trifft sie noch in diesem Jahre ein, denn im nächsten vertiefe ich mich wieder in »Das Eis bricht« und kann mir dann unmöglich einen so umfangreichen Roman vorlesen lassen. Dabei hat Max Schroeder bei seinem letzten Besuch vor 14 Tagen geradezu von Ihrem Buch geschwärmt, und Sie wissen ja, welch einen dankbaren Leser Sie an mir haben. Vielleicht gelingt es uns, wieder einmal als Nachbarn zu wohnen! – Von Michi bekamen wir einen reizenden Brief und ein Manuskriptchen von 28 Seiten, aber sein dickes Buch ist noch nicht eingetrudelt. Und nun gehen wir wieder auf unsere Liegewiese und freuen uns, daß bei uns beiden jetzt das Wetter zum Guten umgeschwenkt ist – womit sich aufs herzlichste empfiehlt auch im Namen von Dita

Ihr stets getreuer
Zweig

Glauben Sie, daß Th. M. von sich aus so unvorsichtig war, oder hat ihn jemand dazu veranlaßt?

409 Feuchtwanger an Zweig

Pacific Palisades, Calif.
3. September 55

Liebster Zweig,

schönen Dank für Ihren Brief vom Brocken.

Mit Ihren Anmerkungen zum Tod von Thomas Mann haben Sie wohl recht. Wahrscheinlich war er sich wohl dessen bewußt, daß die Anstrengungen der Schiller-Feiern und seiner Geburtstagsfeiern sein Leben verkürzen würden; aber er hätte wohl auch, wenn er die bewußte Wahl gehabt hätte, es so gehalten, wie er es hielt. Ich erinnere mich einer Bemerkung Heinrich Manns während einer Epoche, da man Thomas außerordentlich feierte. »Nun erntet er«, sagte Heinrich.

Ich gebe Weisung nach Hamburg oder Stuttgart, Ihnen die »Jüdin von Toledo« zu schicken, die gerade dort erscheint. Die Ausgabe des Aufbau-Verlags aber wird ein Nachwort enthalten, das, glaube ich, gut geglückt ist.

Michi wird, wie er Ihnen wohl geschrieben hat, nun sehr bald seine Reise antreten. Er wollte sie so billig wie möglich machen; aber er hielt es nicht für angebracht, daß er sie zu lang aufschiebt. Infolgedessen habe ich ihm zugeraten und es ihm ermöglicht, Flugtransport zu wählen.

Herzlich wie stets
Ihr alter
Feuchtwanger

410 Zweig an Feuchtwanger

Homeyerstr. 13
Berlin-Niederschönhausen
3. 9. 1955

Liebster Feuchtwanger!

Als wir aus Schierke am 30. 8. zurückkamen, lag auf meinem Schreibtisch ein Brief Michis und versetzte uns in eine Jubelstimmung wie nicht mehr seit seiner Abreise vor fast fünf Jahren. Das war Ihr Geschoß, lieber Feuchtwanger, denn wer konnte ihm das Reisegeld vorschießen, wenn nicht Sie? Wie dankbar wir Ihnen dafür sind, kann ich nicht näher beschreiben – das wissen Sie eh. Obwohl meine Lebensstimmung nach wie vor und Tag für Tag durchaus positiv ist und bleibt, auch wenn ich ununterbrochen an vielen Einzelheiten unserer Existenz Anstoß nehme, an ihnen rüttele und sie auch relativ oft zu bessern imstande bin – zu den drei, vier großen Lebenswünschen, die ich noch habe, gehört die Wiedervereinigung mit den Kindern, die sich jetzt offenbar der Verwirklichung nähert. Hinzu kommt, daß mir Dita in Schierke die Kurzgeschichte Michis vorlas, »News of Someone You Know«, und ich mit Entzücken feststellen konnte, wie begabt der Junge sein Thema angefaßt hat und wie leichthändig er die Form handhabt, die dazu paßt. Außerdem hatte die Post inzwischen auch sein Romanmanuskript eintrudeln lassen, und so konnten beide an Max Schroeder weitergereicht werden, der freundlicherweise eine Prüfung übernommen hat. Daß wir inzwischen die Lufthansa gründen und Bekannte von mir mit dieser Gründung betraut sind, eröffnet keine schlechte Aussicht dafür, daß Michi, wenn er hierbleiben will, sofort einen job findet.

Und nun weiter, liebster Feuchtwanger: Ein zweiter Hauptwunsch dieser reifen Lebenszeit ist die Wiedervereinigung mit Ihnen. Da Sie davon sprachen, daß Sie Ihr Palazzo in Pacific Palisades nur als Provisorium betrachten: können Sie schon skizzieren, wohin Sie möglicherweise zurückkehren wollen? Es gibt bei uns viele kleine und auch größere Einwände zu überwinden, das wissen Sie ja, und sicherlich würden Sie erst einmal einen Erkundungstrip hierher machen, aber gerne wüßte ich mehr von den Erwägungen, die hinter diesem Wort »Provisorium« stehen. Nun wird uns der Michi allerdings alles berichten, was er weiß, und somit brauchen Sie Ihre Briefzeit damit nicht zu belasten. Aber – Sie wissen ja schon, daß man von seinen Freunden immer mehr wissen möchte, als sie berichten können. – In Sachen des verstorbenen Thomas Mann hat mir inzwischen Frau Katia in einem Briefe versichert, daß es ihnen allen und auch den Ärzten ein völlig unerwarteter Schlag war, als eine Embolie die schon anlaufende Genesung im Zürcher Spital abbrach, eine völlig verkalkte Arterie im Bein überraschte alle seine Ärzte. Lassen wir also diesen Toten ruhen – in der Tiefe seiner Seele kann durchaus der Todestrieb gearbeitet haben, um ihn auf der Höhe seiner Altersglorie vor jeder Verminderung des Glanzes zu bewahren. – Und noch eins, liebster Feuchtwanger: Falls Eure Journale etwas vom Tode des armen Heinz Litten schreiben sollten. Die Untersuchung der Ärzte und Polizisten spricht jetzt viel mehr für einen tödlichen Unfall in der Badewanne als für Suicid. Und nun die herzlichsten Wünsche zu unserem verrückten Rosch Haschanah 57xx

von Ihrem
Zweig

Eben sehe ich, daß ich den Anlaß zu diesem Brief fast vergessen hätte! also Blättchen.

Gestern schickte mir der Aufbau-Verlag seinen Almanach, den ich sehr hübsch gemacht fand. Als ich im Inhaltsverzeichnis Ihren »Bertrand de Born« entdeckte, bat ich Dita sofort, ihn mir am Abend nach des Tages Mühe vorzulesen. Es war eine Freude, fast so groß wie bei dem Kapitel vom Tode Voltaires aus den »Waffen«. Ihre Darstellung ist so frisch und faszinierend, daß das Zuhören zum Zusehen wurde, so verlebendigen Sie diese verstaubte Epoche. Natürlich wage ich nicht zu Ihrer Vorbemerkung Stellung zu nehmen; erst wenn ich das ganze Buch kenne, bestätige ich Ihnen, daß es ein Spiegelbild unserer Epoche sei, oder ich widersetze mich dieser Ansicht. Aber Sie haben aus dem Helden einer Uhlandschen Ballade den provençalischen Propagandaminister herausgestaltet und ihn so unsympathisch und verführerisch beleuchtet hingestellt, daß ich an die besten Stellen der »Maultasch« denken mußte. In der haben Sie freilich das Ritterwesen und die gierige Rauflust der Feudalen noch frischer und humoriger herausgebracht, und ich lasse mir heute abend jene völlig unvergessene Szene vorlesen, in der der blinde König die Schlacht um Innsbruck mitmacht. Gratulor, Feuchtwanger, und auf mehr!

Ihr
Zweig

NB Wie kamen Sie eigentlich auf den Titel »D. Füchse im Weinberg«? Ich verstehe ihn nicht und werde doch so oft nach seinem Sinn gefragt.

411 Zweig an Feuchtwanger

Homeyerstr. 13
Berlin
nicht mehr
Congrès des Peuples
Pour la Paix
Vienne 1952
12.[–14.] 10. 1955

Liebster Feuchtwanger,

diese Mappe erlaubt mir, bei Neonlicht an Sie zu schreiben – was all diese Tage nicht glückte. Heute ist das Haus still, Michi schon schlafengegangen, Dita in Locarno, ich aus Brüssel zurück, auch aus Gent und Brügge, wohin ich ganz ohne persönliche Begleitung als Mitglied der Société Européenne de la Culture mit Hermlin, Prof. Brugsch und dem Bildhauer Grzimek gefahren war und wo ich recht erkältet verweilte. Und nun benütze ich diesen Abend zum Gespräch mit Ihnen, liebster F., da mir Schreiben erstaunlich gut von der Hand geht, Lesen unmöglich bleibt und das Radio recht öde zu sein scheint. Der Tag brachte eine Absprache mit Dr. Kipphardt vom D[eutschen] Theater, mit meinem »Grischaspiel« die nächste Spielzeit zu eröffnen, ferner deprimierende Nachforschungen nach dem Spiel mit den Nationalpreisen dieses Jahres und der Anschaffung eines zweiten Wagens, eines Ifa 9, für Michi und Dita. Und als persönlich Bestes den Anfang der Wiederaufnahme der Roman-Arbeit – nicht am »Eis«, für das ich mich noch sammele, sondern für »Aufmarsch der Jugend 1914«, dessen Kapitel mir so frisch entgegenduften wie eine bairische Primelwiese, auf der sie spielen. Komisch, daß wir nicht mehr 30 Jahre alt sind ... Liebster Feuchtwanger, der Michi ist eine Herzensfreude – natürlich mit Stoppeln, wie jedes Männergesicht. Aber er hat sich so jung erhalten, so begabt und so vielseitig, daß es nur einen Entschluß seinerseits braucht, um ihn hier einzuwurzeln. Sein bon sens läßt ihn natürlich sofort alle unsre schwachen Stellen erkennen. Aber er wird so angezogen von unserer soliden Basis, daß er im täglichen Kampfe mit jenen liegt. Und zu mir ist er überaus ritterlich, hilft, wo er kann, findet aus, wo ich es daheim besser haben könnte, hat seine Augen statt meiner. Und seine Niederschriften sind so begabt, daß ich glaube, ihm einen guten Vorschlag machen zu können, wie er in »Down to the Dogs« eine Fabel einbauen könnte – eine gute, dichterische, ohne Wesentliches ändern zu müssen. So, lieber ferner Gesellschafter, jetzt gute Nacht.

14. 10. 1955

Inzwischen sind wieder zwei Tage verflossen, und ich habe mir noch immer nicht mehr aus Ihrer »Jüdin« vorlesen lassen können, liebster Feuchtwanger. Täglich kommen Anforderungen, teils vom Mozart-Komitee, teils von unserer Zeitschrift »Bildende Kunst«, teils durch den Tod von Friedrich Wolf oder F. C. Weiskopf (bei Wolf war es eine Büste von Seitz, die in der Volksbühne enthüllt wurde). Und zu allem muß man reden, schreiben oder wenigstens anwesend sein. Dann hat man das Vergnügen, aus alten Mappen alte Aufsätze herauszusuchen, die neu gedruckt werden sollen, und die wirken wie gestern verfaßt, z. B. über meinen Freund Hermann Struck, der jetzt achtzig werden würde, wenn ihn seine palästinensische Emigration nicht viel zu früh aufgefressen hätte. Und so sehen Sie, liebster Feuchtwanger, daß man zu dem überhaupt nicht kommt, was man am liebsten tun möchte ... Aber ein Brief wie dieser ist dazu geeignet, Entschlüsse hervorzubringen, und ich hoffe, schon nach der Rückkehr aus Weimar mit vernünftigerer Tageseinteilung anfangen zu können. Daß Michi eine lebendige Verbindung zwischen uns aufrecht erhält, wissen Sie ja eh. Er ist durchaus noch nicht entschlossen, bei uns zu bleiben, und durchaus auch nicht zum Gegenteil geneigt; bittet mich aber gestern beispielsweise, ich möchte Sie vertraulich anfragen, ob Sie ihm finanziell zur Rückkehr verhelfen würden, wenn er sich doch nicht positiv entscheiden kann. Er nimmt den Kampf viel zu ernst, den hier alle wirklich fortschrittlichen Kulturkräfte mit gewissen politischen Gremien zu führen haben, und sieht die großen Erfolge nicht, die sich manifestieren und nachweisen lassen. Zum Beispiel ist unsere Zeitschrift »Bildende Kunst« eine wirklich ansehenswerte, höchst erfreuliche Publikation geworden. Ich möchte Ihnen beinahe die letzte Nummer zusenden lassen, wenn die Schiffspost nicht allzu langsam funktionierte. – Und damit verläßt Sie herzlich grüßend

Ihr
Zweig

412 Feuchtwanger an Zweig

Pacific Palisades, Calif.
24. Oktober 1955

Liebster Zweig,

ich komme gleich auf den Kernpunkt Ihres Briefes vom 14. Oktober zu sprechen, nämlich auf Michis Zukunft.

Ich habe schwere Bedenken, ihm die Summe für die Rückfahrt zur Verfügung zu stellen; denn die Gründe, die ihn zu seiner Reise bewogen, waren ja nicht allein der Wunsch, es zusammen mit Ihnen zu versuchen, sondern vor allem die Einsicht, daß ihm das Leben hier schwer erträglich war. Er hatte sich lange, lange Zeit hindurch vergeblich bemüht, irgendeine Stellung zu finden, er klagte, daß er es nicht mehr aushalte, hier zusammen mit Ruth und allein von ihren Einkünften zu leben. Nun hat sich aber hier nichts geändert; seine Aussichten, hier irgend etwas zu finden, sind nicht besser als zu der Zeit, da er wegging, und es ist keine Frage, daß ihm nach allerkürzester Frist das Leben hier so unerträglich vorkommen wird wie damals.

Wonach er sich hier so bitter sehnte, war die Möglichkeit, in Ruhe den Versuch machen zu können, ein Buch zu schreiben. Gerade diese Möglichkeit hat er aber doch bei Ihnen. Zudem, denke ich, hätten Sie, wenn er bei Ihnen bleibt, endlich die Gelegenheit, sich von jemand, der Ihnen nahesteht und der begreift, worum es sich handelt, vorlesen zu lassen und mit ihm Ihre Pläne zu besprechen. Er braucht dringend einen Lehrer wie Sie, Sie brauchen einen Mitarbeiter wie ihn.

Was mich erschreckt hat, war der Umstand, daß er so schnell dem Lande dort den Rücken kehren will. Ich sehe natürlich ein, daß ihm vieles dort sehr unerquicklich vorkommt; aber in so kurzer Zeit kann er sich doch unmöglich ein halbwegs vernünftiges Urteil gebildet haben über das Für und Wider. Hier kam ihm vieles zumindest ebenso unerquicklich vor, und doch brauchte er so lange Zeit, ehe er sich entschloß wegzugehen. Dabei war ihm bewußt, daß dies ein Abschied für immer werde – – und so hat es auch Ruth aufgefaßt. Es wäre sehr, sehr gut, wenn Sie ihn überzeugen könnten, daß er aus hundert Gründen besser tut, bei Ihnen zu bleiben.

Sehr, sehr herzlich

Ihr
Feuchtwanger

413 Zweig an Feuchtwanger (Telegramm)

Berlin
11. November 1955

Dank für Brief. Wollte mir Telefonat mit Ihnen zum Geburtstag schenken. Schreibe heute.

Gruß Zweig

414 Zweig an Feuchtwanger

Homeyerstr. 13
Berlin-Niederschönhausen
12. 11. 1955

Liebster Feuchtwanger!

Mein Telegramm, gestern abgesandt, hat Ihnen hoffentlich keine Rätsel aufgegeben. Da Michi kurzerhand mit seiner Ruth telefonierte und vortreffliche Verständigung erreichte, zu recht mäßigem Preise, beschloß ich, mir zu meinem Geburtstag als Geschenk ein Gespräch mit Ihnen zu bescheren und einmal wieder wenigstens Ihre Stimme im Ohr zu hören, deren münchnerische Akzente ich durch all die Jahre nicht vergessen habe. Inhaltlich wollte ich nur fragen, wie es Ihnen geht und ob

Sie schon wieder ein neues Hauptwerk in der Pfanne haben. Außerdem gedachte ich, Sie nach der »Witwe Capet« zu fragen und zu berichten, daß in Brechts Schauspielhaus vor ein paar Tagen eine glänzende Aufführung zweier chinesischer Volksstücke uns ungeheuren Spaß und eine ebensolche Bewunderung für das verschafften, was dieses Berliner Ensemble sich erarbeitet hat. Außerdem wollte ich Ihnen erzählen: ich habe »Das Eis bricht« noch für ein Jahr zurückgeschoben und den ersten Roman in Arbeit genommen, den Vorgänger von »Junge Frau«, der früher »Aufmarsch der Jugend« hieß und diesen Titel vielleicht überhaupt behalten wird, obwohl sein Arbeitstitel jetzt »Deutschland über alles« ist. – Und dann wollte ich Ihnen danken für Ihren ausgezeichnet klugen und freundschaftlichen Brief vom 24. 10., der die Angelegenheit Michi so treffsicher charakterisiert. Das Schlimme ist: Michi ist mit vollkommen ruinierten Nerven abgefahren und angekommen. Er hat sich kategorisch geweigert, etwas für deren Stärkung zu tun, und findet, daß er allein seine Sachlage richtig beurteilen könne. Dabei schwankt er innerlich zwischen den verlockenden Vorzügen der DDR und der Angst, ich könnte eines Tages plötzlich sterben und ihn dann allen Unbilden ausgesetzt zurücklassen, die ihm seine CIC-Vergangenheit bereiten könnten. Überhaupt ist die Angst vor dem Unbestimmten, das ihn hier treffen könnte, von weit größerem Einfluß auf ihn als die wohlbekannten konkreten Schwierigkeiten, die ihn in Kalifornien erwarten könnten, nach Ihrer Ansicht schlechterdings erwarten. Er will also schon Ende November wieder wegfliegen, weil er kein Visum für die DDR habe und weil um Weihnachten in Kalifornien eine Menge Stellungen ausgeschrieben werden, um die er sich mit Erfolg bewerben könnte, wenn durch seinen Aufenthalt hier keine neuen staatsbürgerlichen Schwierigkeiten entstünden. Daß er mit Ihnen vor seinem Abflug darin einig war, er werde seinen Paß abgeben und sich für ganz und gar Hierbleiben entscheiden, hat er mir erst heute ausdrücklich zugegeben; angenommen hatte ich das von vornherein. Er hat sich nun bereit erklärt, seinen Nervenzustand untersuchen zu lassen und etwas physiologisch Kräftigendes zu unternehmen. Ferner wird er wahrscheinlich Ende dieses Monats nach der Schweiz fahren und nach kurzem Besuch bei Adam mit einem neuen Einreisevisum wiederkommen. Dann könnte er noch drei Monate zur Verfügung haben, einen wirklich vernünftigen Entschluß zu fassen. Diese Konzessionen stehen aber durchaus noch nicht fest. Ich ließ ihm nur keinen Zweifel darüber, daß er zwar von mir die fünfhundert Dollar zum Rückflug bekommen werde, daß aber keine Rede davon sei, ich würde ihm nach drüben finanzielle Mittel schicken können. Andererseits hat er hier von mir einen schönen neuen Wagen Ifa 9 geschenkt bekommen und so viel Moneten, daß er ein halbes Jahr ohne Schwierigkeiten an seinem Manuskript arbeiten könnte. Daß ihm Max Schroeder vom Verlag sogleich eine Übersetzung aus dem Amerikanischen angeboten hat, tat ihm vor vierzehn Tagen noch sehr gut, jetzt aber …? Außerdem stößt er sich an einer Menge kleiner häuslicher Umstände, die ihn, wie er sagt, am Arbeiten verhindern, obwohl er im obersten Stockwerk unsere bildhübsche Mansarde bewohnt und seine Schreibmaschine klappern lassen kann, soviel er will. Ja, liebster Feuchtwanger, das sind die Freuden der Vaterschaft! Aber um nicht ungerecht zu sein: der Michi ist einer der reizendsten, gescheitesten und liebevollsten jungen Männer, die wir in und seit Palästina getroffen haben. Und da wir von Adam dasselbe sagen können, obwohl auch er Schwierigkeiten anderer Art macht, können Sie sich denken, daß mein achtundsechzigster Geburtstag ein wirkliches Freudenfest war, was sich in der Fülle von Chrysanthemen und Zyklamen, Kamelien und exotischen Pflanzen anderer Art ausdrückte, die unsere Winterveranda zum Garten macht. Und das Gespräch mit Ihnen hole ich nach, sobald wieder ein Tag dafür geeignet erscheint, von 5 Uhr früh bis ½ 7 wachzuliegen und auf die Antwort Ihres Amtes zu warten. Diesmal telegrafiere ich aber vorher an, ob es paßt, damit nicht wieder mit langer Nase die Bettdecke über dieselbe ziehen muß

Ihr herzlich grüßender
Zweig

PS Nächstens schwärme ich Ihnen brieflich vor, welchen Spaß mir der Roman von 1913/14 macht. Schon das Material, aus Geschichtsbüchern und Zeitschriftenbänden gesammelt, duftet nach Illusionen, und genauso frisch ist der Duft der Kapitel, die seit 1930 etwa die Mappen füllen. Diese Mappen wurden von Lily Offenstadt und ihrem Verlobten Hans Leuchter seinerzeit der Gestapo entrissen, und das werde ich in einem Nachwort erzählen, wenn das Buch fertig ist.

415 Feuchtwanger an Zweig

Pacific Palisades, Calif.
15. November 1955

Liebster Zweig,

ich wollte den Brief abwarten, den Sie mir in Ihrem Telegramm ankündigten; sonst hätte ich Ihnen schon früher geschrieben.

Es war eine besonders glückliche und liebenswürdige Idee, daß Sie mir telefonieren wollten. Ein Jammer, daß ich gerade da nicht zu Hause war. Falls Sie es ein zweites Mal versuchen sollten, dann, bitte, richten Sie es so ein, daß der Anruf mich entweder zwischen 12 und 2 oder zwischen 4 und 6 Uhr nachmittags (Pazifischer Zeit) erreicht. Um diese Zeit bin ich (außer am Sonntag) fast immer zu erreichen. Wenn möglich, machen Sie einen »person to person call«, damit ich hier erfahren kann, wer mich zu erreichen versucht. Ich erfuhr hier nur, daß der New-Yorker operator angerufen hatte, und erst nach Schwierigkeiten, daß der Anruf aus Europa kam.

Nun bleibt mir nur noch übrig, Ihnen nachträglich zu Ihrem Geburtstag zu gratulieren. Ich muß ja wohl nicht viele Worte machen, um mit Ihren Chrysanthemen und Kamelien zu konkurrieren. Sie wissen, wie ich zu Ihnen stehe.

Was ich Ihnen vor allem wünsche, ist ein Jahr ruhiger Arbeit an einem einzigen Buch, und wenn dieses Buch lang vorbereitet ist wie »Aufmarsch der Jugend«, dann um so besser.

Was Michi anlangt, so würden es die schwierigen äußern Umstände, in denen er lebt, auch einem völlig ausgeglichenen Manne sehr schwer machen, Entschlüsse zu fassen und bei ihnen zu bleiben. Bei allen Schritten, die er zu tun und die er zu lassen hat, sprechen ja beinahe ebensoviel Gründe für den einen wie für den andern. Kühl betrachtet scheint es ein Gebot der Vernunft, daß er bleibt, wo er jetzt ist. Wenn lange Erfahrungen irgendwas beweisen, dann hat er hier in Kalifornien keine Chancen. Drüben hat er zunächst einmal eine komfortable Wartezeit und auch dann unter allen Umständen einige Chancen sowohl in Ostdeutschland wie in einem allenfalls geeinten Deutschland. Ich kann mir nicht denken, daß irgendwer, der auf dieser Seite des Ozeans lebt und es gut mit ihm meint, zu einer andern Ansicht kommen könnte.

Meine Dinge hier gehen äußerlich ein wenig auf und

ab. Ich werde Ihnen, denke ich, noch vor Weihnachten mehr darüber berichten können.

Erfreulich ist, daß ich nach vielem Kleinkram mich wieder an richtige Arbeit machen konnte. Ich schreibe an einem Roman »Jefta«. Das ist natürlich kein »biblischer Roman«. Was ich darstellen möchte, ist die Wandlung eines positiv gesehenen barbarischen Menschen in einen etwas mehr zivilisierten, die Wandlung eines halb barbarischen Stammes in eine bauende Gemeinschaft. Die Arbeit macht mir viel Freude.

Und nun hoffe ich, daß das Hin und Her um Michi zu einem guten Ende kommt und Sie zu ruhiger Arbeit.

Ihnen und Ihrem Haus alles Herzliche

Ihr
alter
Feuchtwanger

416 Zweig an Feuchtwanger

Homeyerstr. 13
Berlin-Niederschönhausen
19. 11. 55

Lieber Lion!

Den beiliegenden rührenden Brief von Michi muß ich mit einigen Fakten kommentieren, die ich erst gestern erfahren habe und die meine Einstellung zu Michis vorläufigem Bleiben in der DDR umstürzten. Ich sprach nämlich gestern mit Becher in seiner benachbarten Wohnung, weil mir die Notenbank den Umtausch von DM 2500.– in Westmark zu Zwecken der Rückreise Michaels glatt abgelehnt hatte. Statt diese Maßregel zu kritisieren, billigte sie Becher vollständig: mein Sohn habe sich durch viele Äußerungen der Kritik immerhin so bemerkbar gemacht, daß es gut wäre, er verschwände wieder. Von diesen Dingen weiß Michi natürlich nichts, es würde seine Nervenkraft zur Zeit übersteigen. Der Quelle dieser Nachrichten an Becher werde ich natürlich nachspüren; vorläufig halte ich dafür, daß es geschah, als Michi mit zwei Autotechnikern der HO nach Sachsen fuhr, um den neuen Ifa F 9 abzuholen, den ich ihm geschenkt hatte. Er erzählte mir, wie diese Männer da getrunken hätten und auch ihn zum Trinken veranlaßt hätten, was ihm aber gar nicht läge. Und da Michi schon ohnehin, wie Sie ja wissen, das Herz auf dem rechten Fleck aber auch auf der Zunge hat, wundert mich diese Wendung der Dinge gar nicht mehr. Sie hat meinen Widerstand gegen Michis Abreise völlig beseitigt. Nun aber kommt zweitens eine Unterhaltung mit Brecht ins Spiel, die ich gestern vormittag hatte und wozu er aus der Probe herauskam. Ich suchte seinen Rat, weil ich mir die nötigen Westmark für Michi verschaffen wollte, indem ich die Filmrechte ins Spiel brachte, die mir seit vorigem Jahre am »Streit um den Sergeanten Grischa« wieder gehören. Bevor ich sie der DEFA anbieten wollte, das heißt, ihr eine Option darauf gegen 5000.– Westmark vorschlagen, hielt ich es für richtig, nach den Erfahrungen, die ich mit unserer Firma beim »Beil von Wandsbek« gemacht hatte, den klugen Bert zu Rate zu ziehen. Meine Absicht ist, diesen Film mit einem ersten westlichen Regisseur zu starten, zum Beispiel mit Erich Engel, unter genauer Kontrolle der Besetzung und erst nach der Aufführung des »Grischa«-Stückes im Deutschen Theater, für die ich mit Kipphardt eine Abmachung schloß. Daß mir dieser Film einen Vorschuß in Westmark bringt, halte ich für sicher, wollte aber erst Brechts Meinung darüber hören, bevor ich diese Chance bei Becher mit ins Spiel brachte. Brecht sollte mir vor allem eine westdeutsche Filmfirma nennen, mit der es aussichtsreiche Verhandlungen gäbe. Brecht sagte: »Ihre Überlegungen sind richtig, lieber Zweig, aber bevor Sie mit der DEFA auch nur ein Wort sprechen, müssen Sie ein Westangebot in der Tasche haben. Ich will in dieser Sache noch heute an meinen Freund Jacob Geis nach München schreiben, der bei Harald Braun in Geiselgasteig arbeitet. Außerdem kann man sich an Käutner heranmachen, um zu hören, ob er sich für diese Regie interessieren würde. Beides werde ich tun, verlassen Sie sich darauf. Erst dann können Sie mit der DEFA verhandeln und für die Option Westmark verlangen und bekommen.« Sie sehen, lieber Feuchtwanger, alte Freundschaft rostet nicht, und so sehr ich mit Ihrem Briefe übereinstimmte, wie ich Ihnen das vorige Mal schrieb, so sehr bitte ich Sie jetzt, mir auch diese 500 Dollar zu pumpen. Ditas Herz und das meine sind geradezu erleichtert durch diese Zwangslage, denn seit Wochen reißt uns der Kampf mit Michi und seiner Rückkehr nach Los Angeles hin und her. – Hoffentlich geht es Ihnen gut in diesem Jahresende; von uns sagt Ihnen dasselbe

Ihr herzlich grüßender
Zweig

417 Feuchtwanger an Zweig

Pacific Palisades, Calif.
25. November 55

Liebster Zweig,

ich schicke Ihnen in der Anlage den Durchschlag eines Briefes an Michi, der sich von allein erklärt.

Ich kann Ihnen gar nicht sagen, wie leid es mir ist, daß diese Reise Michis, auf die wir alle große Hoffnungen setzten, mißlang.

Ihnen und Dita alles Herzliche

Ihr alter
Feuchtwanger

418 Zweig an Feuchtwanger

Berlin
den 8. Dezember 1955

Liebster Feuchtwanger!

Sie wissen ja, wie tief dankbar wir für die Freundschaft sind, die Sie für unseren Michi bewiesen haben und noch weiter beweisen wollten. Zum Glück erübrigte sich das, und heute sind wir soweit, daß Michi sich seine Aufenthaltsbewilligung von W-Berlin um drei Monate verlängern ließ. Ruths Brief hat ihm dazu verholfen, sich einen Ruck zu geben und einzusehen, daß das Risiko seines Hierbleibens kleiner ist als das der Rückkehr. (Ihre ausgezeichneten Darlegungen vermochten diesen Eindruck bei ihm nicht hervorzubringen.) Was Dita und mich anlangt, so nehmen wir jetzt an, auch ohne wishful thinking, daß seine kalifornische Laufbahn vorläufig abgeschlossen ist und daß ich mit der DEFA seinetwegen Fühlung nehmen kann. Meine amerikanischen Rechte, die ich ihm übertrage, wird er auch von hier wahrnehmen können, solange er seinen Paß besitzt.

Soweit der Vater; jetzt teilt der Schriftsteller Ihnen mit, daß er schon tief im ersten Buch des Romans steckt, der einst »Aufmarsch der Jugend« hieß. Er macht mir außerordentlichen Spaß und tritt jeden Morgen länger oder kürzer aus dem Kopf in die Schreibmaschine. Dazu häufen sich auf dem Schreibtisch meiner Sekretärin Geschichtsbücher neuester Produktion; wir haben für die Oberschulen der DDR ausgezeichnete Leitfäden der neuesten Geschichte verfassen lassen, und für Österreich hat eine Wiener Bekannte und Redaktrice, Eva Priester, im Globus-Verlag eine zweibändige Geschichte verfaßt, die ich mit tiefem Erstaunen mir vorlesen lasse. Da Sie, lieber Feuchtwanger, sich in den Gefilden Jeftas herumtreiben, kann ich Ihnen das Buch nur zur Privatlektüre empfehlen. Mir liefert es neue Lichter für die

Vorgeschichte von Sarajevo. Daß ich dabei in Südtirol schwelge, erhöht meine Produktionsfreude wesentlich; schade nur, daß ich Ihnen nicht mein erstes Buch werde vorlesen können, wenn es fertig ist. Das dürfte noch in diesem Jahre geschehen – womit sich für heute von Ihnen mit herzlichstem Händedruck verabschiedet

Ihr
Zweig

PS Falls Sie an dem »Buch der Richter« in der Buberschen Übersetzung Interesse haben, schicke ich es Ihnen gern. Und die Kautzsche Textbibel könnte ich Ihnen auch schicken.

Hoffentlich geht's Ihnen gesundheitlich so gut wie mir.

419 Feuchtwanger an Zweig

Pacific Palisades, Calif.
24. Dezember 55

Liebster Zweig,

ich hoffe mit Ihnen, daß das Hin und Her mit Michi nun wirklich zu Ende ist. Eine entschiedene Lösung, wie immer sie ausfällt, ist sicher besser als das Schwanken dieser letzten Jahre.

Ich freue mich, Sie nun endlich wieder in richtiger Arbeit zu wissen. Ich hatte in letzter Zeit wieder mannigfache Störungen, so daß ich nicht ernsthaft arbeiten konnte. Anderenteils stehen meine äußern Dinge recht gut. Nach dem, was die Sowjetschriftsteller, die dieses Land bereisten und mich aufsuchten, mir erzählten, finden meine Bücher in Moskau wieder eine recht herzliche Aufnahme. »Die Jüdin von Toledo« war offenbar in Westdeutschland ein wirklicher Erfolg. Die Rezensionen sind sehr zahlreich, beinahe alle sehr günstig und zum Teil sogar verständnisvoll. Die Auflage des Europäischen Buchklubs ist erstaunlich hoch, und Rowohlt bereitet eine dritte Auflage vor. Auch die Filmverhandlungen hier mit MGM sind endlich abgeschlossen.

Im Januar kann ich wieder mit ganzer Kraft an den »Jefta« gehen. Ich sehe, immer von neuem überrascht, wie viel Wissenswertes die moderne Bibelkritik und die Archäologie in den letzten beiden Jahrzehnten zutage gefördert hat.

Ich wünsche Ihnen, liebster Zweig, recht erfolgreiche Arbeit.

Alles Herzliche

wie stets
Ihr
Feuchtwanger

420 Zweig an Feuchtwanger

Homeyerstraße 13
Berlin-Niederschönhausen
18. 1. 1956

Liebster Feuchtwanger!

Ihren Weihnachtsbrief erwidere ich am Reichsgründungstage, der ja bei uns Hohenzollernkindern eine weit größere Weihe besaß als bei Euch Bayern. Sie sehen, wie sehr ich mich bereits wieder aus dem Palästina-Emigranten in altpreußische Traditionen zurückverwandelt habe! Das hängt natürlich weniger mit dem Schriftstellerkongreß zusammen, den wir hinter uns haben, als mit meinem Roman, der sich vor mir als höchst verlockendes Gebilde aufbaut und weitet. Noch immer beschäftigt mit der Durchsicht meines Referats und meiner Eingangsrede und mit Heine-Artikeln für verschiedene Sprachen und für uns, fasse ich mich in Geduld – aber wenn Sie diesen Brief lesen, bin ich nichts weiter mehr als der Verfasser von »Der Anfang«.

Was unsern Michi anlangt, so ist ihm die Operation offenbar vortrefflich bekommen, die ihn mit einem Leistenbrüchlein in die Charité führte. Der operierende Chirurg, ein Urbayer, entdeckte in ihm einen Landsmann, da Michi ja in Starnberg geboren ist, und das hat auch in der sozialistisch werdenden DDR die gleiche herzstärkende Wirkung wie zur Zeit des Prinzenregenten Luitpold. Ich glaube also, daß wir Michi als endgültig geheilt vom Schwanken und Wanken betrachten können – natürlich unberufen. In Tausenden von Kriegsopfern gleich unserem Jungen ist ja die amerikanische Psychoanalyse nur scheinwirksam gewesen, hat Symptome für einige Monate kuriert und den Rücksturz in die Kinderzeit nicht beheben können. Hier greift das Leben selber ein, und zwar so wirksam, wie das bürgerliche Isoliertsein unseres großen Freundes Freud und seiner orthodoxen Schüler es nicht wahrhaben konnten. Hier scheint Alfred Adler tiefer einzugreifen.

Aus unserm Schriftstellerkongreß schicke ich Ihnen nur Brechts klassische Rede, mit der er die Schlußsitzung einleitete (wie ich mit der meinen die erste Arbeitssitzung. Die meinige schicke ich Ihnen nächstens). Verglichen mit den drei PEN-Klub-Tagungen war unser Kongreß wirklich ein fruchtbares Zusammensein von Schriftstellern, mit Streitgesprächen, z. B. Bredel – Girnus und Stefan Heym – Ulbricht. Freilich mußten wir von einem Niveau ausgehen, dessen Platitüde von allen Rednern stillschweigend vorausgesetzt wurde, da wir ja im »Neuen Deutschland« und an anderen Stellen die Diskussion bereits durch anständige Aufsätze untermauert hatten.

Daß Ihnen die Archäologie und Bibelkritik eine Fülle von Lichtern aufstecken werden, wußte ich. Mir ist die kanaanäische Kultur vor dem Eindringen der Israel-Stämme in das ägyptische Grenzgebiet von Jahr zu Jahr interessanter geworden. Um ihretwillen ließ ich mir seit 1935 immer wieder Kapitel aus der English Bible vorlesen, die als Übersetzung gelehrter und getreuer ist als unsere schöne Luthersche und nicht so georgeastisch verkrampft wie die Buber-Rosenzweigsche. Seit meiner Rückkehr habe ich mir nun auch die Kautzsche zugelegt, deren Neuauflage freilich durch den beigedruckten Kommentar so schwierig zu lesen ist wie einst Raschi.

Ich freue mich, liebster Feuchtwanger, daß es Ihnen wirtschaftlich wieder so gut geht, wie Sie fleißige Biene es verdienen. So drücken uns die Schulden weniger, die Michi bei Ihnen machen mußte. Glauben Sie, daß ich den »Anfang« jenem Europäischen Buchklub anbieten kann und Viking Press für eine amerikanische Ausgabe?

Mit den herzlichsten Wünschen und Grüßen

Ihr
Zweig

B[ertolt] B[recht] läßt Sie herzlich grüßen und verspricht, bald selbst zu schreiben. Er arbeitet mit Ernst Busch den »Galilei«.

421 Feuchtwanger an Zweig

Pacific Palisades, Calif.
[nach 18. Januar 1956]

Liebster Zweig,

Ihr Brief vom 18. Januar klingt ja sehr erfreulich.

Ich höre mit ehrlichem Vergnügen, daß Michi sich durchrappelt. Und nicht geringere Freude ist es mir, daß Sie sich endlich ganz wieder Ihrer wirklichen Arbeit widmen können.

Ich stecke zur Zeit einmal wieder tief im Kleinkram. Es sind zumeist erfreuliche Dinge, aber sie nehmen furchtbar viel Zeit fort – ganz abgesehen davon, daß in diesem Lande immerzu reichlich komplizierte bürokratische Schreibereien zu erledigen sind. Aber in etwa vierzehn Tagen hoffe ich, wieder ungeteilt zum »Jefta« zurückkehren zu können.

Die Vertiefung in das Studium der biblischen Archäologie und Philologie macht mir ungewöhnlichen Spaß. Dazu habe ich jetzt erst Laxness entdeckt, und die drei Bücher von ihm, die ich habe kriegen können, waren eine reine Herzensfreude. Sie müssen sich »Islandglocke« vorlesen lassen.

Sehr herzlich alles Gute

immer Ihr
alter
Feuchtwanger

422 Zweig an Feuchtwanger

Berlin-Niederschönhausen
den 10. Februar 1956

Liebster Feuchtwanger!

Während Ihr Brief unterwegs war, diktierte ich mit solchen Hochtouren am »Anfang«, daß ich jetzt eine Pause machen muß. Die Anspannung der Nerven, die große Kälte – minus 20 Grad – und eine leichte Darminfektion verzögern mein drittes Buch; aber nicht so, daß ich etwa den Faden verzettele oder verliere. Ich muß mich nur beherrschen, zwischen drei und fünf Seiten täglich produzieren, statt der acht bis zehn, mit denen ich im zweiten Buch vorwärts stürmte, und mir dabei Material vorlesen lassen, für das ich mir früher nie Zeit genommen hätte. Dabei verdanke ich Gerhart Eisler einen Hinweis auf Friedrich Engels Schrift »Von Rhein und Po« – und ich versichere Ihnen, Feuchtwanger, ich habe noch nie von einem Nichtmilitär so unglaublich sachverständige Ausführungen gelesen, die, im Jahre 1859 gedruckt, den Krieg von 1917–18 in Italien und 1914–15 in Frankreich und Belgien vorwegbeschrieben.

Nun aber zu Ihrem »Jefta«. Ich ließ mir an einem Abend von Dita das Buch »Jefta« und anschließend »Simson« in der Kautzschen Übersetzung vorlesen, weil ich mir von Ihrem Vorhaben ein deutliches Bild machen wollte. Nun habe ich in Palästina gelernt, daß Kleinasien kulturell eine Einheit war von Anbeginn und daß man sich von der Tatsache nicht täuschen lassen darf, daß uns nur die biblischen Bücher bekannt waren, als wir im aufnahmefähigen Alter uns über diese Gegenden notdürftig unterrichteten. Seither hat die Archäologie gezeigt, daß die Pelischtem mit den Seevölkern identisch sind, Danaer oder Argiver von den Inseln, von den Hellenen vertrieben und von den Pharaonen der Ramses-Dynastie als Garnison zum Schutz der Handelsstraße zwischen Damaskus und Memphis in Palästina angesiedelt wurden. Ihre Zivilisation ist also eine Mischung aus Griechentum und ägyptischer Kultur, und Sie finden Bilder und Beispiele davon in dem Pelikan-Büchlein »Digging up the Past« von Sir Leonard Woolley. Die erstaunliche Basis dieser Kultur aber finden Sie vom gleichen Woolley in dem Pelikan »Ur of the Chaldees« und als Ergänzung dazu das gleichfalls unentbehrliche Hittiter-Buch »The Hittites« von O. R. Gurney. Vielleicht lachen Sie über mich, liebster Feuchtwanger, und haben dieses Mahl längst gespeist, vielleicht aber auch bringe ich zu Ihrer Kenntnis Dinge, die Ihnen ein dutzendmal mehr Freude machen wie mir, da ich sie ja nur unendlich langsam, durch Vorlesen, eingeflößt kriege.

Die »Islandglocke« ließ ich mir ebenfalls läuten und freute mich über ihren Klang, kam vorläufig aber nur bis zu der Stelle am Anfang, wo der Profos umgebracht worden ist. Vor einigen Wochen unterhielt ich mich mit der klugen Eva Braun über Laxness, sie saß mit Strittmatter, ihrem Mann, mir gegenüber bei Tisch, und siehe da, was hatte sie bemerkt: daß Laxness ohne Hamsun nicht denkbar sei, und da ich nur die Novelle »Napoleon« kannte, von Hamsun aber seinen meisterhaften Roman »Mysterien« noch heute dunkel im Gedächtnis trage, konnte ich diese Entdeckung nur anstaunen. Es wachsen also literarische Einsichten in der jungen Generation der DDR wieder nach. Und hiermit verläßt Sie, um einen Karpfen zu essen und einen Schluck Rotwein auf Ihre Gesundheit zu trinken,

Ihr herzlich grüßender
Zweig

423 Feuchtwanger an Zweig

Pacific Palisades, Calif.
22. Februar 56

Liebster Zweig,

schönen Dank für Ihren Brief vom 10. Februar.

Es ist mir wirklich eine Freude, daß meine Arbeit Sie veranlaßt hat, sich aus der Bibel vorlesen zu lassen und sich mit archäologischen Dingen zu beschäftigen, die auf meinen »Jefta« Bezug haben. Es ist schön, daß auf diese Art eine gewisse Vereinigung im Geist zwischen uns da ist.

Ich selber werde immer umständlicher in bezug auf Quellenstudium. Es ist mir zum Steckenpferd geworden, auf dem ich mit Passion herumreite. Ich habe gerade zum »Jefta« ein ganz ungeheures Material angehäuft; es ist im letzten Jahrzehnt überaus viel erschienen, und ich kann es nicht lassen, darin herumzuschmökern, auch wenn es mit meinem Stoff nur lose verknüpft ist. Dann habe ich meine liebe Not damit, das meiste wieder zu vergessen, weil es mich stört.

Laxness hat viel gemeinsam mit manchem großen skandinavischen Dichter, mit Hamsun, mit Strindberg, auch mit Jacobsen (»Frau Marie Grubbe«) und vor allem natürlich mit der »Edda«. Aber mir scheint, es ist bei ihm alles so neu und anders und so im Urwesen dichterisch, daß man sogleich seine Eigenzüge erkennt und verehrt.

Ich habe von Michi einen langen Brief gekriegt, auf den eigentlich nichts zu erwidern ist, den ich aber doch gelegentlich beantworten werde. Es freut mich, daß er sich mir gegenüber ausschwatzen will.

Meine eigenen Dinge gehen gleichmäßig und nicht schlecht. Der »Jefta« wird ein verhältnismäßig kurzer Roman, und ich hoffe, ihn noch im Jahre 1956 abschließen zu können. Aber ich arbeite immer langsamer und umständlicher, ich verwerfe neun Zehntel von dem, was ich schreibe, und streiche es wieder weg. Das macht Freude, aber manchmal erschrecke ich, wenn ich daran denke, wie wenig ich noch auf die Beine stellen kann, wenn ich auf solche Art weiter schreibe.

Mit sehr herzlichen Grüßen

wie immer Ihr
Feuchtwanger

424 Zweig an Feuchtwanger

Homeyerstr. 13
Berlin-Niederschönhausen
1. 3. 1956

Liebster Feuchtwanger!

Ihr Brief vom 22. kommt wie herbeigewünscht. Seit einigen Tagen nämlich plagt mich die Begierde, Ihnen ein Thema vorzuschlagen, das nur Sie richtig gestalten könnten und das jetzt gestaltet werden müßte. Durch Zufall ließ ich mir nämlich aus dem uralten »Aktionsbuch« den ausgezeichneten Artikel vorlesen, der von Franz Mehring über Bakunin darinsteht. Dieser Michail Bakunin scheint mir nach Person und Schicksal darauf zu warten, daß Sie sich einmal seiner bemächtigen. Nun sagen Sie mir gerade, wie langsam Sie jetzt arbeiten und daß Sie mehr ausschalten als bestehen lassen, nähmen Sie sich aber einmal diese Epoche vor, in der die europäische Arbeiterbewegung zu dem wurde, was sie ist – eine Epoche, in der solche Kerle wie Bakunin und Marx miteinander rangen und in der infolge seiner Niederlage die Gestalt Bakunins dem deutschen Sozialismus entfremdet und entstellt wurde; ergriffen Sie, liebster F., diesen Stoff, der mit Bakunin um die halbe Erde führte, so hätten Sie, glaube ich, was Sie und wir brauchten, um »Erfolg« und »Exil« einen dritten Wälzer nachzusenden. Ich kann nun nicht beurteilen, ob dem heutigen Amerika die Gestalt Bakunins noch ein Schreckgespenst ist; da sie aber eine Epoche des Sozialismus verkörpert, die durch Marxismus und Leninismus völlig abgelöst wurde, sähe ich kaum Bedenken am Horizonte. Haben Sie Lust und Möglichkeit, den Mehringschen Aufsatz zu lesen? Am Samstag wird mir unser Nachbar Bruno Kaiser (Pirckheimer-Gesellschaft) die sechsbändige Mehring-Ausgabe zeigen, in der ich nach dem Fall Zabern suche. Wenn Sie auf Bakunin Appetit bekommen oder auch sonst Interesse für Mehring haben, sorge ich dafür, daß der Aufbau-Verlag Ihnen seine Schriften schickt, bei dem Sie ja wohl ein Konto haben, von dem er die Kosten abbuchen kann. – Sie sehen, daß ich selber tief in 1913 stecke. Der Roman hat mich so zum Diktieren verleitet, daß ich manchmal zehn Seiten am Tage produzierte. Da ich außerdem am Nachmittag mit einer zweiten Sekretärin Material in mich hineinfraß, außerdem aber mit unserem Freunde Mikel ausführliche Diskussionen abhielt, stellten sich wieder beim Niederlegen und Aufstehen winzige Schwindelzustände ein. Ich ging sofort daran, sie zu bekämpfen und schränkte zuallererst den Fortschritt des Romans ein, sagte außerdem aber die Reise nach Paris und Verdun ab und blieb in unserem Häuschen, statt nach Oberhof hinaufzufahren und dort auszuspannen. Der Winter brachte Oberhof nach Niederschönhausen mit riesigen Massen Schnee, Kälten bis zu minus 20 Grad und zauberhaft trockener klarer Luft; so konnte ich, wenn auch im Schneckentempo, bei der Arbeit bleiben und werde wohl um Ostern herum erst in unser Mittelgebirge fahren, wenn der erste Teil des Romans »Der Anfang« abgeschlossen ist. Falls Sie Lust haben, diese ersten drei Bücher zu lesen, undurchgearbeitet, in erster Niederschrift, schicke ich Ihnen eine unserer Kopien per Schiff. Was unseren Michael anlangt, so scheint er jetzt fast entschlossen, bei uns zu bleiben. Ich will heute nachmittag erfahren, ob die Ablehnung der Lufthansa endgültig ist, die ich schon vor Monaten brieflich erhielt. Fliegen würde er am liebsten, aber es gibt auch noch andere Beschäftigungen für ihn, und das Wichtigste scheint mir, ihm klarzumachen, ohne ihn zu verletzen, daß er eine gewisse Überheblichkeit aus den Staaten mitgebracht hat, die ihn daran hindert, sich einzuordnen. Er stößt sich an vielen vorübergehenden Rauheiten unseres Alltags und unterschätzt ganz offenbar das, was er selber drüben durchgemacht hat. Und das scheint eine tolle Schule gewesen zu sein, aus der er freilich bis jetzt nicht gelernt hat, daß der Schriftsteller auch in seinen Werken Stellung zu nehmen hat, nicht bloß in seinen persönlichen Äußerungen. Daß freilich sein Manuskript, welches uns sehr gefällt, ohne eine einzubauende Fabel kaum Aussichten hat, gedruckt zu werden, sieht er allmählich ein. Nur scheint er mir die Arbeit zu überschätzen, die der Einbau einer solchen Fabel verlangen würde. Daß wir sehr glücklich sind, ihn hier zu haben, weiß er, und daß wir ihn ebenso gerne besuchsweise zu Adam schicken würden, auch. Aber das ist eine Angelegenheit seines Passes, und da er gerade in Berlin W war, werde ich erst bei Tisch hören, wie diese Sache steht.

Inzwischen, liebster Feuchtwanger, höre ich auf, das Klappern der Maschine mit dem Klappern unserer Fensterläden zu verbinden – gestern nacht sind die ersten starken Frühlingswinde eingebrochen, und unser Garten zeigt seit Wochen wieder zum ersten Mal den alten Rasen, dessen größter Teil noch unterm Schnee liegt. Sehr erfreut, daß Ihnen meine Teilnahme am »Jefta« wohltut und daß wir wieder als Schriftsteller miteinander Meinung und Urteil tauschen, bin ich

Ihr, heute nicht mehr ganz jugendlicher,
Zweig

425 Feuchtwanger an Zweig

Pacific Palisades, Calif.
19. März 1956

Liebster Zweig,

es war sehr freundschaftlich von Ihnen, mich auf Bakunin aufmerksam zu machen; aber ich ersticke geradezu in den Stoffen der Bücher, die ich noch schreiben möchte. Es sind nicht vierzehn, wie ich oft zu behaupten pflege, es sind hundertvierzig, und durchschnittlich erfordert ein Buch zwei Jahre strenger Arbeit.

Ich freue mich herzlich, daß Ihnen »Der Anfang« so erfreulich aus dem Munde geht, und ich halte es für sehr weise, daß Sie nicht zu wild in der Welt herumfuhrwerken. Ich habe mich jetzt seit acht Jahren nicht von hier fortgerührt, und ich bin beinahe froh, daß mir Reisen außer Landes unmöglich sind.

Was Michi anlangt, so haben Sie wohl leider darin

recht, daß er etwas zu wild und individualistisch um sich schlägt. Ich hatte dieser Tage eine längere Unterredung mit Ruth. Es ist da für mich nicht ganz einfach, das Rechte zu tun, da offensichtlich die Interessen Michis, die Ruths und die Ihren nicht in einer Richtung laufen. Bei allem guten Willen arbeitet da immer der eine gegen den andern, und Sie sind ein viel zu guter Psychologe, um nicht zu wissen, daß in solchen Fällen die Ratschläge eines Dritten zuweilen eher schaden als nützen können. Trotzdem wage ich die Behauptung, daß Michi am besten bei Ihnen aufgehoben ist.

Alles Herzliche

wie stets
Ihr
Feuchtwanger

426 Zweig an Feuchtwanger

Homeyerstr. 13
Berlin-Niederschönhausen
17. 4. 1956

Liebster Feuchtwanger!

Daß die Fülle Ihrer Pläne es Ihnen unmöglich macht, auch einen Bakunin darin aufzunehmen, freut mich und beängstigt mich gleichzeitig – nicht etwa, weil ich nach Monatsfrist noch immer für die Wichtigkeit eines Bakunin-Buches eintrete, sondern weil ich aus der Fülle Ihrer Pläne kaum einen modernen Gegenwartsroman hervorleuchten sehe. Ein so ausgezeichnetes Talent wie das Ihre aber in der fernen Historie verwurzelt zu wissen, schmerzt mich beinahe. Unsere Epoche verlangt Romane, die den Lesern helfen, das neunzehnte und zwanzigste Jahrhundert zu verstehen, besonders wenn die westdeutsche Literatur immer mehr dazu tendiert, von der Wichtigkeit der neuen Zeit abzulenken. Ich selber bin mit meinem »Anfang« geradezu fasziniert und verliebt bei der Schilderung des Lebens von 1913/14 und seiner, unserer Jugend, um nach dem 1. August zu gestalten, wie dieses ganze vielversprechende, von Kämpfen durchsetzte Leben der europäischen Jugend in der furchtbaren Fleischmühle verschwindet, die von da an zu mahlen beginnt. Daß ich dabei von Anfang an die Kräfte gestalte, die in meinen früheren Bänden diese Fleischmühle vertreten, werden Sie ja sehen. Wir kommen nämlich eben aus Thüringen zurück, haben uns vierzehn Tage in einer entzückenden Burg Leutenberg ausgeruht und den Besuch unseres Greifenverlegers, des Herrn Dietz, genossen, der mit seiner Gattin aus Rudolstadt herüberkam. Er ist ein wirklich reizender und gescheiter Sozialist und passionierter Verleger und erzählte mir, daß er zu meinem siebzigsten Geburtstag in seinem Almanach einen Aufsatz von Ihnen bringen werde. Bitte schreiben Sie den erst, wenn Sie den »Anfang« gelesen haben. In meinem letzten Brief fragte ich Sie, ob ich Ihnen eine Kopie des ersten Bandes senden solle, der in erster Niederschrift vorliegt. Max Schroeder, der ihn für den Aufbau-Verlag las, ist überaus positiv in seinen Ausdrücken darüber, und Bodo Uhse möchte gleich 30–40 Seiten in der Monatsschrift »Aufbau« veröffentlichen. Das kann ich nicht verantworten, weil ich diesen Text dem durchschnittlichen Leser nicht vorlegen will; aber wenn Sie sich Zeit für diese Lektüre abknapsen könnten – Bauer, das wäre ein ander Ding. Ich gehe wahrscheinlich nicht vor Anfang Mai an die Bearbeitung des zweiten Teils, von dem etwa 13 Kapitel seit 1929/30 auf ihre endgültige Gestaltung warten, und hoffe den Rest bis zum Anfang des Herbstes auf Papier zu bringen. Ich habe nämlich durch das Diktat zwischen September und Ende Februar meine Kräfte etwas überspannt, finde aber, daß es in jedem Sinne gelohnt hat, und spare jetzt mit Phantasie und neuer Erfindung, bis ich zum dritten Teil übergehe. Andererseits ist die Bearbeitung der vorhandenen Manuskripte des 2. Teils lediglich durch Vorlesen und Zuhören und Korrigieren ohne die Augen ebenfalls eine anstrengende Arbeit, wenn auch in anderem Sinne als bei der Neuschöpfung, und es wird sich bald herausstellen, in welchem Tempo ich mir diesen 2. Teil vom Halse schaffen kann.

Außerdem hat unser Michi, wie Sie sich denken können, an meinen Nerven ebenfalls gezerrt. Wie reizend er ist, wissen Sie, aber wie anstrengend als Hausgenosse, weiß wohl nur Ruth, deren Entscheidung, sich von ihm zu trennen, von Dita und mir vollkommen verstanden wird. Andererseits sind die objektiven Schwierigkeiten nicht gering, die sich Michis Eingliederung als Bürger der DDR entgegenstellen. Vorläufig scheint ihm die Fliegerei bei uns verschlossen zu sein, seiner CIC-Vergangenheit wegen, und ihm eine neue Karriere zu eröffnen, zum Beispiel bei der DEFA oder dem Radio, wird dadurch erschwert, daß er seine Kritik an allen vordergründigen Unvollkommenheiten allzu schnell im Munde führt. Zudem fehlt ihm deswegen der Umgang mit gleichaltrigen Männern, die eine positivere Einstellung auch zu unseren augenblicklichen Phasen haben. Daß Michael im Kern zu uns und hierher gehört, weiß er natürlich ebensogut wie wir, aber den Schritt, seinen Paß abzugeben, lehnt er vorläufig kategorisch ab. Und mit eben diesem Paß sehe ich keinen job für ihn blühen. Er steht also zwischen beiden Welten mittendrin, fühlt sich vereinsamt, weiß gleichzeitig, daß seine ganze Generation unter diesem Problem zu leiden hat, und schielt mit einem Auge immer noch auf die Flugkarte nach Kalifornien, die er vor einem halben Jahr buchte.

Damit genug über Michi für heute und morgen. Daß sein Erschöpfungszustand sich inzwischen sehr gemildert hat, will ich nur noch anmerken, denn jetzt muß ich zu einem anderen Erschöpften übergehen, über den Sie möglicherweise Alarmnachrichten in der Westpresse gelesen haben könnten: unsern Freund Brecht. Vor ein paar Tagen hat er sich endlich entschlossen, seinen Gesundheitszustand der Inneren Abteilung der Charité zu überlassen, da seine Fieberzacken immer größer wurden und seine Arbeit im Berliner Ensemble schließlich unmöglich machten. Ich hatte ihn schon im Herbst gebeten, etwas derartiges zu tun, als ich ihn das letzte Mal in Buckow besuchte. Aber da er selber ein Jahr lang Medizin studiert hat, lehnte er damals mein Ansinnen ab und arbeitete aufs heftigste mit seiner Bühne bei der Einstudierung des »Galilei«, nachdem er den »Kaukasischen Kreidekreis« zum Triumph geführt hatte. Jetzt sieht es so aus, als ob eine Virusgrippe auch die Tätigkeit seines Herzens beeinflußte, von der beschädigten Niere zu schweigen, die ihn das ganze vorige Jahr leise störte. Von Professor Brugsch habe ich noch keine persönliche Auskunft bekommen, aber Helli sagte mir am Fon, ein Freund Schmitt aus München, daselbst Arzt und Sanatoriumsbesitzer, werde den Brecht mitnehmen, wenn ihn die Charité in ein paar Wochen freigebe, und dann hoffe sie durchzusetzen, daß er dem Schiffbauerdamm-Theater ein halbes Jahr entrissen bleibe. Das unfreundliche Wetter tut wahrscheinlich viel, um uns alle an der Lebensfreude zu verhindern, auf die wir dem Kalender nach Anspruch hätten, und Brechts Eigensinn kennen Sie ja. Ich hoffe nun aber bald, Ihnen Positiveres über ihn berichten zu können und auch über die politische Atmosphäre, deren Aufhellung in London hoffentlich Wirklichkeit geworden ist, wenn dieser Brief bei Ihnen einfliegt.

An sich sollte Dita jetzt nach Amsterdam fliegen, wo eine Ausstellung ihrer Aquarelle im Haag veranstaltet wird. Die Anstrengung aber wird von ihrer Ärztin für zu groß gehalten, da Dita mit der Galle zu tun hat. Durch Verkettung von Umständen ist unser Adam auf einer Urlaubsreise statt in Paris (Streik der Museumsbeamten) in Amsterdam gelandet, aber wahrscheinlich schon wieder weg, so daß wir noch ohne konkrete Nachrichten darüber sind, was von den fünfzig Aquarellen und Ölbildern ausgestellt worden ist, die wir vor Monaten mit Hilfe von Bechers Ministerium dorthin schickten. Es besteht aber die Möglichkeit, daß diesen Herbst in Amsterdam eine größere Ausstellung nachgeholt wird, die wir dann möglicherweise besuchen werden. Dazu kommt ein Flug nach London, um mit Jones und Anna Freud zu sprechen, da ich zum 100. Geburtstag Freuds in Heft 5 der »NDL« einen Aufsatz von mir und einen Abdruck seiner »Kästchenwahl« veranstalten kann. Sie sehen, lieber Feuchtwanger, allerlei lüftet sich, und damit schließe ich für heute, denn über das Jüdische Antifaschistische Komitee in der UdSSR erleichtert sein Herz das nächste Mal

Ihr herzlich wie immer mit Ihnen verbundener
Zweig

Eben telefonisch: Brecht hat kein Fieber mehr.

427 Feuchtwanger an Zweig

Pacific Palisades, Calif.
26. April 1956

Liebster Zweig,

ich freue mich, daß Sie frisch und tatenlustig aus Thüringen zurückgekehrt sind.

Wenn Sie mir das Manuskript des »Anfangs« schicken, werde ich natürlich Zeit frei machen, es zu lesen.

Ich habe es keineswegs aufgegeben, einen Gegenwartsroman zu schreiben; es sind aber drei Stoffe, die ineinanderdrängen, und sie sind innerlich noch nicht genügend verschmolzen. Dazu kommt, daß ich, obwohl doch nun fünfzehn Jahre in Amerika, das Land noch immer nicht genügend kenne, und wenn Amerika in meinem Buch auch nur eine Rolle an der Peripherie spielen soll, so muß ich doch tiefer in die gefährlichen Kräfte, die dort wirksam sind, hineingeschaut haben, ehe ich mich daran machen darf, sie gültig hinzustellen.

Überdies beschäftigt mich immer noch sehr der zweite Band des »Goya«. Sie sehen, wenn ich halbwegs mit meinen Plänen fertig werden will, muß ich von der Voraussetzung ausgehen, daß ich bis zu meinem achtzigsten Lebensjahr noch richtig arbeiten kann.

Ich freue mich über Ditas Ausstellung in Amsterdam. Auch daß Sie einen Aufsatz über Freud veröffentlichen können, ist recht tröstlich.

»Die Jüdin von Toledo« ist jetzt hier erschienen. Die Rezensionen sind zum weitaus größten Teil sehr schmeichelhaft, einige sogar verständig. Die politische Einstellung des Rezensenten wird manchmal sichtbar, aber nicht zu sehr.

Gestern hatte ich den Besuch des Cellisten Rostropowitsch, der mir vorspielte. Es war eine schöne Stunde.

Haben Sie den langen und sehr aphoristischen Essay zu sehen gekriegt, den Marcuse bei Rowohlt veröffentlicht hat?

Alles Gute zum »Anfang«. Sehr herzlich wie stets

Ihr
Feuchtwanger

428 Zweig an Feuchtwanger

Homeyerstr. 13
Berlin-Niederschönhausen
den 22. Mai 1956

Liebster Feuchtwanger,

nun mußte ich fast einen Monat verstreichen lassen, bevor ich Ihren letzten, reizenden Brief beantworte.

Der Grund? Bis zum heutigen Tage bekämpften sich in mir die Absichten, Ihnen das Rohmanuskript der ersten drei Bücher zu schicken und der dringende Appell des noch ungeschriebenen zweiten Bandes: Warte, bis auch ich auf dem Papier stehe! Und der Verzögerer hat gesiegt, der Hinderer also, der Satan – der diesmal wie fast immer auch der Klügere ist. Inzwischen ist nämlich vom zweiten Bande das erste kurze Buch ebenfalls diktiert, und nun sehe ich erst richtig, was alles, selbst einem so guten Leser wie Sie sind, zum adäquaten Aufnehmen fehlen würde dessen, was der Roman bringen muß, und hoffentlich auch wird. Und der Greifenverlag wird ja wohl warten können, mit seinem Almanach zu meinem Siebzigsten! Ich schlage mich in den letzten Wochen immer wieder mit dem Erstaunen herum, daß ich dies Jahr wirklich neunundsechzig werde und Michael fünfunddreißig. In meinen Vorstellungen von mir wirkt der junge Bertin, der Bursche von 1913/15, so stark, daß ich mir jeden Morgen meinen weißen Schnurrbart von den Lippen reißen möchte, wie ich's in ein paar Versen niederschrieb.

Zu den Hemmungen der letzten Wochen trug auch das Theater bei, gespieltes und ungespieltes. Das erstere ist mein »Bonaparte«, dessen neue Desgenettes-Besetzung offenbar die Volksbühne ebensowenig befriedigte wie mich. Das ungespielte: Ihre »Witwe Capet«. Schrieb ich Ihnen schon, daß auch hier die Besetzung z. Zt. aussichtslos scheint? Sie darf kein Mitleid erregen, ihre

Sache muß als die mit Recht verlorene über die Rampe kommen, und doch muß sie als Person und Leistung das Publikum faszinieren. Das hätte unsere Gerda Müller vermocht, aber die ist tot. Die westdeutschen Aktricen aber, deren Qualität ich Ihnen rühmen wollte oder schon gerühmt habe, würden durchaus eher Mitleid erregen als Furcht. Nun kann ich auch nicht einmal mit dem Brecht darüber sprechen, weil er, wie mir heute gesagt wurde, zwar nicht mehr Patient ist, wohl aber Rekonvaleszent. Er geht an kein Telefon und hält sich zu Haus, darf aber noch kaum besucht werden. Dennoch freuen wir uns über das Resultat dieser Charité-Kur, und hoffentlich kann ich Ihnen das nächste Mal schon sagen: er wird gesund.

Von unserm Michi ebenfalls das nächste Mal. – Heut haben wir den ersten warmen und sonnigen Tag, und ich will und muß spazieren gehen.

Herzlichst wie immer
Ihr
Zweig

PS Marcuses Essay kenne ich nur aus der Ankündigung von Rowohlt und lasse ihn mir nächstens mitbringen.

429 Feuchtwanger an Zweig

Pacific Palisades, Calif.
11. Juni 1956

Liebster Zweig,

eigentlich freue ich mich, daß Sie sich nun entschlossen haben, langsamer zu arbeiten; denn wenn ich Sie recht verstehe, wollen Sie den ersten Teil Ihres Manuskripts nochmals durcharbeiten, wenn Sie den zweiten halbwegs unter Dach haben.

Das ist eine Arbeitsweise, die ich durchaus begreife. Mein »Jefta« – ein kurzer Roman übrigens zwischen drei- und vierhundert Seiten – war halb fertig, das heißt, ich hatte die erste Hälfte fünf oder sechs Mal überarbeitet, und die Übersetzer drängten bereits darauf, mit ihrer Arbeit zu beginnen, als ich sah, daß ich auch noch diese erste Hälfte zwei oder drei Mal werde überarbeiten müssen, wenn erst das Ganze steht. Nun ist in meinem Fall freilich die Arbeit dadurch erschwert, daß ich dem Leser Verhältnisse deutlich machen muß, die mehr als dreitausend Jahre zurückliegen, und daß ich es unter allen Umständen vermeiden will zu erklären, das heißt, verkleidete Fußnoten zu schreiben.

Zurück zu Ihrem Brief. Selbstverständlich sind Sie der junge Bertin trotz Ihres weißen Schnurrbarts. Ich habe dieser Tage Ihre Oscar-Wilde-Ausgabe zur Hand genommen und Ihr Vorwort wieder gelesen. Sehr vieles, was darin steht, würden Sie heute bestimmt nicht mehr schreiben. Trotzdem spricht aus jeder Seite dieses übrigens glänzend geschriebenen Essays der heutige Zweig, und wer ein wenig von innerer Form versteht, muß sogleich erkennen, daß dieser Essay von dem gleichen Mann stammt, der Ihren Brief vom 22. Mai 1956 an Feuchtwanger geschrieben hat.

Daß Sie sich nach wie vor so häufig mit dem praktischen Theater herumschlagen, beweist, wie jung Sie geblieben sind. Ich schreibe das Manuskript meiner Stücke, setze es in die Postkutsche beziehungsweise ins Flugzeug und überlasse alles weitere dem Zufall beziehungsweise der Dialektik der Historie.

Ich höre, daß Dresden nun endgültig die »Witwe Capet« spielen wird. Ich glaube, daß das Marx-Zitat, welches ich der Buchausgabe des Stückes mitgab, nicht mißverstanden werden kann, so also, daß die Darstellerin der Marie-Antoinette jegliches Mitleid mit ihrem Schicksal erregen mag. Hat Ihnen der Greifenverlag das Buch geschickt?

Alles Herzliche
immer Ihr
Feuchtwanger

430 Zweig an Feuchtwanger

Homeyerstr. 13
Berlin-Niederschönhausen
den 25. Juni 1956

Liebster Feuchtwanger,

da haben wir nun den kältesten Johannistag hinter uns, 12 bis 15 Grad C zu Mittag und ein grauer Himmel, so glatt grau, wie er blau zu sein hätte. Und dabei bin ich geteilter Meinung und geteilten Gefühls dieses Himmels wegen; denn er lockt mich nicht ins Freie und veranlaßt mich, außer der Vormittagsarbeit, die bei schönem Wetter besser geräte, auch noch am Nachmittag die Schreibmaschine klappern zu lassen. So schicken wir Kurzgeschichten aus der »west-östlichen Emigration« an unsere Wochenschriften, Anfragen der Journale anläßlich irgendeines Todes- oder Gedenktages haben Erfolg, wenn wir aus unseren Mappen Passendes heraussuchen können. Und viel mehr wird vorgelesen, als Dita sonst am Abend allein zwischen neun und zehn bewältigt. So erfreut uns also »Centum opuscula« mit seinen reichen Reminiszenzen an das München unserer Jugend, die Aufsätze Thomas Manns erneuern das tiefe Bedauern über sein Abscheiden voriges Jahr, und gerade heute veranlaßten sie mich, mir den reizenden Glückwunsch zu Ihrem Siebzigsten anzuhören, den ich natürlich nicht kannte – wie so vieles Entzückende im Leben. Und was fiel mir da ein? Der 7. 7.! Weiß der Teufel, mein Roman hätte mich bestimmt daran gehindert, an Ihren Geburtstag zu denken, liebster Lion! Ich lebe ja jeden Vormittag Juli 1914; gerade verdichtet sich die Möglichkeit für meine Helden – nicht für den Erzähler des Romans! –, daß sich aus den Schüssen von Sarajevo mehr ergeben könnte als eine Strafexpedition nach Belgrad. Unter den Menschen des Romans aber figuriert kein einziger, der mich an meinen Freund L. F. erinnern könnte. Und so wäre die Beantwortung Ihres letzten Briefes wahrscheinlich noch Tage unterblieben; denn ich wollte mich ja erst erkundigen, wie es mit der »Witwe Capet« in Dresden stehe, wer sie spielen werde, wer einstudieren, wer den Saint-Just etc. Aber nun also: herzlichsten Glückwunsch, teuerster Nachbar von einst! Einzig Übriggebliebener von dem Häuflein, das 1933 in Sanary über die Hitler-Burleske lachte. Wie gut, daß Sie sich mit Ihrem »Jefta« dreitausend Jahre zurückverfügt haben! Was mich anlangt, so hat mir die große Rede von Chrustschow aufs klarste bewiesen, ich müsse auf »Das Eis bricht« auch noch als Abgesang der ganzen Romanreihe »In eine bessere Zeit« folgen lassen. Die Handlung war seit fünf Jahren skizziert. Er sollte von 1919 bis 1945 reichen. Jetzt aber muß er bis 1955 reichen und immer noch beweisen, daß unser Lebensweg, blutig und grausig wie er ist, dennoch in eine bessere Zeit geführt hat. Und wie ich jetzt im ersten Bande des Ganzen, dem Anfang von allem, der Versuchung ausweichen werde, Töne anzuschlagen, die auf eine Revolution des ganzen Planetenlebens hindeuten, oder ihr erliegen – das wird sich in den nächsten Wochen entscheiden. Es juckt mich auf der Zunge, das schon im Schlußkapitel des 2. Teils zu tun; andererseits rät mir der künstlerische Takt, damit zu warten, bis im dritten Teil mein alter Markus Wahl seine Vogelaugen auf das richten kann, was sich im März 1915 oder im November 1914 bereits abzeichnet.

Was Sie über meinen Wilde-Essay sagen, tat mir wohler, als Sie wissen können. Es soll nämlich im Frühling im Insel-Verlag ein Essayband, »Die Spirale«, erscheinen – der Weg des Geistes durch vier Jahrhunderte, von Spinoza bis Heinrich Mann. Dabei plane ich unveränderte Abdrucke meiner sieben großen Essays oder Einleitungen, wobei Lessing, Kleist, Büchner den Kern bilden werden und Oscar Wilde und Sternheim die Brücke zu H[einrich] M[ann]. In einer Einleitung möchte ich meine Distanz zu diesen Abhandlungen präzisieren, und dabei hilft mir für den Wilde das, was Ihr Brief so freundschaftlich andeutet. Wie ich freilich die Zeit aufbringen soll, diese Menge geistiger Vergangenheit mir vorlesen zu lassen, ohne daß die Korrekturarbeit am Roman darunter leidet, das weiß ich noch nicht. Jetzt jedenfalls beschäftige ich mich nur mit unproblematischem Lesestoff; außer den »Opuscula« z. Zt., wie schon vermerkt, Thomas Mann und dem sehr geglückten kleinen Buch von Erika über sein letztes Jahr.

Und nun, liebster Feuchtwanger, ein Händedruck zum 72.! Und wenn Ihnen das linke Ohr klingt, so trink ich gerade auf Ihr Wohl einen Schluck von demjenigen Getränk, das mir in der Kuranstalt Berggießhübel erlaubt sein wird, von Apfelsaft.

In herzlichster Kameradschaft wie immer

Ihr
Zweig

Ebenso herzlich gratuliert Ihnen Dita.

Die Chrustschow-Rede haben wir vorläufig nur aus dem ††† »Tagesspiegel« von jenseits der Sektorengrenze.

431 Zweig an Feuchtwanger

Homeyerstr. 13
Berlin-Niederschönhausen
den 15. August 1956

Liebster Feuchtwanger!

Wahrscheinlich hat Ihnen der Rundfunk heute früh den Schlag versetzt, den auch wir aushalten mußten, daß unser Freund Bertolt Brecht gestern nacht gestorben ist. Ich habe den heutigen Vormittag dazu benutzen müssen, seinen Nachruf für die Akademie zu diktieren, so als hätte er zu den Alten gehört, die an der Reihe waren abzutreten, wie Thomas Mann voriges Jahr, achtzigjährig. Und doch sagte ich ihm, als wir uns voriges Jahr in Buckow sahen: in zwei Jahren, Brecht, werden wir Ihren sechzigsten Geburtstag feiern. Und er, ganz erstaunt, stutzte: »Wahrhaftig, Februar 58, ich hab's mir noch nie überlegt.« Und nun ist er mit achtundfünfzig in die Grube gegangen – wenn Sie dies lesen, haben wir ihn nahe der Chausseestraße beerdigt, ganz nahe seiner Wohnung, wie er es gewünscht hat und wahrscheinlich ohne allen staatlichen Aufwand. Ich muß aber erst morgen von der Weigel erfahren, wie diese Dinge liegen. Jedenfalls haben die Ärzte von ihm zu spät Gelegenheit bekommen, sich mit seiner Gesundheit zu beschäftigen. Schon vorigen Herbst verzeichnete er Fieberzacken und Schweißausbrüche, und Sie wissen ja aus meinen Briefen, wann er sich in die Charité legte und aus ihr wieder entlassen wurde, »kuriert«, wie man annahm. Wer das nicht annahm, war mein Sohn Adam, der auf seine schweigsame Art seine Skepsis andeutete, mich aber nicht entmutigen wollte. Vor ein paar Tagen sollte er in einem Salonwagen nach München gebracht werden, unser Bert Brecht, in eine homöopathische Kur bei seinem Freunde Dr. Schmitt, auf den Brechts Umgebung alle Hoffnung setzte. Ich selber, Optimist der ich bin, hielt Adams Prophezeiungen für übertrieben, die er vorgestern schon Dita gegenüber verlauten ließ und schon viel früher mit Michi ausgetauscht hatte: diese Sepsis lenta könne bestenfalls zu einem sanften Ableben führen, wenn der Patient, wie man uns sagte, fieberfrei sei – wenn also der Organismus nicht mehr die Fähigkeit habe, mit Fieber auf die Staphylokokken zu reagieren. Als ich vorgestern erfuhr, er werde abends nach München fahren, durchs Telefon, bat ich um Näheres, um ihn noch zu sehen, und bekam die Weigel schon nicht mehr an den Apparat. So, liebster Feuchtwanger, nun sind wir beide ohne Bundesgenossen im deutschen Schrifttum aus jenem Trupp, der sich 33 in Sanary traf. Ich bin weit davon entfernt, diese Tatsache zu begreifen, noch weniger, sie zu verarbeiten, trotz des Nachrufes, den ich Ihnen vielleicht schicke und der wohl auch von einer unserer Stationen gefunkt werden wird. Während des ganzen Juli waren Dita und ich mit unserer eigenen Gesundheit beschäftigt im Kneippbad Berggießhübel; da dachten wir oft an Brecht, lachend, weil man ihm diese Kur nicht zumuten könnte. Jetzt bin ich noch immer mit Kopfschütteln beschäftigt. Ich habe mir aus dem Heft 14 der »Versuche«, das der Aufbau-Verlag voriges Jahr herausbrachte, die Gedichte aus dem »Messingkauf« vorlesen lassen und mir aus dieser kleinen Arbeit unsern ganzen Brecht zum Bewußtsein und zum Gefühl gebracht; und nun höre ich auf, den Brief zu diktieren, und gehe ein bißchen in den Garten hinaus und wünschte, mein Nachbar hieße nicht Hanns Eisler, obwohl der ein guter Kamerad und ebenso tief erschütterter Freund von Brecht ist wie ich – sondern dieser Nachbar hieße L. F. und wäre da, um den Verlust mit uns gemeinsam zu tragen.

Bleiben Sie nur weiter so vorsichtig mit sich wie ich mit mir.

Wie stets, nach Ihrer Hand greifend, Ihr Zweig

432 Feuchtwanger an Zweig

Pacific Palisades, Calif.
27. August 1956

Liebster Zweig,

ich danke Ihnen sehr für Ihren stillen und anschaulichen Brief über Brechts Ausgang.

Auch Ihr Nachruf war würdig, bewegend und dabei gänzlich unsentimental – so recht im Sinne Brechts.

Mich hat dieser Tod sehr getroffen. Ich hatte mit Sicherheit damit gerechnet, Brecht wiederzusehen.

Schreiben Sie mir bald wieder

Ihr
alter
Feuchtwanger

433 Zweig an Feuchtwanger

Homeyerstraße 13
Berlin-Niederschönhausen
4. 9. 1956

Liebster Feuchtwanger!

Im Grunde genommen glauben wir alle nicht, daß der Brecht wirklich tot ist. Dabei hat er sich wie der rechte Hetzer im Zinksarg einscharren lassen. Daß er schon vor einem Jahr in einem Brief an Rudi Engel sich eine Beerdigung auf dem Friedhof dicht neben seiner Wohnung ausdachte, auf dem Dorotheen-Friedhof, auf dem auch Hufeland und Hegel liegen, und daß er Beerdigung im engsten Familienkreise vorschrieb, so daß die Mitglieder der Regierung, der Partei und der sowjetische Botschafter von uns ausgeschlossen bleiben konnten, will ich Ihnen nicht verschweigen. Es war die Quittung für den »Lukullus« und für die Art, wie die Kritiker der Parteiblätter, besonders das »N[eue] D[eutschland]«, um Brechts theatralische Großtaten herumschlichen. Und sosehr ich mit ihm über das Epische Theater und den Bau des »Kaukasischen Kreidekreises« in freundschaftlich-ernsthaftester Diskussion verblieb, so bewunderungswürdig war alles, was er selbst als Regisseur für sich wie zum Beispiel auch für Bechers »Winterschlacht« aus den beschränkten Mitteln seines Ensembles rausholte. Diese »Winterschlacht«: durch ihn verlor sie das Gymnasiastenhafte und wurde ein ernsthaft wirkendes Stück. Ich habe nun noch für »Sinn und Form« eine Brecht-Episode zu schreiben und möchte dazu Ihre und seine Arbeit beim Neudiktieren des »Beils von Wandsbek« benutzen. Das war eine ebenso tieffreundschaftliche und entsagungsvolle Arbeit wie die des alten Tizian, als er die »Venus« des Giorgione zu Ende malte, das ganze Lager, auf dem dieser bezaubernde Körper liegt. Ich wäre Ihnen also dankbar, wenn Sie mir etwas Näheres über diese Unternehmung sagen könnten: wie lange Ihr beide diktiertet – und ob überhaupt, wie Ihr die Arbeit untereinander verteiltet und wieviel Eurer Zeit sie etwa in Anspruch nahm. Da jetzt gerade die italienische und die schwedische Ausgabe des »Beils« erscheinen, kann ich den dortigen Verlegern mit dieser Episode zu Hilfe kommen.

Dadurch, daß Sie so lange schwiegen, war mir klar, in welche Schwierigkeiten Sie der »Jefta« verstrickt hat. Ich hoffe, wenn er erscheint, mit meinen Augen so weit zu sein, daß ich mir ein paar Seiten selber vorlesen kann. Berggießhübel hat nämlich die Narben im Augenhintergrund sichtlich verkleinert. Ich merkte es besonders, als ich mir das Inhaltsverzeichnis Ihrer »Opuscula« selber ansah und mir danach Ihren Brecht-Aufsatz und Ihre prachtvolle »Grischa«-Rezension vorlesen ließ. Daß mir Dita schon vor Wochen Ihre frühen Münchener Rezensionen vorlas, habe ich Ihnen sicher geschrieben, und welches Vergnügen mir dieses Wachstum des jungen

Schriftstellers Feuchtwanger machte. Jetzt sitzen wir beide da, Sie und ich, und kommen kopfschüttelnd nicht darüber hinweg, daß es der Jüngste von uns dreien war, der unseren Dreibund als erster verließ. Der nächste PEN-Klub-Kongreß soll in Tokio stattfinden; falls Sie dort hinkämen, würde ich es auch tun. Ich soll Brechts Nachfolger im Vorstand werden. Mein »Anfang« ruht seit Berggießhübel, die Nachkur hier im Hause nahm ich genauso ernst wie die Kur selbst. Aber nächste Woche wird der Roman wieder aufgenommen, und Sie glauben nicht, wie großartig ihm die Pause bekommen ist. Hätte der Brecht nur ein Zehntel so viel Schonung für sich aufgebracht!

Noch herzlicher als sonst
Ihr Z.

Wollen Sie die Aufbau-Ausgabe meiner »Claudia« zu Ihren schönen Büchern stellen? und die »De Vriendt«-Ausgabe des Greifenverlags? und soll ich »Westlandsaga« in meine gesammelten Novellen aufnehmen oder die »Bestie« wieder auslösen, auch noch eine andere, »Blick auf Deutschland«?

434 Feuchtwanger an Zweig

Pacific Palisades, Calif.
18. September 1956

Liebster Zweig,

vielen Dank für Ihren schönen Brief vom 4. September.

Ich habe über Brecht für »Sinn und Form« geschrieben und einen zweiten Aufsatz für die »Nation«. Was ich für Berlin schrieb, wäre hier schwerlich verstanden worden; es fehlten die Voraussetzungen.

Es war tröstlich zu lesen, welche Wirkung Brecht in London und Paris getan hat.

Was seine Mitarbeit anlangt an der endgültigen Redaktion des »Beils«, so muß ich Sie leider enttäuschen. Für eine solche Mitarbeit, die ja keine Bearbeitung sein durfte, sondern Ergänzung der kleinen Lücken und Verbesserungen jener Stellen, die Sie nicht hatten verbessern können, Streichungen offenbarer Wiederholungen, Herstellung fehlender Übergänge und dergleichen – für eine solche Arbeit wäre Brecht seiner ganzen Art nach durchaus ungeeignet gewesen.

Für die »Claudia« wäre ich Ihnen sehr dankbar. Den »De Vriendt« hat mir unser wackerer Dietz in der Lederausgabe geschickt.

Ich würde in den gesammelten Novellen gern »Die Bestie« für sich allein sehen. Sie ist in der Rundung, in der Sie sie ursprünglich schufen, durchaus das, was Lessing »exemplarisch« nannte.

Die Schwierigkeiten des »Jefta« sind nun, glaube ich, alle gelöst, und ich denke, das Buch wird etwa im Januar fertig sein. Freilich habe ich dann ein zweites Problem: ein Nachwort zu schreiben, das allzu schlimme Mißverständnisse verhütet.

Leben Sie wohl, liebster Zweig, und gute Arbeit.

Ihr
Feuchtwanger

435 Zweig an Feuchtwanger

Homeyerstraße 13
Berlin-Niederschönhausen
17. 10. 1956

Liebster Feuchtwanger!

Jetzt sind wir wieder vier Tage daheim, teils erfrischt, teils angestrengt von dem Erlebnis Venedig, Padua, Bern und Zürich, und weder geneigt noch in der Lage, ohne weiteres in die alte Haut zu schlüpfen. Die politischen und kulturellen Ereignisse der letzten Monate erhalten eine ganz andere Resonanz, wenn man sie von zuverlässigen Genossen und aufgeschlossenen Sozialisten anderer Kreise kommentiert erhält, und der Widerstand meiner beiden Söhne wird recht bestärkt, wenn sie sich weigern, in unseren DDR-Topf einzusteigen. Ich muß mich erst noch ausgiebig fassen, bevor ich mich wieder in meinen Roman zurückziehe, und doch liegt er mir besonders nahe, wie Sie sich denken können. Vielleicht schreiben Sie mir mal, lieber Feuchtwanger, wenn Sie jetzt dazu Zeit und Lust haben, wie Ihnen die Tatsache vorkommt, daß sich in unserer DDR so wenig verändert hat und ich immer weiter ihr Schildhalter bin und bleibe.

Zur Überwindung der »Jefta«-Schwierigkeiten gratuliere ich herzlich, und auf Ihr Nachwort bin ich besonders neugierig, weil ich mir gerade eben den ersten Band von Auerbachs »Wüste und Gelobtes Land« wiederbeschaffen konnte, der mir immer ein vernünftiger Darsteller dieser israelischen Vorgeschichte schien. Dabei habe ich über das Verhältnis Israel – Ägypten allerlei erkannt, was zu einem Aufsatze taugen würde. Meine Lust, ihn zu schreiben, ist groß, aber noch größer diejenige, ein Referat für unseren nächsten Kulturkongreß vorzubereiten, der wohl nächstes Jahr in Amsterdam stattfinden soll. Und dabei muß ich mich schonen, vor allem rät mir Adam dazu, der ein beachtenswerter Arzt geworden ist. Er hat auch einen vortrefflichen Aufsatz über die Psyche seines Hundes Struppi geschrieben, der in der »Schweizerischen Zeitschrift für Psychologie« erscheinen wird. Ich werde ihn bitten, Ihnen, liebster Feuchtwanger, ein Separatum zu schicken, da Sie ja mit Ihrer Katze zu ähnlichen Beobachtungen aufgelegt sein könnten.

Unser Freund Brecht ist nach wie vor das Zentrum

unserer Empfindungen. Ich kann mich nicht erinnern, einen ähnlich unverheilbaren Verlust erlitten zu haben, seit meiner Rückkehr in die DDR. Als wir vor vierzehn Tagen in der Aula der alten Universität Padua die Schlußsitzung unseres Kongresses veranstalteten, zeigte man mir unter den vielen kleinen Schrifttafeln an den Wänden den Namen Galileo Galilei mit den dazugehörigen Jahreszahlen und berichtete: in einem Zimmer innerhalb des Gebäudes werde auch der Stuhl aufbewahrt, in welchem er beim Lehren gesessen. Den müßte man eigentlich für den Brecht erwerben, dachte ich, der gehört in sein Haus. Wenn er an der Verbesserung des »Beil«-Manuskriptes nicht viel hat mithelfen können: wer außer Ihnen, liebster Feuchtwanger, hat mir dann diesen Dienst erwiesen? Eben nämlich ist das »Beil« bei Feltrinelli in Italien erschienen, sehr anständig, gleichzeitig die »Feuerpause« bei Mondadori. Ich wollte über Eure Freundestat dem Verlag einen kleinen Aufsatz zur Verfügung stellen. Und noch diese Woche soll übrigens der »Beil«-Film wieder aufs Tapet kommen; davon später mehr. Ihren Brecht-Aufsatz hat mir Huchel noch nicht gezeigt, während denjenigen aus den »Centum opuscula« die »Weltbühne« neu abdruckte, ohne Hinweis auf diese Quelle, leider. Als Quelle gab sie die »W. B.« von damals an. – Zum Glück haben wir jetzt einen wirklich herrlichen Herbst, so daß man mittags im Garten liegen kann und an die Zeiten denken, in denen man nicht nach Venedig gefahren wäre, ohne mit Feuchtwangers in München zusammengesessen zu haben.

In diesem Sinne

immer Ihr alter
Zweig

436 Feuchtwanger an Zweig

Pacific Palisades, Calif.
5. November 1956

Liebster Zweig,

ich freue mich, daß Sie immer wieder Gelegenheit haben, Welt und Menschen auch aus andern Gesichtswinkeln zu sehen als aus denen Berlins.

Lassen Sie sich Zeit mit dem Roman, wenn es irgend geht. Ich könnte den »Jefta«, wenn ich mich zu schneller Arbeit zwingen wollte, noch in diesem Jahr abschließen. Doch soll es mich nicht verdrießen, wenn ich bis zum Frühjahr damit zu tun habe.

Ich habe über Brecht einen Aufsatz für die »Nation« geschrieben. Ich konnte den Aufsatz für »Sinn und Form« für diesen Zweck nicht verwenden, da ich für Deutschland viel mehr Kenntnis Brechts voraussetzen durfte als für amerikanische Leser. Soweit ich die Nachrufe überblicken konnte, hat die ganze Welt jetzt Brechts Bedeutung erkannt – mit Ausnahme Amerikas.

Jetzt zum Hauptzweck dieses Briefes. Ich möchte nicht fehlen unter denen, die Ihnen Glück wünschen zu Ihrem Geburtstag. Wenn ich überdenke, was Sie mir im letzten Jahr geschrieben haben, so war es kein schlechtes Jahr, und nun Sie in der rechten Arbeit an dem neuen Buch stecken, verspricht das kommende, noch besser zu werden. Ich freue mich, daß Sie weniger behelligt scheinen von kleiner Tätigkeit und in guter Frische Ihrer rechten Arbeit leben.

Alles Herzliche, auch von Marta,

immer
Ihr
Feuchtwanger

437 Zweig an Feuchtwanger

Berlin
den 3. 12. 56

Liebster Feuchtwanger,

wissen Sie, warum ich Ihren lieben Geburtstagsbrief so spät beantworte? 6 Tage liefen und fuhren Dita und ich in einer Stadt namens München umher! Wir mußten die große Cézanne-Ausstellung sehen, die wir in Zürich versäumt hatten. Feuchtwanger, es gibt noch ein Stück des alten München rund um das Platzl: eine Brechtfeier des PEN-Klubs fand im Saal der Scholastika statt, überfüllt von jungem Volk, das immer dort am lebhaftesten applaudierte, wo die linke Gesinnung von Brecht in Gedichten und Szenen zum Ausdruck kam, von Therese Giehse und einem Schauspieler Liers gesprochen. – Wenn Sie aber glauben, daß wir in irgendeiner Weise mit dem Tode von Brecht vertraut sind, so irren Sie. Immer wieder sagt einer aus unserem Kreise: »Das müßte man dem Brecht sagen! Der würde sich einen Fall des Wolfgang Harich nicht haben gefallen lassen!« (Daß wir und Helene Weigel ihn ebenfalls nicht auf sich beruhen lassen, versteht sich. In ein paar Wochen lesen Sie im »N[euen] D[eutschland]«, was man sich hierorts geleistet hat, als dieser junge, tapfere Bursche auf Mißstände bei uns hindeutete.) Die Gegend um Hauptbahnhof und Stachus am Lenbachplatz, Odeonsplatz ist völlig amerikanisiert, hat eine rush hour wie ein kleines New York, Menschenströme, Autoströme, Kaufstraßen aus Glas und Stahl, Kaufinger-, Neuhauserstr. geheißen, und um den Bahnhof neue Hotels und auf seiner Nachbarseite die ehemalige Goethestr. – jetzt Amizonenstr. –, wo sich der Brechtsche Liebesmarkt abspielt, zwischen parkenden Autos und Bars mit Neonlicht. Daß immer noch der alte 3er und 30er nach der Ludwigstr. hinunterfahren und wir durch die Von-der-Tann-Str. nach der von Hörrn Hitler errichteten neuen Staatsgalerie hinstiefelten, war fast ein Wachtraum; und wenn Sie die Massen junger Menschen gesehen hätten, die bei jedem unserer 4 Besuche die Gesamtausstellung von Cézannes Werken bevölkerten, desgleichen bei der Van-Gogh-Ausstellung nebenan und dicht dabei Totenstille im neuen Haus der alten Pinakothek: Sie und Marta hätten die Köpfe geschüttelt ...

Daß Sie sich für den »Jefta« Zeit lassen, wie ich für den »Anfang«, tut uns beiden sicher gut. Ich wollte eigentlich im Oktober fertig sein und gebe mir jetzt Zeit bis zum Februar für die erste Niederschrift. Wir sind beide halt auch vom aktuellen Leben abhängig, stehen beide in der gleichen Front, nehmen beide mit Erstaunen zur Kenntnis, mit welch dummheitgeschwellter Energie die kapitalistische Seite gegen die sozialistische anläuft; Sie in der Ausstrahlung der USA-Zeitungen wahrscheinlich weit mehr belästigt als ich, der unsere langsame und schlechte Radioarbeit, Journalistik und politischen Gegenstoß mit Westberliner und westdeutschen Produkten ergänzen muß. Dennoch glauben wir beide wohl, liebster Feuchtwanger, daß sich die Aufregung wieder besänftigen wird, um Ungarn und Ägypten, wie sie es um Polen tat: nur der neue Brennpunkt um Syrien macht mir Pein, weil Haifa der Kampfgrenze so nahe liegen würde und meine Schwägerin dort Klavier spielt, Stunden gibt, bleibt.

Daß Michi immer noch erwägt, auf kürzere Zeit nach Kalifornien zu fliegen, spielt bei ihm wie bei uns keine kleine Rolle; wir hoffen aber, seine Vertrautheit mit der DDR und der Bundesrepublik wird diesen Plan verdunsten lassen. Und nun, liebster Feuchtwanger, ein fröhliches Weihnachten 1956 und die herzlichsten Neujahrswünsche von uns allen, die wir im bleichen Sonnenlicht täglich spazierengehen. Daß Sie das Gleiche tun, weiß

Ihr Zweig

[Nachschrift Beatrice Zweig:]

Herzlichste Grüße! Viel sprechen wir von Ihnen beiden.

Ihre
Dita

438 Feuchtwanger an Zweig

Pacific Palisades, Calif.
31. Januar 57

Liebster Zweig,

es ist mir leid, daß ich so lange nichts von Ihnen gehört habe. Gerade jetzt bin ich begierig, Nachrichten von Ihnen zu erhalten, und ich bin, offen gestanden, ein wenig beunruhigt über Ihr Schweigen.

Mir geht es im ganzen recht gut. Ich werde den »Jefta« bestimmt Mitte März abschließen können.

Bitte, lassen Sie doch recht bald von sich hören.

Sehr herzlich wie stets

Ihr alter, etwas besorgter
Feuchtwanger

439 Zweig an Feuchtwanger

Homeyerstr. 13
Berlin-Niederschönhausen
6. 2. 1957

Lieber Feuchtwanger!

Merkwürdig, daß wir diesmal beide aufeinander warteten! Ihr letzter Brief war vom 5. November, und ich berichtete Ihnen inzwischen über München am 3. Dezember, frisch über die verwirrenden Eindrücke schwatzend, welche die amerikanisierte Gegend um den Stachus und die Neuhauser und Kaufinger entlang bei uns hinterlassen hatten. Und heute kommt Ihr Kurzbrief vom 31. 1., und ich nehme die Gelegenheit wahr, Ihnen sofort ein

Lebenszeichen hinzututen, weil ich gerade Komposition und Niederschrift des letzten Teils meines »Anfangs« durchdenke, durcharbeite. Dabei macht mir der Titel für diesen Roman zum erstenmal Schwierigkeiten. »Anfang« ist zu farblos, »Aufbruch der Jugend« unleidlich des bei uns so fürchterlich abgegriffenen Wortes Jugend wegen, »Polonaise auf dem Krater« oder »Contretanz auf dem Eise« unverwendbar, ja gar nicht ernsthaft vorschlagbar, weil der Roman »Das Eis bricht« erst in zwei, drei Jahren vorliegen wird. Aber, liebster Feuchtwanger, ich werde schon was finden. Das Schlimmste ist, ich kann Ihnen das dreiviertel diktierte Material nicht nach der Mahlerstraße hinüberschicken, um mit Ihnen telefonisch über einen wirklichen Titel zu verhandeln und Ihren erprobten Griff auszunutzen.

Gesundheitlich geht es mir wirklich gut und hoffentlich Ihnen auch, über den Tod unseres Brechts sind wir in keiner Weise hinweg – gestern sagte mir Becher telefonisch, man habe den ausgezeichneten Nierenspezialisten Hüdepol, der den Bert jahrelang im Hedwigs-Krankenhaus behandelt hatte, während der letzten Krankheitsphase gar nicht hinzugezogen! Mein Entsetzen kann ich Ihnen nicht ausdrücken, aber ich werde mich noch vergewissern, wie das zustande kam. Becher nämlich ist vor vier Tagen erst aus dem Krankenhaus entlassen worden, wo ihn dieser Spezialist und Urologe seiner Prostata wegen operierte. Ich hatte ihm ein paar Zeilen zu seiner Genesung geschrieben, und seine Reaktion bewies, daß er recht hatte, als er sagte, diese Operation und ihre Folgen hätten ihn völlig umgekrempelt. Die Nachschmerzen nämlich durften nicht betäubt werden, weil sonst Harn- und Nierenapparat gelähmt worden wären. Und was er da aushalten mußte, habe er sich niemals vorgestellt. Da ich zweimal in der Woche an seinem Hause vorübergehe, besuche ich ihn morgen oder übermorgen und richte ihm auch Ihre Grüße aus, die ich auf psychischer Kurzwelle vorwegempfange.

Daß Sie den »Jefta« schon im März fertigkriegen, hör ich überaus gern, ich selber muß meinem »Anfang« wahrscheinlich mehr Zeit geben; die neuen Kapitel, deren ich noch sechs oder sieben zu diktieren habe, sprießen wie unsere überaus verfrühten Tulpen- und Narzissenspitzen aus mir heraus – zehn Grad plus, Feuchtwanger, seit Tagen! Aber ich habe noch vier Kapitel unterzubringen, die schon recht abgelagert sind, etwa fünfundzwanzig Jahre, und die sich doch dem Neuen unterschiedslos einfügen müssen und werden. Zu meinem Wohlsein trägt bei, daß ich nur noch vormittags arbeite, wenig rauche und mich ein dutzendmal in das Sauerstoffzelt lege, dessen Behausung, an Bechers Wohnung vorbei, zu Fuß in sieben Minuten erreichbar ist. Und dann habe ich im Greifenverlag einen »Früchtekorb, jüngste Ernte« veröffentlicht, Aufsätze aus dem Jahr 55, den ich Ihnen per Schiffspost zuschicke, die Exemplare kamen erst vor ein paar Tagen an. Meine »Soldatenspiele« haben Sie hoffentlich bekommen, und falls Sie den Greifen-Almanach ebenfalls kriegten, finden Sie darin ein ziemlich neues Foto

Martas und Ihres,
vom ganzen Hause herzlich grüßenden,
Arnold Zweig

440 Feuchtwanger an Zweig

Pacific Palisades, Calif.
20. Februar 57

Liebster Zweig,

ich höre mit Vergnügen, daß der Roman ohne Titel zu drei Vierteln fertig ist. Die »Soldatenspiele« habe ich gekriegt, aber nicht den Greifen-Almanach, und auf den

»Früchtekorb« werde ich wohl lange warten müssen; die Schiffspost läßt sich Zeit.

Es ist mir sehr leid, daß Becher sich einer so schmerzhaften Operation unterziehen mußte. Es ist mir leid nicht nur um seiner Person willen, sondern auch weil ich sehr gewünscht hätte, daß er gerade um diese Zeit auf dem Posten gewesen wäre. Grüßen Sie ihn, bitte, sehr herzlich. Ich finde die »Verlorenen Gedichte« besonders geglückt und freue mich, daß sie sich gefunden haben und nun da sind.

Ich habe übrigens die »Novellen um Claudia« wieder einmal gelesen, langsam, gründlich und ganz. Sie haben mir unsere Vorkriegsjahre sehr plastisch in Erinnerung gebracht, die kleinen Probleme, mit denen wir uns damals herumschlugen und die uns so weltenschwer schienen. Natürlich hat das Buch im Grunde nur mehr historisches Interesse, aber erstaunlich bleibt, was für einen Sprachschatz Sie damals schon besaßen und wie meisterlich Sie über ihn verfügten. Der bittere Hebbel hat einmal Stifter einen Schmetterlings- und Käfermaler genannt. Auch die »Novellen um Claudia« sind Schmetterlinge und Käfer, aber wie sind sie dargestellt.

Ich habe am »Jefta« nur mehr etwa drei Wochen zu arbeiten, aber es werden lange Wochen sein, denn ich habe mich herumzuärgern mit einer Menge kleiner Dinge, die, an sich unbedeutend, recht kratzen.

Aber der »Jefta« hat mir große Freude gemacht und macht mir weiter Freude. Es ist sehr erfrischend, Dinge, von denen die Bibel berichtet, ihres Weihrauchs zu entwölken.

Und damit zurück zu den Ärgerlichkeiten und dem »Jefta«.

Sehr herzlich wie stets

Ihr
Feuchtwanger

441 FEUCHTWANGER AN ZWEIG

Pacific Palisades, Calif.
13. März 1957

Liebster Zweig,

ich habe jetzt den »Früchtekorb« erhalten und gleich gelesen.

Die Aufsätze sind ein bißchen ungleich, was sich ja wohl kaum vermeiden ließ, aber viele sind sehr eindrucksam, und es ist erstaunlich, wie Sie sie ohne umfängliche Studien und erneute Lektüre zustande bringen konnten.

Besonders gefallen hat mir der »Shakespeare-Schattenriß«. Sie geben da in fünfundzwanzig schmalen Seiten mehr als manches der vielbändigen Werke.

Sie sollten mehr Essays schreiben, ich meine richtige Essays wie eben diesen »Shakespeare-Schattenriß«.

Leider höre ich aus Berlin zur Zeit recht wenig. Katia Mann hat mit mir über die Berliner Dinge korrespondiert und mir zwei Schweizer Zeitungsausschnitte geschickt. Dafür kursieren hier um so mehr Gerüchte.

Meine Dinge laufen unverändert und im ganzen recht gut. Den »Jefta« habe ich gestern abgeschlossen. Den Schluß habe ich an den Aufbau-Verlag geschickt. Für Amerika und England wird das Buch von den gleichen Leuten übersetzt, die »Die Jüdin von Toledo« übersetzt haben. Sie sitzen in Rom, was die Verständigung mit ihnen nicht eben erleichtert.

Ich hoffe, daß Sie ein gutes Frühjahr haben und Freude an Ihrer Arbeit. Schreiben Sie doch mehr Essays, und stellen Sie doch auch Ihre früheren Essays einmal zusammen. Es wird bestimmt ein repräsentativer Band.

Sehr herzlich wie immer

Ihr
Feuchtwanger

442 Zweig an Feuchtwanger

B[er]l[i]n-N[ieder]sch[önhau]s[e]n
13. 3. 57

Liebster Feuchtwanger,

seit Monatsanfang will ich Ihnen täglich schreiben, und jeden Tag arbeiten wir so lange, daß meine Ilse nicht mehr zum Einspannen des Bogens kommt. Heute scheint die Frühlingssonne, ich riskiere die Handschrift, und nun los: Der Roman heißt »Die Zeit ist reif«. Von den 70 Kapiteln, die er haben wird, sind noch 5 zu diktieren. Dann mach ich eine Pause: Sektionssitzung der Akad. in Weimar, Generalversammlung des PEN Ost-West, wo ich zum Präsidenten gewählt werden soll. Statt des Brecht, an dessen Verlust ich mich noch keineswegs gewöhnt habe. (Ihr Aufsatz für Amerikaner – ich gratuliere!) Vielleicht verlieren wir auch noch den Max Schroeder, der in der Geschwulstklinik liegt, in Buch, statt Bücher zu machen. Es begann mit einem Blutsturz wie eine Lungen-Tb, stellte sich aber bald als »was anderes« heraus – nun ist's der Lungenkrebs à la Tommi – aber im völlig vernarbten Gewebe. Schreiben Sie ihm doch ein paar Zeilen, er freut sich so! Becher dankt für Ihre Teilnahme, hat sich in Schierke des Wetters wegen, des Nebels und Gewölks, nicht erholt. Hab ihn erst telefonisch gesprochen, beim Besuch nicht angetroffen. Dagegen gestern abend im Deutschen Theater wen? Eva Boy. Sieht noch fast aus wie sonst, kommt Freitag zum Tee. Ich hole sie vielleicht ab, weil ich in Westberlin ein literar. Pocketbuch suche, in dem Dummheiten über »Feuerpause« u. »Erziehung« stehen sollen, eines die (stalinistische) Umarbeitung des anderen. Soll Balluseck heißen, das Früchtchen. Werde ich in 10 Tagen mit den 5 Kapiteln fertig, so trinke ich abends einen Schluck Beaune auf Ihr Spezielles. Liebster F., warum bleiben Sie so zäh in Pacific Palisades? Es ist sicher viel schöner als Pankow, aber hier verfließen die paar Lebensjahre, die uns (verflucht noch mal!) geblieben sind, in Nachbarschaft und persönlichem und telefonischem Austausch wie einst, und das hält fürs uns gebliebne Beste

Ihr zum Spaziergang gerüsteter
Zweig

443 Zweig an Feuchtwanger

Homeyerstraße 13
Berlin-Niederschönhausen
1. 4. 1957

Liebster Feuchtwanger!

Auf Ihren so freundschaftlichen Brief vom 13. vorigen Monats wollte ich sofort antworten, konnte es aber nicht, da die Akademie und der PEN-Klub uns nach Weimar zitierten, von wo wir gestern zurückkamen. Auf der Hinfahrt brach eine Pleuelstange im Motor, auf der Rückfahrt ging es mit unserem Reservemotor ganz glatt, der in Weimar eingebaut wurde, und eben jetzt brach unsere Hinterachse, was sie ebensogut auch gestern auf der Autobahn hätte machen können. Dies nur, um zu zeigen, daß Unstern und Stern über unseren Köpfen kreisen.

Als Voraussetzung für die Weimar-Reise hatte ich mir vorgeschrieben, der Roman müsse bis dahin fertig sein. Er war es auch bis auf das Abgesang-Kapitel, das aber schon auf dem Papier steht. Daß ich den Titel vor einigen Wochen gefunden habe, hätte ich Ihnen schon vor dem »Früchtekorb«-Brief drahten können: »Die Zeit ist reif« – und darum tanzte ich monatelang aufs abenteuerlichste umher!

Meine sieben großen Aufsätze soll nächstes Jahr der

Insel-Verlag unter dem Titel »Die Spirale« vereinigen. Untertitel »Weg des Geistes durch vier Jahrhunderte«. Inhalt: Spinoza, Lessing, Kleist, Büchner, Oscar Wilde, Sternheim, Heinrich Mann. Der letztere ist noch nicht fertig, und das ist gut, denn wenn ich erst den Roman durchpoliert habe, gebe ich dem »H. M.«-Manuskript eine neue Einleitung und einen Schluß, um den ich mich bisher drückte. Meine H.-M.-Kenntnis geht nur bis zum »Henri Quatre« I, und daß ich mir noch mehr von ihm vorlesen lasse, scheint mir zur Zeit ausgeschlossen. Ich will mein Buch »Freundschaft mit Freud« in diesem Jahre beenden, und das ist ein Brocken bis zum Jahresschluß.

Nun hat man mich zum Präsidenten des Deutschen PEN-Zentrums Ost und West gewählt, als Nachfolger Brechts, und ich habe nach langem stillen Überlegen angenommen. Mit Uhse arbeite ich sehr gut zusammen; wir stimmen auch darin überein, daß wir eigentlich einen PEN-Klub DDR darstellen mit Anhängseln aus der Bundesrepublik, von denen nur Weisenborn etwas wiegt. Aber vielleicht entwickelt sich im Verlauf dieses Jahres diese Trennung von den Anhängseln von selber. Nach Tokio zum Kongreß werde ich nur dann fliegen, wenn Sie, lieber Feuchtwanger, mir die Chance geben, Sie dort wiederzusehen. Die Delegierten für diesen Kongreß bestimmen wir im Verlauf der nächsten Wochen; bitte überlegen Sie also, und schreiben Sie mir Ihren Entschluß baldigst. Für den Almanach, den wir bis Ende April zusammenstellen sollen, hätten wir gern einen Beitrag von Ihnen, ob aus dem »Jefta«-Manuskript oder aus dem Bändchen »Marianne in Indien«, bestimmen Sie bitte selbst. Daraus nähme ich am liebsten »Nachsaison«. Vom jungen Brecht liebäugele ich mit »Bargan läßt es sein«, das Brecht selber nie wieder neuaufgelegt hat. Was ich selber geben werde, weiß ich noch nicht. Wir machten in Weimar eine Vorlesung, bei der Hermlin für mich ein Kapitel »Der Versucher« aus »Die Zeit ist reif« las. Es kam sehr gut an. Viel stärker war für uns alle der Eindruck von Buchenwald; am nächsten Tag Kranzniederlegung in der Fürstengruft, womit die Spannung innerhalb Deutschlands trefflich ausgedrückt ist. – Und nun lassen Sie sich's gut gehen, liebster Feuchtwanger, und begnügen Sie sich vorläufig mit den Berichten von Katia Mann, bis Sie anschließend unterrichtet

Ihr herzlich grüßender
Zweig

444 Feuchtwanger an Zweig

Pacific Palisades, Calif.
11. April 57

Liebster Zweig,

ich gratuliere Ihnen dazu, daß die Zeit und das Buch nun reift.

Natürlich ist es gut, daß Sie die sieben Aufsätze in einem Band sammeln; aber noch begieriger warte ich auf einen Band, der andere Essays mehr allgemeiner Art vereinigt.

Was ich von Ihrer »Freundschaft mit Freud« kenne, verspricht vieles. Sie müssen aber, bevor Sie das Buch fertig schreiben, sich aus der Biographie von Jones vorlesen lassen, die ungemein viel Neues enthält und ihren Ruhm verdient.

Daß Sie Präsident des PEN-Klubs sind, höre ich mit einem halben frohen und anderthalb nassen Augen. Zum Kongreß nach Tokio möchte ich natürlich gern kommen, aber Sie wissen ja, daß ich dann mein Leben hier für immer aufgeben müßte.

Wenn Sie im Almanach etwas von mir bringen wollen,

dann nehmen Sie doch, bitte, die Geschichte »Odysseus und die Schweine«, die den gleichnamigen Band Erzählungen im Aufbau-Verlag einleitet.

Haben Sie den Tucholsky-Band von Rowohlt gesehen? Ich habe mich an die beiden frühen, schönen Briefe an Sie gar nicht erinnert.

Und nun tauchen Sie unter im Schlußteil Ihres Romans, und befassen Sie sich nicht zu viel mit den Geschäften des PEN-Klubs.

Alles Herzliche

Ihr
Feuchtwanger

445 Zweig an Feuchtwanger

Homeyerstr. 13
Berlin-Niederschönhausen
27. 4. 1957

Liebster Feuchtwanger!

Diese Antwort diktiere ich Ihnen, im Regierungskrankenhaus liegend, das ich aber schon verlassen haben werde, wenn dieser Brief in Ihre Hände kommt. Ich mußte mich einer Neuritis im Bein wegen untersuchen lassen; man benutzte die Gelegenheit, mich ganz und gar abzutasten, zu röntgen, ein EKG zu machen, mir Medikamente und Kurzwelle einzuflößen und mich kurzerhand in einem hübschen Apartement zu isolieren, das ich, wie ein alter Pfleger wußte, schon vor fünf Jahren bewohnt hatte. Natürlich sind alle diese meine Verbiegungen nur leichtester Natur, erlauben mir aber nicht, länger als zu einer Unterschrift sitzende Stellung einzunehmen. Und so erhole ich mich über Ostern hier in der Scharnhorststraße, dicht neben meiner alten Akademie, lasse mir entsetzlich vieles durch den Kopf gehen und bereite mich vor, bis zum August die Reife der

Zeit druckfertig zu schleifen. Bei dieser Röntgenerei ist mir ein Einfall gekommen, der wahrscheinlich vieles erklären wird: seit meinem Autounfall von 1938 besteht eine leichte Behinderung meines Nackens beim Drehen nach links. Jetzt erwägt mein Dr. Hacke, ob da nicht infolge des Unfalls und der Jahre in den Bandscheiben zwischen den Nackenwirbeln irgendeine Verknöcherung entstanden ist, welche auf die Nerven der linken Körperseite störend einwirkt! In den nächsten Tagen werden wir das erfahren und dann die Empfindlichkeit dieser Seite und ihre leichte Erkältbarkeit durch meine leichtsinnigen Handlungen von einer oberen Zentrale aus behandeln, außer den lokalen Anwendungen, wie Thomas Mann sagt. Das Ganze hier ruht mich wirklich aus, das Wetter draußen war bisher nicht so verlockend, daß man einen Osterspaziergang vermißte, und das Radio an meinem Kopfende erzählte mir wirklich Fesselndes vom Erfolg des Berliner Ensembles in Paris und von den Widerstandsfilmen in Wien. Der Brecht hat es tatsächlich fertiggebracht, daß trotz der Illumination der Seineufer anläßlich Elisabeths II. das Théâtre Sarah Bernhardt, direkt am Seineufer gelegen, mit all seinen fünfzehnhundert Plätzen dreimal ausverkauft war und daß dann, einige Tage später, das Bochumer Gastspiel mit der »Dreigroschenoper« den Verkehrsstreik der Pariser Transportmittel überwand, während fast alle anderen Theater halb leer standen.

Leider können wir das unserem Freunde Brecht in seinen Zinksarg nicht übermitteln, in den er sich leichtsinnigerweise zurückgezogen hat. Während ich aber hier im Bette lag und mit Dita und anderen Freunden telefonieren konnte und jetzt an Sie schreibe, frage ich mich, liebster Feuchtwanger: war dies der Sinn unseres Lebens, daß Sie Ihre Tage in Kalifornien beschließen und ich nicht imstande bin, Sie zu besuchen wie in Sanary?

Und da dieses letztere nicht geht, weil die Mentalität der USA nicht mehr von F. D. Roosevelt gelenkt wird: wollen Sie wirklich nicht versuchen, einen westdeutschen Paß zu erwerben und Ihre sicherlich wunderschöne Bleibe in Pacific Palisades wenigstens zeitweilig stehenzulassen? Ich denke nicht an Tokio, wohin ich dies Jahr bestimmt nicht fliege, aber ich frage mich, ob unser beider Leben nicht noch einmal zusammenmünden soll, unbehindert von amerikanischen Behörden? Die Bundesrepublik ist gewiß kein verlockender Aufenthalt und auch Westberlin in keiner Weise, aber Freundschaft, persönlicher Kontakt, das tägliche Miteinanderlachen und -schwatzen und Einanderberaten in literarischen und politischen Dingen – hätte das nicht Gewicht genug in Ihrem Leben, Sie aus Ihrem Paradies herauszulocken? Nun habe ich zwar in Michi einen sachverständigen Berater in allen Fragen Kaliforniens, und seine Sehnsucht, wenigstens vorübergehend noch einmal bei Ihnen aufzutauchen, ist gerade jetzt wieder im Vordergrunde seines Wesens. Dieses Wesen hat sich aber sehr gefestigt inzwischen, und er wird wohl im nächsten Vierteljahr sich endgültig entscheiden, die kleinen Unebenheiten und Widrigkeiten unserer DDR zu akzeptieren, weil sie in allen wichtigen Dingen den richtigen Kurs segelt und soviel Wärme für unsere Sache und für uns entwickelt, wie man's sich in einem deutschen Staate nur vorstellen kann. Michi beschreibt mir zwar anschaulich Ihr Schloß in Pacific Palisades, den Park, die Landschaft drum herum, Ihre herrlichen Räume und die Bücherei, die für einen Schriftsteller ja alles andere ersetzen kann, wenn er zu Jahren gekommen ist, aber diese Bücher könnten Sie ja schließlich mitnehmen, und die Wiedergutmachung würde Ihnen an jeder Stelle der Bundesrepublik oder Westberlins einen Ersatz zur Verfügung stellen. Jedenfalls, liebster Feuchtwanger, ist es schmerzlich für unsereinen, sich mit der Wahrscheinlichkeit abzufinden, Sie ebensowenig noch einmal persönlich nahe zu haben wie unseren Brecht oder Th[omas] M[ann].

Dem Almanach des PEN-Klubs habe ich also Ihren Wunsch übermittelt, »Odysseus und die Schweine« aufzunehmen. Von Brecht hätte ich gerne »Bargan läßt es sein« darin, nur hat mich bis jetzt diese Isolierung im Krankenhaus verhindert, mich mit der Hauptmann deswegen in Verbindung zu setzen. Ich fürchte sogar, die Gruppe um die Helli wird lieber irgendwelche Fragmente aus dem Nachlaß spendieren, obgleich diese in Kürze als Heft von »Sinn und Form« erscheinen werden.

Und hier kommt nun Ihr Vorschlag in den Vordergrund, außer den sieben Essays der »Spirale« andere Themen aus dem Vorrat herauszusuchen oder Neues zu schreiben, und dieses letztere zwickt mich am meisten: einen Essay über Bert Brecht abzufassen, der ihn wirklich durchleuchtet, ihn von seinen Ursprüngen her aufbaut, soweit sie für mich erfahrbar sind. Meine tiefe Zuneigung zu jeder Zeile, die er geschrieben hat, hindert mich nicht daran, die Unvollkommenheiten zu sehen, mit denen er sich abplagte, und ihre Quelle aufzusuchen. Die Lobhudeleien unserer heutigen Literaturleute reizen mich geradezu darzustellen, wie dieser wunderbare Lyriker B. B. in die Irre der Theoreme und Versuche geriet – er, der ebenso begabt war wie Georg Büchner oder Kleist.

Mein Freud-Buch wird jedenfalls den Vorrang haben. Mit Ernest Jones bin ich in Korrespondenz und weiß, was seine Biographie bedeutet. Aber mein Buch wird ein ganz persönliches, wozu er selber ja und amen sagt. Er möchte sogar unseren Briefwechsel publiziert sehen, den er besser kennt als ich. Freuds Briefe nämlich konnte ich ihm in Fotokopien schicken, und meine Originale hat er in London. Wirklich, Feuchtwanger, wir leben in merkwürdigen Zeiten!

Und jetzt leg ich mich wieder ins Bett, es ist halb zwölf mittags, und meine getreue Ilse, in einem weißen Kittel als Ärztin verkleidet, wird unseren Schreibkram wieder wegräumen und dann nach Hause fahren zu Mann, Kind und Kegel. Am Nachmittag kommt dann Dita zu mir, und wenn Sie begreifen, was das heißt, Feuchtwanger: unser ganzes Regierungskrankenhaus ist ausgestattet mit recht anständigen Reproduktionen von Gemälden der großen französischen Impressionisten! Bei meinem Zahnarzt hängt im Vorzimmer ein Degas und ein Renoir, und hier ein mir unentzifferbarer Maler aus der Südsee.

In der Hoffnung, Sie nicht zu sehr mit diesem Briefe gestört zu haben, legt sich wieder ins Bett

Ihr
sehr getreuer Zweig

Ich lasse mir langsam das entzückende Buch Broussons vorlesen »Anatole France en pantoufles«. Bezauberndes Dokument einer ehemaligen Welt!

446 Feuchtwanger an Zweig

Pacific Palisades, Calif.
7. Mai 1957

Liebster Zweig,

Sie haben sicher gut daran getan, daß Sie sich einmal gründlich untersuchen ließen. Ich erinnere mich, daß ich meine beste Ruhe- und Erholungszeit in einem Sanatorium im Grunewald hatte, und schon in München erklärten mir gescheite Leute, es gebe in der ganzen

Umgegend nur einen Ort, wo man sich wirklich erholen könne, das sei das Sanatorium Ebenhausen.

Ich brauche Ihnen nicht zu sagen, wie sehr es mich lockt, nach Europa zu gehen. Aber wie Sie ja wissen, bedeutete das, daß ich Pacific Palisades für immer aufgeben müßte. Es würde nicht einfach und sicherlich langwierig sein, sich in Europa wieder einzurichten und einzuleben; auch bin ich wohl verwöhnt durch einen sechzehnjährigen Aufenthalt in ständig gleichmäßigem Klima. Ich nenne Ihnen da nur einige der Bedenken. Ich weiß sehr wohl, wieviel Entschädigungen ein Leben in Europa böte, und Ihr freundschaftliches Drängen bewegt mich sehr.

Daß Sie das Freud-Buch fertig schreiben wollen, begrüße ich von Herzen. Und herrlich wäre es, wenn Sie ernsthaft daran gingen, einen »Brecht« zu schreiben. Daß Sie den Dichter Brecht ausspielen wollen gegen den Theoretiker, zeigt mir, daß Sie ihn genau so sehen wie ich.

Ich habe soeben ein kleines Nachwort zum »Jefta« fertig gemacht. Es sind nur acht Seiten, aber die acht Seiten sind der Extrakt von mehreren hundert Seiten, die ich zu schreiben hätte, und sie kosteten mich einige Wochen. Ich will dann im Sommer langsam daran gehen, einen – locker gefügten – Essay über »Glanz und Elend des historischen Romans« zu schreiben.

So, und nun ruhen Sie sich wirklich gründlich aus, und seien Sie sehr, sehr freundschaftlich gegrüßt

von
Ihrem alten
Feuchtwanger

447 Zweig an Feuchtwanger

Homeyerstr. 13
Berlin-Niederschönhausen
4. 6. 57

Liebster Feuchtwanger!

Endlich habe ich mir das große Stück »Jefta« vorlesen lassen, das das Maiheft des »Aufbau« ziert: Gratuliere, gratuliere! Meine Freude ist ebenso groß wie die über die endlich eingetretene Wärme und das übergoldete Gartengrün, in welchem wir saßen und lasen. Dies geschah nämlich in der Arbeitszeit – bedenken Sie es, alter Kamerad! Wir hatten in den letzten Tagen gerade an achtzehn Seiten Manuskript aus »Die Zeit ist reif« herausgestrichen und Tag für Tag dazu bestimmt, bis Anfang August, den riesigen Worteberg satzfertig zu machen – trotz der nicht zu leugnenden Schwäche, die mich an den Nachmittagen befiel und zum Spazierengehen unfähig machte. Nun aber verrät mir unsere tüchtige Lektrice Elga Abramowitz, daß wir »Die Zeit ist reif« fast unter keinerlei Umständen bis zum November herausbringen könnten, wie die Sachen bei uns stünden. Das Lesen der Korrektur ohne meine Augen mache die Sache ohnehin fast unglaubhaft. Und da, lieber Feuchtwanger, befreiten wir uns heute, am 4. 6., von dem Alp und der Jagd und nehmen uns auch am Vormittag solche Herzensdinge vor wie diesen Brief an Sie. Ich genieße Satz für Satz dieses »Jefta«, habe mir auch in der Kautzschen Bibel das entsprechende Kapitel vorlesen lassen, dabei mit Dita auch frühere Richter rekapituliert, und kann nur wiederholen: Dieser »Jefta« bildet einen Mark- und Denkstein Ihrer schriftstellerischen Laufbahn und unserer deutschen Literatur. Natürlich weiß ich nicht, was noch weiter kommt, die Entwicklung der Fabel birgt mancherlei Gefahren, wir sind erst beim Auszug der Jeftaleute ins Land Tob, und mein Herz ist schon jetzt bekümmert, der kleinen Ja'ala wegen. Aber ich kenne ja diese Epoche viel genauer als beispielsweise die der getrennten Reiche Juda und Israel und freue mich darauf, diesem »Jefta« ganz zuzuhören und Ihnen dann noch mal zu schreiben.

Was nun meinen [Roman] »Zeit ist reif« anlangt, so bändige ich mich selber und ihn und opfere dem Gott der Epik wunderschöne Kapitel oder Stücke, die mit der ohnehin dreifachen Fabelführung nur locker zusammenhängen. Wie ungeduldig ich bin, Ihnen davon etwas zu lesen zu geben, kann ich kaum andeuten. Einzelne Stücke erschienen ja schon im »Aufbau« (»Fräulein Wahl allein«), in »Sinn und Form« (»Zur Pfaueninsel rudern«), in der »Sybille« und im »Sonntag« (»Der Versucher«); und ob Sie überhaupt davon etwas sahen oder Kenntnis nahmen, kann ich kaum erraten. Vielleicht nur aus dem letzten dieser Stücke bekommt man einen Vorgeschmack dessen, was der Roman bringen wird. Seine Komposition fängt gleichsam absichtslos an zu erzählen und wendet sich immer intensiver den Schlußkapiteln zu, die eine überraschende, auf »Junge Frau« und »Erziehung vor Verdun« hinschielende oder hinweisende Enthüllung bringen – Enthüllung dessen, was die ersten Bücher verbargen. – Dankbar zu sein haben wir Ihnen auch noch für den Besuch des Ehepaares Wendt. Seit langem hat mich keine Unterredung so gefesselt und bereichert wie die mit diesem Paläontologen, und Frau Ingeborg ist so charmant, gescheit und unseren Dingen zugewandt, daß wir die beiden zweimal einen ganzen Nachmittag lang auf unserer Glasveranda hatten. Schade nur, daß sie in Baden-Baden sitzen, und sie selber bedauern das auch. Aber Sie wissen ja, liebster Feuchtwanger, daß wir zu uns niemanden einladen und zu Übersiedlungen raten können – in unserem Sektor von Groß-Berlin haben nur Menschen oberhalb des Staatssekretärs

Aussicht auf eine Wohnung. Auch Michi hat sich sehr gut mit Wendts angefreundet und wird sie möglicherweise, ihrer Einladung folgend, in Baden-Baden besuchen. – Und nun lassen Sie sich's gut gehen, liebster Feuchtwanger, und freuen Sie sich des »Jefta«, ohne schon wieder weitere Pläne im Kopfe zu wälzen.

Wie immer in etwas melancholischer Herzlichkeit des wahrscheinlich unmöglichen Wiedersehens wegen

Ihr
Zweig

Über den Werdegang des Romans schreib ich Ihnen später mal ausführlich. Vielleicht als Keim eines kleinen Buches über dieses Thema.

448 Feuchtwanger an Zweig

Pacific Palisades, Calif.
14. Juni 1957

Liebster Zweig,

es ist mir eine herzliche Freude und wichtige Bestätigung, daß Ihnen das Expositionskapitel des »Jefta« Eindruck gemacht hat. Es war ja ein gewagtes Experiment, heute einen Stoff aus der Bibel zu wählen. Ich habe übrigens das Heft des »Aufbau« mit dem »Jefta«-Kapitel nicht zu sehen bekommen.

Daß Sie sich entschlossen haben, aus Ihrem Roman herauszuwerfen, was für die Fabel nicht notwendig ist, scheint mir gut. Ich kann Ihr Bedauern nachfühlen. Die ersten Manuskripte des »Jefta« enthalten viele, viele Seiten, die nun niemand je zu lesen kriegen wird und von denen ich manche, nachdem ich wochenlang daran gearbeitet hatte, nicht ohne Herzeleid herausnahm.

Von den Stücken Ihres Romans, die Sie erwähnen, habe ich bisher nur »Zur Pfaueninsel rudern« zu sehen gekriegt; das Kapitel ist sehr schön und ein rechter Zweig, auch ohne den Zusammenhang mit dem andern verständlich; aber es erlaubt keine Rückschlüsse auf das Ganze.

Daß Sie an den Wendts Freude gehabt haben, höre ich gern. Ich kenne sie nicht persönlich, aber ihre sehr freimütigen Briefe offenbaren liebenswerte Menschen.

Obwohl zur Zeit wieder alle Ausgänge verschlossen scheinen, denke ich gar nicht daran, die Hoffnung auf eine sehr ausführliche Europareise aufzugeben. Wir haben alle zu viele Umschwünge ins Böse und ins Gute erlebt, als daß uns Verzicht erlaubt wäre.

Alles Herzliche, lieber Zweig,

immer Ihr
Feuchtwanger

449 Zweig an Feuchtwanger

[Berlin-Niederschönhausen]
8. 7. 1957

Liebster Feuchtwanger!

Da ging ich gestern, bis ein großes Gewitter hereinbrach, im Garten umher, in Shorts und Unterhemdchen, und schrieb zwei Briefe mit der Hand – und hatte vergessen, was ich mir fest vorgenommen: Ihnen ebenso zum 7. 7. 57 zu gratulieren! Das große Gewitter, das uns nachmittags wieder ins Zimmer trieb, lenkte mich von allem Schreiben ab, und so kommt dies erst heute und mit der Maschine, aber nicht weniger herzlich, wie Sie sehr gut fühlen. Ja, Feuchtwanger, da sollen wir alte Herren spielen, Sie mir mit dreieinhalb Jahren voraus – und dabei haben wir immer noch junge Herzen und freuen uns, wenn wir im Wagen schöne schlanke Mädchen zum Schwimmen mitnehmen können, was zuletzt vorgestern geschah. Michi ruhte nämlich nicht eher, bis ich mir einen Mercedes 220 von unserer Regierung vermitteln ließ, in welchem sechs Personen bequem transportiert werden können; er heißt »Blaufuchs« und hat Michis Lebensgefühl sehr befruchtet. Heute können wir nicht hinaus, ich halte am Nachmittag eine kurze Rede zum 90. Geburtstag von Käthe Kollwitz; da wir ein zweites Gewitter erwarten, macht es nichts. – Meine herausgeworfenen Romankapitel und gestrichenen Seiten tun mir keineswegs weh; diesmal muß man einen Bericht verfassen, wie dieser Roman entstand, der 1929 begonnen wurde und März 57 beendet; liegt er erst einmal ganz in Ihren Händen, dann sollen Sie urteilen, ob er nicht ebenso frisch ist, als hätte ich ihn 32 abgeschlossen. Dann mache ich eine große Pause und vollende gewisse Essaybücher und gewisse Stücke, ohne meine Nervensubstanz dabei zu melken. – Daß Sie aber wirklich so zuversichtlich sind, was ein Wiedersehen anlangt, das wirkt wie frische Atemluft. Die Wendts taten uns sehr wohl, und Michi wird sie wohl nächsten Monat besuchen. Aber sosehr sie auf gewisse Weise mit Ihnen verbunden sind, liebster Feuchtwanger – mehr als ein Versprechen geeigneten Umgangs sind sie nicht. Sie müßten halt nach Berlin kommen oder sonstwie in die Nähe, wo ja jetzt wieder einer unserer besten Freunde gestorben ist, Louis Fürnberg, dessen menschliches Karat seine Begabung weit übertraf. – Und nun mach ich Schluß, liebster Feuchtwanger. Die Lola ist wieder in Berlin, fand aber noch nicht zu uns heraus. Nur telefonisch sprachen wir sie bisher.

Bitte halten Sie sich aber in Ihrem 74. ebenso wacker wie bisher, und halten Sie auch die optimistische Kurve weiter durch. Dieser Füll ist kaputt, aber ich habe meinen Eigensinn damit.

Herzlich wie nur je grüßt Marta und Sie das ganze Haus

Zweig

450 Zweig an Feuchtwanger

Homeyerstraße 13
Berlin-Niederschönhausen
16. 7. 1957

Liebster Feuchtwanger!

Schon lange hat mich keine Zeitungsnachricht so gefreut wie die, welche uns mitteilte, daß die Stadt München Ihnen einen Literaturpreis zuerkannt habe. Spät – aber doch, lachten wir, als Dita mir diese Notiz vorlas. Es wird Sie nicht wundern, daß mir dabei sofort die Möglichkeit durch den Sinn fuhr, Ihnen hiermit einen Anlaß zum Besuche Deutschlands gegeben zu sehen, den Sie mir ja in einem der vorigen Briefe als Möglichkeit in Aussicht stellten – wenn sich wieder einmal die politischen Umstände wendeten wie so oft in unserem Leben. Meine Idee war, Sie zu fragen: Soll ich nicht Robert Neumann veranlassen, vom Sekretariat des Internationalen PEN einen Brief an das Washingtoner State Department schreiben zu lassen? Das kann natürlich erst nach dem Kongreß in Tokio gestartet werden; dann aber sollte Robert Neumann darum bitten, Ihnen, liebster Feuchtwanger, schriftlich zu bestätigen, es würden von den Behörden der USA Ihrer Rückkehr nach Kalifornien keinerlei Schwierigkeiten in den Weg gelegt werden. Die Frage ist natürlich, ob Ihnen und Marta ein solcher Deutschlandbesuch im Herbst wünschenswert erscheint. Soweit wir hier hören, wäre eine Flugreise mit Schlafkabine zwar kostspielig, aber überaus bequem, und in Tempelhof könnten wir Sie abholen und ins Hotel bringen. Das, liebster Feuchtwanger, bitte ich Sie mit Marta zu besprechen und mir noch diesen Monat ein paar Zeilen zu schreiben, damit wir es noch von hier aus einleiten können. Wenn ich nämlich mit meinem Roman fertig bin, gehen wir für den ganzen August nach Thüringen, ins Komponistenheim von Hildburghausen.

Ich habe das Ausspannen sehr nötig, denn wir müssen bis Ende dieses Monats das Manuskript von »Die Zeit ist reif« dem Aufbau-Verlag übergeben, damit der Roman im Herbst erscheint. Wir sind sehr mit Streichen beschäftigt, aber davon später mehr. – Heute nur noch einmal die herzlichsten Glückwünsche und Grüße

Ihres
Zweig
Das soll Zweig heißen!

451 Feuchtwanger an Zweig

Pacific Palisades, Calif.
23. Juli 1957

Liebster Zweig,

da muß ich mich also gleich für zwei Glückwunschbriefe bedanken.

Der Münchner Preis hat mir wirklich viel Spaß gemacht, gerade weil er dreißig Jahre nach »Erfolg« kam. Zu einer Europareise wird er mir indes kaum verhelfen. Vielleicht kann Ihnen Michi einmal erklären, worin meine Schwierigkeiten liegen. So einfach ist die Sache nicht, und es stehen einer böswilligen Bürokratie recht viele Wege zur Verfügung, mich zu schikanieren. Trotzdem sieht es, wie gesagt, nach den letzten Entscheidungen des Obersten Gerichts etwas freundlicher aus, und ich bin zuversichtlich, daß ich auch hier ganz plötzlich etwas so Unerwartetes erleben werde wie den Münchner Preis.

Mit sehr herzlichen Wünschen für den Sommer

Ihr alter
Feuchtwanger

452 Zweig an Feuchtwanger

Homeyerstr. 13
Berlin-Niederschönhausen
1. 8. 1957

Liebster Feuchtwanger!

Gestern habe ich nun »Die Zeit ist reif« dem Aufbau-Verlag übergeben und fühle mich auf eine schreckliche Weise ausgeleert und ausgepumpt. Nun fahren wir übermorgen ins Heim des Komponistenverbandes, Hildburghausen, Thüringen, und werden uns Mühe geben, das unliterarischste Leben zu führen, um mit dem Wiederaufladen der Maschine zu beginnen. Ich bin entschlossen, den Rest dieses Jahres und das ganze nächste mit Essaybüchern und Theaterstücken zu füllen und den Roman »Das Eis bricht« kaltzustellen, wie es sich für seinen Titel gehört. Hätte ich mir mehr Zeit genommen, den Anfangsroman mit zwei Fabeln zu versehen und zwei getrennte Romane daraus zu machen, wie ich es ursprünglich plante, zwischen 1929 und 31, hätte ich mich nicht so sehr anstrengen müssen. Aber soweit ich das Buch jetzt übersehe, habe ich Grund, zufrieden zu sein.

Daß Sie immer noch glauben, es werde ein Wunder geschehen, liebster Feuchtwanger, wundert nun wieder mich. Natürlich hat mir Michi auseinandergesetzt, aus welchen Gründen Sie keine Ausreise unternehmen können, und auch Lola Humm hat Ähnliches dargelegt und daraus geschlossen, meine Hoffnung werde trügerisch sein. Nun bleibt's also dabei, daß Sie, erprobter Rationalist, auf das Irrationale setzen. Ich resigniere also und weiß nicht, welchem Engel eine Kerze versprochen werden muß, damit er Sie über den Nordpol nach Europa bringe. Inzwischen jährt sich jetzt der Tag, wo uns der Brecht verlassen hat. Ich habe gestern mit der Helli telefoniert, weil Dita ein schönes Brecht-Porträt lithografiert hat, das Suhrkamp für eine Broschüre benutzen will.

Seine Bedingung war: Einverständnis der Helli und der Elisabeth Hauptmann, und in einer halben Stunde erwarte ich Ditas Anruf, was letztere dazu sage. Seit Tagen gehen mir Verse durch den Kopf um diesen 14. August. Aber ich fühle mich nicht fit genug für etwas Anständiges, und so lasse ich's bleiben.

Inzwischen hat man also auch unseren Walter Janka zu fünf Jahren Zuchthaus verurteilt, und es wäre möglicherweise nicht wirkungslos, wenn Sie sich, lieber Feuchtwanger, mit einer Frage an die Regierung wendeten, wo man einen ausführlichen Prozeßbericht lesen könnte. Gestern erzählte mir jemand, Halldór Laxness habe aus Afrika telegrafiert, wo er sich gerade befindet, und ich werde nach meiner Rückkehr und Erholung in die gleiche Kerbe hauen.

Unser Wetter hat sich entschlossen, wieder sommerlich zu werden, rief aber in meinem Bein eine Erinnerung an den an sich kurierten Ischiatikus hervor, so daß ich mich in Hildburghausen erst einmal wieder soweit erholen muß, um von den dortigen Spaziergängen Freude zu haben. Übrigens sind wir sehr neugierig auf diese ehemalige Residenz sächsischer Herzöge; es dürfte nicht schwer sein, dort Themata für beliebige historische Romane nach dem Vorbild der »Häßlichen Herzogin« zu finden.

Und nun, liebster Feuchtwanger, wünsche ich Ihnen den besten Verlauf des kalifornischen Sommers und bin wie immer

Ihr und Martas heute nicht sehr munterer
Zweig

453 Feuchtwanger an Zweig

Pacific Palisades, Calif.
19. August 1957

Liebster Zweig,

ich gratuliere Ihnen zur Fertigstellung des Romans. Haben Sie eine Ahnung, Opus wieviel es ist? Wenn ich mir's überlege, dann haben Sie an Ihrer Straße eine recht stattliche Anzahl von Monumenten errichtet.

Wenn ich glaube, daß ich trotz allem noch einmal nach Europa werde reisen können, dann ist das nicht so irrational, wie es scheint. Doch wenn im Augenblick die amerikanische Politik so überaus starr aussieht, so sind doch Zeichen vorhanden, daß das Eis in nicht allzu ferner Zeit brechen könnte. Ich habe also nicht ins Blaue hineingeschrieben, und mein Fatalismus verträgt sich ganz gut mit meinem Rationalismus.

Ich habe nach wie vor ganz schrecklich viel Kleinzeug zu treiben und komme gar nicht zu rechter Arbeit. Auch stellt sich heraus, daß der geplante Essay »Das Haus der Desdemona oder Vom Sinn und Unsinn des Historischen Romans« sehr viel schwieriger ist, als ich dachte. Ich beneide Sie, liebster Zweig, daß Ihnen derlei Dinge so leicht von der Hand gehen.

Ich hoffe, daß Sie sich in Hildburghausen wohl fühlen und durch und durch erholt nach Berlin zurückkehren.

Ihnen und Dita alles Herzliche

wie stets
Ihr alter
Feuchtwanger

454 Zweig an Feuchtwanger

[Berlin]
Sonntag, 29. Sept. [–30. 9.] 57

Liebster Feuchtwanger,

dieser trübe Monat, viel zu zeitiger Herbst, darf nicht ohne die Antwort zu Ende gehen, die ich Ihnen schulde, ohne es gewußt zu haben. Als wir am 3. VIII. in Hildburghausen aus dem Wagen kletterten, hielten mich die im Komponistenheim schon anwesenden Musiker mit Frauen für einen Greis von 80 Jahren – so abgearbeitet kam ich dort an. »Die Zeit ist reif« hatte ja bis zum 31. 7. dem Verlag übergeben werden müssen, damit der Wälzer noch vor Weihnachten fertig werden könnte; ein Diktat von fast 2 Jahren lag hinter mir – 70 Kapitel in 70 Wochen – und eine Korrekturlust, der fast 100 Seiten zum Opfer gefallen waren. Nun, ich erholte mich durch Liegen, Schlafen, wenig Spazieren, etwas Musik und eine reizende Assistentin, die mir einiges vorlas und die nötigsten Briefe schrieb, so daß Dita viel Auslauf hatte und Skizzen und Fotos einheimste, um später daraus Landschaften zu formen. Zur Erholung trug auch bei, daß wir Michi daheim gelassen hatten. Natürlich mußte ich diese Kur nach der Rückkehr fortsetzen, ich bin noch immer nicht fertig damit, mein Herz bedarf der Schonung, meine linke Hand ist noch ungelenk – aber es geht mir doch recht gut, und die Fahnen des Romans treffen so zögernd ein, daß wir alles nachholen können, was im Sommer liegenblieb. Bleiben mußte. An Sie zu schreiben hatte ich im Komponistenheim keine Stimmung – wozu Freunde mit depressiven Briefen belästigen! Daß Fürnberg mit 48 dem 58jährigen Brecht nachfolgte, daß Kantorowicz seine eigne Existenz in die Luft Adenauers sprengte, daß unsere Leute an diesem Unglück reichlich mitschuldig sind – ich habe nie aufgehört, mich für K. einzusetzen – all das lastete auf mir.

Aber wenn nun Adam Briefe schreibt, in denen sein Erfolg bei den Schweizer Neurologen klar herauskommt, und der Michi, jetzt in Capri, endlich auch sich einordnen wird, und Dita sich immer mehr verjüngt, so gibt mir das guten Grund, positiver als bisher in die Zukunft zu schauen. Und nun sagen auch Sie, liebster Feuchtwanger, daß Sie Ihre USA-Internierung für lockerer halten! Wie gut wäre das! Wir Jünglinge zwischen 70 und 75, sollten wir uns nicht endlich wiedersehn? fragt Ihr herzlich grüßender

A. Z.

30. 9. 1957

Nun ist der Brief doch übern Sonntag liegengeblieben, und ich kann, behaglich selber auf dem Sofa liegend, meiner Ilse einen Zusatz diktieren. Die Opuszahlen meiner Romane werd ich nächstens feststellen müssen – jetzt plant der Aufbau-Verlag eine fünfzehnbändige Auswahlausgabe aus meinem Gesamtwerk, die außer den Romanen alle Novellen, mindestens einen Essayband und allerlei Kleinzeug umfassen soll. Meine Gedichte, die ich zärtlich liebe, möchte ich nächstes Jahr unter dem Titel »Jahresringe« herausbringen; was alles in unseren Mappen noch an Aufsätzen vorhanden ist, weiß nur die Schreiberin dieses Briefes. – Vor ein paar Tagen feierten wir den fünfundsiebzigsten Geburtstag von Leonhard Frank, der gut und erfreulich frisch aussieht, aber seine Frau kannte ich nicht – kennen Sie sie? Und dann hatten wir anläßlich der Interbau-Ausstellung auch den Besuch von Harry Rosenthal aus London und freuten uns, wie wenig verändert er sich hatte. Entwickelt hat er sich freilich auch nicht, was einem Architekten in der Emigration ja auch kaum glücken dürfte. – Daß Sie mir aber inzwischen den Ernst Simon schicken ließen, gab mir um so mehr zu denken. Ein durchreisender Israeli leugnete die Möglichkeit, daß er Kultusminister geworden sei; hat er irgendwo zitiert, daß ich in »Caliban« unsern Freud auf jüdische Art abstempelte. – Und nun scheint endlich die Sonne, und ich gehe ins Städtchen hinüber, wo mein Masseur mit Kurzwelle und Massage daran arbeitet, daß meine Hand wieder imstande ist, sich zur Faust zu ballen – meine linke notabene. – Und nun wünscht Ihnen einen hellen Oktober und eine leichtere Desdemona-Arbeit

Ihr doch recht munterer
Zweig

455 Feuchtwanger an Zweig

Pacific Palisades, Calif.
4. Oktober 1957

Liebster Zweig,

schönen Dank für Ihren Brief mit seinem mannigfachen Inhalt.

Nun Sie das große Buch hinter sich haben, können Sie sich ja mit dem denkbar besten Gewissen schonen. Ich selber tue zur Zeit das gleiche. Ich mußte mich nämlich einer Operation unterziehen. Die Ärzte gaben mir achtzig Prozent Chance, und sie hatten recht. Alles ging ausgezeichnet. Freilich mußte ich beinahe zwei Wochen in der Klinik liegen, aber die ganze Sache war nicht so schmerzhaft, wie ich nach den Vorhersagen der Ärzte erwartet hatte. Jetzt, wieder zu Hause, fühle ich mich sehr wohl, und in zwei Wochen dürfte ich völlig hergestellt sein.

Schönen Dank für die Übersendung des Aufsatzes über Händels »Jephta«; ich hatte mir das Werk auch wieder angeschaut, und ich habe auch in dem Nachwort zu meinem »Jefta« darauf hingewiesen.

Mein »Jefta« dürfte ja jetzt erschienen sein; ich habe

ihn noch nicht erhalten. Rowohlt hat das Buch groß angezeigt, auch der amerikanische Verleger, Putnam, hat es für den Februar angekündigt. Ich will mich diesmal um die Redaktion der englischen Übersetzung nicht kümmern; was man erreichen kann, steht in keinem Verhältnis zu dem Ärger, den eine solche Überarbeitung bereitet.

Seien Sie vorsichtig, und strengen Sie sich bei den Feiern Ihres Geburtstags nicht zu sehr an. Ich höre den ganzen Tag von den Ärzten: »Don't overdo it!«, und ich gebe die Mahnung freundschaftlich an Sie weiter.

Im November will ich ins »Haus der Desdemona« zurückkehren.

Sehr, sehr herzliche Wünsche

immer Ihr
Feuchtwanger

456 Zweig an Feuchtwanger

Homeyerstraße 13
Berlin-Niederschönhausen
13. 10. 57
(inside Michis Grüße!)

Liebster Feuchtwanger,

gestern kam Ihr Brief vom 4., und selbstverständlich erschrak ich bei der Nachricht einer Operation, die in unserem Jahrgang nur die Prostata betreffen konnte. An dieser ist der Dirigent Abendroth eingegangen, und unser Johrobech hatte sehr damit zu knasten. Ist heute noch recht abgespannt und hat keinen Kampfgeist mehr. Dabei hätten wir den nötiger als je seit 53. Aber, liebster Feuchtwanger, als ich heute früh acht Uhr das Radio aufdrehte, um zu hören, warum wir unsern lieben Sputnik, den Ihr babymoon nennt, nicht sehen konnten, da sprach Otto Grotewohl und verkündete den Umtausch unserer Banknoten 1:1 gegen neue, um die Westberliner und bundesrepublikanischen Spekulanten ihrer DM-Horte zu berauben. Nun, seither gehn die Lautsprecher, wir freuen uns des Schlages gegen die Wechselstuben, wir werfen dies Sonntagsprogramm zum Kehricht und beraten ein neues – wir, d. h. Dita, Michi und seine prächtige Freundin Thea, die uns eine willkommene Schwiegertochter wäre. Und telefonisch verständigte ich mich mit meiner Ilse, damit sie ihr Programm für morgen nicht zu ändern braucht. Sie liest nämlich Korrektur, ist schon auf p. 400, möchte aber nicht dauernd gestört werden, und wollte also morgen daheim lesen. Dabei bleibt's auch, aber dadurch kriegen Sie diesen Kritzelbrief, lieber L. F.

Soweit ich bisher sehe, ist »Die Zeit ist reif« überaus geglückt, obwohl wir noch immer kleine Höcker abtragen – z. B. wenn auf einer Seite fünfmal steht, daß einer etwas rief. Ist alles fertig, so trage ich Rowohlt eine Ausgabe des »Großen Kriegs d[er] w[eißen] M[änner]« an, 6 Bände, die vorliegen, und ein 7., den ich nicht vor Januar 59 anzufangen gedenke.

Nun schreiben Sie mir aber bitte alles über Ihren augenblicklichen Zustand und den der nächsten Arbeitswochen! Ich, liebster Freund, ich faulenze, teils allein, teils – falls die Zeit und Stimmung aufbringt, in reizender Gesellschaft – eine Elfe aus den schlesischen Bergen, mit der wir seit 4 Jahren eng befreundet sind, und die auch in Hildburghausen mit war. Da sie Gymnastikerin der Theaterschule in Schöneweide ist, den Schauspielern das Bewegen auf der Bühne lehrt und selbst zur Schauspielerin hochbegabt ist, werden ihre Zeit und ihre Kräfte jetzt eingespannt zur Feier des 40. Jahrestages der Oktoberrevolution – und das geht allem anderen vor. Ich schicke Ihnen bald ein Foto von uns. Nun hab ich noch eine Bitte: ein Verehrer meiner Freundin Susanne ist ein vortrefflicher Übersetzer aus mehreren Sprachen.

Ich möchte ihm und unseren Verlagen eine Ausgabe von Novellen des hier fast unbekannten Amerikaners Ambrose Bierce vorschlagen. Eine gute Ausgabe soll 1946 bei Citadel Press, New York, erschienen sein. – The »Collected Writings«, ed. Fadiman. Und jetzt geht's wieder mit Geldumtausch weiter, und der Westen ist abgedreht, und ich lache mir eins. Schade, daß die Auflockerung durch den Sputnik erst 1958 fühlbar sein wird!

Herzlich
Ihr
A. Z.

[Nachschrift Michael Zweig:]

Eben von Italien zurück. Herzliche Grüße + gute Besserung

Michi

457 Zweig an Feuchtwanger

Homeyerstr. 13
Berlin-Niederschönhausen
4. 11. 1957

Liebster Feuchtwanger!

Das Novemberheft des »Aufbau« brachte mir die große Freude, daß es bereits vorwegnahm, was zu meinem Siebzigsten gedruckt vorliegen wird: Aussagen der Kameraden über meine Existenz und Wirkung und dabei vor allem die Ihre. Sie wissen gar nicht, wie wohl mir diesmal die Wärme tut, von der Ihre Einsicht getragen wird – und nicht nur die Ihre. Aber habe ich Ihnen nicht schon einige Male schriftlich gegeben, daß es Ihr »Jud Süß« war, der mir den Glauben an den deutschen Roman wiedergab? Hatte ich mir nicht als schlechter Nietzsche-Schüler einreden lassen, die Kunst des Romanschreibens sei gebunden an eine romanische Blutmischung – siehe Fontane, Willibald Alexis, die beiden

Mann. Und dann kam »Jud Süß« und bewies mir, wie sehr es innerhalb unserer Generation und der Schicht, der auch ich angehörte, glücken könnte mit der großen Prosaerzählung!

Und nun habe ich im »Jefta« wieder einen Beweis in der Hand und auf dem Schreibtisch. Gestern abend ließ ich mir von Dita Ihr Nachwort vorlesen, und meine Stube füllte sich mit einem reineren Ozon, als selbst in meinem blauen Sauerstoffzelt zu atmen ist. Vom Buch selber kenne ich vorläufig nur das große Stück, das der »Aufbau« vor einigen Monaten vorabdruckte – und jetzt, liebster Feuchtwanger, muß erst der 10. November, ja, sogar der 17. vorüberrauschen, bevor ich mich konzentriert auf die Freude richten kann, die mit dem »Jefta« auf mich wartet. (Am 17. nämlich erwartet die Akademie von ihren Mitgliedern Bekenntnisse zur Oktoberrevolution, und dazu muß ich mir etwas Unabgegriffenes einfallen lassen.)

Daß nun Ihre Gesundheit wieder völlig hergestellt ist, tut mir ebenso wohl wie die Tatsache, daß uns jetzt noch im Garten Rosen blühen, in Beeten, die unser Michi mit seinen Gärtnerkünsten, unter Verwendung von Torf und Lehm, aus dem märkischen Sande herausgezaubert hat. Daß inzwischen auch der zweite Sputnik ins All hinausgefeuert wurde, buche ich als Geburtstagsgeschenk ersten Ranges. Nächstens schicke ich Ihnen ein kleines Buch mit fünf Romanzen, von denen die letzte, »Romanze vom kleinen Planeten Erde«, zur Hälfte 1927 entstand und jetzt durch den Sputnik einen würdigen Schlußchoral empfing. Daß jüngst die Münchener Stadtverordneten das Bedürfnis bekundeten, sich von Ihnen, liebster L. F. zu distanzieren, Ihrer Rotheit wegen, hörte als besondere Rosine aus dem Deutschlandsender

Ihr herzlich grüßender und dankender
Zweig

458 Lion und Marta Feuchtwanger an Zweig (Telegramm)

Santa Monica, Calif.
[Post-Eingangsstempel:] 9. 11. 1957

Arnold Zweig
Homeyerstraße
Berlin-Niederschönhausen

Liebster Zweig, wir bedauern tief, daß wir diesen Tag nicht zusammen feiern können, und denken sehr sehr herzlich an Sie. Ich rechne auf ein Wiedersehn trotz allem.

Lion und Marta Feuchtwanger

459 Feuchtwanger an Zweig

Pacific Palisades, Calif.
26. November 57

Liebster Zweig,

ich hoffe, Sie haben die Anstrengungen Ihrer Geburtstagsfeier gut überstanden.

Ich höre zur Zeit sehr wenig aus dem Osten und werde über Ihren Geburtstag wohl erst nach Wochen, vielleicht erst nach Monaten zu hören kriegen.

Hier hat sich um mich wenig verändert. Daß die Münchner meine politische Haltung mißbilligt haben, hat in Westdeutschland viel Staub aufgewirbelt. Ich weiß immer noch nicht recht, worum es sich handelt, vermutlich um einen Artikel, den ich für die »Literaturnaja gaseta« schrieb und der in schlechter deutscher Übersetzung in Westdeutschland verbreitet wurde.

Der Betrieb um mich mehrt sich beängstigend, und ich komme nicht zur Arbeit. Der Essay über den historischen Roman ist sehr reizvoll, aber er wird sehr viel Zeit kosten. Sie wissen, wie langsam ich arbeite.

Ich hoffe, liebster Zweig, Sie werden bald dazu kommen, einen repräsentativen Band Ihrer Essays zusammenzustellen.

Ihr Buch mit der herzwärmenden Widmung ist hier angekommen, und ich freue mich darauf, es in Ruhe zu lesen.

Herzlich wie stets

Ihr alter
Feuchtwanger

460 Feuchtwanger an Zweig

Pacific Palisades, Calif.
11. Dezember 57

Liebster Zweig,

ich habe Ihr Buch gleich gelesen mit etwas wie schlechtem Gewissen. Denn ich ersticke einmal wieder in Kleinarbeit. Außerdem kann ich, selbst wenn ich mir ein paar Stunden für das »Haus der Desdemona« freimachen sollte, nicht weiterarbeiten, ehe, ehe ich ein paar halbvergessene historische Romane neu gelesen habe.

Aber »Die Zeit ist reif« hat mich sogleich so brennend interessiert, daß ich weiterlesen mußte, und da ich sehr langsam lese, hat also diese »Reife Zeit« den größten Teil der letzten Wochen beansprucht. Es ist mir gegangen, wie es ähnlich wohl auch Ihnen ging. Persönliche Anteilnahme und die Anteilnahme des künstlerisch interessierten Lesers sind so ineinandergeflossen, daß ich sie nicht mehr auseinanderhalten kann. Dieses München von vor dem Kriege und seine Universität und seine Landschaft und Südtirol und natürlich auch das Berlin und Potsdam dieser Jahre ist ja auch ein sehr bestimmender Teil meines eigenen Lebens gewesen, und der erste Kriegswinter hat natürlich mir die gleichen immer wieder unterdrückten Zweifel gebracht. Die Ähnlichkeit der inneren Atmosphäre geht da noch viel weiter. Wissen Sie, daß ich mir vor etwa anderthalb Jahren eine Originalnummer der »Aurore« vom 13. Januar 1898 beschafft habe mit dem Brief »J'accuse«? Dieses leicht angegilbte Zeitungsblatt hängt nun unter Glas und mit Rahmen im Eingangskorridor meines Arbeitszimmers.

Das Buch hat mich also sehr hingenommen, und wenn ich da äußerst gespannt war, wie es Bertin und Lenore weitergehen werde, so war dies natürlich trotz allem weit mehr als persönliches Interesse. Wie die Einzelschicksale eingebaut sind in die große rollende Welthistorie, das ist Ihnen wieder herrlich geglückt, und Sie haben nicht nur das Schicksal Ihrer einzelnen Menschen, sondern auch die große Historie, so vertraut sie uns ist, spannend gemacht.

Ich hoffe sehr, das breite Publikum wird sich nicht von vornherein abschrecken lassen dadurch, daß das Buch nicht heute und nicht in einer größeren Vergangenheit, sondern gestern spielt. Aber ich bin sicher, wenn der Leser das Buch nur einmal in die Hand nimmt, dann wird dieser Einwand verschwinden. Auf alle Fälle will ich den Roman meinem amerikanischen Verleger Putnam dringlich ans Herz legen.

Oft und gern habe ich wahrgenommen, wie gut sich das Buch in Ihr großes Werk einfügt.

Übrigens ist, mit Ausnahme der letzten hundert bis hundertfünfzig Seiten, das Buch außerordentlich sorgfältig korrigiert, und kleine grammatikalische und stilistische Unebenheiten, die mich in Ihren letzten Büchern störten, sind diesmal, sichtlich mit Liebe, geglättet und eingeebnet worden.

Gerade kam Ihre Karte. Ich hoffe, daß Sie sich, wenn dieser Brief Sie erreicht, von den Anstrengungen Ihrer Feiern völlig erholt haben.

Herzlichen kameradschaftlichen Glückwunsch und alles Gute

immer Ihr alter
Feuchtwanger

461 Zweig an Feuchtwanger

Berlin
2. Weihnachtstag 1957

Liebster Feuchtwanger,

wie sehr Ihr langer Brief mich freute, brauche ich kaum anzudeuten. Für wen schreiben wir noch, wir Überreste? Wird die Nachwelt von uns überhaupt noch erfahren, falls es uns nicht gelingt, in diesen nächsten Jahren den rasenden Unsinn »Krieg« abzuschaffen? Und wie lesen die jungen Leute? Mein Michi und seine Freundin: er meinen Roman überhaupt nicht, sie aus Nettigkeit und Arbeit (im Sow-Export, der Filmverleihorganisation) langsam. Nur wir, die Fünfziger + x, haben noch die Andacht zum Buch – und ich nur für Stücke, die Vorleserei ermüdet mich, ich mag kaum die liebsten Stimmen länger als ½ Stunde hören, des Abends, vor dem Lichtausknipsen. Darum entzückte mich unsere Parallele im Falle »Aurore«. Ich hatte natürlich nur die Abbildung im Jüdischen Lexikon vor Augen, als ich meinen Derenbourg und seine Begegnung mit Lenore erfand; daß Sie aber ein Original davon aufgehängt haben – Feuchtwanger, das bedeutet viel mehr als Jahre unseres Briefwechsels.

Heute haben wir keinerlei Bedienung im Haus, Michi und Thea haben Dita viel geholfen, aber jetzt sind sie zu Theas Mutter gefahren; meine Ilse ruht ihren Daumen aus, der ein paar Tage nicht tippen darf, und meine Freundin Susanne verbringt die nächste Woche bei ihren Eltern in Pirna (dorthin verschlagene Studienratsfamilie aus Ratibor OS.). »Zeit ist reif« hat bei ihr ebenfalls weniger Eindruck gemacht als »Grischa«, und an die Lektüre von »Einsetzung« geht sie überhaupt nicht – vom Krieg will sie nichts mehr hören. Durch sie kam ich auf Granachs Bericht »Da geht ein Mensch«. Dita las mir vom Anfang Stücke vor; wie gut geschrieben ist das!

Und da Susanne Gymnastiklehrerin der Staatlichen Schauspielschule (in Schöneweide!) ist, wird von diesem Buch eine Wiederbelebung des Einflusses unseres Max Reinhardt auf die Probenarbeit ausgehen. Ich soll am 10. 11. 58 zum 60. Geburtstag unseres armen B[ertolt] B[recht] über seine Größe und seine Schwächen sprechen, in der Akademie, die mich eben zum Ehrenpräsidenten gewählt hat. Ein Freund brachte mir gestern ein Literaturblatt der »Frankfurter Allgemeinen« mit einer ausführlichen »Jefta«-Kritik, ich lasse sie mir morgen vorlesen, heute ist nur Dita da, und die liest lieber Granach vor. Übrigens höre ich eben durchs Fone, daß man in den großen Buchhandlungen vergeblich nach »Zeit ist reif« fahndet und daß der Verlag schon das zweite Zehntausend auflegt. Was aber mich anlangt, so plagt mich beim Spazierengehn in der Heide schon das historische Material für »Eis bricht«, in welchem Roman nur eine einzige große Kriegsszene geschildert werden soll, 1918 der Einbruch der Amerikaner vor Verdun und dem Tode des Obersten Wienhardt und seines Sohnes Jürgen. Material dazu steht in meinen Regalen, aber diktiert wird daran nicht vor Ende 1958. Und nun lasse ich mir wieder vorlesen, was im »Bienenkorb« von Ihrem »Haus der Desdemona« abgedruckt ist, und freue mich an Ihren so gründlichen und voller Bedacht geschriebenen Seiten. Ich habe leider beim Diktieren keine Zeit, mich am Gelungenen zu freuen, und erst aus dem gedruckten Buch liest mir dann und wann meine Ilse einen Aufsatz vor, der für fremde Sprachen verlangt wird. Und dann freue ich mich drüber – ebenso wie über Aufsätze von Freundinnen wie z. B. aus dem Wiener »Tagebuch« vom 14. 11. – glaube ich; von Anna Mohser. Ein Pseudonym. Und nun: frohes Neujahr 1958, liebster Feuchtwanger!

Ihr A. Z.

Falls Schreibfehler sind – ich kann's nicht lesen.

462 Zweig an Feuchtwanger

Berlin
8.[–11.] 2. 58

Liebster Feuchtwanger,

übermorgen wird der 60. Geburtstag des armen B[ertolt] B[recht] vom Ensemble etc. begangen werden. Dafür hatte ich eine Rede von etwa 40 Minuten beabsichtigt und der Sektion der Ak[a]d[emie] vorgeschlagen. Das Ensemble hat's aber anders im Sinne: es wird mehrere kleine Brechtbrocken bringen, dazu eine Rede von Erich Engel und aus dem Nachlaß »Notate« von Br. zu »Katzgraben« und ähnliche Vergänglichkeiten. Ich bin darüber keineswegs böse; wir sind Montag abend dabei, und meine Rede halte ich vielleicht meinem Bandapparat oder unserer Ilse.

Ruth Berlau hat wieder einen sehr hübschen Brechtartikel fürs »Magazin« veröffentlicht – wollte sagen, im »M.« – und den sende ich Ihnen schnellstens. Dabei soll ich Sie fragen, was Sie von dem Vertrag wissen, den Brecht mit Ihnen und der Berlau über die »Simone Machard« abgeschlossen hat. Es ist zwar lange her, aber vielleicht erinnern Sie sich an Einzelheiten, die die Berlau betreffen. Mit Ihrem großartigen »Jefta« komme ich nur langsam voran. Es gibt immer wieder neuem aktuellem [folgt unleserliches Wort]. Der größte war der für die Brechtrede. Für diese hatte ich mich mit Frank Harris eingelassen, weil ja auch Shakespeare als Bühnenmann ununterbrochen fremde Stücke oder Novellen in sich schlang, um sie als echte Shakespearekinder von sich zu geben, wie sich das Weibchen B. B. von Kollegen jeder Art befruchten ließ – und echte Brechtlinge gebar. Aber nun lege ich dieses Sprachzeug beiseite, und »Jefta« hat's Wort.

11. 2. 1958

Gestern also, liebster Feuchtwanger, feierte das Berliner Ensemble den sechzigsten Geburtstag unseres B. B. Auf der Bühne stand riesengroß und außerordentlich gut fotografiert sein Gesicht nach dem besten Foto von Gerda Goedhart und davor ein ebenso großes Bouquet roter Nelken. Und dann trugen Mitglieder des Ensembles kürzere Szenen und längere Gedichte von ihm vor, und wir hatten wieder einmal das Gefühl, einen Freund verloren zu haben, der sich ununterbrochen als großer Dichter bezeugte, ohne daß er, vom »Galilei« abgesehen, uns in seinen Stücken sein volles Maß überliefert habe. Herrliche Kleinigkeiten wurden vortrefflich verlesen, z. B. solche, in denen er die Leser davor warnte, seine theoretischen Auslassungen zu ernst zu nehmen. Der zweite Teil dieses Abends hätte wegbleiben können, da unser Ernst Busch durch eine Grippe an der Mitwirkung ohnehin verhindert worden war. Ich selber hatte mich bereit erklärt, meinen Brecht-Essay zu sprechen, was aber abgelehnt wurde, weil ich diesmal vierzig Minuten beansprucht hätte. Nun, ich werde zu seinem Gedächtnis nicht schweigen, sondern in einem Essay zu Papier bringen lassen, was mir wichtig und nötig erscheint. Wie gerne hätte ich gestern z. B. erzählt, daß ich ihn vor jetzt zwei Jahren in der Akademie einmal fragte, was wir zu seinem 60. Geburtstag machen sollten, der ja doch bald dran wäre. Nie werde ich vergessen, wie er gleichsam aufgeschreckt seinen Kopf hob, mich ansah und sagte: »Wahrhaftig, Zweig, 58, das ist ja bald. Und Sie machen mich heute zum ersten Mal darauf aufmerksam!« Hätte er nur im drauffolgenden Sommer auf mich gehört, als Adam und ich ihn ermahnten, seine Fieberzacken durchaus ernstzunehmen! Aber er berief sich darauf, er habe ja Medizin studiert, und diese Krankheit sei ohne Belang. Liebster Feuchtwanger, ziehen wir daraus wenigstens eine Lehre, wir beide, damit wir uns wiedersehen, bevor der eine oder andere von uns die Blumen in seinem letzten Garten von unten anschaut.

Mit der Herzlichkeit, die zwischen uns Überlebenden der einzige Trost ist,

Ihr
Zweig,
der Halter war leer.

463 Feuchtwanger an Zweig

Pacific Palisades, Calif.
18. Februar 1958

Liebster Zweig,

schönen Dank für Ihren Brief und die Mitteilungen über die Feier zu Brechts sechzigstem Geburtstag.

Was ist das für ein »Magazin«, von dem Sie schreiben, in dem Ihr Aufsatz über Brecht erscheinen soll? Ich höre sehr wenig aus Berlin, und es ist furchtbar schwer, sich hier ein rechtes Bild zu machen.

Mein Vertrag mit Brecht über »Simone« liegt vor, und der Anteil, den Ruth Berlau an den Tantiemen erhalten soll, ist darin genau festgelegt. Ich habe Fotokopien des Vertrags an Elisabeth Hauptmann geschickt und auch an Suhrkamp. Ich selber habe übrigens bis jetzt Tantiemen aus Aufführungen der »Simone« weder aus dem Westen noch aus dem Osten erhalten.

Mir geht es gut. Wir hatten einen besonders schönen und warmen Januar. Was mich stört, ist nur der übliche Kleinkram. Trotzdem hoffe ich, in diesem Jahr den Essay über den historischen Roman beenden zu können.

Ich warte gespannt auf Ihren Brecht-Aufsatz.

Sehr herzlich
Ihr alter
Feuchtwanger

464 Zweig an Feuchtwanger

Homeyerstr. 13
Berlin-Niederschönhausen
31. 3. 1958

Liebster Feuchtwanger!

Was mir alles zwischen die Vorlesung des »Jefta« kam, deute ich nur an. Auf der körperlichen Seite eine Gastritis infolge unvorsichtigen Essens einer Orange mit giftgespritzter Schale. Die Folgen sind noch nicht ganz behoben, ergaben aber nach Rektoskopie und Röntgenuntersuchung des Darms die tadellose Gesundheit dieses wichtigen Organs. Auf der Arbeitsseite lag vor die Lieferung von Aufsätzen für Zeitschriften bei uns und auf der anderen Seite des goldenen Vorhangs – Einschaltung in den Kampf um den Rapacki-Plan. Dazu kam eine Rezension der »Anne Frank«, zu der ich mir Stücke des »Tagebuchs« vorlesen lassen mußte – und die Korrespondenz mit einem englischen Agenten Cyrus Brooks wegen einer englischen Ausgabe von »Zeit ist reif« und »Feuerpause«, die ebenso ergebnislos blieb wie die Abtastung Rowohlts für eine bundesdeutsche. Vielleicht als Folge dieser meiner Gastritis und des durchaus winterlichen grauen Himmels erfüllt mein Arbeitszimmer ein Gefühl der Wurstigkeit, wie es niemals da war. Selbst die politische Schlaffheit, mit der ich eine ziemlich geistfeindliche Strömung an die Mauern unserer Universitäten und Studentenschaften spülen sehe, auch der Kunsthochschulen, bringt mich nicht in Harnisch. Hingegen kam ich auf der Suche nach einem Kapitel für eine Düsseldorfer Zweimonatsschrift, »Geist und Zeit«, in den Bannkreis meines »Kephalides«-Romans – und obwohl ich mir fest vorgenommen hatte, in diesem Jahr nur angefangene Essaybücher zu Ende zu bringen, scheint sich dieser Plan verschoben zu haben: der »Kephalides« fasziniert mich so, daß ich möglicherweise ihn doch in diesem Jahre abschließe mit einem anderen Titel und kaum mehr als dreihundert Manuskriptseiten stark, aber so, daß ich den zweiten Weltkrieg in die Atmosphäre der Hölle Polens hinüberführe und dort schließe. Es ist alles noch ganz vage, lieber Feuchtwanger, bestimmt erst nach Ostern gehe ich an das Szenario, aber während ich inzwischen das mustere, was von Aufzeichnungen und Tagesdokumenten seit 1945 in den Mappen wartete, bekomme ich ein starkes Vorgefühl dafür, daß dieser Roman unser Jahr 58 für mich ausfüllen wird.

Endlich kann ich Ihnen auch nun den Eindruck schreiben, den Ihr »Jefta« bei mir hinterließ. Eine viel zu lang hingezogene Vorleserei, teils von Dita, teils von Ilse, vermochte nicht, den Eindruck abzuschwächen, welch eine konzentrierte Gestalterleistung Sie diesmal vollbracht und uns geschenkt haben. Alles lebt, ist höchst anschaulich, Ketura und Ja'ala werden liebenswert, Ihr Priester Abijam wetteifert mit dem frühen Isaak Landauer, und die Atmosphäre des Landes, der Städte, der archaischen Epoche haben Sie meisterlich eingefangen. Nur Ihr Jefta, liebster Feuchtwanger, vermag uns nicht zu faszinieren. Ganz ausgezeichnet kommt seine Mannhaftigkeit zur Geltung, er wächst vor unseren Augen zum Richter empor, ist viel lebendiger als Hebbels Holofernes – aber, leider, er geht uns nicht sehr viel an. Daß seine Gestalt völlig geglückt ist, verträgt sich mit dieser merkwürdigen Feststellung; und das malt nicht etwa nur meinen Eindruck. Robert Neumann schrieb anläßlich einer Korrespondenz über »Jefta« ganz Ähnliches; was Walter Berendsohn dazu sagt, wird aus dem Manuskript eines Buches hervorgehen, das wir jetzt dem Greifenverlag zugeleitet haben. Es scheint, daß es selbst Ihnen nicht gegeben ist, in einer Epoche wie der unseren einen so entfernten Stoff ins Interesse des Lesers zu rücken; was Flaubert mit »Salammbô« noch gelang, scheint einer Zeit wie der unseren nicht mehr annehmbar zu sein. Leider haben wir nirgendwo gute Kritiker, seit Max Schroeder tot ist und Georg Lukács sich in seine umfangreiche »Ästhetik« zurückgezogen hat …

So, liebster Feuchtwanger, das nur als Ostergruß, in der Hoffnung, daß Ihr Wetter Ihnen wirkliche Blumen aus der Erde des Parks herauszaubert – unsere Krokusse und Primeln sind kümmerliche Würmchen, und die Kaltluft aus dem Osten hält nördlich der Mittelgebirge alles noch gefangen. Wir wünschen Ihnen ein schönes Fest und die beste Gesundheit und grüßen Sie wie immer alle miteinander, vor allem

Ihr
Zweig

465 Feuchtwanger an Zweig

Pacific Palisades, Calif.
10. April 1958

Liebster Zweig,

es ist mir leid, daß Sie von körperlichen Heimsuchungen gequält waren. Ich selber übrigens hatte unter einer ziemlich schweren Grippe zu leiden, bin aber jetzt wieder völlig hergestellt. Der Arzt bestand darauf, daß ich mich einer gründlichen Magen- und Darmuntersuchung unterzöge; ich hatte also ungefähr das Gleiche durchzumachen wie Sie. Die Untersuchung war recht lästig, aber sie endete mit der Feststellung des Arztes: »Sie haben die Eingeweide eines Jünglings!«

Habe ich Ihnen eigentlich einmal erzählt, daß mir mein Cahn-Bieker vor geraumer Zeit das Manuskript des »Tagebuchs der Anne Frank« übersandte? Ich bemühte mich damals mit eindringlichsten Briefen an die Verleger, zu denen ich Beziehungen hatte, um die Veröffentlichung des Buches. Doch ohne Erfolg. Auch die Aufführung des Stückes, das ja erst die weltweite Wirkung des »Tagebuchs« zur Folge hatte, war nur möglich durch ein Zusammentreffen der merkwürdigsten Zufälle.

Natürlich freue ich mich über den Unternehmungsgeist, der Sie treibt, einen neuen Roman in Angriff zu nehmen. Aber ich persönlich wünschte herzlichst, Sie würden Ihre Essays aufs sorgfältigste sichten und in einer großen Sammlung veröffentlichen.

Der »Jefta« hat erfreulich tiefe Wirkung getan, eigentlich die stärkste seit »Jud Süß«. Ich selber hatte Zweifel, ob es mir gelingen werde, ein so abstraktes Thema wie den Kampf eines Mannes, der sich einen Gott nach seinem Ebenbild schafft, und die Wandlungen dieses Mannes und seines Gottes lebendig zu machen. Aber nach den Zuschriften der Leser und nach den Rezensionen in Ländern, die mir und meinem Werk nicht gerade günstig gesinnt sind, scheint es mir geglückt zu sein. Ich lege Ihnen ein paar westdeutsche und amerikanische Rezensionen bei.

Ich wünsche Ihnen sehr herzlich einen guten Frühling.

Ihr
alter
Feuchtwanger

466 Zweig an Feuchtwanger

Homeyerstr. 13
Berlin-Niederschönhausen
22. 4. 1958

Liebster Feuchtwanger!

Mein Enthusiasmus über Ihren Brief vom 10. war so groß, daß ich ihn am liebsten sofort beantwortet hätte: auch Ihr Darm wurde untersucht? Auch der Ihre als jünglinghaft befunden? Das, sehen Sie, scheint mir ein deutlicherer Bürge zu sein dafür, daß wir nicht mehr sehr lange getrennt bleiben werden, als alle Ihre guten Vorsätze. Nächstens werde ich einmal eine seelische Landkarte entwerfen der Beziehungen zu den echten Freunden, die uns übriggeblieben sind, und darin die körperlichen Voraussetzungen unseres Lebens gebührend würdigen. Daß der Brecht sich durch seinen Eigensinn um den wichtigsten Teil seines Lebens brachte, gibt mir immer mehr zu denken; es wird den Brecht-Essay, den ich vorläufig noch nicht schreiben werde, eindringlich beleuchten. Aber daß Sie und ich auf gewisse Weise im gleichen Rhythmus leben, liebster Feuchtwanger, das diktiert sich aufs erfreulichste an einem so grauen Aprilvormittag, wie der heutige ist. Ziehe ich aus den letzten 35 Jahren unserer Beziehungen einen Schluß vom Vergangenen auf das Kommende, so werd ich Sie wahrscheinlich um das Jahr 61 in Ihrem Schlosse aufsuchen, wie mich mein Weg ja immer nach Sanary geführt hat. Die politische Entwicklung scheint mir darauf hinzudeuten.

Daß ich nicht früher schreiben konnte, lag an vielen Kleinigkeiten, darunter auch an zwei Tagen Deutscher Friedenskongreß in Leipzig. Die kurze Rede, die ich dort hielt, beleuchtete die Leipziger Schlacht, aber von ihrem Ausgangspunkt her, den Jahren 1792/93, und gefiel im Verlauf der zwölf Minuten, die ich sprach, infolgedessen auch unseren strengsten politischen Köpfen. Ich schicke Ihnen den Text, sobald ich ihn vom Band zurückbekommen habe.

Wie sehr mich die Kritiken freuen, die Sie vom »Jefta« bekamen, wußten Sie sicher, als Sie sie mir schickten. In Leipzig sprach ich mehrere enthusiastische Leser dieses Buches und empfand wieder schmerzlich, wie sehr mich die auseinandergezerrte Lektüre ins Hintertreffen brachte, an der ich freilich nicht schuld war. Schon den kleinen Aufsatz über die Anne Frank hatte ich monatelang verschoben. Das, was Sie mir sagen, erklärt, daß mein nach der Niederschrift von Hilde Huppert geschriebenes »Acheron«-Büchlein völlig im Leeren verpuffte. Nur Gerald Reitlinger ließ drucken, wie es ihn beeindruckt hatte.

Mit diesen Erfahrungen im Bauche gehe ich daran, Ihre Mahnung zu befolgen und meine Aufsätze ernst zu nehmen. Es soll wirklich noch dieses Jahr der erste Auswahlband erscheinen, den sich der Aufbau-Verlag von Marianne Gundermann (als Verfasserin Johanna Rudolph genannt) hat zusammenstellen lassen. Ich schicke Ihnen nächstens die Inhaltsangabe, leugne aber nicht, daß ich den Wilde-Essay gern in diesem Buche gesehen hätte. Nun, ich schicke ihn vorläufig dem Greifenverlag für einen Essayband, und falls sich auch da Hindernisse ergeben sollten, wird der Insel-Verlag eines seiner bunten Bändchen damit schmücken. In den zehn Jahren, welche ich bisher in der DDR verbrachte, habe ich durchaus gelernt, mich Realitäten nicht zu widersetzen, aber auch nicht nachzugeben, dort wo ich recht zu haben glaube wie etwa im Falle Freud. Man kann nicht zaubern und bekommt ein Staatswesen nicht geschenkt, in welchem die politischen Grundtatsachen besser als je in Deutschland gestaltet werden. Muß ich dafür in Kauf nehmen, was ich in Palästina niemals getan hätte, so weiß ich, daß ich in Palästina ohne die Hilfe von Freunden ziemlich kläglich eingegangen wäre. Zum ersten Mal seit zehn Jahren bin ich auch mit dem Bündnis einverstanden, das unsere Friedensarbeit mit den Freunden aus der Bundesrepublik zusammenführt. Endlich rührt sich dort eine Massenbewegung, die einen dritten Weltkrieg vereiteln will und hoffentlich auch wird. Es sprachen in Leipzig Abgesandte, die den Unterschied zwischen Adenauer und Ulbricht sehr genau kannten und nicht wie die beiden Wendts diese zwei völlig verschiedenen Potenzen gleichsetzen.

Und nun soll ich für Ihren Fünfundsiebzigsten für den Greifenverlag etwas zu Papier bringen, Feuchtwanger! Wenn Sie wüßten, wie es in meinem Innern rumort, wenn ich zugeben muß, daß ich siebzigeinhalb bin, wenn Sie dieser Brief erreicht. Werd ich mich je davon überzeugen lassen, daß der kurzgewachsene Mann, den der Fotoumschlag auf der Ossietzky-Broschüre zeigt, die ich eben zum Buchbinder gegeben habe, und der Mann, dem ich diese Zeilen schicke, identisch sind? Meinem Gefühl nach sind wir beide nicht älter, als wir 1939 waren, bei meinem Abschied aus Sanary. Unter solchen Voraussetzungen werde ich höchstwahrscheinlich zu Ihrem Fünfundsiebzigsten keinen Aufsatz zuwege bringen, sondern eine Romanze, wie sie jetzt von der Pirckheimer Gesellschaft als schöngedrucktes Buch erscheinen sollen. Erinnern Sie sich noch an meine »Schöpfungsromanze«, 1926 in der »Weltbühne«? Jetzt sind es fünf. Sie sollten längst draußen sein, aber, liebster Feuchtwanger, sich mit den Realitäten abzufinden hab ich, wie ich schon sagte, längst gelernt.

Und nun muß ich schließen, eine Unterredung erwartet mich schon draußen im Vorzimmer, und ich kann nur wieder im Geiste nach Ihrer Hand fassen und wünschen, daß unser Inneres mehr Einfluß auf unsere Lebenslinie habe als die Absichten Eurer und der westdeutschen Staatsmänner.

In alter, immer junger Freundschaft, während draußen Regen auf dem Fensterbrett Maschine schreibt,

Ihr alter
Zweig

467 Feuchtwanger an Zweig

Pacific Palisades, Calif.
6. Mai 58

Liebster Zweig,

Ihr netter Brief vom 22. April hat mich sehr gefreut.

Daß Brechts Eigensinn sein frühes Ende verursacht haben soll, will mir übrigens nicht recht einleuchten. Er hatte mit Nierenleiden zu tun, seitdem ich ihn kenne, und seine Lebensführung verhinderte ihn, sich an die Diät zu halten, die ihm die Ärzte schon Anfang der zwanziger Jahre vorgeschrieben hatten. Auch hätte er es nie ertragen, so ruhig und vorsichtig zu leben, wie man es ihm sehr früh schon empfohlen hatte.

Daß Sie endlich an die Sichtung und Sammlung Ihrer Aufsätze gehen, freut mich besonders. Unser Dietz vom Greifenverlag wird sicher alles tun, was irgend möglich ist, um den Wilde-Aufsatz zu bringen. Er ist ein Verleger vom alten Schlag wie die Georg Müller und Kiepenheuer.

Ich bin immer noch überflutet mit großen Mengen von Kleinkram. Obwohl ich zahllose Aufforderungen ablehne, zu dem oder jenem Ereignis einen Artikel zu schreiben, und wiewohl ich mich kaum mehr aus meinem Haus entferne, auch nicht bei lockenden Anlässen, bleibt noch so viel Kleinarbeit zu tun, daß ich mir die Zeit zur wirklichen Arbeit geradezu abstehlen muß. Dazu kommt, daß der Essay über den historischen Roman sehr viel Lektüre alter Dichtungen erfordert, die ich übersehen oder doch halb vergessen hatte, und oft zeigt sich, daß meine frühere Wertung alter Romane, zum Beispiel Walter Scotts, falsch und zu hochmütig gewesen ist.

Wie immer, ich habe mich da auf eine Arbeit eingelassen, die ungeheuer viel Zeit wegfrißt.

Leben Sie wohl, liebster Zweig, und haben Sie einen schönen Frühsommer.

Herzlich wie stets

Ihr
Feuchtwanger

468 Zweig an Feuchtwanger

Homeyerstr. 13
Berlin-Niederschönhausen
29.[–30.] 5. 58

Liebster Feuchtwanger,

heute ist mir nun offiziell die Verleihung des Lenin-Friedenspreises mitgeteilt worden. Offiziell; privat hatte es mir schon, am Tage der Beschlußfassung, unsere Anna Seghers aus Moskau telefonisch mitgeteilt, auch im Auftrage von Aragon und Ilja Ehrenburg – mit der Bitte um Geheimhaltung, bis »TASS« die Veröffentlichung einleite. Nun ist's also so weit; und was sagte damals, am 5. 5., unser Michi? »Spät genug, das solltest du ihnen antworten. Du hättest ihn als erster verdient, sobald er überhaupt an deutsche Schriftsteller verliehen wurde.«

Nun, was werde ich damit anfangen? Ich habe zum Geldausgeben kein Talent, Sie wissen das doch. Dennoch, man freut sich – für die Kinder.

Bei dem herrlichen Wetter hab ich nicht mal Lust zu reisen. Unser Garten ist so schön wie klein, voller Blumen und von hohen Bäumen umgeben. Es geht mir wie Brecht in dem schönen Gartengedicht aus den »Buckower Elegien«. Es ist eben im Heft 31 der »Versuche« erschienen, hinter dem prachtvollen »Kaukasischen Kreidekreis». (Im Text steht, sie gehörten zum 23. »Versuch«; aber helf er sich!) Er schrieb sie Sommer 53, sie sind so einfach und schön, und da sie kurze Zeilen bringen, kann ich sie entziffern. Sie erneuern immer wieder den Schmerz um sein viel zu frühes Abscheiden; und wenn ich ihn anklage, auf seine Gesundheit nicht genug geachtet zu haben, so bestätigt mir Ihr Brief das mit jeder Zeile. Er hatte im Sommer 56 nicht mal den Nierenarzt hinzugezogen, seinen Professor Hüdepol. Und die Charité funktionierte in seinen letzten Tagen eben nur halbwegs, Brugsch war auf Urlaub ...

Ich vergnüge mich mit dieser Unterredung mit Ihnen, lieber F., und mute Ihnen das Entziffern zu – ich bin nämlich allein im Hause. Dita ist mit Michi und Thea zu Felsensteins »Hoffmanns Erzählungen« gefahren, ich aber habe mir vom Radio sagen lassen, daß der Faschismus in Frankreich nicht durchkommen werde, und so gehe ich jetzt noch eine halbe Stunde spazieren. Auf morgen, liebster Feuchtwanger!

30. 5. 1958

Guten Morgen, liebster Feuchtwanger!

Zum zweiten Mal in meinem Leben habe ich die Freude zu empfinden, daß eine Auszeichnung, die mich trifft, von den Kollegen mit neidloser Freude begrüßt wird. Das erste Mal war es der Erfolg des »Sergeanten Grischa«, zu dem mir eine ganze Anzahl auch persönlich unbekannter Schriftsteller in Briefen gratulierte – in Briefen, die leider beim Verlag Kiepenheuer aufbewahrt wurden und dort offenbar verbrannt wurden oder sonstwie verlorengingen. Und heute sind es nun die persönlich bekannten Kollegen, die anrufen oder telegrafieren: Bredel, Victor, Alma Uhse im Namen von Bodo, Stefan Heym, und der Schriftstellerverband wird seinen Sekretär herschicken. Ob aus Brechts Umgebung jemand sich melden wird, warte ich ab; daß mir die erste Nachricht davon durch die Anna telefoniert wurde, und zwar aus Moskau noch, Anfang Mai, schrieb ich, glaub ich, gestern schon. Übrigens schlug mir Michi eben vor, ich sollte Sie doch einmal telefonisch anrufen, damit wir uns wenigstens guten Tag sagen könnten. Eine prächtige Idee – aber wie schaffen wir es mit unseren verschiedenen Tageszeiten? Unsere Zeit differiert um neun Stunden, aber wie es sich einrichten läßt, daß wir beide zu Hause sind, müssen wir doch erst brieflich beraten. Machen Sie mir also einen Vorschlag, liebster Feuchtwanger. Falls übrigens mein handschriftliches Gekritzel Ihnen unleserlich ist, schicken Sie mir den Brief bitte zurück. Ich lasse ihn dann tippen. Und nun: addio!

Ihr
Zweig

469 Feuchtwanger an Zweig (Telegramm)

Santa Monica, Calif.
[Post-Eingangsstempel:]
Berlin
6. 6. 58

Arnold Zweig
Homeyerstr. 13
Berlin-Niederschönhausen

Habe mich innig gefreut. Alles Herzliche

Ihr Feuchtwanger

470 Feuchtwanger an Zweig

Pacific Palisades, Calif.
6. Juni 1958

Liebster Zweig,

wie ich Ihnen schon depeschierte, habe ich mich schrecklich gefreut mit der Nachricht, daß Sie den Leninpreis erhalten haben.

Unmittelbar bevor ich Ihren Brief bekam, hat mich übrigens our mutual friend Nahum Goldmann aufgesucht, der von der Preisverleihung im New-Yorker Radio gehört hatte. Auch er hat sich sehr gefreut, und wir beide fanden, daß dies ein Zeichen dafür sei, daß es mit dem Moskauer Antisemitismus nicht so übel bestellt sein könne.

Sie schreiben, daß Sie keine rechte Lust haben zu reisen. Mir geht es ebenso. Wir haben einen sehr schönen Frühsommer, und mir genügt unser Garten, den Marta mit größter Sorge betreut, durchaus. Der Arzt rät mir dauernd zu einem Klimawechsel; wenigstens ins Gebirge sollte ich auf ein oder zwei Wochen. Doch kann ich mich nicht dazu aufraffen. Und nach New York fliegen, wohin ich dauernd eingeladen werde, möchte ich schon gar nicht.

Sie schreiben davon, daß Sie allenfalls versuchen wollten, mich telefonisch zu erreichen. Das wäre schön. Eine Zeit, zu der ich immer fast sicher am Telefon zu haben bin, ist zwischen 12 Uhr 30 und 2 Uhr mittags Pazifischer Sommerzeit, das wäre wohl zwischen 9 Uhr 30 und 11 Uhr abends Berliner Zeit. Wenn Sie ein Gespräch verlangen, dann, bitte, mit Voranmeldung (person-to-person call).

Ich bin zu der Arbeit am »Haus der Desdemona« zurückgekehrt. Ich sagte Ihnen, glaube ich, schon, daß diese Arbeit mich zwingt, furchtbar viel zu lesen, viel Verstaubtes, doch mehr noch, was mir Spaß macht.

Ich wünsche Euch allen einen schönen und ruhigen Sommer.

Mit sehr, sehr herzlichen Grüßen, auch von Marta,

Ihr
alter
Feuchtwanger

471 ZWEIG AN FEUCHTWANGER

Villa Margareta
z. Zt. Karlsbad
2. 7. 58

Liebster Feuchtwanger,

daß ich Ihnen auf 2 Briefe Antwort schulden soll, erscheint mir fast unglaubhaft. Aber warum sonst hätte meine Ilse mir diese beiden mitgegeben, vom 6. 5. und

6. 6.? Ich bin also platt, bitte um Pardon und fange gleich mit dem Stift an, obwohl Dita behauptet, niemand könne meine Schrift lesen, wenn sie nicht nachgeholfen habe. – Also: Karlovy Vary. Seit einer Woche genau hier. Wir hatten schon 3 Stunden Sonne in dieser Woche. Eben regnet's wieder. Aber die Bäder, Massagen und Atmungsgymnastik tun uns beiden wohl, und alles übrige machen wir voller Humor mit. Wie wir hierherkamen, in diese Badestadt, und noch dazu 10 Tage vor dem Start der Filmfestspiele, und wie wir schließlich in diese Villa einzogen, die vor uns Marschall Konew bewohnte mit Frau und Töchterchen, erzähle ich vielleicht mal später. Jedenfalls machen wir Kur, denken sehnsuchtsvoll an unseren Garten, den Michi und seine Frau Thea in ein kleines Paradies verwandelten, und genießen die Einzeichnung völlig neuer Engramme in unsere Hirnrinden – Erholung genannt.

Und nun mal erst herzlichen Glückwunsch, Feuchtwanger, zum 6. 7. 58! Wir reden von Ihnen viel mehr als von anderen, in Berlin existenten Freunden, aus zwei Gründen: 1. weil wir Ihre Fermosa mithaben, die Dita mir vorliest, in kleinen Dosen. Und 2. weil ich dem Greifenkalender einen Beitrag versprochen habe, zu Ihrem 75.!, und das soll ein Gedicht sein, die Romanze von der Schriftstellerfreundschaft. Ich habe nämlich – nach Freud: Rückkehr des Verdrängten – meine Gedichte wieder aufgeschlagen und vom Aufbau, als Gabe der Pirckheimer-Gesellschaft, »Fünf Romanzen« drucken lassen. Die älteste entstand 1925 und hieß »Schöpfungsromanze«, und der arme S[iegfried] J[acobsohn] druckte sie, und sie war gewidmet »to J. L. Wetcheek and his German translator«.

Was nun unseren B[ertolt] B[recht] anlangt, so ist er offenbar, nach Hippokrates, an seinem Charakter gestorben. Ich glaube: noch in den letzten Tagen dachte er, der

Tod werde sich an ihn nicht heranwagen. Dita hat zwei Porträts von ihm gemacht, ein Litho, das sehr viel Eindruck machte, als sie es jetzt in der Akad. d. K[ünste] mit andren Graphikern ausstellte, und eine Ätzung. Diese letztere hat sie hier und schickt Ihnen das Blatt zum Geburtstag.

Was mir der Leninpreis brachte, war eine erstaunliche Freude von all und jedem. Daß Sie sich freuten, war klar, und das Kabel wurde dankbar durch die Luft des Arbeitszimmers geschwenkt. Aber daß über 120 andere Echos kamen und kein einziger falscher Ton dabei, das gab mir doch zu denken. Ist dies wirklich schon eine Welt, unsere Hälfte, in der vor Schlägen sicher ist, wer nach seinem Verdienst behandelt wird? – Nach Tisch und Mittagsschläfchen fahren wir jetzt per Bus zum Mühlbrunnen[?] hinab. Was meine Essays anlangt, so wird »O. Wilde« im Greifenkalender und Aufsatzband, der »Spinoza« im Insel-Verlag als Bändchen erscheinen, und der 1. Band »Gesammelte Aufsätze« von Shakespeare bis Brecht gehen. Ach, Feuchtwanger, um Ihr Schmökernkönnen beneide ich Sie. Ich kaufte mir jüngst 1½ Jahrgänge der »Süddeutschen Monatshefte«, 1908–09, und schwelgte gradezu in Josef Hofmiller und dem verrückten Rudolf Borchardt. Dem Brief Nahum Goldmanns, der alle 2 Jahre eintrifft, entnahmen wir schon die Schilderung (Erwähnung) seines Besuches bei Ihnen; er wird jetzt wohl bald in Genf sein. Und die Widmung an Marta und Hilde hat uns sehr gefallen – wollte ich doch »Zeit ist reif« mit einer ähnlichen (an 3 Grazien) versehen –, aber es ging nicht, der 1. Bogen war schon ausgedruckt.

Damit Sie was zu lächeln haben: bei uns ist die Zentralheizung im Gange, und wir haben einen eignen Koch und müssen stets die Hälfte stehnlassen, weil wir nicht zuviel zunehmen dürfen.

So, mein lieber Alter, verleben Sie den 74. heiter, Wein trinken darf ich hier nicht, aber ich hol's nach. Und mit besten Grüßen von Haus zu Haus

Ihr ebenfalls alter
A. Zweig

Macht Euch das Lesen Mühe, so erbitte ich den Brief wieder nach Homeyerstr., die Ilse wird ihn tippen.

472 FEUCHTWANGER AN ZWEIG

Pacific Palisades, Calif.
17. Juli 1958

Liebster Zweig,

ich möchte Ihnen zunächst herzlich danken für Ihren Geburtstagsbrief. Es war sehr freundlich von Ihnen, mir mit der Hand zu schreiben, und wir haben auch, Marta, Hilde und ich viribus unitis beinahe alles entziffern können. Hilde hat dann das Ganze getippt, und so konnte ich es ohne Mühe und mit Genuß lesen.

Ich denke, dieser Brief wird Sie wohl in Berlin erreichen, nach Ihrer Rückkehr aus Karlsbad. Nach Karlsbad zu den Filmfestspielen wäre ich gern einmal gegangen, besonders, da mir der sehr begabte Prager Filmmann Jiří Weiss recht intelligente Briefe schreibt.

Um meine Gesundheit steht es leidlich, eher gut als schlecht. Die Arbeit am »Haus der Desdemona« mußte ich wieder einmal unterbrechen, da ich es übernahm, für die römische Filmgesellschaft de Laurentiis eine Filmgeschichte des Simón Bolívar zu schreiben. Kein Script natürlich, sondern nur die Geschichte. Das wird mich etwa zwei bis drei Monate kosten.

In Westdeutschland will man »Jud Süß« verfilmen, was zunächst, wie ich höre, viel Geschrei für und wider hervorgerufen hat. Hier trifft man Vorbereitungen für eine Aufführung der »Simone«. Auf das alles schaue ich mit einem nassen und einem heitern Aug, und alles kostet Zeit.

Trotzdem gehe ich in dieses mein neues Jahr mit viel mehr Freude als in mein letztes.

Daß Sie nun ernstlich daran gegangen sind, Ihre Aufsätze zu sichten und zu sammeln, begrüße ich von Herzen.

Ich wünsche Euch allen einen guten Sommer und bin

wie immer
Ihr alter
Feuchtwanger

473 Zweig an Feuchtwanger

Homeyerstr. 13
Berlin-Niederschönhausen
7. 8. 1958

Liebster Feuchtwanger!

Offenbar sind wir in vielen Dingen enger verbunden, als wir wissen, denn mit wem habe ich mich in Karlovy Vary wieder angefreundet? Mit eben diesem Jiří Weiss! Er erinnerte mich daran, daß ich vor zehn Jahren in Dobřiš ihm und anderen gegenüber meine Ansicht über den Mittleren Osten und die Rolle der Israeli dort zum besten gegeben hätte und er immer wieder daran habe denken müssen, wie prophetisch mein Blick gewesen sei. Heute schicke ich ihm meine Novelle »Kleiner Held«, eine Bergwerksgeschichte, Jugendgeschichte, und warte ab, ob er sie zu einem Film werde verwenden können.

Des ferneren: auch der sehr drollige Dr. Judah Cahn aus Springfield, Mass., suchte mich auf und bat mich auch mit Dita ins Kempinski, wo wir mit ihm Kaffee tranken. Dort brachte er sehr geheimnisvoll eine Denkschrift heraus, deren Abschrift er auch Ihnen geschickt haben will und die von den Bedrückungen handelt, denen das arme »jüdiche[!] Volk« in den Volksdemokratien einschließlich der SU ausgesetzt sei. Und was bezweckte er damit? Ich als ein weltbekannter Schriftsteller sollte mich an die Spitze einer Protestbewegung gegen dieses Unrecht setzen! Sein Gesicht wurde immer länger und länger, je klarer ich ihm machte, daß ich heute nur eine Aufgabe sähe: den heißen Krieg zu vermeiden, den kalten zu beenden und hinter den Goldenen Vorhang unsere Ideen, Bücher und Zeitschriften ebenso frei bringen zu können, wie er sich in Kiew, Moskau, Leningrad, Warschau und Prag bewegen konnte. Dabei stellte sich heraus, daß dieser Held es nicht einmal zu wagen gedachte, hinterm Brandenburger Tor die Fotos zu machen, nach denen es ihn so dringlich verlangte. Seine hübsche Frau und er machten große Augen, als uns Michi im Kempinski aufsuchte und sich ihm als Amerikaner mit vierzehnjähriger Praxis in Los Angeles vorstellte. Gestern brachte er sie nun in unserm Wagen zu allen Stellen, die sie zu sehen wünschten, versicherte mir aber, dies sei das letzte Mal, daß er sich zu diesen Diensten hergäbe. Sehr enttäuscht war Dr. Cahn, als er die schöne wiederaufgebaute Synagoge Rykestraße besichtigen und knipsen konnte (gegen 2 Westmark Trinkgeld). Er hätte seinen Auftraggebern offenbar lieber eine hundehüttenartige Synagoge vorgeführt. Wer aber sind diese Auftraggeber? Haben Sie eine Ahnung, Feuchtwanger?

Und nun habe ich noch ein Anliegen. Haben Sie die Adresse von unserem ehemaligen Augenarzt Dr. Erlanger in New York oder einem ähnlich in die Entwicklung der modernen Augenheilkunde Eingeweihten? Aus Israel kam nämlich vor ein paar Tagen mit dem Vater unseres Freundes Heinz Kamnitzer folgende Kunde: voriges Jahr habe ein amerikanischer Augenarzt oder Optiker eine neue Brille erfunden, mit der auch Menschen, die nur ein Zehntel Sehfähigkeit hätten, lesen und schreiben könnten – nicht bloß solch schwierige Briefe abschließen wie jenen meinen letzten. Ich möchte mich zunächst einmal über die Grundlagen dieser Nachricht informieren lassen; ich habe mit sogenannten Fernrohrbrillen in Wien experimentiert beim dort besten Ophthalmologen und nur bestätigt erhalten, was wir schon in Israel wußten: meine Kurzsichtigkeit plus der Narben in meinen gelben Flecken machen das Problem mechanisch unlösbar. Daß sich inzwischen diese Narben immer weiter verändern, und zwar so, daß ich mich außerhalb des Zimmers und in ihm fast genausogut wie ein Unbehinderter bewegen kann, Lesen aber zur Zeit schlechter geht als vor zwei Jahren – dies, Feuchtwanger, ist der Zustand dieses Sommers. Heute bei grauem Himmel vermochte ich kaum ein paar Verse aus »Des Knaben Wunderhorn« zu entziffern, die ich gestern, bei Sonnenschein, mit Vergnügen aufnahm, weil sie nämlich den Text zu Gustav Mahlers Vierter darstellen, die mein augenblicklicher Liebling auf dem Plattenspieler ist.

Und nun höre ich, daß Sie sich von der »Desdemona« zum »Bolívar« ablenken lassen und schmunzele dazu. Wir machen jetzt das Manuskript für den ersten Aufsatzband fertig und gehen, wenn meine Ilse Lange aus Hiddensee zurückgekommen sein wird, voller Spannung an die letzten beiden Bücher meines Romans »Mittel-Ost oder Traum ist teuer«, der einmal »Kephalides« hieß, von dem ich Ihnen sicher schon erzählte. Im September bekommen Sie darüber mehr zu hören.

Inzwischen erwidere ich Ihre Sommerwünsche, hoffe auf eine Entwicklung bei der UNO, die unseren Wünschen und nicht denen von Foster Dulles entspricht, und bin wie immer

Ihr, von Karlsbad recht befriedigter

Zweig

PS Die Filmfestspiele waren in allem guter Durchschnitt, aber den Sowjetfilm »Die Kraniche ziehen« sollten Sie sich ansehen.

474 Hilde Waldo an Zweig

Pacific Palisades, Calif.
4. September 58

Sehr geehrter Herr Zweig,

Herr Feuchtwanger bat mich, Ihnen mitzuteilen, daß er sich einer Nierenoperation unterziehen mußte. Es geht ihm gut, aber er wird etwa noch eine Woche im Krankenhaus bleiben, weil man dort noch einige Tests an ihm vornehmen will.

Sie werden gut verstehen, lieber Herr Zweig, wie unwillkommen Herrn Feuchtwanger die ganze Angelegenheit war, da er ja gerade jetzt besonders tief in der Arbeit steckte.

In etwa zwei Wochen hofft er so weit zu sein, daß er Ihnen ausführlich schreiben kann.

Herrn Feuchtwanger wäre es lieber, wenn nichts von seiner Operation öffentlich bekannt würde. Auf der andern Seite bat er mich, Ihnen darüber zu schreiben, damit Sie nicht durch irgendwelche vagen Gerüchte von dritter Seite beunruhigt würden.

Mit schönen Grüßen und Wünschen

Hilde Waldo
Sekretärin

475 ZWEIG AN FEUCHTWANGER

Homeyerstr. 13
Berlin-Niederschönhausen
16. 9. 1958

Liebster Feuchtwanger!

Als mir Ihre treue Frau Hilde Waldo, der ich hier gleich zu Anfang herzlich danke, auf ihre nette Art mitteilte, Sie hätten sich operieren lassen müssen, gab mir das einen leichten Schock. Sie sich operieren lassen? An den Nieren noch dazu? Zum Glück weiß ich, daß Sie ein schlanker Schwimmer sind und kein Fett über Ihrer Bauchdecke haben wie der arme Becher. Der mußte zehn Kilo abnehmen, bevor er sich auf den Operationstisch legte, und dann glückte den Ärzten die Prostata-Operation, aber so, daß er noch heute im Krankenhaus residiert. Es stellten sich nämlich ununterbrochen Nachwirkungen ein, und wenn ich mit Lilly Becher telefoniere, heißt es bald, er sei fieberfrei und bald, seine Schwäche beunruhige die Ärzte so, daß sie jetzt zu Bluttransfusionen geschritten sind. Dies, lieber Feuchtwanger, nur zur Warnung, weil die Niere es ja auch war, die unseren Freund Brecht schließlich zur Strecke brachte. Sie werden also unter der Obhut von Marta und Hilde so vorsichtig sein, wie ich es bei meiner längst verklungenen Gastritis unter Ditas und Ilses Obhut war, und wenn ich mal nichts zu tun haben werde, erzähle ich die Geschichte dieser hochkomischen Krankheit ausführlich.

Ich selber war leider daran verhindert, früher auf Hildes Brief zu reagieren. Ich hatte schweren Herzens mich verpflichtet, ein Vorwort zu schreiben zu fünf Tagebüchern von ganz jungen jüdischen Mädels und einem achtzehnjährigen Burschen, Zeugnisse von der Vernichtung unserer Juden durch unsere Deutschen in Warschau, Krakau, Lemberg, Lodz. Ich hatte schon einmal einen solchen Stoß empfangen, als ich mir 1946 das Originalmanuskript der Frau Hilde Huppert vorlesen ließ. Die heutige Ladung ist aber sicherlich fünfmal so stark gewesen, meine arme Ilse kann es bezeugen, die mir Einleitungen und Proben vorlesen mußte. Am liebsten würde ich Ihnen den Durchschlag meines Vorwortes schicken, eines Buches, das bei Rütten & Loening unter dem Titel »Im Feuer vergangen« bald erscheinen wird. Das Material stammt aus den Archiven der Polnischen Zentralen Jüdischen Historischen Kommission und gibt Fakten, die sich nur mit Dantes Hölle vergleichen lassen. Und außerdem hatte es sich gefügt, daß ich mir in diesen Tagen den vollen Text von Chrustschows großer Rede vor dem XX. Parteitag vorlesen ließ. Ich war außerstande, wie Sie sich denken können, etwas anderes zu tun, um mich zu entspannen, als bei dem herrlichen Wetter im Garten zu liegen oder mit Dita durch die Heide zu streichen, die noch in voller Sommerpracht prangt.

Und nun fahren wir morgen auf eine Woche an die Ostsee, nach Heiligendamm, und danach, liebster Feuchtwanger, verschwindet wieder im Middle East und mit der Parole »Traum ist teuer«

Ihr von Herzen das Beste wünschender

Zweig

[Nachschrift Beatrice Zweig:]
Lieber Lion Feuchtwanger,

werden Sie bitte recht bald wieder frisch und kräftig; sicher kann man zu Euren Ärzten Vertrauen haben! Ich male viel und arbeite graphisch, mit gutem Gelingen und auch äußerem Erfolg. Die Arbeit ist herrlich und ein erfülltes Glück. Ich hoffe, bald das Beste von Ihnen zu hören, und bin Ihre altgetreue

Dita Z.

476 Feuchtwanger an Zweig

Pacific Palisades, Calif.
6. Oktober 1958

Liebster Zweig,

endlich, nach sechswöchiger Pause, komme ich dazu, meine Post zu lesen, und der erste, dem ich schreibe, sind Sie.

Die Zeit im Hospital war recht böse, und zwei Tage lang sah es ziemlich kritisch aus. Obgleich man vorher gründliche und manchmal recht schmerzhafte Untersuchungen vorgenommen hatte, zeigte sich, nachdem man mich aufgeschnitten hatte, daß die Operation weiter gehen mußte, als die Ärzte vermutet hatten. Man mußte sehr rasch Entscheidungen treffen, vor allem auch, da man mich nicht so lange unter Narkose halten konnte, kurz, es war kein Spaß. Ich selber war ja unter Narkose und allerlei Betäubungsmitteln, aber finsteres Traumzeug schwemmte gleichwohl hoch. Ich machte auch einige tragikomische Erfahrungen; ich hoffe, ich werde Ihnen einmal von dem Ganzen erzählen können.

Wie immer, das Schlimmste ist vorbei. Ich fühle mich manchmal noch recht schwach, und ich werde wohl noch mehr Bluttransfusionen brauchen; aber ich kann wieder arbeiten und bin, scheint mir, geistig recht frisch.

Die Operation kam sehr zur Unzeit. Ich hatte es übernommen, dieses Bolívar-Treatment zu schreiben, und die Italiener drängen natürlich auf Ablieferung. Dazu kommen die Vorbereitungen der Neuverfilmung von »Jud Süß« in Westdeutschland; Sie haben vielleicht von den wilden und tragikomischen Debatten der deutschen Zeitungen gelesen. Weiter bereitet man hier eine Aufführung der »Simone« vor. Aber das Stück ist ja nie recht fertig geworden, und die Herstellung eines brauchbaren Textes für die amerikanische Bühne erfordert Zeit und

Konzentration. Dann muß ich noch Stellung nehmen zu einer etwas heiklen Frage. Ich schrieb Ihnen von dem »Offenen Brief«, den ein Sowjet-Jude an mich richtete. Ich kann mir nicht recht denken, daß dieser Brief identisch ist mit dem, von dem Sie mir gelegentlich schrieben. Der »Offene Brief« an mich enthält 250 engbeschriebene, riesige Seiten, er nimmt Bezug auf meinen Besuch in Moskau im Jahr 1937 und auf den Besuch der sieben Sowjetschriftsteller hier bei mir in Kalifornien im Jahr 1955. Er beschreibt genau, welche dieser Schriftsteller Antisemiten sind oder doch waren, er schreibt über den angeblichen Antisemitismus Scholochows und seinen Kampf gegen Ehrenburg, er ergeht sich in langen Erörterungen, warum meine Bücher nach wie vor in der Sowjetunion gedruckt würden, das ganze Manuskript ist überaus emotionell gefärbt und gibt wenig Tatsachen. Nun will eine Gruppe amerikanischer Rabbiner diesen »Offenen Brief« veröffentlichen. Sichtlich haben Kreise, die Interesse daran haben, die Sowjetunion als antisemitisch hinzustellen, das veranlaßt. Ich kann schwerlich etwas dagegen unternehmen, ich habe nicht das geringste Vetorecht. Aber man verlangt, viele verlangen, daß ich mich dazu äußere. Nun, wir alle sind solche Situationen gewöhnt.

Sicher ist, daß ich nicht so bald zum »Haus der Desdemona« werde zurückkehren können, ganz zu schweigen von den Romanen, die ich gerne schreiben möchte.

Noch eines: Jiří Weiss in Prag hat mir vor ungefähr sechs Wochen einen längeren Brief geschrieben über die Schwierigkeiten, welche die DEFA machte, als Prag vorschlug, meinen Roman »Exil« zu verfilmen als gemeinsame Produktion der Prager mit der DEFA. Einem langen Aufsatz der »New York Times« und anderer amerikanischer Blätter entnehme ich, daß Jiří Weiss als der weitaus bedeutendste Filmmann des Ostens gilt. Er schreibt auch, daß westdeutsche producer gern mit Prag zusammen »Exil« herstellen wollten, aber er fährt fort: »Our management thought it would not be tactful to cooperate with West German producers though they would be willing with ready money.«

Jiří Weiss schreibt, er habe den Eindruck, daß die Herren, mit denen er verhandelt hat, das Buch im besten Fall durchgeblättert haben, aber nicht gelesen. Er ist recht deprimiert, daß dieser Lieblingsplan von ihm an dem Widerstand Berlins scheiterte. Allein kann Prag den Film schwerlich machen. Er schreibt: »For our studios it is naturally not possible to tackle a film about Germany without German cooperation.«

Vielleicht, lieber Zweig, sprechen Sie gelegentlich die Sache mit den Herren der DEFA durch, um ausfindig zu machen, was eigentlich die wahren Gründe der Weigerung sind.

Ich freue mich, daß Sie mit so viel Energie an Ihre »teuern Träume« herangehen können.

Alles Herzliche

wie stets
Ihr alter
Feuchtwanger

477 Zweig an Feuchtwanger

Homeyerstr. 13
Berlin-Niederschönhausen
13. 10. 1958

Liebster Feuchtwanger,

vielleicht haben Sie schon vom Radio erfahren, daß unser Freund Johannes R. Becher vorgestern früh verschieden ist. Sein Aufenthalt im Krankenhaus dauerte viele Wochen, aber die wirkliche Ursache seines Todes erkannte man erst nach einer Operation, die ihrerseits recht positiv auszugehen schien, bis plötzlich eine Embolie aus der Lunge sein Herz zum Stillstand brachte. Morgen wird er im Steinsaal aufgebahrt, am Mittwoch neben Brecht beerdigt, und niemand anderer als ich muß ihm die Grabrede halten. Ein kurzes Telefonat mit Lilly Becher zeigte, wie erschüttert und erschöpft sie nach all diesen Wochen verblieben ist – ich hoffe nur, es wird sich eine Möglichkeit finden, ihr eine gründliche Erholung zu verschaffen.

Niemand versteht besser als Sie, lieber Feuchtwanger, daß ich jetzt auf den sehr interessanten Inhalt Ihres Briefes nicht einzugehen vermag. Dazu kommt, daß ich vom Donnerstag bis zum Sonntag mit der Generalversammlung des PEN Ost-West in Weimar zu tun haben werde. Wie unwillig ich bin, meinen »Traum ist teuer« vorläufig liegenlassen zu müssen, brauche ich kaum zu erwähnen. Dabei hatte ich vor, Ihnen zu erzählen, daß mich Mr. Barthold Fles aufgesucht hat, um mir seine Dienste als Agent aufs neue anzubieten, für England wie für Amerika, und daß er sich dabei auch auf Sie berief. Ich weiß nicht einmal mehr, warum ich vor zwanzig Jahren von ihm wegging; Michi, der sich zur Zeit in Capri aufhält, schrieb mir heute, er erinnere sich genau daran. Nun, ich gab ihm »Die Zeit ist reif« mit und ließ ihm freie Hand, sein Glück und das meine zu versuchen. Vielleicht höre ich von Ihnen, wie Sie über diese Verbindung denken.

Heilfroh bin ich, liebster Feuchtwanger, daß Ihr Aufenthalt in der Klinik so positiv vorübergegangen ist. Schreiben Sie mir doch auch darüber ein paar Zeilen! Ich war keinen Augenblick ernsthaft besorgt um Sie, da ich Ihre zähe Natur und Martas Obhut kenne; auch der Aberglauben lag mir fern, es könnte eine Serie eintreten wie im Falle Brecht, Weiskopf, Fürnberg. Aber, liebster Feuchtwanger, wir sind jetzt buchstäblich die letzten

Verwalter unseres literarischen deutschen Lebens und müssen als solche verdammt aufpassen. Ich selber werde mir diesen Rat jetzt immer wieder vorhalten, wenn kleine Anforderungen an mich gestellt werden, denn wie die Dinge liegen, entwickeln auch Kleinigkeiten immer wieder unerwartete Folgen. So soll ich heute nachmittag mit der DEFA Verhandlungen wegen des »Grischa«-Films beginnen, die eine Kooperation mit sowjetischen Kräften zur Folge haben könnten. Und die Regieführung von Erich Engel sollte Voraussetzung sein. Es scheint aber, daß dieser ausgezeichnete Mann vom Berliner Ensemble für die »Dreigroschenoper« festgehalten werden wird, so daß ich mich anderweitig umsehen muß, vielleicht auch in Prag. Eine Korrespondenz mit Jiří Weiss von Karlsbad aus böte dazu vielleicht die Anknüpfung.

Und damit, liebster Feuchtwanger, verlasse ich Sie für heute, nicht ohne mit der Frage zu schließen, ob Sie sich die drei Bände verschafft haben, in denen Ernest Jones die Biographie von Sigmund Freud niedergelegt hat (London, The Hogarth Press, 1957). Nach allem, was ich beim Anblättern feststellte, haben wir damit ein Werk in Händen, das seines monumentalen Gegenstandes würdig ist.

In unveränderbarer Herzlichkeit

Ihr alter
Zweig

Wegen des »Exil«-Films spreche ich gern mit der DEFA, aber erst nächste Woche, von einer kurzen Frage heute nachmittag abgesehn.

478 Feuchtwanger an Zweig

Pacific Palisades, Calif.
5. November 1958

Liebster Zweig,

vor allem möchte ich Ihnen zum Geburtstag gratulieren. Ich hoffe, allen Widerständen zu Trotz, daß wir einmal wieder einen unserer Geburtstage, den Ihren oder den meinen, gemeinsam feiern können.

Mir geht es vorläufig gesundheitlich gut. Aber die Ärzte sind sich nicht ganz klar darüber, ob das vorhalten wird. Denn dieses Wohlbefinden ist die Folge der Bluttransfusionen und der Zufuhr reichlicher Mengen von künstlichem Cortison. Erst in einiger Zeit wird sich herausstellen, wie weit ich selber mich mit roten Blutkörperchen und mit Cortison versorgen kann.

De Laurentiis und einer seiner Mitarbeiter fliegen Ende dieser Woche hierher, um das Bolívar-Treatment eingehend mit mir zu besprechen. Auch sonst liegen, wie Sie wissen, sehr viele Nebenarbeiten vor mir, und der Berg von Korrespondenz läßt sich gar nicht abtragen.

Mit dem Agenten Fles habe ich gute Erfahrungen gemacht. Zu Vertragsabschlüssen durch ihn ist es freilich nicht gekommen, aber das lag daran, daß ich mit andern Verlagen Vertrag geschlossen hatte, unmittelbar bevor er mir sehr günstige Verträge anbot. Daß es sich dabei nicht um leeres Gerede von ihm handelte, ging daraus hervor, daß die Verlage selber mir dann schrieben. Sichtlich hat er ausgezeichnete Verbindungen.

Die Freudbiographie von Jones habe ich vor längerer Zeit schon gelesen, mit tiefem Interesse. Sie hatte hier ungeheuern Erfolg.

Und nun verbringen Sie mit Dita einen recht fröhlichen Geburtstag, und denken Sie an

Ihren
Ihrer in alter Freundschaft denkenden
Feuchtwanger

479 Zweig an Feuchtwanger

Homeyerstr. 13
Berlin-Niederschönhausen
11. 11. 1958

Liebster Feuchtwanger!

Zum ersten Male enthält ein Brief von Ihnen eine Wendung, die mich erschrocken aufhorchen läßt. Was war das für eine Operation, die so viel Bluttransfusionen notwendig machte, daß sie Ihnen vorläufig Wohlbefinden vortäuscht, und was ist Cortison, das Ihr Körper selber erzeugen soll? Sie wissen, liebster Feuchtwanger, wir sind die beiden letzten des »Fähnleins der sieben Aufrechten«, von dem man noch vor vier Jahren sprechen konnte. Jetzt bekomme ich einen Geburtstagsbrief von einem mir persönlich unbekannten Korrespondenten, jüngerem Schriftsteller, der außer Ihnen und mir auch Hermann Hesse anführt, wenn er von den Traditionsträgern des deutschen Schrifttums spricht. Sie wissen, daß ich von Hesse nicht so sehr viel halte, muß aber gestehen, daß ich seit sehr langer Zeit keins seiner Produkte mir habe vorlesen lassen. Wir beide aber, Feuchtwanger, dürfen uns nicht kleinkriegen lassen, auch nicht von Cortisonmangel! Über diesen Stoff lasse ich mir von meinem Adam Auskunft geben, der, wie es scheint, zu den begabtesten Internisten unserer Umgebung zählt, was er jedenfalls im Falle Brecht bewiesen hat.

Und nun, liebster Feuchtwanger, lege ich Ihnen die »Schriftsteller-Romanze« bei, die ich zu Ihrem Fünfundsiebzigsten verfaßte – 75., Hohngelächter der Hölle. Ich kann heute nur so kurz sein wie dieser Brief. Wir kamen nämlich erst gestern aus Dresden zurück, wo in der IV. Großen Kunstausstellung auch eine Taulandschaft von Dita hängt und wo ich zu den Schwerkriegsbeschädigten in einer Jugendgewerbeschule gesprochen habe. Und wenn dieser Brief von Ihnen geöffnet wird, bin ich bereits mit meiner reizenden Schwiegertochter Thea in Moskau, um den Lenin-Friedenspreis in Empfang zu nehmen und etwa eine Woche dort zu bleiben. Danach hören Sie mehr von Ihrem für die Glückwünsche herzlich dankenden, sonst aber mit dem Roman »Traum ist teuer« hochschwangeren Freund und Kameraden

Zweig

Ich wußte gar nicht, daß Sie sich für den Jones interessierten! Adam schrieb, seither – dem 3. Bande – sei mein Ansehen in der Schweiz gestiegen. Und hat's über den Stoff Bolívar nicht einen Roman von Leo Perutz gegeben, der vor ein paar Jahren in Tel Aviv gestorben ist?

480 Feuchtwanger an Zweig

Pacific Palisades, Calif.
1. Dezember 1958

Liebster Zweig,

wenn dieser Brief Sie erreicht, sind Sie ja wohl wieder zurück von Moskau, nach vielen Mühen und sehr vielen Ehrungen, etwas müde und zufrieden. Ich hoffe, Sie ruhen sich nun einmal gründlich aus und bezahlen den Traum nicht zu teuer.

Was meine Gesundheit anlangt, so sah es in der letzten Zeit wieder ein bißchen bedrohlich aus. Meine Milz war sehr geschwollen, die Milz ist ein völlig unnötiges Organ, von dem man überdies recht wenig weiß; sie ist der Friedhof der roten Blutkörperchen, erklärte mir einer der Ärzte, was englisch recht gut klingt, man sprach hin und her von einer sehr zeitraubenden, andauernden Radiumbehandlung, auch von einer Operation. Aber die Blutuntersuchungen fielen nun in der letzten Zeit immer günstiger aus, und heute erklärte mir der entscheidende Arzt, auch die Röntgenbilder der Milz seien so, daß ich für die nächsten Monate wenigstens nichts zu befürchten hätte. Er halte sowohl die umständliche Radiumbehandlung wie die Operation für unnötig. Das war natürlich sehr tröstlich. Geistig fühle ich mich frisch, ich kann gut arbeiten und brauche Sie nicht länger mit medizinischen Erörterungen zu behelligen.

Dafür, hoffe ich, können wir uns in diesem Winter wieder mehr über unsere Arbeit unterhalten.

Alles Herzliche

Ihr alter
Feuchtwanger

481 Zweig an Feuchtwanger

Homeyerstr. 13
Berlin-Niederschönhausen
12. 12. 1958

Liebster Feuchtwanger!

Ich atme auf. Ihre Milz, über die ich mir in den ersten Januartagen von Adam und Hanni mündlich Aufklärung erbitten werde, wird also vorläufig in Ruhe gelassen – und das ist gewiß das Beste, was getan werden kann, da Sie sich ja jetzt wieder frisch und arbeitsfroh fühlen. In Ihrem sonst so erfreulichen Briefe vermißte ich nur ein Wort über meine »Schriftsteller-Romanze«, die wir dem vorigen Briefe vom 11. 11. beilegten. War sie in ihm nicht enthalten? Sollte sie von der Post entfernt worden sein, weil wir ja Drucksachen nicht verschicken dürfen?

Nach einer Woche Moskau voller Ehrungen und Verhandlungen hatte ich alle Hände voll zu tun, weil ich den verschiedenen Schriftleitungen Beiträge versprochen hatte – noch zum Jahresschluß! Um mich beim Wort zu nehmen, kam der Genosse Rodionow von der »Inostrannaja literatura« gegen Schluß seines Aufenthalts in der DDR in mein Arbeitszimmer, so daß wir mein Ausruhen fast zwei Wochen verschieben mußten.

Dann legte ich mich ins Bett, eine leichte Kreislaufstörung wurde festgestellt, ein benachbarter ausgezeichneter praktischer Arzt stellte mich innerhalb von vier Tagen wieder völlig her und bedrängte mich, die 3 kg wieder abzunehmen, die mir die Moskauer Gastlichkeit zugefügt hatte – besonders die herrlichen Eisspeisen, die mit lauter Sahne und den besten Ingredienzen selbst die Kassata von Palermo übertrafen. Nun war ich schon wieder mit Dita im Schnee spazieren und erledigte mit kurzen Antworten all die Glückwünsche, die inzwischen einliefen. Meine reizende Schwiegertochter Thea, die vom Sow-Exportfilm her russisch wie deutsch spricht, aber noch nie in Moskau war, half mir dort und besuchte gleichzeitig Freunde, die vorher in Berlin gearbeitet hatten. – Meinen Roman nehmen wir wieder auf, sobald ich nach Heilige-drei-Könige aus der Schweiz wieder zurück bin. Unser Enkelchen Adrian wird uns dort sicher fünf Tage festhalten – außerdem aber habe ich mit Frau Katia Mann eine sicherlich ausführliche Unterhaltung vor, die jetzt einen Briefband von Tommy vorbereitet, wozu wir ihr aus dem Archiv der Akademie Fotokopien besorgten.

Dies, liebster Feuchtwanger, für heute und morgen. Es ist nämlich ein Geburtstagsmonat im Schwange – meine Schwägerin und meine Schwester feiern ihre Wiegenfeste, und unser Nachbar Hanns Eisler fliegt heute nach Wien, um auch dort ähnliche Feiern zu begehen. Nicht den seinen, wie sich versteht, aber wahrscheinlich nächster Verwandter, die dort leben. – Lassen Sie sich's nur inzwischen so gut gehen, wie unsere alten Knochen es verlangen, grüßen Sie Marta und Frau Hilde, und nehmen Sie in alter Herzlichkeit den Neujahrsgruß 1959 entgegen von

Ihrem
Zweig

Auch Dita und Miriam freuen sich über die gute Wiederherstellung Ihrer Gesundheit!

482 Marta Feuchtwanger an Zweig

Pacific Palisades, Calif.
30. 12. 58

Lieber Arnold Zweig,

was soll ich Ihnen sagen! Soll ich von Lions Freundschaft für Sie sprechen, oder wie sehr er Ihr Werk liebte? Das wissen Sie ja.

Ich will Ihnen von seinen letzten Tagen berichten. Er war immer zuversichtlich und arbeitsfreudig. Er fühlte sich, außer daß er leicht müde wurde, zusehends kräftiger, ging gern spazieren in seinem hügeligen Garten, und, da er eine Arbeitspause eintreten ließ, ordnete er mit großer Freude seine Bibliothek, stellte um, stellte neue sehr schöne Bücher ein. Das hatte er sich schon lange gewünscht und nie gegönnt. Er hatte nichts gewußt von seiner bösartigen Krankheit –

Das Ende kam sehr schnell.

Ihre guten Worte, lieber Arnold Zweig, haben mir wohlgetan. Wahre Freundschaft ist selten, und Sie wissen, wie nahe wir Ihnen beiden immer verbunden waren.

Ihre Marta

Rede auf der Feuchtwanger-Gedenkstunde der Deutschen Akademie der Künste zu Berlin am 28. Januar 1959

Verehrte Freunde!

Hätte dieser recht improvisierte Abend vor einem Monat stattgefunden, so hätte ich nicht zu Ihnen sprechen können, denn dieser Tod war der unvorbereitetste von allen, die uns in den letzten Jahren getroffen haben, und es waren derer sehr viele und sehr schmerzliche. Aber an Lion Feuchtwanger, dachten wir, werde der Todesengel vorläufig noch gar nicht denken, da er in seiner amerikanischen Isolation doch so gut wie bewahrt war vor den Krankheiten und Erschöpfungen und Überanstrengungen und Abenteuern, an denen unsere Freunde, die Mitglieder der Akademie der Künste und auch andere, in den letzten Jahren dahingegangen sind. Vor ein paar Tagen hatte ich Grund, mich mit einigen unserer älteren Kollegen zu beschäftigen, und mußte feststellen, daß wir wirklich das Glück haben, unsere Lebenszeit und unsere Lebenskraft ausschöpfen zu dürfen, denn Lessing ist mit 53 Jahren gestorben, und Sie wissen ja, Schiller ist noch viel früher weggerafft worden. Aber dieser Lion Feuchtwanger schien uns prädestiniert dazu, nicht bloß seinen 75. Geburtstag zu erleben, von dem ich ihm schon, auf eine frevelhafte Weise vorwegnehmend, eine Glückwunschromanze geschrieben hatte, sondern da er wirklich sich vorgesetzt hatte, noch eine ganze Anzahl Werke zu vollenden, und da er immer alles beendet hatte, was er wirklich beenden wollte, kam unsereiner überhaupt nicht darauf, daß er vor unsereinem abberufen werden könnte. Er war der Freund, der seit 1920 in einem Kontakt mit unsereinem lebte und arbeitete, den man sonst unter Schriftstellern sehr schwer findet, denn wir beide waren aufeinander niemals neidisch, und wir beide waren miteinander stets so verbunden, daß unsere Ratschläge aufrichtig gemeint waren und für den anderen genauso sprachen, als wenn sie für uns selber hätten sprechen sollen. Es war eine Zeit, wo wir jeden Tag telefonierten, es war eine Zeit, wo er von Dahlem herüberkam oder ich von Eichkamp, und wo wir schriftstellerische Fragen und die Fragen der Grammatik und die Fragen des Stils in allen Einzelheiten erörtern konnten und wo sein Aufbau des Romans und meine Arbeiten an der Fortsetzung meines großen Weltkriegswerkes uns so beschäftigten, als wären wir nur in dem engsten Kaffeehaus-Kontakt, und dabei waren wir beide keine Kaffeehausmenschen und lebten jeder in seinem Haus und in seinem Garten und waren verbunden mit der Natur und mit der Umgebung, erst von München und dann von Berlin, und als er dann nun hinüberkam nach Amerika, nach Kalifornien, da war es für ihn eine Art Heimkehr, denn er war im Grunde genommen auch einer von den Leuten, welche aus der Provence stammen, der am südlichen Meer mit der südlichen und kühlen und klaren Luft und mit dem Wein, der dort wächst, und mit den Ölbäumen, die dort wachsen und Schatten geben, und mit den Früchten und mit den hellen Häusern verbunden war wie nur ein friesischer Bauer mit seinem friesischen Haus und mit seiner Meeresküste, und daß wir ihn nun vermissen müssen, das ist einer jener Stöße, auf die wir nicht vorbereitet waren und von denen wir uns nur sehr schwer erholen werden. Immer schrieb er mir, ich sollte doch endlich meine Aufsätze sammeln, und ich hatte vor, die erste Sammlung meiner Aufsätze ihm zu widmen, und wollte ihn damit zu seinem Geburtstag überraschen. Jetzt wird das Buch nach seinem Tode erscheinen, und ich werde »In memoriam Lion Feuchtwanger« auf die Titelseite setzen können. Das, sehen Sie, ist die Frucht einer echten Kameradschaft und Verbundenheit. Wir waren in sehr vielen Dingen anderer Meinung, sehr lange, ich war beispielsweise im Lager der Zionisten zu Hause, er in gar keiner Weise, aber er war andererseits wieder im Lager der jüdischen Geschichte zu Hause und ich wieder nicht, und so ging zwischen uns hin und her eine dauernde Atmosphäre von freundschaftlichen Kontroversen, die niemals ausarten konnten in irgend etwas wie Konflikt, und den größten Einfluß auf mich, den er hatte, den kannte er gar nicht. Er wußte nämlich nicht, daß es sein Roman »Jud Süß« war, der mir im Jahre 1921, 1922 oder 1923 bewies, der deutsche moderne Roman sei möglich. Ich war nämlich damals noch befangen in der Meinung, daß die große künstlerische Form gebunden sei auf gewisse Weise an die Abstammung der betreffenden Schriftsteller. Es war plausibel, es machte sich plausibel dadurch, daß die beiden Brüder Mann eine romanisch-jüdische Mutter hatten, daß Theodor Fontane ein Franzose und auch Willibald Alexis Häring ein französischer Abkömmling war, so daß ich dachte, Romane können eigentlich nur Romanen schreiben; und unser Goethe, der sich ja mit dem Roman herumgeschlagen hat, hatte so viel Römisches aus seiner Frankfurter Kinderstube her, daß es kein Beweis dagegen war, wie sehr er immerhin mit »Wilhelm Meisters Lehrjahren« und mit den »Wahlverwandtschaften« die Form des Romans gemeistert hatte. Und da kam von Lion Feuchtwanger dieser Roman »Jud Süß«, und ich las ihn damals, denn ich konnte damals noch lesen, und ich las ihn mit außerordentlicher Aufregung, und ich sah, hier ist der moderne deutsche Roman möglich, ohne daß jemand ein Romane ist, und da sagte ich mir, wenn der Feuchtwanger das kann, dann kann ich mein »Spiel um den Sergeanten Grischa« in den Roman »Der Streit um den Sergeanten Grischa« verwandeln, das wird gehen. Und dies war der Ansporn unserer Freundschaft. Ich sagte es ihm nie, aber wir fühlten gegenseitig, wie sehr wir miteinander an einem Strange zogen, und zwar nicht etwa bloß politisch, sondern vor allen Dingen in den Angelegenheiten der Humanität und des Kampfes gegen den Kriegsgeist und für eine wirkliche schöpferische, sozialistische, kulturelle Erneuerung Deutschlands. Und nun werden wir das alles weitermachen müssen, und es wird kein Brief mehr von Lion Feuchtwanger kommen, und wir haben seit 1923 oder 1924 Briefe gewechselt. Die ersten zehn Jahre haben die Nazis gestohlen, diese Briefe, aber was seither da war, waren Dokumente der Freundschaft, und nun bleibt es dabei, daß wir seiner ebenso gedenken müssen und ihn ebenso mit uns tragen müssen, wie wir Brecht oder Becher oder Weiskopf oder Friedrich Wolf oder Weinert oder Schroeder tragen müssen, die wir alle verloren haben. Wir waren eine Mannschaft 1948, als ich hier zurückkam, und wir sind jetzt so wenige geblieben, daß Sie uns gestatten müssen, unsere Kräfte jetzt nur noch auf unsere eigene Arbeit zu konzentrieren, damit es uns nicht geht wie Lion Feuchtwanger, der mitten im Arbeiten vom Tode abberufen wurde und so gerne beendet hätte, was er in seinen Briefen als seine Aufgabe ankündigt.

Anhang

Zu dieser Ausgabe

Die Originale der Korrespondenz zwischen Feuchtwanger und Zweig liegen im Arnold-Zweig-Archiv der Akademie der Künste der DDR, Berlin, und im Archiv Lion Feuchtwangers in Los Angeles, USA: die Briefe Zweigs befinden sich in Los Angeles, die von Feuchtwanger in Berlin. In unserer Ausgabe ist der gesamte Bestand ohne Auslassungen publiziert, einschließlich der Schreiben Marta Feuchtwangers und von Feuchtwangers Sekretärin Hilde Waldo an Zweig. Zu einigen maschinenschriftlichen Zweig-Briefen existiert nur die Kopie im Arnold-Zweig-Archiv; diese Briefe sind also möglicherweise unvollständig überliefert, da eventuelle Nachschriften Zweigs und seine Unterschrift nur in das Original eingetragen wurden. Auf solche Kopien als Vorlagen wird in den Anmerkungen aufmerksam gemacht. Feuchtwangers Briefe sind fast ausschließlich maschinenschriftlich, Zweig hat einen großen Teil seiner Korrespondenz mit der Hand geschrieben.

Die in den Archivbeständen fehlenden Briefe müssen als verloren gelten. Durch Feuchtwangers Flucht in die USA, aber auch wegen des langen Postweges zwischen Palästina und den USA während des Krieges sind eine Reihe Briefe verlorengegangen.

Orthographie und Interpunktion wurden den heute geltenden Regeln angeglichen, ohne den Lautstand zu verändern. Fehlerhafte Schreibungen, auch von Eigennamen, sind korrigiert. Die Anordnung der Adressen und Daten ist vereinheitlicht. Titel werden durchweg in Anführungszeichen gesetzt.

Die Anmerkungen beschränken sich zumeist auf knappe Hinweise, nicht alle Textbezüge ließen sich beim gegenwärtigen Forschungsstand aufspüren oder gar ausführlich kommentieren. Das Register enthält nur solche Erläuterungen, die für das Textverständnis wichtig sind.

Vielen Freunden, Bekannten, Kollegen und Mitarbeitern möchte ich meinen Dank aussprechen. Frau Marta Feuchtwanger, deren Hilfe in einer langen Reihe von Fragen unentbehrlich war, gilt mein innigster Dank. Frau Feuchtwanger und ich wurden auch immer wieder von Hilde Waldo, der ich herzlichst danke, reichlich unterstützt. Wie Frau Feuchtwanger in Los Angeles stets zu Auskünften bereit war, gab Frau

Ilse Lange im Arnold-Zweig-Archiv in Berlin auf alle Anfragen Bescheid, und sie hat die Abschriften nochmals kontrolliert. Ich danke ihr aufrichtig.

Besonders herzlicher Dank gilt meiner Mitarbeiterin, Frau Dr. Sigrid Washburn, die bei der Anfertigung der Anmerkungen und des Registers unermüdlich mitwirkte und mit charakteristisch beharrlichem Fleiß und Scharfsinn eine beträchtliche Anzahl von Problemen löste. Beim Vorbereiten des Manuskripts gab mir Frau Erna Lemberger manch weisen Ratschlag; ich bin ihr äußerst dankbar.

Frau Dr. Marta Mierendorff, die sich in der Exilliteratur wie wenig andere Menschen in der Welt auskennt, drücke ich meinen herzlichen Dank für ihre Hilfe aus.

Für Auskünfte und Hinweise danke ich Frau Charlotte Gröninger (Essen), Fräulein Beatrix Gröninger (Gießen), Herrn Rudolf Hirsch (Berlin, DDR), Herrn Dr. Nathan Hoffmann (Los Angeles), Herrn Professor Wolfgang Ruttkowski (Philadelphia), Herrn Professor Harry Zohn (Brandeis University), Herrn Professor Hans Dahlke (Universität Leipzig) und Frau Marion Schulman (Los Angeles).

In einer Sonderkategorie stehen die Mitarbeiter des Aufbau-Verlags: Dr. Fritz-Georg Voigt, Dr. Gotthard Erler und Paul-Gerhard Wenzlaff. Frau Gerda Bergner besorgte im Verlag Schlußredaktion und Bezifferung des Registers. Ich spreche ihnen meinen wärmsten Dank aus.

Sechs Werke waren mir bei der Arbeit nützlich und wertvoll: Marta Feuchtwangers Aufzeichnungen »An Emigré Life«, die Feuchtwanger-Biographien von Lothar Kahn und Joseph Pischel, die Doktorarbeit meines Studenten Henry Heinz Kaufmann über »Die Feuchtwanger-Rezeption in Amerika«, »Der Briefwechsel zwischen Louis Fürnberg und Arnold Zweig«, herausgegeben von Rosemarie Poschmann und Gerhard Wolf, und »Arnold Zweig 1887–1968. Werk und Leben in Dokumenten und Bildern«, herausgegeben von Georg Wenzel.

Durch den Ralph und Joan Hovel Fonds wurde unsere Arbeit, den Feuchtwanger-Zweig-Briefwechsel Lesern und Literaturwissenschaftlern zugänglich zu machen, wesentlich gefördert.

Anmerkungen

Die Ziffern links sind die Briefnummern. Allgemeine Angaben zu Personen finden sich im Register.

252 *keine »authors«, sondern »writers«* – (engl.) keine Schriftsteller, sondern Drehbuchverfasser.

»Goya« ... Frühjahr 50 – Feuchtwanger schloß die Niederschrift des Romans Ende Mai 1950 ab. Die Erstausgabe erschien 1951 im Neuen Verlag, Frankfurt a. M.

253 *vor den Aktivisten des Arbeitsaufbaus* – Zweig trug in seine beiden Taschenkalender für das Jahr 1949 in die Spalte vom 5. Februar ein: »11 zu den Hennecke-Aktivisten / gute Rede« und »11 Staatsoper Ansprache Hennecke-Aktivisten«. Der Bergmann Adolf Hennecke förderte am 13. Oktober 1948 als Häuer im Steinkohlenbergbau 380% seiner Tagesnorm und wurde damit zum Initiator der Aktivistenbewegung in der DDR.

Jewish Agency – Eine Vertretung der der zionistischen Weltorganisation zugehörigen »Agency« (s. die achte Anm. zu Brief 141) befand sich damals in Berlin-Zehlendorf (vgl. Briefkopf von Brief 250).

»Berliner Illustrierte« ... »Der Sonntag« – »Neue Berliner Illustrierte«, Nr. 13–40, März bis September 1949; im »Sonntag«, Nr. 12–26, 1949, erschien »Abschied vom Frieden«.

254 *Erfolg des Bostonstücks* – Feuchtwangers »Wahn oder Der Teufel in Boston« wurde am 15. März 1949 in den Kammerspielen unter der Regie von Wolfgang Kühne aufgeführt.

14. VII. 48 – An diesem Tag wanderten Arnold und Beatrice Zweig aus Israel aus.

255 *[19. April 1949]* – Dieser Brief wurde falsch mit »2. August 1948« datiert. Neue Datierung nach dem folgenden Antwortbrief.

»Teufel in Boston« ... in Frankfurt – In Frankfurt a. M. führte Fred Schroer Regie.

mißverstanden wie ... »Waffen für Amerika« – Vgl. Brief 256, vgl. die siebente Anm. zu Brief 267.

256 *7. Mai 1949* – Vom Brief ist nur die Kopie im Arnold-Zweig-Archiv erhalten.

256 *Pariser Friedenstaube* – Der Weltfriedenskongreß in der Pariser Salle Pleyel vom 20. bis zum 25. April (s. die Anm. zu Brief 293), s. Brief 258 und die erste Anm. dazu.
smartness – (engl.) Gescheitheit.
Einnahme von Nanking – Am 23. April 1949 wurde Nanking, der Sitz der chinesischen bürgerlichen Guomindang-Regierung, von der chinesischen Volksarmee besetzt.
Joseph Roths Frau – Friederike Roth war Opfer einer unheilbaren Nervenkrankheit.
obotritisch – Hier: beschränkt, zurückgeblieben (nach den Obotriten, den slawischen Ureinwohnern des heutigen Mecklenburg).

257 *Klaus Mann* – Er beging am 22. Mai 1949 in Cannes Selbstmord.
P.O.B. – Abkürzung für Post Office Box: (engl.) Postfach.

258 *Pariser Aufenthalt* – Im Frühjahr 1949 nahm Zweig als Delegierter am Weltfriedenskongreß vom 20. bis zum 25. April teil und hielt am 23. April eine Rede, von der Auszüge am 26. August 1949 in »Start«, Berlin, unter dem Titel »Anbruch sozialistischer Gesittung« erschienen. Auch berichtet Zweig über den Kongreß in »Ein neues Valmy« (»Aufbau«, Berlin, Heft 5, 1949; in Band 16 der »Ausgewählten Werke in Einzelausgaben« enthalten).
Thomas – Thomas Mann war vom Mai bis zum Oktober 1949 in Europa; er sprach auf den Goethe-Feiern in Frankfurt a. M. und Weimar.

259 *»Der moderne Orpheus«* – Der Entwurf für einen Film zu der Musik von Glucks Oper »Orpheus und Eurydike« entstand 1930/31. Er erschien im Almanach »Neue Texte« des Aufbau-Verlags, Berlin 1967.
Füllhalter – S. Brief 267 (und die zweite Anm. dazu).
Waterman oder Parker – Amerikanische Füllhaltermarken.
Auswahlband – Zweig schrieb das Vorwort »Der Erzähler Feuchtwanger« zum Band »Lion Feuchtwanger · Auswahl«, der 1949 im Greifenverlag erschien.
Zaroth – (hebr.) Sorgen, Ärger.
SMA – Abkürzung für: Sowjetische Militäradministration (in der sowjetischen Besatzungszone).
Präsidialratssitzung des Kulturbundes – Der Kulturbund zur Demokratischen Erneuerung Deutschlands wurde im Juli 1945 von Johannes R. Becher und anderen antifaschistischen Intellektuellen in Berlin gegründet.
Tod Voltaires – Das erste Kapitel des dritten Teils von »Waffen für Amerika« (»Die Füchse im Weinberg«) heißt »Voltaire« und endet mit dessen Tod.

260 *»Der Prozeß der Witwe Capet«* – Der endgültige Titel lautet »Die Witwe Capet«.
Übersetzung des »Goya« – Sie wurde von Frau H. T. Lowe-Porter und Frances Fawcett besorgt.
Rezension des »Doktor Faustus« – Feuchtwangers Rezension von Thomas Manns Roman erschien am 20. November 1948 in der »Los Angeles News«.
261 *meine Einleitung* – S. Brief 259 und die vierte Anm. dazu.
262 *Heinrich Mann für Dr. Feuchtwangers 65. Geburtstag* – Heinrich Manns Artikel »Der Roman Typ Feuchtwanger« erschien in Kantorowicz' Zeitschrift »Ost und West«, Berlin, Juni 1949. (Das Manuskript liegt dem Brief nicht mehr bei.) S. dazu Brief 265.
263 *Dietz-Verlag fünf Seiten Einleitung* – Es war der Greifenverlag, dessen Leiter Karl Dietz die »Auswahl« herausgab. (S. die vierte Anm. zu Brief 259.)
Tod Voltaires – S. die letzte Anm. zu Brief 259.
Kantorowicz nachgedruckt – Unter dem Titel »Voltaires letzter Kampf« brachte Alfred Kantorowicz das Kapitel 1948 in »Ost und West«.
Aufsatzbuch »Freunde« – Das Buch kam nicht zustande.
neun Stücke – Feuchtwanger schrieb achtzehn Stücke, einschließlich von fünf Nachdichtungen und zwei Stücken, die er mit Brecht zusammen schrieb.
meine Kurzgeschichten – Der Aufbau-Verlag sowie die Büchergilde Gutenberg brachten 1949 die Sammlung »Allerleirauh« und der Alfred Kantorowicz Verlag, Berlin, »Stufen« heraus.
»Versunkene Tage« – Den 1938 erschienenen »Roman aus dem Jahre 1908« (unter dem Titel »Verklungene Tage« 1950 vom Verlag Kurt Desch in München und 1955 vom Aufbau-Verlag in Berlin herausgebracht) wollte Zweig seit etwa 1947 in den größeren »symphonischen« Roman um Carl Steinitz (»Rechts oder Links«) einarbeiten (s. die sechste Anm. zu Brief 281).
264 *Füllfederhalter* – S. Brief 267 (und die zweite Anm. dazu).
266 *Adlatus* – Wilhelm Tichauer wurde Zweig durch den Kulturbund vermittelt; er half Zweig bei der Überwindung vieler Schwierigkeiten im Nachkriegs-Berlin.
DEFA Filmprojekte – »Das Beil von Wandsbek« wurde unter der Regie von Falk Harnack 1951 von der DEFA verfilmt. Erwin Geschonnek spielte den Schlächter Teetjen.
Akademie der Künste – Die Deutsche Akademie der Künste (seit 1973 Akademie der Künste der DDR) wurde am 24. März 1950 gegründet. Am 25. wurde Zweig zum Präsidenten gewählt.

267 *Triarier* – Altgediente Kerngruppe im römischen Heer.
Venus – Marke besonders guter Füllfederhalter.
Malepartus – Die Höhle des Reineke Fuchs in dem gleichnamigen Epos.
Carl Steinitz – Zweig diktierte 1947 »Carl Steinitz unterwegs« als Teil des Romanprojekts »Rechts oder Links«.
AZ-Heft von »Sinn und Form« – Das »Sonderheft Arnold Zweig« wurde 1952 zum 65. Geburtstag von der Deutschen Akademie der Künste herausgegeben; dort sind keine Fragmente aus dem Carl-Steinitz-Roman aufgenommen.
Vorläufer dieser Sonderhefte, »Bertolt Brecht« – Das (erste) »Sonderheft Bertolt Brecht« war 1949 das erste dieser Art in der Zeitschrift »Sinn und Form«.
Russische Irrtümer – In der sowjetischen Zeitschrift »Nowy Mir«, 24, Nr. 6, erschien im Juni 1948 ein Artikel mit dem Titel »Kosmopoliten im ›literarischen Hollywood‹« von R. Miller-Budinskaja. Wegen seines Romans »Waffen für Amerika« wurde Feuchtwanger bezichtigt, Propaganda für die Vormachtstellung der USA in Europa gemacht zu haben. Wiederholt machte sich Feuchtwanger, der den Artikel nicht kannte, Gedanken über die zu jener Zeit spürbare Mißbilligung ihm gegenüber (s. Brief 268). Seit Jahren waren in der Sowjetunion keine Bücher mehr von ihm erschienen. Schon im Mai 1949 hatte Brecht ihm geschrieben: »[...] könnten Sie das nicht aufklären? ich weiß natürlich, daß mißverständnisse desto schwerer aufzuklären sind, je törichter sie sind, aber vielleicht finden Sie den schlüssel, es wäre wichtig. ich könnte einen aufsatz, wenn Sie ihn für mich an den Suhrkamp Verlag schickten, Kantorowicz geben oder JRB [Johannes R. Becher].«
»Ost und West«-Heft – Brecht und Heinrich Mann hatten für die Juni-Nummer 1949 zum fünfundsechzigsten Geburtstag Feuchtwangers einen Artikel zu seiner Rechtfertigung beigetragen.
Dietzsche Auswahl – S. die vierte Anm. zu Brief 259.
querelles allemandes – (franz.) deutsche Streitereien; im Französischen in übertragener Bedeutung: Streit um Nichtigkeiten.

268 *»London Times«* – Am 12. Juni 1948 brachte die »London Times« eine neutrale Rezension von »Proud Destiny«, am 10. Juni 1949 eine Anzeige zum Erscheinen des Novellenbandes »Odysseus and the Swine«.
Hilde – Hilde Eisler, die Frau von Gerhart Eisler.
Thomas Manns kleines Buch – »Die Entstehung des Doktor Faustus. Roman eines Romans« brachte Bermann-Fischer 1949 in Amsterdam heraus.

268 *Hanns* – Hanns Eisler.

270 *»Russische Frage«* – S. Brief 267 und die siebente Anm. dazu.
»Goya« – Die Erstausgabe »Goya oder Der arge Weg der Erkenntnis« erschien 1951 im Neuen Verlag (Frankfurter Verlagsanstalt). Auch wurde das Werk 1951 von der Ex Libris Buchgemeinde, Zürich, und 1952 vom Europäischen Buchklub, Stuttgart, und dem Greifenverlag, Rudolstadt, herausgebracht. Englische Ausgaben erschienen unter dem Titel »This Is the Hour. A Novel about Goya« 1951 bei der Viking Press, New York, und 1952 bei Hutchinson, London. Die Ausgabe des Aufbau-Verlags erschien 1961.
Thomas … Berlin – Thomas Mann. S. die zweite Anm. zu Brief 258.

271 *Aufsatz zu meinem Geburtstag* – S. die vierte Anm. zu Brief 259.

273 *Trubel* – Vgl. die zweite Anm. zu Brief 258.
He's a youngster … – (engl.) Er ist ein Jüngling, nicht wahr?
Gedicht von St. V. Benét – Das Hauptthema des um 1933 entstandenen Gedichtes ist: Wenn Cotton Mather, der überall Hexen sah, spazierenging, wendeten sich die Menschen verächtlich von ihm ab.
pocket-book – (engl.) Taschenbuch.
States – (engl.) die Staaten (die USA).
Kanto – Kantorowicz.
money – (engl.) Geld.
»Juden auf der deutschen Bühne« – Eine Neuauflage des Werkes, das der Heine-Bund 1927 in Berlin herausbrachte, ist nicht erschienen.
spring – (engl.) Frühling.
fall – (engl.) Herbst.

274 *Schilderungen Katias* – Vgl. die zweite Anm. zu Brief 258. Thomas und Katharina Mann waren anläßlich der »Ansprache im Goethejahr« Ende Juli und Anfang August in Weimar.
Herr Wandel … Zusicherungen – Der Präsident der Verwaltung für Volksbildung Paul Wandel hatte Heinrich Mann in einem Schreiben vom 23. Mai 1949 offiziell eingeladen, das Präsidium der Deutschen Akademie der Künste zu übernehmen.

275 *Rosch Haschana* – (hebr.) Das hebräische Neujahrsfest.
D. W. K. – Deutsche Wirtschaftskommission: ab 14. Juni 1947 bestehendes oberstes Wirtschaftsorgan in der sowjetischen Besatzungszone.
Ubw. – Unterbewußtsein.
nurse – (engl.) Pflegerin.
Erez – (hebr.) Heimat. S. die dritte Anm. zu Brief 241.

276 *staatsbürgerlich* – S. Brief 232 und die zweite Anm. dazu.
Heinrich Mann wird... zurückgehen – S. die zehnte Anm. zu Brief 235.

277 *einer jungen energischen Rheinländerin* – Ruth Hirsch. Mit dem in Tel Aviv lebenden Ehepaar Rudolf und Ruth Hirsch war Zweig seit 1943 befreundet. Über Rudolf Hirsch hatte Zweig in Tel Aviv Kontakt zum (dort illegalen) Nationalkomitee Freies Deutschland und nahm einige Male an dessen Sitzungen teil. Bei ihrer Rückkehr nach Berlin wohnten die Eheleute für einige Monate als Gäste in Zweigs Villa in Berlin-Niederschönhausen.
Exit-Permit – (engl.) Ausreiseerlaubnis.
Entwicklung seit dem 9. 10. – Am 7. Oktober 1949 wurde die Deutsche Demokratische Republik gegründet; der im März 1948 in Berlin vom II. Deutschen Volkskongreß geschaffene Deutsche Volksrat wurde in die Provisorische Volkskammer der DDR umgebildet.
Mitglied der Volkskammer – Der Kulturbund ist in der Volkskammer mit einer Fraktion vertreten.
im März in den Volkskongreß hineingewählt – Die Wahlen zum III. Deutschen Volkskongreß fanden am 15. und 16. Mai 1949 statt.
China – Am 1. Oktober 1949 wurde die Volksrepublik China proklamiert.
USA-Diehards – diehards: (engl.) die Alte Garde.
Aufsatz über Sie – Zweig schrieb das Nachwort für die Neuausgabe von »Erfolg«, die in der Bibliothek Fortschrittlicher Deutscher Schriftsteller, Verlag Volk und Wissen, Berlin o. J. (1950), erschien.
gewisse Vorstellungen – S. die siebente Anm. zu Brief 267.
Ihre P.-O.-B.-Nr. ... – Feuchtwangers Postfachnummer war 325.

278 *Heinrich Mann* – S. die zehnte Anm. zu Brief 235.
Associated Press – Große Nachrichtenagentur der USA.
Gratulationsbrief – Am 14. Oktober 1949 schrieben Feuchtwanger und Heinrich Mann: »Lieber, sehr verehrter Präsident Wilhelm Pieck; Erlauben Sie uns, Ihnen und dem Kanzler Otto Grotewohl unsere herzlichen Wünsche auszusprechen. Wir brauchen Ihnen nicht zu versichern, mit welch tiefer Teilnahme wir das Schicksal der jungen Republik unter Ihrer beider Führung verfolgen. In aufrichtiger Verehrung, Heinrich Mann, Lion Feuchtwanger.« Da man in der Anrede zwischen »lieber«, »verehrter« und »geehrter« im Englischen nicht unterscheidet, ist die Anrede in Briefen schwer zu übersetzen. Nichtsdestoweniger bedeutet »most venerable« etwa »sehr verehrungswürdiger«; die Übersetzung ist also irreführend.

278 *»Die Füchse im Weinberg«* – Nach dem Hohenlied Salomos, II, 15: »Fahet uns die Füchse, die kleinen Füchse, die die Weinberge verderben; denn unsere Weinberge haben Blüten gewonnen.« Zweig klagte noch in den Briefen 340 und 361, daß der Titel unverständlich sei. Über die Vorurteile s. die siebente Anm. zu Brief 267.

279 *»Ost und West«* – Das letzte Heft kam im Dezember 1949 heraus. (Vgl. dazu Brief 281.)

280 *Witte* – Hans Winge. Zu der »offiziellen Bestätigung« s. Brief 282.
Dieser Kram ... – S. die siebente Anm. zu Brief 267.

281 *Cebu* – Auch Sebu, Sebi. Eine wenig bekannte ägyptische Göttin, die die zwölfte Region der Unterwelt, Tuat, bewacht.
Schluß-Roman meiner Serie – 1949 plante Zweig zwei Fortsetzungsbände des »Grischa«-Zyklus: »Das Eis bricht« und »In eine bessere Zeit«. Möglicherweise ist hier »Das Eis bricht« gemeint; der Roman blieb Fragment.
Ihren Boten, Herrn Witte – Hans Winge.
talk – (engl.) Gerede.
deutsche Ausgabe – Das Manuskript wurde nicht publiziert.
symphonischer Roman – Zweig bezieht sich auf den nicht verwirklichten Plan des Romans um Carl Steinitz, die – stark autobiographische – Hauptfigur aus »Versunkene Tage« (Querido Verlag, Amsterdam 1938); letzter Titel war »Rechts oder Links«. »Versunkene Tage« sollte in dies Buch mit eingearbeitet werden. (Vgl. auch die siebente Anm. zu Brief 263 und die zweite Anm. zu Brief 211.)
Meine vier Bände – »Junge Frau von 1914«, »Erziehung vor Verdun«, »Der Streit um den Sergeanten Grischa« und »Einsetzung eines Königs« kamen 1949/50 im Aufbau-Verlag, Berlin, neu heraus.

282 *Glückwunschbrief* – Der Brief befindet sich nicht im Feuchtwanger-Archiv.
»Proud Destiny« – Englischer Titel von »Waffen für Amerika« (s. die vierte Anm. zu Brief 182).

283 *»Domitian«* – S. die zweite Anm. zu Brief 143.
Füllgeschenk – Der Füllfederhalter, ein Geschenk Feuchtwangers (vgl. Brief 267 und die zweite Anm. dazu).
Zwei Artikel für die Jahreswende – Am 1. Januar 1950 erschien in der Tageszeitung »Tägliche Rundschau« der Artikel »Die Krisen der bürgerlichen Kultur. Rückschau auf ein halbes Jahrhundert deutscher Entwicklung« (auch in »Essays, Zweiter Band«, Ausgewählte Werke, Band 16, 1967). Am 31. Dezember 1949 erschien in der »BZ am Abend« der Artikel »Das Heilige Jahr beginnt«.

284 *Freud-Bücher* – Benjamin G. Sanders, »Christianity after Freud«, London, Bles 1949, und Louis Schneider, »The Freudian Psychology and Veblen's Social Theory«, New York, Kings Crown Press 1949.

285 *Schlußroman meiner »Grischa«-Serie* – S. die zweite Anm. zu Brief 281.

zum Gedächtnis Kurt Tucholskys – Das Manuskript, »Lieber Kurt Tucholsky«, befindet sich im Arnold-Zweig-Archiv, Berlin.

286 *»Grischa«* – Feuchtwanger bezieht sich auf den (zu der Zeit noch vierbändigen) Roman-Zyklus.

287 *Brecht* – Er wurde zum ordentlichen Mitglied berufen und nahm am Festakt vom 24. März 1950 zur Eröffnung der Akademie teil.

»Golden Boy« – Lou Eisler hat sich für Clifford Odets, den Verfasser von »Golden Boy« (1937, deutsch: »Goldene Hände«, 1950), tatkräftig eingesetzt und ihn übersetzt. Eine Kritik der Aufführung in den Kammerspielen erschien am 24. Januar 1950 in der »Berliner Zeitung«.

288 *Chaplin ... Besetzung für seinen neuen Film* – »Limelight« (engl.: Rampenlicht, 1952).

290 *»highbrow«* – (engl.) bewußt intellektuell-schöngeistig.

Heinrich Mann – Er starb am 12. März 1950 in Santa Monica. Vgl. die zehnte Anm. zu Brief 235.

291 *Gedächtnisrede* – Vgl. »Heinrich Mann – Fazit seiner Größe«, in: »Aufbau«, Berlin, Heft 4, 1950. Eine Aufzeichnung der Rede im Deutschen Theater (13 Seiten) befindet sich im Arnold-Zweig-Archiv, Berlin.

Nachfolger H. M.s – S. die dritte Anm. zu Brief 266.

Einweihung eines H.-M.-Sanatoriums – Die Entscheidung, das Sanatorium in Bad Liebenstein nach Heinrich Mann zu benennen, wurde schon 1949 getroffen und dem Dichter mitgeteilt. Am 6. Dezember 1949 schrieb er an die Deutsche Wirtschaftskommission, Abteilung Gesundheitswesen, in Berlin, um seinen Dank zu bezeigen.

»Die Münchner Sinfonie« – Gemeint ist das Romanprojekt »Rechts oder Links« (s. die sechste Anm. zu Brief 281).

Welcher Unverschämte diese Briefe hergestellt hat – Gemeint ist der Luftpostfaltbrief mit einer schwärzlichen Schreibseite.

292 *Korrekturen des »Goya«* – S. die zweite Anm. zu Brief 270.

293 *Friedensfront* – Arnold Zweig arbeitete im Deutschen Friedensrat und im Weltfriedensrat mit. Im Deutschen Friedensrat war er zu der Zeit gemeinsam mit Becher und Anna Seghers Vorsitzender (vgl. auch die erste Anm. zu Brief 297).

295 *»Beil«* – Eine Neuausgabe des »Beils von Wandsbek« erschien 1951 im Gustav Kiepenheuer Verlag, Weimar. Noa Kiepenheuer war seit 1949 Leiterin des Verlages.
»Münchner Sinfonie, 1908–1948« – S. die sechste Anm. zu Brief 281.
Elementar-Erscheinung der FDJ – Gemeint ist das Berliner Deutschlandtreffen (1950) der Massenorganisation Freie Deutsche Jugend.

297 *Friedenskampfbund* – Der Deutsche Friedensrat (s. Brief 293 und Anm.) hieß bis 1951 Komitee der Kämpfer für den Frieden.
Schauspielerin [?] – Der Brief ist an dieser Stelle beschädigt.
Kongreß in Berlin W... – Der gegen den Weltfriedensrat gerichtete »Kongreß für kulturelle Freiheit«, an dem über 100 Schriftsteller, Wissenschaftler und Künstler aus den westlichen Ländern teilnahmen, tagte in Westberlin vom 26. bis 30. Juni 1950. Die Teilnehmer des Kongresses wurden vom Kulturbund der DDR (dessen Präsidiumsmitglied Zweig war) aufgefordert, sich mit ihm in Verbindung zu setzen und Maßnahmen für die Erhaltung des Friedens und für die Arbeit im Dienst einer wahrhaft menschlichen Kultur zu erörtern.

298 *red tape* – (engl.) der Amtsschimmel.
permits – (engl.) Hier: Ausreise- und Einreiseerlaubnis.
Roman der Seghers – Anna Seghers' »Die Toten bleiben jung« kam 1949 im Aufbau-Verlag heraus. Little, Brown and Company brachte 1949 die Übersetzung von James A. Galston, »The Dead Stay Young«, in Boston heraus.

299 *meines sinfonischen Romans* – »Rechts oder Links«, vgl. die sechste Anm. zu Brief 281. Vgl. auch Brief 295.
Sekretärin – Ilse Frank, ab 1952 verheiratete Lange.
unsere Zeitschrift »Sinn und Form« – Die 1949 von Johannes R. Becher und Paul Wiegler gegründete Zeitschrift wird seit Heft 5, Oktober 1950, von der Deutschen Akademie der Künste herausgegeben.
»Herr Steinitz unterwegs« – S. die vierte Anm. zu Brief 267.
Nationalpreis – Zweig empfing den Nationalpreis am 7. Oktober 1950, dem Staatsgründungstag der DDR.
odds – (engl.) Chancen.

300 *sechzigster Geburtstag* – Am 22. Mai 1951. Zweig veröffentlichte den Aufsatz »Zum sechzigsten Geburtstag Johannes R. Bechers« in: »Sinn und Form«, Heft 2, 1951.

301 *Friedenskongreß in Warschau* – Vgl. Zweigs Bericht »Die Warschauer Synode«, in: »Die Aussprache«, Berlin, 1. Januar 1951.
»Vierzig Jahre« – Auch diesen Titel für »Rechts oder Links« ließ Zweig fallen.

302 *das Ende Jean-Jacques Rousseaus* – »Narrenweisheit oder Tod und Verklärung des Jean-Jacques Rousseau« wurde 1952 von der Frankfurter Verlagsanstalt herausgebracht.

303 *»Tod Voltaires«* – S. die letzte Anm. zu Brief 259.

»Odysseus« in Scheria – In Feuchtwangers 1947 entstandener Erzählung »Odysseus und die Schweine oder Das Unbehagen an der Kultur« besucht Odysseus »das Land Scheria, die lachende Insel der Phäaken«. (Vgl. die letzte Anm. zu Brief 202.)

das Frau-Timme-Kapitel – Eine Überarbeitung des vierten Kapitels im Sechsten Buch des »Beils von Wandsbek«, »Frau Timme verabschiedet sich«.

meines kleinen Huppert-Buches von 1946 – S. Brief 198 und die vierte Anm. dazu.

Steinitz-Roman – »Rechts oder Links«; s. die sechste Anm. zu Brief 281.

»Über den Nebeln« – Die »Tatra-Novelle« entstand 1936 und wurde 1949 überarbeitet. Unter dem Titel »Abschied vom Frieden. Eine Tatra-Novelle« erschien sie 1949 in Fortsetzungen im »Sonntag« (Nr. 12–26) und unter dem Titel »Über den Nebeln« 1950 im Mitteldeutschen Verlag, Halle.

»Allerleirauh« ... »Gerufene Schatten« – »Allerleirauh« erschien im Aufbau-Verlag, Berlin 1949, »Stufen« im Alfred Kantorowicz Verlag, Berlin 1949, »Frühe Fährten« (J. M. Späth Verlag, Berlin 1925) erschien 1949 neu im Mitteldeutschen Verlag, Halle. »Pont und Anna« (1928 von Kiepenheuer in Potsdam zuerst herausgegeben) erschien 1949 im Alfred Kantorowicz Verlag, Berlin. »Der Spiegel des großen Kaisers« (zuerst 1926 im Kiepenheuer-Verlag, Potsdam, herausgebracht) erschien 1949 überarbeitet im Verlag Philipp Reclam, Leipzig. »Gerufene Schatten« (vier Erzählungen, erschienen 1923 im Tillgner Verlag, Berlin, und 1926 in Reclams Universalbibliothek) wurde in leicht veränderter Zusammenstellung bei Reclam, Leipzig 1948, neu aufgelegt.

»Die Bestie« – Die Novelle erschien 1914 bei Albert Langen, München. Als Lion und Marta Feuchtwanger Zweig 1922 in München kennenlernten, wollte Marta Feuchtwanger wissen, ob das der Mann der »Bestie« sei. Sie schätzten die Novelle sehr. (S. auch Brief 141).

»Gesang aus dem Abgrund« – Es wurde eine längere Erzählung, die Rütten & Loening 1952 in Berlin unter dem Titel »Westlandsaga« herausbrachte.

verheert [?] – Der Brief ist an dieser Stelle beschädigt.

305 *»Beil«-Film* – S. die zweite Anm. zu Brief 266.

305 *Brecht-Premiere der »Mutter«* – Die erste Vorstellung fand am 12. Januar im Berliner Ensemble statt.
Helli – Helene Weigel.
»Pep« – »Pep. J. L. Wetcheeks amerikanisches Liederbuch«. Die satirischen Gedichte auf den homo americanisatus (nicht homo americanus) entstanden 1924–1928 und erschienen 1928 im Kiepenheuer-Verlag, Potsdam. Feuchtwanger widmete sie dem Verfasser von »Babbitt«, Sinclair Lewis.
Amerika-Zeitschrift – Georg Friedrich Alexan gab die Monatsschrift »USA in Wort und Bild« 1950–1954 in Berlin heraus.

306 *Print* – (engl.) Kopie.
»Goya« – Der englische Titel lautet »This Is the Hour« (engl.: Dies ist die Stunde). Die Viking Press, New York, brachte den Band 1951 heraus.

307 *dem ... Neuen Verlag* – Bei ihm erschien 1947 »Das Beil von Wandsbek«.
Neuauflage von »Erfolg« – S. die achte Anm. zu Brief 277. Das Foto ist ein selten abgedrucktes Bild des jungen Feuchtwanger.
snapshot – (engl.) Schnappschuß.

309 *dieses holzfreie Papier* – Die Bogen sind gekennzeichnet mit »Deutsche Demokratische Republik. Der Präsident«.
Highbrowstil – S. die erste Anm. zu Brief 290.
Kautskys Buch – Karl Kautsky, »Der Ursprung des Christentums. Eine historische Untersuchung«, Stuttgart 1910. (In Zweigs Bibliothek vorhanden.)
die große Kundgebung – Vom 20. bis zum 25. Februar 1951 fand in Berlin ein Kongreß des Weltfriedensrates für »ein wiedervereintes, friedliebendes, entmilitarisiertes Deutschland« statt. Am 24. hielt Wilhelm Pieck das Hauptreferat. Der Kongreß endete am 25. Februar mit einer Massenversammlung im Friedrichstadt-Palast.
Klump [?] – Das Wortende ist durch Lochung vernichtet.
theoretisierend – anhand eines Artikels über Hans von Marées' Malwerk: »Aufräumungsarbeiten des Geistes« (»Sinn und Form«, Heft 1, 1951).
[Beilage:] – Eine vorgedruckte Einladung, in die der Name eingetragen ist. Die Texte in Klammern, die Fußnote und das Postkript sind von Zweig handschriftlich hinzugefügt.
griechische Kollegin – Melpo Axioti; ihr Buch »Tränen und Marmor« erschien 1949 im Verlag Volk und Welt, Berlin, mit einem Vorwort von Anna Seghers.

311 *Foto ... repräsentativ* – Aufnahme bei der Landesfriedenskonferenz Nordrhein-Westfalen in Düsseldorf, 22. September 1950.

312 *Brecht/Dessaus Oper »Lukullus«* – Am 17. März 1951 fand in der Berliner Staatsoper eine Probeaufführung der von Paul Dessau komponierten Oper »Das Verhör des Lukullus« (nach einem Text von Brecht) statt. Im »Neuen Deutschland« wurde dazu heftige Kritik, u. a. wegen pazifistischer Deutungsmöglichkeit, geübt, die Brecht und Dessau teilweise akzeptierten. Die von Brecht und Dessau überarbeitete Fassung trägt den Titel »Die Verurteilung des Lukullus« (Aufführung am 12. Oktober 1951 in der Staatsoper). S. auch Brief 433.

story eines amerikanischen Kriegsfilms – Zweig gebrauchte den Titel »Bastogne 1945 oder Blaue Nelken für Mama«. Sein Vorschlag wurde nicht realisiert. S. Briefe 313 und 315.

ATS – S. die neunte Anm. zu Brief 154.

Palästinenserin – Gemeint ist eine jüdische Palästinenserin.

Außenministerkonferenz – Die betreffende Konferenz endete ergebnislos.

»Rechts oder Links« – S. die sechste Anm. zu Brief 281.

»Si vis pacem« – Gemeint ist der seit 1928/29 geplante (und begonnene) Roman »Aufmarsch der Jugend«, den Zweig um 1949 vorübergehend in »Si vis pacem« (lat: Wenn du den Frieden willst ...) und »Dienstbereitschaft« aufzuteilen plante. 1957 wurde schließlich der Anfangsroman unter dem Titel »Die Zeit ist reif« veröffentlicht. Vgl. Brief 411 und die zweite Anm. dazu.

Tommys – Thomas Manns.

Rousseau – S. die dritte Anm. zu Brief 317.

313 *Wedekind-Ausgabe eine Einleitung* – S. Brief 317 und die zweite Anm. dazu.

»Bastogne 1945« – S. die zweite Anm. zu Brief 312.

314 *»Blaue Nelken für Mama«* – S. die zweite Anm. zu Brief 312.

Klaus Mann oder Raffi Reich – Klaus Mann nahm sich am 22. Mai 1949 das Leben. Der Neffe Feuchtwangers, Raphael Ohad, Sohn der Schwester Henny, sagte sich von seinen Eltern los. Er starb 1948.

Don't talk about – (engl.) Sprechen wir nicht davon!

80. Geburtstagsfeier von Heinrich Mann – Als Präsident der Deutschen Akademie der Künste hielt Zweig am 27. März 1951 bei Eröffnung einer Ausstellung die Gedenkrede für Heinrich Mann.

Thomassens – Thomas Manns.

315 *Filmentwurf* – S. die zweite Anm. zu Brief 312.

316 *Aufsatz zu Bechers 60. Geb[urt]stag* – S. die Anm. zu Brief 300.

nichtstefanisch – nichts mit Stefan Zweig zu tun habend.

Sie statt Th. Ms. – S. die dritte Anm. zu Brief 332.

316 *Juropp* – phonetisch für Europe: (engl.) Europa.

317 *»Blaue Nelken«* – S. die zweite Anm. zu Brief 312.

Essay über Wedekind – Die Einleitung der Wedekind-Ausgabe »Five Tragedies of Sex«, die der Verlag Vision Press 1952 in London herausbrachte. Als Tilly Wedekind das Buch 1958 bekam, schrieb sie Feuchtwanger am 20. November: »Für dieses Vorwort möchte ich Ihnen danken! es ist mit soviel Verständnis und Verehrung für Frank Wedekind geschrieben – es ist wohl das erste Mal, daß Wedekind in englischer Sprache soviel Anerkennung findet.«

Die deutsche Ausgabe – Der endgültige Titel lautet »Narrenweisheit oder Tod und Verklärung des Jean-Jacques Rousseau« in der Ausgabe der Frankfurter Verlagsanstalt, 1952.

»'Tis Folly to Be Wise« – (engl.) Es ist töricht, weise zu sein. Worte des englischen Dichters Thomas Gray aus: »Ode on a Distant Prospect of Eton College« (engl.: Ode auf eine entfernte Ansicht der Eton-Schule).

Thomas Manns neuer kleiner Roman – »Der Erwählte« erschien 1951 im S. Fischer Verlag, Frankfurt a. M.

Chansons de Geste – Epische Vortragsdichtung des französischen Mittelalters.

318 *Kapitel von »Aufmarsch der Jugend«* – Das Kapitel erschien weder hier noch (wie Brief 333 korrigiert) in der Zeitschrift »Vogue«, sondern in: »Der Monat«, Prag, Heft 10, 1933/34.

Latein des Vegez – Die Redensart »Si vis pacem, para bellum« (lat.: Wenn du den Frieden willst, rüste zum Krieg) wird auf Worte von Vegetius, dem Verfasser eines Handbuches des Militärwesens um 400 u. Z., zurückgeführt.

Gottsched, Bodmer und Breitinger – Kontrahenten im Streit um die aufklärerische Literaturästhetik des achtzehnten Jahrhunderts. Bodmer und Breitinger räumten der Phantasie mehr Raum ein als der rationalistische Gottsched. Zweig denkt hier an die Formalismus-Debatten in der DDR, die ein Durchgangsstadium bei der Entwicklung einer Ästhetik des sozialistischen Realismus waren.

broiges – (jiddisch) gekränkt, verärgert.

Ostrowskis Kabanowa – Die reiche Kaufmannswitwe in Alexander Nikolajewitsch Ostrowskis Schauspiel »Gewitter«; die russische Erstaufführung fand 1861 in Moskau statt.

319 *Konzipierung Ihres Buches* – Vgl. die sechste Anm. zu Brief 281.

Hochstapler Krull – Thomas Mann hatte 1910 mit der Niederschrift begonnen und 1922 die ersten neun Kapitel unter dem Titel »Bekenntnisse des Hochstaplers Felix Krull. Buch der Kindheit«

veröffentlicht. 1954 erschien das erweiterte Fragment als »Der Memoiren erster Teil« im S. Fischer Verlag, Frankfurt a. M.

319 *Die Wiener Zeitung »Das Tagebuch«* – Lion Feuchtwanger, »Der Hofmaler Goya«, in: »Das Tagebuch«, Heft 7, 31. März 1951.

320 *pocket editions* – (engl.) Taschenbuchausgaben. Feuchtwangers Romane sind wiederholt in Taschenausgaben erschienen.

Sunday »New York Times« ... »Saturday Review ...« – Thomas Caldecot Chubb schrieb »The Painter and the Duchess« (Der Maler und die Herzogin) in: »New York Times Book Review«, 20. Mai 1951, und Herschell Brickell »A Painter and His Duchess« in: »Saturday Review of Literature«, 19. Mai 1951.

Longfellows braves Epos »Hiawatha« – Hinweise auf die 1855 entstandene Verserzählung »The Song of Hiawatha« in den folgenden »Goya«-Rezensionen: Gouverneur Paulding, »An Exciting Novel Full of the Violent Passions of Goya's Paintings«, in: »New York Herald Tribune Book Review«, 20. Mai 1951; Orville Prescott in: »Books of the Times«, 22. Mai 1951; Thomas B. Sherman, »Reading and Writing: Goya's Romance with the Duchess of Alba«, in: »St. Louis Post-Dispatch«, 27. Mai 1951.

Kalevala – Nationalepos der Finnen. Das Land der Söhne des mythischen Helden Kaleva ist Finnland.

321 *Zusammentreffen* – Der Erste Deutsche Kulturkongreß in Leipzig vom 16. bis zum 18. Mai 1951. Zweig gehörte dem Präsidium an und hielt am 16. Mai eine Diskussionsrede. Ein gedrucktes Protokoll (Auszug), das auch Zweigs Rede enthält, befindet sich im Arnold-Zweig-Archiv.

Brecht ... öffentliche Rede – Vgl. »Einige Bemerkungen über mein Fach. Rede auf dem gesamtdeutschen Kulturkongreß« (Mai 1951 in Leipzig), in: Brecht, »Schriften zum Theater«, Band 6, Aufbau-Verlag Berlin und Weimar 1964.

»Lukullus« – S. die erste Anm. zu Brief 312.

die Maja-Seite – »Die nackte Maja« und »Die bekleidete Maja« sind die bekanntesten und am häufigsten abgebildeten Gemälde Goyas.

»Desastres« – Goyas Radierfolge »Los desastres de la guerra« (span.: Die Schrecken des Krieges), entstanden 1810–1820.

»Jud Süß« oder »Der jüdische Krieg« – Der Neue Verlag brachte 1950 eine Neuausgabe von »Jud Süß« heraus, im Greifenverlag erschien 1951 der Roman »Der Jüdische Krieg«.

Frankfurter Hefte – Die Zeitschrift wurde 1946 von Eugen Kogon und Walter Dirks gegründet. (Zur Verbindung mit dem Neuen Verlag s. die fünfte Anm. zu Brief 148.)

321 *das erste Kapitel ... Durchsicht der »Dame«* – S. die erste Anm. zu Brief 318.

322 *»Weltbühne«* – Richard Drews schrieb wohlwollend von Walter Dirks und der Zeitschrift »Frankfurter Hefte« in »Walter Dirks macht eine Röntgenaufnahme des Westens« (»Weltbühne«, Nr. 10, Berlin 1951).

323 *Spaltung des deutschen PEN-Zentrums* – 1934 war in London ein durch Emigranten gebildeter PEN-Klub Deutscher Autoren neu entstanden. Nach dem Krieg wurde 1949 das Deutsche PEN-Zentrum in Göttingen neu gegründet. Auf Grund politisch-ideologischer Gegensätze spaltete sich davon 1951 das Deutsche PEN-Zentrum der Bundesrepublik ab, das 1952 anerkannt wurde, mit Sitz in Darmstadt (seit 1972 PEN-Zentrum der Bundesrepublik Deutschland). Dem Deutschen PEN-Zentrum Ost und West gehörten zunächst weiterhin Schriftsteller aus beiden deutschen Staaten an. (Vgl. Brief 334.) Seit 1967 nennt es sich PEN-Zentrum Deutsche Demokratische Republik.

nach New York 39 – Zweig war im Frühjahr 1939 zum Internationalen PEN-Kongreß in New York. (Vgl. die achte Anm. zu Brief 106.)

1937 or so in Palestine – (engl.) um 1937 in Palästina.

wait and see – (engl.) abwarten.

Mike – (engl.) Abkürzung für Michael.

325 *Angriffe auf meinen Anti-Katholizismus* – In Provinzblättern; z. B. M. J. H., »This Is the Hour«, in: »Lewiston Sun«, 5. Juni 1951; Dennis B. McCarthy, »This Is the Hour«, in: »Best Sellers«, Scranton, 1. Juni 1951; Ted Hallock, »What's Goya Doing?«, in: »Portland Journal«, 3. Juni 1951.

die Frankfurter – Die Frankfurter Verlagsanstalt (in die der Neue Verlag aufging).

326 *Joint* – American Joint Distribution Committee: (engl.) Gemeinsamer Amerikanischer Verteilungsausschuß. Schon 1914 für Kriegsopfer gegründet, wurde er später zur Zentralorganisation jüdischer Wohlfahrtsverbände.

Weizmannkreis – Zionistischer Kreis um Chaim Weizmann, bis 1952 Präsident Israels, der eine gemäßigte Politik, eine Synthese von politischem Zionismus und jüdischer Kultur forderte.

charming people – (engl.) charmante Menschen.

»Beil«-Film – S. die zweite Anm. zu Brief 266, vgl. Brief 327 und die fünfte Anm. dazu.

Hanns Eisler und unsere bildenden Künstler – Vgl. die dritte Anm. zu Brief 318.

326 *»Schicksalswende«* – Der Aufbau-Verlag brachte den Band »Schicksalswende. Beiträge zu einer neuen deutschen Ideologie« 1948 heraus. Der Titel des vierzig Seiten langen Kapitels über Zweig lautet »Arnold Zweigs Romanzyklus über den imperialistischen Krieg 1914–1918«.

327 *Festival* – Zweig veröffentlichte als Präsident der Akademie der Künste für die III. Weltfestspiele der Jugend und Studenten im Sommer 1951 in Berlin eine Begrüßung (Sonderblatt in: »Sinn und Form«, Nr. 2, 1951).

Stars and Stripes – (engl.) Sterne und Streifen: die USA-Flagge (Sternenbanner).

»Jud Süß« – Nach der Neuausgabe von 1952 in der Frankfurter Verlagsanstalt wurde der Roman 1953 vom Verlag Bürgers Taschenbücher, Darmstadt, und erst 1954 in der DDR vom Greifenverlag, Rudolstadt, herausgebracht.

Ministerpräsident – Otto Grotewohl.

aus dem Verkehr gezogen – Der Film wurde 1962 (mit geändertem Schluß) wieder gezeigt.

Szenario einer neuen Arbeit – »Die Feuerpause«; s. Brief 333 und die erste Anm. dazu.

Kutschers Wedekind-Biographie – Artur Kutscher, »Frank Wedekind. Sein Leben und seine Werke«, 3 Bände, München, G. Müller 1922–1931.

328 *von katholischer Seite* – S. Brief 325 und die erste Anm.; s. Brief 329.

330 *Erezel* – Verkleinerungsform zu Erez: (hebr.) Heimatland. (Vgl. die dritte Anm. zu Brief 241.)

»Ein griechischer Junge« – Zweig dachte vorübergehend daran, dies als Obertitel für »Traum ist teuer« zu verwenden.

»Gesang aus dem Abgrund« (»Ein Wendepunkt«) – Der Titel wurde »Westlandsaga« (s. die letzte Anm. zu Brief 433).

Amt für Kunst – Gemeint ist die Staatliche Kommission für Kunstangelegenheiten, deren Funktionen 1954 das neu gebildete Ministerium für Kultur unter Johannes R. Becher übernahm.

»Living Thoughts« – »The Living Thoughts of Spinoza«, Presented by Arnold Zweig, New York, Longmans, Green and Company, 1939; »The Living Thoughts of Nietzsche«, Presented by Heinrich Mann, Philadelphia, David MacKay Company 1939.

Oper – »Die Heilung«, der Entwurf einer Oper in vier Akten, die von der Friedensverantwortung der Wissenschaftler handelt. (Manuskript im Arnold-Zweig-Archiv, Berlin.)

Marxes und Engels' »kleinere« Arbeiten – Karl Marx, »Der achtzehnte Brumaire des Louis Bonaparte« (1852), »Die Klassenkämpfe in

Frankreich 1848–1850« (1850); Friedrich Engels, »Der deutsche Bauernkrieg« (1850), »Zur Wohnungsfrage« (1873).

331 *der englischen und der italienischen Übersetzung* – Die englische Übersetzung brachte Julian Messner 1953 in New York und Hutchinson 1954 in London heraus. Die italienische Ausgabe erschien bei Aldo Garzanti 1953 in Mailand.

332 *Foto* – vom Sommer 1951 im Gespräch mit Studenten während des Festivals.

»Goya« – Der Roman wurde 1952 auch vom Europäischen Buchklub in Stuttgart herausgebracht. Calmann-Levy brachte die französische Übersetzung 1953 in Paris heraus.

Thomas Mann – Er war von Mitte Juli bis Ende September 1951 in Europa.

333 *»Frage und Antwort«* – Der endgültige Titel ist »Die Feuerpause«. Der Roman wurde 1954 vom Aufbau-Verlag herausgebracht.

Zitat der Leninschen Friedensbotschaft – Nach der Umarbeitung steht Lenins »Dekret über den Frieden« im vorletzten Kapitel: »Die Arbeiter- und Bauernregierung, die durch die Revolution vom 14.–15. Oktober geschaffen wurde … schlägt allen kriegführenden Völkern und ihren Regierungen vor, sofort Verhandlungen über einen gerechten demokratischen Frieden zu beginnen … und unverzüglich einen solchen Frieden zu schließen … durch die bevollmächtigten Versammlungen der Volksvertreter aller Länder und aller Nationen.« (Die Auslassungspunkte sind von Zweig.)

des »Spiels vom Sergeanten Grischa« – Die Uraufführung unter Granowskys Regie fand 1930 in Berlin statt. Vgl. zur Überarbeitung Zweigs »Kroysing. Versuch eines Nachworts«, in: »Sinn und Form«, Nr. 6, 1951.

»Vogue« – S. die erste Anm. zu Brief 318.

»De Vriendt« – Der Greifenverlag brachte die nächste Ausgabe 1956 in Rudolstadt heraus.

»Gesammelte Novellen« – Es erschienen 2 Bände »Ausgewählte Novellen«; Band 1 (»Der Elfenbeinfächer«) kam 1952 und Band 2 (»Der Regenbogen«) 1955 im Aufbau-Verlag heraus.

334 *Sekretärin* – Ilse Frank (Ilse Lange).

»Arrival nicest Christmas gift« – (engl.) Ankunft das schönste Weihnachtsgeschenk.

der … reguläre deutsche PEN-Club – S. die erste Anm. zu Brief 323.

struggle – (engl.) Kampf, Mühe.

Versteigerung des H.-Mannschen Nachlasses – Im Mai 1951 übergab die Tochter Heinrich Manns, Leonie, Teile des Nachlasses und die Bibliothek ihres Vaters der Akademie der Künste in der DDR.

Feuchtwanger ließ der Akademie aus Kalifornien zukommen, was Heinrich Mann bei ihm hinterlassen hatte. Im Jahr 1956 kaufte die Akademie den in Frankreich erhaltenen Teil des Nachlasses.

334 *Jam* – Miriam Zweig.

335 *»Josephus«* – Der Greifenverlag brachte die Trilogie 1951 heraus.

Westberlin ... Rezensionen – Um welche Rezensionen es sich handelt, ist nicht festzustellen. Im Feuchtwanger-Archiv befinden sich siebenundzwanzig »Goya«-Rezensionen. Darunter sind keine, die man als gehässig charakterisieren könnte.

336 *Novellen* – S. die letzte Anm. zu Brief 333.

Gogolfeier – Die Feier fand am Todestag Gogols, dem 4. März, in Moskau statt.

Jaltakonferenz – Auf der Konferenz von Jalta (4.–11. Februar 1945) zwischen der Sowjetunion (Stalin), den USA (Roosevelt) und Großbritannien (Churchill) wurden die wichtigsten Folgemaßnahmen nach der endgültigen Niederwerfung Hitlerdeutschlands festgelegt.

WOKS-Leute – WOKS: Russische Abkürzung von: Allunionsgesellschaft für kulturelle Verbindung mit dem Ausland (besteht seit 1925).

somewhere ... – (engl.) irgendwo in Europa.

337 *Erfahrung der UdSSR* – Vgl. Zweigs »Sowjetisches Tagebuch 1952«, ein Bericht über den Aufenthalt von Ende Februar bis Ende April, in: Sonderheft »Arnold Zweig« von »Sinn und Form«, 1952.

illegale Ausgabe von »Buddenbrooks« – In der Standard-Bibliographie der Werke Thomas Manns von Hans Bürgin (»Das Werk Thomas Manns«, Akademie-Verlag, Berlin 1959) heißt die Ausgabe des Aufbau-Verlags von 1952 Lizenzausgabe.

des Vertrages ... über das »Beil« – S. Brief 338.

Thomas Mann nach dem Tessin – Thomas Mann mietete 1952 in Erlenbach bei Zürich ein Haus und kaufte 1954 eins in Kilchberg am Zürichsee.

338 *tief im brechenden Eis* – in der Arbeit an »Das Eis bricht« (Fragment). S. Brief 336.

»Die Füchse im Weinberg« – Die Ausgabe des Aufbau-Verlags kam 1952 heraus.

»Devil in Boston« – S. die zweite Anm. zu Brief 248.

339 *die Dinge so sehr verändert* – Am 26. Mai 1952 wurde in Bonn von Frankreich, Großbritannien, den USA und der BRD der Generalvertrag unterzeichnet. Er löste für die BRD das Besatzungsstatut vom 12. Mai 1949 ab. Am 27. Mai wurden in Paris zwischen Frank-

reich, Italien, der BRD und den Beneluxstaaten Verträge über die Bildung einer Europäischen Verteidigungsgemeinschaft (EVG) unterzeichnet zur Bildung einer »Europaarmee«, die der NATO unterstellt werden konnte. Da Frankreich diese Verträge später nicht ratifizierte, traten 1954 die »Pariser Verträge« an die Stelle der EVG.

339 *Nietzsche-Manuskript* – Vgl. die fünfte Anm. zu Brief 330.

340 *»Die Heilung«* – Zweig überließ den Text dem Komponisten Ernst Hermann Meyer im August 1951. Zu einer Zusammenarbeit kam es jedoch nicht. Auch mit Alan Bush sprach und korrespondierte Zweig im Sommer 1952 wegen einer möglichen Verwendung des Stoffes für ein Hörspiel. Er übergab den Text jedoch nicht an Bush, weil er noch daran arbeiten wollte. (S. auch die sechste Anm. zu Brief 330.)

»Frage und Antwort« – S. die erste Anm. zu Brief 333.

Nizza – Vgl. Brief 334.

341 *der 3. Deutsche Schriftstellerkongreß* – Kongreß des Schriftstellerverbandes der DDR in Berlin.

»Erziehung« – Das Diktierte wurde von der damaligen Sekretärin fehlerhaft abgeschrieben. Lion und Marta Feuchtwanger halfen Zweig, der zu der Zeit schon schlecht sah, beim Korrigieren des Manuskriptes.

Zeitungsausschnitte – Sie befinden sich nicht im Feuchtwanger-Archiv.

Kampf der Parteien – Zweig bezieht sich auf verschiedene politische Richtungen in der Französischen Revolution, von den Girondisten, die für eine kapitalistische Wirtschaft eintraten, bis zu dem Radikalen François Babeuf, der die Sozialisierung der Produktionsmittel anstrebte.

bei dem Aufsatz – Lion Feuchtwanger, »Zum fünfundsechzigsten Geburtstag Arnold Zweigs«, in: Sonderheft »Arnold Zweig« von »Sinn und Form«, 1952.

»erkläret mir, Graf Örindur ...« – Sprichwörtlich nach Adolf Müllners Schicksalstragödie »Die Schuld«, 1813: »[...] erklärt mir, Örindur, / Diesen Zwiespalt der Natur!« Meist folgendermaßen zitiert: »Erkläret mir, Graf Örindur, / Diesen Zwiespalt der Natur.« (Zum Titel s. die letzte Anm. zu Brief 278.)

342 *»Goya« wie »Füchse im Weinberg«* – »Goya« wurde 1951 vom Neuen Verlag sowie von der Frankfurter Verlagsanstalt, Frankfurt a. M., und von der Ex Libris Buchgemeinschaft, Zürich, herausgebracht, 1952 vom Europäischen Buchklub, Stuttgart, und 1952 und 1953 vom Greifenverlag, Rudolstadt. »Die Füchse im Weinberg« erschien

1952 und in den vier folgenden Jahren im Aufbau-Verlag. 1953 wurde eine zweibändige Ausgabe von der Frankfurter Verlagsanstalt herausgebracht.

342 *Vorrede* – Die Vorrede wurde in der Aufbau-Ausgabe von 1952 ein »Nachwort des Autors«. Feuchtwanger bezieht sich auf die Mißverständnisse, die sich im »Nowy Mir«-Artikel widerspiegelten (s. die siebente Anm. zu Brief 267).

343 *eine Freundin der Lou* – Zweig verbrachte einen kurzen Urlaub im Hotel Raxblick bei Edlach in Österreich; die Freundin von Louise Eisler war Hilde Glück, eine Wienerin.

»Westlandsaga« – S. die dritte Anm. zu Brief 330.

»Cervantes« von Bruno Frank – Der Henschelverlag, Berlin, brachte bereits 1951 eine neue Ausgabe des Romans heraus, der zuerst 1934 bei Querido erschien.

»Es war nicht immer Liebe« – Der Roman von Louise Eisler wurde nicht veröffentlicht.

»Liaisons Dangereuses« – »Les liaisons dangereuses« von Pierre-Ambroise-François Choderlos de Laclos erschien 1782. Von Heinrich Mann kam 1905 eine deutsche Übersetzung heraus (»Schlimme Liebschaften«).

344 *Geburtstagsartikel* – S. die fünfte Anm. zu Brief 341.

Hilde – Hilde Waldo.

amerikanischer Professor – Stanley R. Townsend, Germanist an der University of Southern California.

zu einem andern Verlag – Julian Messner, Filiale von Simon und Schuster, New York.

Neuausgabe von ... vier meiner Bücher – Es erschienen »Jud Süß«, die »Josephus«-Trilogie in einem Band, »Waffen für Amerika« – die Ausgabe kam 1953 heraus – und »Narrenweisheit oder Tod und Verklärung des Jean-Jacques Rousseau«.

345 *Ordinarius* – Leopold Magon.

Doktorarbeit – Wolfgang Berndt, »Die frühen historischen Romane Lion Feuchtwangers«, Humboldt Universität, Berlin 1953.

346 *Prosa [?]* – Das Wort ist durch Lochung des Briefes nicht eindeutig zu entziffern.

»Schlesische Novelle« – Die Novelle entstand 1932 und wurde 1933 vom Querido-Verlag in dem Erzählungsband »Spielzeug der Zeit« herausgebracht. In Band 2 der »Novellen« (»Ausgewählte Werke in Einzelausgaben«, Band 16, 1961) lautet der Titel »Der Schutzgeist«.

»Klopfers« – Die erste Fassung vom Jahr 1911 heißt »Aufzeichnungen über eine Familie Klopfer«. Unter diesem Titel erschien sie in

dem Erzählungsband »Stufen« 1949 im Alfred Kantorowicz Verlag, Berlin. Der Insel-Verlag brachte »Die Familie Klopfer« 1952 in Leipzig heraus.

346 *Ehrendoktor* – S. die neunte Anm. zu Brief 354.

anläßlich Mynheer Peeperkorns – Zu Pieter Peeperkorn, der Porträt-Phantasie auf Gerhart Hauptmann im »Zauberberg«, vgl. den hier erwähnten Brief Thomas Manns vom 11. April 1925 an Hauptmann; er erschien erstmals in »Sinn und Form«, Nr. 6, 1952.

Sammelband von Novellen – Vgl. die sechste Anm. zu Brief 333.

sowjetisches Tagebuch – S. die erste Anm. zu Brief 337.

die Juden weggelassen – In Feuchtwangers »Goya« werden auf den Anfangsseiten zwar die Araber, aber sonst nur »die Völker Spaniens« erwähnt.

348 *Roman der Seghers* – »Die Toten bleiben jung«.

349 *Nationalpreis* – S. Brief 367 und die erste Anm. dazu.

350 *Kittel oder Knittel* – Robert Knittel.

Wiener Kongreß – S. die fünfte Anm. zu Brief 354.

351 *meines offiziellen Glückwunsches* – S. die fünfte Anm. zu Brief 341.

352 *»Von Herzen – möge es zu Herzen gehen!«* – Über dem »Kyrie« von Beethovens »Missa Solemnis« steht »Von Herzen – möge es wieder – zu Herzen gehen!«

»Winterballade 41« – Bechers Tragödie »Winterschlacht« wurde am 9. November 1952 unter Emil František Burian in Prag uraufgeführt.

354 *uns in Sanary ... verabschiedeten* – Es war im Herbst des Jahres 1933.

die vier unvollendeten Romane – Nach 1952 erschienen »Die Feuerpause« (zunächst unter dem Titel »Frage und Antwort« geplant, 1954) und »Die Zeit ist reif« (1957). »Das Eis bricht« und »In eine bessere Zeit« blieben unvollendet.

Zwei weit gediehene – Offenbar denkt Zweig an »Traum ist teuer« (1962) und den unvollendeten Steinitz-Roman »Rechts oder Links«.

»Jahresringe« – Erschienen als Band 14 der »Ausgewählten Werke in Einzelausgaben« (Berlin 1964).

Wiener Kongreß – Der Völkerkongreß für den Frieden fand vom 12. bis zum 19. Dezember 1952 in Wien statt. (S. die Anm. zu Brief 293.)

Zikadenweg 59 – Es handelt sich um Zweigs ehemaliges Berliner Wohnhaus; die Entschädigung erfolgte später über Adam Zweig.

Mahlerstr. – Nachdem bürokratische Hemmnisse bewältigt waren, gelang es Lion und Marta Feuchtwanger, eine Entschädigung zu bekommen.

354 *Brahms 51, 1* – Opus 51, I, das erste der »Zwei Quartette« für zwei Violinen, Bratsche und Violoncello in c-Moll: »Romanze« (1873).
Überreichung des Ehrendoktordiploms – Die Philosophische Fakultät der Universität Leipzig verlieh Zweig am 10. November 1952 den Titel »Philosophiae Doctor, Honoris Causa«.
die Rosenbergs – Am 29. November 1952 appellierte Zweig brieflich an den amerikanischen PEN-Klub, sich für die Rettung des amerikanischen Ehepaares einzusetzen. Der Brief »Rettet die Rosenbergs!« ist im zweiten Band »Essays« (1962) abgedruckt (»Ausgewählte Werke in Einzelausgaben«, Band 16).
»Ein Sou« – Die Geschichte entstand während der Arbeit am Roman »Die Feuerpause« und wurde 1949 im Band »Frühe Fährten« vom Mitteldeutschen Verlag in Halle veröffentlicht.
Band von long-short stories – Eine amerikanische Ausgabe der Novellen kam nicht zustande.
Rezension der »Josephus«-Trilogie in der »Berliner Zeitung« – Sabine Brandt, »Der Tag wird kommen ... Zu Lion Feuchtwangers Romantrilogie um den Jüdischen Krieg« (»Berliner Zeitung«, 5. November 1952).
Referentin unserer Abteilung Dichtkunst und Sprachpflege – Annemarie Auer.
Sonderdruck »Arnold Zweig« – »Arnold Zweig zum 65. Geburtstag. 10. November 1952«, Aufbau-Verlag, Berlin 1952 (eine Sammlung von Aufsätzen und Grüßen der Freunde, darunter auch Feuchtwangers Artikel; Prachtband in 100 Exemplaren).
Diese Reproduktion – Das folgende Gedicht ist ein Faksimile-Handschriftdruck.
355 *Skulptur von Seitz* – In: »Aufbau«, Heft 11, 1952.
356 *[Beilage:]* – Der Brief wurde in der Zeitschrift »Heute und Morgen«, Heft 2, 1953, unter dem Titel »Arnold Zweig an Lion Feuchtwanger« veröffentlicht.
die reizende Schreiberin – Tilly Bergner.
Wiedergutmachungsakt von 1953 – Der Wortlaut ist: »Universität München [...] verleiht [...] Herrn Lion Feuchtwanger aus München erneut den Grad eines Doktors der Philosophie (doctor philosophiae), der ihm im Jahre 1933 entzogen worden ist [...] München, den 21. November 1952.«
boardinghouses – (engl.) eigtl. Pensionen. Zweig meint wohl Appartementhäuser.
357 *»Ungnade« ... »Progrome«* – S. Brief 358 und die vierte und siebente Anm. dazu.
»Tagebuch« – S. Brief 337 und die erste Anm. dazu.

357 *Abriß der Geschichte Palästinas* – »Skizzen zur Geschichte des Landes Israel«, in: »Sinn und Form«, Sonderheft »Arnold Zweig«, 1952. (Sie führen nur bis in das 2. Jahrhundert v. u. Z. Im Arnold-Zweig-Archiv sind weitere Skripten zu dieser Thematik erhalten.)

»Hundert Gedichte« – Der Auswahlband »Hundert Gedichte 1918–1950«, den der Aufbau-Verlag 1951 herausbrachte, hatte zahlreiche Nachauflagen.

Promotion – S. die Beilage zu Brief 356.

358 *VVN-Zeitung »Die Tat«* – Der zweite Teil des Briefes 358, der Artikel in Form eines Briefes, erschien nicht in der Zeitung der Vereinigung der Verfolgten des Naziregimes »Die Tat«.

HO – Abkürzung für die seit 1948 bestehende Handelsorganisation (des volkseigenen Einzelhandels).

Becher nach Moskau – Stalin-Friedenspreise wurden seit dem siebzigsten Geburtstag Stalins am 21. Dezember 1949 verliehen. Becher erhielt den Preis 1952.

Angelegenheit der neun jüdischen Ärzte – Am 13. Januar 1953 brachte die »Prawda«, Moskau, einen Bericht über ein angeblich zionistisches Komplott jüdischer Ärzte in der Sowjetunion. Nach dem Tod Stalins (5. März 1953) wurden in der Nummer vom 6. April in der »Prawda« die Anschuldigungen als Verleumdungen gekennzeichnet.

Faustdichtung von Hanns Eisler – 1952 erschien im Aufbau-Verlag Hanns Eislers Libretto zu der von ihm geplanten Oper »Johann Faustus«. Das Buch löste so heftige Kritik aus, daß Eisler die Komposition aufgab. Ein Textausschnitt erschien in »Sinn und Form«, Nr. 6, 1952. (Vgl. auch die zweite Anm. zu Brief 363.)

Ernst Fischers Lobgesang – »Doktor Faustus und der deutsche Bauernkrieg«, in: »Sinn und Form«, Nr. 6, 1952.

... Anklagewellen unseres Antisemitismus wegen – In Prag wurden Rudolf Slánský und andere am 27. November 1952, u. a. auch unter der Anschuldigung des Zionismus, zum Tode verurteilt. (1963 wurde er rehabilitiert.) Mit den Vorgängen in Moskau sind die Beschuldigungen gegen die jüdischen Ärzte gemeint.

glänzende Waffentaten gegen einen viel stärkeren Feind ... verkappte Rotarmisten – Zum ersten arabisch-israelischen Krieg vgl. die ersten Anm. zu den Briefen 228 und 242. Der Illusion einer möglichen sozialismus-freundlichen Entwicklung in Israel neigte um 1950 nicht nur Zweig zu.

360 *Gerüchtoffensiven* – S. Brief 358 und die vierte und siebente Anm. dazu.

Sekretärin – Ilse Lange.

360 *Sternheim-Aufsatz* – Zweigs »Versuch über Sternheim« aus dem Jahr 1922 erschien erst wieder in »Essays. Erster Band«, 1959; Band 15 der »Ausgewählten Werke in Einzelausgaben«.

»Die Lucilla« – Die erste Fassung der Komödie geht auf das Jahr 1918 in Kowno zurück, die letzte entstand, kurz bevor das Stück 1962 in Band 13 (»Dramen«) der »Ausgewählten Werke in Einzelausgaben« im Aufbau-Verlag erschien.

»Laubheu und keine Bleibe« – Die Komödie entstand 1922 und erschien mit dem Untertitel »Schicksalskomödie« 1930 bei Kiepenheuer in Berlin. (In Band 13 der »Ausgewählten Werke ...« mit dem Untertitel »Nachkriegskomödie in fünf Akten«.)

die VVN-Leute – S. Brief 358 und die erste, vierte und siebente Anm. dazu. S. auch die folgende Anm.

Das Tel-Aviver Attentat – Am 10. Februar 1953 wurde ein Bombenattentat auf die sowjetische Botschaft in Tel Aviv verübt. Die »V-Liga für Sowjetrußland« protestierte; die Regierung Israels entschuldigte sich.

361 *Erich Weinert die Grabrede* – Zweig hielt am 26. April die Grabrede. Vgl. »Gedächtnisworte für unseren Erich Weinert«, in: »Neue Deutsche Literatur«, Nr. 4, 1953.

»kommen Sie, Kohn« – Sprichwörtlich nach folgender Anekdote: Als Jesus in der Kirche eine antisemitische Äußerung gegen einen jüdischen Besucher hörte, stieg er vom Kreuz herab und sagte: »Kommen Sie, Kohn.« (Vgl. Fontanes Gedicht »An meinem Fünfundsiebzigsten«.)

362 *Titel ... »Waffen für Amerika«* – Die Ausgabe der Frankfurter Verlagsanstalt, 1953, trägt wieder diesen Titel.

Akrobatenstücke Fechters – In der fünften Auflage der »Geschichte der Deutschen Literatur vom Naturalismus bis zur Literatur des Unwirklichen« von Vogt und Koch, 1938, revidiert von Paul Fechter, steht z. B.: »Das schlimmste späte Beispiel [von Volksfremdheit] ist dann Arnold Zweigs ›Streit um den Soldaten Grischa‹ [sic], entstanden aus der völligen Ahnungslosigkeit eines kleinen Mannes aus der kleinen jüdischen Welt von der Wirklichkeit des deutschen Offiziers – und aus dem Haß, der sich aus dieser unüberbrückbaren Fremdheit im Autor ergeben mußte.« Auf der nächsten Seite schreibt er: »Die Unwirklichkeit ist bei ihm so sehr das Entscheidende, daß er den trüben Ruhm genießt, nach dem Krieg den ersten Kriegsroman aus der gleichen literarischen Unwirklichkeit, den ›Streit um den Sergeanten Grischa‹ geschrieben zu haben, der wohl das Fatalste und Dümmste an Verzerrung des Krieges, der Welt des deutschen Soldaten und der Welt vor allem der höheren Offiziere wurde, zu der der Verfasser weder innerlich noch äußerlich den mindesten Zugang hatte.« In Fechters 1941 veröffentlichter »Geschichte der Deutschen Literatur. Von den Anfängen bis zur Gegenwart« steht: [Remarque, Renn und Zweig] »knüpften an den unlebendig mechanischen Antimilitarismus der alten Sozialdemokratie an, aus dem auch das übelste Machwerk dieser Art erwuchs, der ›Streit um den Sergeanten Grischa‹.« (Erst später, 1955, erschien im Aufbau-Verlag das Pamphlet »Der Fall Fechter« von Günther Cwojdrak, in dem Fechters Schriften zur Literaturgeschichte aus den Jahren 1932, 1941 und 1952 gegeneinandergestellt werden.)

362 *»The Downfall«* – (engl.) Der Zusammenbruch: Zolas 1892 veröffentlichter Roman »La débâcle«.

»Teufel in Boston« jiddisch gespielt – Die Uraufführung fand am 1. Februar 1953 im Barbizon-Plaza Theater in New York statt. Die Übersetzung ist von N. Buchwald. Regie führte Morris Carnovsky.

363 *Budapest... Weltfriedensrat* – Vgl. Stephan Hermlin, »Über die IV. Tagung des Weltfriedensrates, Budapest, 1953«, in: »Aufbau«, Heft 8, 1953.

Diskussionen um Hannsens »Johann Faustus« – S. Brief 358 und die fünfte Anm. dazu. S. auch Brechts Verteidigung des Werkes in »Sinn und Form«, Nr. 3/4, 1953 (»Thesen zur Faustus-Diskussion«). Am 14. Mai 1953 schrieb Hanns Eisler an Louise Eisler-Fischer: »Heute war in der Akademie große Faustdiskussion. Es wurde (mit Ausnahme Brechts und Zweigs) sehr scharf und wuchtig gegen mich vor allem diskutiert. [...] Enormer Artikel im ›N[euen] D[eutschland]‹ gegen ›Faustus‹.« Am 14. Mai 1953 stand im »Neuen Deutschland«, Eislers »Johann Faustus« sei »pessimistisch, volksfremd, ausweglos, antinational«. Feuchtwanger schrieb Eisler am 22. Februar 1953: »Was er [Ernst Fischer; s. die sechste Anm. zu Brief 358] Rühmendes über das Werk sagt, unterschreibe ich vollkommen.« (S. dazu auch Brief 359.) Eislers Libretto wurde als Schauspiel (nach Aufführungen in der BRD) 1983 im Berliner Ensemble inszeniert.

Nationalhymniker – Die Worte der Nationalhymne der DDR stammen von Johannes R. Becher, die Musik von Hanns Eisler.

Porträts von Spinoza bis Sternheim und Heinrich Mann – Es ist der schon früher (vgl. die fünfte Anm. zu Brief 207) erwähnte Plan zu dem Sammelband »Die Spirale« mit Essays über Spinoza, Lessing, Kleist, Büchner, Wilde, Sternheim, Heinrich Mann. Vgl. auch Brief 370. Was neu herausgegeben wurde, steht im Band 15 der »Ausgewählten Werke ...« (»Essays. Erster Band. Literatur und

Theater«, Aufbau-Verlag, Berlin 1959) und auch in dem Band »Über Schriftsteller« des Aufbau-Verlags, 1967. Die Auswahl wurde im letzteren von Heinz Kamnitzer, der ein Geleitwort schrieb, getroffen. Die autobiographische Sammlung »Die Wendeltreppe« kam nicht zustande.

363 *eine Anzahl Schritte zurückgenommen* – Am 9. Juni 1953 wurde vom Politbüro der SED in der DDR wirtschaftspolitisch ein neuer Kurs beschlossen. Im Zusammenhang mit Änderungen des bisherigen Plans zur vorrangigen Entwicklung der Schwerindustrie wurden Maßnahmen zur Verbesserung der Lebenslage für die Werktätigen beschlossen. Überspitzte Verordnungen (z. B. ungerechtfertigte Erhöhung der Arbeitsnormen u. a.) wurden zurückgenommen.

364 *»Jüdin von Toledo«* – Der Roman wurde 1955 vom Aufbau-Verlag und unter dem Titel »Spanische Ballade« von Rowohlt in Hamburg und vom Europäischen Buchklub in Stuttgart herausgebracht.

365 *»Saturday Review«* – Die Volksausgabe wurde in der »Saturday Review of Literature« nicht besprochen.

366 *Lenin-Aufsatz* – »Der Wegbereiter« erschien 1953 in dem Sammelband »Er rührte an den Schlaf der Welt« (hrsg. und eingeleitet von Günter Caspar, Aufbau-Verlag, Berlin 1954).

»Bonaparte« ... am Schiffbauerdamm – S. die vierte Anm. zu Brief 18. Die Volksbühne befand sich zu der Zeit am Schiffbauerdamm; erst 1954 übernahm Brecht dies Theatergebäude für sein Berliner Ensemble.

der »neue Kurs« – S. Brief 363 und die letzte Anm. dazu.

Restitution des »Beil«-Films – Vgl. Brief 326/327.

Budapest – S. Brief 363 und die erste Anm. dazu.

was sich in Berlin abspielte – Zweig bezieht sich auf die Ereignisse vom 17. Juni 1953.

367 *Nationalpreis* – Feuchtwanger wurde von der DDR mit dem Nationalpreis I. Klasse für Kunst und Literatur ausgezeichnet.

richtigen Essay – Zweig schrieb für das Heft 6, 1953, von »Sinn und Form« nur einen »Glückwunsch an Lion Feuchtwanger« (3 Seiten). Zum folgenden siebzigsten Geburtstag Feuchtwangers publizierte er: »Für Lion Feuchtwanger zum 7. Juli 1954« (»Sinn und Form«, Heft 3, 1954) und »Für Lion Feuchtwanger zum 7. Juli 1954« im Almanach des Greifenverlags, Rudolstadt 1954. S. auch die vierte Anm. zu Brief 380.

en tour de main – (franz.) im Handumdrehen.

Jubiläum des Deutschen Theaters – Zweig schrieb: »Blick auf Max Reinhardt«, in: »Theater der Zeit«, Heft 16, 1953, und »Blick auf

Max Reinhardt (Theaterjubiläum realistisch betrachtet)«, in: »Festschrift 70 Jahre Deutsches Theater«, Berlin 1953.

367 *Nachruf auf unsern Friedrich Wolf* – Zweig schrieb: »An der Bahre Friedrich Wolfs«, in: »Aufbau«, Heft 11, 1953.

Berthold Viertel – Zweig schrieb: »Regie und Dichtkunst. Zum Gedächtnis Berthold Viertels«, in: »Theater der Zeit«, Heft 12, 1953.

seine beiden Bauernkrieg-Stücke – »Der arme Konrad« aus dem Jahr 1924 und »Thomas Münzer. Der Mann mit der Regenbogenfahne«, 1953.

368 *United Press* – Amerikanische Nachrichtenagentur. Zu Feuchtwangers Erklärung vgl. seinen Brief vom 8. Oktober 1953 an Becher (in: »Lion Feuchtwanger zum 70. Geburtstag. Worte seiner Freunde«, Aufbau-Verlag, Berlin 1954, S. 155).

mir passiert das gleiche – Feuchtwanger hatte mit Vornamen unterschrieben und ihn wieder gestrichen (vgl. Brief 366).

369 *Wiederkehr des Tages der Revolution* – Am 9. November 1918 wurde die Republik ausgerufen, und Wilhelm II. dankte ab.

370 *Berthold Viertel ... persönliche Erinnerungen* – S. die sechste Anm. zu Brief 367.

»Kaiser Jones« – In dem 1921 entstandenen Stück »Emperor Jones« brachte Eugene O'Neill das Leben der schwarzen Minderheit in den USA auf die Bühne.

»Spirale« – S. die vierte Anm. zu Brief 363.

Vic. Wolf (»Aufbau«, N. Y.) – Victoria Wolfs »Ein Dichter liest vor« erschien am 13. November 1953 in der New Yorker Wochenzeitung »Aufbau«. (Der Artikel ist im Arnold-Zweig-Archiv erhalten.)

371 *»Aufmarsch der Juden«* – Offensichtlich Schreibfehler; Zweig verbessert dennoch in Brief 372.

»Comédie humaine« – So bezeichnete Balzac den Zyklus seiner wichtigsten Romane und Erzählungen; er strebte an, ein Bild der gesamten französischen Gesellschaft der ersten Hälfte des neunzehnten Jahrhunderts zu entwerfen.

»Tote Seelen« – Nachdem der erste Band von Gogols sozialkritischem Werk 1842 erschienen war, nahm Gogol sich vor, in weiteren Werken eine Wandlung zum Guten zu schildern, führte den Plan aber nicht aus.

»Goya« – Feuchtwanger schrieb keinen zweiten Band.

372 *»Aufmarsch der Juden«* – S. die erste Anm. zum vorigen Brief.

»Spirale« – S. die vierte Anm. zu Brief 363.

Abschießen des »Beil«-Films – S. die fünfte Anm. zu Brief 327.

»Feuchtw. liest vor« – S. Brief 370 und die vierte Anm. dazu.

373 *Glückwünsche zum Nationalpreis* – S. die erste Anm. zu Brief 367.
»Esther ...« – Die Heldin des Buches »Esther« der Bibel ist Mardochais Pflegetochter.
Lopes »Jüdin von Toledo« – Lope de Vegas »Las paces de los reyes y Judía de Toledo« (span.: Der Friede der Könige und die Jüdin von Toledo) erschien 1616.
Chroniken – Gemeint sind die etwa 1270 verfaßte »Crónica general« von Alfonso X., genannt Alfonso el Sabio (span.: der Weise), und Lorenzo de Sepulvedas »Die Liebeshändel Alfonsos des Achten mit der schönen Jüdin« vom Jahr 1551.

374 *Zeichnung von Eva Herrmann* – »Lion Feuchtwanger. Zeichnung«, in: »Die Sammlung«, Heft 12, 1935.
»Flucht aus Tunis« – »Die Schaubühne«, Nr. 39, 1914. Der Bericht und viele Zeitschriftenpublikationen Feuchtwangers sind enthalten in dem Band »Centum opuscula«, den Wolfgang Berndt 1956 im Greifenverlag herausgab.
»Spiegel« – Feuchtwanger war 1903 Mitbegründer der literarischen Gesellschaft Phoebus, die einige Nummern einer literarischen Zeitschrift, »Der Spiegel«, herausgab.
Grillparzer-Ausgabe – S. den folgenden Brief.

375 *Lassen Sie sich doch vorlesen* – Feuchtwanger beschreibt die Kapitel, die in den zwei Romanen keine Überschriften haben.
Lope ... Chronik – S. die dritte und vierte Anm. zu Brief 373. In seinem Roman hat Feuchtwanger das richtige Datum: »um 1270«.

376 *»... die Frucht eines einzigen Sommers sein«* – Im ersten der »Briefe über ›Don Carlos‹« schrieb Schiller über die Arbeit an dem Drama: »Der Hauptfehler war: ich hatte mich zu lange mit dem Stück getragen; ein dramatisches Werk aber kann und soll nur die Blüte eines einzigen Sommers sein.«
dem Greifenverlag habe ich etwas Neues versprochen – S. die zweite Anm. zu Brief 367.
Sekretärin – Ilse Lange.

377 *»The Execution of Private Slovik«* – (engl.) Die Hinrichtung des Soldaten Slovik. Das 1954 in der Delacorte Press, New York, erschienene Buch von William Bradford Huie ist die Lebensgeschichte von Eddie D. Slovik, des einzigen amerikanischen Deserteurs, der je erschossen wurde. Der Fall erinnerte Feuchtwanger an Zweigs »Der Streit um den Sergeanten Grischa«.

378 *»Feuerpause« ... Übersetzung* – Eine englische Übersetzung ist nicht erschienen.
»Grischa«-Film – Vgl. Brief 380. Einem Brief Arnold Zweigs vom 21. Mai 1954 an Michael Zweig zufolge hatte dieser an die »Gri-

scha«-Filmrechte erinnert; Zweig entgegnete, er habe »erwogen, diesen Film neu mit einer italienischen Gesellschaft zu drehen [...] eine amerikanische Filmgesellschaft bleibt sicherlich außerhalb jeder Möglichkeit, da Viking Press jeden Versuch einer Neuauflage meiner Romane abgelehnt hat, diesen drolligen Neudruck [die Taschenbuch-Ausgabe des »Grischa«] ausgenommen.« Michael solle sich mit Feuchtwanger über die Rechtslage beraten.

378 *Library of Congress* – Die Kongreß-Bibliothek in Washington, D. C.

Erreichung von Visa usw. – Im Brief vom 21. Mai an Michael Zweig hatte Arnold Zweig berichtet, Adam Zweig habe (als Israeli) die Ausreise aus der Schweiz für einen Besuch bei seinem Vater bewilligt bekommen, nachdem von den behandelnden Ärzten Arnold Zweigs versichert wurde, daß »mein EKG seinen Besuch so schnell als möglich ratsam mache«. »Mir ist dabei der Gedanke gekommen, daß Adam an das amerikanische Generalkonsulat in der Schweiz den gleichen Antrag für Dich stellen könnte ...«

379 *Comédie Humaine* – S. die zweite Anm. zu Brief 371.

Vortrag ... in Rom – S. die erste Anm. zu Brief 389.

»Private Slovik« – S. die Anm. zu Brief 377.

nun [?] – Im Text steht »und« (entweder fehlt ein Wort, oder »und« ist Schreibfehler).

meine Ilse – Die Sekretärin Ilse Lange.

neuem[?] – Auch Lesung »meinem« ist möglich.

380 *RKO* – Ursprünglich: Radio Keith Orpheum Corporation; sie stellte 1955 die Filmproduktion ein.

»Grischa«-Film – »The Case of Sergeant Grischa« wurde 1930 von RKO unter der Regie von Herbert Brenon in Amerika verfilmt. Das neue Projekt wurde nicht realisiert. (1963 und 1968 entstanden DDR-Fernsehverfilmungen des »Grischa«.)

Erew Schabbes – (jiddisch) Vorabend des Sabbats (also eigentlich Freitagabend).

Selbstbiographie – Zweig denkt sicher nicht an: »Versuch einer Selbstbiographie«, in: »Die Literatur«, 1927, S. 569; oder »Selbstdarstellung« in: »Die literarische Welt«, 27. Januar 1933; wahrscheinlich ist mit dem »Spaß« ein Artikel aus der »Frankfurter Zeitung« vom 18. März 1928 gemeint, der mehrmals in veränderten Fassungen nachgedruckt wurde, auch (mit dem Titel »Der Autor über sich selbst«) in der »Internationalen Literatur«, Heft 5, 1935. (Alle drei stehen in dem Sammelband »Centum opuscula«, den Wolfgang Berndt 1956 im Greifenverlag, Rudolstadt, herausgab.) Der erste und dritte wurde im gleichen Jahr in den Almanach des Aufbau-Verlags »Lion Feuchtwanger zum 70. Geburtstag. Worte seiner Freunde« aufgenommen. (Von Zweig findet sich darin der Beitrag »Feuchtwangers Reifezeit«, datiert: 7. Mai 1954.)

380 *Lubianek* – Gemeint ist der Lektor Benno Slupianek.
»Kaukasischen Kreidekreis« herauszubringen – Die Proben hatten am 17. November 1953 begonnen. Premiere war am 7. Oktober 1954.

382 *Rauchen in Ihrer Gegenwart* – Nach einer Vorstellung von »Kalkutta, 4. Mai« im Jahr 1928 suchte Feuchtwanger den Schauspieler Rudolf Forster, der die Rolle des Warren Hastings spielte, hinter der Bühne auf und traf dort den Kronprinzen Wilhelm. Dieser fragte Feuchtwanger, ob er rauchen dürfe. Feuchtwanger antwortete: »Lieber nicht«, und der Kronprinz rauchte nicht. Marta Feuchtwanger erinnerte sich 1980 noch an den Vorfall.

383 *Jugendbild* – Unter ein dem Brief aufgeklebtes Zeitungsbild Feuchtwangers schrieb Zweig: »Unser Rundfunk, 7. 7. 54, nicht 34 J. L. F., vierzigjährig«.

385 *stellvertretende Sekretärin* – Susanne Hanslik.
General Clauß – »General Clauß erzählt Tannenberg« ist aus dem nicht vollendeten Roman »Das Eis bricht«. Die Erzählung erschien im Zweig-Sonderheft der »Tribüne. Zeitung des Kriegsgefangenenlagers 307«, Nordafrika, 24. Folge, 1946. In der Nachbemerkung zum 1937 im Querido-Verlag erschienenen Roman »Einsetzung eines Königs«, in dem General Clauß eine Rolle spielt, hebt Zweig hervor, daß es ein historischer Roman ist und daß er einige Personen mit ihren geschichtlichen Namen nicht eingeführt hat, obwohl es nahelag. »Gestanden sei nur, daß der Name des Generalmajors Wilhelm Clauß gewählt wurde, um an den schwer kriegsbeschädigten Rudolf Claus zu erinnern, den das gegenwärtige Regime und seine Hintermänner politischer Gesinnung wegen im Jahre 1936 mit dem Beil hinrichten ließen – weniger gnädig als die Granatsplitter.«
Kantor – Über Heinrich Manns Antikriegs-Essay »Zola« (»Die Weißen Blätter«, Heft 11, 1915) schrieb Alfred Kantorowicz »Der Zola-Essay als Brennpunkt der weltanschaulichen Beziehungen zwischen Heinrich Mann und Thomas Mann«, in: »Wissenschaftliche Zeitschrift der Humboldt Universität Berlin«, Heft 3, 1953. Auch in »Neue Deutsche Literatur«, Nr. 4, 1955.

387 *die beiden prächtigen Fotos* – Es ist in beiden Fällen das gleiche Foto, das 1954 sowohl in »Greifenalmanach. Zum 70. Geburtstag Lion Feuchtwangers und zum 35jährigen Bestehen des Greifenverlages« als auch in dem Band des Aufbau-Verlages »Lion

Feuchtwanger zum 70. Geburtstag. Worte seiner Freunde« abgedruckt wurde.

387 *Ansichten über den historischen Roman* – Vermutlich Bezug auf Feuchtwangers Artikel »Loblied auf den historischen Roman« in »Greifen-almanach. Zum 70. Geburtstag Lion Feuchtwangers ...«. Es ist der erste Teil einer älteren Arbeit, die zuerst englisch unter dem Titel »Notes on the Historical Novel« in »Books Abroad«, Herbst 1948, erschien.

»Die Versuchung des Pescara« – Novelle von Conrad Ferdinand Meyer (1887).

Delbrück – Hans Delbrücks »Geschichte der Kriegskunst im Rahmen der politischen Geschichte« erschien 1911–1923; in erweiterter Form 1926–1936 hrsg. von E. Daniels und O. Haintz.

den Vaterländischen Verdienstorden – Zweig empfing den Orden am 7. Oktober 1954.

Schlußakt Ihrer »Witwe Capet« – Dritter Akt, dritte Szene, mit einer Einführung von Lion Feuchtwanger, in: »Neue Deutsche Literatur«, Heft 7, 1954.

388 *Bild der »Renaissance«* – Jacob Burckhardts Hauptwerke sind »Die Kultur der Renaissance in Italien« (1855) und »Geschichte der Renaissance« (1867).

Plutarch – Plutarchs Parallel-Biographien, seine vergleichenden Beschreibungen berühmter Römer und Griechen, z. B. Caesar – Alexander, haben eine bedeutende Wirkungsgeschichte in der europäischen Literatur.

Napoleon III. – Charles-Louis Napoleon Bonaparte veröffentlichte seine zweibändige »Historie de Jules César« 1865/66.

»Huttens letzte Tage« – Versdichtung Conrad Ferdinand Meyers, 1871.

»Huttens Untergang« – P. Kalkoff, »Huttens Vagantenzeit und Untergang«, 1925.

389 *Istituto di Studi Germanici* – Am 8. November 1954 sprach Zweig über »Kunst, Form und Wirklichkeit« in Rom.

Biographie von Jean-Jacques – In Paris erschien 1949 »Rousseau« von B. Groethuysen, 1948–1952 »Jean-Jacques Rousseau« von J. Guéhenno und 1952 »La philosophie de l'existence de Jean-Jacques Rousseau« von P. Burgelin.

Vortragsabend – Am 19. November 1954 sprach Zweig im »Haus der Kochkunst« über »Die Verantwortung des Schriftstellers in unserer Zeit«.

390 *der letzte Sinn des Buches* – Das sechs Seiten lange »Nachwort des Autors 1955«, das in den Ausgaben der »Jüdin von Toledo« in der DDR mitgedruckt wird, enthält dazu Erläuterungen.

391 *Piscator-Tollers »Hurra, wir leben«* – Die Piscator-Bühne am Nollendorfplatz, Berlin, wurde 1927 mit Ernst Tollers »Hoppla, wir leben« eröffnet.

Hedda Zinners »Teufelskreis« – Sie schrieb das Zeitstück 1953. Hedda Zinner wurde 1973 der Lion-Feuchtwanger-Preis der Akademie der Künste der DDR verliehen.

Neuauflage meiner »Bilanz« – Sie erschien nicht.

Zehnjahrestag der Befreiung Warschaus – Warschau wurde in der zweiten Januarhälfte 1945 befreit. Der genannte Artikel erschien am 7. Januar 1955 in »Przegląd kulturalny«, Warschau.

392 *»Figaro« oder »Die Stumme von Portici«* – »Der tolle Tag oder Die Hochzeit des Figaro« von Beaumarchais (1784) dürfte zur geistigen Vorbereitung der Französischen Revolution beigetragen haben. Beaumarchais ist die Hauptfigur im ersten Kapitel des ersten Teils der »Füchse im Weinberg«, das Kapitel heißt »Beaumarchais«. Die Oper des Komponisten Daniel-François Auber, »Die Stumme von Portici«, 1828, Text von E. Scribe und G. Delavigne, gab 1830 durch die Aufführung in Brüssel den Anstoß zur Erhebung Belgiens gegen die Niederlande (1831 unabhängig).

über die »Feuerpause« – Der beiliegende Aufsatz ist publiziert in: »Sinn und Form«, Heft 1, 1955.

393 *Buch über meine Arbeiten* – Johanna Rudolph, »Der Humanist Arnold Zweig«; die Arbeit erschien als Nr. 9 in der Schriftenreihe der Deutschen Akademie der Künste 1955 im Henschelverlag, Berlin.

Ob. Ost – S. die letzte Anm. zu Brief 143.

Schiller-Feier – Sie fand am 14. Mai 1955 im Weimarer Nationaltheater statt. S. die fünfte Anm. zum folgenden Brief.

395 *Premiere ist vorüber* – S. die vierte Anm. zu Brief 18.

in Hamburg – Am 23./24. März fand eine PEN-Tagung in Hamburg statt.

»Richter von Zalamea« – »El alcalde de Zalamea«, Schauspiel von Calderon de la Barca, Uraufführung etwa 1643 in Madrid.

So zu lesen in einer Westberliner Zeitung – Die Kritik stand in der Westberliner Zeitung »Die Welt« vom 21. März 1955. Das Arnold-Zweig-Archiv besitzt eine Anzahl von Besprechungen der Premiere von »Bonaparte in Jaffa«.

Thomas Mann kommt nach Weimar ... – Am 8. Mai hielt er die Schiller-Festrede im Großen Haus des Stuttgarter Landestheaters, am 14. Mai im Weimarer Nationaltheater. Am 20. Mai fand die Verleihung der Ehrenbürgerschaft im Lübecker Rathaus statt.

in Dresden am 20. Mai – Vgl. Brief 403 und die zweite Anm. dazu.

395 *»Centum opuscula« dem Greifenverlag* – Die 1956 von Wolfgang Berndt herausgegebene Auswahl mit einem Nachwort von Lion Feuchtwanger enthält, wie der Titel besagt, hundert kleine, vor allem publizistische Werke (historische, theatergeschichtliche, autobiographische Aufsätze, Kritiken, Würdigungen).

richtige Sekretärin – Ilse Lange.

396 *»Jüdin von Toledo«* – S. die Anm. zu Brief 364.

»Die Witwe Capet« – Die Uraufführung fand im September 1956 im Staatstheater Dresden statt. Erstdruck 1956 im Greifenverlag, Rudolstadt.

397 *Kaiser-Ministerium* – Jakob Kaiser war 1949–1957 in der BRD »Bundesminister für gesamtdeutsche Fragen«.

Albert Einstein – Zweigs Artikel »Begegnungen mit Albert Einstein« erschien im »Sonntag«. Berlin, am 17. Juli 1955 und ist in Arnold Zweigs Sammelband »Früchtekorb. Jüngste Ernte« (Greifenverlag, Rudolstadt 1956) enthalten.

Walther Victor – Zweigs Artikel »Walther Victor, Brückenbauer der Bildung« erschien am 24. September 1955 in der »Wochenpost«, Berlin, und ist im Sammelband »Früchtekorb. Jüngste Ernte« enthalten.

»Witwe Capet« – S. die zweite Anm. zum vorigen Brief.

»Nathan«-Premiere – Sie fand im Deutschen Theater statt.

das Mittelmäßige ... – Ironisch umformuliert aus zwei Schlußzeilen von Goethes »Faust« (Zweiter Teil).

»Puntila«-Film – Im März und April 1955 war der brasilianische Filmregisseur Alberto Cavalcanti bei Brecht, um das Drehbuch zum »Puntila«-Film umzuschreiben. »Herr Puntila und sein Knecht Matti« wurde 1955 gedreht.

»Was in der Jugend ...« – Das Motto zum Zweiten Teil von Goethes »Dichtung und Wahrheit« lautet: »Was man in der Jugend wünscht, hat man im Alter die Fülle.«

398 *Michi* – Der Brief ging an Feuchtwanger über Michael Zweig, der, wie er Feuchtwanger mitteilte, das Angebot im Laufe des Jahres bedenken wollte (vgl. auch Brief 400 und 403).

»Grischa«-Stück – Das Drama wurde erst am 3. November 1957 in Halle aufgeführt.

399 *über Albert Einstein* – Feuchtwangers Vortrag hieß »The Einstein I Knew« (engl.: Der Einstein, wie ich ihn kannte). Er sprach am 12. Mai 1955 im Hollywood Athletic Club unter dem Patronat der American Civil Liberties Union (engl.: Amerikanische Union für Bürgerrechte und Freiheit). Der Vortrag erschien Juni 1955 als Artikel in der Zeitschrift »New Outlook«.

400 *Thomas Mann ... gratulieren* – Die wiederholt veröffentlichten Worte Zweigs sind im Sammelband »Früchtekorb« (1956) enthalten.

mein Brief wie der Ihre – Feuchtwangers Brief an Thomas Mann erschien nicht, wohl aber der Brief Zweigs als Faksimile in »Neue Deutsche Literatur«, Heft 6, 1955.

»Bonaparte«-Kritiken – Sie befinden sich nicht im Feuchtwanger-Archiv. S. aber Brief 395 und die vierte Anm. dazu.

403 *Riesenauflage von »Einsetzung«* – Das eingetragene Erscheinungsjahr der polnischen Ausgabe »Intronizacja«, die vom Czytelnik Verlag in Warschau mit einem Nachwort von Roman Karst herausgebracht wurde, ist 1956.

Schiller-Rede – Zweigs wiederholt veröffentlichte »Notiz über Friedrich Schiller« ist in »Früchtekorb« (1956) enthalten.

Prolog zu Schillers Demetrius – In: »Sonntag«, Nr. 20/1955 (auch in »Früchtekorb«).

404 *Rezension aus dem New Yorker »Aufbau«* – Nicht ermittelt.

amerikanische Kriegsromane – Marta Feuchtwanger erinnert sich, daß James Jones' 1951 erschienener Roman »From Here to Eternity« (»Verdammt in alle Ewigkeit«), der ein großer Erfolg war, Michael Zweig als Vorbild diente. »Eine Mäzenin im Osten [der USA]«, berichtete Maria Feuchtwanger dem Herausgeber, »hatte damals junge und unbekannte Schriftsteller zu sich eingeladen, darunter James Jones. Michi hatte eine Eingabe gemacht und sich wahrscheinlich auf Feuchtwanger bezogen, denn er wurde dort auch aufgenommen. Zurückgekehrt, erzählte Michi, daß man dort vor allem angewiesen wurde, gute Schriftsteller abzuschreiben, um den eigenen Stil zu verbessern. Michi kam sehr unglücklich zurück.« Im übrigen gab es eine beträchtliche Anzahl Kriegsromane.

405 *»Mein PEN-Klub kann ...«* – In Anlehnung an drei Verse aus Feuchtwangers Schauspiel »Jud Süß« (1917): »Mein Jesus kann addieren ...«

406 *Verschen* – S. das Schreiben 405.

Tatraplan – Schwerer, luxuriöser tschechoslowakischer PKW-Typ.

Shakespeare-Essay – Der »Shakespeare-Schattenriß«, entstanden 1955, ist im Band 15 (»Essays. Erster Band«, 1959) der »Ausgewählten Werke in Einzelausgaben« enthalten.

Mein »Nein« zu Harold Nicolsons Aufsatz – Zweigs Beitrag zum »Streitgespräch über den Roman« heißt »Nein, der Roman lebt« (»Neue Deutsche Literatur«, Heft 7, 1955, auch in dem Sammelband »Früchtekorb«, 1956, enthalten). Nicolsons Artikel »Is the Novel Dead?« erschien in »The Observer« am 29. August 1954.

406 *Ihre Bücher im Hafen von Rowohlt* – »Spanische Ballade« (»Die Jüdin von Toledo«) erschien 1955 und »Jefta und seine Tochter« 1957 bei Rowohlt.

Blick auf Genf – Vom 18. bis zum 23. Juli 1955 fand in Genf eine Viermächtekonferenz unter Hinzuziehung der DDR und BRD statt, um die Frage einer deutschen Wiedervereinigung zu erörtern.

Das Stück in meinem »A.Z.«-Heft – »Als das Eis noch zu halten schien« (erschienen in: »Sinn und Form«, Sonderheft »Arnold Zweig«, 1952).

407 *alte Fotografien* – Nach Marta Feuchtwanger sind es Fotografien aus den dreißiger Jahren in Sanary. Die Fotos befinden sich im Feuchtwanger-Archiv.

Aufsatz über den Roman ... Shakespeare-Aufsatz – S. die dritte und vierte Anm. zu Brief 406.

408 *Brocken* – Zweig denkt an Heines »Harzreise« und an Goethes Brockenbesteigung am 10. Dezember 1777, die er im Tagebuch und in Briefen schilderte, dichterisch in den Schlußstrophen der »Harzreise im Winter« und vor allem in der »Walpurgisnacht« des »Faust« gestaltete.

Tod von Thomas Mann – Er starb am 12. August 1955.

Holland ... Nordsee – Vom 1. bis zum 5. Juli war Thomas Mann in Amsterdam und in Den Haag, vom 5. bis zum 23. Juli in Noordwijk aan Zee. In Amsterdam fand die Verleihung des Ordenskreuzes von Oranje-Nassau statt. In den Dankesworten sagte Mann: »Ehre zu empfangen von einem Land, das so viel Leid getragen, ohne sich zu beugen, ist *hohe* Ehre, die mir bis ans Ende meines Lebens zum Stolz und zur Freude gereichen wird.« Im Rahmen des Holland-Festivals hielt er die »Ansprache im Schillerjahr«; auch wohnte er der holländischen Premiere des Filmes »Königliche Hoheit« bei. S. auch die von Feuchtwanger zitierten Worte Heinrich Manns in Brief 409.

409 *»Jüdin von Toledo« ... Nachwort* – S. die Anm. zu Brief 390.

410 *»News of Someone You Know«* – (engl.) Nachrichten über jemand, den Sie kennen. Lion Feuchtwanger fand, nach Auskunft Marta Feuchtwangers, »diese Kurzgeschichte recht gut«.

Lufthansa gründen – Die 1954 gegründete »Deutsche Lufthansa« der DDR wurde später in die 1958 gegründete staatliche Fluggesellschaft der DDR, »Interflug«, übergeführt.

Eure Journale ... Heinz Litten – In den USA wurde nichts veröffentlicht.

Rosch Haschana – S. die letzte Anm. zu Brief 195.

410 *»Bertrand de Born«* – Kapitel aus der »Jüdin von Toledo«, in: »Zehn Jahre. Ein Almanach«, Aufbau-Verlag, Berlin 1955.

Titel »D. Füchse im Weinberg« – S. die letzte Anm. zu Brief 278.

411 *Congrès des Peuples* ... – Das Briefpapier hat diese drei Zeilen als gedruckten Kopf.

Aufmarsch der Jugend – Erste Fassungen gab es seit 1928. Der Roman wurde 1955–1957 ausgearbeitet und eröffnete 1957 als erster Band des »Großen Kriegs der weißen Männer« unter dem Titel »Die Zeit ist reif« die Sammlung der »Ausgewählten Werke in Einzelausgaben«.

»Down to the Dogs« – (engl.) Vor die Hunde gehen.

Mozart-Komitee – S. die zweite Anm. zu Brief 430. Zweig war Präsident des Mozart-Komitees der DDR anläßlich der 200. Wiederkehr von Mozarts Geburtstag.

Friedrich Wolf... Büste von Seitz – S. dazu Zweigs »Das Plastische und Gustav Seitz« in: »Bildende Kunst«, Berlin, Heft 10, 1956.

F. C. Weiskopf – Zweig schrieb »Jäher Nachruf«, in: »Neues Deutschland«, Berlin, 16. September 1955. Der Artikel ist auch in Zweigs Sammelband »Früchtekorb« (1956) enthalten.

Freund Hermann Struck – Vgl. u. a.: Zweigs »Strucks ›Ostjuden‹«, in: »Vossische Zeitung«, Berlin 29. Oktober 1918. »Das ostjüdische Antlitz. Zu 50 Steinzeichnungen von Hermann Struck« wurde 1920 vom Welt-Verlag in Berlin herausgebracht. In »Bildende Kunst«, Dresden, Heft 3, 1956, veröffentlichte Zweig »Hermann Struck. Ein Meister der Graphik«.

414 *»Witwe Capet«* – S. die zweite Anm. zu Brief 396.

zweier chinesischer Volksstücke – Am 8. November hatte in Brechts Berliner Ensemble ein Schwank nach alten chinesischen Volksstücken, »Der Tag des großen Gelehrten Wu«, Premiere.

CIC-Vergangenheit – CIC: Abkürzung für Counter Intelligence Corps (engl.: Gegenspionage-Corps); die Organisation des amerikanischen Heeres für militärische Abwehrfragen. Agnès Humbert berichtet in »Notre guerre« (s. die dritte Anm. zu Brief 190), Michael Zweig habe sich an der Suche nach NS-Kriegsverbrechern beteiligt.

Roman von 1913/14 – S. die zweite Anm. zu Brief 411.

Nachwort – »Die Zeit ist reif« enthält kein Nachwort dieser Art.

416 *Aufführung des »Grischa«-Stückes im Deutschen Theater* – S. die siebente Anm. zu Brief 125.

418 *wishful thinking* – (engl.) Wunschdenken.

zweibändige Geschichte – Eva Priester, »Kurze Geschichte Österreichs«; der erste Band, »Entstehung eines Staates«, erschien 1946, der zweite, »Aufstieg und Untergang des Habsburgerreiches«, 1949.

418 *die Kautzsche Textbibel* – Der evangelische Theologe Emil Kautzsch übersetzte 1890–1894 »Die heilige Schrift des Alten Testaments« (4. Auflage Tübingen 1921–1923). Die Übersetzung beruht auf historisch-kritischen Erkenntnissen.

419 *Sowjetschriftsteller* – Die Reise wurde vom Außenministerium in Washington vorbereitet. Die Schriftsteller waren vom 2. bis zum 6. November 1955 in Süd-Kalifornien, wurden von dem Vertreter des Außenministeriums der USA Frank L. Kluckhohn betreut und von den Übersetzern Edmund O. Glenn, Andrew de Tschihatchef und, für die deutsche Sprache, Boris Izakov begleitet. Die sowjetischen Schriftsteller waren Wiktor Polaradski, Walentin Bereshkow, Nikolai Gribatschow, Boris Polewoi, Alexei Adshubei und Anatoli Sofronow.

MGM – Verhandlungen mit dem amerikanischen Filmunternehmen Metro-Goldwyn-Mayer wurden abgeschlossen, aber der Film wurde nicht gedreht.

moderne Bibelkritik und die Archäologie – Feuchtwanger machte u. a. von den folgenden Bänden, die sich in der Feuchtwanger-Bibliothek befinden, Gebrauch: William F. Albright, »The Archaeology of Palestine«, London 1949; Walther Eichrodt, »Das Menschenverständnis des Alten Testaments«, Zürich 1947; Sir Frederic Kenyon, »Our Bible and the Ancient Manuscripts«, London 1939; Walter Rehm, »Das Bild Gottes im Alten Testament«, Würzburg 1951; Harold H. Rowley, »From Joseph to Joshua. Biblical Traditions in the Light of Archaeology«, London 1950; Daniel Völter, »Ägypten und die Bibel. Die Urgeschichte Israels im Licht der ägyptischen Mythologie«, Leiden 1909.

420 *Reichsgründungstag* – Am 18. Januar 1871 wurde unter Führung Preußens in Versailles das Deutsche Reich gegründet (Wilhelm I. Deutscher Kaiser).

Schriftstellerkongreß – Am 10. Januar 1956 sprach Zweig über »Selbstverantwortung unserer freien Schriftsteller«; abgedruckt in: »IV. Deutscher Schriftstellerkongreß, Januar 1956«, hrsg. vom Deutschen Schriftstellerverband, Potsdam 1956.

Heine-Artikel – Vor allem »Der hundertjährige Heine«, der im Programm der Heinrich-Heine-Ehrung 1956 stand, auch in »Inostrannaja literatura«, Moskau, Heft 2, 1956, erschien und im Sammelband »Früchtekorb« (1956) enthalten ist.

»Der Anfang« – Weiterer Arbeitstitel des Romans »Die Zeit ist reif«.

420 *Brechts klassische Rede* – Brechts »Ausführungen vor der Sektion Dramatik« (12. Januar 1956) erschienen in der gleichen Broschüre wie Arnold Zweigs Rede (s. auch: Brecht, »Schriften zur Literatur und Kunst«, Band 2, Aufbau-Verlag Berlin und Weimar 1966, S. 366 ff.).
English Bible – Die »Authorized Version« (»King James Version«), die 1611 eingeführt wurde.
die Buber-Rosenzweigsche – Martin Buber, »Die fünf Bücher der Weisung«, verdeutscht gemeinsam mit Franz Rosenzweig, Berlin, 1930. Eine neubearbeitete Ausgabe erschien 1954 in Köln. Die Übersetzung gilt als eine Leistung, in der jüdische Exegese und Ausdrucksformen der deutschen Sprache sich glücklich verbinden. Zweig kritisiert das feierlich Ornamentale im Sinne von Stefan George.
die Kautzsche – S. die letzte Anm. zu Brief 418.
Raschi – Abkürzung von Rabbi Schelomo Jizchaki, dem jüdischen Gelehrten des elften und zwölften Jahrhunderts. Sein Kommentar zum Pentateuch war 1475 das erste gedruckte hebräische Buch.
»Anfang« – »Die Zeit ist reif«; »The Time Is Ripe« kam 1962 bei Gibbs und Philipps in London heraus.
»Galilei« – Brecht begann die Proben im Frühjahr 1956.

421 *Laxness entdeckt* – Auf eine Anfrage der Redaktion der »Literaturnaja gaseta«, Moskau, antwortete Feuchtwanger: »Von den Autoren, die ich in den letzten Jahren kennenlernte, hat mich am tiefsten bewegt das Werk von Halldór Laxness.« Feuchtwanger nennt die Romane, die aus dem Isländischen übersetzt sind und die er kennt: »Islandglocke«, »Atomstation«, »Weltlicht« und »Independent People« (engl.: Unabhängige Menschen). Der Brief wurde am 21. Juni 1956 in der »Literaturnaja gaseta« veröffentlicht.

422 *in der Kautzschen Übersetzung* – S. die letzte Anm. zu Brief 418.
Pelischtem – (hebr.) Philister. Sie stießen etwa 1200 v. u. Z. mit den Seevölkern durch Palästina bis an die Grenzen Ägyptens vor.
Danaer oder Argiver – Bei Homer Bezeichnungen für alle Griechen. Ob die Danaer mit den Danuna identisch sind, die etwa 1200 v. u. Z. im Zusammenhang mit den Seevölkern genannt werden, ist umstritten. Argiver nannte man auch die Einwohner von Argos.
»Digging up the Past« ... – (engl.) Ausgrabung der Vergangenheit. In Zweigs Bibliothek steht die Auflage von 1942 wie auch »The Hittites« (Ausgabe 1952) und »Ur of the Chaldees« (erste Auflage 1929, in Zweigs Bibliothek die Ausgabe 1942).

423 *ein ganz ungeheures Material* – Feuchtwanger machte u. a. von den folgenden Bänden, die sich in der Feuchtwanger-Bibliothek befin-

den, Gebrauch: Elias Auerbach, »Wüste und gelobtes Land«, Berlin 1912; Claude Boyer, »Jephté, Tragédie tirée de l'écriture sainte«, Toulouse 1780; F. W. Ghillany, »Das Menschenopfer der alten Hebräer«, Nürnberg 1842; Ludwig Köhler, »Der hebräische Mensch«, Tübingen 1953; Ernst Lissauer, »Das Weib des Jephta«, Berlin 1928; Ernst Sellin, »Geschichte des israelitisch-jüdischen Volkes«, Leipzig 1924.

423 *von Michi einen langen Brief* – Michael Zweig und Feuchtwanger führten einen ausgedehnten Briefwechsel. Michael schrieb äußerst ausführliche Briefe, in denen er seine Erfahrungen und seine Ansichten, besonders wenn sie mit denen seines Vaters und mit in der DDR vorherrschenden Ansichten nicht übereinstimmten, anschaulich schilderte. Er vertraue sich Lion und Marta Feuchtwanger, die ihm stellvertretende Eltern in Kalifornien waren, hemmungslos an, schrieb er z.B. am 5. Dezember 1955. Feuchtwangers Briefe sind besinnlich und umsichtig. Die umfangreiche Korrespondenz befindet sich im Feuchtwanger-Archiv.

424 *»Aktionsbuch« ... über Bakunin* – In Mehrings kritischer Würdigung »Michael Bakunin« (»Das Aktionsbuch«, hrsg. von Franz Pfemfert, Berlin-Wilmersdorf 1917, S. 36–46) heißt es, Bakunin sei »den Philistern ewig ein Ärgernis und eine Torheit [...] Wobei es natürlich nicht darauf ankommt, ob dieser Philister sich die Nachtmütze des polizeifrommen Staatsbürgers über die Ohren zieht oder jener Philister das Löwenfell eines Marx um seine schlotternden Gebeine zu hängen versucht. [...] Man mag es Bakunins Schuld nennen, daß er [...] die unentwickeltere Form des proletarischen Emanzipationskampfes vertrat, aber es ist keine Schuld im moralischen Sinn des Worts, die seinen Ruhm schmälern könnte, ein echter Revolutionär gewesen zu sein, der sich im Kampf für die Arbeiterklasse aufgerieben hat und in ihren Jahrbüchern mit vollen Ehren genannt zu werden verdient.« In der 1918 in Leipzig erschienenen Marx-Biographie behandelt Mehring eingehend Bakunins Beziehungen zu Marx. Im dreizehnten Kapitel schreibt er von der »Agitation Bakunins«, im vierzehnten Kapitel von der »Bakunistischen Opposition«.

Pirckheimer-Gesellschaft – Gesellschaft der Bibliophilen in der DDR (nach dem Humanisten Willibald Pirckheimer benannt). Kaiser war ab 1956 Vorsitzender der Gesellschaft.

Zabern – Der Konflikt zwischen preußischen Offizieren und der Zivilbevölkerung im annektierten elsässischen Zabern (franz.: Saverne) führte 1913 zu öffentlichen Protesten in Deutschland und zur Mißtrauenserklärung im Reichstag gegen die Regierung.

424 *Reise nach Paris und Verdun* – In beiden Städten fanden Gedenktage statt, in Paris zum 100. Todestag von Heine, in Verdun anläßlich der 40. Wiederkehr der Schlacht um Verdun. Zweig sollte im Auftrag des Deutschen Schriftstellerverbandes und des Deutschen Friedensrates daran teilnehmen.

426 *zu meinem siebzigsten Geburtstag* – Feuchtwangers Artikel »Arnold Zweig zum 70. Geburtstag« erschien in: »Aufbau«, Heft 10, 1957. Im Greifenverlag wurde er erst später veröffentlicht.

Bauer, das wäre ein ander Ding – Sprichwörtliche Redensart. »Ja, Bauer! das ist ganz was anders« steht in Karl Ramlers »Der Junker und der Bauer« (um 1785), und auch schon in Michael Richeys »Deutschen Gedichten« (hrsg. 1764–1766) heißt es: »Ja, Bauer, das ist ganz ein anders!«

CIC-Vergangenheit – S. die dritte Anm. zu Brief 414.

Helli – Helene Weigel.

Aufhellung in London – An einer Londoner Konferenz vom 20. bis zum 26. April nahmen England und die UdSSR teil.

Aufsatz ... »Kästchenwahl« – Freud beschreibt das mythologische Motiv in seinem Bericht »Das Motiv der Kästchenwahl«. Er ist enthalten in Band 10 der Londoner Ausgabe der »Gesammelten Werke«. Auch in: »Neue Deutsche Literatur«, Heft 5, 1956, zusammen mit Zweigs Aufsatz »Die Natur des Menschen und Sigmund Freud«.

das Jüdische Antifaschistische Komitee in der UdSSR – Das Komitee wurde 1942 gegründet und entwickelte sich zu einem jüdischen Zentrum in der UdSSR. Zweig hatte in Palästina über die Lepac (s. die erste Anm. zu Brief 141) dorthin Verbindung. Es wurde 1948 aufgelöst.

427 *Aufsatz über Freud* – S. den vorigen Brief und die sechste Anm. dazu.

»Die Jüdin von Toledo« ... Rezensionen – Die englische Übersetzung heißt: »The Jewess of Toledo«. Am 15. April 1956 publizierte die Chicagoer »Tribune« Edmund Fullers »Feuchtwanger's Remarkable Love Story of Ancient Spain«. Am 22. April 1956 erschien von Richard Winston »Feuchtwanger Tells a Tale of Old Spain against Islam« in der New Yorker »Herald Tribune«.

Marcuse bei Rowohlt – Ludwig Marcuses »Sigmund Freud. Sein Bild vom Menschen« erschien 1956 bei Rowohlt.

428 *Rohmanuskript* – Zweig bezieht sich auf »Die Zeit ist reif« (»Der Anfang«).

in ein paar Versen – Enthalten in der unveröffentlichten Sammlung »Gedichte an Susanne H.«.

428 *»Bonaparte«* – S. die vierte Anm. zu Brief 18.

429 *Oscar-Wilde-Ausgabe* – Die zweibändige Ausgabe wurde 1930 von Knaur in Berlin mit einer Einleitung von Arnold Zweig herausgebracht. (S. die fünfte Anm. zu Brief 207.)

»Witwe Capet« – S. die zweite Anm. zu Brief 396.

Marx-Zitat – »Solange das Ancien régime als vorhandene Weltordnung mit einer erst werdenden Welt kämpfte, stand auf seiner Seite ein weltgeschichtlicher Irrtum, aber kein persönlicher. Sein Untergang war daher tragisch.« (Karl Marx, »Zur Kritik der Hegelschen Rechtsphilosophie«, Einleitung.)

430 *Kurzgeschichten aus der »west-östlichen Emigration«* – Zu diesem Themenkreis gehört »Fensterscheiben«, in: »Wochenpost«, Berlin, 11. Juni 1956; oder: »Kein Gift«, in: »Neue Deutsche Literatur«, Heft 1, 1957; oder: »Scheuselmännchen«, in: »Sinn und Form«, Heft 1, 1958.

Anfragen der Journale – Zweig denkt z. B. an Freud (s. die sechste Anm. zu Brief 426) oder »Zu Mozarts 200. Geburtstag« im Programmheft des Mozart-Komitees, Berlin 1956, und in der Sammlung »Früchtekorb« (1956), an »Mozarts Ausklang« im Programmheft der Deutschen Staatsoper und in »Früchtekorb«, oder »Letzte Begegnungen mit Heinrich Mann« (»Neue Zeit«, Berlin, am Geburtstag Heinrich Manns, 27. März 1956).

»Centum opuscula« – S. die siebente Anm. zu Brief 395.

Thomas Manns ... Glückwunsch zu ihrem Siebzigsten – »Freund Feuchtwanger«, in: »Aufbau«, Heft 7, 1954. Auch im Band »Lion Feuchtwanger zum 70. Geburtstag« des Aufbau-Verlags, Berlin 1954, und in: Thomas Mann, »Nachlese«, S. Fischer Verlag, Berlin und Frankfurt 1956.

»Witwe Capet« – S. die zweite Anm. zu Brief 396.

Rede von Chrustschow – Seine Rede auf dem XX. Parteitag der KPdSU im Februar 1956 war von großer Bedeutung für die Überwindung des Stalinschen Personenkults und seiner Folgen.

»Die Spirale« – S. die fünfte Anm. zu Brief 207.

Erika über sein letztes Jahr – Erika Mann »Das letzte Jahr. Bericht über meinen Vater«, S. Fischer Verlag, Frankfurt a. M. 1956, und Aufbau-Verlag, Berlin 1956.

431 *Brecht ... Nachruf* – »Nachruf auf Bertolt Brecht«, in: »Aufbau«, Berlin, Heft 8, 1956; auch in: »Neue Deutsche Literatur«, Berlin, Heft 9, 1956.

Sepsis lenta – (lat.) Chronische (Blut-)Vergiftung. Brecht starb an einem Herzinfarkt.

432 *Ihr Nachruf* – S. die erste Anm. zum vorigen Brief.

433 *Hetzer* – Anspielung auf Brechts Gedicht »Begräbnis des Hetzers im Zinksarg« in: »Lieder. Gedichte. Chöre« (1934).
Beerdigung ... Dorotheen-Friedhof – Am 15. Mai 1955 schrieb Brecht an die Akademie der Künste, zu Händen von Rudolf Engel: »Im Falle meines Todes möchte ich nirgends aufgebahrt und öffentlich aufgestellt werden. Beerdigt werden möchte ich auf dem Friedhof neben meinem Haus, in dem ich wohne, in der Chausseestraße« (veröffentlicht in: »Neues Deutschland«, 17. August 1956).
Quittung für den »Lukullus« – S. die erste Anm. zu Brief 312.
»Winterschlacht« – Am 12. Januar 1955 war die Premiere im Berliner Ensemble, inszeniert von Brecht und Manfred Wekwerth, mit der Musik von Hanns Eisler.
Brecht-Episode – Im »Zweiten Sonderheft Bertolt Brecht« von »Sinn und Form« (1957) steht neben Feuchtwangers Nachruf »Bertolt Brecht« Zweigs Aufsatz »Brechts ›Lieder, Gesänge [!], Chöre‹« (datiert: Palästina 1934). Eine »Episode« gab es nicht, wie aus dem Brief 434 hervorgeht.
»Venus« – »Venus«, auch »Schlafende Venus«, entstanden 1508–1510. Das fragmentarische Gemälde von Giorgione wurde von Tizian vollendet.
die italienische und schwedische Ausgabe – »La scuri di Wandsbek« wurde 1956 von Feltrinelli Editore in Mailand, »Bilan från Wandsbek« 1957 vom Arbeterkulturs Förlag in Stockholm herausgebracht.
Brecht-Aufsatz – Feuchtwangers »Bertolt Brecht. Dargestellt für Engländer« erschien ursprünglich in der »Weltbühne«, Berlin, Nr. 36, 4. September 1928. (Zu »Opuscula« s. die siebente Anm. zu Brief 395.) In Heft 37, 12. September 1956, wurde er von der »Weltbühne« nachgedruckt.
»Grischa«-Rezension – Feuchtwangers Rezension »Der Sergeant Grischa« erschien ursprünglich im »Berliner Tageblatt«, 9. November 1927.
Ihre frühen Münchner Rezensionen – Viele sind in Teil III, »Theaterkritiken«, des Bandes »Centum opuscula« enthalten.
PEN-Klub Kongreß – Der Kongreß fand 1957 in Tokio statt, aber weder Feuchtwanger noch Zweig nahmen teil.
»Blick auf Deutschland« – Eine der frühen Erzählungen aus dem Sammelband »Die Bestie« (1914); beide Novellen (»Die Bestie« und »Blick auf Deutschland«) wurden, umgearbeitet, in die »Westlandsaga« (Rütten & Loening, Berlin 1952) eingefügt.

434 *über Brecht für »Sinn und Form«* – S. die fünfte Anm. zu Brief 433.

434 *»Nation«* – »The Great Experimenter. Essence of Brecht's Genius« (engl.: Der große Experimentierer. Das Wesen von Brechts Genie), in: »Nation«, New York, 10. November 1956.
»Jefta« ... Nachwort – Das 1957 geschriebene Nachwort, das in den »Jefta«-Ausgaben mitgedruckt wird, ist etwas ausführlicher als das Nachwort, das Feuchtwanger 1955 für »Die Jüdin von Toledo« schrieb.

435 *Erlebnis Venedig, Padua, Bern und Zürich* – Zweig nahm am Kongreß der »Société Européenne de Culture« teil, der vom 27. September bis zum 6. Oktober 1956 in Venedig stattfand.
Auerbachs »Wüste und Gelobtes Land« – Das nicht sehr bekannte Buch von Elias Auerbach wurde 1912 von dem Aktionskomitee der zionistischen Organisation im Jüdischen Verlag, Berlin, herausgegeben. Der Schocken Verlag veröffentlichte es 1938 in Berlin. Feuchtwanger machte in den »Jefta«-Vorarbeiten von dem Band Gebrauch.
Referat für unseren nächsten Kulturkongreß – Gemeint ist der Kongreß der »Société Européenne de Culture«, der 1957 in Amsterdam stattfinden sollte, dann aber in das darauffolgende Jahr und nach Venedig verlegt wurde. Zweig nahm an dem Kongreß nicht teil.
Psyche seines Hundes – S. Adam Zweig, »Über die psychischen Leistungen eines Hundes und deren mögliche Beziehung zur Humanpsychologie«, in: »Schweizerische Zeitschrift für Psychologie und ihre Anwendung«, Band 16, Heft 9, 1957.
»Beil« bei Feltrinelli – Vgl. die siebente Anm. zu Brief 433.
»Feuerpause« – »Tregua d'Armi« (ital.: Waffenstillstand) lautet der Titel der Ausgabe von 1956 bei Arnoldo Mondadori Editore in Mailand.
»Beil«-Film wieder aufs Tapet – S. die fünfte Anm. zu Brief 327.
Ihren Brecht-Aufsatz – S. die fünfte Anm. zu Brief 433.
»Weltbühne« – S. die achte Anm. zu Brief 433.

436 *Aufsatz für ... »Nation« ... »Sinn und Form«* – S. die fünfte Anm. zu Brief 433 und die zweite Anm. zu Brief 434.
Arbeit an dem neuen Buch – »Der Anfang« (»Die Zeit ist reif«).

437 *Liers* – Wolfrid Lier.
Fall des Wolfgang Harich – Er war 1956–1964 wegen staatsfeindlicher Betätigung inhaftiert.
rush hour – (engl.) Hauptverkehrszeit.
Ungarn und Ägypten – Zweig bezieht sich auf die gegenrevolutionären Aktionen in Ungarn von Ende Oktober bis November 1956 und auf den Krieg von Oktober/November um den Suezkanal, mit dem Großbritannien, Frankreich und Israel vergeblich die

ägyptische Nationalisierung des Suezkanals rückgängig zu machen suchten (seit 6. November Waffenstillstand).

437 *Polen* – Unruhen im Juni und August 1956 führten in Polen zu Maßnahmen für die Verbesserung der Lebenshaltung und der staatlichen Ordnung. Der ehemalige Generalsekretär des ZK der PVAP Władysław Gomułka, 1951 verhaftet, wurde wieder Erster Sekretär der PVAP.

Syrien – Syrien schloß im Oktober 1955 ein Militärbündnis mit Ägypten und Saudi-Arabien und unterstellte während des Suezkrieges seine Armee dem ägyptischen Oberbefehl.

440 *»Soldatenspiele«* – Der Band, den der Aufbau-Verlag 1956 herausbrachte, enthält »Austreibung 1744 oder das Weihnachtswunder«, »Bonaparte in Jaffa (1799)« und »Das Spiel vom Sergeanten Grischa (1917)«.

die »Verlorenen Gedichte« – J. R. Becher, »Verlorene Gedichte«, in: »Neue Deutsche Literatur«, Heft 11, 1956. In einer kurzen Einleitung schrieb Becher, die Gedichte seien verloren gewesen und hätten sich dann plötzlich wiedergefunden.

441 *Katia Mann ... über die Berliner Dinge* – Es handelte sich um den Leiter des Aufbau-Verlags, Walter Janka, der wenig später im Zusammenhang mit der Verurteilung Wolfgang Harichs (s. die zweite Anm. zu Brief 437) zu fünf Jahren Zuchthaus verurteilt wurde. (S. Brief 452.) Feuchtwanger hatte schon am 1. Februar in einem Brief an Ministerpräsident Otto Grotewohl um Aufklärung über das Schicksal Jankas gebeten: »Wenn man die kulturellen Errungenschaften der Deutschen Demokratischen Republik aufzählt, dann steht der Aufbau-Verlag mit an erster Stelle, und wer an deutscher Literatur interessiert ist, weiß, welch hervorragenden Anteil Janka an der schönen Entwicklung dieses Verlages hat. Mir selber ist unbekannt, was mit Janka geschehen ist. Aber die Briefe, die ich erhalte, zeigen mir, wie tief sein Schicksal viele ehrliche Freunde der Republik beunruhigt. Diesen Freunden wäre es eine Erleichterung, wenn die Deutsche Demokratische Republik Aufklärung geben wollte über das Schicksal eines Mannes, der als einer ihrer besten Repräsentanten betrachtet wird.« Otto Grotewohl antwortete im Brief vom 8. Februar 1957: »Sie wissen, welche Fragen durch die Ereignisse in Jugoslawien, Ungarn und Polen in den letzten Monaten in Europa entstanden sind. Janka ist im Zusammenhang mit einer konterrevolutionären Gruppenbildung in der Deutschen Demokratischen Republik verhaftet worden. Das Untersuchungsverfahren ist noch nicht abgeschlossen. Die exakte Durchführung des Untersuchungsverfahrens und gegebenenfalls

eines Gerichtsverfahrens macht es mir unmöglich, in ein schwebendes Verfahren einzugreifen. Ich hoffe, daß ich Ihr Einverständnis zu meiner Auffassung voraussetzen darf.« Fünf Tage nach Feuchtwangers Tod 1958 schrieb Marta Feuchtwanger an Walter Ulbricht: »Zu seinem 75. Geburtstag wollte er [Feuchtwanger] Sie bitten, seinen früheren Verleger Janka zu begnadigen. Dieser hoffende Gedanke hat ihn bis zuletzt erfüllt.« Walter Janka wurde im Dezember 1960 aus der Haft entlassen.

441 *»Jefta« … von den gleichen Leuten übersetzt …* – Die Übersetzer waren Ernst Kaiser und Eithne Wilkins. »Raquel, the Jewess of Toledo« kam 1956 bei Messner in New York und Hutchinson in London, »Jephta and His Daughter« 1958 bei Putnam in New York und Hutchinson in London heraus.

442 *Ilse* – Ilse Lange.

Aufsatz für Amerikaner – Vgl. die zweite Anm. zum Brief 434.

à la Tommi – Am 20. Mai 1946 schrieb Thomas Mann an Agnes Meyer über seine Operation im Billings Hospital, Chicago, die vier Wochen zuvor durchgeführt wurde: »Es handelte sich um einen Abszeß in der Lunge, der durch Bronchoskopie festgestellt wurde und im Begriffe war, heillos auszuarten.«

Dummheiten über »Feuerpause« u. »Erziehung« – Gemeint ist der Band von Lothar von Balluseck, »Dichter im Dienst. Der sozialistische Realismus in der deutschen Literatur«, Limes Verlag, Wiesbaden 1956. Das Buch war eine »Sonderauflage für das Bundesministerium für gesamtdeutsche Fragen«. In »Erziehung vor Verdun«, schrieb von Balluseck, schildere Zweig den Kampf des »Politisch-Guten« in Gestalt des Proletariats gegen das »Politisch-Böse«, die »böse Unmenschlichkeit von Kapitalisten und Nationalisten …«; weiter heißt es: »Der Verdun-Roman erhielt 1953 eine neue Fassung unter dem Titel ›Die Feuerpause‹.«

443 *»Die Spirale«* – S. die fünfte Anm. zu Brief 207.

Für den Almanach … einen Beitrag – Es erschien darin Feuchtwangers Erzählung »Geschichte des Gehirnphysiologen Dr. Bl.«, die auch in der Sammlung »Marianne in Indien« (1929) steht.

444 *Biographie von Jones* – Vgl. Brief 477.

Tucholsky-Band – »Kurt Tucholsky haßt – liebt« in Prosastücken, Gedichten und Briefen wurde von Mary Gerold-Tucholsky 1957 herausgegeben.

445 *von den Widerstandsfilmen in Wien* – Nicht ermittelt.

Théâtre Sarah Bernhardt … dreimal ausverkauft – beim Gastspiel mit »Leben des Galilei« am 5., 6. und 10. April, mit »Mutter Courage und ihre Kinder« am 8. und 9. April 1957.

445 *Bochumer Gastspiel mit der »Dreigroschenoper«* – Am 15. April 1957 (Regie: Hans Schalla).

Helli – Helene Weigel.

»Sinn und Form« – Das zweite Brecht-Sonderheft erschien 1957.

446 *Glanz und Elend des historischen Romans* – Feuchtwanger vollendete das Werk nicht. »Das Haus der Desdemona oder Größe und Grenzen der historischen Dichtung« besteht aus der Einleitung und kurzen und längeren Notizen. Es wurde zuerst 1959 vom Deutschen PEN-Zentrum Ost und West in Berlin herausgebracht und erschien 1961 im Greifenverlag.

447 *»Jefta« ... Maiheft des »Aufbau«* – »Jeftas Entscheidung«, Kapitel aus dem Roman, in: »Aufbau«, Heft 5, 1957.

frühere Richter – Mythische Führergestalten aus der israelischen Vorzeit, wie sie – vor allem im »Buch der Richter« – noch vor Jefta beschrieben werden.

»Aufbau« ... »Sinn und Form« – S. »Aufbau«, Berlin, Heft 5, 1956; »Sinn und Form«, Berlin, Heft 5/6, 1956.

»Sybille« – »Bloß fünf Tage«, in: Heft 1, 1957.

»Sonntag« – »Der Versucher« erschien dort am 14. und 21. April 1957.

des Ehepaares Wendt – Ingeborg Wendt schrieb Feuchtwanger am 14. November 1956 und am 5. Januar 1957, wie sie selbst formuliert, »Mammutbriefe«, wieviel sie ihm als Schriftstellerin verdanke. »Erfolg« habe sie nachhaltig beeinflußt, und der »Josephus« sei das »bedeutendste Werk, das in deutscher Sprache in diesem Jahrhundert geschrieben wurde«.

Werdegang des Romans – Eine Arbeit über dies Thema kam nicht zustande.

449 *zum 90. Geburtstag von Käthe Kollwitz* – Die Rede wurde am gleichen Tage vom Deutschlandsender übertragen. Der Text ist im Arnold-Zweig-Archiv vorhanden.

gewisse Essaybücher – Der erste Band »Essays« (»Literatur und Theater«) erschien 1959, der zweite (»Aufsätze zu Krieg und Frieden«) 1967 im Rahmen der »Ausgewählten Werke in Einzelausgaben« (Band 15/16, bearbeitet von Johanna Rudolph). Im Insel-Verlag erschien 1961 die letzte Fassung des Spinoza-Essays mit der Widmung: »Dem Freunde Lion Feuchtwanger, verstorben am 21. 12. 1958, auf sein kalifornisches Grab«.

gewisse Stücke – Zweig meinte wahrscheinlich die Überarbeitung seiner Komödien »Laubheu und keine Bleibe« und »Die Lucilla« sowie seines Operntextes »Die Heilung«.

450 *München ... Literaturpreis* – Am 12. Juli 1957 schrieb Oberbürgermeister Wimmer an Feuchtwanger: »Wir freuen uns, Ihnen mitteilen

zu können, daß der Kulturausschuß des Stadtrats ... Ihnen den Literaturpreis für das Jahr 1957 zuerkannt hat.« Der Preis war »mit einer Zuwendung von DM 3000.– verbunden«. Feuchtwanger schrieb am 12. August 1957 an Oberbürgermeister Wimmer: »Überweisen Sie bitte die eine Hälfte im Betrag von fünfzehnhundert Mark dem Schutzverband Deutscher Schriftsteller, die andere der Münchner Studentenzeitung ›Profil‹.«

451 *Trotzdem sieht es ... etwas freundlicher aus* – Es war in den USA in diesen Monaten die Rede von einer Auflockerung; sie wirkte sich in dem Erlaß des Kongresses vom 11. September 1957 aus, wonach u. a. Sondervisen für »aus der Heimat vertriebene Deutsche« ausgegeben werden sollten.

452 *schönes Brecht-Porträt* – Das Porträt wurde in der Jahresschau des Suhrkamp Verlags »Dichten und Trachten« im Herbst 1958 veröffentlicht.

Walter Janka zu fünf Jahren Zuchthaus – S. die erste Anm. zu Brief 441.

453 *Fertigstellung des Romans* – »Die Zeit ist reif«.

»Das Haus der Desdemona« – S. Anm. zu Brief 446.

454 *Assistentin* – Susanne Hanslik.

Kantorowicz – Er verließ Ende Juli die DDR und ging in der BRD auf antikommunistische Positionen über.

»Jahresringe« – »Jahresringe. Gedichte und Spiele« ist der Titel von Band 14 (1964) der »Ausgewählten Werke in Einzelausgaben«.

Interbau-Ausstellung – Die internationale Bauausstellung im Hansaviertel, Westberlin.

»Caliban« ... – In »Caliban« steht die Widmung: »Sigmund Freud respektvoll«. Im übrigen ist nur in dem drei Seiten langen neunten Teil des Vierten Buches, »Antisemitismus als Umwelt«, von Freud die Rede. Zweig spricht von der Wirkung seiner Neurosenlehre; in bezug auf Freud fällt das Wort »jüdisch« nicht. S. auch Ernst Simon, »Freud als Jude«, im Sammelheft der hebräischen Universität Jerusalem, 1956.

455 *das große Buch* – »Die Zeit ist reif«.

Händels »Jephta« – Johanna Rudolph, »Händels ›Jephta‹ – die Humanisierung des Mythos«, in: »Händel-Festschrift«, Halle 1957. (S. auch die zweite Anm. zu Brief 449.)

»Don't overdo it!« – (engl.) Tun Sie nicht zuviel des Guten!

456 *inside* – (engl.) anbei.

Johrobech – Joh(annes) Ro(bert) Bech(er).

Sputnik – Am 4. Oktober 1957 wurde in der UdSSR der erste Satellit gestartet. S. auch Zweig, »Der Sputnik«, in: »Literaturnaja gaseta«, Moskau, 6. Januar 1959, auch in Band 16 der »Ausgewählten Werke in Einzelausgaben« (»Essays. Zweiter Band«, 1967).

456 *pg.* – Abkürzung für pagina: (lat.) Seite.

in reizender Gesellschaft – Gemeint ist Susanne Hanslik.

457 *Novemberheft des »Aufbau«* – Feuchtwangers »Arnold Zweig zum 70. Geburtstag« steht in Heft 10, 1957, also im Oktoberheft, das auch Beiträge von Bredel, Kamnitzer, Kurella und Seghers zum Geburtstag Zweigs enthält.

Bekenntnisse zur Oktoberrevolution – Zweigs »Zur Befreiungsfeier der Menschen« erschien zuerst in der »Berliner Zeitung« vom 7. November 1957 und ist in dem zweiten Essayband, Band 16 (1967), der »Ausgewählten Werke in Einzelausgaben« enthalten.

fünf Romanzen – Der Aufbau-Verlag brachte 1958 den Band »Fünf Romanzen« heraus. Die andern vier sind »Nachkriegsromanze«, »Romanze vom Kinderwagen«, »Die Romanze vom verfrühten Opfer« und »Die Schöpfungsromanze«.

Münchener Stadtverordneten ... distanzieren – Auf Antrag der CSU-Fraktion distanzierte sich der Münchner Stadtrat in einer Sitzung vom 5. November 1957 von der politischen Haltung Feuchtwangers. Dem Beschluß liege ein Telegramm zugrunde, das Feuchtwanger anläßlich der Oktoberrevolution an die Zeitschrift »Literaturnaja gaseta« gesandt habe. Am 8. November schrieb Feuchtwanger an die Münchener »Abendzeitung« einen Brief, der in der Ausgabe vom 14. November gedruckt wurde. Er schrieb u. a.: »Ich habe kein Telegramm nach Moskau gesandt, worin ich den Führern des kommunistischen Regimes Glückwünsche ausgesprochen hätte. Vermutlich handelt es sich um einen Brief, den ich an die Leser der ›Literaturnaja gaseta‹ richtete; dann aber begreife ich nicht recht den Aufruhr im Münchener Stadtrat. Soviel ich weiß, haben zahllose Schriftsteller von Rang aus allen Ländern den Lesern dieser sehr angesehenen Zeitung zum vierzigsten Jahrestag der Oktoberrevolution gratuliert. Auch haben anläßlich dieses Jahrestages sonstige Persönlichkeiten von Bedeutung aus dem Westen dem russischen Volk ihre Glückwünsche ausgesprochen – zum Beispiel Präsident Eisenhower.«

459 *Essay* – S. die Anm. zu Brief 446.

460 *»J'accuse«* – (franz.) Ich klage an. Zitat aus dem Offenen Brief, den Emile Zola an den französischen Staatspräsidenten zugunsten von Hauptmann A. Dreyfus richtete. Der Brief erschien am 13. Januar 1898 in »L'Aurore«. Dreyfus, jüdischer Herkunft, wurde 1894 fälschlich des Landesverrats angeklagt und zu lebenslanger Deportation verurteilt; Antisemitismus spielte in dem Verfahren

eine Rolle. Nach weltweiten Protesten wurde Dreyfus 1899 begnadigt. Im Juli 1906 wurde er rehabilitiert und zum Major befördert.

460 *Putnam ... ans Herz legen* – Eine englische Übersetzung (»The Time Is Ripe«) erschien 1962 bei Gibbs und Phillips in London.

461 *»L'Aurore«* – S. die erste Anm. zum vorigen Brief.

OS. – Oberschlesien.

zum 60. Geburtstag ... sprechen – Vgl. den folgenden Brief.

Literaturblatt der »Frankfurter Allgemeinen« – Der Titel der »Jefta«-Kritik lautet »Am Rande der Sprache« (»Frankfurter Allgemeine«, 14. Dezember 1957). Eine Rezension in der Münchener »Abendzeitung« am 28. November 1957 bewegt sich auch auf der Sprachebene: »Das Buch scheint nicht auf Papier, sondern auf Granit geschrieben zu sein.«

im »Bienenkorb« ... – Lion Feuchtwanger, »Zum historischen Roman«, in der Werbezeitschrift des Aufbau-Verlags »Der Bienenstock«, Nr. 37, 1957.

Aufsätze von Freundinnen – »Arnold Zweig zum siebzigsten Geburtstag« erschien am 14. November 1957 im Wiener »Tagebuch«, gezeichnet »Anna Mohser«.

462 *»Notate« von Br. zu »Katzgraben«* – Brechts »Katzgraben-Notate«, aus dem Nachlaß erschienen in: »Junge Kunst«, Heft 2, 1958. Brecht arbeitete mit Strittmatter bei der Inszenierung von dessen Stück »Katzgraben« am Berliner Ensemble zusammen. (Zweig führte sein Vorhaben nicht aus; vgl. Brief 466.)

Ruth Berlau ... Brechtartikel – »Wie war Bert Brecht? Am 10. Februar wäre der Dichter 60 Jahre alt geworden«, in: »Das Magazin. Monatsschrift für Literatur, Kunst und Kultur«, Heft 2, Berlin 1958.

Vertrag ... »Simone Machard« – Der Vertrag liegt im Feuchtwanger-Archiv vor.

hatte ich mich mit Frank Harris eingelassen – Harris hatte u. a. zwei Shakespeare-Schauspiele geschrieben.

... Halter war leer – Die erste Unterschrift mißlang.

464 *Kampf um den Rapacki-Plan* – Der polnische Außenminister Adam Rapacki trug am 2. Oktober 1957 in den Vereinten Nationen einen Plan für eine atomwaffenfreie Zone vor, die aus den beiden Teilen Deutschlands, Polen und der Tschechoslowakei bestehen sollte. Die Sowjetunion erklärte ihr Einverständnis. Zweig setzte sich für den Rapacki-Plan ein in: »Monroe-Doktrin und Rapacki-Plan« (»Sonntag«, 20. April 1958, auch in Band 16, 1967, der »Ausgewählten Werke in Einzelausgaben«).

464 *»Anne Frank«* – Als »Das Tagebuch der Anne Frank« in einer Lizenzausgabe im Union-Verlag, Berlin, erschien, schrieb Zweig »Das Mädchen aus Frankfurt am Main. Gedanken zum ›Tagebuch der Anne Frank‹«, veröffentlicht in: »Neue Zeit«, Berlin, 21. März 1958 (ohne Untertitel in Band 16, 1967, der »Ausgewählten Werke in Einzelausgaben« enthalten).

einer englischen Ausgabe – S. die zweite Anm. zu Brief 460.

»Kephalides«-Roman – »Traum ist teuer«; seit 1945 entworfen, 1958/59 abgeschlossen und erschienen im Aufbau-Verlag Berlin 1962 (»Ausgewählte Werke in Einzelausgaben«, Band 10).

Holofernes – Der Feldhauptmann in Hebbels erstem Drama, »Judith« (1840).

Robert Neumann ... Korrespondenz – Neumann schrieb am 11. Februar 1958 an Zweig: »Das Buch unseres Freundes Feuchtwanger ist eine mutige künstlerische Leistung, aber unzugänglich wie ein Marmorbild (oder eine Leiche) ...«

was Walter Berendsohn dazu sagt – Berendsohn äußerte sich lobend in dem Artikel »Ein biblischer Roman Lion Feuchtwangers«: »Es ist eine schöne, tieftragische, ergreifende Dichtung, die Feuchtwanger geschaffen hat. Jefta ist eine monumentale Gestalt ...« Er habe »uns in diesem Werke ein Stück jüdischer Frühgeschichte sehr nahegebracht«. (Eine Abschrift des deutschen Manuskriptes von Berendsohn befindet sich in der Feuchtwanger-Bibliothek.) Die Rezension erschien schwedisch (»Biblisk roman av Lion Feuchtwanger«) in: »Judisk Tidskrift«, Nr. 31, 1958. Welches Buchmanuskript gemeint ist, war nicht sicher zu ermitteln.

»Salammbô« – Anhand einer Episode schilderte Flaubert in diesem Roman 1862 die Sinnlosigkeit des Geschehens in dem Kampf zwischen dem alten Rom und Karthago.

465 *Manuskript des »Tagebuchs der Anne Frank«* – Feuchtwanger ließ Benjamin Huebsch von der Viking Press das Manuskript am 3. November 1947 zukommen mit den Worten: »Es handelt sich um das Tagebuch einer fünfzehnjährigen Jüdin, die in Amsterdam ›untertauchte‹ und schließlich, zwei Monate vor der ›Befreiung‹, umkam. An der Authentizität des Tagebuches ist nicht zu zweifeln, und fast noch interessanter als die Darstellung des Lebens der versteckten Juden fand ich das Psychologische. / Ich glaube, es ist der Mühe wert, das Manuskript zu lesen. Ich schicke es Ihnen mit gleicher Post. Der Titel ist ›Untergetaucht. Das Tagebuch einer Jugendlichen‹.« Huebsch schrieb Feuchtwanger am 9. Dezember 1947: »Es ist unzweifelhaft ein denkwürdiges Dokument und wirkt sehr ergreifend. Das Kind kennzeichnet sich durch eine schöne

geistige Schlichtheit und war anscheinend von den schweren Umständen der frühen Kindheit unberührt. Am meisten interessierte mich ihre Fähigkeit, sich in die geistige Welt ihrer Eltern hineinzudenken, und ihre wechselnden Gefühle ihnen gegenüber. Für selbstzufriedene Eltern ist es ein gutes Buch, obwohl solche Eltern sich wahrscheinlich mit dem Vater und mit der Mutter im Buch nicht identifizieren würden. Der Teil des Buches, der von den acht Menschen, die versteckt leben, handelt, ist auch gut, aber es ist ein bißchen zuviel von allem. Die Echtheit des Dokuments bezweifle ich nicht, aber immer wieder schien es mir, als ob jemand es bearbeitet hat, besonders was die kleine Liebesaffäre anbelangt. Im großen und ganzen hat sich alles wohl so zugetragen, aber man spürt eben allzuoft, daß das Manuskript von einem Redakteur bearbeitet worden ist. / Vielleicht bin ich zu mißtrauisch, doch mein Verdacht wird durch das Werk selber bekräftigt. Auf einer Seite ist zum Beispiel von Peters ›dunkelblauen Augen‹ die Rede, und weiter auf derselben Seite steht ein Satz über Peters ›sammetbraune Augen‹. Das Mädchen hätte wohl kaum so einen Fehler gemacht. Und die Struktur ist eher die einer Erzählung als die eines Tagebuches. Die Vorzüge sind jedoch größer als die Mängel, und ich kann den durchschlagenden Erfolg in Holland gut verstehen. Da ich aber heftige Bedenken habe, was Publikumserfolg hier anbetrifft, möchte ich nicht empfehlen, daß wir das Buch herausbringen.«

465 *neuen Roman* – »Traum ist euer« (s. die vierte Anm. zu Brief 464).

Rezensionen – Dem Brief lagen folgende Rezensionen bei: Münchener »Abendzeitung«, 28. November 1957; »Süddeutsche Zeitung«, 16. Februar 1958; »Chicago Sunday Tribune«, 6. April 1958, und »New York Herald Tribune«, 30. März 1958.

466 *Deutscher Friedenskongreß in Leipzig* – Der V. Deutsche Friedenskongreß fand vom 18. bis zum 20. April 1958 in Leipzig statt. Zweigs Rede wurde stenographiert und liegt als Manuskript im Arnold-Zweig-Archiv.

Aufsatz über die Anne Frank – S. die zweite Anm. zu Brief 464.

»Acheron«-Büchlein – S. die vierte Anm. zu Brief 198.

Auswahlband – »Essays. Erster Band. Literatur und Theater« (»Ausgewählte Werke in Einzelausgaben«, Band 15), mit einer Widmung für Feuchtwanger, erschien 1959 im Aufbau-Verlag. In dem im Februar 1959 geschriebenen Nachwort spricht Zweig Johanna Rudolph seinen Dank aus. Er hebt hervor, daß die Daten der ersten Veröffentlichung angegeben sind, damit der philologische Leser stilistische Vergleiche anstellen kann. Zweig bekennt:

»Besonders schmerzlich bleibt es dem Verfasser, die Zusammenstellung dieses Buches und des noch folgenden nicht schon früher veranlaßt zu haben, so daß es nicht mehr Lion Feuchtwanger zugesandt werden kann, dem Freunde, der seit Jahren immer wieder nach einem Neudruck meiner Aufsätze verlangte. Nun kann ich dies Buch nicht einmal mehr auf seinen Grabhügel legen.«

466 *für Ihren Fünfundsiebzigsten* – Zweig schrieb die »Schriftsteller-Romanze. Für Lion Feuchtwanger«, die aus 151 Versen besteht. Sie erschien 1959 im Greifenalmanach.

Ossietzky-Broschüre – »Weltbürger Ossietzky. Ein Abriß seines Werkes. Zusammengestellt [...] von Berthold Jacob. Vorwort von Wickham Steed«, Editions du Carrefour, Paris 1937. Zweig ließ sich die Broschüre einbinden, die Rückseite des Schutzumschlags mit dem Foto von Ossietzky, als er vor dem Tor des Gefängnisses Berlin-Tegel im Mai 1932 von seinen Freunden (vorn Mitte Feuchtwanger) Abschied nahm, ließ er in das Buch mit einbinden. (Vgl. Brief 227: »jener Morgen in Tegel«.)

schöngedrucktes Buch – Gemeint sind die »Fünf Romanzen« (vgl. die dritte Anm. zu Brief 457).

»Schöpfungsromanze« – Sie erschien am 31. Mai 1927 in der »Weltbühne«; vgl. Brief 471.

468 *Lenin-Friedenspreis* – Am 8. Mai 1958 beschloß das Komitee für Internationale Friedenspreise, Zweig den Internationalen Leninpreis 1958 zu verleihen. Vor Zweig hatten u. a. Seghers, Becher und Brecht ihn erhalten.

Gartengedicht – Brecht schrieb »Der Blumengarten« 1953. Es gehört zum Zyklus der »Buckower Elegien«.

470 *our mutual friend* – (engl.) unser gemeinsamer Freund.

471 *6. 7. 58* – Offenbar verschrieben für: 7. 7. 58.

Fermosa – Raquel, »die Schöne«, in »Die Jüdin von Toledo«.

Romanze von der Schriftstellerfreundschaft – S. die fünfte Anm. zu Brief 466.

»to J. L. Wetcheek and his German translator« – (engl.) für J. L. Wetcheek und seinen deutschen Übersetzer; d. h. für Feuchtwanger, dessen »Pep. J. L. Wetcheeks amerikanisches Liederbuch« 1928 im Kiepenheuer Verlag, Potsdam, erschien.

»Spinoza« – Er erschien 1961 im Insel-Verlag (»Baruch Spinoza. Porträt eines freien Geistes«).

»Gesammelte Aufsätze« – »Essays. Erster Band« (s. die vierte Anm. zu Brief 466).

»Süddeutsche Monatshefte« – Die allgemeine Rundschauzeitschrift erschien von 1904 bis 1936.

471 *Brief Nahum Goldmanns* – Ein Brief vom 3. Juni 1958 an Beatrice Zweig (»... vor drei Tagen bei Lion Feuchtwanger ...«); im Arnold-Zweig-Archiv vorhanden.
die Widmung – im Roman »Die Jüdin von Toledo«.

472 *viribus unitis* – (lat.) mit vereinten Kräften.
Filmgeschichte – Im Feuchtwanger-Archiv befindet sich ein Entwurf von einundsiebzig Seiten: »Bolívar, Das Leben eines Helden«. Feuchtwangers »Bolívar« wurde nicht verfilmt.
Script – (engl.) Drehbuch.
»Jud Süß« verfilmen – Der Roman wurde damals nicht verfilmt.
Aufführung der »Simone« – Der Drehbuchautor und Bühnenbildner Harry Horner schrieb dem Feuchtwangerbiographen Lothar Kahn (»Insight and Action. The Life and Work of Lion Feuchtwanger«, Rutherford, New Jersey, 1975), er habe 1958 mit Feuchtwanger an einer »endgültigen« Fassung gearbeitet, mußte aber eine Kanada-Reise machen, bevor man fertig wurde. Als er nach Südkalifornien zurückkehrte, war Feuchtwanger nicht mehr am Leben.

473 *»Kleiner Held«* – Die Geschichte wurde 1922 fertig und erschien 1925 in dem Sammelband »Frühe Fährten« des Spaeth Verlags, Berlin; sie wurde 1961 aufgenommen in Band 11 der »Ausgewählten Werke in Einzelausgaben« (»Novellen. Erster Band«).
Denkschrift ... das arme »jüdiche[!] Volk« – Weder im Feuchtwanger- noch im Arnold-Zweig-Archiv befindet sich ein Exemplar der Denkschrift.
amerikanischer Augenarzt oder Optiker – Dr. William Feinbloom erfand in den fünfziger und sechziger Jahren eine Reihe von Sonderbrillen für Menschen mit behindertem Sehvermögen. Er ist Professor am William Feinbloom Vision Rehabilitation Center in Philadelphia.
»Des Knaben Wunderhorn« – Dreibändige Sammlung deutscher Volkslieder von Achim von Arnim und Clemens Brentano (1806–1808).
»Die Kraniche ziehen« – Sowjetischer Film von Michail Kalatosow (1957).

475 *Vorwort ... zu fünf Tagebüchern* – »Im Feuer vergangen. Tagebücher aus dem Ghetto«, mit einem Vorwort von Arnold Zweig, Rütten & Loening, Berlin 1958.
Chrustschows ... Rede – Vgl. die sechste Anm. zu Brief 430.
Middle East – (engl.) Der Mittlere Osten.

476 *Bolívar-Treatment* – (engl.) Bolívar-Bearbeitung. S. Brief 472 und die zweite Anm. dazu.
»Jud Süß« – S. Brief 472 und die vierte Anm. dazu.

476 *»Simone«* – S. Brief 472 und die fünfte Anm. dazu.
von dem »Offenen Brief« – Der Brief befindet sich nicht im Feuchtwanger-Archiv.
von dem Sie mir gelegentlich schrieben – S. Brief 473.
Besuch der ... Sowjetschriftsteller – S. Brief 419 und die erste Anm. dazu
Aufsatz der »New York Times«: – In dem Bericht »Surveying the Venice Film Fete« (engl.: Die Filmfestspiele in Venedig: Ein Überblick) wurde am 14. September 1958 in der »New York Times« hervorgehoben, daß die International Critics Association sich sehr anerkennend über den Weiss-Film »Die Fuchshöhle« geäußert hatte.
»Exil« – Der Roman wurde damals nicht verfilmt.
»Our management ...« – (engl.) Unser Direktorium meinte, es wäre nicht taktvoll, mit Produktionsleitern aus Westdeutschland zusammenzuarbeiten, obwohl sie willens wären, Geld zur Verfügung zu stellen.
»For our studios ...« – (engl.) Für unsere Ateliers ist es natürlich nicht möglich, sich mit einem Film über Deutschland ohne deutsche Mitwirkung zu befassen.

477 *Steinsaal* – Becher wurde im Großen Saal des Hauses der Ministerien aufgebahrt.
die Grabrede – Der Text befindet sich im Arnold-Zweig-Archiv. Er ist Teil des Gedenkaufsatzes »An Johannes R. Bechers Grab«, in: »Neue Deutsche Literatur«, Heft 12, 1958.
DEFA Verhandlungen wegen des »Grischa«-Films – Die Verhandlungen mit der DEFA führten nicht zur Verfilmung des »Grischa«. Hingegen verfilmte das Fernsehen der DDR den Roman zweimal: 1963 und 1968.

478 *Bolívar-Treatment* – S. Brief 472 und die zweite Anm. dazu.

479 *des »Fähnleins der sieben Aufrechten«* – Sprichwörtlich nach Gottfried Kellers 1860 entstandener Novelle gleichen Titels. Vermutlich denkt Zweig an Thomas Mann, Brecht, Becher; eventuell auch an Heinrich Mann und Friedrich Wolf, die allerdings schon 1950 bzw. 1953 starben.
»Schriftsteller-Romanze« – S. Brief 466 und die fünfte Anm. dazu.
Jugendgewerbeschule – Zweig sprach am 11. November in der Betriebsberufsschule für Schwerbeschädigte in Dresden im Rahmen seiner Tätigkeit als Abgeordneter der Volkskammer anläßlich bevorstehender Wahlen. Die Schule ist eine Sondereinrichtung zur Ausbildung schwerbeschädigter jugendlicher und älterer Menschen zu Facharbeitern.

479 *Lenin-Friedenspreis* – S. die erste Anm. zu Brief 468.
Roman von Leo Perutz – Eine Neuauflage des Romans »Der Marquis de Bolibar« (1920) erschien 1963 bei Zsolnay in Wien.

481 *»Schriftsteller-Romanze«* – Die Korrekturbogen der Romanze befinden sich im Feuchtwanger-Archiv.
Katia Mann ... Briefband von Tommy – Katharina Mann hat mit ihrer Tochter Erika Mann bei deren Ausgabe der Briefe Thomas Manns (3 Bände, 1961–1965) zusammengearbeitet.

Arnold Zweig: Rede ... – Der Text ist bisher unveröffentlicht. Das Manuskript befindet sich im Arnold-Zweig-Archiv der Akademie der Künste der DDR, Berlin.
Glückwunschromanze – S. Brief 466 und die fünfte Anm. dazu.

Register zu Band 1–2

Personen und Werke

Die Ziffern sind die Briefnummern. Zu den Werken Lion Feuchtwangers und Arnold Zweigs siehe die gesonderten Register. Die Erläuterungen ergänzen die Anmerkungen und beziehen sich im allgemeinen auf den Zeitraum des Briefwechsels.

Werke Lion Feuchtwangers

Werke Arnold Zweigs

Periodika

Verlage

Inhalt

Briefwechsel 1949–1958

Anhang